ସବୁ ମୋଡ଼ରେ ଜୀବନ

ସବୁ ମୋଡ଼ରେ ଜୀବନ

ସମ୍ପାଦନା:

ବିରଜା ରାଉତରାୟ

ସମ୍ପାଦନା ସହାୟିକା

ପ୍ରିୟଙ୍କା ପ୍ରିୟଦର୍ଶିନୀ ସ୍ୱାଇଁ

ବ୍ଲାକ୍ ଇଗଲ୍ ବୁକ୍ସ
ଭୁବନେଶ୍ୱର, ଓଡ଼ିଶା
BLACK EAGLE BOOKS
Dublin, USA

ସବୁ ମୋଡ଼ରେ ଜୀବନ / ସମ୍ପାଦନା: ବିରଜା ରାଉତରାୟ

ବ୍ଲାକ୍ ଇଗଲ୍ ବୁକ୍ସ : ଭୁବନେଶ୍ୱର, ଓଡ଼ିଶା • ଡବ୍ଲିନ୍, ଯୁକ୍ତରାଷ୍ଟ୍ର ଆମେରିକା

BLACK EAGLE BOOKS

USA address:
7464 Wisdom Lane
Dublin, OH 43016

India address:
E/312, Trident Galaxy, Kalinga Nagar,
Bhubaneswar-751003, Odisha, India

E-mail: info@blackeaglebooks.org
Website: www.blackeaglebooks.org

First International Edition Published by
BLACK EAGLE BOOKS, 2024

SABU MODARE JEEBAN
Edited by **Biraja Routray**

Cover & Interior Design: Ezy's Publication

ISBN- 978-1-64560-627-7 (Paperback)

Printed in the United States of America

ଉତ୍ସର୍ଗ

ବୁଦ୍ଧିର ତର୍ଜମା ଅପେକ୍ଷା ହୃଦୟର ଭାଷାରେ ସାହିତ୍ୟକୁ ଅଧିକ ବୁଝିବା ପାଇଁ
ପ୍ରବର୍ତ୍ତାଉଥିବା ମୋର ୟୁଜିସି ରସର୍ଚ୍ଚ ବେଳର ମାର୍ଗଦର୍ଶକ
ପ୍ରଫେସର ଡକ୍ଟର ବାଳକୃଷ୍ଣ ଶତପଥୀଙ୍କୁ ଗଭୀର ସମ୍ମାନର ସହ...

ସାହିତ୍ୟ ଓ ଭିନ୍ନକ୍ଷମ

ବିରଜା ରାଉତରାୟ

ମଣିଷକୁ ତା'ର ଗୁଣ ଓ ଅବିଗୁଣ ଏବଂ ପୂର୍ଣ୍ଣ ଓ ଅପୂର୍ଣ୍ଣତାକୁ ସମଗ୍ରତାର ସହ ଆପଣାଇବା ଏକ ପ୍ରଶସ୍ତ ସମ୍ବେଦନପ୍ରାଣତାର ସାହସ ରଖେ। ଭିନ୍ନକ୍ଷମତାକୁ ଆଜନ୍ମ ଜୁଝି ଆସୁଥିବା ମଣିଷ କିମ୍ବା ଜୀବନର କୌଣସି ଦୁର୍ଭାଗ୍ୟଜନକ ମୋଡରେ ଭିନ୍ନକ୍ଷମ ପାଲଟୁଥିବା ମଣିଷ ଶେଷ ନିଃଶ୍ୱାସ ପର୍ଯ୍ୟନ୍ତ ଏହି ବୃହତ୍ତର ସମାଜର ଅଂଶ ହୋଇ ରହିଥାଆନ୍ତି। ମାତ୍ର ସେମାନଙ୍କ ଉପସ୍ଥିତି ଏହି ଧାଁଦୌଡର ଗତିଶୀଳ ପୃଥିବୀରେ ପ୍ରାୟତଃ ଏକ ଅଲୋଡା ଅଥବା ଉପେକ୍ଷିତ ଅଦୃଶ୍ୟ କାହାଣୀ ହୋଇ ରହିଯାଏ।

ପାରମ୍ପରିକ ଭାରତୀୟ ଦୃଷ୍ଟିକୋଣ ସମାଜର ଏକ କ୍ଷୁଦ୍ର ସଂଖ୍ୟକ ତଥା ବ୍ୟତିକ୍ରମ ଅଂଶବିଶେଷ ପ୍ରତି ନକରାତ୍ମକ, ଦୟା ଓ ଅନୁକମ୍ପାର ପାତ୍ର ଅଥବା ବ୍ୟଙ୍ଗାତ୍ମକ ଚରିତ୍ର ରୂପେ ଚିତ୍ରଣ କରି ଆସିଛି। ଉଦାହରଣ ସ୍ୱରୂପ ଭାରତୀୟ ସଂସ୍କୃତିର ଦୁଇ ମହାପୁରାଣ ରାମାୟଣ ଓ ମହାଭାରତକୁ ବିଚାର କରାଯାଉ। ରାମାୟଣରେ ବର୍ଣ୍ଣିତ 'ମନ୍ଥରା' ଓ ସେହିପରି ମହାଭାରତର 'ଧୃତରାଷ୍ଟ୍ର' ଓ 'ଶକୁନି', ଏ ସମସ୍ତ ଚରିତ୍ର କିଛି ନା କିଛି ଅକ୍ଷମତାକୁ ଧରି ଗତିଶୀଳ। ସଭିଁଙ୍କୁ ଖଳ ବା କପଟୀ ଚରିତ୍ର ରୂପେ ବିବେଚନା କରାଯାଇଛି। ଅର୍ଥାତ୍ ନକରାତ୍ମକ ଗୁଣଧାରଣ କରିଥିବା ବ୍ୟକ୍ତିବିଶେଷମାନଙ୍କ ପାଇଁ ଏହି ସବୁ ଅକ୍ଷମତା ଯେପରି ଏକ ଦଣ୍ଡ ବିଧାନ ସୂଚକ ଅଳଙ୍କାର। ସେହିପରି ମିଥିଳାର ରାଜା ଜନକଙ୍କ ରାଜଦରବାରରେ ନିଜର ଭିନ୍ନ ଶାରିରୀକ ଅବୟବ ହେତୁ ପଣ୍ଡିତମଣ୍ଡଳିଙ୍କ ଦ୍ୱାରା ଉପହସିତ 'ଅଷ୍ଟବକ୍ର ଋଷି' ଅକ୍ଷମତା ପ୍ରତି ତତ୍କାଳୀନ ସମାଜର ଅସହିଷ୍ଣୁତା ଓ ଅନୁଦାର ଦୃଷ୍ଟିକୋଣକୁ ଯେ ଦର୍ଶାଇଥାଏ ଏହା କହିବା ବାହୁଲ୍ୟ ମାତ୍ର। ସାହିତ୍ୟ ଯଦି

ସମାଜର ଦର୍ପଣ ହୁଏ, ତେବେ ନିଃସନ୍ଦେହରେ ଗତାନୁଗତିକ ଭାରତୀୟ ମାନସିକତାରେ ଅକ୍ଷମତା ପ୍ରତି ଏପରି ଉଦାରହୀନ ମନୋଭାବ ସହସ୍ର ବର୍ଷ ଧରି ଗଢି ଆସିଛି। ଯାହାର ପରିଣାମର ନିଦର୍ଶନ ସ୍ୱରୂପ ଆମ ପୁରାଣ ଶାସ୍ତ୍ରଠାରୁ ଆଧୁନିକ ଲିଖିତ ସାହିତ୍ୟ ପର୍ଯ୍ୟନ୍ତ ଏହି ଭିନ୍ନକ୍ଷମ ଚରିତ୍ରମାନଙ୍କୁ ହେୟସୂଚକ ସମ୍ବୋଧନ, ଯେପରି ଛୋଟା, କେମ୍ପା, କାଲ, କୁଜା, ପଙ୍ଗୁ, ଅଥର୍ବ, କଣା, ଜଡା, ବଗା, ନିକମା ପରି ନାମ ଦେଇ ଏକ ଅପାଂକ୍ତେୟ ଓ ଅଦରକାରୀ ରୂପେ ବିବେଚନା କରି ଆସିଛି। ଯଦିଓ ଏପରି ସମ୍ବୋଧନ ଏବେ ଆଇନତଃ ଅପମାନସୂଚକ ବୋଲି ବିବେଚନା କରାଯାଉଛି, ତଥାପି ଏ ଦିଗରେ ସିଂହଭାଗ ସମାଜ ସଚେତନ ହୋଇନାହିଁ। ଏପରିକି ସାମୂହିକ ମାନସିକତାର ଗଭୀରପ୍ରଦେଶରେ ଏହି ନକରାତ୍ମକତା ଏପରି ଜଡି ଯାଇଛି ଯେ, ଆମ ଗ୍ରାମୀଣ ସାମାଜିକ ଚଳଣିରେ କେହି ଅନ୍ୟ କାହା ଉପରେ କ୍ରୋଧର ଚରମ ସୀମାରେ ପହଞ୍ଚିଗଲେ, "ତୋତେ କୋଢ... କୋଷ୍ଠ ହୋଇ ଯାଉରେ..." ପରି ଅଭିଶାପ ଦେବାକୁ ପଛାନ୍ତି ନାହିଁ।

ସୌଭାଗ୍ୟକ୍ରମେ ସାରା ବିଶ୍ୱରେ **Human Rights** ବା ମାନବିକ ଅଧିକାର ଆନ୍ଦୋଳନର ଯାତ୍ରାରେ ସମାଜର ଏହି ସବୁଠାରୁ ଅବହେଳିତ ବର୍ଗ ଭିନ୍ନକ୍ଷମମାନଙ୍କ ଅଧିକାର ଯେପରି ସମାନତା ଓ ଆତ୍ମସମ୍ମାନ ସହ ଜୀବନ ନିର୍ବାହର ଅଧିକାର ମଧ୍ୟ ଏହାର ପରିସରଭୁକ୍ତ ହୁଏ। ମିଳିତ ଜାତିସଂଘର ଅଧିବେଶନର ପାରିତ ପ୍ରସ୍ତାବ ଆଧାରରେ ସବୁ ଦେଶ ନିଜର ଏହି ଦୁର୍ବଳ ସଂଖ୍ୟକ ନାଗରିକଙ୍କ କଲ୍ୟାଣ ନିମନ୍ତେ ସ୍ୱତନ୍ତ୍ର ଆଇନ ପ୍ରଣୟନ କରିବା ଆରମ୍ଭ କଲେ। ଭାରତରେ ୧୯୯୫ ମସିହାରେ ଏହି ବର୍ଗଙ୍କ ପାଇଁ ସ୍ୱତନ୍ତ୍ର ଭିନ୍ନକ୍ଷମ ଆଇନ୍ ପ୍ରଣୟନ କରାଗଲା। ସେହି ସମୟରେ ସମୁଦାୟ ୭ ପ୍ରକାରର ଭିନ୍ନକ୍ଷମତା ଏହି ଆଇନ୍‌ର ପରିସରଭୁକ୍ତ ରହିଥିଲା। ଉକ୍ତ ଆଇନ୍ ଭାରତୀୟ ଭିନ୍ନକ୍ଷମ ଜନସଂଖ୍ୟାର ଆକାଂକ୍ଷା ଓ ଦାବୀକୁ ପରିପୂରଣ କରିବାରେ ସମର୍ଥ ଓ ପ୍ରଭାବଶାଳୀ ହୋଇ ନ ଥିବାରୁ ବିଭିନ୍ନ ଭିନ୍ନକ୍ଷମ ସଂଗଠନ ଓ ଅଧିକାର କର୍ମୀ ଆଇନଟିକୁ ପରିବର୍ତ୍ତନ କରିବା ପାଇଁ ସ୍ୱର ଉତ୍ତୋଳନ କରିଥିଲେ।

୨୦୦୬ ମସିହା ଡିସେମ୍ବର ୧୩ ତାରିଖରେ ଅନୁଷ୍ଠିତ ମିଳିତ ଜାତିସଂଘର ସାଧାରଣ ଅଧିବେଶନରେ ଗୃହୀତ ଭିନ୍ନକ୍ଷମ ଅଧିକାର ପ୍ରସ୍ତାବନାର ଏକ ସ୍ୱାକ୍ଷରକାରୀ ଦେଶ ରୂପେ ଭାରତ ଏ ଦିଗରେ ନୂତନ ଆଇନ ପ୍ରଣୟନ କରିବାକୁ ଅଗ୍ରସର ହେଲା। ୨୦୧୧ ମସିହାରେ ଜନଗଣନା ଅନୁସାରେ ସାରା ଭାରତବର୍ଷ ଜନସଂଖ୍ୟାର ୨.୧ ପ୍ରତିଶତ ଲୋକ ଭିନ୍ନକ୍ଷମ ବର୍ଗର ଅଟନ୍ତି। ଏକ ନୂତନ ଆଇନ ପାଇଁ ଦେଶର ବିଭିନ୍ନ ଭିନ୍ନକ୍ଷମ ସଂଗଠନମାନଙ୍କର ଦାବି ଓ ଅଧିକାର କର୍ମୀମାନଙ୍କ ଆନ୍ଦୋଳନ ଯୋଗୁ ପୂର୍ବ ପ୍ରଦତ୍ତ ଆଇନଠାରୁ ଏକ ଅଧିକ ବିସ୍ତୃତ ଓ ସଶକ୍ତ ଆଇନ୍ ୨୭ ଡିସେମ୍ବର ୨୦୧୬

ମସିହାରେ ପ୍ରଣୟନ କରାଯାଇଛି। ଏହି ନୂତନ ଆଇନ୍ ବଳରେ ପୂର୍ବରୁ ରହିଥିବା ୭ ପ୍ରକାରର ଭିନ୍ନକ୍ଷମତା ୨୧ ପ୍ରକାରକୁ ବୃଦ୍ଧି ପାଇଛି। ସମ୍ପ୍ରତି ପରବର୍ତ୍ତୀ ଜନଗଣନା ସମ୍ପର୍ଣ୍ଣ ହୋଇନଥିଲେ ହେଁ ସମୁଦାୟ ଜନସଂଖ୍ୟାର ପ୍ରାୟ ଶତକଡା ପାଞ୍ଚରୁ ଛଅ ଭାଗ ଜନସାଧାରଣ ଅଳ୍ପ ବହୁତେ କିଛି ନା କିଛି ଭିନ୍ନକ୍ଷମତାର ଶିକାର ଅଟନ୍ତି ବୋଲି ଆକଳନ କରାଯାଉଛି। ଏଠାରେ ଏହି ତଥ୍ୟ ଉପସ୍ଥାପନ କରିବାର ଉଦ୍ଦେଶ୍ୟ ଆମ ମୋଟ୍ ଜନସଂଖ୍ୟାର ଏପରି ଏକ ବ୍ୟାପକ ସଂଖ୍ୟାଲଘୁ ଅଂଶ ମୁଖ୍ୟସ୍ରୋତ ସାହିତ୍ୟର ନେପଥ୍ୟରେ ଅନେକାଂଶତଃ ରହିଯାଇଛନ୍ତି। ଯେଉଁମାନେ ସ୍ଥାନ ପାଇଛନ୍ତି ବା ରୂପାୟିତ ହୋଇଛନ୍ତି, ସେମାନଙ୍କ ମଧ୍ୟରୁ ଅଧିକାଂଶ ଏହି ନକରାତ୍ମକ ଅଥବା ଅନୁକମ୍ପାର ପାତ୍ରପାତ୍ରୀ ହୋଇ। ଅଧିକାଂଶତଃ,ଏକ ନିରୁତ୍ସାହ କରୁଣ ପରିଣତିକୁ ଭୋଗୁଛନ୍ତି। ଖୁବ୍ କମ୍ ସାରସ୍ୱତ ସୃଷ୍ଟି ସେମାନଙ୍କ ମଧ୍ୟରେ ଭିନ୍ନ ପ୍ରକାରର କ୍ଷମ ବା ଦକ୍ଷତା ବା ପ୍ରତିଭା ବା ସାମର୍ଥ୍ୟକୁ ଚିତ୍ରଣ କରିଛନ୍ତି। ସେମାନଙ୍କଠାରେ ଥିବା ଦୃଶ୍ୟ ବା ଅଦୃଶ୍ୟ ଅକ୍ଷମତାକୁ ଅଣଦେଖା କରି ସକରାତ୍ମକ ଆତ୍ମବିଶ୍ୱାସର ଜୟଗାନ କରିଛନ୍ତି। ବ୍ୟକ୍ତିତ୍ୱର ସ୍ୱକୀୟ ପରାକାଷ୍ଠା ମଧ୍ୟରେ ତା'ର ସ୍ୱତନ୍ତ୍ରତାର ଦୀପ୍ତିକୁ ପରିଚୟ ରୂପେ ପାଠକ ସହ ଭେଟ କରାଇଛନ୍ତି। ସମ୍ବେଦନଶୀଳତା ସାହିତ୍ୟର ପ୍ରାଣସ୍ୱର ହେଲେ, ମଣିଷର ଅକ୍ଷମତାକୁ ତା'ର ସକ୍ଷମ ଆଭା ସହ ଏକ ସମଗ୍ର ଭାବେ ଗ୍ରହଣ କରିବାର ଅନ୍ତଃଦୃଷ୍ଟି ଅନ୍ତତଃ ସାହିତ୍ୟିକମାନଙ୍କୁ ଏହିପରି ସାହିତ୍ୟ ସରଂଚନା ପାଇଁ ଉନ୍ମୁଖ କରାଉ, ଯାହା ଏକ ସମ୍ମିଳିତ ସମାଜ ତିଆରିବାରେ ସହାୟକ ହେବ। ଏହି ସୂକ୍ଷ୍ମାନୁଭବୀ ସମାବେସୀ ଅନ୍ତଃଦୃଷ୍ଟି କେବଳ ସୁସ୍ଥ ସାହିତ୍ୟ ସୃଷ୍ଟି କରିବା ନାହିଁ ବରଂ ଏକ ସୁସ୍ଥ ସହଭାଗୀ ସମାଜ ଗଠନରେ ପରିବର୍ତ୍ତନକାରୀ ଭୂମିକା ନିର୍ବାହ କରିବ।

ଆଧୁନିକ ଓଡ଼ିଆ ଗପ ଏହା ମଧ୍ୟରେ ଶତାବ୍ଦୀର ଆୟୁଷ ଡେଇଁ ସାରିଛି। ସମ୍ପ୍ରତି ନୂତନ ଭିନ୍ନକ୍ଷମ ଅଧିକାର ଆଇନ୍ ଠାରୁ ଆରମ୍ଭ କରି ଏକ ସ୍ୱତନ୍ତ୍ର ବିଭାଗର ଉପସ୍ଥିତ ପୁଣି ସମୟେ ସମୟେ ସଚେତନଧର୍ମୀ କାର୍ଯ୍ୟକ୍ରମ ସତ୍ତ୍ୱେ ଦୃଷ୍ଟିକୋଣରେ ସେପରି ସୁଦୃଶ୍ୟ ପରିବର୍ତ୍ତନ ହେବାପରି ମନେ ହୁଏ ନାହିଁ। ଭିନ୍ନକ୍ଷମମାନଙ୍କର ଚିତ୍ର ଓ ଚରିତ୍ର ନିର୍ମାଣରେ ଯଦିଓ ଗତାନୁଗତିକ ଅନୁକମ୍ପାମିଶ୍ରିତ ନିରାଶାବାଦର ସ୍ୱର ଦେଖିବାକୁ ମିଳେ, ମାତ୍ର ଏହି ଧାରାରେ କତିପୟ ବ୍ୟତିକ୍ରମ ମଧ୍ୟ ପରିଲକ୍ଷିତ ହୋଇଥାଏ। ମଣିଷର ଭିନ୍ନକ୍ଷମତାକୁ ତା'ର ଅସହାୟତା ଓ ସୀମାବଦ୍ଧତା ମଧ୍ୟରେ ସୀମିତ ନ ରଖି ଜୀବନକୁ ନେଇ ଏକ ପ୍ରତ୍ୟୟଭରା ଆଶା ଓ ଆକାଂକ୍ଷା ପୁଣି ସାମର୍ଥ୍ୟର ଭିନ୍ନ ଭିନ୍ନ କାହାଣୀକୁ ଉପସ୍ଥାପିତ କରିଥାଏ। ସେହିପରି କିଛି ଭିନ୍ନ ଗଳ୍ପର ସମାହାର ଏହି ସଂକଳନ **'ସବୁ ମୋଡରେ ଜୀବନ'**। ବିଶେଷକରି ସତୁରୀ ଅଶି ଦଶକରୁ ଅଦ୍ୟାବଧି ଲେଖାଯାଇଥିବା

ପ୍ରମୁଖ ଗାଳ୍ପିକମାନଙ୍କ ଗଳ୍ପରେ ଭିନ୍ନକ୍ଷମତାର ଏକ ସକରାତ୍ମକ ଚିତ୍ର ଆଙ୍କୁଥିବା ଗଳ୍ପଗୁଡ଼ିକ ଚୟନ କରାଯାଇ ଏଥିରେ ସନ୍ନିବେଶିତ କରାଯାଇଛି । ସମୁଦାୟ ଷୋହଳ ଗୋଟି ଗପ ଅକ୍ଷମତାର ଘନକୃଷ୍ଣ ବାଦଲ ଢଙ୍କା ଆକାଶରେ ଝଲକାଏ ବିଜୁଳିର ଚମକ ପରି ନୂଆ ବିଶ୍ୱାସ ସଞ୍ଚାର କରେ । ପ୍ରତିଟି ଗଳ୍ପ ଚରିତ୍ର ଚିତ୍ରଣରେ ସେମାନଙ୍କ ଭିନ୍ନ ସାମର୍ଥ୍ୟର ଏକ ପୃଥକ୍ କାହାଣୀ ଚିତ୍ରାୟିତ କରିଛନ୍ତି । କିଛି ଗପର ଚରିତ୍ର ଶାରୀରିକ ପ୍ରତିବନ୍ଧକତାର ସୀମା ଲଂଘି ପାରିବାପଣର ନିଆରା ଦୃଷ୍ଟାନ୍ତ ସୃଷ୍ଟି କରିଛନ୍ତି । ସେହିପରି ମାନସିକ ସ୍ତରରେ ଅଦୃଶ୍ୟ ଭିନ୍ନକ୍ଷମତା ଭୋଗୁଥିବା ଚରିତ୍ରଗୁଡ଼ିକ ମଧ୍ୟ ପରିଶେଷରେ ସେମାନଙ୍କ ଅଭୀପ୍ସିତ ପୂର୍ଣ୍ଣତା ଦିଗରେ ଅଗ୍ରସର ହୋଇଛନ୍ତି । ସକଳ ବିପର୍ଯ୍ୟୟ ଓ ନିୟତିର କ୍ରୂରତା ବିରୁଦ୍ଧରେ ସେମାନଙ୍କ ଅଣଦେଖା ସଂଘର୍ଷଭରା କାହାଣୀ ଶେଷ ମୋଡରେ ସୁଦ୍ଧା ଜୀବନ ପ୍ରତି ଆସ୍ଥା ଓ ଆଶାବାଦ ସଂଚାର କରାଇଥାଏ । ଏକ ନିସ୍ତରଙ୍ଗ ପ୍ରଲମ୍ବିତ ଶୂନ୍ୟତା ମଧ୍ୟରେ ସେମାନଙ୍କ ଅନୁଚ୍ଚାରିତ ଅର୍ଥପୂର୍ଣ୍ଣ ଉପସ୍ଥିତିକୁ ସୂଚାଇଥାଏ । ଭରସା ଦେଇଥାଏ, ଅପୂର୍ଣ୍ଣତାର ଉହାଡରେ ବି ଉଦୟ ଆକାଶର ଆଭା ତା'ର ବର୍ଣ୍ଣିଳ ରଙ୍ଗ ବୁଣିପାରେ... ! ଅକ୍ଷମ ଅବୟବ ମଧ୍ୟରେ କୋଟି କୁଟିକାମଭରା ଏକ ସ୍ପନ୍ଦିତ ସଂବେଦୀ ହୃଦୟର ଅବସ୍ଥାନ ହୋଇପାରେ ! କିଛି ନାହିଁ ନାହିଁର ସ୍ୱାଦ ବାଢି ଆସୁଥିବା ଗଡ୍ଡ଼ଳିକାର ଧାରାରେ ସୁଧି ପାଠକବୃନ୍ଦଙ୍କ ଦୃଷ୍ଟିକୋଣକୁ 'ହଁ, କିଛି ଅଛି...'ର ନୂଆ ଆରେଖ ଦେଇପାରେ !

ସୂଚିପତ୍ର

ଜାଇ କୁମ୍ଭାରୁଣୀ

ଚନ୍ଦ୍ରଶେଖର ରଥ

ଜାଇ କୁମ୍ଭାରୁଣୀକୁ ଯେତେବେଳେ ଦେଖିଲେ ମା' ପରି ଦିଶେ । ଖାଲି ଏଇଠି ବୋଲି ନୁହେଁ, ପାଞ୍ଚହାତ ମର୍ଦାନୀ ଏ ଚୌଦଖଣ୍ଡ ଗାଁରେ ଯାହାକୁ ପଚାରିଲେ ସେ ସେଇକଥା କହିବ । ଚିକ୍‌କଣ କଳା ମୁଗୁନିରେ ନିର୍ମାଣିଲା ପରି ପାଞ୍ଚହାତ ମର୍ଦାନୀ ଚେହେରା । ଗୋଟାଳ ଗୋଟାଳ ଖମ୍ବ ପରି ହାତଗୋଡ଼ । ଏଡ଼େ ବଡ଼ ଅଥାର ହାଣ୍ଡି ପରି ମୁହଁ । ନାକରେ କାନରେ ଦୁଇହଲ ବାଡ଼ିଆ ନୋଳି । ଆଉ କୋଉଠି କିଛି ନାହିଁ । ଅଳଙ୍କାର ମଣ୍ଡିଦେଲେ ନିଖୁଣ ଭାଙ୍ଗମାପର ସେ ପ୍ରକାଣ୍ଡ ନାରୀମୂର୍ତ୍ତି କ'ଣ ଦିଶନ୍ତା କେଜାଣି ! ରତ୍ନ ଓଡ଼ିଆଣୀ, କଟିରେ କିଙ୍କିଣି, ହୃଦେ ଚାପସରିମାଳ, ବାହୁଟି କଙ୍କଣ, ନୂପୁର, ହଳଦୀବସନ୍ତ ପାଟରେ ତାକୁ ବୋଧେ ଚାହିଁ ସହନ୍ତା ନାହିଁ । ଏମିତି ଖଣ୍ଡିଏ ମଳିଛିଆ କସ୍ତା ଶାଢ଼ି ତାକୁ ନିଅଣ୍ଟିଆ ହୁଏ । ତା'ର ପ୍ରାୟ ଫୁଙ୍ଗୁଳା ହାତ, ଗୋଡ଼, ବେକ, ବୁକୁରେ, ଆଉ ସେ ଥୋପିପଡୁଥିବା ଜକଜକ ଚିକ୍‌କଣ କଳା ମୁହଁରେ ନଇଁ ଆସିଥିବା ମେଘ ପରି ବିଶାଳ ପଦ୍ମାବତୀ ଗାଈଟିଏ ସତେବା ଦିଶିଯାଏ । କୌଣସି ପୁରୁଷ ତା' ପାଖରେ କୋଡ଼ପୋଛା ପୁଅ ପରି, ବାଛୁରୀଟିଏ ପରି ଅକୁଳାନ ଏବଂ ଆଚ୍ଛନ୍ନ ଦେଖାଯାଏ । ତାକୁ ଘୋଡ଼େଇଲା ପରି, ଆବୋରିଲା ପରି, ଉଭାରି ରହେ ସ୍ନିଗ୍ଧ କଳାଘୁମୁର ପାହାଡ଼ଟିଏ । ପୃଥିବୀଯାକର ମଣିଷ, ପଶୁ, ପକ୍ଷୀ, କୀଟ, ପତଙ୍ଗ ଯାବତୀୟ ପ୍ରାଣୀମାନଙ୍କର ସେଇ ବୋଧହୁଏ ମାତୃରୂପ । ଜାଇ କୁମ୍ଭାରୁଣୀ ମା' ନ ହୋଇ ସତେ ଆଉ କ'ଣ ହୋଇପାରେ ?

କିନ୍ତୁ ଜାଇ କୁମ୍ଭାରୁଣୀ ଜନ୍ମରୁ ଅନ୍ଧୁଣୀ । ତା'ର ଗୋଟିଏ ହେଲେ ସନ୍ତାନ ନାହିଁ । ସେ ଜମ୍ମା ଫଳିନାହିଁ । ଏଡ଼େ ବଡ଼ ବୃଷାଳ ଗଛ ଯେ, ତା'ର ସ୍ୱର୍ଗେ ଲାଗେ ଡାଳ ତ

ମର୍ତ୍ତ୍ୟେ ଲାଗେ ଡାଳ – ଅଥଚ କଷିଟିଏ ନାହିଁ କି ଫଳଟିଏ ନାହିଁ। ଗଭୀର ବିସ୍ମୟରେ ଚୌଦଖଣ୍ଡ ଗାଁଲୋକେ ଏଇ କଥା ବାରମ୍ବାର ଆଲୋଚନା କରନ୍ତି; କିନ୍ତୁ ବୁଝିପାରନ୍ତି ନାହିଁ। ତାକୁ ଦେଖିଲେ, ତା'ର କଅଁଳ କଥା ଶୁଣିଲେ ମୋହିହେଲାପରି ସମସ୍ତେ ଅନେକ ରହନ୍ତି; କାନେଇ ରହନ୍ତି ସତ୍ୟଯୁଗର କି ତ୍ରେତାଯୁଗର ସେ ଅପରୂପା ବିପୁଳା ନାରୀଟିକୁ – କିନ୍ତୁ ଜମା ବୁଝିପାରନ୍ତି ନାହିଁ କେମିତି ତା' ଆଖିଯୋଡ଼ିକ ଗଢ଼ିବାକୁ ବିଧାତା ପାସୋରିଗଲା। ସେ ପୂରିଲା ପୂରିଲା ଗାଲ, ସେ ଗଢ଼ିଲା ପରି ଓଠ, ସେ ଠିଆଠାଣି ନାକ, ରାଉରାଉ ଭ୍ରୁଲତା, ଜଳଜଳ କପାଳ ସାଙ୍ଗକୁ ଥୋଇଲା ପରି ପଦ୍ମପାଖୁଡ଼ା ଆଖି ହଲେ କ'ଣ ନ ଦିଶିଥାନ୍ତା ସେ ମୁହଁକୁ! ଅଥଚ ସେଇ ଅଞ୍ଚଳକୁ ଅନେଇଲେ ଏବେ ଡର ମାଡୁଛି। ଆଖି ଥିବା ଏପରି ସ୍ୱାଭାବିକ ଏବଂ ସାଧାରଣ, କିନ୍ତୁ ନଥିବା ଏଡ଼େ ଭୟଙ୍କର! – ସତେବା ସମୁଦ୍ର ଶୁଖିଯାଇଛି – ଆକାଶରୁ ସବୁ ତାରା ଲିଭିଯାଇଛନ୍ତି। ଇସ୍, ଜାଇ କୁମ୍ଭାରୁଣୀ ଅନ୍ଧୁଣୀ ହେବାର କୌଣସି ଯୁକ୍ତି ନାହିଁ; ଅଥଚ କୌଣସି ଅପରିମେୟ କାରଣରୁ ସେ ସେମିତି ଅନ୍ଧୁଣୀଟିଏ। – ବିଜ୍ଞଲୋକେ କହିବାର ଶୁଣାଯାଏ ଯେ କୁଆଡ଼େ ସେ ଆଖି ପାଇବା ଯେପରି ଅସମ୍ଭବ; ଫଳ ଫଳିବା ମଧ୍ୟ ସେମିତି ଅସମ୍ଭବ। କାରଣ ବିଧାତାର ଇଚ୍ଛା ତା' ନୁହେଁ! କାହିଁକି ନୁହେଁ? – କେଜାଣି! ତଥାପି ଜାଇ କୁମ୍ଭାରୁଣୀକୁ ଦେଖିବାକୁ ଭଲଲାଗେ। ତାକୁ ଦେଖିଲେ ଭିତର କେମିତି ଉଲୁସିଯାଏ। ସବୁ ପୌରୁଷ ସ୍ତବ୍ଧ ଚକିତ ହୋଇ ହଲେ ଆଖିରେ ଠୁଳ ହୋଇଯାଏ ତାକୁ କେବଳ ଅନାଇବାକୁ। କୂଳ ଛୁଉଁଥିବା ଭରା-ନଈ ପରି, ଅନାୟାସରେ ପଳାସିଯାଉଥିବା ସୁଲକ୍ଷଣା ମାତଙ୍ଗିନୀ ପରି ଜାଇ କୁମ୍ଭାରୁଣୀ। ତାକୁ ଚାହିଁ ରହିବା ହିଁ ଯଥେଷ୍ଟ – ଚାହିଁ ପାରିବା ହିଁ ପୌରୁଷ।

ସେଦିନ ସଞ୍ଜବେଳେ ଆମେ ସବୁ ପୋଖରୀକୂଳରେ ପବନ ଖାଉଥାଉ। ଶଙ୍କର ମଉସା ଆମ ଭିତରେ ଭାରି ପାକଳ ମଞ୍ଜୁର ମଣିଷ। ଆମେ ଯେଉଁ କେତେଜଣ ପାଠଶାଠ ପଢ଼ି ଦିଲ୍ଲୀ କଲିକତା ବୁଲିଆସିଥାଉ, ଥୋମଣା ଟେକି ତଳେଇ ଚାହୁଁଥାଉ ପୃଥିବୀକୁ, ଆମେ ମଧ୍ୟ ଶଙ୍କର ମଉସାଙ୍କ ଆଗରେ ଲଇଁ ଯାଉ। ସେ ଖୁବ୍ ଗମ୍ଭୀର ଅଥଚ ଅଦ୍ଭୁତ ଭାବରେ ସ୍ନେହୀ ଏବଂ କୃପାଳୁ ମଣିଷ। ଗଭୀର ଅନୁଭବରେ ସେ ଅନେକ କଥା ମିଞ୍ଜେଇଛନ୍ତି, ସଂସାରକୁ ଦେଖିଛନ୍ତି, ବୁଝିଛନ୍ତି। ବାରବର୍ଷ ହିମାଳୟରେ ଏକୁଟିଆ ଭ୍ରମିଛନ୍ତି। ଏବେ ମଧ୍ୟ ମନ ହେଲେ ଗାମୁଛା ଖଣ୍ଡେ କାନ୍ଧରୁ ଖସେଇ ଦେଇ ସେ ଏଇଠୁ ହଠାତ୍ ଉଠି ଚାଲିଯିବେ – ଏ ପ୍ରତ୍ୟୟ ପ୍ରାୟ ସମସ୍ତଙ୍କର ଅଛି। ତେଣୁ ଗାଁରେ ତାଙ୍କର ଭାରି ମର୍ଯ୍ୟାଦା।

ପଥର ପାହାଚ ଉପରେ ଗୋଡ଼ ଲମ୍ବେଇ ସେ ବସିଥାନ୍ତି। ଚାହିଁଲେ ପାଦକୁ ପାଣି ଛୁଉଁଛି, ନ ଚାହିଁଲେ ନାହିଁ। ଆମେ ସବୁ ଯେ ଯାହାମନ୍ତେ ବସିଥାଉ ଏବଂ ଗପୁଥାଉ।

ଜାଇ କୁମ୍ଭାରୁଣୀ ଉପରେ କଥା ପଡ଼ିଥାଏ। ସମସ୍ତଙ୍କ କଥା ଶଙ୍କର ମଉସା ମନଦେଇ ଶୁଣୁଥାନ୍ତି; କିନ୍ତୁ କିଛି କହୁନଥାନ୍ତି। ମଝିରେ ମଝିରେ ଅନ୍ୟମନସ୍କ ହେଲାପରି ଉପରକୁ କିଛି ସମୟ ଚାହୁଁଥାନ୍ତି।

ଆମ ଭିତରୁ ଜଣେ କହିଲା, "ଏ ବିଷୟରେ ମଉସାଙ୍କ ମତ କ'ଣ ?"

ସମସ୍ତେ ନୀରବରେ ଅପେକ୍ଷା କଲୁ। ପବନରେ ଛୋଟ ଛୋଟ ଢେଉଗୁଡ଼ିଏ ଉଠିଆସି ପଥର ପାହାଚରେ କଳରବ କଲେ। ସନ୍ଧ୍ୟା ଘନୀଭୂତ ହେଲା। ବେଳେବେଳେ ଆମକୁ ଏମିତି ଅନେକ ସମୟ ଅପେକ୍ଷା କରିବାକୁ ହୋଇଥାଏ। ଶଙ୍କର ମଉସା ମନ ନ ହେଲେ କିଛି କହନ୍ତି ନାହିଁ।

ଆଉ ଜଣେ ସେ ସମଗ୍ର ଜିନିଷଟାକୁ ସହଜ କରିବାପାଇଁ କହିଲା - "ଶଙ୍କର ମଉସା ତ ଅନେକ ଦିନରୁ ଜାଇ କୁମ୍ଭାରୁଣୀକୁ ଜାଣିଥିବେ - ନା କ'ଣ ମଉସା ?"

"ହଁ, ଜାଣେ !"

ଭାବିଲୁ ବୋଧହୁଏ ଏଥର କଥା ଝରିଆସିବ; କିନ୍ତୁ ପୁଣି କେବଳ ସେଇ ଢେଉଗୁଡ଼ିକୁ ନୀରବ ରହି ଗଣିବାକୁ ଲାଗିଲୁ। ଏକଜିଦିଆ ଟୋକା ପୁଣି ଉଖାରି ଦେଲା, "କ'ଣ ଜାଣିଛନ୍ତି ପରା ମଉସା ! ଆମକୁ କହୁନାହାନ୍ତି !"

"ନା !"

ଆମେ ଜାଣିଲୁ ଯେ କଥାଟା ସେଇଠି ଛିଣ୍ଡିଗଲା। ଶଙ୍କର ମଉସା ନାହିଁ କଲା ଉତ୍ତାରୁ ତାଙ୍କୁ କଥା କୁହାଇଦେବ, ଏମନ୍ତ ପାରିବାର କେହି ନାହିଁ। ଭାବିଥିଲୁ ସେଦିନ ଗୋଟାଏ ମୌକାରେ ସେ ଅଦ୍ଭୁତ ନାରୀଚରିତ୍ର ଉପରେ ମଉସା ଅତିଶୟ ଅଦ୍ଭୁତ କଥାମାନ କହିବେ। କାହିଁକି କେଜାଣି ସେ ପଦକରେ ସବୁ ଛିଣ୍ଡେଇଦେଲେ। ସେ ନିର୍ବିକାର, ସ୍ଥିର ହୋଇ ବସିଥାନ୍ତି। ଆମେ ସବୁ ଖୁସ୍‌ମୁସ୍ ହୋଇ ଗୋଟିଏ ଗୋଟିଏ ଉଠିଲୁ। କେହି କେହି ଅନ୍ୟ କଥା ପକେଇ ଗୁଜୁରୁଗାଜୁରୁ ହୋଇ ଟହଲିବା ପାଇଁ ବାହାରିଗଲେ। ଆଉ ଦିନେ ମଉସାଙ୍କ ମନ ହେଲେ ହୁଏତ କ'ଣ କହିବେ - ବା' ନ କହିବେ ! ଏଭଳି ହାଲୁକା ଢଙ୍ଗରେ କଥାଟାକୁ ପାତଳ ପବନରେ ପହଁରେଇ ଦେଇ ସମସ୍ତେ ମାଛିଅନ୍ଧାର ଭିତରକୁ ରାସ୍ତାଧରି ଓହ୍ଲେଇଗଲେ। ମୁଁ କେବଳ ଉପର ପାହାଚରେ ଏକୁଟିଆ ବସିରହିଲି। ଲିଭିଆସୁଥିବା ପୂର୍ବ ଦିଗନ୍ତରେ ଅର୍ଦ୍ଧ-ଆକାଶ ଯାଏଁ ଜାଇ କୁମ୍ଭାରୁଣୀ ଉଭାହୋଇ ରହିଲା ପରି ଦେଖାଗଲା। ଏତେ ବିପୁଳ ନାରୀତ୍ୱ; ଏତେ ଅସରନ୍ତି କୂଳ ଭାଙ୍ଗି ଉଚ୍ଛୁଳି ପଡୁଥିବା ବାତ୍ସଲ୍ୟ ! - ଅଥଚ ସେ ଅନ୍ଧୁଣୀଟିଏ - ଅପୁତ୍ରୀଟିଏ ! ସେ କେବଳ ମାଟିକୁ ମୁଠା ମୁଠା ଚକଟିବ, ତାକୁ ସାଉଁଳିବ, ଚିକଣେଇବ, ଖରା ପୁଆଇବ, ପବନ ପିଆଇବ, ନିଆଁରେ ପୋଡ଼ି ଉଷୁମ କରିବ ! - ଘଡ଼ିଟିଏ ଉତାରିଲା ପରି ସେ ମଣିଷଟିଏ ଉତାରି ପାରିଥାନ୍ତା !

- ମୋର ଅଜାଣତରେ ଲମ୍ବା ନିଃଶ୍ୱାସଟିଏ ବାହାରିଗଲା। ମୋ ଅଜାଣତରେ କେତେବେଳେ ତଳ ପାହାଚରୁ ଉଠିଆସି ଶଙ୍କର ମଉସା ମୋ ପାଖରେ ବସିଯାଇଥିଲେ।

"ସମସ୍ତଙ୍କ ଆଗରେ ସବୁକଥା କୁହାଯାଏ ନାହିଁ।"

ଏତିକିରେ ମୁଁ କୃତକୃତ୍ୟ ବୋଧକଲି। ମଉସାଙ୍କ ନିର୍ବାଚିତ ଶ୍ରୋତା ହେବା କିଛି କମ୍ ଯୋଗ୍ୟତା ନୁହେଁ। ମୋ ଭଳି ସେ ଅନ୍ଧାରିଆ ପୂର୍ବ ଦିଗନ୍ତକୁ ସ୍ଥିରଦୃଷ୍ଟିରେ ଚାହିଁରହିଲେ। ତାଙ୍କୁ କ'ଣ ଦିଶିଲା କେଜାଣି - ସେ ତାଙ୍କ ଢଙ୍ଗରେ, ଖୁବ୍ ଧୀରେ ଅଥଚ ପ୍ରାଞ୍ଜଳ ଭାବରେ ମନକୁ ମନ କଥା ହେଲା ପରି କହିଲେ -

"ଜାଈର ରୂପ ତ ଅଲୌକିକ; ହେଲେ ସେଇଟା ତା'ର ପରିଚୟ ନୁହେଁ। ସେ କୁଆଡ଼େ ଅପହଞ୍ଚ ପାହାଡ଼ ମୂଳକରୁ ଆସିଛି। କିଏ କହିବ ସେ ରାଜକନ୍ୟା ନୁହେଁ ବୋଲି! ତା'ର ଢଙ୍ଗଢାଙ୍ଗ, ଚାଲିଚଲଣ, ତା' ଠାଣି, ତା' ଗଉରବ କହିହେଉଛି ସେ ଅଭିଜାତ-ସମ୍ଭବା। ମୁଁ ଅନେକଙ୍କୁ ପଚାରିଛି - କେହି କହିପାରି ନାହାନ୍ତି। ମୋର ମନେହେଲା ଯେ, ଛଦ୍ମବେଶରେ ସେ ଏମିତି ଏଠି ଭ୍ରମୁଛି। ମୁଣ୍ଡିଆ ତଳେ କୁଡ଼ିଆ କରି ରହିଛି। କେହି ସେଠିକି ଯାଇନାହାନ୍ତି। ସମସ୍ତେ ଖାଲି ଜାଣିଛନ୍ତି ଯେ ସେ ନିକାଞ୍ଚନ ଥାନରେ କୁମ୍ଭାରୁଣୀ ଘଟିକଳସୀ ନିର୍ମାଣୁଛି। ଦୋବାଟିଆ ପାଖରେ ଆଣି କୁଢ଼େଇଦେଲେ ଯେ ଯାହାର ସବୁ ବାଣ୍ଟି ନେଉଛନ୍ତି। ମାଇକିନିଆମାନେ ତାକୁ ଅସୁରୁଣୀ ଡାକିନୀ ପୁତଖାଇ କହି ଡରିଲେଣି। ପିଲାଙ୍କୁ ଡରେଇଦେଲେଣି। କଞ୍ଚା ମାଉଁସ ଖାଇ ଖାଇ ସେ ହେମିତି ପର୍ବତ ପରି ହେଇଚି ବୋଲି ମଧ୍ୟ ଅପବାଦ କଲେଣି; କିନ୍ତୁ ତାକୁ ଦେଖିଲେ ବୁଝିବା ଲୋକ ବୁଝିଯିବ ଯେ ଏସବୁ ମିଛ।"

ମୁଁ ତାକୁ ଦେଖୁ ଦେଖୁ ଭାବିଥିଲି ଯେ ମା' ହେବ ତ ଏମିତି ହେବ। କେଡ଼େ ଚିକ୍‌କଣ, କେଡ଼େ ନରମ, କେଡ଼େ ବିପୁଳାୟତନ ମା'ଟିଏ। ଆଃ, ମୋ ଭିତରେ କେମିତି ଗୋଟାଏ ପୁଲକ ଜାତ ହେଲା। ମୁଁ ଦେଖିଲି ଯେ ମୋ ଆଡ଼କୁ ମୁହଁ ବୁଲେଇ ଜାଈ କୁମ୍ଭାରୁଣୀ ଅଳ୍ପ ହସିଦେଲା! ସେ ମୋ ମନକଥା ଜାଣିଲା କେମିତି ? - ମୁଁ ତା' ରୂପକୁ, ତା' ମୁହଁକୁ, ତା' ମୁଣ୍ଡ ଉପରେ କୁଣ୍ଡିକାଞ୍ଚିର ପର୍ବତ ପରି ବୋଝକୁ ଚାହିଁ ରହିଥାଏ। ସେ କେତେବେଳେ ସେଇଠୁ ଘୁଞ୍ଚିଗଲା ଜାଣିପାରିଲି ନାହିଁ। ମୋର ମନେହେଲା, ମୁଁ ସେତିକିରେ କିଣି ହୋଇଗଲି।"

"ଇଏ କେବକା କଥା ମଉସା ?"

"କିରେ, ବୁଦ୍ଧିଆ ଟୋକା ହୋଇ ଏମିତି କ'ଣ ପଚାରୁଛୁ ? କୋଉ କାଳର ହେଲେ ମଧ୍ୟ କଥା ତ ସେଇଆ! ମନେକର, କାଲିକାର। ଏଣିକି ଅସଲ କଥା ଆସୁଚି, ମଝିରେ ଏମିତି ଭଣ୍ଡୁର କରିବୁ ନାହିଁ..."

ଶାସିତ ଶିଶୁଟିଏ ପରି ମୁଁ ନିସ୍ତବ୍ଧ ହୋଇଗଲି। ଅନେଇଲି ମଉସାଙ୍କ ମୁହଁକୁ। ସେ ମୋ ଆଡ଼େ ଚାହୁଁ ନଥାନ୍ତି। ସେ ସେଇ ପୂର୍ବଦିଗଟାକୁ ଚାହିଁ ରହିଥାନ୍ତି। ସେ ସାରା ଅଞ୍ଚଳ ସେତେବେଳକୁ କିଟିକିଟି ଅନ୍ଧାର। ଆକାଶରେ ଅସଂଖ୍ୟ ତାରା। ପବନ ପଡ଼ିଥାଏ ଦକ୍ଷିଣା।

... "ମୁଁ ସ୍ଥିରକଲି, ଜାଈ ପଛେ ପଛେ ତା' ମୁଣ୍ଡିଆତଳ କୁଡ଼ିଆଯାଏଁ ଯିବି - ସେଇଠି ତା' କୁମ୍ଭାରୁଣୀପଣ ଦେଖି ଆସିବି। ମନକୁ ପାପ ଛୁଉଁଥାଏ। ଡର ମାଡୁଥାଏ। ସେତିକିବେଳେ ଖାଲି ତା'ର ସେ ହସଟିକୁ ମନେପକେଇ ଦେଇ ପୁଣି ସ୍ଥିର ହୋଇଯାଉଥାଏ। - ଶେଷକୁ ତା' ଅଜାଣତରେ ତା' ପିଛା କରିବାକୁ ସ୍ଥିର କଲି। ମୋର କିନ୍ତୁ କେମିତି ମେନେହେଲା ଯେ ସେ ସବୁ ଜାଣିପାରୁଚି। ମୁଁ ଏମିତି ଯିବି ବୋଲି ମଧ୍ୟ ସେ ଜାଣିଯାଇଛି।"

"ମୁଁ ଖଣ୍ଡେଦୂର ପଛରେ ରହି ଚାଲିଥାଏ। ଉଦୁଉଦିଆ ଦି' ପହର ସମୟ। ହଳ ଲେଉଟାଣି ତୋରାଣିପାଣି ବେଳ। ଜାଈ ତା'ର କୁଣ୍ଡି, କାଞ୍ଚି ବେତା ମୁଣ୍ଡେଇ ତଳଗଛ ପରି ଦିଶୁଥାଏ। ତ' ଢଙ୍ଗରେ ସେ ଅତି ଧୀରେ ପଳାସି ଯାଉଥାଏ। ତା'ର ଖୋଜେକୁ ମୋର ଚାରି ପାହୁଣ୍ଡ ନିଅଣ୍ଟ ଜଣାପଡୁଥାଏ। ମନେ ହେଉଥାଏ ସେ ଅତି ବେଗରେ ମୋ'ଠାରୁ ଦୂରେଇଯାଉଛି। ...ଖରାରେ ଗଛପତ୍ର ଝଲମଲ ଦିଶୁଥାଏ। ବାଲି ଉପରେ ଦୂରରେ ପାଣି ଛଳଛଳ ଦିଶି ଲିଭିଯାଉଥାଏ। ମୁଁ ଦେଖିଲି ଯେ ଜାଈ ଥମିଗଲା। ମୁହଁ ପଛକୁ ବୁଲେଇ କାନ ଡେରିଲା। ପାଏ ବାଟରୁ କାଳେ ମୋ ନିଃଶ୍ୱାସ ବାରିବାକୁ ସେ ଚେଷ୍ଟାକଲା। ସେଇଠୁ ପୁଣି ଆଗଭଳି ଚାଲିଲା। ସତ କି ଭ୍ରମ ମୁଁ କହିପାରିବି ନାହିଁ; ମୋତେ ଲାଗିଲା ଯେ ତା' ପାକ ଆଉ ଭୂଇଁରେ ପଡୁନଥିଲା। କେମିତି ସେ ତାତିଲା ବାଲି ଉପରେ ପାରିହୋଇ ଯାଉଥିଲା ? ମୁଁ ପାରିପର୍ଯ୍ୟନ୍ତ ଗୋଡ଼େଇଥାଏ ଅନେକ ପଛରେ, ମୋର ଝାଳ ଫିଟିଯାଉଥାଏ। ଜିଭ ଭିଡ଼ିନେଉଥାଏ ଶୋଷରେ।"

"ସେଇଠି ପହଞ୍ଚିଲାବେଳକୁ ମୁଣ୍ଡିଆର ବାଙ୍ଗୁରା ଛାଇଟିଏ କୁଡ଼ିଆକୁ ଘୋଡ଼େଇ ସାରିଥାଏ। କୁଡ଼ିଆକୁ ଘେରି ବିଶାଳ ଗଛ। ମୁଁ ଗୋଟିଏ ଗଛ ଆଢୁଆଳରେ ଛୁପିଗଲି। ଅନେଇଲି ଆଗକୁ।"

"ଜାଈ ବୋଝଟାକୁ ଥୋଇଦେଲା। ଭିତରୁ ହାଣ୍ଡିଟିଏ ଟେକିଆଣି ସେଥିରେ ମୁହଁ ଲଗେଇଦେଲା। ସେଇଟା ପାଣି କି ତୋରାଣି ମୁଁ ଜାଣିପାରିଲି ନାହିଁ! ଓଃ, କି ଶୋଷ ତାକୁ! ପିଇସାରି ସେ ସ୍ଥିର ଭଙ୍ଗୀରେ ଆଗକୁ ମୁହଁ ଟେକି ରହିଲା। ମୁଁ ତାକୁ ଅନେଇ ରହିଲି। କି ବିଶାଳ ନାରୀରୂପ ସେ; କିନ୍ତୁ କି ସୁନ୍ଦର ଚିକ୍କଣ କଳାଭଅଁର ମୂର୍ତ୍ତି। ମୋର ମନେହେଲା ସାଧାରଣ ଅଣ୍ଡିରାଟିଏ ପଡ଼ିଗଲେ ତାକୁ ସେ ବାହୁରେ ପୂରେଇ

ପେଷିଦେଇପାରେ। ଚାହିଁଲେ ବାଘଟାକୁ ମାଡ଼ିବସି ମାରିଦେଇପାରେ। କି ଅଦ୍ଭୁତ ଶକ୍ତି ତା'ର ସେ ବାହୁରେ, ବୁକୁରେ ଏବଂ ସେ ବର୍ତ୍ତୁଳ ଜଂଘମାନଙ୍କରେ ! ମୋ ବାବାରେ ! ମୋ ନିଃଶ୍ୱାସ ରୋଧିଲା ପରି ମୁଁ ନିଶ୍ଚଳ ଠିଆହୋଇଥାଏ। ମୋ ବୁକୁ ବାଡ଼େଇ ହେଉଥାଏ। ଜାଇ ଆଣ୍ଠୁରେ ହାତ ଭରାଦେଇ ଉହୁଁକି ଠିଆହେଲା। କୁଡ଼ିଆ ଭିତରକୁ ନଇଁଲା ପରି ପଶିଗଲା।"

"ମୁଁ ଆଉ ସେ ଯାଏଁ ଯିବାକୁ ସାହସ କଲିନାହିଁ। ଭଲ କଲି। ନ ହେଲେ ଅଖଡ଼ରେ ପ୍ରାଣ ବାହାରିଯାଇଥାନ୍ତା। ଶୁଣ, କହୁଛି କ'ଣ ହେଲା।"

ଶଙ୍କର ମଉସା ଆହୁରି ନିବିଡ଼ଭାବରେ, ଅନୁଭବିଲା ପରି କହିଲେ - "ମୁଁ ଅନେଇଥାଏ ସେ ଅଗଣାଟିକୁ। ଗଦ୍ଦାହୋଇ ଶୁଖୁଥିବା ଅସଂଖ୍ୟ ଛୋଟ ବଡ଼ ହାଣ୍ଡି। ତା' ପାଖକୁ ଥାକମାରି ରଖିଥିବା ମଣିଷେ ଉଞ୍ଚରେ ଚେକା ଚେକା କଞ୍ଚା ମାଟି। ଅଳ୍ପ ଖାଲ ଭିତରେ ରେଳଇଞ୍ଜିନ ଚକପରି ସେ ପ୍ରକାଣ୍ଡ କୁମ୍ଭାରଚକ। ଏଡ଼େବଡ଼ ଯନ୍ତ୍ର କୋଉଠି ଆଉ କିଏ ବୁଲେଇପାରେ ବୋଲି ମୋର ବିଶ୍ୱାସ ନାହିଁ। କେବଳ ସେଇ କିରାତିନୀ ତା'ର ସେ ଅଘା ଭୁଜଦଣ୍ଡରେ ତାକୁ ବୁଲେଇପାରେ। ସେ ପାହାଡ଼, ସେ ସବୁ ବୃଷାଳ ଗଛ, ଗଦା ଗଦା ହାଣ୍ଡି ମାଠିଆ ସବୁ ଯେମିତି ମୋତେ ଅକୁଳାନ ବୋଧ ହେଲେ ! ମୋ ମାପ, ମୋ ଆୟତ୍ତର ସେ କେହି ନୁହନ୍ତି। ମୁଁ ଭୂଇଁକୁ ଲାଗି ଠିଆହୋଇଥିବା ପାତି ବାମନଟିଏ।"

ଶଙ୍କର ମଉସା ସତକୁ ସତ କିନ୍ତୁ ସେମିତି ନୁହଁନ୍ତି। ଖୁବ୍ ଗୁଡ଼ାଏ ଉଞ୍ଚ ନ ହେଲେ ସୁଦ୍ଧା ପିଟଣାପରି ନିଦା ଚଉରସ ମଣିଷ। ସେ ତାଙ୍କ ଅନୁଭବରେ ସେତେବେଳେ ବୋଧହୁଏ ସାଙ୍କୁଡ଼ି ଯାଇଛନ୍ତି। ନ ହେଲେ ସଞ୍ଜ ଅନ୍ଧାରରେ କାହିଁକି ମୋତେ ମଧ୍ୟ ସେଇଭଳି ଲୋଚା ଦେଖାଯାଇଥାନ୍ତେ ?

"ବୁଝିଲୁ ପୁଅ" - ମଉସାଙ୍କ ସ୍ୱର ଆହୁରି ଗହିରିଆ - "ଏତିମିକେବେଳେ ଜାଇ ସେ କୁଡ଼ିଆ ଭିତରୁ ନଇଁ ନଇଁ ବାହାରିଆସିଲା। ବୁକୁ ପାଖରେ କ'ଣଟାଏ ଜାକିଧରିଥାଏ। ଅତି ଯତ୍ନରେ ଥନ ଉପରେ ମଡ଼େଇ ରଖିଥାଏ। ପିଣ୍ଡାରେ ଆଣି କାନ୍ଥ ଆଉଜା ଦେଇ ଯେତେବେଳେ ସେ ତାକୁ ଥୋଇଲା, ମୁଁ ଚମକି ପଡ଼ିଲି। ମୋତେ ଦିଶିଲା ଦାଉଦାଉ ଝଟକିଲା ପରି ଦୁଇଟା ଆଖି। ପୁରୁଷ ମୁହଁଟିଏ। ଅତି ସୁନ୍ଦର ଗଢ଼ିଲାପରି ମୁହଁ। ବୁକୁଟା ଓସାର; ଝଟଝଟ ଗୋରା। ମୁହଁ ସେଇ ବୁକୁ ଉପରେ ଆସି ଥୋଇ ହୋଇଥାଏ। କିନ୍ତୁ ଆଉ କିଛି ନାହିଁ। ହାତ ଗୋଡ଼ ସରୁ ସରୁ ବଳିତାପରି ଶୁଖିଲା ମୁରୁକୁଟିଆ ଡାକ ପରି ଓହଳି ପଡ଼ିଥାଏ। ନାଁକୁ ଖାଲି ହାତଗୋଡ଼ର ଚିହ୍ନମାତ୍ର। ନିପଟ ଅଥର୍ବ ପଙ୍ଗୁଟିଏ ! ତା' ଆଖି ଯୋଡ଼ାକରେ ସେ ଜୀଇଁଥାଏ। ଚାହାଣିରେ ସେ ବ୍ରହ୍ମାଣ୍ଡ କଳିଦେଉଥାଏ।

ବିଜୁଳି ପରି ତା' ଡୋଳା ବୁଲିଆସୁଥାଏ ଦଶଦିଗ। ଗଛ ପଛଆଡ଼େ କାଠଅଣା ଚଢ଼େଇ ପରି ଥଣ୍ଟ କାଢ଼ି ମୁଁ ଠିଆହୋଇଥିବାବେଳେ ସେ ମୋତେ ଦେଖିଦେଇଥିବ ନିଶ୍ଚେ। ମୁଁ କିନ୍ତୁ ଆଢୁଆଳକୁ ଘୁଞ୍ଚିଗଲି ନିମେଷକରେ। ମୋତେ ଦେଖିଲା ସେ। ଶିମୁଳି ଗଛର ବାରହାତ ଗଣ୍ଡି ଭେଦି ତା' ଦୃଷ୍ଟି ମୋ ଦେହରେ ବାଜୁଛି। ମୋ ପିଠି ଉଷୁମ ଲାଗୁଛି। ଝାଳେଇ ଯାଉଛି। ଗୋଟିଏ କେଉଁଠି ଅତର୍କିତ ହାବୁଡ଼ିଗଲାପରି ମୋତେ ଡର ଡର ମାଡୁଥାଏ। କାହିଁକି କେଜାଣି ମୁଁ ଜାଈକୁ ଏକୁଟିଆ ବୋଲି ଭାବୁଥିଲି। ଆଉ ମଧ୍ୟ କେହି ଏ ଯାଏଁ ଜାଣିନାହାନ୍ତି ଯେ ତା' ସାଙ୍ଗରେ ସେଇଠି ଆଉ ଜଣେ ଅଛି ବୋଲି। ସେ ପୁରୁଷଟା କ'ଣ ତା' ଗେରସ୍ତ ? ଏତେବଡ଼ ମାଇପିଟିକୁ ସେପରି ପଙ୍ଗୁ ପୁରୁଷଟିଏ ? – କି ଭାଗ୍ୟ ହୋ ! ମୋ ମନ କାହିଁକି କେଜାଣି କୋରିହୋଇଗଲା। ବିଚାରା ଜାଈ ପାଇଁ କେମିତି ଗୋଟାଏ କୋହ ଉଠିଲା ଭିତରୁ। କ'ଣ କରାଯାଏ ? – ବିଧାତା ବିଚାରକୁ ମଣିଷ କ'ଣ ଆନ କରିପାରେ।

ମୁଁ ଟିକିଏ ଗଳି ଚାହିଁଦେଲି। ଜାଈ ତା' କସ୍ତାଟିକୁ ଦେହ ବୁକୁରୁ ଖସେଇ ଆଣି ଅଣ୍ଟାରେ ଚଉରସ କରି ଗୁଡ଼ାଇଥାଏ। ତା'ର ଦୁଇହାତ ଓସାର ବୁକୁ ଉପରେ ଚକି ପୋଡ଼ ଖାଇଥିବା ଦୁଇଟି କ୍ଷୀରସିଝା ହାଣ୍ଡି ଉବୁଡ଼େଇହେଲା ପରି ତା' ଥନଭାରା। ଜଂଘରୁ ଅଧେ ଘୋଡ଼େଇ ହୋଇଥାଏ; ବାକି ଅଧକ ଫୁଙ୍ଗୁଳା। ଫୁଙ୍ଗୁଳା ଡେଣା, ଫୁଙ୍ଗୁଣା ଗୋଡ଼ପେଣ୍ଡା। ମୁଁ ଖାଲି ଭାବୁଥାଏ ଯଦି ଏତେ ରୂପ ଅନୁପାତରେ ସେ ଖାଲି ଆକାରରେ ଅଧେ ହୋଇଥାନ୍ତା ! – କିମ୍ବା ତା'ଠୁ ଆଉ ମୁଠୁଣିଏ ଉଞ୍ଚ ଗୋରା ତଦକତକ ଅର୍ଘା ପୁରୁଷଟିଏ ତାକୁ ଆବୋରିଲା ପରି ଠିଆହୋଇଥାନ୍ତା...

"ଏମିତି ଭାବୁଥାଏ। କଥା ଶୁଭିଲା, ଶୁଣ୍ଟି ପୁଅ ପାଇଁ ପିମ୍ପା ଗଢ଼ିବୁ ପରା ! ଏକାଥରକେ ଗଢ଼ି ଥୋଇଦେ। ତା' ଉତ୍ତାରୁ ପଖାଳ ଖାଇବା। ଆଜି ତ ସହଳ ହେଇଚି !"

ସ୍ୱରରୁ ଜଣାଯାଉଥାଏ ଯେ ସେ ହିଁ ଜାଈର ମାଲିକ; ତା' ଉପରେ ରାଜୁତି କରୁଥିବା ଖାଉନ୍ଦ। ଜାଈ ପୁଣି ଏ ଅଚଳ ଗରିଣ୍ଡାଟା ପାଖରେ ଏମିତି ଦାସୀ ପରି ଖଟୁଛି ? କାହିଁକି ? କେଉଁ ଗୌରବ ଭଲା ସେ ତା' ଠାରୁ ପାଉଛି ? ଏ ବିଫଳ ଘଇତାପଣକୁ ନେଇ କ'ଣ ତା' ଭଳି ନାରୀ ସନ୍ତୁଷ୍ଟ ରହିପାରେ ? ମୋର ମନେହେଲା ପାଟି ଫିଟେଇ କହିଦେବାକୁ ଯେ କେତେବେଳୁ ଛାଇ ଲେଉଟିଗଲାଣି। ଜାଈ ଚୌଦଖଣ୍ଡ ଗାଁରେ କୁଣ୍ଡି, କାଞ୍ଚି ବିକି ବିକି ହାଲିଆ ହେଇ ଫେରିଛି। ବାଟରେ ଡହଡହ ଖରା; ଡହଡହ ବାଲି। ଶୋଷରେ ତା' ଜିଭ ଭିଡ଼ିନେବାରୁ ସେ ହାଣ୍ଡିଏ ପାଣି ଏକାନିଃଶ୍ୱାସକେ ପିଇପକେଇଲା, ମୁଁ ଦେଖିଛି। ବିଚାରୀ କ'ଣ ପଖାଳପାଣି ମୁନ୍ଦାଏ ପିଇ ଟିକିଏ ବିଶ୍ରାମ କରନ୍ତା ନାହିଁ ? ତୁ'ଟା ଗୋଟାଏ ଅଣପୁରୁଷିଆ ପଙ୍ଗୁ – ତୁ କ'ଣ ଜାଣୁ ପରିଶ୍ରମ କଲେ କେମିତି

ଲାଗେ ? କିନ୍ତୁ ଜାଈ ଖିଲ୍ ଖିଲ୍ ହସିଲା । କହିଲା, "ଶୁଣିପୁଅ କ'ଣ ଜାଣେ ? ଏବେ ତ ସମସ୍ତେ ଖାଲି ମାଗୁଛନ୍ତି ପିମ୍ପା ଦିଅ, ପିମ୍ପା ଦିଅ । ପିମ୍ପା ଗଢ଼ିଦେଲେ ସେଥିରେ ସେମାନେ ମଦ ଭର୍ତ୍ତି କରିବେ । ସମସ୍ତେ ପିଇବେ । ଗୀତ ବୋଲିବେ, ନାଚିବେ ।" ଏତକ କହିଦେଇ, ପୁଅ, ସେ ତ ତାଳି ମାରି ନାଚିଲା ପିଲାଙ୍କପରି । ହସି ହସି ଲୋଟିଯାଉଥାଏ । ଦୁମ୍‌ଦୁମ୍ ଡେଉଁଥାଏ । ଭୂଇଁ ଦୁଲୁକୁଥାଏ । ଶିମୁଳିଗଛର ଚେର, ତା' ମର୍ମ ଫଡ଼କୁଥାଏ । ଜାଈର ଜାନୁ, ଜଂଘ, ଥନ କମ୍ପୁଥାଏ ଥରଥର ହୋଇ । ମୋତେ ପୁଅ, ବାହାରପାଣି ଦେଖେଇଲା । ମୋ ଦେହ ଥରିଲା ଗୋଟାପଣେ । କି ସେ ଦୃଶ୍ୟ ! ପିଣ୍ଡା ଉପରୁ ସେ ଆଖିହଳକ ସବୁ ଦେଖୁଥାଏ, ଅଳ୍ପ ହସୁଥାଏ ନିଃଶବ୍ଦରେ ! କହିଲା, "ହେଲା, ହେଲା । ଏମିତି କାହିଁକି ଗୁଡ଼ାଏ ଉତୁରୁଛୁ ? ଯା' ଚକି ପାଖକୁ ।"

"ଜାଈ ବୋଲି ମାନି ଲାଜେଇଲା ପରି ଚକ ପାଖରେ ପହଞ୍ଚିଲା । ତା' ପାଦ ଥାପିଲାବେଳେ ସେ ବାରିଦେଉଥିଲା ତା' ଭୂମିକୁ । ପାଦରେ ସେ ଦେଖୁଥିଲା ଉଚ୍ଚ ନୀଚ, ବାଁ ଡାହାଣ ! ଚକ ଉପରେ ଦୁଇ ଗୋଡ଼ ଓସାରି ସେ ଠିଆହେଲା, ଚକ ଶରଣ ପଶିଲା ତା' ପାଦମୂଳେ । ଜାଈ ନଇଁପଡ଼ି ଅରଗୁଡ଼ିକୁ ଆଉଁସିଲାପରି ହାତ ମାରିଦେଲା । ମନ୍ତ୍ର ପଢ଼ି ଜୀବନ୍ୟାସ ଦେଲା ପ୍ରାୟ ମୋତେ ଲାଗିଲା । ତା' ଉତ୍ତାରୁ ତ ପୁଅ ! ସେ ହାତ ଲମ୍ବେଇ ଦୂରରେ ଥିବା ଅରଟାକୁ ତା' ପାଖକୁ ଓଟାରିଆଣିଲା । ଦୁଇ ହାତରେ, ବିଜୁଳିବେଗରେ, ମହାବିକ୍ରମରେ ଭିଡ଼ିଲା ସେ ଅରମାନଙ୍କୁ । ଚକ ବୁଲିଲା ରାଇଁ ରାଇଁ । ଜାଈର ବାଳଗଣ୍ଠାକ ମୁକୁଳିଗଲା । କାନ୍ଧ ପାଖରୁ ଅସଂଖ୍ୟ ହାତ ଚକ୍ରାକାର ବୁଲିଲାପରି ଦିଶିଲା । ଅଣ୍ଟାରୁ ଉପରକୁ ଗୋଟାଏ ବୃତ୍ତ ଛନ୍ଦରେ ଚକ ଉପରେ ଲପଲପ ହୋଇ ତଳ ଉପର ହେଲା । ଚକ ସାଙ୍ଗରେ, ତା' ଅସଂଖ୍ୟ ବାହୁ ସାଙ୍ଗରେ ବୁଲିଲା ଏ ସସାଗରା ପୃଥ୍ୱୀ । ମୋ ମୁଣ୍ଡ ବୁଲେଇଦେବାରୁ ମୁଁ ଆଖି ବୁଜିଦେଲି । ଚକର ସାଇଁ ସାଇଁ ଶବ୍ଦ କାହିଁ କୋଉ ଭିତରୁ ପାହାଡ଼ ଗର୍ଭରୁ ଗୁମୁରିଲା । ଜାଈର ଜଠର ଭିତରେ ସେ ପ୍ରକାଣ୍ଡ ଚକ ବୁଲୁଥିଲା କି ? ସେ ବାହୁବଳରେ ତାକୁ ତା' ଗର୍ଭକୁ କ୍ଷେପିନେଇଗଲା କି ? ଚକର ଗାଉଁ ଗାଉଁ ଶବ୍ଦରେ ସବୁ ଦୁରୁଦୁରୁ କମ୍ପିଲା । ଗଛ ଭୂଇଁ ମୋ ହାଡ଼ପଞ୍ଜୁରି ନାଡ଼, ରକ୍ତ, ମାଂସ ଥରଥର ହେଲା । ମୁଁ ପୁଣି ଚାହିଁଲି । ଜାଈ ସେମିତି ଲଇଁ ରହିଥାଏ । ବେଗ ହେତୁରୁ ଏଡ଼େକ ଚକ ସ୍ଥିର ଚିତ୍ରଟିଏ ପରି ଦିଶୁଥାଏ । ତା' ମଙ୍ଗ ଦିଶୁଥାଏ ଧୂଆଁଳିଆ । ମୋ ଆଖିରେ ପଲକ ପଡୁନଥାଏ । ମୋ ଅନ୍ତନାଡ଼ି ଦୁଲୁଦୁଲୁ ହେଉଥାଏ । ସେ ଭିତରେ ଚକଟାଏ ବୁଲୁଥାଏ । ଗଛ ଭିତରେ, ପାହାଡ଼ ଭିତରେ ସେମିତି ଅସଂଖ୍ୟ ଚକ ବୁଲିଲାପରି ଶବ୍ଦ ହଉଥାଏ ।

ପିଣ୍ଡାରୁ ଶୁଭିଲା – "ହଉ ହେଲା, ଏଣିକି ମାଟି ମଡ଼େଇ ଦେ' । ସେତିକିରେ

ସେ ଗହଳି ଭିତରୁ ମାତ୍ର ଯୋଡ଼ିଏ ହାତ ଗୋଟେଇ ଆଣି ଟଳିଲାପରି ଠିଆହେଲା ଜାଈ। ଆଖି ନଥିବା ମୁହଁ ଉପରେ ଅଲରା ବାଳ ଅଜାଡ଼ି ହୋଇ ପଡିଥାଏ। ତା' ବୁକୁ, ପେଟ ଉଠୁଥାଏ ପଡୁଥାଏ ଭାରି ନିଃଶ୍ୱାସରେ। ଝାଳ ଛିଡ଼ି ପଡୁଥାଏ ମୁହଁ ଉପରୁ। ବେକ ବୁକୁ ଦେଇ ନିଗିଡ଼ି ଯାଉଥାଏ ଧାର ଧାର। ଜାଈ ଦାନ୍ତ ଦେଖେଇ ହସିଲା। ଅଦ୍ଭୁତ ଗେରସ୍ତ-ସୁଆଗରେ ଜୁଡୁବୁଡୁ ଲତପତ ମାଇପିଟିଏ! ସେ ହସ, ପୁଅ, ମୁଁ କୋଉଠି ଦେଖିନାହିଁ! କେମନ୍ତ ନିଜକୁ ସମର୍ପିଦେଲାପରି, ନିଆଁକୁ ହଁ, ପାଣିକୁ ହଁ କଲାପରି ସେ ହସ!! ପିଣ୍ଡାରେ ଥାଇ ସେ ତାକୁ ଶାସନ କରୁଥାଏ। ସେ ମଧ୍ୟ ନିଃଶବ୍ଦରେ କେମିତି ପ୍ରାଣ ଉଚ୍ଛୁଳିଲା ପରି ହସୁଥାଏ। ତା' ଢଙ୍ଗ ଦେଖି ତ ମୁଁ ଅବାକ୍! ଆରେ ସେ କ'ଣ ଖାଲି ପଙ୍ଗୁ ପୁରୁଷଟିଏ? ତା' ହସ, ତା' ଚାହାଣିରେ ସେ ଜାଈକୁ ଆବୋରି ରଖିଥାଏ। ଜାଈର ଅଙ୍ଗ ତା ଅଙ୍ଗ! ଜାଈର କମ୍ପ ତା' କମ୍ପ, ତା' ହସ, ଯା ହସ ଗୋଟିଏ। ସେ ଆଖିହଳକ ଜାଈ ମୁହଁ ଉପରେ ଯୋଖିହୋଇ ଯାଉଥାଏ। ... କେମିତି ଗୋଟାଏ ଏକାକାର ହେଲାପରି ଲାଗିଲା। ଭାବିଲି ଗେରସ୍ତ ହେବ ତ ଏମିତି ହେବ! ସେଇଠୁ ଦାଉଁକିନା ମନେପଡ଼ିଗଲା ଯେ ସେଇଟା ପଙ୍ଗୁଟାଏ! ଜାଈ ଅନ୍ଧୁଣୀଟିଏ। ମୋ ଭିତରେ ପୁଣି ପୁରୁଣା ଦୁଃଖ ଛଟପଟ ହେଲା।

"ଜାଈ ସେଇଠି ଠିଆ ହୋଇ ହାତ ବଢ଼େଇଲା ମାଟି ଚେକା ଉପରକୁ। ହାତରେ ଛୁଇଁଗଲା, ବୁଝିଗଲା, ଶୋଇଥିବା ମାଟିପିଣ୍ଡଗୁଡ଼ିକୁ ସଲ୍‌ସଲ୍ କରି ସେମାନଙ୍କ ନିଦ ଭାଙ୍ଗିଦେଲା। ଠାରିଲା ପରି ସେମାନଙ୍କୁ ଡାକିଲା ନାଁ କ'ଣ!

"ଉପର ଚେକା କାଢ଼ିଦେ। ସେଇଟା ମଲାମାଟି। ସେଥିରୁ ପାଣି ନିଗିଡ଼ି ଯାଇଛି।" ... ତା' ତଳ ଚେକାଟିକୁ ଜାଈ ଦୁଇ ହାତରେ ପିଲା ଖେଳେଇଲା ପରି ଡିଆଁଇଲା। ନଦ୍‌କିନା ପକେଇଦେଲା ଚକର ନାହି ଉପରେ। ଆଉରି ଗୋଟିଏ ଚେକା ସେମିତି ପକେଇଲା। ଯାଆଁଳା ମାଟିପିଣ୍ଡ ଯୋଡ଼ିକ ଚକ ଉପରେ ଘିରିଘିରି ବୁଲିଲେ। ପାଖ କୁଣ୍ଡରୁ ଆଞ୍ଜୁଳାଏ ପାଣି ନେଇ ଜାଈ ମାଟି ଉପରେ ଛପେଇଦେଲା। ହାତ ମଡ଼େଇବାରୁ ପଚ୍‌ପଚ୍ ଶବ୍ଦ ହେଲା। ଚିକ୍‌କଣ ଚିକିଟା ଅଠାଳିଆ ଶବ୍ଦ। ଜାଈ ଆଞ୍ଜୁଳା ପାଣି ପକେଇ ମାଟିପିଣ୍ଡଟାକୁ ସାଉଁଳି ଆଣୁଥାଏ। ପାଣି କାଦୁଅ ଚିଟ୍‌ଚିଟ୍ ଛିଟିକି ଆସୁଥାଏ ତା' ଉପରକୁ। ପିଣ୍ଡା ଉପରୁ ଆଖିଯୋଡ଼ିକ ସ୍ଥିରହୋଇ ଅନେଇଥାନ୍ତି। ମଝିରେ ମଝିରେ ଖାଲି ହୁଙ୍କାରିଲା ପରି ଶବ୍ଦ ଶୁଭୁଥାଏ। ସେଇଟା ବୋଧହୁଏ ଜାଈ ଶୁଣିବାକୁ ଚାହୁଁଥାଏ। ଚକକୁ ବୁଲେଇ ଦେଇ ତା' ନାହି ଉପରେ ପୁଣି ପାଣିହାତ ମଡ଼େଇ ଦେଉଥାଏ। ଦୁଇ ହାତରେ ମାଟିର ମଙ୍ଗକୁ ଟୋଳି ଆଣୁଥାଏ। ପୁରୁଷ କମ୍ପୁଥାଏ; କହୁଥାଏ, "ମଝିରୁ ମାଟି ଟେକି ଆଣ! ଆହୁରି! ଆହୁରି!" ଜାଈ ଶୁଣୁଥାଏ ପ୍ରତି ଲୋମକୂପରେ। ହାତରେ

ଅନୁଭବ କରୁଥାଏ ମାଟିକୁ ଆଉ କଥାକୁ। ... 'ଇସ୍ ଗୋଡ଼ିଟାଏ !' ସେ କହିଲାବେଳକୁ ଜାଈ ତା' ହାତରେ ତାକୁ ଦେଖି ଫିଙ୍ଗି ସାରିଥାଏ। ପିଣ୍ଡାରୁ ସେ ଆଖିରେ ମାଟିକୁ ଛୁଉଁଥାଏ। ଜାଈ ତା' ହାତରେ ମାଟିକୁ ଦେଖୁଥାଏ। ମାଟି ଲାଳିତ ହେଉଥାଏ ମଝିରେ। ଆଞ୍ଜୁଳା ଆଞ୍ଜୁଳା ପାଣିରେ ଚିକ୍‌କଣ ହୋଇ ଗଢ଼ି ହେଉଥାଏ। ଦୁହେଁ ବିଭୋର ହୋଇ ଘଟ ଗଢୁଥାନ୍ତି। ମୋର ମନେହେଲା ଆଖି ହଳକ ଅନ୍ଧୁଣୀର। ହାତ ହଳକ ପଙ୍ଗୁର। ସେ ଦୁଇଜଣ ଦୁଇ ନୁହନ୍ତି... ଏକ୍।

"ପିମ୍ପା ଗଢ଼ି ଉଠିଲା। ଆହୁରି ଚକ ବୁଲିଲା। କାଦୁଅରେ ଲଟପଟ ହେଲା ଜାଈ କୁମ୍ଭାରୁଣୀ। ଦୁଇ ପାପୁଲାରେ ଚିପିଲ ପରି, ଆଦରିଲା ପରି ସେ ଡାକି ଆଣିଲା ପିମ୍ପାର ମଙ୍ଗକୁ, ଉପରକୁ, ଆହୁରି ଉପରକୁ। ପେଟୁଆ ହୋଇ ଏତେ ବଡ଼ କୁମ୍ଭ ଠିଆହେଲା ଚକ ମଝିରେ। ଜକଜକ ଦିଶିଲା। ଜାଈ ଶେଷକୁ ତା' ବେକି ମୁହଁ ଗଢ଼ିଦେଲା। ପାଣିହାତରେ ଚିକ୍‌ଣେଇ ଦେଲା ପିମ୍ପାର ଅଙ୍ଗକୁ ନାଲୁଆ ଚଟଚଟିଆ ଶବ୍ଦ ଆଉ ହେଲାନାହିଁ। ପିମ୍ପା ଭିଡ଼ିନେଲା ସବୁ ପାଣି। ପିମ୍ପା ଦେହ ମଣିଷ ଦେହ ପରି ଦିଶିଲା। ... ସେଇଠୁ ଏକ ବିଚିତ୍ର ଦୃଶ୍ୟ ଦେଖାଗଲା। ହାତ କାଢ଼ି ଜାଈ ଯେତେବେଳେ ଠିଆହେଲା, ତା' ଗୋଡ଼ ସେମିତି ଫରକଟେଇ ହୋଇ ରହିଥାଏ। ଚକ ସେମିତି ବୁଲୁଥାଏ। ମାତ୍ର ସେ ବିରାଟ ପିମ୍ପାଟା ଦିଶିଲା ଜାଈର ଓହଳି ପଡ଼ିଥିବା ପେଟପରି। ଜାଈ ଦିଶୁଥାଏ ଗର୍ଭବତୀ ଆସନ୍ନପ୍ରସବା। ସେଇ ପଙ୍ଗୁ ପୁରୁଷର ଇଚ୍ଛାରେ ସେ ଜନ୍ମଦେବ ଅସଂଖ୍ୟ ଘଟକୁ। ସବୁ ଘଟଗୁଡ଼ିକ ମେଲା - ସମସ୍ତଙ୍କ ମୁହଁ ଉପରକୁ। ସେମାନଙ୍କ ଗର୍ଭକୁ ଚାହିଁରହିଥିବ ପଙ୍ଗୁ। ତା' ଦୃଷ୍ଟି ଭରିରହିଥିବ ସେ ଘଟଗୁଡ଼ିକରେ।

"ବୁଝିଲୁ ପୁଅ ! ମୁଁ ଏମିତି ଅଭିଲା କଥାଗୁଡ଼ାଏ ଭାବିଗଲି। ମୋତେ ଲାଗିଲା ଯେ ପିମ୍ପା, ହାଣ୍ଡି, ମାଠିଆ, କୁଣ୍ଡି, କାଞ୍ଜି ସମସ୍ତେ ଜାଈର ଅସଂଖ୍ୟ ସନ୍ତାନ। କିଏ କହିଲା ଜାଈ ଫଳିନାହିଁ ? ଜାଈ କୁମ୍ଭାରୁଣୀ ଭଳି ଆଉ କିଏ ଭଲା ଫଳିଛି ? ନହେଲେ କି ସେ ସେମିତି ଦିଶୁଥାନ୍ତା - ଯୁଆଡୁ ଦେଖିଲେ, ଯେବେ ଦେଖିଲେ ମା' ପରି !... ଆଉ ଶୁଣ୍ ! ମୁଁ ଭାବିଲି ଯେ ମୁଁ ନିଜେ ସେ ପରିବାରର ଜଣେ। ମୁଁ ବିଭୋର ହୋଇ ଭୁଲିଗଲି ବାକି ସବୁ।

ମୋର ଚେତା ପଶିଲା ଯେତେବେଳେ, ପିଣ୍ଡାରୁ ଗୋଟାଏ ହେଣ୍ଟାଳ ପରି ଶବ୍ଦ ଶୁଭିଲା। ମୁଁ ମୋ ଅଜାଣତରେ ଆଢୁଆଳରୁ ବାହାରି ଆସିଥିଲି। ବାଘୁଣୀ ପରି ଜାଈ କ୍ଷେପି ଯାଇଥିଲା ପିଣ୍ଡାପାଖକୁ। ସେ ମୋ'ରି ଆଡ଼କୁ ଟେକି ଧରିଥିଲା ଗୋଟାଏ ଡେଣ୍ଡା ! ବାବାରେ, ମୁଁ ତା'ର ସେ ରୂପ ଦେଖି ତାଟକା ! ସେ ବୋଧହୁଏ ବୁଝିଗଲା ଯେ କୌଣସି ବଣଜନ୍ତୁ ଆସିଗଲା। ସେ ତା' ପଙ୍ଗୁ ଗେରସ୍ତକୁ ଆବୋରି ଠିଆହୋଇଥାଏ। କାଦୁର

ସରସର, ଝାଳ ସରସର, ଅଧା ନଙ୍ଗଳା, ମୁକ୍ତକେଶା ବିରାଟ କଳାଘୁମର ରୂପ ! ମୋ ମେରୁଦଣ୍ଡ ଠକ୍ ଠକ୍ ହୋଇ ଥରିଲା । ଯଦି ସେ ତେଣ୍ଟା ଛାଡ଼ିଦିଏ, ମୋତେ ନେଇ ମାଟି ସାଙ୍ଗରେ ଗୁନ୍ଥିଦେବ !

ମୋ ତୁଣ୍ଡରୁ ଅକସ୍ମାତ୍ ବାହାରିଗଲା, "ମୋ ମା' କିଲୋ !' ଜାଈ ତଳେ ପକେଇ ଦେଲା ମୋ ଭାଇକୁ । ଚାରି ଖେପାରେ ଆସି ମୋତେ ଗୋଟେଇ ଧରିଲା । 'କିଏ ? ସାଆନ୍ତ ପୁଅ ? ତେମେ କେମିତି ଏତେ ବାଟ ଆଇଲ ? ଆହା, ମୁଁ ମରିଯାଉଥେଟି !" – ସେ ମୋତେ ତା' ମାଟି ହାତରେ ମୁଣ୍ଡରୁ ଗୋଡ଼ଯାଏ ଆଉଁସିଗଲା । ମୁଁ ମାଟି ସଲବଲ ହୋଇ ଠିଆହୋଇ ରହିଲି । ଜାଈ ତା'ର ସେ ଥରଥର ଜୀଅନ୍ତା ହାତରେ ମୋତେ ଆଉଥରେ ଗଢ଼ିଦେଲା । ମୋତେ ଲାଗିଲା, ମୁଁ ତା' ଚକ ଉପରେ ଗଢ଼ାହୋଇଥିବା ମାଟି ଘଟଟିଏ । ଉପର ଚିକ୍କଣ, ଭିତର ମେଲା । ମୋ ମୁହଁ ଉପରକୁ ! ମୁଁ ନିଶ୍ଚଳ ହୋଇଗଲି । ଜାଈର ଆଉଁସା ଖାଇ ନିଶ୍ଚିନ୍ତ ହୋଇଗଲି । ମୋର ସବୁ ଅବୟବ କୁଆଡ଼େ ଲୁଚିଗଲାପରି ଲାଗିଲା । ମୁଁ ପାସୋରିଗଲି ମୋ ନାଁ, ମୋ ପରିଚୟ । ମୁଁ ଅପେକ୍ଷା କରି ରହିଲି ଘଟଟିଏ ପରି । ମୋର ଜିଭ ନାହିଁ କହିବାକୁ । ଆଖି ନାହିଁ ଦେଖିବାକୁ । ମୋତେ ଜାଈ କାଖେଇ ନେଇ ଯେଉଁଠି ଥୋଇବ, ମୁଁ ସେଇଠି ବସିଯିବି । ମୋର କ'ଣ ଥାଏ, ମୋ ଭିତରେ ସେ କ'ଣ ପୂରେଇବ – କ୍ଷୀର କି ମଦ, କି ପାଣି ! ମୁଁ ହଲିଗଲେ ଖାଲି କଳକଳ ହେବି, ଡବଡବ ହେବି !

ଶଙ୍କର ମଉସା ନିଶ୍ଚଳ ହୋଇଗଲେ, ନୀରବ ହୋଇଗଲେ । ମୁଁ ଅପେକ୍ଷା କରିଥାଏ ଆଉ ଗୋଟିଏ ଘଟ ପରି ! ରାତି ଘନେଇ ଆସିଥାଏ । ଉଭୟେ ବୋଧହୁଏ ଚେତା ପାଇଲାପରି ଏକ ସାଙ୍ଗରେ ଦୀର୍ଘନିଃଶ୍ୱାସ ଛାଡ଼ିଲୁ । ମୁଁ ଟିକିଏ ଖୁଜ୍‌ବୁଜ୍ ହେଲି । ... କ'ଣ ମଉସାଙ୍କୁ ପଚାରିବି । ସେଇଠୁ କ'ଣ ହେଲା ବୋଲି ? – ସେ କୁମ୍ଭାରଶାଳରେ କେତେ ସମୟ ରହିଲେ, କେମିତି ଫେରିଲେ କେତେବେଳେ ଫେରିଲେ ? – ଧେତ୍ ସେଥିରେ କ'ଣ ଥାଏ ! ... ପୁଣି ଖୁଜ୍‌ବୁଜ୍ ଲାଗିଲା । ପଚାରିଦେବି କି – 'ସେ ଜାଈ କୁମ୍ଭାରୁଣୀ ସତରେ କିଏ ? – ତା' ଗେରସ୍ତ କିଏ ?' – ଲାଭ କ'ଣ ?

ଶଙ୍କର ମଉସା ଗାମୁଛା ଝାଡ଼ି ଉଠି ସାରିଥିଲେ; ତୁନିପଡ଼ି ସାରିଥିଲେ । ତାଙ୍କୁ ଭଲା ଆଉ ଥରେ କିଏ କଥା କୁହାଇ ପାରିବ ?

ଅନ୍ଧାରରେ ଗାଁକୁ ବାଟ ବାରି ଫେରିଲାବେଳେ ମୋର ପ୍ରତ୍ୟୟ ହୋଇଯାଇଥିଲା, କାହିଁକି ଜାଈ କୁମ୍ଭାରୁଣୀ ଯେତେବେଳେ ଦେଖିଲେ ମା' ପରି ଦିଶେ !

■

(ଭାରତୀୟ ସାଂଖ୍ୟଦର୍ଶନ ଆଧାରିତ ପ୍ରକୃତି ଓ ପୁରୁଷର ଅଭେଦ୍ୟ ପାରସ୍ପରିକତାର ଗୂଢ଼ତତ୍ତ୍ୱ ଏହି ଗଳ୍ପରେ ପ୍ରତିଫଳିତ)

ଚନ୍ଦ୍ରଭାଗା ଓ ଚନ୍ଦ୍ରକଳା

ପ୍ରତିଭା ରାୟ

ଚନ୍ଦ୍ରକଳାର ହ୍ରାସବୃଦ୍ଧି ଅଛି। ସେଥିପାଇଁ ଖଣ୍ଡିତ ଚନ୍ଦ୍ର ଏତେ ସୁନ୍ଦର - କାରଣ ତା' ପଛରେ ଗୋଟାଏ ଅଦୃଶ୍ୟ ତୂଳୀ ପୂର୍ଣ୍ଣତାର ଚିତ୍ର ଲେଖୁଥାଏ।

କିନ୍ତୁ ତାକୁ ଦେଖିଲେ ମୁଁ ଭାବେ, ସେ ଯେମିତି ଦିନୁ ଦିନୁ କେବଳ ହ୍ରାସ ପାଇଯାଉଛି, କ୍ଷୟ ହୋଇଯାଉଛି। ତା' କଥା ଭାବିଲେ ମନେପଡ଼େ ବୁଦ୍ଧଙ୍କର ଅମର ବାଣୀ, ପ୍ରଥମ ଆର୍ଯ୍ୟ ସତ୍ୟ ଦୁଃଖ। ଦୁଃଖ ହେଉଛି ମନୁଷ୍ୟ ଜୀବନର ଏକ ମର୍ମାନ୍ତିକ ସତ୍ୟ। କିନ୍ତୁ ସାଧାରଣ ମଣିଷ ଦୁଃଖ ଭିତରେ ସୁଖର ସନ୍ଧାନ କରେ। ଭିନ୍ନ ଭିନ୍ନ ଉପାୟରେ ଦୁଃଖକୁ ଅପନୋଦନ କରେ। ସେଇଥିପାଇଁ ରୋଗଗ୍ରସ୍ତ ମଣିଷ ଚିକିତ୍ସାର ସହାୟତା ନିଏ, ମନକୁ ସାନ୍ତ୍ୱନା ଦିଏ, ରୋଗ କ୍ଷଣସ୍ଥାୟୀ... ସୁସ୍ଥ ଜୀବନ ହିଁ ଚିରନ୍ତନ ସତ୍ୟ। ଯଦିଓ ମଣିଷ ଜାଣେ ବିପରୀତ କଥାଟା ହିଁ ଅକାଟ୍ୟ। ଆଶା ଦୁଃଖର କାରଣ। ଅଥଚ ସେଇ ଆଶା ହିଁ ମଣିଷକୁ ବଞ୍ଚାଇ ରଖେ - ଆଶା ହିଁ ମଣିଷକୁ ଆନନ୍ଦ ଦିଏ, ଯଦିଓ ସେ ଆନନ୍ଦ କ୍ଷଣସ୍ଥାୟୀ।

କିନ୍ତୁ କି ଆଶା ନେଇ ସେ ବଞ୍ଚିରହିଛି ମୁଁ ବୁଝିପାରେ ନାହିଁ। ମନକୁ କି ସାନ୍ତ୍ୱନା ଦେଇ ସେ ପଡ଼ିରହିଛି ତା' ମୋ ଚିନ୍ତାର ବାହାରେ। ତା' ଜୀବନର ଶେଷ କଥା ଡାକ୍ତରମାନେ ଶୁଣାଇ ଦେଇଛନ୍ତି। ଆଜିକାଲି ତା' ସୁସ୍ଥତାର କିଛି ଚିକିତ୍ସା ହୁଏ ନାହିଁ। ଯେତେ ଫିସ୍ ଦେଲେ ମଧ୍ୟ ତା' ସ୍ୱାସ୍ଥ୍ୟ ପରୀକ୍ଷା କରିବା ପାଇଁ କେହି ଡାକ୍ତର ଆସନ୍ତି ନାହିଁ। ଅଥଚ ସେ ବଞ୍ଚିଛି ଏବଂ ସେ ଜୀବନକୁ ଭଲପାଇ ବଞ୍ଚିରହିଛି। ତା'ର ମନୋବଳ, ତା'ର ସହନଶୀଳତା ଦେଖି ମୁଁ ସ୍ତମ୍ଭୀଭୂତ ହୁଏ, ଅଭିଭୂତ ହୁଏ। ଭାବେ, ବୋଧହୁଏ

ପ୍ରତିକୂଳ ଦିଗରେ ସନ୍ତରଣ କଲେ ନଦୀସ୍ରୋତ ପ୍ରଖର ହେଲାଭଳି ପ୍ରତିକୂଳ ପରିସ୍ଥିତି ହିଁ ମଣିଷକୁ ଶକ୍ତିମୟ କରେ।

ତା'ର ସହ ମୋ ପରିଚୟର ସୂତ୍ର ସେ ନିଜେ।

ଅକସ୍ମାତ୍ ଦିନେ ଫୋନରେ ଡାକି ସେ କହିଲା - "ଆଜ୍ଞା ନମସ୍କାର ! ମୁଁ ଚନ୍ଦ୍ରା କହୁଛି, ଚନ୍ଦ୍ରଭାଗା ଦାସ। ମୁଁ ଆପଣଙ୍କର ଜଣେ ଗୁଣମୁଗ୍ଧ ପାଠିକା। ଆପଣଙ୍କୁ ଦେଖିବା ପାଇଁ ଭାରି ଇଚ୍ଛା ହେଉଛି।" ମୁଁ ବିନମ୍ର କଣ୍ଠରେ କହିଲି - "ସନ୍ଧ୍ୟାରେ ପ୍ରାୟ ମୁଁ ଘରେ ଥାଏ। କେବେ ଆସନ୍ତୁ।"

ନୀରବତାର ସ୍ୱର ମତେ ଉଦାସ ଆଗ୍ରହରେ ଛୁଇଁ ଯାଉଥାଏ। ପୁଣି ଶୁଭିଲା - "ମୁଁ କ୍ରମାଗତ କିଛିଦିନ ଅସୁସ୍ଥ ଅଛି। ଶୁଣିଲି ଆପଣ ଏଇ ପାଖରେ କେଉଁଠି ରହନ୍ତି। ଆପଣ ଯଦି ଦୟାକରି ଥରେ ଆସନ୍ତେ-"

ଦୟାକରି ନୁହେଁ, କୌତୂହଳବଶତଃ ମୁଁ ତା' ଘରକୁ ଗଲି ଏବଂ ତା'ପରଠୁ ବାରମ୍ବାର ଯାଏ। ଗୋଟାଏ ଅଦୃଶ୍ୟ ଆକର୍ଷଣ ସମସ୍ତ କାର୍ଯ୍ୟବ୍ୟସ୍ତତା ଭିତରେ ତା' ପାଖକୁ ମତେ ଟାଣିନିଏ।

ପ୍ରଥମ ଦିନ ସେ ଶୋଇଥିଲା ଲମ୍ବା ଗାଉନ୍‌ଟିଏ ପିନ୍ଧି। ତା'ର ବୃଦ୍ଧ ବାପା ଲମ୍ବୋଦରବାବୁ ପରିଚୟ ଜିଜ୍ଞାସା କରି ମତେ ଆଗ୍ରହରେ ପାଛୋଟି ନେଲେ। ଝିଅ ସହ ପରିଚୟ କରାଇଦେଲେ - "ଏ ହେଲେ ଲେଖକ ପ୍ରଭାତ ରାୟ, ଯାହାଙ୍କ ଲେଖାର ତୁ ଜଣେ ବିଦଗ୍‌ଧା ପାଠିକା। ତୁ ଫୋନ୍ କରିଥିଲୁ ଆସିବାକୁ।"

"ସେ ହାତ ଟେକି ନମସ୍କାର କଲା, କିନ୍ତୁ ବିଛଣାରୁ ଉଠିଲା ନାହିଁ। ଉଠିବାର କୌଣସି ଚେଷ୍ଟା ମଧ୍ୟ କଲା ନାହିଁ। ଅସୁସ୍ଥତାବଶତଃ ବୋଧହୁଏ ଦୁର୍ବଳ ଅନୁଭବ କରିଛି। ଡାକ୍ତର ହୁଏତ ଉଠିବା ପାଇଁ ବାରଣ କରିଛନ୍ତି। ତା'ର ପାନପତ୍ରର ମୁହଁଟି ସାମାନ୍ୟ ଫିକା ଆଉ ମ୍ଳାନ ଦିଶୁଥାଏ। ସୁତୀକ୍ଷ୍ଣ ନାସାଗ୍ର କେଉଁ ଗୋପନ ଆବେଗରେ ଅଳ୍ପ ଅଳ୍ପ କମ୍ପିତ ହେଉଥାଏ। ଗୋଟାଏ ନିଷ୍ପାପ ଲାବଣ୍ୟରେ ମୁହଁଟି ଢଳ ଢଳ ଦିଶୁଥାଏ। ଭସା ଭସା ଉଦାସ ଆଖି ଦୁଇଟିରେ ଭାବବ୍ୟଞ୍ଜକ ଦୃଷ୍ଟି ତା'ର ଗଭୀର, ମର୍ମସ୍ପର୍ଶୀ। ଅପଲକ ଆଖରେ ସେ ମୋ ମୁହଁକୁ ଚାହିଁ ରହିଥାଏ ଯେମିତି କିଛି ଖୋଜୁଛି। ଲାବଣ୍ୟମୟୀ କ୍ଷୀଣାଙ୍ଗୀ ତରୁଣୀର ସିଧାସଳଖ ନିଃସଙ୍କୋଚ ଦୃଷ୍ଟି ମତେ ସଙ୍କୁଚିତ କରିପକାଉଥାଏ। ଭାବିଲି ଜଣେ ଅପରିଚିତ ଲେଖକଙ୍କୁ ଘରକୁ ଡକାଇ ଝିଅଟି ନିଃସଙ୍କୋଚରେ କେଉଁ ଗଭୀର ଗହନ ଜୀବନ ପ୍ରଶ୍ନର ଉତ୍ତର ଖୋଜୁଛି ? ମୁଁ ପଚାରିଲି - "କ'ଣ ହେଇଛି ? କେତେ ଦିନ ହେଲା ଆପଣ ଅସୁସ୍ଥ ହେଇ ପଡ଼ିଛନ୍ତି ? କ'ଣ ଜର, ମୁଣ୍ଡବ୍ୟଥା ?"

ମୋ ପ୍ରଶ୍ନର କିଛି ଜବାବ ନ ଦେଇ ମ୍ଳାନ ହେଇ ସେ ହସିଲା। ତା'ପରେ

ହଠାତ୍ ସେ ମୋର ବିଭିନ୍ନ ଲେଖା ଉପରେ ଆଲୋଚନା କରିବାକୁ ଲାଗିଲା। ମୁଁ ତା' ଅସୁସ୍ଥତା କଥା ଭୁଲିଯାଇ ନିଜ କୃତିର ଆଲୋଚନାରେ ମାତିଗଲି। ଝିଅଟିକୁ ମୋର ଲେଖା ଯେତିକି ଭଲ ଲାଗିଥିଲା, ମତେ ଝିଅଟି ତା'ଠାରୁ ବେଶି ଭଲ ଲାଗିଲା। ଏ ଭିତରେ ତା'ର ମା' ଚା', ଜଳଖିଆ ଦେଇଥିଲେ, ସାଦାପାନ ଭାଙ୍ଗି ମୋ ହାତକୁ ବଢ଼ାଇ ଦେଇଥିଲେ ଘର ମଣିଷଙ୍କ ପରି। ଦୁଇଘଣ୍ଟା ବସିଗଲି ପ୍ରଥମ ଦେଖାରେ ଏବଂ ତା'ର ଅସୁସ୍ଥତା କଥା ସମ୍ପୂର୍ଣ୍ଣ ଭୁଲିଯାଇଥିଲି। ଉଠିଲାବେଳକୁ ଆପଣାର ଲୋକ ଭଳି ଜୋର୍ ଦେଇ କହିଲି - "ଏଥର ତମ ପାଳି। ଆଶା କରୁଛି ଖୁବ୍ ଶୀଘ୍ର ତମେ ସୁସ୍ଥ ହେଇଉଠିବ ଆଉ ମା'ଙ୍କୁ ନେଇ ମୋ ଘରକୁ ଆସିବ। ମୋ ସ୍ତ୍ରୀ ଭାରି ଖୁସି ହେବେ।" ସେମିତି ଶୋଇରହି ପ୍ରତିଶ୍ରୁତିହୀନ ଚିରାଚରିତ ମ୍ଲାନ ହସଟିଏ ସେ ହସିଲା।

ଠିଆ ଠିଆ ପଚାରିଦେଲି - "ମୋରି ଲେଖା ବିଷୟରେ ସବୁ କହିଲି, ତମ କଥା ତ କିଛି ହେଲେ କହିଲ ନାହିଁ? କେଉଁ କଲେଜରେ ପଢ଼? କଳା ନା ବିଜ୍ଞାନ? ଡାକ୍ତର କେତେଦିନ ବିଶ୍ରାମ ନେବାକୁ କହିଛନ୍ତି?" ପ୍ରଥମ ସାକ୍ଷାତ୍‌ରେ ଯା'ଠାରୁ ଆଉ ଅଧିକ ଜିଜ୍ଞାସା କ'ଣ କରିପାରିଥାନ୍ତି ତା' ସମ୍ପର୍କରେ।

ଉଦାସ ସ୍ୱରରେ ସେ କହିଲା - "ମୋ କଥା ଆଉ କ'ଣ କହିବି। ଛାଡ଼ନ୍ତୁ - ଆଉ କେବେ ସେ କଥା। ଆପଣଙ୍କର ବହୁ ସମୟ ନଷ୍ଟ କଲିଣି ଆଜି। କିନ୍ତୁ ଭାରି ଭଲ ଲାଗିଲା ଆପଣଙ୍କୁ ଦେଖି। ଆପଣଙ୍କ ଲେଖାଭଳି ଆପଣ ଭାରି ଅନ୍ତରଙ୍ଗ ମନେହେଲେ ପ୍ରଥମ ଦେଖାରେ। ମୋର ଫୋନ୍ ପାଇ ଆପଣ ଯେ ଆସିଲେ ସେଇ ମୋର ଭାଗ୍ୟ।" 'ଧନ୍ୟବାଦ' କହି ଆତ୍ମପ୍ରସାଦରେ ସ୍ମିତ ହସି ବାହାରିଆସୁଛି, ସ୍ତମ୍ଭୀଭୂତ ହେଇଗଲି ବାରଣ୍ଡାର ଗୋଟାଏ କୋଣକୁ ଚାହିଁଦେଇ। ମୋର ଯୁବସୁଲଭ ଉଷ୍ଣ ରକ୍ତପ୍ରବାହ ଶୀତଳ ହେଇ ଜମାଟ ବାନ୍ଧିଯାଉଛି ବୋଲି ଭୟ ହେଲା। ମୋର ପାଦ ଅଚଳ ହେଇଗଲା। କଣ୍ଠନଳୀ ଶୁଷ୍କ, ହୃଦୟ ଥର ଥର କମ୍ପୁଛି, ଭୟକାତର ଦୃଷ୍ଟି ସେଇ ଅନାକାଂକ୍ଷିତ ଜିନିଷଟି ଉପରେ ନିବଦ୍ଧ। ଭାବିଲି ଭାଗ୍ୟର ଉତ୍‌ଥାନ ପତନ କେଡ଼େ ଦୁଃଖମୟ! ଶିଶିରକଣା ଭଳି ସ୍ୱଚ୍ଛ, ନିଷ୍ପାପ ଏଇ କୋମଳ ବୟସୀ ଝିଅଟିର କୃତକର୍ମର ଫଳ ଏଡ଼େ ବିଷମୟ ହୋଇ ନ ପାରେ; ଯେଉଁଥିପାଇଁ ସେ ଏତେ ବଡ଼ ଅଭିଶାପ ପାଇବ। ଏ କେବଳ ତା' ଭାଗ୍ୟର ବିଡ଼ମ୍ବନା କିମ୍ବା ପ୍ରାରବ୍ଧ ଫଳ।

ତା'ର ବାପା ନିର୍ବିକାର ସ୍ୱରରେ କହିଲେ - ଆଜିକୁ ବାରବର୍ଷ ହୋଇଗଲା। ଆଗରୁ ଅଣ୍ଟା ସଳଖି ବସିପାରୁଥିଲା। ଆଜିକାଲି ଆଉ ବସି ବି ପାରୁନି। ହ୍ୱିଲ ଚେୟାରଟି ବହୁଦିନ ହେଲା ସେଠି ସେମିତି ପଡ଼ିଛି ଆଉ ହୁଏତ ପୁନର୍ବାର ବ୍ୟବହାରରେ ଆସିବନି।

"ହେ ଭଗବାନ୍ !" ମୋ ଇଚ୍ଛା ବିରୋଧରେ ଅସ୍ପଷ୍ଟ କାତରୋକ୍ତି ଅଜାଣତରେ ବାହାରିଆସିଲା ।

ତା' ବାପା କହିଲେ - ମୁଁ ବି ଆଗରୁ ଭଗବାନ୍‌ଙ୍କୁ ଡାକୁଥିଲି, ଯେତେବେଳେ ଚନ୍ଦ୍ରା ଭଲ ହୋଇଯିବ ବୋଲି ମିଛ ପ୍ରତିଶ୍ରୁତି ଡାକ୍ତରମାନେ ଦେଉଥିଲେ । ଚନ୍ଦ୍ରାର ଶେଷ କଥା ଡାକ୍ତରମାନେ ଶୁଣାଇ ଦେଇଛନ୍ତି, ମୁଁ ବି ଆଉ ଭଗବାନଙ୍କୁ ଡାକୁ ନାହିଁ । ଆଜିକାଲି ମନ୍ଦିର ଯିବାକୁ ପଡ଼େ ନାହିଁ କି ଡାକ୍ତରଖାନା ଦଉଡ଼ିବାକୁ ହୁଏ ନାହିଁ । ଜଞ୍ଜାଳ ଅନେକ କମିଯାଇଛି । ପାଞ୍ଚବର୍ଷ ଧରି ଚନ୍ଦ୍ରା ନର୍ସିଂହୋମ୍‌ରେ ଥିଲା । ଡାକ୍ତରଖାନା ଆଉ ମନ୍ଦିର ଦଉଡ଼ି ଦଉଡି ସେତେବେଳେ ମୁଁ ଅଧାପ୍ରାଣ ।

ନିର୍ବାକ୍ ହେଇ ମୁଁ ଶୁଣୁଥାଏ । ଠିଆ ଠିଆ ସେ ମୋ ପାଖରେ ହୃଦୟ ଖୋଲିଦେଲେ - ଚନ୍ଦ୍ରାକୁ ସେତେବେଳେ ଦଶବର୍ଷ । କଟି ପାଖ ମେରୁଦଣ୍ଡ ହାଡ଼ରେ ଯନ୍ତ୍ରଣା ହେଲା । ଡାକ୍ତର କହିଲେ ଅପରେସନ ଦରକାର । ଅପରେସନ ପରେ ଚନ୍ଦ୍ରାର କଟିଠାରୁ ତଳକୁ ଅଚଳ ହେଇଯାଇଛି । ସ୍ଥିର ହେଇ କେବେ ସିଏ ବସେ ନାହିଁ; ଥରିଥରି ପାଦରେ କେବେ ଯିଏ ଚାଲେ ନାହିଁ ବୋଲି ଘରେ, ସ୍କୁଲରେ ପ୍ରତିଦିନ ଗାଳି ଖାଏ - ସେ ନିଥର ହେଇ ପଡ଼ିରହିଛି ବାରବର୍ଷ ଧରି । ସେଇ ଗୋଟିଏ ଅନ୍ଧାରି ଘର ହିଁ ତା'ର ପୃଥିବୀ । ଅଳନ୍ଧୁ ଜମିଥିବା ଛାତ ହିଁ ତା'ର ଆକାଶ । କାହିଁକି ଯେ ଈଶ୍ୱର ତାକୁ ବଞ୍ଚାଇ ରଖିଛନ୍ତି ମୁଁ ବୁଝିପାରେନି । ଆମେ ଆଉ କେତେ ଦିନ ? ଆମ ପରେ କ'ଣ ହେବ ତା'ର ଅବସ୍ଥା ? କିଛି ଭାବିପାରୁଛନ୍ତି ?

ଏତେଗୁଡ଼ାଏ ପ୍ରଶ୍ନର ଉତ୍ତର ମୁଁ ଦେଇପାରିଲିନି । ଖାଲି ଏତିକି ପଚାରିଦେଲି ।

- ଆପଣଙ୍କର ଅନ୍ୟ ପୁଅ ଝିଅ...

- ଅଛନ୍ତି - ତିନି ଝିଅ ଖୁବ୍ ଭଲରେ ଅଛନ୍ତି । ଦୁଇଜଣ ଇଣ୍ଡିଆ ବାହାରେ । ପୁଅ ଦୁଇଜଣ ସେମାନଙ୍କ ସଂସାର ନେଇ ବ୍ୟସ୍ତ । ଏଠିକି ଆସିଲେ ଦିନେ ଦୁଇ ଦିନ ରହନ୍ତି । କିନ୍ତୁ ଚନ୍ଦ୍ରାର ଦାୟିତ୍ୱ ତ ଆମର ! ଆମ ପରେ ଚନ୍ଦ୍ରାର ଦାୟିତ୍ୱ ଯେ କିଏ ନେବେ ଏ ବିଶ୍ୱାସ ହେଉନି । ଅଥଚ ଦିନେ ଚନ୍ଦ୍ରା ଥିଲା ସମସ୍ତଙ୍କର କୋଡ଼ପୋଛା ଗେହ୍ଲା ଭଉଣୀ, ସମସ୍ତଙ୍କର ବୋଲକରା ସୁନା ଝିଅ । ସେ ଦୀର୍ଘଶ୍ୱାସ ଛାଡ଼ିଲେ । ଜୀବନର ମର୍ମାନ୍ତିକ ସତ୍ୟମାନଙ୍କୁ ଅନୁଭୂତିର ପ୍ରତ୍ୟେକଟି କୋଷରେ ସଞ୍ଚିତ କରିଥିବା ଏଇ ଅସହାୟ ବୃଦ୍ଧଙ୍କୁ କିଛି ଗୋଟାଏ ମିଛ ସାନ୍ତ୍ୱନା ଦେଇ ଖସି ଆସିବା ପାଇଁ ସାହସ ହେଲା ନାହିଁ । ଚନ୍ଦ୍ରାର ଯେଉଁ ରୋଗ, ସେଥିରେ କି ସାନ୍ତ୍ୱନା ବା ଦେଇହୁଅନ୍ତା ?

ମୁଁ ଚନ୍ଦ୍ରାକୁ ପଛକରି ଠିଆ ହୋଇଛି । ଆମର କଥୋପକଥନ ସେ ଶୁଣୁଛି । ତାକୁ ଆଉ ଥରେ ଫେରି ଚାହିଁବାର ସାହସ ହେଉନି । ତା' ଆଖିରେ ଯଦି ଏଇ ବୃଦ୍ଧଙ୍କ ଆଖିର

ଅସହାୟତାରୁ କଣିକାଏ ବି ଥିବ ତେବେ କି ସାନ୍ତ୍ୱନା ମୁଁ ତାକୁ ଦେବି ? ମୋ ଲେଖନୀ ଉପରେ ଚନ୍ଦ୍ରାର ଗଭୀର ଆସ୍ଥା । ତା' ଜୀବନ ସମସ୍ୟାର ସମାଧାନ ସେ ଯଦି ମତେ ମାଗେ ମୁଁ କି ଉତ୍ତର ଦେବି ।

ଆଉ ଥରେ ପଛକୁ ପାଦ ଫେରାଇଲି । ଚନ୍ଦ୍ରାକୁ ସାମ୍ନା କରିବା ପାଇଁ ନିଜକୁ ପ୍ରସ୍ତୁତ କଲି । ତା'ର ଅସୁସ୍ଥତାର ବିବରଣୀ ଜାଣିବା ପରେ କିଛି ଗୋଟାଏ ନ କହି ଚୁପ୍‌ଚାପ୍ ଫେରିଯିବାଟାକୁ ଚନ୍ଦ୍ରା ହୁଏତ ଭଲ ମନରେ ଗ୍ରହଣ କରିବ ନାହିଁ । କିନ୍ତୁ କ'ଣ କହିବି ଚନ୍ଦ୍ରାକୁ ତା'ର ଅର୍ଦ୍ଧମୃତ ଦେହ ସମ୍ପର୍କରେ ? କିଛି ଗୋଟାଏ କହିବି ବୋଲି ମନ ଟାଣ କଲି, ହୃଦୟର ସମସ୍ତ କୋମଳ ସହାନୁଭୂତି ନିଗାଡ଼ି ଦେଇ "ମୁଁ ଖୁବ୍ ଦୁଃଖିତ", ଏତିକି କହିବି ବୋଲି ଇଚ୍ଛା କରି ଚନ୍ଦ୍ରାକୁ ଚାହିଁ ସ୍ତବ୍ଧ ହୋଇଗଲି ।

ଅଚିହ୍ନା ଅଲୋଡ଼ା ଦେହଟାକୁ ବେଖାତିର ଭାବରେ ବିଛଣାରେ ଫିଙ୍ଗିଦେଇ ଚନ୍ଦ୍ରା ଶୋଇରହିଛି ନିରାଲମ୍ବ ହୋଇ । ବାରବର୍ଷର ନିଷ୍ଠୁର ସତ୍ୟକୁ ଜୀବନର ପ୍ରତିଟି ପଳକରେ ବାରମ୍ବାର ମାନିନେଇ ଯିଏ ଅବିଚଳ ହୋଇ ମତେ ଚାହିଁ ରହିଛି, ତାକୁ ଦୟା ଦେଖେଇ ଦୁଃଖ ଜଣାଇବାର ଆସ୍ପର୍ଦ୍ଧା ଅକସ୍ମାତ୍ ଲୋପ ପାଇଗଲା । ଦେଖିଲି ପଥରର ଆଖି ଭଳି ତା'ର ଆଖି ଡୋଳା ସ୍ଥିର । ମୁଖଭଙ୍ଗୀ ବାସ୍ତବତାର ପୀଡ଼ନରେ ନିର୍ବିକାର । ଚନ୍ଦ୍ରା ନୁହେଁ, ମୁଁ ନିଜେ ହିଁ ଅସହାୟ ହୋଇ ଯେମିତି ଚନ୍ଦ୍ରାର କାରୁଣ୍ୟ ଭିକ୍ଷା କରୁଛି । କ'ଣ କହିଲେ ଚନ୍ଦ୍ରାର ନିଷ୍ପାପ ନିର୍ଭୀକ ଆତ୍ମା ଆହତ ହେବ ନାହିଁ; ଅପମାନିତ ହେବ ନାହିଁ, ବତାଇ ଦେବା ପାଇଁ ଚନ୍ଦ୍ରାକୁ ମୁଁ ନୀରବରେ ମିନତି କରୁଛି । ମୋର ଅସହାୟତା ଚନ୍ଦ୍ରା ବୁଝିପାରୁଛି । ବାରବର୍ଷ ଧରି କେତେ ଚିହ୍ନା ଅଚିହ୍ନା ମଣିଷ ତା' ଦୁଃଖରେ ଅସହାୟ ହୋଇ ପଡ଼ିବାର ଦୃଶ୍ୟକୁ ସେ ସାମ୍ନା କରିଛି । ଅନ୍ୟମାନେ ଯେତେ ବେଶି ଅସହାୟ ହୋଇ ପଡ଼ିଛନ୍ତି, ସେ ସେତେ ବେଶି ଶକ୍ତି ନିଜ ଭିତରେ ଖୋଜି ପାଇଛି, କାରଣ ସେ ଜାଣେ, ଦୟା, କରୁଣା, ହାହାକାର ମିଶାଇଦେଲେ କାହାର ଦୁଃଖ ଜଣା ହୁଏ ନାହିଁ, ଯାହା ଘଟିଯାଇଛି ତା' ଫେରି ଆସେ ନାହିଁ, ସେ ଯାହା ଅଙ୍ଗେ ଲିଭେଇଛି ତା' ମିଛ ହୋଇଯାଏ ନାହିଁ ।

ଚନ୍ଦ୍ରା ସ୍ଥିର ଗଳାରେ କହିଲା - କେତେ ସମୟ ଏମିତି ଠିଆ ହେବେ ? ମୁଁ ଆପଣଙ୍କୁ ଡକାଇ ଆଣି କଷ୍ଟ ଦେଲି ପ୍ରକୃତରେ । ମୁଁ ବ୍ୟସ୍ତ ହୋଇପଡ଼ି କହିଲି ନା - ନା - କଷ୍ଟ ମୋ ପାଇଁ ନୁହେଁ - ମୁଁ ଆଉ କିଛି କହିପାରିଲି ନାହିଁ । ଚନ୍ଦ୍ରା ଚଟ୍‌କରି କହିଲା - ମୋ ବିଷୟରେ ଆପଣ ଯଦି ଭାବନାରେ ପଡ଼ିଛନ୍ତି, ତେବେ ମୋ ପାଇଁ ଗୋଟାଏ କାମ କରିବେ ?

- କୁହ - କ୍ଷମତା ଭିତରେ ହୋଇଥଲେ ନିଶ୍ଚୟ କରିବି । ମୁଁ ପ୍ରତିଜ୍ଞାବଦ୍ଧ ହେଲି । ଚନ୍ଦ୍ରା ନିଷ୍ପତ୍ତିସୂଚକ ସ୍ୱରରେ କହିଲା - ବିନୀତ ଅନୁରୋଧ, ମତେ କେବେ ଦୟା

ଦେଖେଇବେ ନାହିଁ। ବାରବର୍ଷ ଧରି ଅନ୍ୟମାନେ ଯେତେ ବେଶି ଦୟା ମୋ ଉପରେ ଅଜାଡ଼ି ଦେଉଛନ୍ତି, ମୁଁ ସେତେ ବେଶି ଦୀନ ହେଇଯାଉଛି। ଏ ଦେଶ ଆଜି ଦରିଦ୍ର, କାରଣ ଦୟାଦାକ୍ଷିଣ୍ୟ ଆମ୍ଭମାନଙ୍କର ଏତେ ବେଶି ଯେ ତା'ରି ଉପରେ କେତେ ଲୋକ ଚଳି ବି ପାରନ୍ତି। କିଛି ଖରାପ ଭାବିଲେ ? ଅପଲକ ଆଖରେ ସେ ଅଚଳଦେହଧାରିଣୀ ସୁତୀକ୍ଷ୍ଣ ସଚଳ ମସ୍ତିଷ୍କର ଝିଅଟିକୁ ଚାହିଁରହି ଭାବୁଥିଲି ମୋର ଅସହାୟତା ପାଇଁ ଚନ୍ଦ୍ରା ମତେ ଦୟା ଦେଖାଉ ନାହିଁ ତ ? ପ୍ରକୃତରେ ଯେଉଁ ଝିଅର ଚିନ୍ତାଶକ୍ତି ଏତେ ପ୍ରଖର ଓ ଉଚ୍ଚଭାବାପନ୍ନ ତାକୁ ଦୟା ଦେଖାଇବା ନିର୍ବୋଧତା ନୁହେଁ ତ ଆଉ କ'ଣ ?

– "ପରେ ଆସିବି, ଶୁଭରାତ୍ରି।" କହି ବିଦାୟ ନେଇ ପଦାକୁ ବାହାରିଆସିଲି। ବାରଣ୍ଡାରେ ଥୁଆହୋଇଥିବା ହ୍ୱିଲ୍ ଚେୟାରଟାକୁ ଚେଷ୍ଟା କରି ଦେଖିଲି ନାହିଁ। ଚନ୍ଦ୍ରାର ବିକଳାଙ୍ଗକୁ ବିଜ୍ଞାପିତ କରୁଥିବା ଏଇ ନିର୍ଜୀବ ଚେୟାରଟା ଯେ ସତ୍ୟ, ଏକଥା ମଧ୍ୟ ମାନିବା ପାଇଁ ମୋର ମନ ପ୍ରସ୍ତୁତ ନ ଥାଏ।

ଗେଟ୍ ପର୍ଯ୍ୟନ୍ତ ବଳାଇନେବାକୁ ଆସି ତା'ର ବାପା ଅନୁଚ୍ଚ କଣ୍ଠରେ କହିଲେ – ପ୍ରକୃତରେ ଆପଣଙ୍କୁ ଚନ୍ଦ୍ରା ହାତରେ ମୁଁ ଡକାଇଥିଲି। ଚନ୍ଦ୍ରା ସମ୍ପର୍କରେ ଗୋଟାଏ ସାହାଯ୍ୟ କରିବେ ?

ଆଗ୍ରହରେ କହିଲି – ମୋ ଦ୍ୱାରା ଯାହା କିଛି ସମ୍ଭବ, କରିବି। ନିଶ୍ଚୟ କରିବି। ତା' ଦ୍ୱାରା ଯଦି ଚନ୍ଦ୍ରାର ମଙ୍ଗଳ ହୁଏ।

ବିଷାଦ ରାଗର ହସ ହସିଦେଇ ସେ କହିଲେ – ହଁ, ଚନ୍ଦ୍ରାର ତା' ଦ୍ୱାରା ମଙ୍ଗଳ ହିଁ ହେବ – ତା' ଛଡ଼ା ଅଧିକ ମଙ୍ଗଳ ତା' ପାଇଁ ଆଉ କିଛି ହେବ ନାହିଁ। ମୁଁ ତ୍ରିଶଙ୍କୁ ହୋଇ ଠିଆ ହୋଇଥାଏ।

ସେ କହିଲେ – ଭାବିଛି ଚନ୍ଦ୍ରାକୁ କହିବି ସେ ସରକାରଙ୍କୁ ଗୋଟାଏ ଆବେଦନ କରିବ। ଆବେଦନ ପତ୍ରଟି କିନ୍ତୁ ଆପଣ ଭାଷା ଦେଇ ସଜାଇ ଲେଖିଦେବେ।

ମୁଁ ଆଗ୍ରହରେ ପଚାରିଲି – କୁହନ୍ତୁ ଆଜ୍ଞା, କ'ଣ ଲେଖିବାକୁ ହେବ। ସେ ନିଷ୍ପତ୍ତିସୂଚକ ସ୍ୱରରେ କହିଲେ – ସେ ଆତ୍ମହତ୍ୟା କରିବ। ଅନୁମତି ମାଗି ସେ ସରକାରଙ୍କୁ ଆବେଦନ କରିବ। ମୋ ମୃତ୍ୟୁ ପୂର୍ବରୁ ଅନ୍ତତଃ ଏତିକି କାମ ଆପଣଙ୍କ ଚେଷ୍ଟାରେ ହେଇଗଲେ ମୁଁ ନିଶ୍ଚିନ୍ତ ହେଇ ମରିପାରିବି। ସ୍ନେହ, ଆଦର, ଯତ୍ନ ଏବଂ ଶୁଶ୍ରୂଷା ଭିତରେ ସେ ଚାଲିଗଲେ ମୁଁ ଖୁସି ହେବି। ଆମ ପରେ ତା'ର ମୃତ୍ୟୁ ତ ସୁନିଶ୍ଚିତ। କିନ୍ତୁ କି କଷ୍ଟ ଆଉ ଅବହେଳା ଭିତରେ ସେ ପ୍ରାଣ ଛାଡ଼ିବ ଆପଣ କଳ୍ପନା କରିପାରୁଛନ୍ତି ?

ବୃଦ୍ଧଙ୍କ ଏଇ ନିଷ୍ଠୁର ବାତ୍ସଲ୍ୟ ମୋ ଆଖିକୁ ଆର୍ଦ୍ର କରିଦେଲା। ଦେଖିଲି ଚନ୍ଦ୍ରାର ରୁଗ୍ଣା ମାତା ପଥର ଆଖିରେ ମୋ ମୁହଁକୁ ଚାହିଁ ରହିଛନ୍ତି। ମୁଁ ପଳାଇ ଆସିବା ପାଇଁ

ଛଟପଟ ହେଲି। ମନେହେଲା, ଗୋଟାଏ ହତ୍ୟା ଅପରାଧରେ ମୁଁ ଯେମିତି ଜଡ଼ିତ ହେଇପଡୁଛି। ମୁଁ କି ଉତ୍ତର ଦେବି ?

ମୁଁ ପଚାରିଲି - ଏ କଥା ଚନ୍ଦ୍ରା ଜାଣେ ?

ବୃଦ୍ଧ କହିଲେ - ହଁ, ପ୍ରକାରାନ୍ତରେ ଆତ୍ମହତ୍ୟା ପାଇଁ ତାକୁ ମୁଁ ପ୍ରସ୍ତୁତ କରୁଛି। ଛଟପଟ ହେଇ ପ୍ରାଣ ଛାଡ଼ିବା ଅପେକ୍ଷା, ଆମ ଆଖି ଆଗରେ ତା'ର ଭଗ୍ନ ଦେହର ଅବଶିଷ୍ଟ ଅଂଶରୁ ପ୍ରାଣ ଟିକକ ବାହାରିଯିବା ବରଂ ଭଲ।

- "ଚନ୍ଦ୍ରା ଏଥିରେ ସମ୍ମତ ?" ମୁଁ ପଚାରିଲି। ବୃଦ୍ଧ ବିଦ୍ରୂପର ହସ ହସି କହିଲେ - ଚନ୍ଦ୍ରାର ସମ୍ମତି ନେଇ ଏ ସଂସାର ଚାଲୁଥିଲେ, ଚନ୍ଦ୍ରା ବାରବର୍ଷ ଧରି ଏକା ଜାଗାରେ ପଡ଼ି ରହିଥାନ୍ତା ? ଜାଣନ୍ତି ସେ ଚମତ୍କାର ନାଚୁଥିଲା ପିଲାଦିନେ ? ଅଥଚ ଆଜି ତା' ସାମ୍ନା କାନ୍ଥରେ ପେଟେଇ ପେଟେଇ ଚାଲୁଥିବା ଝିଟିପିଟିଠାରୁ ମଧ୍ୟ ସେ ହୀନ ହୋଇ ପଡ଼ିରହିଛି। ସେଇ ଆକ୍ରୋଶରେ ମୁଁ ତା'ର ଘର କାନ୍ଥରେ ଗୋଟାଏ ବି ଝିଟିପିଟି ରଖେଇଦିଏନି। ଦୁଷ୍ଟ ପିଲାଙ୍କ ଭଳି ପିଟି ପିଟି ତାଙ୍କୁ ମାରେ। ଏ କାଣ୍ଡ ଦେଖି ଅନେକ ଭାବନ୍ତି ମୁଁ ପାଗଳ ହେଇଛି।

ପ୍ରକୃତରେ ମୁଁ ମଧ୍ୟ ବୃଦ୍ଧଙ୍କର ଝିଟିପିଟି ମାରଣ ଦୃଶ୍ୟ ଆଜି ଦେଖିଛି ଏବଂ ଅନୁରୂପ ଭାବିଛି।

ସେଦିନ କିଛି ଜବାବ ନ ଦେଇ ମୁଁ ଫେରିଆସିଲି।

ତା'ପରଠୁ ଯେତେଥର ଚନ୍ଦ୍ରା ଘରକୁ ଯାଇଛି ତା'ର ବାପା ବରାବର ପଚାରନ୍ତି - ଆବେଦନ ପତ୍ର ଲେଖିଲେ ? ପ୍ରକୃତରେ ମୃତ୍ୟୁ କ'ଣ ଜୀବନଠାରୁ ଚନ୍ଦ୍ରା ପକ୍ଷେ ଶ୍ରେୟ ନୁହେଁ ? ଯା'କୁ କ'ଣ ଆପଣ ଜୀବନ କହନ୍ତି ? ବାପା ମା' ହୋଇ ଏଗୁଡ଼ାକ କେତେଦିନ ଦେଖିବୁ ? ମୁଁ ଚନ୍ଦ୍ରାକୁ ଲକ୍ଷ୍ୟ କରି ଦେଖେ ଦିନୁଦିନ ମୋରି ଆଖି ଆଗରେ ସେ ଧୀରେ ଧୀରେ କ୍ଷୟ ପାଇଯାଉଛି। ବର୍ତ୍ତମାନ ପକ୍ଷାଘାତ ତା'ର ପେଟ ପର୍ଯ୍ୟନ୍ତ ମାଡ଼ିଆସିଛି। କିନ୍ତୁ ଚନ୍ଦ୍ରାର ହୃଦୟ, ମସ୍ତିଷ୍କ, ଚିନ୍ତା ଭାବନାକୁ ପକ୍ଷାଘାତ କାବୁ କରିପାରି ନାହିଁ। ଚନ୍ଦ୍ରା ତୀକ୍ଷ୍ଣ ବୁଦ୍ଧିମତୀ ଏବଂ ବିଭିନ୍ନ ଆବେଗରେ ତା'ର ହୃଦୟ ଟଳମଳ। ନ ଜାଣିଥିଲେ କେହି ହୁଏତ ଭାବିବ, ଚନ୍ଦ୍ରା କେତେ ଦିନ ହେବ ଫ୍ଲୁ'ରେ ଆକ୍ରାନ୍ତ ହେଇପଡ଼ିଛି ପରା।

ମୁଁ ଦେଖେ, ଚନ୍ଦ୍ରାର ହାତ ଦୁଇଟି ଅବିରତ କାମ କରି ଚାଲିଥାଏ। ଘରସାରା ଯୁଆଡ଼େ ଚାହିଁଲେ ସବୁଆଡ଼େ ଚନ୍ଦ୍ରା ହାତର ସୂଚୀକାମ, ଆଉ ପେଣ୍ଟିଂ। ଚନ୍ଦ୍ରା ହାତବୁଣା ସ୍ୱେଟର କେବଳ ତା'ର ବାପା ପିନ୍ଧନ୍ତି ନାହିଁ - ସାଇପଡ଼ିଶାର ପିଲା, ଏପରିକି ଆସନ୍ତା ଶୀତଋତୁରେ ମୁଁ ମଧ୍ୟ ପିନ୍ଧିବାକୁ ଯାଉଛି। ଚନ୍ଦ୍ରାର ଶରୀର ଅର୍ଦ୍ଧେକ ମୃତ। ଅଥଚ ଚନ୍ଦ୍ରା ଯେମିତି ସ୍ପନ୍ଦନର ଗୋଟାଏ ସ୍ଫୁଲିଙ୍ଗ।

ଚନ୍ଦ୍ରାର ହାତ ଦୁଇଟି; ଚଳଶକ୍ତିରହିତ ଗୋଡ଼ ଦୁଇଟିର ଅକ୍ଷମତାକୁ ଅବଜ୍ଞା କରି ନିଜର ସୃଷ୍ଟି ଶୀତଳତାକୁ ଅବିରତ ପ୍ରତିପାଦନ କରି ଚାଲିଥାଏ।

ଏବେ ଚନ୍ଦ୍ରା ପାଖକୁ ଯିବା ମୋ ଜୀବନର ନିୟମରେ ପଡ଼ିଗଲାଣି। ଚନ୍ଦ୍ରାକୁ ନ ଦେଖିଲେ ମନଟା ବିଷାଦରେ ଭରିଯାଏ। ଚନ୍ଦ୍ରାକୁ ଦେଖିଲେ ହିଁ କର୍ମ ପ୍ରେରଣାରେ ସ୍ପନ୍ଦିତ ହୋଇଯାଏ ମୋର ହୃଦୟ। ଚନ୍ଦ୍ରା ଓଠର ଅନାବିଳ ମନ୍ଦ୍ର ମଧୁର ହସରେଖାକୁ ଥରେ ନ ଦେଖିଲେ ମୋର ହାତ ଜଡ଼ ହୋଇଯାଏ। କହିବାକୁ ଗଲେ ଚନ୍ଦ୍ରା ହିଁ ହେଇପଡ଼ିଛି ମୋର ପରମ ପ୍ରେରଣାର ଉତ୍ସ। ତା'ର ଅବିରତ କର୍ମରତ ଅଙ୍ଗୁଳିଗୁଡ଼ିକ ମୋର ଚେତନାକୁ କେଞ୍ଚି କେଞ୍ଚି ଯେମିତି କହିଦିଏ - ଯିଏ କର୍ମବିମୁଖ ସେ ପ୍ରକୃତରେ ପକ୍ଷାଘାତ ରୋଗୀ - ମୁଁ ଅଚଳ ହେଲେ ବି ରୋଗୀ ନୁହଁ... ଅକର୍ମଣ୍ୟ ନୁହଁ।

ଚନ୍ଦ୍ରାକୁ ଦେଖୁ ଦେଖୁ ମୁଁ ତା'ର ବୃଦ୍ଧ ପିତାଙ୍କର ଅନୁରୋଧକୁ ଇଚ୍ଛା କରି ଏଡ଼େଇଯାଏ। ତାଙ୍କ ପ୍ରଶ୍ନର ଜବାବ ବି ଦିଏ ନାହିଁ।

ବେଳେବେଳେ ଚନ୍ଦ୍ରା ସାମ୍ନାରେ ହିଁ ତା'ର ବାପା ମତେ ପଚାରିଦିଅନ୍ତି - ଚନ୍ଦ୍ରା ପାଇଁ ଆତ୍ମହତ୍ୟାର ଦରଖାସ୍ତ ଲେଖିଲେ ? କ'ଣ ଭାବୁଛନ୍ତି ? ଭୟ କରୁଛନ୍ତି ଝାମେଲାରେ ପଡ଼ିଯିବେ ବୋଲି ? ନିଶ୍ଚିନ୍ତ ରହନ୍ତୁ ଯେ ଦରଖାସ୍ତରେ ଚନ୍ଦ୍ରା ନିଜେ ଦସ୍ତଖତ କରିବ। ଆମର ଦିନ ଯେ ଖୁବ୍ ଶୀଘ୍ର ସରିଆସୁଛି, ସେଥିପ୍ରତି ଧ୍ୟାନ ଦେଇଛନ୍ତି କେବେ ? ଆମ ଅନ୍ତେ ତା' ପାଟିରେ ପାଣି ଟୋପାଏ ଦବାକୁ ବି କେହି ନାହିଁ। ଶୋଷରେ ଶୁଖି ଶୁଖି ତା'ର ପ୍ରାଣ ଯିବ ଏଇ କ'ଣ ଆପଣଙ୍କର ଇଚ୍ଛା ?

ପ୍ରତୀକ୍ଷା କ୍ଳାନ୍ତିକର ଏବଂ ଦୁଃସହ। ମୃତ୍ୟୁର ପ୍ରତୀକ୍ଷା କରି ପଡ଼ିରହିବା ମୃତ୍ୟୁଠାରୁ ବେଶି ଭୟଙ୍କର। ମାତ୍ର ଚନ୍ଦ୍ରାର ଜୀବନ ଯେ ମୃତ୍ୟୁର ପ୍ରତୀକ୍ଷା କରୁଛି ଏକଥା ଚନ୍ଦ୍ରାକୁ ଦେଖିଲେ ବିଶ୍ୱାସ ହୁଏ ନାହିଁ। ମୃତ୍ୟୁ ଅପେକ୍ଷାରେ ଜୀବନ ଅମାବାସ୍ୟାରେ ଚନ୍ଦ୍ରୋଦୟ ପରି ଏଡ଼େ ଉଜ୍ଜ୍ୱଳ ଏବଂ ଗରିମାମୟ ହେଇ ନ ପାରେ।

ସେଦିନ ଚନ୍ଦ୍ରା ପିନ୍ କଣ୍ଟା ଦେଇ ସୁନେଲି ରୁପେଲି ଜରି ସୂତାରେ ଜଗନ୍ନାଥଙ୍କର ମୁହଁଟିଏ ବୁଣି ଚାଲିଥାଏ। ଗୁଣୁଗୁଣୁ ମଧୁର ମୂର୍ଚ୍ଛନାଟିଏ ଝରି ଆସୁଥାଏ ତା'ର ଶରୀରର ଭଗ୍ନାବଶେଷର କନ୍ଦରରୁ। ମୋର ମନେହେଲା, ଚନ୍ଦ୍ରା ହୁଏତ କାହାକୁ ନା କାହାକୁ ଭଲପାଇ ବସିଛି। ସେଇ ଭଲପାଇବା ହିଁ ଚନ୍ଦ୍ରାକୁ ବଞ୍ଚାଇ ରଖିଛି, ସଙ୍ଗୀତ ଝରାଉଛି ତା' ଭିତରେ - ତା'ର ହାତ ଦୁଇଟା ଦେଇ ସେଇ ପ୍ରେମ ଫୁଲ ହେଇ ଫୁଟୁଛି। ପ୍ରେମ ବ୍ୟତିରେକ ଚନ୍ଦ୍ରା ବଞ୍ଚିବା ପରି ବଞ୍ଚିରହନ୍ତା ନାହିଁ।

ସାହସ କରି ପଚାରିଦେଲି - ଚନ୍ଦ୍ରା, କିଛି ମନେକରିବ ନାହିଁ। ତମର ଶରୀର

ପକ୍ଷାଘାତଗ୍ରସ୍ତ ହେଇଛି ସିନା – ହୃଦୟ ସବୁଜ ସ୍ୱପ୍ନରେ ଭରପୂର। କେମିତି ଏକଥା ସମ୍ଭବ ହେଲା ? ତମେ କ'ଣ କାହାକୁ ଭଲପାଇ ବସିଛ ?

ସେ ମୋ ମୁହଁକୁ ନ ଚାହିଁ ନିଜେ ବୁଣୁଥିବା ଜଗନ୍ନାଥଙ୍କର ମୁହଁରେ ଦୃଷ୍ଟି ନିବଦ୍ଧ ରଖି ମୃଦୁ ହସିଲା ଏବଂ କହିଲା – ମୋ ମନକଥା ଆପଣ କେମିତି ଜାଣିଲେ ? ମୁଁ ଆସ୍ତେ କହିଲି – ତମର ବଞ୍ଚିବାର ଶୈଳୀ ମତେ ସେ କଥା କହିଦେଇଛି। ଶରୀର ସୁସ୍ଥ ଥାଇ ମଧ୍ୟ ଅନେକ ଲୋକ ତମଭଳି ହୃଦୟ ଭରି ବଞ୍ଚିପାରନ୍ତି ନାହିଁ। ସେମାନଙ୍କ ଭିତରୁ ମୁଁ ଜଣେ। ବଞ୍ଚିରହିଛି ସତ – ବଞ୍ଚି ରହିବାର ମଧୁରତା ଧୀରେ ଧୀରେ ଉଭେଇଯାଉଛି ଜୀବନ ଜଞ୍ଜାଳ ଭିତରେ...

ଚନ୍ଦ୍ରା ମୁଣ୍ଡ ହଲାଇ କହିଲା – ହଁ ମୁଁ ତାଙ୍କୁ ଭଲପାଏ। ତାଙ୍କୁ ଭଲପାଇବା ପରେ ମୁଁ ଭାବେ ମୁଁ ଅପୂର୍ଣ୍ଣ ନୁହେଁ – ଅଥର୍ବ ନୁହେଁ – ତାଙ୍କୁ ଭଲପାଇବା ପରେ ହିଁ ମୁଁ ମୋର ଜୀବନକୁ ଭଲପାଇଛି – ବଞ୍ଚିବାରେ ସୁଖ ଅଛି ବୋଲି ଅନୁଭବ କରୁଛି।

– ସେ କିଏ ? ମୁଁ ସ୍ପନ୍ଦିତ ହୃଦୟରେ ପଚାରିଲି। ଚନ୍ଦ୍ରା ମୋ ମୁହଁକୁ ଚାହିଁ ରହିଲା ଏବଂ ମଧୁର ଛନ୍ଦରେ ହସିଦେଇ କହିଲା ତାଙ୍କୁ ଆପଣ ଜାଣନ୍ତି।

'ସେ କିଏ ?' ମୁଁ ପୁନର୍ବାର ପଚାରିଦେଲି ଏବଂ ରୋମାଞ୍ଚ ଆବେଗରେ ଭାବିଲି – ଚନ୍ଦ୍ରା ହୁଏତ କହିବ– "ସେ ଆପଣ, ମୋର ଅତି ପ୍ରିୟ ଲେଖକ, ମୁଁ ଆପଣଙ୍କୁ ଭଲପାଏ ପ୍ରଭାତବାବୁ–" ନିଜ ଭାବନାରେ ମୁଁ ନିଜେ ସ୍ପନ୍ଦିତ ହେଉଥିଲି। ଶରୀରର ଭଗ୍ନସ୍ତୂପ ଭିତରେ ନକ୍ଷତ୍ର ଭଳି ଜଳୁଥିବା ଚନ୍ଦ୍ରର ଜାଗ୍ରତ ସୁନ୍ଦର ଆତ୍ମାର ପ୍ରେମରେ ମୁଁ ପଡ଼ି ଯାଇଥିଲି।

ଚନ୍ଦ୍ରା ମତେ ମଧୁର ଅପାଙ୍ଗ ଢାଳି ଥରେ ଚାହିଁଲା। ତା'ପରେ ଚାହିଁଲା ସାମ୍ନା କାନ୍ଥରେ ଝୁଲୁଥିବା ଦୁଇଟା ଆୟତ୍ତ ବିଶାଳ ଆଖିକୁ, ପୁଣି ସୁନେଲି କରି ସୂତାର କାରୁକାର୍ଯ୍ୟରେ ଅଙ୍ଗୁଳିର ଚାତୁରୀରେ ଫୁଟି ଉଠୁଥିବା ଜଗନ୍ନାଥଙ୍କର ମୁହଁକୁ। ନମ୍ର କୋମଳ ସ୍ୱରରେ ସେ କହିଲା – ମୁଁ ଭଲ ପାଏ ସେଇ ଖଣ୍ଡିତ ଶରୀର ବିକଳାଙ୍ଗ ପ୍ରଭୁ ଜଗନ୍ନାଥଙ୍କୁ। ମୋର ପ୍ରଭୁ ଯଦି ବିଖଣ୍ଡିତ ହେଇ ବି ସ୍ୱୟଂସମ୍ପୂର୍ଣ୍ଣ, ଅଥର୍ବ ହେଇ ବି ସର୍ବବ୍ୟାପୀ, ମୁଁ କାହିଁକି ଶରୀରର ଅପୂର୍ଣ୍ଣତା ପାଇଁ ମୋ ଆତ୍ମାକୁ କଷ୍ଟ ଦେବି ? ଶରୀର କ'ଣ ସୁଖ ଦୁଃଖ ଅନୁଭବ କରିପାରେ ? ଅନୁଭବ ଶକ୍ତି ତ ମସ୍ତିଷ୍କର। ତାକୁ ଯଦି ପ୍ରଭୁ ଜଡ଼ କରିଦେଇ ନାହାନ୍ତି, ମୁଁ ଦୁଃଖ କରିବି କାହିଁକି ? ମୋର ହୃଦୟ ଏବେବି ଯଦି ନିସ୍ପନ୍ଦ ନୁହେଁ ମୁଁ ହୃଦୟ ଦେଇ ବଞ୍ଚିବି ନାହିଁ କାହିଁକି ? ଚନ୍ଦ୍ରାର ସେଇ ସୁନ୍ଦର ମ୍ଳାନ ମୁହଁରେ ଗୋଟାଏ ଅପୂର୍ବ ଜ୍ୟୋତି ଝଲମଲ ହେଉଥିଲା।

ଯାହାର ହୃଦୟ ପୂର୍ଣ୍ଣ, ତା'ର ଶରୀର ବିଖଣ୍ଡିତ ବୋଲି ଏତେ ଦିନ ଧରି ତା'

ପାଇଁ ମୁଁ ନିଜକୁ ଦୁଃଖ ଦେଇଛି ବୋଲି ନିଜ ଉପରେ ଦୟା ହେଲା। ଭାବିଲି ଚନ୍ଦ୍ରା ସଂକୀର୍ଣ୍ଣତାର ବହୁ ଊର୍ଦ୍ଧ୍ୱରେ -

କ୍ଷୟିଷ୍ଣୁ ଚନ୍ଦ୍ରଭାଗାର ଶାଶ୍ୱତ ଆତ୍ମାକୁ ପ୍ରଣାମ ଜଣାଇ ମୁଁ ବାହାରି ଆସୁଥିଲି। ଦ୍ୱାର ପାଖରେ ଠିଆହୋଇ ଆମର କଥୋପକଥନ ଶୁଣୁଥିଲେ ଚନ୍ଦ୍ରାର ବାପା। ପ୍ରଥମ ଦିନଭଳି ଚୁପ୍ ଚୁପ୍ କରି ସେ କହିଲେ - ଆବେଦନ ପତ୍ରଟି ଦୟାକରି ଆଉ ଲେଖିବେ ନାହିଁ। କାରଣ ମୋ ଚନ୍ଦ୍ରା ଶରୀରରେ ନୁହେଁ, ଆତ୍ମାରେ ହିଁ ବଞ୍ଚିରହିଛି। ଆତ୍ମାର ହତ୍ୟା କ'ଣ କେବେ ସମ୍ଭବ? ମୁଁ ସେକଥା ବୁଝି ନ ଥିଲି ବୋଲି କଷ୍ଟ ପାଉଥଲି। ଏବେ ମୁଁ ଯନ୍ତ୍ରଣାମୁକ୍ତ।

ମୋ ହୃଦୟର ସ୍ପନ୍ଦନ ଭିତରେ ମିଶି ଯାଇଥବା ନୀରବ ସ୍ୱରଟିଏ ମୋର ଚେତନାକୁ ସ୍ପର୍ଶ କରି କହୁଥିଲା - "କୁରୁସଭାରେ ଦ୍ରୌପଦୀର ବସ୍ତ୍ର ପରି ସଂସାରରେ ଦୁଃଖ ଅପ୍ରମିତ, କିନ୍ତୁ ଦୁଇହାତ ତୋଳି ସେ ଦୁଃଖକୁ ଜଣକୁ ସମର୍ପିଦେଲେ ଦ୍ରୌପଦୀର ମାନ ରକ୍ଷା ପରି ଦୁଃଖ ଅପସରିଯାଏ... ଅପସରି ଯାଏ..." ମୋ ହୃଦୟ ଭିତରେ ଏ ଯେମିତି ଚନ୍ଦ୍ରାର ହିଁ ସ୍ୱର -

ପଛକୁ ପାଦ ଫେରାଇ ପ୍ରଶ୍ନ କଲି - "ଚନ୍ଦ୍ରା ମତେ କିଛି କହୁଛ ?"

ଚନ୍ଦ୍ରକଳା ଭଳି କ୍ଷୟ ପାଇଯାଉଥିବା ଚନ୍ଦ୍ରଭାଗା ମୃଦୁ ମୃଦୁ ପୂର୍ଣ୍ଣତାର ହସ ହସୁଥିଲା।

■

ପ୍ରଥମ ଚରିତ୍ର

ରାମଚନ୍ଦ୍ର ବେହେରା

ଫୋନ୍‌ରେ ଏଇ କଥା କହିଥିଲା ଶଶାଙ୍କ - ଆପଣ ସଭାରେ ଭାଷଣ ଦେବା ପାଇଁ ସବୁବେଳେ କୁଣ୍ଠିତ ବୋଲି ମୁଁ ଜାଣେ, ସାର୍। ଆପଣ ମୋ ଅନୁରୋଧ ରକ୍ଷା କରି ଏଠାକୁ ଆସିବେ - ଏ ବିଷୟରେ ମୁଁ ସନ୍ଦିହାନ। ଏହି ପ୍ରତିଷ୍ଠାନର ନିର୍ଦ୍ଦେଶକ ଏଇ କାରଣରୁ ଆପଣଙ୍କ ସହିତ ସିଧାସଳଖ ଯୋଗାଯୋଗ କରିବାକୁ ସାହସ କଲେ ନାହିଁ; କାଳେ ଆପଣ ମନା କରିଦେବେ। ମୁଁ କିନ୍ତୁ ଆପଣଙ୍କୁ ନିବେଦନ କରିବି ଏଠାକୁ ଆସି ସଭାରେ ଯୋଗ ଦେବା ପାଇଁ। ଓଲଟପୁରର ଏଇ ପ୍ରତିଷ୍ଠାନ ଆପଣ ଦେଖାଯାଆନ୍ତୁ। ମୋର ବିଶ୍ୱାସ, ଏଠାରେ ଆପଣ ଏମିତି ଉପାଦାନ ପାଇବେ, ଯାହାକୁ ଆଧାରକରି ଆପଣ ଗପ-ଉପନ୍ୟାସ ଲେଖିପାରିବେ। ଅନ୍ୟ କଥାଟି ହେଉଛି, ଛାତ୍ର ସଂସଦର ଏଇ ଯେଉଁ ବାର୍ଷିକ ଉତ୍ସବ ହେବ, ତାହା ନିଶ୍ଚୟ ଭଲ ଲାଗିବ ଆପଣଙ୍କୁ। ଏଠାରେ ସମସ୍ତେ କେତେ ଶୃଙ୍ଖଳିତ ଓ ନମ୍ର, ତାହା ଆପଣ ନିଜେ ନ ଦେଖିଲେ ବିଶ୍ୱାସ କରିପାରିବେ ନାହିଁ। କେଉଁଠି କିଛି ଅଘଟଣ ଘଟିବ ନାହିଁ, ଯାହା ଆପଣଙ୍କ ମନରେ ଚୋଟ ପକାଇବ।

ଟିକିଏ ଦମ୍ ନେଲା ଶଶାଙ୍କ। ସେ ବାସ୍ତବ କଥା କହୁଚି, ଆତ୍ମବିଶ୍ୱାସର ସହିତ। ପ୍ରବଞ୍ଚକ ଭାବରେ ମିଛ କହି ପ୍ରଲୋଭିତ କରୁନାହିଁ। ସେ ଟିକିଏ ବ୍ୟସ୍ତତା ଦେଖାଇଲା - "ସାର୍, କିଛି କହୁ ନାହାନ୍ତି ଯେ ? ହଁ କହନ୍ତୁ, ସାର୍। ପ୍ଲିଜ୍।"

ଚନ୍ଦନ ଭାବିଲେ କେତୋଟି ମୁହୂର୍ତ୍ତ ପାଇଁ। ନା, ସେ ଦେଖୁ ନାହାନ୍ତି ଓଲଟପୁରର ଏଇ ଖ୍ୟାତିସଂପନ୍ନ ପ୍ରତିଷ୍ଠାନ; ଶୁଣିଛନ୍ତି କେବଳ ତାହା ସଂପର୍କରେ। ବେଳେବେଳେ ବିସ୍ମୟକର ଘଟଣା ଘଟେ ସେଠାରେ। ପଙ୍ଗୁତା ବିରୋଧରେ ଯୁଦ୍ଧ ଘୋଷଣା କରିଥିବା

ଏଇ ପ୍ରତିଷ୍ଠାନ ଦେଖେ, ଚମତ୍କୃତ ପରିବାରବର୍ଗଙ୍କ ସହିତ – ଅକାମୀ ହୋଇଯାଇଥିବା ଗୋଡ଼-ହାତରେ ଖଞ୍ଜି ଦିଆଯାଏ ମଣିଷ ତିଆରି ଜିନିଷ; ଯାହା ସାହାଯ୍ୟରେ ମଣିଷ ଚାଲେ, ବୋତାମ ଲଗାଏ କମିଜ୍‌ରେ କିମ୍ବା ଫୁଲ ସଜାଡ଼େ ଫ୍ଲାୱାର ଭେସ୍‌ରେ।

ଏଇ ବ୍ୟାପାରଟା ଗଛ କାଟିବା ଭଳି ନୁହେଁ। ଟାଙ୍ଗିଆ ଚୋଟ ବିଭକ୍ତ, ବିଦୀର୍ଣ୍ଣ କରେ। ମାଟି ଉପରର ଗଣ୍ଡି ସ୍ତବ୍ଧ କାରୁଣ୍ୟ ନେଇ ପଡ଼ିରହେ ଦାରୁଣ କ୍ଷତକୁ ନେଇ। ଆଉ କ'ଣ ଡାଳ-ପତ୍ର ଥାଏ ଯେ ସବୁଜ ଲହଡ଼ି ସୃଷ୍ଟି କରିବ ପବନ? କିମ୍ବା ଫୁଲର ମହକକୁ ବିଞ୍ଚିଦେବ ଏଇ ଧାରଣା ଦେଇ ଯେ, ଯେତେସବୁ କୁହୁକ ଦେଖୁଚ ମାଟି ଉପରେ ଏବଂ ପବନରେ, ସେସବୁ ପ୍ରାୟ ମାଟିରସର କରାମତି? କେଉଁ ଅଲୌକିକ ପ୍ରକିୟା ଯୋଗୁ ମାଟିରସର ଏଇ ବିବର୍ତ୍ତନ। ଗଛର ସବୁଜିମା, ଫୁଲର ରଙ୍ଗ, ଫଳର ଆକର୍ଷଣ ଓ ରୋଗର ଉପଶମ। ଗଛର ଚେର ସଂଗ୍ରହ କରୁଥାଏ ମାଟିରୁ ଆହାର। କଟା ଯାଇଥିବା ଗଛର କ୍ଷତ ଚାରିପାଖରେ ପୁଣି ସବୁଜିମାର ବିଜୟ ପତାକା। ଏମିତି ବି ହୋଇପାରେ ଯେ ଗଛ ପରିହାସ କରେ ଟାଙ୍ଗିଆର ଚୋଟକୁ। ଗଛକୁ ବିନାଶ କରିବା ପାଇଁ, ମାଟି ଭିତରର ସମସ୍ତ ଚେରକୁ ଉତ୍ପାଟନ କରିବାକୁ ପଡ଼େ। ସମସ୍ତ; କାହିଁକି ନା ଚେରର ସାମାନ୍ୟ ଅଂଶ ବି ଗଛର ସମ୍ଭାବନା ପାଇଁ ଯଥେଷ୍ଟ।

ମାଂସ ଉପରର କ୍ଷତ। ଯୋଡ଼ି ହୋଇଯାଇପାରେ କେତୋଟି ଷ୍ଟିଚ୍ ସାହାଯ୍ୟରେ। ଗାଲରୁ ଫାଳେ କଟିଯାଇଥିଲା ଜଣେ ପରିଚିତର। ଝୁଲିପଡ଼ିଥିବା ଗାଲର ଏଇ ମାଂସକୁ ସଂଯୋଜିତ କରାଯାଇପାରିଥିଲା। ଆହା, ସେମିତି କ'ଣ ହୋଇପାରେ ହାଡ଼ କ୍ଷେତ୍ରରେ? ହୁଏ; ଫଟା, ଭଙ୍ଗା ହାଡ଼କୁ ପୁଣି ଏକାଠି କରାଯାଇପାରେ। କିନ୍ତୁ ହାଡ଼ ସଂପୂର୍ଣ୍ଣ ରୂପେ କଟିଯାଇଥିଲେ ସରିଲା କଥା। ତୁମେ ଅନେଇଥବ; କାଳେ କଟିଯାଇଥବା ହାଡ଼ ବଢ଼ିବ। ହାସଲକରିବ ପୂର୍ଣ୍ଣାଙ୍ଗତା। ହୁଏନାଇଁ ସେମିତି।

ଏଇଭଳି ଆହ୍ୱାନ ପାଇଁ ଥାଏ ଓଲଟପୁରର ଉତ୍ତର। ସେଥିପାଇଁ ଚନ୍ଦନ ନିଜ ଭିତରେ ଅନୁଭବ କଲେ ଟିକିଏ ସ୍ପନ୍ଦନ। ମନ୍ଦ ହୁଅନ୍ତା ନାଇଁ, ଏଇ ପ୍ରତିଷ୍ଠାନ ଆଡୁ ଘେରାଏ ବୁଲିଆସିଲେ। ତାଙ୍କର ଉତ୍ତର ଥିଲା – "ମୁଁ ଯିବି, ଶଶାଙ୍କ। କେଉଁଦିନ, କେତେବେଳେ ସେଠାରେ ପହଞ୍ଚିବାକୁ ହେବ, ସେ କଥା ଜଣେଇଲେ, ମୁଁ ନିଜକୁ ପ୍ରସ୍ତୁତ କରିବି।"

ଗଦ୍‌ଗଦ୍ ହୋଇପଡ଼ିଲା ଶଶାଙ୍କ। ଆନନ୍ଦମିଶା ଅବିଶ୍ୱାସ ଥିଲା ତା' ବକ୍ତବ୍ୟରେ – "ଆପଣ ସତରେ ଆସିବେ, ସାର୍? ଗୋଟେ ଗଡ଼ ଜିତିବା ଭଳି ଲାଗୁଛି ମୋତେ। ଏଠାକାର ଡିରେକ୍ଟର ଅଳ୍ପ ସମୟ ପରେ କଥାବାର୍ତ୍ତା ହେବେ ଆପଣଙ୍କ ସଙ୍ଗେ।"

ନିର୍ଦ୍ଦିଷ୍ଟ ଦିନ, ନିର୍ଦ୍ଧାରିତ ସମୟରେ ଆନ୍ତରିକ ସ୍ୱାଗତ ଚନ୍ଦନଙ୍କ ପାଇଁ। ସେ

ବସିଲେ ଡିରେକ୍ଟରଙ୍କ ପ୍ରକୋଷ୍ଠରେ । ଉପଭୋଗ କଲେ ସ୍ନାକ୍‌ସ ଏବଂ କଫି । ଖ୍ୟାତିସଂପନ୍ନ ଏଇ ଅନୁଷ୍ଠାନର କେତେକ କୃତିତ୍ୱ ସଂପର୍କରେ ସୂଚନା ଦେଉଥିଲେ ଡିରେକ୍ଟର ଉଲ୍ଲସିତ ହୋଇ । କୃତିତ୍ୱ ହିଁ ସୃଷ୍ଟିକରେ ଉଲ୍ଲାସ । କୃତିତ୍ୱ ଏକ ପରିଣାମ ମଣିଷର ପ୍ରତିଭାର । ଏହା ହାସଲ କରିବା ପାଇଁ ଯେଉଁ ଉତ୍ସର୍ଗୀକୃତ ଅଙ୍ଗୀକାର ଦରକାର, ତାହା ପ୍ରମାଣ କରେ ମଣିଷର ମହାନତା ।

– "ମୁଁ ଆଶାକରେ ଯେ ଆମ ପ୍ରତିଷ୍ଠାନ ବୁଲି ଦେଖିବା ପାଇଁ ଆପଣଙ୍କର ଆପତ୍ତି ନାହିଁ ।" ଡିରେକ୍ଟର କହିଲେ ।

– "ବାସ୍ତବିକ ମୁଁ ଆସିଚି ସେଇଥିପାଇଁ ।" ପ୍ରକାଶ କଲେ ଚନ୍ଦନ । ଯୋଗକଲେ ସ୍ମିତ ହସ ଜରିଆରେ – "ମାଇକ୍ରୋଫୋନ୍ ଆଗରେ ଠିଆ ହୋଇ ଭାଷଣ ଦେବାକୁ ନୁହେଁ ।"

– "ଯିବା ଆଗେ ୱାର୍କସପ୍ ଦେଖିବା ପାଇଁ ।" ଡିରେକ୍ଟର ପ୍ରସ୍ତାବ ବାଢ଼ିଲେ । ପ୍ରତିପାଦନ କଲେ ଏହାର ଯଥାର୍ଥତା – "ଆମେ ତିଆରି କରୁଚୁ ବିଭିନ୍ନ ପ୍ରକାରର ଅଙ୍ଗ । କଟିଯାଇଥିବା ଗୋଡ଼-ହାତ ପାଇଁ । ତାହା ଦେଖିବା ପରେ, ଆମେ ଭେଟିବା କେତେଜଣ ଚିକିତ୍ସାଧୀନ ବ୍ୟକ୍ତିଙ୍କୁ ।"

ଡିରେକ୍ଟର ଏସବୁ କହୁଥାନ୍ତି ଗଭୀର ଆତ୍ମବିଶ୍ୱାସର ସହିତ । ସେ ନିଶ୍ଚିତ ଥିଲେ ଯେ, ଚମତ୍କୃତ ହେବ ଯେକୌଣସି ଲୋକ ସେଠାରେ ଅନୁସୃତ ହେଉଥିବା ଚିକିତ୍ସା ପ୍ରଣାଳୀ ଦେଖି । ପ୍ରକୃତି ନିଜକୁ ସ୍ୱୟଂସଂପୂର୍ଣ୍ଣ କରୁଥାଏ ନିଜର ଅଲୌକିକ ପ୍ରକ୍ରିୟା ଦ୍ୱାରା; ମାତ୍ର ହାତ-ଗୋଡ଼ର ହାଡ଼ କଟିଯିବା ପରେ ତାହାକୁ ପୂର୍ଣ୍ଣାଙ୍ଗ କରିବା ପାଇଁ ନଥାଏ ପ୍ରକୃତିର କୌଶଳ, ପ୍ରାର୍ଥନାର କରାମତି ଏବଂ ଔଷଧର ଚମତ୍କାରିତା ।

ଆମେ ଗୋଡ଼-ହାତର ମାପ ନେଉ, କହିଲେ ଡିରେକ୍ଟର । ଆକାର କ'ଣ ଏବଂ ଆମେ ଖଞ୍ଜିବାକୁ ଯାଉଥିବା ଅଙ୍ଗ କେଉଁ ପ୍ରକାରର ହେବା ଦରକାର ଇତ୍ୟାଦି । ସେସବୁ ଆକଳନ କଲା ପରେ, ଆମର ଅଭିଜ୍ଞ ଟେକ୍‌ନିସିଆନ୍‌ଙ୍କ ଦ୍ୱାରା ତିଆରି ହୁଏ ଏଇ ଅଙ୍ଗ । ଆମ ପାଖରେ ଛାଞ୍ଚ ଅଛି । କଞ୍ଚାମାଲ ଥାଏ ସବୁବେଳେ । ଡାହାଣ ଗୋଡ଼ ହରାଇଥିବା ଜଣେ ବସ୍ ଡ୍ରାଇଭର ପାଇଁ ଏଇ ଗୋଡ଼ ଆମେ ତିଆରିବୁ । ଖଞ୍ଜାଯିବ ଆଣ୍ଠୁରେ । ଧରନ୍ତୁ ଏହାକୁ । ଦେଖନ୍ତୁ କିପରି ହୋଇଚି ।

ଚନ୍ଦନ ଧରିଲେ ହାଲୁକା; କିନ୍ତୁ ଦୃଢ଼ ଏଇ ଅଧାଗୋଡ଼କୁ । ଏପାଖସେପାଖ କଲେ । ବହୁତ ବେଶି ବୈଚିତ୍ର୍ୟ ଦେଖପାରିଲେ ନାହିଁ ସେଥିରେ । ସେମିତି କିଛି ବଡ଼ ଇଂପ୍ରେସନ୍ ସୃଷ୍ଟି ହେଲା ନାହିଁ ତାଙ୍କଠାରେ ।

- "ସେ ଲୋକ ଚାଲିପାରିବ। ନୁହେଁ କି ?" ଚନ୍ଦନଙ୍କର ଏ ଜିଜ୍ଞାସା ଥିଲା ନିତାନ୍ତ ଗତାନୁଗତିକ।

- "ଅଫ୍‌କୋର୍ସ !" ସତେଯେପରି ଝାମ୍ପି ପଡ଼ିଲେ ଡିରେକ୍ଟର ଏଇ କଥା ଉପରେ। ଚନ୍ଦନଙ୍କୁ ଆଶାନୁରୂପ ଭାବେ ଚମତ୍କୃତ ହେବାର ନ ଦେଖି ସେ ପୁଣି କହିଲେ - "ମୁଁ ମାନୁଚି ଯେ, ଏ ଜିନିଷ ଆପଣଙ୍କୁ ପ୍ରଭାବିତ କରିପାରି ନାହିଁ। ମାତ୍ର ବ୍ୟାପାରଟା ଏତେ ସହଜ ନୁହେଁ; ଯେମିତି ଦେଖାଯାଉଚି ଖୋଳ ଭଳି ଦେଖାଯାଉଥିବା ଏ ଜିନିଷ। ଆମେ ଏହାକୁ ଖଞ୍ଜିବୁ। ଡ୍ରାଇଭରକୁ ଶିଖେଇବୁ କେମିତି ଚାଲିବାକୁ ହେବ ଏବଂ ଆହୁରି କେତେ କ'ଣ। ଟେକ୍‌ନିକାଲ୍ ତଥ୍ୟ ସେସବୁ। ଖୁବ୍ ଆଗ୍ରହୀ ଆପଣ ନ ହୋଇପାରନ୍ତି ସେସବୁ ଶୁଣିବା ପାଇଁ।"

ଗୋଟେ ସାନ ଦୀର୍ଘଶ୍ୱାସ; ଯାହାକୁ ଲକ୍ଷ୍ୟକରି ପାରିଲେ ନାହିଁ ଡିରେକ୍ଟର ଏବଂ ୱାର୍କସପ୍‌ର କେତେଜଣ କର୍ମଚାରୀ; ଯେଉଁମାନେ ଆପ୍ରନ୍ ଦ୍ୱାରା ଆଚ୍ଛାଦିତ ହୋଇଥିଲେ ଏବଂ ସେମାନଙ୍କ ହାତ ପାଉଡ଼ର ଦ୍ୱାରା ଆବୃତ ଥିଲା।

ଦୀର୍ଘଶ୍ୱାସ ଏଇଥିପାଇଁ ଯେ ଏହା ଗଛର କଲମୀକରଣ ନୁହେଁ। ଦୁଇ ପୃଥକ୍ ଗଛର ମିଶ୍ରଣର ପରିଣାମ ବିସ୍ମୟକର ହୋଇପାରେ। କିନ୍ତୁ ମଣିଷ ପାଖରେ ଏପରି ଅଲୌକିକତା ନାହିଁ, ଯାହା ଫଳରେ ରକ୍ତ ସଞ୍ଚାଳନ ଘଟିବ, ୱାର୍କସପ୍ ପ୍ରସ୍ତୁତ ଏଇ ଜିନିଷ ଉପରେ। ହାଡ଼ ଓ ମାଂସପେଶୀରେ ରୂପାନ୍ତରିତ ହୋଇଯିବ ଏହା। ଏହା ଉପରେ ତେଲ ମାଖିବା ସମ୍ଭବ ହେବ। ଏହା ପ୍ରତି ଆକୃଷ୍ଟ ହେବ ମଶା। ଚିମୁଟିଲେ କାଟିବ। ଘରର କାହାକୁ କୁହାଯିବ - ଦିନ ତମାମ ମୁଁ ଧାନ କାଟୁଥିଲି। ମୋଡୁଥିଲି ରିକ୍‌ସା ପେଡ଼ଲ। ଫାଇଲ ଧରି ଦପ୍ତରର ଗୋଟିଏ ମହଲାରୁ ଆଉ ଗୋଟିଏକୁ ଯାଉଥିଲି। ଜଟିଳ ଅପରେସନ୍ କରିବାକୁ ପଡ଼ିଲା ଚାରିଘଣ୍ଟା ଠିଆ ହୋଇ। ଥକା ଲାଗୁଚି ବହୁତ। ଘଷି ଦିଅ ଗୋଡ଼। କିମ୍ବା - ଶର୍ଦ୍ଦି-କାଶ ଛାଡୁ ନାହିଁ। ଟିକିଏ ସୋରିଷ ତେଲରେ କେତେଟା ରସୁଣ ପାଖୁଡ଼ା ପକେଇ ଗରମକର। ତଳିପାରେ ଘଷିଲେ କାଲେ ଭଲ ହୋଇଯିବ ! ଏସବୁ ସମ୍ଭବ ନୁହେଁ ମଣିଷ ତିଆରି ଏଇ ଅଙ୍ଗ କ୍ଷେତ୍ରରେ।

ସେମାନେ କରିଡ଼ର ଓ ପରେ ଲନ୍ ଟପୁଥିଲେ ବିଶାଳ କୋଠାକୁ ଯିବା ପାଇଁ। ଚନ୍ଦନ ଅଳ୍ପ ଚମତ୍କୃତ ହେଉଥିଲେ ଗୋଟିଏ ବୈଶିଷ୍ଟ୍ୟ ଲକ୍ଷ୍ୟ କରି। ସରକାର ପରିଚାଳିତ ଏତେ ପରିଷ୍କାର ପରିଚ୍ଛନ୍ନ କୋଠା ବି ରହିପାରେ ! କୌଣସି କୋଣ ବୀଭତ୍ସ ଭାବରେ ଚିତ୍ରିତ ହୋଇନାହିଁ ପାନ ଛେପ ଦ୍ୱାରା। ଅଳନ୍ଧୁ ଝୁଲି ରହିନାହିଁ କୋଣରୁ, ସିଲିଂରୁ ଇଲେକ୍‌ଟ୍ରିକ୍ ଓୟାରିଙ୍ଗ୍ ଏଠାରେ ସେଠାରେ ଝୁଲିପଡ଼ି ନାହିଁ ମଲା ଡଙ୍କ ଭଳି। ଇଚ୍ଛା ବିରୋଧରେ ପ୍ରବଳ ପ୍ରତିବାଦ କରି ଏବଂ ପରସ୍ତ ପରସ୍ତ ମଇଳା ମଖା ବ୍ଲେଡ୍ ଧରି

ଘୁରୁଥିବା ପଙ୍ଖାର ଦେଖାଦର୍ଶନ ନାହିଁ। ସମ୍ଭବତଃ ନିର୍ବୋଧ କଣ୍ଟ୍ରାକ୍ଟର ଦ୍ୱାରା ଘର ନିର୍ମିତ ହୋଇଥିବାରୁ କାନ୍ଥ ଓ ସିଲିଂର ପଲସ୍ତରା କ୍ଷୁର୍ଣ୍ଣ ହୋଇନାହିଁ।

– "ଆପଣଙ୍କ ଏ ବିଲ୍‌ଡିଙ୍ଗ୍‌ର ଗୋଟେ ବିଶେଷତ୍ୱ ମୋ ନଜରକୁ ଆସିଚି।" କହିଲେ ଚନ୍ଦନ।

– "କ'ଣ ସେଇ ବିଶେଷତ୍ୱ ?" ଉତ୍କଣ୍ଠା ଏବଂ ଆଗ୍ରହ ଦେଖାଇଲେ ଡିରେକ୍ଟର।

– "କୋଠା ଦେହରେ କେଉଁଠି ମଧ୍ୟ ଅନାବନା ଗଛ କିମ୍ବା ଘାସ ଦେଖିବାକୁ ମିଳିଲା ନାହିଁ।" ବିସ୍ମୟ ନୁହେଁ; କିଞ୍ଚିତ ବ୍ୟଙ୍ଗ ପ୍ରକାଶ କଲେ ଚନ୍ଦନ।

ସେମାନେ ପ୍ରଥମ ମହଲାରେ ପହଞ୍ଚିବା ପରେ ଚନ୍ଦନ ଆଉ ଗୋଟିଏ କଥା ସଂପର୍କରେ ସଚେତନ ମହଲ। କୋଠା ଭିତରେ ନ ପଶିବା ପର୍ଯ୍ୟନ୍ତ ଜଣେ ଜାଣିପାରିବ ନାହିଁ ଏହାର ବିଶାଳତା ସମ୍ପର୍କରେ।

ଫିଜିଓଥେରାପି ପାଇଁ ଅନେକ ଶ୍ରୀତତାପ ନିୟନ୍ତ୍ରିତ କୋଠରି। ଏସବୁ ଅଛି ପ୍ରତ୍ୟେକ ମହଲାରେ। ବିଶେଷଜ୍ଞଙ୍କ ପ୍ରତ୍ୟକ୍ଷ ତଦାରଖରେ ବ୍ୟସ୍ତ ରହିଥିଲେ ପୀଡ଼ିତମାନେ।

ଉଲ୍ଲସିତ; ଆପାତତଃ ଅଭିଭୂତ ହୋଇପଡ଼ିଲେ ଚନ୍ଦନ ଏହା ଦେଖି। ଯେଉଁ ଉପାଦାନଟି ତାଙ୍କ ନଜରକୁ ବେଶି ପ୍ରଭାବିତ କଲା, ତାହା ହେଉଚି ସମସ୍ତେ ପରମ ଉତ୍ସାହ ଓ ଆଗ୍ରହ ନେଇ ତତ୍ତ୍ୱାବଧାରକଙ୍କ ନିର୍ଦ୍ଦେଶ ମାନୁଥିଲେ। ତାହା ଆଙ୍ଗୁଳିକୁ କ୍ରିୟାଶୀଳ କରିବା ହୋଇପାରେ; ସ୍ଥିର ସାଇକେଲର ପେଡ଼ଲ୍ ମୋଡ଼ିବା ହୋଇପାରେ ! ହୋଇପାରେ ମଧ୍ଧ ଚାଲିବା, ହାତ-ଗୋଡ଼ ହଲେଇବା। ଆହୁରି କେତେ କ'ଣ।

ସମସ୍ତ ଫିଜିଓଥେରାପି ପ୍ରକୋଷ୍ଠରେ ଏଇ ଯେଉଁ ବ୍ୟସ୍ତତା ଥିଲା, ତାହା ପ୍ରମାଣ କରୁଥିଲା ଗୋଟେ ସକାରାତ୍ମକ କଥା। ଦୁର୍ଘଟଣା ଯୋଗୁ ସ୍ଥିରତା ଆସିଯାଇପାରେ ମଣିଷ ଶରୀରକୁ। ଅଥଚ ଶଯ୍ୟାଶାୟୀ ହୋଇ ପଡ଼ିରହିବା କଥାକୁ ପ୍ରତ୍ୟାଖ୍ୟାନ କରେ ଜୀବନର ଶକ୍ତି। ଦେହ ମରାମତି ହୁଏ ଏଠାରେ। ତା' ପରେ ବ୍ୟଗ୍ରତା। ବିଛଣା ଛାଡ଼ିବା ପାଇଁ ବ୍ୟାକୁଳତା। ଗତିଶୀଳତା ହିଁ ଜୀବନ। କ୍ରିୟାଶୀଳତା ହିଁ ବଞ୍ଚିରହିବାର ଯଥାର୍ଥତା। ପୃଥିବୀର ରାସ୍ତା-ଘାଟ, ପାହାଡ଼-ପର୍ବତ, ନଈ-ସମୁଦ୍ର। ସବୁଠାରେ ଏଇ ଗତିଶୀଳତାର ଅଭିଯାନ ଏବଂ ବିଜୟ।

ଚନ୍ଦନ ଏଇ ସମସ୍ତ ଦୃଶ୍ୟ ଦେଖି ନଥିଲେ ବଞ୍ଚିରହିବା ଏକ ଅଭିଯାନ ବୋଲି ଚିନ୍ତାକରି ନଥାନ୍ତେ। ଆଉ ଗତିଶୀଳତା ନ ହେଲେ ବିଜୟର ସ୍ୱପ୍ନ କେଉଁଠି ? ଫିଜିଓଥେରାପିରେ ବ୍ୟସ୍ତ ଥିବା ଏମାନେ ଜଣାପଡୁ ନାହାନ୍ତି କ୍ଲାନ୍ତ ଓ ବିବଶ। ଏମାନଙ୍କ ଉପରେ ଜୋରକରି ଲଦି ଦିଆଯାଇ ନାହିଁ ଏକଥା। ଏମାନେ ତାହାକୁ ଗ୍ରହଣ କରିଛନ୍ତି ପରମ ଉଦ୍ଦୀପନାରେ। ତାହା ଏକ ମାଧ୍ୟମ, ବଞ୍ଚିରହିବାର ଅଭିଯାନକୁ କ୍ରମାନ୍ୱୟତା

ଆଣିବା ପାଇଁ। ତାହା ଏକ ଆଧାର, ଯାହା ଉପରେ ଠିଆ ହୋଇ ଆକାଶର ତାରକା ଫୁଲ ସଂଗ୍ରହ କରାଯାଇପାରେ କିମ୍ବା ଗଭୀର ସମୁଦ୍ରରୁ ସଂଗ୍ରହ କରାଯାଇପାରେ ଶାମୁକା, ମୁକ୍ତାର ମାଳ ପିନ୍ଧିବା ପାଇଁ।

– "ଗ୍ରେଟ୍! ଆମେଜିଙ୍ଗ୍!" ଅନୁଭବକୁ ଉପସ୍ଥାପନ କରିବା ପାଇଁ ନଥିଲା ଚନ୍ଦନଙ୍କ ଭାଷା। ସମୁଦାୟ ଦୃଶ୍ୟ ଭାଷାର ଗରିବ ଦିଗ୍‌ବଳୟକୁ ଅଭିଭୂତ କରେ।

– "ସାର୍।" କହିଲେ ଡିରେକ୍ଟର କ୍ଷମାମାଗିବା ସ୍ୱରରେ। ତାଙ୍କ ବକ୍ତବ୍ୟ ଥିଲା – "ଆଉ ଅଳ୍ପ ସମୟ ପରେ ଆମେ ସଭା ଆରମ୍ଭ କରିବା। ଆପଣ ଯଦି କିଛି ମନେ ନ କରନ୍ତି, ମୁଁ ଟିକେ ଯାଇଥାନ୍ତି ଅଡ଼ିଟୋରିଅମ୍ ଆଡ଼େ। କ'ଣ ସେଠାରେ ବ୍ୟବସ୍ଥା କରାଯାଉଚି ତାହା ମୁଁ ନିଜେ ଦେଖିବା ଭଲ। ଆମେ ତ୍ରୁଟିହୀନତା ଉପରେ ତ ଗୁରୁତ୍ୱ ଦେଉ ନିଶ୍ଚୟ; କିନ୍ତୁ ଆମର ଲକ୍ଷ୍ୟ ଉତ୍କୃଷ୍ଟତା ହାସଲ କରିବା।"

– "ଯିବେ? ଯାଆନ୍ତୁ।" ଆଗ୍ରହର ସହିତ ରାଜି ହେଲେ ଚନ୍ଦନ। ତାଙ୍କ କଥା ସରି ନ ଥିଲା – "ମୁଁ ଦୁଃଖ ଯେ ସାଙ୍ଗରେ ଡାଏରୀ କିମ୍ବା ସେମିତି କିଛି ଆଣିନାଇଁ। ମୁଁ ନୋଟ୍ କରି ନେଇଥାନ୍ତି କେତୋଟି ମର୍ମସ୍ପର୍ଶୀ ଓ ବିସ୍ମୟକର କେଶ୍। ମୋର ଗୋଟିଏ ଉପନ୍ୟାସର ଚରିତ୍ର ହୋଇଥାନ୍ତେ ସେମାନେ।" ଦୁଃଖ ଓ ପଶ୍ଚାତାପ ଥିଲା ଚନ୍ଦନଙ୍କ ସ୍ୱରରେ। ଗୋଟେ ଅନନ୍ୟ ସୁଯୋଗ ହାତଛଡ଼ା ହୋଇଯାଉଚି।

"ଏମାନଙ୍କୁ ନେଇ ଉପନ୍ୟାସ ଲେଖିବେ?" ବିସ୍ମୟ, ଅବିଶ୍ୱାସ ଓ ଆନନ୍ଦ ମିଶିଥିଲା ଡିରେକ୍ଟରଙ୍କ ସ୍ୱରରେ। ସେ ପ୍ରଗଳ୍ଭ ହୋଇପଡ଼ିଲେ – "ଲେଖିବେ ସତରେ? ମୁଁ ଯୋଗେଇଦେବି ସମସ୍ତ ସୁବିଧା ସୁଯୋଗ। ମୁଁ ଆଉ ମୋର ସମସ୍ତ ସହକର୍ମୀଙ୍କର ଉତ୍ସାହପ୍ରଦ ଅକୁଣ୍ଠିତ ସହଯୋଗ ପାଇବେ ଆପଣ।" ଝଲସି ଉଠିଲା ତାଙ୍କ ମୁହଁ। ତାଙ୍କର ସମଗ୍ର ଦେହ ସତେ ଅବା ପ୍ରକାଶ କଲା ସନ୍ତୋଷ ଓ ଗଭୀର କୃତଜ୍ଞତାର ସଙ୍ଗୀତ।

– "କିପରି?" ଚନ୍ଦନ ସିରିଅସ୍ ହୋଇପଡ଼ିଲେ।

– "ଅଛି ଆମର ଗେଷ୍ଟ ହାଉସ୍।" ପ୍ରକାଶ କଲେ ଉପାୟ। ତାଙ୍କର ଉତ୍ସାହିତ ସ୍ୱର ସେତିକିରେ ଅଟକି ନଥିଲା – "ଆପଣ ହେବେ ଏ ଅନୁଷ୍ଠାନର ଅତିଥି। ଆମେ ଯୋଗେଇ ଦେବୁ ଆରାମପ୍ରଦ ଆତିଥ୍ୟ। କେତେ ଦିନ ରହିବେ? କେବେ ଆପଣଙ୍କୁ ଆମେ ସ୍ୱାଗତ କରିବୁ ଏଠାରେ?"

ଚନ୍ଦନଙ୍କ ମୁଗ୍ଧ ଦୃଷ୍ଟି ବୁଲି ଆସିଲା ଡିରେକ୍ଟରଙ୍କ ଉପରୁ। ସେ ପ୍ରସ୍ତୁତ ନ ଥିଲେ, ଏଇ ପ୍ରଶ୍ନର ଉତ୍ତର ଦେବାକୁ। ଗମ୍ଭୀର ହେଲେ। କହିଲେ – "ମୁଁ ଭାବୁଛି, ପାଞ୍ଚ-ଛ ଦିନ। ଗୋଟିଏ ସପ୍ତାହର ରହଣି ଯଥେଷ୍ଟ ହେବ।"

– "କ'ଣ? ମାତ୍ର ଗୋଟିଏ ସପ୍ତାହ?" କିଞ୍ଚିତ ନୈରାଶ୍ୟ ଥିଲା ଡିରେକ୍ଟରଙ୍କ

ସ୍ୱରରେ। ପଚାରିଲେ - "ଅନ୍ତତଃ ପନ୍ଦର ଦିନ କିମ୍ବା ତିନି ସପ୍ତାହ...।" ସେ ଶେଷ କଲେ ନାହିଁ ତାଙ୍କ ବାକ୍ୟ।

- "ଏତେ ଦିନ ଦରକାର ହେବ ନାହିଁ।" ଚନ୍ଦନ କହିଲେ - "ଆଠ-ଦଶଟି ଉଲ୍ଲେଖଯୋଗ୍ୟ କେଶ୍ ଦରକାର। ଆଉ କେତେକ ସାନ ଚରିତ୍ର ବି ସଂଯୋଜିତ ହେବେ। ଅସଲ କଥା ହେଉଚି, ଏତେ ପୀଡ଼ିତଙ୍କୁ ଦେଖିବା ପରେ ଏବଂ ସ୍ଥଗିତ ରହିଥିବା ଅଭିଯାନକୁ ଅଗ୍ରସର କରାଇବା ପାଇଁ ସେମାନଙ୍କ ଉତ୍ସାହ ଓ ନିଷ୍ଠା ଲକ୍ଷ୍ୟ କରିବା ପରେ, ଗୋଟେ ଝାପ୍‌ସା ଧାରଣା ସୃଷ୍ଟି ହୋଇସାରିଚି ପ୍ରସ୍ତାବିତ ଲେଖାର ଗଠନ ସଂପର୍କରେ। ମୁଁ ନିଜେ ପ୍ରୋତ୍ସାହିତ ହେଉଚି ଏମାନଙ୍କୁ ଲକ୍ଷ୍ୟକରି।"

ଡିରେକ୍ଟର କିନ୍ତୁ ତରତର ହେଉଥଲେ ସଭାକକ୍ଷରେ କି ପ୍ରକାର ବନ୍ଦୋବସ୍ତ ହେଉଚି, ତାହା ଅନୁଧାନ କରିବା ପାଇଁ। ସେ ପ୍ରକାଶ କଲେ ନମ୍ରତାର ସହିତ ପ୍ରସ୍ତାବ - "ଆମେ ଏ ବିଷୟରେ ଆଲୋଚନା କରିବା ସଭା ପରେ। ମୋର ଅନୁରୋଧ, ଆପଣ ଶୀତ ଦିନରେ ଆସନ୍ତୁ। ସବୁଆଡ଼କୁ ସୁବିଧା ହେବ ସେଇ ସମୟ।"

ସେ ପଳେଇଗଲେ। ଚନ୍ଦନ ନିଜେ ବି ଟିକିଏ କ୍ଲାନ୍ତ ଅନୁଭବ କରୁଥିଲେ ଗରମ ଯୋଗୁ। ମାତ୍ର ତଥାପି ଥିଲା ତାଙ୍କଠାରେ କୌତୁହଳ, ଆଉ କିଛି ଚିକିତ୍ସାଧୀନଙ୍କୁ ଦେଖିବା ପାଇଁ। ସେମାନେ ଜାରି ରଖିଛନ୍ତି ପଙ୍ଗୁତା ବିରୋଧରେ ସେମାନଙ୍କର ସଂଘର୍ଷ। ଗିରି ଲଂଘନ କରିବା ଥିଲା ସେମାନଙ୍କ ଲକ୍ଷ୍ୟ। ଏମିତିରେ ମଣିଷ ଜୀବନସାରା ସାନ-ବଡ଼ ଗିରି ଲଂଘନ କରିବା ଜାରି ରଖିଥାଏ। ଜୀବନର ପ୍ରବାହ, କେବଳ ଭାଗ୍ୟ-ଭଗବାନଙ୍କ ନିର୍ଦ୍ଦେଶକୁ ଅପେକ୍ଷା କରେ ନାହିଁ। ଅଲୌକିକ ଘଟଣା ଘଟିବ। ଘେରି ରହିଥିବା ସକଳ ସଙ୍କଟ ପ୍ରତ୍ୟାହୃତ ହୋଇଯିବ ଆପଣାଛାଏଁ। ଏୟା ନୁହେଁ ବଞ୍ଚିରହିବା।

- "ସାର୍, ଆଉ ଗୋଟେ-ଦୁଇଟା ପ୍ରକୋଷ୍ଠ ଦେଖିବେ, ନା ପଳେଇବା ଡିରେକ୍ଟରଙ୍କ ରୁମ୍‌କୁ?" ଚନ୍ଦନଙ୍କ ସହିତ ଥିବା ତିନ-ଚାରିଜଣ ନମ୍ର ଏବଂ ଆଜ୍ଞାବହ କର୍ମଚାରୀଙ୍କ ମଧ୍ୟରୁ ଜଣେ ପଚାରିଲା। ସେ ଲକ୍ଷ୍ୟ କରିଥିଲା ଚନ୍ଦନଙ୍କ କ୍ଲାନ୍ତି ଏବଂ ଝାଳ। ସେଥିପାଇଁ କହିଲା - "ଟିକିଏ ଧଁ ସଁ ହୋଇପଡ଼ିଲେଣି ଆପଣ। ଠିକ୍ ଦେଢ଼ଘଣ୍ଟା ହେଲା ଆପଣ ବୁଲୁଛନ୍ତି ଏ ଗରମରେ।"

ଚନ୍ଦନ ଓଦା ରୁମାଲ ବାହାର କଲେ - "ମୁଁ ବି କ୍ଲାନ୍ତି ଏବଂ ଉତ୍ତାପର ଗିରି ଲଂଘନ କରିବାକୁ ଚାହୁଁଚି। ଆପଣମାନେ କେହି ଅନୁମାନ କରିପାରିବେ ନାହିଁ ମୋର ଏଇ ବୁଲିବା ମୋତେ କେଉଁ ଗୁରୁତ୍ୱପୂର୍ଣ୍ଣ ଅଭିଜ୍ଞତା ଦେଉଚି। ଆଉ ଗୋଟିଏ ୱାର୍ଡ଼। ତା'ପରେ ଆମେ ଫେରିବା।"

ବିଲ୍‌ଡିଙ୍ଗ୍‌ର ବାମ ପାଖ ଉଇଙ୍ଗ୍‌। ପ୍ରଥମ ମହଲା। ଅପେକ୍ଷାକୃତ ସାନ ବଖରାଟେ। ସାତ-ଆଠଟି ବେଡ୍‌କୁ ନେଇ।

ତା' ଭିତରକୁ ଯିବା ପୂର୍ବରୁ ଚନ୍ଦନଙ୍କ ପାଇଁ ଅତୁଳନୀୟ ଅଭିଜ୍ଞତା। ସାତ-ଆଠ ବର୍ଷର ଗୋରା ଓ ସୁସ୍ଥ ପିଲାଟେ। ପିନ୍ଧିଥାଏ ପରିଷ୍କାର ପେଣ୍ଟ-କମିଜ। ଯତ୍ନର ସହିତ ମୁଣ୍ଡ କୁଣ୍ଡେଇଥାଏ। କିଛି ସମୟ ପୂର୍ବେ ସେ ଟାଲ୍‌କମ୍ ପାଉଡ଼ର ବ୍ୟବହାର କରିଥିଲା ମୁହଁ ଓ ବେକରେ। ଏହାର ଅଳ୍ପ ଅବଶିଷ୍ଟାଂଶ ରହିଥିଲା ବେକରେ, ଝାଳ ସତ୍ତ୍ୱେ। ତା' ମୁହଁ ଉଦ୍ଭାସିତ ହେଉଥିଲା ଆତ୍ମବିଶ୍ୱାସ ଓ ଆନନ୍ଦରେ।

ସେ ଆସିଲା ଚନ୍ଦନଙ୍କ ଆଡ଼େ ଅଳ୍ପ ଥଙ୍ଗେଇ ଥଙ୍ଗେଇ। ବଢ଼ାଇଦେଲା ଗୋଟେ ଫୁଲତୋଡ଼ା। ଦୁଇହାତ ଟେକି ନମସ୍କାର କଲା। ଚନ୍ଦନଙ୍କର ସେଠାକୁ ଆସିବା ସତେଯେପରି ଥିଲା ଏକ ବିରଳ ଓ ସ୍ମରଣୀୟ ଘଟଣା। ତାଙ୍କ ଆଗମନରେ ସତେଯେପରି ନିନାଦିତ ହେଉଛି ସମଗ୍ର କୋଠରି ଆନନ୍ଦ ଓ ପୁଲକରେ।

ଶିହରଣ ଓ ଆବେଗଗତ କଂପନର ସହସା ଏକ ମହୋତ୍ସବ। କ୍ଳାନ୍ତି ଯୋଗୁ ଝାଉଁଳି ପଡ଼ିଥିବା ଚନ୍ଦନଙ୍କ ସତ୍ତାର ପ୍ରତ୍ୟେକ ଅଂଶ ଉପରେ ପ୍ରବାହିତ ହେଲା ଆକସ୍ମିକ ଏବଂ ଅପ୍ରତ୍ୟାଶିତ ଶକ୍ତି ଓ ଆଗ୍ରହର ସୁଅ। ବିଜୟଦୀପ୍ତ ମୁହଁରୁ ଏତକ ଶୁଣାଗଲା - ସ୍ୱାଗତମ୍। ଆସନ୍ତୁ।

- ବିସ୍ମୟାଭିଭୂତ ଚନ୍ଦନ। ସେ ଅନେଇଲେ ତାଙ୍କ ପାଖରେ ଥିବା ଜଣେ କର୍ମଚାରୀଙ୍କ ଆଡ଼େ। ଏଇଭଳି ଉତ୍ତର ମିଳିଲା ଆଜିର ଫଙ୍କସନ୍‌ରେ ଆପଣ ଅତିଥି ହୋଇ ଯୋଗଦେବା କଥା ଏମାନଙ୍କୁ ଜଣାଅଛି। ଆପଣ କେତେଜଣ ଚିକିତ୍ସାଧୀନଙ୍କୁ ଭେଟିବେ ବିଭିନ୍ନ କୋଠରିରେ। ତାହା ମଧ୍ୟ କୁହାଯାଇଥିଲା ଏମାନଙ୍କୁ। ଇଏ ହେଉଛି ମୁନ୍। ଆମ୍ଭମାନଙ୍କର, ବିଶେଷକରି ଡିରେକ୍ଟରଙ୍କର ବହୁତ ପ୍ରିୟ ଏଇ ମୁନ୍।

ମୁନ୍! ପ୍ରଗଳ୍ଭ ଶ୍ରଦ୍ଧା ଓ ଆତ୍ମୀୟତାର ସହିତ ଚନ୍ଦନ ହାତ ବୁଲାଇ ଆଣିଲେ ମୁନ୍‌ର ଗାଲ, କାନ୍ଧ ଓ ପିଠି ଉପରେ। ତାହା ହିଁ ଥିଲା ମୁନ୍‌କୁ ଧନ୍ୟବାଦ ଦେବାର ଭାଷା।

ମୁନ୍! ଆଣ୍ଠୁ ପାଖରୁ ଦୁଇ ଗୋଡ଼ ହରାଇଥିବା ମୁନ୍। ବିଗଳିତ ହୋଇପଡ଼ିଲେ ଚନ୍ଦନ। ସେ କର୍ମଚାରୀଙ୍କ ଆଡ଼େ ଅନେଇଲେ। ସେମାନଙ୍କ ମୁହଁରେ ଯେଉଁ ଭାଷା ଥିଲା, ତାହା ଏଇପରି - ଆପଣ ଯାହା ଦେଖୁଛନ୍ତି, ତାହା ହିଁ ସତ୍ୟ। ଗୋଡ଼ ନାହିଁ ମୁନ୍‌ର। ଏଇଭଳି ଅନେକ କେଶ୍ ମଧ୍ୟରୁ ମୁନ୍ ଜଣେ।

ଆପାତତଃ ସମ୍ମୋହିତ ଅବସ୍ଥା ଚନ୍ଦନଙ୍କର। ତାଙ୍କ ବାମ ପାପୁଲି ଭିତରେ ମୁନ୍‌ର ଡାହାଣ ହାତ। ମୁନ୍ ବାଟ କଢ଼େଇ ନେଲା ସକ୍ଷମ ଚନ୍ଦନଙ୍କୁ। ସେମାନେ ଏବେ

କୋଠରିରେ ପ୍ରବେଶ କଲେ। ଗୋଟେ ଝରକା ନିକଟ ବେଡ୍ ପାଖରେ ଅଟକିଗଲା ମୁନ୍। ସୂଚେଇଦେଲା ଯେ ସେଇ ବେଡ୍‌ଟି ତା'ର।

– "ମୁନ୍, ମୁନ୍।" ଗଦ ଗଦ ହୋଇପଡ଼ିଲେ ଚନ୍ଦନ ଅତିଶୟ ଶ୍ରଦ୍ଧା ଓ ଆବେଗ ଯୋଗୁ। କହିଲେ – "ମୁଁ ବହୁତ ଖୁସି, ମୁନ୍, ତୁମକୁ ଭେଟିଥିବାରୁ। ମୋର ଶୁଭେଚ୍ଛା ଓ ସ୍ନେହ ଗ୍ରହଣ କର।" ସାତ-ଆଠ ବର୍ଷର ଗୋଟେ ପିଲାକୁ ଏମିତି କଥା କୁହାଯାଏ କି ନା, ତାହା ନିର୍ଣ୍ଣୟ କରିପାରୁ ନଥିଲେ ଚନ୍ଦନ।

ମାତ୍ର ତାଙ୍କୁ ଅବାକ୍‌କରି ମୁନ୍ ଉତ୍ତର ଦେଲା – "ମୁଁ ବି ବହୁତ ଖୁସି। ଆପଣ ଏଠାକୁ ଆସିଲେ। ମୋ ସହିତ କଥାବାର୍ତ୍ତା କଲେ। ମୋତେ କୁହାଯାଇଥିଲା ଯେ ଆପଣ ଜଣେ ଲେଖକ। ଗପ ଲେଖନ୍ତି। ମୁଁ ବଡ଼ ହେଲେ ପଢ଼ିବି ଆପଣଙ୍କ ବହି। କି ପ୍ରକାର ଗପ ଲେଖନ୍ତି ଆପଣ ?"

କ'ଣ ବୋଲି ବର୍ଣ୍ଣନା କରିବେ ଚନ୍ଦନ, ମୁନ୍‌କୁ ? ବିସ୍ମୟକର, ନା ଆଉ କିଛି ? ଗୋଟିଏ କ୍ଷଣରେ, ଗୋଟିଏ ପ୍ରଶ୍ନରେ ତାଙ୍କୁ ନିରବ ଓ ଉତ୍ତରଶୂନ୍ୟ କରିପାରିଲା ଏ ଖଣ୍ଡିତ ପିଲା। ସେ ନିଜେ ଜାଣିନାଇଁ କିଭଳି ଦୁଃସାଧ ପ୍ରଶ୍ନ ସେ ପଚାରିଲା ଚନ୍ଦନଙ୍କୁ – କି ପ୍ରକାର ଗପ ଲେଖନ୍ତି ଆପଣ ?

କେଉଁ ଉତ୍ତର ଦେବେ ସେ ? ଲେଖକ ଭାବରେ ଯେଉଁ କେତୋଟି ଅତ୍ୟନ୍ତ ଜଟିଳ ଓ ଗୁରୁତ୍ୱପୂର୍ଣ୍ଣ ପ୍ରଶ୍ନର ସେ ସାମନାସାମନି ହୋଇଛନ୍ତି, ତା' ମଧ୍ୟରୁ ଏଇଟି ଅନ୍ୟତମ। କି ପ୍ରକାର କବିତା ଲେଖନ୍ତି କବି ଜଣେ ? ମୋତେ ଉଲ୍ଲସିତ, ବିଗଳିତ କରୁଥିବା ପ୍ରସଙ୍ଗ ଭିତରେ ଥାଇପାରେ ଅନନ୍ୟ ଓ ଅସାଧାରଣ ଉପାଦାନ। ତାହା ନ ହୋଇଥଲେ ମୁଁ ସ୍ପନ୍ଦିତ ଓ ଶିହରିତ ହୋଇଥାନ୍ତି କାହିଁକି ? ମୋ ସତ୍ତାର ସାରାଂଶ ଝଂକୃତ ଓ ଆଲୋକିତ ହୋଇଥାନ୍ତା କାହିଁକି ? ସୃଷ୍ଟିର ଯେଉଁ ଶାଶ୍ୱତ, ସୀମାହୀନ ଓ ଶେଷହୀନ ଧାରା ରହିଚି, ତାହାର ଅନ୍ତତଃ ନଗଣ୍ୟ ଝିଅଟିଏ ମୋ ଅନ୍ତଦୃଷ୍ଟି ଠାବ କରିପାରିଲା ବୋଲି ମୁଁ କାହିଁକି ଅସ୍ଥିର, ଆହ୍ଲାଦିତ ହୁଅନ୍ତି ? ଏବଂ ସେଇ ଝିଅକୁ କେନ୍ଦ୍ରକରି ସୃଷ୍ଟି କରନ୍ତି ଗପ ବା ଉପନ୍ୟାସ ? ତାହା ପୁଣି ରହେ ସମ୍ଭାବନାର ଦିଗ୍‌ବଳୟ ମଧ୍ୟରେ ପାଠକର ଯେମିତି ହୃଦ୍‌ବୋଧ ହେବ ହଁ, ଏମିତି ଘଟେ। ଏମିତି ଘଟେ ବୋଲି ଦେଖୁଆସୁଥିଲୁ, ଶୁଣି ଆସୁଥିଲୁ। ସଚେତନ ହୋଇ ନଥିଲୁ ଏହାର ବୈଶିଷ୍ଟ୍ୟ ସଂପର୍କରେ। ଅଜସ୍ର ଏଇ ପ୍ରସଙ୍ଗ। ସେସବୁର ପ୍ରକାରଭେଦ କ'ଣ, ମୁନ୍? କିପରି କହିବି, ମୁଁ କେଉଁ ପ୍ରକାର ଗପ ଲେଖେ ?

– "ସ୍ମାର୍ଟ, ଭେରି ସ୍ମାର୍ଟ!" ମନ୍ତବ୍ୟ ବାଢ଼ିଲେ ସାଙ୍ଗରେ ଥିବା ଜଣେ ମୁଖ୍ୟ କର୍ମଚାରୀ।

- "ଆତ୍ମବିଶ୍ୱାସୀ।" ଚନ୍ଦନ ଯୋଗ କଲେ। ଆହୁରି କହିଲେ - "ଆଗ୍ରହୀ ଓ ଅନୁସନ୍ଧିତ୍ସୁ।"

କିଞ୍ଚିତ ଚନ୍ଦନ ସେପର୍ଯ୍ୟନ୍ତ ଭଲଭାବରେ ଲକ୍ଷ୍ୟ କରି ନଥିଲେ, ଟିକିଏ ଦୂରରେ, ସଙ୍କୁଚିତ ହୋଇ ଠିଆ ହୋଇଥିବା ମହିଳାଙ୍କୁ। ମୁନ୍ ପ୍ରଶ୍ନର ଉତ୍ତର ଦେବାରେ ଅସମର୍ଥ ଚନ୍ଦନ ଏଥର ତାଙ୍କୁ ନିରୀକ୍ଷଣ କଲେ। ନିଃସନ୍ଦେହରେ କୁହାଯାଇପାରେ ସେ ଚନ୍ଦନର ମା'। ମୁହଁର ଗଢ଼ଣ ଓ ଦେହର ରଙ୍ଗ ଏକଥା ପ୍ରତିପାଦନ କରୁଥିଲା। ମଧ୍ୟବିତ୍ତ ପରିବାରର। ଉଚ୍ଚଶିକ୍ଷା ଥିବା ଭଳି ମନେହେଲା ନାହିଁ। ଥିଲା ନମ୍ରତା। ତେବେ, ମୁନ୍‌ର ମୁହଁକୁ ଆଲୋକିତ ବୋଲି ବର୍ଣ୍ଣନା କଲାବେଳେ ତା' ମା'ର ମୁହଁ ବିଷାଦଗ୍ରସ୍ତ ଓ ମେଘାଚ୍ଛନ୍ନ ବୋଲି କୁହାଯିବ। ସ୍ୱାଭାବିକ; ନୁହେଁ କି ? ଚନ୍ଦନ କହିଲେ ମନକୁ ମନ ସମ୍ବେଦନାର ସହିତ।

- "କି ପ୍ରକାର ଗପ ?" ଚନ୍ଦନ ଫେରିଲେ ମୁନ୍‌ର ପ୍ରଶ୍ନ ପାଖକୁ। ଏହାକୁ ସେ ଏଡ଼ାଇଲେ ଚତୁରତାର ସହିତ - "ମୁଁ କାହିଁକି ଏବେଠୁ କହିବି ? ତୁମେ ପଢ଼ିବ ମୋ ବହି। ପଢ଼ିବା ପରେ ନିଜେ ଜାଣିପାରିବ।"

ଟିକିଏ ନିରୁତ୍ସାହିତ ଓ ଚିନ୍ତିତ ଦେଖାଗଲା ମୁନ୍। ପଚାରିଲା - "ମୁଁ କେଉଁଠି ପାଇବି ଆପଣଙ୍କ ବହି ? ଆପଣ କ'ଣ ବହୁତ, ବହି ଲେଖିଚନ୍ତି ?"

- "ମୁଁ ଦେବି ତୁମକୁ ମୋ ବହି।" ପ୍ରତିଶ୍ରୁତି ଦେଲେ ଚନ୍ଦନ।

- "କେବେ ଦେବେ ?" ଫେରିଆସିଲା ଆନନ୍ଦ ଓ ନିଶ୍ଚିତ ପ୍ରାପ୍ତି ଜନିତ କୌତୁହଳ। ସେ କହିଲା ଆହୁରି - "ଆମେ ଏଠାରେ ଆଉ ବେଶିଦିନ ରହିବୁ ନାହିଁ। ମୁଁ ଚାଲି ଶିଖିଲିଣି। ଘରକୁ ଯିବୁ। ତେଣେ ମୋ ପାଠପଢ଼ା ମାରା ହେଉଚି।"

ଏକ ଅସମ୍ଭାଳ ଆବେଗକୁ ବଡ଼ କଷ୍ଟରେ ସଂଯତ କଲେ ଚନ୍ଦନ। କ'ଣ କହୁଚି ଏ ପିଲା ଅଜାଣତରେ ? ଚାଲି ଶିଖିଲାଣି ! ପାଠପଢ଼ା ମାରା ହେଉଚି ! କହିଲେ - "କିଛି ଯାଏ ଆସେ ନାହିଁ। ମୁଁ ମୋ ବହି ନେଇ ପହଞ୍ଚିବି ତୁମ ଘରେ। ନିଶ୍ଚୟ ପହଞ୍ଚିବି।"

ବିସ୍ତାରିତ ହୋଇଗଲା ମୁନ୍‌ର ମୁହଁ ଅପ୍ରତ୍ୟାଶିତ ଆନନ୍ଦ ଓ ଅବିଶ୍ୱାସରେ। ମୁଗ୍ଧ-ବିଭୋର ତା' ମୁହଁକୁ ଛାତିରେ ଜାକି ଧରିବା ପାଇଁ ବ୍ୟଗ୍ର ହୋଇଉଠିଲେ ଚନ୍ଦନ। ସେତେବେଳକୁ ମୁନ୍‌ର ଆପାତତଃ ପଙ୍ଗୁତା ତୁଚ୍ଛ, ଦୟନୀୟ ଓ ଖର୍ବକାୟ ହୋଇପଡ଼ିଥିଲା ତା' ଜୀବନର ତେଜ ଓ ସାମର୍ଥ୍ୟ ସାମ୍ନାରେ। ପାଖରେ ଠିଆ ହୋଇ ସାକ୍ଷାତକାରକୁ ଉପଭୋଗ କରୁଥିବା କର୍ମଚାରୀଙ୍କ ପ୍ରତି ଚନ୍ଦନଙ୍କ ପ୍ରଶ୍ନ - "ଯା ଠିକଣା ମିଳିବ ତୁମ ଦସ୍ତରରେ ?"

"ହଁ, ସାର୍।" ମିଳିତ ସ୍ୱରର ଉତ୍ତର ଅଗ୍ରହର ସହିତ।

- "ତମେ ପଢୁଚ କେଉଁଠି, ମୁନ୍ ? ଗାଁ ସ୍କୁଲରେ ?" ଚନ୍ଦନ ନିଶ୍ଚିତ ଥିଲେ ଯେ ମୁନ୍ ଗାଁ ପିଲା; ସହରର ନୁହଁ।

- "ହଁ।"

- "କେଉଁ କ୍ଲାସ ହେଲା ତୁମର ?"

- "ତୃତୀୟ ଶ୍ରେଣୀ।"

- "କେମିତି ପଢୁଚ ? ମାନେ, କ୍ଲାସ୍‌ରେ-।" ଠିକ୍ ଭାବରେ ଉପସ୍ଥାପନ କରିପାରିଲେ ନାଇଁ ନିଜ ପ୍ରଶ୍ନ।

- "ମୁଁ ଫାଷ୍ଟ ହୁଏ।" ଘୋଷଣା କଲା ମୁନ୍। ଗର୍ବ ନୁହେଁ; ଆତ୍ମବିଶ୍ୱାସ ଥିଲା ତା' ସ୍ୱରରେ।

- "ଚିନ୍ତା କରିଚ, ବଡ଼ ହେଲେ କ'ଣ କରିବ ?" ଚନ୍ଦନଙ୍କ ଆଚରଣ ଏମିତି ଥିଲା ଯେ, ମୁନ୍ ସଙ୍କୁଚିତ ହେଉ ନଥିଲା କଥାବାର୍ତ୍ତା କରିବା ପାଇଁ। ସେ ବାସ୍ତବିକ ଧରିଥିଲା ଚନ୍ଦନଙ୍କ ହାତର କେତୋଟି ଆଙ୍ଗୁଳି।

ମୁନ୍ ବିଚଳିତ ହେଲା ପ୍ରଥମଥର ପାଇଁ। ଅନେଇଲ୍ ଏଣେତେଣେ। ଜୀବନର ଲକ୍ଷ୍ୟ କ'ଣ ? ସେ ନିର୍ଦ୍ଧାରଣ କରି ନଥଲା। ଲକ୍ଷ୍ୟ ଗୋଟାଏ ଥାଏ। ସେଇଠି ପହଞ୍ଚିବାକୁ ଦରକାର ସାଧନା। ମାନସିକ ଶପଥ ଓ ଏକାଗ୍ରତା। ଲକ୍ଷ୍ୟସ୍ଥଳରେ ପହଞ୍ଚିବାକୁ ଜନ୍ମ ନେଇଥାଏ ମଣିଷ। ଏସବୁ ଭାବିବା ବୟସ ହୋଇ ନଥିଲା ମୁନ୍‌ର। ଟିକିଏ ନୀରବତା ପରେ ଶୁଭିଲା ତା' ଉତ୍ତର - "ମୁଁ ସବୁବେଳେ କ୍ଲାସ୍‌ରେ ଫାଷ୍ଟ ହେବି।"

ଫ୍ୟାନ୍‌ର ସୁ ସୁ ଶବ୍ଦ। ଏହା ବ୍ୟତୀତ ସାନ କୋଠରିରେ ଆଉ କିଛି ଶବ୍ଦ ନ ଥିଲା। ଅନ୍ୟ ଖଟମାନଙ୍କରେ ପୀଡ଼ିତମାନେ ଗିରି ଲଂଘିବାକୁ ସଜବାଜ ହେଉଥିଲେ। ମୁନ୍ ପରି ସେମାନଙ୍କର ସେଠାରେ ଅବସ୍ଥାନ ସରିଯାଉଥିଲା। କେବଳ ଖୋଲା ଦରଜା ସହିତ ସଂଯୁକ୍ତ ହୋଇଥିବା ପ୍ରଶସ୍ତ କରିଡ଼ରରେ ଶୁଭୁଥିଲା ଅସ୍ପଷ୍ଟ ବିବିଧ ଶବ୍ଦ।

ମାତ୍ର ଆପାତତଃ ନୀରବ କୋଠରିରେ ଚନ୍ଦନ ଶୁଣିପାରିଲେ ଝାପ୍‌ସା ଶବ୍ଦ। ତାହା ଖୁବ୍ ପାଖରୁ ଆସୁ ନଥିଲେ, ଶୁଣିବା ସମ୍ଭବ ହୋଇ ନଥାନ୍ତା। ଏ ଶବ୍ଦ ଥିଲା ମୁନ୍ ମା'ର ସୁଁ ସୁଁ ହୋଇ କାନ୍ଦିବାର ସ୍ୱର। ଟିକିଏ ପୂର୍ବେ ବିଷାଦଗ୍ରସ୍ତ ଓ ମେଘାଚ୍ଛନ୍ନ ଦେଖାଯାଉଥିବା ମୁହଁ ଉଚ୍ଛୁଳି ପଡ଼ିଲା। ଝରିଆସିଲା ଲୁହ ଯାହାକୁ ଅଟକାଇବା ପାଇଁ ମା' ଜଣକ ପଣତର ସାହାଯ୍ୟ ନେଇଥିଲା।

ଚନ୍ଦନ ଅନେଇଲେ ସେଇଆଡ଼େ। ପରକ୍ଷଣରେ ତାଙ୍କ ଦୃଷ୍ଟି ଅଟକି ରହିଲା ମୁନ୍ ଉପରେ। ସେ ଦେଖୁଥାଏ ତା' ମା'କୁ। ତା' ନିଜ ମୁହଁର ଆଲୋକ ମଉଳିବା ଆରମ୍ଭ କରୁଥାଏ। ଗୋଟେ ମହୋତ୍ସବ ଭିତରକୁ ଅନୁପ୍ରବେଶ କଲା ବିଭ୍ରାଟ। ଚହଲିଗଲା ସବୁ।

"କାହିଁକି କାନ୍ଦୁଚୁ ?" ଚନ୍ଦନ ପ୍ରକାଶ କଲେ ନିଜର ଅସନ୍ତୋଷ ଓ ପ୍ରତିବାଦ। ଅଳ୍ପ ମିଶିଥିଲା ଭର୍ତ୍ସନା। କାନ୍ଦିବାର କାରଣ ଜାଣିବା ତାଙ୍କର ଲକ୍ଷ୍ୟ ନଥିଲା। ଏ ପରିସ୍ଥିତିରେ ଜଣେ ମା' କାନ୍ଦିବା ସ୍ୱାଭାବିକ। କିନ୍ତୁ ମୁନ୍ ସହିତ ଯେଉଁ କଥାବାର୍ତ୍ତା ଚାଲିଥିଲା, ସେଇ ପରିପ୍ରେକ୍ଷୀରେ କାନ୍ଦଣା ଭଲ ଲାଗିଲା ନାଇଁ ଚନ୍ଦନଙ୍କୁ।

ତାଙ୍କର ସ୍ନେହପୂର୍ଣ୍ଣ ଧମକ ଜଣାଶୁଣା ପ୍ରଭାବ ପକାଇଲା ମା' ଉପରେ। ବଢ଼ିଗଲା ତା' କାନ୍ଦ। ଅପ୍ରତିଭ ଦେଖାଗଲା ମୁନ୍। କ୍ଷମା ମାଗିବା ସ୍ୱରରେ ସେ ସ୍ୱୀକାର କଲା – "ଆକ୍ସିଡେଣ୍ଟ ପରଠାରୁ ମା' ଏମିତି କାନ୍ଦେ ବେଳେବେଳେ। ମୁଁ ତାକୁ କହେ ଯେ ମୋର କିଛି ହୋଇନାଇଁ। ତଥାପି ସେ କାନ୍ଦେ।"

ସେଠାରେ ବେଶି ସମୟ କଥାବାର୍ତ୍ତା ହେବା ସମ୍ଭବ ନ ଥିଲା। ମାତ୍ର ଯିବା ପୂର୍ବରୁ ଟିକିଏ ଆଶ୍ୱସନା ଦେବା ପାଇଁ ଚନ୍ଦନ କହିଲେ – "ଆ, କରିଡ଼ର ପାଖକୁ। ତୋତେ ଦି'ପଦ କଥା କହିବାର ଅଛି।"

ମା' ଆସିଲା ଚନ୍ଦନଙ୍କ ପଛେ ପଛେ। କରିଡ଼ରରେ ସେ ଦୁଇଜଣ ଠିଆ ହେଲେ ସାମନାସାମନି। ଚନ୍ଦନ ତା' ଆଡ଼େ ଅନେଇ କିଛି କହିବାକୁ ଯାଉଥିଲେ। ସମ୍ଭବ ହେଲା ନାଇଁ। ସେ ଏଥର କାନ୍ଦିଲା ଆହୁରି ବେଶି। ଶକ୍ତିଶାଳୀ ଥିଲା ତା' କୋହ। ସେଥିପାଇଁ ଦୋହଲିଯାଉଥିଲା ତା'ର ଦେହ। ଚନ୍ଦନ ଅପେକ୍ଷା କଲେ। କହିପାରିଥାନ୍ତେ – ଥାଉ, ଆଉ ବେଶି କାନ୍ଦନା। ଭାଗ୍ୟର ଏ ଖେଳ ସହିବାକୁ ପଡ଼େ। ଲୁହ ଝରାଇଲେ କାହାକୁ କେବେ କିଛି ମିଳିଚି ଏ ସଂସାରରେ ? କହିଲେ ନାଇଁ। ସେଥିରେ ତା' କାନ୍ଦ ବଢ଼ିଥାନ୍ତା।

କିଛି କହିଲେ ନାଇଁ ଚନ୍ଦନ; କାହିଁକି ନା, କୋହ ଏବଂ ଲୁହ କେବେହେଲେ କେଉଁଠି ଅସରନ୍ତି ନୁହେଁ। ଏହା ମଧ୍ୟ ପ୍ରଶମିତ ହୁଏ। ମଣିଷ ନିଜକୁ କହେ ଯେ ଯାହା ଯେମିତି ଘଟିଚି, ଯାହା ଅଛି ନିଜ ପରିସର ଭିତରେ, ତାହାକୁ ନେଇ କାଟିବାକୁ ହେବ ଅବଶିଷ୍ଟ ପରମାୟୁ।

– "ଶୁଣ।" ଚନ୍ଦନ କହିଲେ, ତା'ର କୋହ ଧୂମେଇଯିବା ପରେ। ତାଙ୍କର ସ୍ୱର ଅନ୍ତରଙ୍ଗ ଥିଲା; ସତେ ଅବା ସେ ନିଜେ ଭୋଗିଛନ୍ତି ଭାଗ୍ୟର ଖଣ୍ଡାଚୋଟ, ଯାହା ବିଚ୍ଛିନ୍ନ ଓ ଖଣ୍ଡିତକରେ – "ଶୁଣ, ମୁନ୍ ଯେତେବେଳେ ଉତ୍ସାହୀ, ଆଶାବାଦୀ ହେଉଚି, ସେତେବେଳେ କାନ୍ଦିବା ବନ୍ଦକର। ତୋର କାନ୍ଦିବା ତାକୁ ହତଭାଗ୍ୟରେ ପରିଣତ କରିବ। ସେ ଭାବିବ ଯେ, କୋହ ଆଉ ଲୁହ ଭିତରେ ବନ୍ଦୀ ତା'ର ଭବିଷ୍ୟତର ସ୍ୱପ୍ନ ! ମା' ଜଣେ କାନ୍ଦିବ ନିଶ୍ଚୟ ଏପରି ପରିସ୍ଥିତିରେ; କାହିଁକି ନା, ସେ ମା'। ମାତ୍ର ମୁନ୍ ଆଗରେ ନୁହେଁ। ତାକୁ ସାହସ ଦେ', ଉତ୍ସାହିତ କର। ତାକୁ କହ ଯେ ସାମନାରେ ଥିବା ଏଇ ଗିରିକୁ ସେ ଲଂଘିପାରିବ ଚେଷ୍ଟା କଲେ।"

ସେ ମୁହଁ ପୋତି, ପାଟି ଉପରେ ପଣତ ଜାକି ଠିଆହୋଇ ରହିଲା । କ୍ଷଣକ ପାଇଁ ଚନ୍ଦନଙ୍କୁ ଦେଖିଲା । ସାହସ ସଂଗ୍ରହ କରି କହିଲା - "ଏଠାରେ ଏମିତି କଥା ମୁନ୍‌କୁ କେହି କହି ନଥିଲେ । ଏତେ ଭଲକଥା ଏତେ ସ୍ନେହରେ । ମୋର ଭୂମିଷ୍ଠ ପ୍ରଣାମ ଗ୍ରହଣ କରନ୍ତୁ ।"

ସେ ନଇଁପଡୁଥିଲା । ପୁଣି ପ୍ରତିବାଦ କଲେ ଚନ୍ଦନ - "ବନ୍ଦକର ଏ ପାଗଳାମି । ଦରକାର ନାଇଁ ସେ ସବୁ । ମୁଁ ପୁଣି କହୁଚି ଯେ ନିଜକୁ ଦୃଢ଼କର । ମୁନ୍‌କୁ ଫାଷ୍ଟ ହେବାରେ ସାହାଯ୍ୟ କର ।"

ଟିକିଏ ପରେ ସେ ପୁଣି କହିଲେ - "ତୁମ ଦୁଇଜଣଙ୍କୁ ନେବା ପାଇଁ ମୁନ୍‌ର ବାପା ଆସିବେ କେଉଁଦିନ ?"

ଲୁହ ମୁକ୍ତ ଆଖିରେ ସେ ଅନେଇଲା ଚନ୍ଦନଙ୍କୁ କେତୋଟି ମୁହୂର୍ତ୍ତ ପାଇଁ । କହିଲା - "ସେ କ'ଣ ଅଛନ୍ତି ଯେ ଆସିବେ ଆମ ପାଖକୁ ?"

ନିର୍ବୋଧ ହୋଇପଡ଼ିଲେ ଚନ୍ଦନ । ବୁଝିପାରିଲେ ନାଇଁ ଏଇ ସଧବାର ସ୍ୱାମୀ ନାହାନ୍ତି କାହିଁକି ।

- "ଗାଁର ଗୋଟେ ଝିଅ ସହିତ ପଳେଇଚନ୍ତି କେଜାଣି କୁଆଡ଼େ । ଚାରିବର୍ଷ ହେଲାଣି । ଖୋଜ ଖବର ନାଇଁ ।" ତା'ର ସ୍ୱର ସ୍ପଷ୍ଟ ଥିଲା । ବର୍ଷା ପରେ ସୂର୍ଯ୍ୟକିରଣ ଯେମିତି ପୃଥିବୀକୁ ସ୍ପଷ୍ଟ କରେ ।

ସରି ନଥିଲା ତା' କଥା - "ମୁଁ ତାଙ୍କ ପାଇଁ କାହିଁକି ହାଇଁପାଇଁ ହେବି ? ଦରକାର ପଡ଼ିଲେ ମୁଁ କୋଦାଳ ଧରେ । ମେସିନ୍‌ରେ ଜାମା-ପେଣ୍ଟ ତିଆରି କରେ । ଏ ଦିଗରେ ମୋତେ ଲଢ଼େଇ ଜଣା । ହେଲେ, ମୁନ୍ ! ମୋ ଆତ୍ମାର ମୁନ୍ ! ତା' ଅବସ୍ଥା ସହି ହେଉ ନାଇଁ ।" ପୁଣି ଫେରିଆସିଲା ତା' କାନ୍ଦ ।

ଡିରେକ୍ଟରଙ୍କ ଅଫିସ୍ ଆଡ଼େ ଗଲାବେଳେ ଚନ୍ଦନ ଅନୁଭବ କରୁଥିଲେ, କେତୋଟି ଗୁରୁତ୍ୱପୂର୍ଣ୍ଣ ପୃଷ୍ଠା ଯୋଡ଼ି ହୋଇଯାଇଚି ତାଙ୍କ ଅଭିଜ୍ଞତାର ବହିରେ । ସେ ଜାଣିପାରୁଥିଲେ, ଯେଉଁ ଦୃଢ଼ତା ଓ ପ୍ରତିଶ୍ରୁତି ସେ ଅନୁଭବ କରୁଥିଲେ, ତାହା ପ୍ରବାହିତ ହେଉଥିଲା କେଉଁଠୁ ।

ଡିରେକ୍ଟର କିଛି କହିବା ଆଗରୁ ସେ କହିଲେ ସନ୍ତୋଷ ଏବଂ ଆନନ୍ଦର ସହିତ - ପ୍ରସ୍ତାବିତ ଉପନ୍ୟାସର ପ୍ରଥମ ଚରିତ୍ରମାନଙ୍କୁ ଭେଟିବାରୁ ଟିକିଏ ଡେରି ହେଲା । ଯିବା, ମିଟିଙ୍ଗ୍ ହଲ୍‌କୁ ?

■

(ଶ୍ରୀ ଜଗନ୍ନାଥଙ୍କ କଥା)

ପୁଷ୍ପାଞ୍ଜଳି

ବିଷ୍ଣୁ ସାହୁ

ଦ୍ୱିପ୍ରହରର ଜ୍ୱଳନ୍ତ ସୂର୍ଯ୍ୟ ଯେତେବେଳେ ଗାଁର ମଥାନ ଉପରେ ଉତ୍ତପ୍ତ ହୀରକଚୂର୍ଣ୍ଣ ସଦୃଶ ନିଆଁ ଅଜାଡୁ ଥାଆନ୍ତି, କାର୍ଯ୍ୟନିପୁଣା ଗୃହିଣୀମାନେ ଘରର ନିତିଦିନିଆ କାମରୁ ସାମୟିକ ବିରତି ନେଇ ଚଟାଣରେ ପଡିଥିବା ମସିଣା ଉପରେ ଅଳସ ଭାଙ୍ଗୁଥାଆନ୍ତି କିମ୍ବା କୌଣସି ମନମତାଣିଆ ଉପନ୍ୟାସର ପୃଷ୍ଠା ଭିତରେ ନିଖୋଜ ହୋଇଯାଉଥାନ୍ତି। ସର୍ବୋପରି ଅଦୂରରେ ଥିବା ତୋଟାମାଳର ନିସ୍ତବ୍ଧତା ଭିତରୁ କୋଇଲିର କୁହୁକୁହୁ ସ୍ୱର ଗ୍ରୀଷ୍ମର ଗୋପନ ପ୍ରେମାଳାପ ପରି ମନକୁ ଉଚ୍ଚାଟ କରୁଥାଏ, ସେତିକିବେଳେ ପୁଷ୍ପାଞ୍ଜଳି ତା'ର ସହଚର ଆଶାବାଡି ଦୁଇଟିକୁ କାଖତଳେ ଚାପି ରଖି ବାରି ଆଉ ଅଗଣା ଭିତରେ ଏପଟସେପଟ ହେଉଥାଏ - କ'ଣ ଗୋଟେ ଧନ୍ଦି ହେଲା ପରି।

ପୁଷ୍ପାଞ୍ଜଳିର ବୟସ ପନ୍ଦର ବର୍ଷ। ତୀକ୍ଷ୍ଣ ନାକ ଓ ପୂରିଲା ପୂରିଲା ଗେହ୍ଲା ମୁହଁଟିର ଦୁଇକଡରେ ସୁନାର କାନଫୁଲ ଦୋଳିଖେଳୁଥାଏ, ଖୁବ୍ ଦୂରରେ ଚିକମିକ କରୁଥିବା ଦୁଇଟି ନକ୍ଷତ୍ର ଭଳି। ନିଖୁଣ ଗଢ଼ଣ। ନିଟୋଳ ଓ ସମତୁଲ ବାହୁ। ପୂର୍ବ ବିକଶିତ ବକ୍ଷସ୍ଥଳ। ଅଥଚ ଜଙ୍ଘର ନିମ୍ନଭାଗକୁ ଥିବା ଗୋଡ ଦୁଇଟିର ଅବଶିଷ୍ଟାଂଶ ବିଧାତାର ଚରମ ଅବିବେକିତା ଯୋଗୁଁ ଅତିମାତ୍ରାରେ ଜୀର୍ଣ୍ଣ ଓ ବିଭଙ୍ଗ। ଦେଖିଲେ ଏମିତି ଲାଗେ, ଲେଖକଟିଏ ଲେଖୁଥିବା ସୁନ୍ଦର ବାକ୍ୟଟି ସମାପ୍ତ ହେବା ପୂର୍ବରୁ ତା' କଲମରୁ ସ୍ୟାହି ସରିଯାଇଛି ଯେମିତି। ଗୋଟିଏ ଗୋଡର ପାଦ ମୋଡି ହୋଇଯାଇ କୌଣସି ମତେ ଭୂଇଁରେ ଲାଗିପାରୁଥାଏ ଅବଶ୍ୟ। କିନ୍ତୁ ଅନ୍ୟଟି ମାଂସ ଲୁତୁପୁତୁ ହେଉଥିବା ଗୋଡର ଛାଞ୍ଚଟିଏ କେବଳ, ଯାହା ଦିଶୁଥାଏ ଅସ୍ପଷ୍ଟ ଅକ୍ଷରଟିଏ ଭଳି।

ତା'ର ଏକମାତ୍ର ଚିନ୍ତା, ରାଜୁ କେତେବେଳେ ଆସିବ। ଆଉ ମାସ ଦିଇଟା ଗଲେ ରାକ୍ଷୀ ପୂର୍ଣ୍ଣିମା। ତା'ର ଭାରି ଇଚ୍ଛା, ଏଥର ସେ ନିଜ ହାତରେ କେତୋଟି ରାକ୍ଷୀ ତିଆରି କରିବ। ପ୍ରଥମଟି ଅର୍ପଣ କରିବ ପ୍ରଭୁ ଜଗନ୍ନାଥଙ୍କୁ, ଆଉ ଅନ୍ୟଗୁଡିକୁ ବାଣ୍ଟିଦେବ ଗାଁ ପିଲାମାନଙ୍କ ଭିତରେ। ଆଗରୁ ସଞ୍ଚୟ କରି ରଖିଥିବା କିଛି ଟଙ୍କା ସେ ରାଜୁକୁ ଦେଇଛି, ବଜାରକୁ ଯାଇ ରାକ୍ଷୀ ତିଆରି ପାଇଁ ଜରି, ଜମ୍ଭୁରା, ସୂତା ଆଉ କାର୍ଡବୋର୍ଡ କେଇଖଣ୍ଡ କିଣିଆଣିବା ପାଇଁ।

ରାଜୁ ପିଲାଟା ଭାରି ଭଲ। ପିଲାବେଳେ ତା' ପାଖରେ ବସି ମାଷ୍ଟରଙ୍କ ପାଖରେ ଅ, ଆ, କ, ଖ, ମଡାଇଥିଲା। ସେ ତା' ପିଲାବେଳର ସାଙ୍ଗ ସିନା, ବୟସରେ ଟିକେ ବଡ ହେବ। ଭଲ ପଢୁଥିଲା, ହେଲେ ଅଭାଗାଟା। ବେଶୀ ପାଠ ତା' ଭାଗ୍ୟରେ ନଥିଲା। ଷଷ୍ଠ ଶ୍ରେଣୀରୁ ପାଠପଢାରେ ଡୋରି ବାନ୍ଧି ବାପା ମା'ଙ୍କୁ ଘରଧନ୍ଦାରେ ସାହାଯ୍ୟ କରେ। ଗୋରୁ ନେଇ ଚରେଇବାକୁ ଯାଏ। ବେଳେବେଳେ ତା'ର ଛୋଟମୋଟ କାମ ସବୁ କରିଦିଏ। ବୋଲହାକ ମାନେ।

ସେ ନିଜେ ବି କୋଉ ପାଠଗୁରାଏ ପଢିପାରିଲା କି? ସପ୍ତମ ଶ୍ରେଣୀରୁ ତା' ପାଠପଢା ବି ଠପ୍। ବାପା ଚାଲିଗଲେ ଅକାଳରେ, ବିଲରେ ଅଚାନକ ସାପଟିଏ ଦଂଶିଦେବାରୁ। ଭାଇ ଚାକିରି କରନ୍ତି କଲିକତାରେ, କୋଉ ଟ୍ରାମ୍ କମ୍ପାନୀରେ। ବର୍ଷକୁ ଦି' ଥର ଘରକୁ ଆସନ୍ତି। ରଜ ଆଉ ଦଶରା। ଘରେ ନାକକାନ୍ଦୁରୀ ତା' ହେମ ନୂଆଉ ଆଉ ତାଙ୍କର ଚାରିବର୍ଷର ପୁଅ ବାପି। ଅଧା ଅଧା ଘୋରି ହୋଇଯାଇଥିବା ଖଡିକାଟିଏ ପରି ଦିଶୁଥିବା ତା' ବୋଉ ବର୍ଷସାରା ଦହଗଞ୍ଜ ହଉଥାଏ ଶ୍ୱାସ ବେମାରିରେ।

ରାଜୁର ଏବେ ଏବେ ନିଶ ଗଜୁରିଲାଣି। ହସିଲେ କି କଥା କହିଲେ ଭାରି ସୁନ୍ଦର ଦିଶେ। ବଢିଆ ଗୀତ ବୋଲେ। ଖାଲି ଜଗନ୍ନାଥଙ୍କ ଭଜନ। ତାକୁ ଶୁଣୁଶୁଣୁ ପୁଷ୍ପାଞ୍ଜଳି ଭୋକଶୋଷ ସବୁକିଛି ଭୁଲିଯାଏ। ତା'ଠୁଁ ଭଜନ ଶୁଣିଲେ ଲାଗେ, ସାକ୍ଷାତ୍ ଜଗନ୍ନାଥ ତା' ସାମନାରେ ଆସି ଉଭା ହୋଇଛନ୍ତି ଆଉ ହସୁଛନ୍ତି ମୁରୁକି ମୁରୁକି।

ଟୋକାଟା କୁଆଡେ ଯେ ଗଲା ଏତେବେଳ ଯାଏ? କହିଥିଲା, ରାକ୍ଷୀ ପାଇଁ ଜିନିଷପତ୍ର ଧରି ଖରାବେଳ ସୁଦ୍ଧା ନିଶ୍ଚୟ ଆସିବ।

ରୋଷେଇ ଘର ଭିତରୁ ବିଲେଇଟାଏ କନକନ ହୋଇ ବାହାରି ପଳାଇ ଯାଉଚି ବାରି ପଟକୁ। ମାଛଭଜା ତ ନଥିଲା କରେଇରେ। ଦୁଧ ଡେକଚିରେ ମୁହଁ ପୂରେଇଦେଇ ଆଉ ଚାଲିଗଲା ନାହିଁ ତ ଛଟକୀଟା। କେଜାଣି? ହେମ ନୂଆଉ ତ ଫାଁ ଗାଳିଦେଇ ଶୋଇପଡିଚନ୍ତି ମେଲାରେ। ଉଠିଲେ ନିଶ୍ଚୟ ଗାଳି ଦେବେ - ଏତେକରି କହିଥିଲି, ରୋଷେଇଘର ଜଂଜିରଟା ଲଗେଇଦେଲ ନାହିଁ?

ସେଆଡେ ଯାଇ ରୋଷେଇଘର ଭିତରକୁ ଉଣ୍ଡି ଦେଲା ପୁଷ୍ପାଞ୍ଜଳି। ନା ରକ୍ଷା ହେଇଚି, କ୍ଷୀର ଡେକ୍‌ଚିରେ ମୁହଁ ମାରିନାହିଁ ଟାଉକୀ ବିଲେଇଟା। ହୁଏତ ମୂଷା ଛୁଆଟିଏ ପାଇଲା କି କ'ଣ, ଝାମ୍ପି ନେଇ ପଳେଇ ଯାଇଛି। ସେ ରୋଷେଇଘର କବାଟଙ୍କୁ ବନ୍ଦ କରି ଜଂଜିରରେ ଆଣ୍ଟି ଦେଲା।

ପଛକୁ ବୁଲି ପଡୁପଡୁ ଦେଖିଲା, ମୁରୁମୁରୁ ହସିହସି ଠିଆ ହୋଇଛି ରାଜୁ। ହାତରେ ଧରିବି ଗୋଟାଏ ମସ୍ତବଡ ପଲିଥନ ପ୍ୟାକେଟ୍। ରାକ୍ଷୀ ତିଆରି କରିବା ପାଇଁ ସାଜସରଞ୍ଜାମ। ରାଜୁ ସେମିତି ହସୁଥାଏ ମୁରୁକି ମୁରୁକି।

ରାଜୁର ଏଇ ହସଟା ତା'ର ଭାରି ପସନ୍ଦ। ସେ ହସରୁ ଟୁକୁଡାଏ ଆସି ତା' ଛାତିର କେଉଁ ନିଭୃତ କୋଣରେ ଲାଖି ରହିଯାଏ। ସେ ସଙ୍ଗେ ସଙ୍ଗେ ଆନମନା ହୋଇଯାଏ। ରାଜୁ ହସିଲେ, ତାକୁ ଦୁନିଆଟା ଲାଗେ ହସିଲା ହସିଲା। ଲମ୍ବା ଲମ୍ବା ସ୍ୱପ୍ନ ଆଉ କେତେକେତେ ରଙ୍ଗିଲା ଭାବନାରେ ଭରପୂର।

ପୁଷ୍ପାଞ୍ଜଳି ଏଥର ତା' ଛାତି ଉପରେ ପଡିଥିବା ତଉଲିଆଟାକୁ ଟାଣିଟୁଣି ସଜାଡି ନେଲା, ଯେମିତିକି ରାଜୁର ଆଖି ତା' ଦେହ ଉପରେ ନ ପଡେ। ତଉଲିଆରେ ମୁହଁ ପୋଛି, ଆଶାବାଡି ଦୁଇଟା ଉପରେ ଭରା ଦେଇ ପଚାରିଲା:

ଏତେ ଡେରି କଲୁ ଯେ ? ଯାହା ପଇସାପତ୍ର ଦେଇଥିଲି, ସେସବୁ ଅଣ୍ଟିଲା ତ ? ନା ଆଉ ଦେବି ?

ନା ନା, ସବୁ ଠିକ୍‌ଠାକ୍ ହୋଇଗଲା। ମୁଁ କେତେବେଳୁ ଆସିଲିଣି ଯେ, ହେଲେ ଏ ନିଶୂନ ଖରାବେଳଟାରେ ତୋ ପାଖକୁ ଆସିବାକୁ ମୋତେ ଭାରି ମାଡି ମାଡି ପଡୁଥିଲା। କାଳେ କିଏ କ'ଣ ଭାବିବ ! ଆଜିକାଲି ବେଳକାଳ ଜମା ଭଲ ନୁହେଁ। ରାଜୁ କହିଲା, କାନମୂଳକୁ କୁଣ୍ଡେଇ କୁଣ୍ଡେଇ।

ହଇରେ କିଏ ପୁଣି ଭାବିବ କ'ଣ ? ତୋତେ ଆଉ ମୋତେ କ'ଣ ନୂଆ କରି ଦେଖୁଛନ୍ତି ଏ ଗାଁ ବାଲାଏ ? ଚାଲ୍ ଚାଲ୍, ଆମ ବାରିପଟ ଆମ୍ବଗଛ ମୂଳେ ବସି ଟିକେ ଗପିବା। ଆଜି ତୁ ନିଶ୍ଚୟ ଜଗନ୍ନାଥଙ୍କ ଭଜନଟାଏ ଗାଇବୁ। କେଇଦିନ ହେଲା ତୋ ମୁହଁରୁ ମୁଁ ଭଜନ ଶୁଣିନାହିଁ। ତୋର କ'ଣ ଆଉ କିଛି କାମ ଅଛି କି'ରେ? ପୁଷ୍ପାଞ୍ଜଳି କହିଲା କିଛି ଚିନ୍ତା କଲାପରି।

- ନା, ନା, କାମ ଆଉ କ'ଣ ? ଆଉ ଘଡିଏ ପରେ ଯିବି ଦଣ୍ଡାପଡିଆକୁ। ଗୋରୁଗାଈଙ୍କୁ ଅଡେଇ ଆଣି ଗୁହାଳରେ ପୂରେଇବାକୁ ପଡିବ। ରାଜୁ କହିଲା।

ଉଭୟ ଯାଇ ବସିଲେ ବାଡିପଟେ। ଗୋଟେ ପରେ ଆଉ ଗୋଟେ କଥାର ପସରା ମେଲି ଦେଇଥଲା ପୁଷ୍ପାଞ୍ଜଳି। ଉଁ କି ଚୁଁ କିଛି ନକହି ରାଜୁ ଖାଲି ବସି ସବୁ ଶୁଣୁଥଲା।

ସେ କହୁଥିଲା, ଏଥର କ'ଣ ପାଇଁ କେଜାଣି, ନିଜ ହାତରେ ରାକ୍ଷୀ ତିଆରି କରିବାକୁ ମନ ବଳିଛି। ଆଉ ସେଥିରୁ ଗୋଟିଏ ଜଗନ୍ନାଥ ମହାପ୍ରଭୁଙ୍କ ପାଖକୁ ପଠେଇବାକୁ ତା'ର ଇଚ୍ଛା। ସେ ବା ଆଉ ପାରୁଛି କୋଉ କାମକୁ? ଠାକୁର ତ ତାକୁ ଏମିତି ଦଦରା କରି ଗଢି ଦେଇଛନ୍ତି। ଟିକେ ବେଶୀ ପାଠଶାଠ ପଢିଥିଲେ ଅବା ଗାଁ ପିଲାଙ୍କୁ ଟ୍ୟୁସନ କରି ସମୟ କାଟିଦିଅନ୍ତା। ଦି ପଇସା ବି ଆସନ୍ତା ହାତକୁ। ଛାଡ, ତା' ଭାଗ୍ୟରେ ଯାହା ଅଛି।

ରୋଷେଇବାସ ଦାୟିତ୍ୱ ତ ସବୁ ସମ୍ଭାଳିଛନ୍ତି ହେମ ନୂଆଉ। ସେ ତାଙ୍କୁ ବି କ'ଣ ଠିକ୍‌ରେ ସାହାଯ୍ୟ କରିପାରୁଛି। ତେଣେ ବୋଉ ତା'ର ଗାଈ ଗୋବର, ଜାଳକୁଟା କରି ଦିନସାରା ନାକେଦମ୍। ତା' ହାତରେ ବା ଆଉ କି କାମ? କେମିତି ତା'ର ସମୟ କଟିବ, ସେଇ ପ୍ରଭୁ ଏକା ଜାଣନ୍ତି।

ତେଣୁ ସେ ମନ ବଳେଇଚି ରାକ୍ଷୀ ପୁଞ୍ଜାଏ ତିଆରି କରିବ। ଠାକୁରଙ୍କ ପାଖକୁ ପଠେଇବ। ଗାଁ ପିଲାମାନଙ୍କୁ ମନ ଖୁସିରେ ବାଣ୍ଟିବ। ଜ୍ୟେଷ୍ଠ ଯାଇ ଆଷାଢ଼ ଆସିଲାଣି। ହେଲେ ବର୍ଷାର ଦେଖାସାକ୍ଷାତ ନାହିଁ।

ଏମିତି ଖରାବେଳଟାରେ ଏକା ଏକା ବସିଲେ ତାକୁ ବାଇବିଛ ପରି ଲାଗେ। ସମୟଟା ଲମ୍ବା ଅଜଗରଟିଏ ପରି ଶୋଇ ରହିଥାଏ ତା' ସାମ୍ନାରେ। କାହା ସାଥିରେ ମନ ଖୋଲି ଗପିବାକୁ ଭାରି ଇଚ୍ଛା ହୁଏ। ହେଲେ, ତା' ପାଖରେ କିଏ କାଇଁ, ଏକା ରାଜୁ ଛଡା? ସେଥିପାଇଁ ତାକୁ ପାଇଲେ ମନ ଭିତରଟା ହାଲୋଳ ହୋଇଉଠେ।

– ଆଚ୍ଛା ରାଜୁ। ତୁ ସେଇ ଭଜନଟା ଆଜି ଗାଆ ତ! "କେଣେ ଘେନି ଯାଉଚ ଜଗନ୍ନାଥଙ୍କୁ – ଆମ୍ଭେ ଦ୍ରଶନ କରିବୁ ତାହାଙ୍କୁ।" ପୁଷ୍ପାଞ୍ଜଳି ରାଜୁର ହାତ ଉପରେ ନିଜ ହାତ ରଖି ଆବ୍‌ଦାର କଲା ଭଳି କହିଲା।

କେତେଥର ସେଇ ଗୀତଟା ପୁଣି ମୁଁ ଗାଇବି ଯେ? ତୁ ସତରେ ବାୟାଣୀ ହୋଇଗଲୁଣି ପୁଷ୍ପ। ବୁଝିଲୁ, ତୁ ଆଉ ହବୁନାହିଁ। ରାଜୁ କହିଲା ସାମାନ୍ୟ ବିରକ୍ତି ଦେଖାଇ।

ହଁ ରେ ରାଜୁ, ମୁଁ ଗୋଟେ ନିପଟ ବାୟାଣୀ... ଏତିକି କହୁ କହୁ ସେ ଯେମିତି ହଜିଗଲା, ଆଉ କେଉଁ ଅଦେଖା ପୃଥିବୀରେ। ତା'ର ଆଖି ଦି'ଟା ଡବଡବ ଦିଶୁଥିଲା, ମେଷ ଶାବକର ଭାବଲେଶହୀନ ନିରୀହ ଆଖି ଦୁଇଟି ପରି।

ତା'ର ମନ, ଥରେ ସେ ପୁରୀ ଯାଆନ୍ତା। ଆଖି ପୂରେଇ ରତ୍ନସିଂହାସନ ଉପରେ ଦର୍ଶନ କରନ୍ତା ଚିରସୁନ୍ଦର ଚତୁର୍ଦ୍ଧାମୂର୍ତ୍ତିଙ୍କୁ। ତାଙ୍କୁ କୁଣ୍ଢେଇ ପକେଇ ଛାତିରେ ଜଡାଇ ଧରନ୍ତା ତା' ମନ ବୋଧ ହୋଇଯାଆନ୍ତା। ।

ହେଲେ, ତା' ଭଳି ଗୋଟାଏ ଅଥର୍ବ, ପଙ୍ଗୁ ପିଲାକୁ ପୁରୀ ନବ କିଏ? ପୁରୀ ବି

କୋଉ ହାତ ପାହାନ୍ତାର ବାଟ ହେଇଚି ! ବସ୍‌ରେ ଗଲେ ଓଳିଏ ଲାଗିବ। ବାପା ତ ସ୍ୱର୍ଗରେ ! ଭାଇ ମୁଣ୍ଡ ଝାଳ ତୁଣ୍ଡରେ ମାରି ଖଟୁଛି, କଲିକତାର କୋଉ ଗଳିରେ। ବୋଉର ଜୀବନ ତ ଯାଉଚି କି ଆଉଚି। ଆଉ କିଏ ତା'ର ସାହା ଭରସା ?

ହେଇ ହେଇ ଏଇ ରାଜୁଟା। ସିଏ ବା କ'ଣ କରିପାରିବ, କେବଳ ଭଜନ ପଦେ ଦି' ପଦ ଗାଇବା ଛଡା ? ସେ ବି ତାରି ଭଳି ଅଧାପାଠୁଆ ହୋଇ ବାରି ଘର ଟଙ୍ଗଟଙ୍ଗ ହଉଥିବା ପିଲାଟାଏ। ତଥାପି ସେଇ ତ ତା' ଆଖିର ତାରା। ସେଇ ତା' ମନର ଜୋର୍।

ଆଉ ରାଜୁ ସେଇ ଭଜନଟା ଗାଇଲା। ପୁଷ୍ପାଞ୍ଜଳି ଭଳିଆ ଗୋଟିଏ ଝିଅପିଲାର ବିକଳଆକୁଳ ଅନୁରୋଧକୁ ଏଡେଇ ଯିବାର ସାଧ୍ୟ ତା'ର କାଇଁ ? ଏଥର କିନ୍ତୁ ତା'ର ଗାଇବାରେ ଆଗ ଅପେକ୍ଷା ଅଧିକ ଦରଦା ଥିଲା। ରାଜୁ ଗାଇଥାଏ ହସୁଥାଏ। ହସୁଥାଏ ଆଉ ଗାଉଥାଏ।

ପୁଷ୍ପାଞ୍ଜଳି ଆଖିରୁ ଝରିପଡିଲା ଦି' ବୁନ୍ଦା ଲୁହ। ଆନନ୍ଦର ମୁକ୍ତା ବିନ୍ଦୁ ଦୁଇଟି ପରି ତାହା ଝଟକୁଥିଲା ତା' ଆଖି ଡୋଳାରେ। ଗୀତ ଗାଇବା ଶେଷ କରି ରାଜୁ ପଳାଇଲା ପରେ ସେ ପୁଣି ବୁଡିଗଲା ତା' ମନ ଅରଣ୍ୟର ଅଗାଧ ଅନ୍ଧାର ଭିତରେ। ଯେଉଁ ଅନ୍ଧାର ତା' ଏକାକୀତ୍ୱର, ତା' ନିରିମାଖି ମନର ନିତ୍ୟ ସହଚର। ସେ ଭଲ କରି ଜାଣେ, ତା' ମନର ଅଂସଖ୍ୟ ଅସମାହିତ ପ୍ରଶ୍ନର ଉତ୍ତର ହଉଚି ସେଇ ଜମାଟବନ୍ଧା ଅନ୍ଧକାର।

ରାକ୍ଷୀପୂର୍ଣ୍ଣିମା ଆଉ ମାତ୍ର ସପ୍ତାହଟାଏ ବାକି ଥାଏ। ତା'ର ସମୁଦାୟ ଏକୋଇଟି ରାକ୍ଷୀ ତିଆରି କରିବାର ଯୋଜନା ଥିଲା। ଦୁଇମାସ କାଳ ଲାଗି ସେ ବଡ ଯତ୍ନ ସହକାରେ ସେଗୁଡିକ ପ୍ରସ୍ତୁତ କରିଥାଏ। ସବୁଗୁଡିକ ଥାଏ ଅଲଗା ଅଲଗା ଡିଜାଇନର। ମନ ମୋହିନେବା ପରି ଆକର୍ଷଣୀୟ। କେଉଁଟି ଶଙ୍ଖ ପରି ତ କେଉଁଟି ଚକ୍ର ପରି, କେଉଁଟି ଗଦା ପରି ତ କେଉଁଟି ପଦ୍ମ ପରି। ଗୋଟିଏ ଅପରଟିକୁ ବଳି।

ବୋଉ ବେଳେବେଳେ କହେ - କ'ଣ ହେଇଚି କି ତୋର ଅଞ୍ଜୁ (ପୁଷ୍ପାଞ୍ଜଳି ନାଁଟିକୁ ସେ ଛୋଟ କରିଦେଲା ଅଞ୍ଜୁ ବୋଲି ଡାକେ) ଦି' ମାସ ହେଲାଣି ଗୋଟାଏ ଆଛା କାମରେ ତୁ ଦିନରାତିକୁ ମିଶେଇ ଏକ କରି ଦେଇଚୁ ? କ'ଣ ସେଥିରୁ ମିଳିବ ଆମକୁ କହିଲୁ ? ତୋତେ କହିଥିଲି, କାମ କିଛି ନାହିଁ ତ, ଠୁଙ୍ଗା ଦିଇଟା ପାରୁଚୁ ବାଡା। ଘରଖର୍ଚ୍ଚ ନହେଲେ ତୋ ହାତଖର୍ଚ୍ଚ ଉଠିଯିବ। ହେଲେ ଏ ହାତ ତିଆରି ରାକ୍ଷୀଗୁଡାକ କିଏ କାହିଁକି ବା କିଣିବ ତୋଠୁଁ ? ବଜାରରେ ତ କମ୍ ଦାମରେ ରାକ୍ଷୀ ଯାହାକୁ ଯେତେ।

ପୁଷ୍ପାଞ୍ଜଳି ସେସବୁ ନ ଶୁଣିଲା ପରି ଚାଲିଯାଏ। ବୋଉ ହୁଣ୍ଡୀଟା... ସେ କାହୁଁ ବୁଝିବ, ଏ ରାକ୍ଷୀ ତିଆରି କରିବାର ରହସ୍ୟ ? ସେ କ'ଣ ପଇସା ରୋଜଗାର କରିବାକୁ

ରାକ୍ଷୀ ତକ ତିଆରି କରିଛି ଜାନ୍ ଲଗେଇ ? ସେ ତ ଖୁସିରେ କରିଚି, ତା' ପ୍ରଭୁଙ୍କ ପାଖକୁ ପଠେଇବ ବୋଲି । ମଣିଷ ନିଜ ଖୁସି ପାଇଁ କେତେ କ'ଣ ବା ନକରୁଚି । ସେ ପରିଶ୍ରମ କଲା ତ କ'ଣ ହେଲା ?

ଏ ବାବଦରେ ଯେତେବେଳେ ଯାହା ସାହାଯ୍ୟ ଦରକାର ହେଇଚି, ସେସବୁ କରିଛି ରାଜୁ । ଖାଲି ଖବର ଦେଇଦେଲେ, ଚଟ୍‌କିନା ଆସି ହାଜର ହୋଇଯିବ ପାଖରେ । କାଗଜରେ ଅଠା ମଡେଇଦବ । ଜମ୍ବୁରାକୁ ସାଇଜ୍ କରି କାଟିଦବ କତୁରିରେ । ସୂତାରେ ଜରି ଗୁଡେଇ ତାକୁ ଚିକ୍‌ମିକ୍ କରିଦେବ ।

ଥରେ କ'ଣ ହେଲାନା, ଠିଆ ହୋଇ କ'ଣଟାଏ କରୁଥିଲାବେଳେ ତା' ଆଶାବାଡିଟି ଖସିଯାଇଥିଲା କାଖତଳୁ । ସେ ଧଡ଼ାଭୁସ କରି ନିଶ୍ଚୟ ତଳେ ପଡ଼ିଯାଇଥାନ୍ତା । ହେଲେ ରାଜୁ ସଙ୍ଗେସଙ୍ଗେ ଝପଟି ଆସି ତାକୁ ଧରିପକେଇଥିଲା, ସବୁତକ ଶକ୍ତି ଲଗେଇ । ଫଳରେ ସିଏ ନିଜେ ତଳେ ପଡ଼ିଗଲା । ଆଉ ପୁଷ୍ପାଞ୍ଜଳି ପୂରା ଅଜାଡ଼ି ହୋଇପଡ଼ିଥିଲା ରାଜୁର ଛାତି ଉପରେ ।

ଦଣ୍ଡକରେ ସେମାନେ ଅବଶ୍ୟ ଉଠିପଡ଼ିଥିଲେ ଆଉ ରାଜୁ ସେ ଆଶାବାଡ଼ି ଦୁଇଟିକୁ ନେଇ ଲଗେଇ ଦେଇଥିଲା ପୁଷ୍ପାଞ୍ଜଳିର କାଖତଳେ । କିନ୍ତୁ କେହି କାହା ମୁହଁକୁ ଚାହିଁ ପାରୁନଥାନ୍ତି । ଲାଜର ମସ୍ତବଡ଼ ଜାହାଜଟିଏ ସତେଯେମିତି ଲଦା ହୋଇଥାଏ ରାଜୁର ମୁହଁରେ ।

ପୁଷ୍ପାଞ୍ଜଳି କିନ୍ତୁ ଖୁବ୍ ଖୁସି ଦିଶୁଥାଏ । ସତେଯେମିତି ତା' ମୁହଁକୁ ଫେରିଆସିଥାଏ ନାହିଁ ନଥିବା ଗୋଟିଏ ଚମକ । ରାଜୁ ଦେହର ସ୍ପର୍ଶ ପାଇସାରିଲା ପରେ ସେ ଯେମିତି କିଶୋରୀରୁ ଯୁବତୀ ପାଲଟିଯାଇଥାଏ । ତା' ଆଖି ଦୁଇଟିର ଚାହାଣି ଥାଏ ମାଦକତାରେ ଭରା ।

ତୋତେ ବଡ କଷ୍ଟ ହେଲା ନା ରାଜୁ ? ମୁଁ ଆଉ କ'ଣ କରିଥାନ୍ତି ଯେ ? ମୁଁ ପଛେ ତଳେ ପଡିଯାଇଥିଲେ ପଡିଥାନ୍ତି, ତୁ କାଇଁ ମୋତେ ଧରି ପକେଇବାକୁ ପଳେଇ ଆସିଲୁ ଅନୁତାପଭରା କଣ୍ଠରେ କହିଲା ପୁଷ୍ପାଞ୍ଜଳି ।

"କ'ଣ କହିଲୁ ? କାଇଁ ପଳେଇ ଆସିଲି । ନାଇଁ ନାଇଁ ତୋ ଆର ଗୋଡଟା ମୋଡି ହୋଇ ଯଦି ଭାଙ୍ଗି ଯାଇଥାନ୍ତା ତେବେ । ରକ୍ଷା ହେଇଛି, ତୋର କିଛି ହେଇନାହିଁ, ଆଉ ଆମ ଦି' ଜଣଙ୍କୁ ବି ଏଇ ଅବସ୍ଥାରେ ଅନ୍ୟ କେହି ଦେଖିନାହାନ୍ତି ।

ଏତିକି କହିଦେଇ ରାଜୁ ସେଠୁ ପଳେଇଯାଇଥିଲା ଛାଟିପିଟି ହୋଇ, ଯେମିତି ସେ ଜମା ଏମିତିକା ଅପରାଧର ଭାଗୀଦାର ନୁହେଁ । ତାକୁ ଲକ୍ଷ୍ୟ କରି ପୁଷ୍ପାଞ୍ଜଳି ହସରେ ଫାଟିପଡିଥିଲା ଆଉ ରାଜୁର ଶୁଭ ମନାସିଥିଲା । ଜଗନ୍ନାଥଙ୍କ ନିକଟରେ ।

ଯେଉଁଦିନ ରାକ୍ଷୀଗୁଡ଼ିକର ତିଆରି ସମ୍ପୂର୍ଣ୍ଣ ହେଲା, ସେଦିନ ରାତିରେ ଘଟିଲା ଗୋଟେ ବିଚିତ୍ର ଘଟଣା।

ପୁଷ୍ପାଞ୍ଜଳି ନିଘୋଡ଼ ନିଦରେ ଶୋଇଥାଏ ଖଟ ଉପରେ। ଖଟ ତଳେ କନ୍ଥା ପକେଇ ଶୋଇପଡ଼ିଥାଏ ବୋଉ। ଝୁ ଝୁ ବର୍ଷା ଗଳୁଥାଏ ରାତିସାରା। ମଝିରେ ପୁଣି କଟିଯାଇଥାଏ ବିଜୁଳି ଲାଇନ୍।

ବାରିଆଡେ ନିରନ୍ଧ୍ର ଅନ୍ଧାର। ବାହାରେ ଝିଙ୍କାରୀର କାନଫଟା ଝିଁ ଝିଁ ଶବ୍ଦ। ଗୋଟାଏ ଅଜବ ସ୍ୱପ୍ନ ଭିତରେ ବୁଡ଼ିରହିଥାଏ ପୁଷ୍ପାଞ୍ଜଳି।

ହଠାତ୍ ତା'ର ମନେହେଲା, କେହି ଜଣେ ତା' ପିଠିରେ ହାତମାରି ତାକୁ ନିଦରୁ ଉଠାଉଛି। ଅନ୍ଧାରରେ ମୁହଁକୁ ମୁହଁ ଦିଶୁନାହିଁ। କେହି କୁଆଡ଼େ ନାହିଁ, ଅଥଚ ବାରିଆଡ଼ ବାସୁଛି ମହମହ। ଚନ୍ଦନ ଆଉ ତୁଳସୀର ଗନ୍ଧ। ତାକୁ ଭାରି ଭଲ ଲାଗୁଥାଏ। ଏତିକିବେଳେ ତାକୁ ଯେମିତି ସ୍ୱରଟିଏ ଶୁଭିଗଲା :

– "କ'ଣ ରାକ୍ଷୀ ତିଆରି ସରିଗଲା ?"

ସେ ଭାବିଲା, କେହି ଜଣେ ତାକୁ ଏକଥା କହୁଚି ସତ; ହେଲେ କୋଉଠି କିଛି ଦିଶୁନି। ବର୍ଷା ଛାଡ଼ିଗଲାଣି କେତେବେଳୁ। ଚଟାଣ ଉପରୁ ଶୁଭୁଛି, ସାରାଦିନ ଗଧଖଟଣି ଖଟିଥିବା ବୋଉର ପତଳା ଘୁଙ୍ଗୁଡ଼ି।

ମନେମନେ ସାହସ କରି ସେ ନିଦୁଆ ସ୍ୱରରେ କହିଲା, "ହଁ, ସରିଯାଇଛି ଯେ, ହେଲେ ତମେ କିଏ ? ତମେ କେମିତି ଜାଣିଲ ମୁଁ ରାକ୍ଷୀ ତିଆରି କରିଛି ବୋଲି ? ମୁଁ ତ ତାକୁ ଏଡ଼େ ଯତ୍ନରେ କରିଛି ମୋ' କଳାଠାକୁର ପାଇଁ !"

ଜାଣେ ଲୋ ଜାଣେ। ମୁଁ ପରା ସେଇ ଠାକୁର ! ମୋରି ଭଜନ ପା ତୁ ଶୁଣୁ ରାଜୁ ଠଉଁ। ଶୁଣିଶୁଣି କାନ୍ଦି ବି ପକୋଉ !" ସେଇ ସ୍ୱର ପୁଣି ଶୁଭିଲା।

ହେ ଭଗବାନ ! ତାହାହେଲେ ମହାପ୍ରଭୁ ଜଗନ୍ନାଥ ସ୍ୱପ୍ନରେ ଆସି ତା' ସହିତ କଥା ହେଉଛନ୍ତି ? ତା' ପାଟିରୁ ଆଉ ପଦେ ହେଲେ ବି ବଚନ ସ୍ଫୁରିଲା ନାହିଁ। ସେ ଥଃ ହୋଇ ରହିଗଲା କିଛିବେଳ।

– "ଆଲୋ ଚୁପ୍ ରହିଲୁ ଯେ ? ମୁଁ ଜାଣେ, ମୋ ପାଖକୁ ରାକ୍ଷୀ ପଠେଇବୁ ହେଲେ, ତା' ଆଗରୁ ମୁଁ ତୋତେ ମାଗିଦଉଚି। ମୋତେ ଯାହା ଭଲଲାଗେ, ମୁଁ ତାକୁ ମାଗିକରି ନେଇଯାଏ। ରାକ୍ଷୀ ତିଆରି କଲା ଦିନଠୁଁ ମୋର ତାକୁ ପିନ୍ଧିବାକୁ ମନ ବଳିଛି। ତୁ ସେଇଟି ମୋ ପାଖକୁ ଜଲଦି ପଠେଇବୁ ନା ?" ପୁଣି ସେଇ ସ୍ୱର।

ବାସ, ତା' ପରେ ଚାଇଁକିନା ତା' ନିଜ ଭାଙ୍ଗିଗଲା। ଖଟପାଖରୁ ଆଶାବାଡ଼ି

ଦୁଇଟିକୁ ଅଣ୍ଟାଳି ଧରି ସେ ଠିଆ ହୋଇପଡ଼ିଲା ଓ ଚାରିଆଡ଼କୁ ଶୁଙ୍ଘି ପକାଇଲା। ନାଇଁ ତ, ଚନ୍ଦନ ତୁଳସୀର ବାସ୍ନା ନାହିଁ କୋଉଠି। କେହି ବି କୁଆଡେ ନାହାନ୍ତି। ସବୁକିଛି ପୂର୍ବଭଳି ଶୂନ୍‌ଶାନ୍। ରହିରହି ବର୍ଷା ବି ହଉଛି। ମାରୁଚି ଘଡ଼ଘଡ଼ି।

ତେବେ ସତରେ କ'ଣ ମହାପ୍ରଭୁ ଆସିଲେ, ତା' ଭଳି ଅଭାଗିନୀ ପାଖକୁ ? ଏତେ କରୁଣା ତାଙ୍କର ! ଏତେ ସ୍ନେହ ! ତା' ଆଖରୁ ଦୁଇଧାର ଲୁହ ଗଡ଼ିପଡ଼ିଲା, ତା' ପୂରନ୍ତା ଗାଲ ଉପର ଦେଇ।

ତା' ପରେ ସେ ଘରର କବାଟ ଖୋଲି ଧୀରେଧୀରେ ଯାଇ ପହଞ୍ଚିଗଲା ଠାକୁରଙ୍କ ଖଟୁଲି ପାଖରେ। ଜଗନ୍ନାଥଙ୍କ ଫଟୋ ସାମ୍ନାରେ ଠିଆ ହୋଇ ସେ ଗୁଣୁଗୁଣୁ ହେଲା ପରି କହିଲା।

– "ମୋ ପ୍ରତି ତୋର ଏତେ ଦୟା ବୋଲି ଜମା ଜାଣିନଥିଲିରେ କାଳିଆ ! ତୁ ପୁଣି ଏଡ଼ିକି ହଟିଆ ? ସବୁକଥା ଜାଣିଶୁଣି କି ତୁ ନିଜେ ଆସି ମୋତେ ରାକ୍ଷୀ ମାଗିଦେଇ ଚାଲିଗଲୁ ? ଯଦିବା ମାଗିଲୁ ? ମୁଁ ଯେ କେମିତି ତାକୁ ପଠେଇବି, ସେକଥା ତ ଭାବିଲୁ ନାହିଁ ! ମୁଁ ତ ତୋରି ଭଳି ମାଦଳଟାଏ, ମୁଁ କ'ଣ ତୋ ପାଖକୁ ଯାଇପାରିବି ? ମୋ ମନ କହୁଛି, ତୁ ମୋ ହଟ ଦେଖିବାକୁ ଏ କାଣ୍ଡ କରିବୁ।"

ଏତିକି କହୁ କହୁ ପୁଷ୍ପାଞ୍ଜଳିର ନାକରେ ଆସି ବାଜିଲା ସେଇ ଚନ୍ଦନ ତୁଳସୀର ଗନ୍ଧ। ତା' ପରେ ସେ କହିବାକୁ ଲାଗିଲା:

"ମୁଁ ଜାଣେ, ତୁ ବଡ଼ ଚୁପ୍‌ସଇତାନିଆଟାଏ। ତୁ ଏଇଠି କୋଉଠି ଅଛୁ। ଲୁଚିଲୁଚି ସବୁ ଦେଖୁଚୁ। ସବୁ ଶୁଣୁଚୁ। ହଇରେ, ଜୀବନସାରା ମୁଁ ତୋତେ କେତେ କେତେ ଡାକିଛି, ଲୁହଲଟ ହେଇ କେତେ କାନ୍ଦିଛି ? ହେଲେ କେବେ କିଛି ମାଗିନି। କହୁନୁ, ମାଗିଚି କି ? ହେଲେ ତୁ କେମିତି ମାଗନ୍ତାପରିକା ମୋତେ ରାକ୍ଷୀ ମାଗିନେଇ ଚାଲିଗଲୁରେ ? ମୁଁ ଏବେ କି ବୁଦ୍ଧି କରିବି ? କେମିତି ବା ମୁଁ ତୋ ଶ୍ରୀଭୁଜ ପାଇଁ ପଠେଇବି ରାକ୍ଷୀ ?"

"ତୁ କ'ଣ ଜାଣିନୁ, ମୁଁ କେଡ଼େ ଅସୁବିଧାରେ ଏଠି ପଡ଼ିରହିଛି। ମୋ' ନିତିଦିନିଆ କାମ କରିବା ପାଇଁ ଚଳପ୍ରଚଳ ହେବା କେଡ଼େ କଷ୍ଟ ମୋ ପାଇଁ? କୋଉ ପାଠ ଦି' ଅକ୍ଷର ପଢିପାରିଲି ନା କାହାର କୋଉ କାମରେ ଆସିପାରିଲି ! ଜୀବନଟା ଯାହା ମୋର ବୃଥା ହେଇଗଲା !"

ପୁରୀ କେବେ ମୁଁ ଦେଖିନାଇଁ। କେତେ ବାଟ ବି ଜାଣିନାହିଁ। ତୋ' ପାଖକୁ କେମିତି ଯିବି, କେମିତି ବାନ୍ଧିବି ରାକ୍ଷୀ ତୋ' ହାତରେ, ତୁଇ ମୋତେ ବୁଦ୍ଧି ବତା। ମୋର ତ ନିଜ ଲୋକ କେହି ନାହିଁ ତୁ ଜାଣୁ। କେବଳ ରାଜୁଟା ଅଛି ଯାହା। ସିଏ

ପିଲାଟା, ସିଏ ବା କ'ଣ କରିପାରିବ ? ତା'ର କି ଶକ୍ତି ଅଛି ! ସେ ତ ଘରେ ଦି' ପାଇଟି ନକଲେ, ତା' ପେଟକୁ ଦାନା ମୁଠେ ବି ମିଳେନାହିଁ।"

"ତୁ ଗୋଟେ କାମ କରନ୍ତୁନି ଠାକୁର ! ତୁ ଟିକେ ତା' ମୁଣ୍ଡରେ ଗୁରାଏ ପାଠଶାଠ ଭର୍ତ୍ତିକରି ଦିଅନ୍ତୁନି ? ରୋଜଗାର କଲାଭଳି ବାଟ ବି ବତେଇ ଦିଅନ୍ତୁନି ? ଯଦି ତୁ ସତରେ ମୋତେ ଭଲପାଉଚୁ, ଏତିକି କ'ଣ ମୋ ପାଇଁ କରିପାରିବୁନି କି ? ରାଜୁ ମୋ ପାଇଁ କିଛି ହେଲେ ନ କରୁ ପଛେ, ସେ ଭଲରେ ରହୁ। ସୁଖଶାନ୍ତିରେ ରହୁ। ସବୁବେଳେ ହସୁଥାଉ।"

"ତୁ କ'ଣ ଜାଣିନୁ, ରାଜୁ ହଉଚି ମୋର ଜୀବନ। ସିଏ ଭଲରେ ନ ରହିଲେ ମୁଁ ନା ଜୀଇଁ ଥାଉ ଥାଉ ବି ମରିଯିବିରେ ! ମୁଁ ଜାଣେ, ତୁ ସବୁଜାଣୁ। ହେଲେ ନ ଜାଣିବାର ପେଖେନା କାଢୁଚୁ। ମୁଁ ତ ମୋ' ପାଇଁ କିଛି ମାଗୁନି, ଯାହା ମାଗୁଛି ରାଜୁ ପାଇଁ। ତାକୁ ତୁ ସାହା ହବୁ ନା ? ସିଏ ତୋ' ଭଜନକୁ କେଡ଼େ ସୁନ୍ଦର ବୋଲେ, ତୁ କ'ଣ ଶୁଣିନୁ ? ସିଏ ମୋ ପାଖରେ ଥିଲେ, ମୋତେ ଲାଗେ ତୁ ବି ଅଛୁ ମୋ' ପାଖରେ।"

ହଁ, ତୁ ଯେତେବେଳେ ଏତେବଡ଼ ଠାକୁର, ମୋର କୋଉ ଦୁଃଖଟା ବା ତୋତେ ଅଜଣା ଆଉ ଗୋଟାଏ କାମ କରନ୍ତୁନି, ମୋ ବୋଉର ଶ୍ୱାସରୋଗ ଟିକିଏ ଭଲ କରି ଦିଅନ୍ତୁ ନାଇଁ ? କେଡ଼େ କଲବଲ ନ ହଉଚି ସେ ବିଚାରୀ ! ଆଉ ରହିଲା ମୋ' ହେମ ନୂଆଉ। ସେଇଟା ତ ଏକଦମ୍ ନାକକାନ୍ଦୁରୀ ! ଟିକେଟିକେ କଥାରେ ସୁଁସୁଁ ହେଇ କାନ୍ଦିବ। ମୋର ଗୋଟିଏ ବୋଲି ଭାଇ ଯେ, ସିଏ ତ ବିଦେଶରେ ! ବର୍ଷକୁ ଦି' ଥରରୁ ତିନିଥର ବି ଆସିବାର ନାଁ ଧରନ୍ତି ନାହିଁ। ମୋ ନୂଆଉ ମାଇପି ଜୀବନ ପାଇ ଏମିତି ଦୂରଛଡ଼ା ହେଇ କେତେ ରହିବ ? ସେଇଥିପାଇଁ ତ ସେ କାନ୍ଦେ, କାନ୍ଦନ୍ତା ନାଇଁ ଆଉ କ'ଣ କରନ୍ତା ସେ ? ତୁ ଆମର ଭାଇର ମାସିକିଆ ଦରମାପତ୍ର ଡବଲ କରିଦିଅନ୍ତୁ। ନାଇଁ? ପକେଟରେ ପଇସା ରହିଲେ, ଘରକୁ ତ ସେ ଫି ମାସରେ ଆସିପାରନ୍ତା। ତେବେ ଯାଇ ହସ ଫୁଟନ୍ତା, ମୋ' ହେମ ନୂଆଉ ମୁହଁରେ।

"ନା ନା, ଆମଘରକୁ କୋଠାଘର କରିବା ଜମା ଦରକାର ନାଇଁ। ମୋତେ ଏଇ ଚାଳଛପର ଘର ଭାରି ଭଲଲାଗେ। ମାଟିପିଣ୍ଡାରେ ବସିବାକୁ ମୋର ଭାରି ଶରଧା। ବାରିପଟେ ବସି ଆମ୍ବଗଛରୁ କୋଇଲିର ଗୀତ ଶୁଣିଲେ ମନ ମୋର ପୂରି ଉଠେ। ସେସବୁ କିଛି ବଦଳେଇବାର ଦରକାର ନାହିଁ ଟି... ସେସବୁ ଯାହା ଅଛି, ସେମିତି ଥାଉ।"

"ଆଉ ମୋ ଗୋଡ଼ କଥା। ମୋ ଗୋଡ଼ ସେମିତି ନଡ଼ନଡ଼ ହଉଥାଉ। ତା' ପାଇଁ କିଛି କରିବା ଜମା ଦରକାର ନାଇଁ। ମୁଁ ଏଇ ଅବସ୍ଥାରେ ସାରାଜୀବନଟା କଟେଇ

ଦେଇ ପାରିବି । ତୋ ନିଜ ଗୋଡ଼ର ଅବସ୍ଥା । ଯେତେବେଳେ ତୁ ସୁଧାରିପାରୁନୁ, ମୋ ଗୋଡ଼ ପାଇଁ ତୁ ବା କ'ଣ କରିପାରିବୁ ? ତା' ପରେ, ମୋ କାଳିଆ ଭାଇର ଗୋଡ ନାଇଁ ଯେତେବେଳେ, ମୋର ଗୋଡ଼ ଥାଇ ବା କି ଲାଭ ? ଆମ ଦି' ଜଣଙ୍କ ଏକା ଅବସ୍ଥା ଦେଖିଲେ ସିନା, ସମସ୍ତେ ଆମକୁ ମାନିବେ ଭାଇଭଉଣୀ ବୋଲି । ଏବେ ତୁ କହୁନୁ, ମୁଁ କ'ଣ କିଛି ଭୁଲ କହିଲି ? ।

"ଏଇ ଦେଖ୍, ତୋତେ କିଛି ନ ମାଗି ନ ମାଗି ମୁଁ ପୁଣି କେତେକଥା ମାଗିଦେଲିଣି । ସେଗୁରାକ ତୁ ତୋ ଟିପାଖାତାରେ ଟିପିନେଲୁ କି ? ନା - ନା, ସେଗୁରା ଜମା ଟିପିବୁ ନାଇଁଟି । ମୁଁ ସେମିତି, ଖୁସିରେ କହିଲି ନା ! ଏଇସବୁ କଥା କହିଦେଲି ବୋଲି ତ, ମୋ ଛାତି ଏତେ ଉଶ୍ୱାସ ଲାଗୁଛି ! ମୋର ଆଉ ଟିକେ ହେଲେ ଦୁଃଖ ନାହିଁ । ସବୁ ଖଲାସ । ଏବେ ଖାଲି ତୋ ପାଖକୁ ରାକ୍ଷୀଟିଏ ପଠେଇବା ଚିନ୍ତା । ଦେଖି ସେଇ ରାଜୁଟାକୁ ଟିକେ ଖୋସାମତ ମରାମତ କରିବାକୁ ପଡ଼ିବ । ତୋ' ଜିନିଷ ତୋ' ପାଖକୁ ପଠେଇଦେଲେ ଯାଏ । ନା କ'ଣ କହୁଚୁ ?"

"ଆରେ ଆରେ, ମୋ' କଥା ଶୁଣି ତୁ ରାଗୁଛୁ କି ? ନା - ନା, ମୋ ଉପରେ ତୋର ରାଗିବା ଜମା ଦରକାର ନାଇଁ । ମୁଁ ତ ଯେମିତି ହେଲେ ରାକ୍ଷୀ ପଠେଇବି ତୋ' ପାଖକୁ । ତୁ କିନ୍ତୁ ନିଶ୍ଚୟ ପିନ୍ଧିବୁ । ପିନ୍ଧିବୁ ନା ? କ'ଣ କହିଲୁ ? ମୁଁ ନିଜେ ଯାଇ ତୋ' ହାତରେ ରାକ୍ଷୀ ନ ବାନ୍ଧିଲେ ସୁନ୍ଦର ହେବନାଇଁ ? ଓ ଏମିତି କଥା ?"

"ତୁ ତ ମହା ଅବାଗିଆ ଠାକୁରରେ । ଖାଲି ଅବାଗିଆ ନୁହେଁ, ତୁ ଗୋଟାଏ ନିପଟ ଓଲୁ । ହଇରେ ମୁଁ ନିଜେ ନ ଗଲେ ତୋ' ହାତରେ ରାକ୍ଷୀ ବାନ୍ଧିବି କେମିତି ? ତା'ପରେ ମୋ' ଗୋଡ ଭଲ କରିବା ତୋର ଦରକାର ନାଇଁ' । ତେବେ ତୋତେ ମୁଁ ରାକ୍ଷୀ ବନ୍ଧାଇବାର ପ୍ରଶ୍ନ ପୁଣି ଉଠୁଛି କୋଉଠୁ ?"

"କ'ଣ ହେଲା ? ଏଥର ବୁଝିଗଲୁ ! ଭଲ ଭଲ । ଏଥର ତୁ କେମିତି ତୋ' ଖଣ୍ଡିଆ ହାତରେ ରାକ୍ଷୀ ବାନ୍ଧିବୁ, ତା' ତୋତେ ଜଣା । କଥାରେ ଅଛି ପରା - "ତୋତେ ତୁ ନିଜେ ରକ୍ଷାକର, ମୁଁ ଛାର ନିମିତ୍ତ ମାତର ।" ତୁ କ'ଣ ଭାଗବତ ପଢିନୁ ଯେ ମୁଁ ତୋତେ ପ୍ରବଚନ ଶୁଣେଇବି ?"

"ଏଥର ମୁଁ ଚାଲିଲି । ତୋ' ସାଙ୍ଗରେ ଆଉ ଏତେ ବକରବକର ହୋଇପାରିବି ନାହିଁ । ରାତିଅଧରେ ହେମ ନୂଆଉ' କି ବୋଉ ଯଦି ଉଠିପଡ଼ିବେ ନା, ସେମାନେ ଭାବିବେ ମୋ ମୁଣ୍ଡ ଖରାପ ହୋଇଯାଇଛି ବୋଲି । ଆଚ୍ଛା ତୁ ସତ କରି କହିଲୁ, ମୋ' ମୁଣ୍ଡ କ'ଣ ଖରାପ ? ଛାଡ଼ଛାଡ଼, ମୁଁ ଯାଏ ଲୋ, ମା', ମୁଁ ମୋର ଚୁପଚାପ ଶୋଇପଡ଼ିବି । ଆମେ ଏଠି କ'ଣ କ'ଣ ସବୁ କଥାହେଲେ କାହାକୁ କିଛି କିହିବିନାହିଁ । ଏମିତି କି

ରାଜୁକୁ ବି ନୁହେଁ। କାହିଁକି ପୁଣି କହିବି ଯେ? କିଏ କ'ଣ ବିଶ୍ୱାସ କରିବ, ଆମେ ଦି'ଜଣ ସାମ୍ନାସାମ୍ନି ଠିଆ ହୋଇ କଥା ହେଉଥିଲେ ବୋଲି?

"ଏଇ କି ମୁଁ ପୁଣି କଥାକୁ ଲମ୍ବେଇଲିଣି। ଟିକକରେ ତ ରାତିପାହିବ। କାଉକୋଇଲି ଉଠିବେ। ତୁ ତ ଜାଣୁ? ମୁଁ ଜମା ରାତି ଅନିଦ୍ରା ହୋଇପାରେ ନାହିଁ। ନ ଶୋଇଲେ ସକାଳକୁ ମୋ ମୁଣ୍ଡ ବିନ୍ଧେ। ଖାସ୍ ତୋରି ପାଇଁ ଆଜି ମୋର ନିଦ କଞ୍ଚା ରହିଲା। ହେଲା ହେଲା, ତୁ ଯା ଏବେ ଚୁପ୍‌ଚାପ୍ ଶୋଇପଡ। ତୁ ଆଉ ରାତି ଅନିଦ୍ରା ହେବା ଦରକାର ନାଇଁ। ନ ହେଲେ ସକାଳକୁ ତୋ' ମୁଣ୍ଡ ବିନ୍ଧିବ ଯେ! ସେତେବେଳକୁ ମୁଁ କୋଉ ତୋ ପାଖରେ ଥିବି ଯେ ତୋ ମୁଣ୍ଡ ଚିପିଦେବି? ଯା' ଯା', ତୁ ମନେ ରଖିଲୁ ନା ନାଇଁ? ଶୀଘ୍ର ଶୋଇପଡ଼। ମୁଁ ଏବେ ଗଲି। ହଁ, ହଁ... ଗଲି, ଗଲି, ଗଲି।"

ରାତି ପାହିଲା ବେଳକୁ ପୁଷ୍ପାଞ୍ଜଳି ବିଛଣାରେ ସେମିତି ଶୋଇରହିଥିଲା ଗଭୀର ନିଦରେ। ଗତରାତିର ସ୍ମିତହସଟି ସତେ ଯେମିତି ଲାଖି ରହିଥିଲା ତା' ଓଠ ଫାଙ୍କରେ, ଫୁଲରେ, ଫୁଲର ପାଖୁଡ଼ା ଉପରେ ପ୍ରଜାପତିଟିଏ ବସିଲା ପରି।

ସେଦିନ ଉପରଓଳି ସେ ରାଜୁକୁ ଡକାଇ କହିଲା, "ମୁଁ ସମୁଦାୟ ଏକୋଇଶିଟି ରାକ୍ଷୀ ତିଆରି କରିଛି। ଏଥିରୁ ପ୍ରଥମ ରାକ୍ଷୀଟି ଯେମିତି ହେଲେ ମୁଁ ପୁରୀ ପଠାଇବି ଶ୍ରୀ ଜଗନ୍ନାଥଙ୍କ ନିକଟକୁ। ତାଙ୍କ ପାଖକୁ ରାକ୍ଷୀଟିଏ ପଠାଇ ନ ପାରିଲେ ମୋ' ପରିଶ୍ରମର ମୂଲ୍ୟ ଆଉ ରହିଲା କ'ଣ? ମୋର ଇଚ୍ଛା, ସେଇଟି ରାକ୍ଷୀ ପୂର୍ଣ୍ଣିମା ଦିନ ଠାକୁରଙ୍କ ନିକଟରେ ଲାଗି ହବ। କ'ଣ, ହୁଣ୍ଡାଟା ବୁଝିଲୁ ନା ନାଇଁ?"

"ଯିବ ଯେ ମୁଁ ମନା କରୁନାହିଁ। ହେଲେ କେମିତି ଯିବ? ଜଗନ୍ନାଥେ କ'ଣ ତୋ' ମୋ' ଭଳିଆ ମଣିଷ ହେଇଛନ୍ତି ଯେ ତୁ ତାଙ୍କ ପାଖକୁ ଡାକରେ ରାକ୍ଷୀ ପଠେଇପାରିବୁ? ଯୋଉ ଲୋକ ମାର୍ଫତରେ ବି ପଠେଇବୁ ତା'ର ନାଁ ପୁଣି ଜାଣିବା ଦରକାର ତ? ଧରିନିଅ, ତୁ କୌଣସି ରାକ୍ଷୀ ପଠେଇଦେଲୁ। ତା'ପରେ? ସେଇଟି ଯେ ଠାକୁରଙ୍କ ହାତରେ ବନ୍ଧାଯିବ କି ଲାଗି କରାଯିବ। ତା'ର ଠିକ ଠିକଣା ଅଛି? ଏତେ ବଡ ମନ୍ଦିର, ଏତେ ଲୋକବାକ, ସେଠି କିଏ କାହା କଥା ବୁଝୁଥିବ କହିଲୁ? ତୁ ତ ଆମର ଗାଁ ପିଲାମାନଙ୍କ ଭିତରେ ସବୁତକ ରାକ୍ଷୀ ବାଣ୍ଟିଦେଇଥାନ୍ତୁ। ସେମାନେ ଖୁସି ହେଇଥାନ୍ତେ। ଏତେ ଧନ୍ଦା ପୁଣି କାହିଁକି? ଶେଷକୁ ମୋ ମୁଣ୍ଡ ଆସି ଖାଉଛୁ?" ରାଜୁ କହିଲା, କିଞ୍ଚିତ ବିରକ୍ତ ସହିତ।

"ହଉ ବକ୍ ବକ୍ ହଅନା, ଶୁଣ। ମୁଁ ଜାଣେ, ତୁ କି ମୁଁ କେହି ପୁରୀ ଯାଇପାରିବା ନାହିଁ। ତେବେ ଗୋଟାଏ କାମ କରିବା। ତୁ ଗୋଟେ ଲଫାପା କିଣି ଆଣ ମୋ' ପାଇଁ। ମୁଁ ସେଥିରେ ସବୁଠୁଁ ମୋ' ମନପସନ୍ଦର ରାକ୍ଷୀଟି ପୂରେଇ ଅଠା ଦେଇ ବନ୍ଦ କରିଦେବି।

ତା' ଉପରେ ଆମେ ଠିକଣା ଲେଖିଦେବା - ଶ୍ରୀ ଜଗନ୍ନାଥ, ପୁରୀ। ପ୍ରେରକ ଜାଗାରେ ଆମର ଓ ଆମ ଗାଁର ନାଁ ସବୁ ଲେଖିଦେବା। ତା' ପରେ ଡାକଟିକେଟ ଲଗେଇ ତୁ ତାକୁ ନେଇ ପକେଇଦେଇ ଆସିବୁ ଡାକବାକ୍ସରେ। ମୋର ଦୃଢ ବିଶ୍ୱାସ, ସେ ରାକ୍ଷୀ ଜଗନ୍ନାଥ ନିଶ୍ଚୟ ପାଇବେ।" ପୁଷ୍ପାଞ୍ଜଳି ଏତକ କହିଲା, ବିହିତ ସମାଧାନଟିଏ ବତେଇଦେଲା ପରି।

ଏତିକି ଠିକଣା ଲେଖିଦେଲେ କ'ଣ ଡାକ ଚାଲିଯିବ ବୋଲି ତୁ ଭାବୁଛୁ? ଯୋଉ ଲୋକ ପାଇବ, ତା'ର ନାଁ ନାଇଁ? ରାଜୁ କହିଲା ଥାଆମାମା ହୋଇ।

"ହଁ ହଁ ଯିବ ଯିବ ଯିବ। ହଜାରେ ଥର ଯିବ। ଲକ୍ଷେଥର ଯିବ।" ପୁଷ୍ପାଞ୍ଜଳି ଥିଲା ନଛୋଡ଼ବନ୍ଦା।

ଶେଷକୁ ସେଇକଥା ହେଲା। ରାକ୍ଷୀଭର୍ତ୍ତି ଲଫାପାକୁ ନେଇ ସେ ପକେଇଦେଲା ଡାକବାକ୍ସରେ। ପୁଷ୍ପାଞ୍ଜଳିର ଖୁସି ଦେଖେ କିଏ? ସେ ରାଜୁ ପାଖକୁ ଲାଗିଆସି ତା' କପାଳରେ ଚୁମାଟିଏ ଦେଲା।

"ଆଲୋ, କିଏ କାଳେ ଦେଖିବ?" ରାଜୁ କହିଲା।

"ଦେଖୁ, ଏଇଟା କ'ଣ ଏମିତି ଖରାପ କଥା ଯେ?" ପୁଷ୍ପାଞ୍ଜଳି କହିଲା। ତା'ପରେ ତା'ଠାରୁ ବିଦାୟ ନେଇ ହସିହସି ଚାଲିଗଲା ରାଜୁ।

ରାକ୍ଷୀ ପୂର୍ଣ୍ଣିମାର ଦୁଇଦିନ ପରେ...

ବାଡ଼ି ପଟେ ସେହି ଆମ୍ବଗଛ ମୂଳେ ପଡ଼ିଥିବା ଗୋଟେ ଖଟିଆ ଉପରେ ବସିଥିଲେ ପୁଷ୍ପାଞ୍ଜଳି ଆଉ ରାଜୁ। ରାଜୁ କଣ୍ଠରେ ଥାଏ ଜଗନ୍ନାଥ ଭଜନ। ନାଗୁଣୀଟିଏ ପଦ୍ମତୋଳା ଶୁଣିଲା ପରି ପୁଷ୍ପାଞ୍ଜଳି ଶୁଣୁଥିଲା ତନ୍ମୟ ହୋଇ। ଗଛର ପତ୍ର ଫାଙ୍କରୁ ଅଳ୍ପଟିକେ ଖରା ଆସି ପଡ଼ିଥିଲା ତା' ଉପରେ। ଦିଶୁଥିଲା, ଯେମିତି ରୁପାର ପଦକଟିଏ ଝୁଲି ରହିଛି ତା' ବର୍ତ୍ତୁଳ ବକ୍ଷଦେଶରେ।

ତାକୁ ଆଶ୍ଚର୍ଯ୍ୟ କରି ଆଗରୁ କେବେ ବି ଦେଖନଥିବା ଅଚିହ୍ନା ଓ ଅଜଣା ଡାକବାଲା ଜଣେ ହଠାତ୍ ପହଞ୍ଚିଯାଇ ପୁଷ୍ପାଞ୍ଜଳି ହାତକୁ ବଢେଇଦେଲା ଲଫାପାଟିଏ। ପ୍ରାପକର ନାମ ଜାଗାରେ ଲେଖାଥିଲା ପୁଷ୍ପାଞ୍ଜଳି ଦାସ ଓ ପ୍ରେରକର ଠିକଣା ଲେଖାଥିଲା - ଶ୍ରୀଜଗନ୍ନାଥ, ପୁରୀ।

ପୁଷ୍ପାଞ୍ଜଳି ପୂରା ହତବାକ୍ ହୋଇଯାଇଥାଏ। ଦୁଇଦିନ ଭିତରେ ଫେରନ୍ତା ଡାକ। ପୁଣି ଏ ଡାକବାଲା ଜଣକୁ ତ କେବେବି ସେ ଦେଖୁନାହିଁ। ସେତେବେଳକୁ ରାଜୁର ଭଜନ ଗାଇବା ବନ୍ଦ ହୋଇ ସାରିଲାଣି। ତା' ଛାତିରେ ଟିକେ ଚମକ ଲାଗିଲା ଆଉ ସେ ଅନ୍ୟମନସ୍କ ହୋଇପଡ଼ିଲା ଗୋଟିଏ ମୁହୂର୍ତ୍ତ ପାଇଁ। ଲଫାପାଟିକୁ ଖୋଲି ନଥାଏ। ଆଶ୍ଚର୍ଯ୍ୟର

କଥା, ସେତିକି ସମୟ ଭିତରେ ଡାକବାଲା ଜଣକ କୁଆଡେ କେଜାଣି ଉଭାନ୍ ହୋଇଗଲା, ସେମାନେ ତା'ର ଟେର ପାଇଲେ ନାହିଁ।

ଖୁବ୍ ରୋମାଞ୍ଚିତ ହୋଇଯାଇଥାଏ ପୁଷ୍ପାଞ୍ଜଳି। ତା'ପରେ ସେ ରାଜୁକୁ ଶୁଣାଇ ଶୁଣାଇ ଚିଠିଟିକୁ ପଢିବା ଆରମ୍ଭ କଲା, ଲଫାପା ଭିତରୁ ବାହାର କରି। ରାଜୁ ହାଁ ଟାଏ କରି ଅନେଇ ରହିଥାଏ ତାଙ୍କୁ।

ପୁଷ୍ପ ଲୋ,

ଆମ୍ଭର ଶୁଭାଶୀର୍ବାଦ ନେବୁ। ରାଜୁକୁ ବି ଜଣାଇଦେବୁ। ତୁ ପଠାଇଥିବା ରାକ୍ଷୀ ଆମ୍ଭେ ପାଇଛୁ। ରାଜୁ ନିଜେ ପୁରୀ ଆସି ସେ ରାକ୍ଷୀଟିକୁ ଆମ୍ଭକୁ ଦେଇଯାଇଛି। ରାକ୍ଷୀପୂର୍ଣ୍ଣିମାରେ ଆମେ ସେଇଟିକୁ ପିନ୍ଧି ବହୁତ ଆନନ୍ଦ ଅନୁଭବ କଲୁ। ତୋର ଜଗନ୍ନାଥ ଭକ୍ତିରେ ପ୍ରୀତ ହେଲୁ।

ଏକଥା ଯଦି ତୁ ରାଜୁକୁ ପଚାରିବୁ, ତେବେ ସେ ତା'ର କିଛି ଉତ୍ତର ଦେଇପାରିବ ନାହିଁ, ଜାଣିଥା। ଏଣୁ ଆମ୍ଭେ ଯାହା କହିଲୁ, ତାହା ଧ୍ରୁବସତ୍ୟ ଅଟେ। ରାକ୍ଷୀ ଆମ୍ଭଙ୍କୁ ମିଳିଲା କି ନମିଳିଲା ଏଇ ସନ୍ଦେହରେ ତୁ ରହିଥିବୁ,ଆମ୍ଭେ ଜାଣୁ। । ତେଣୁ ଆମ୍ଭେ ସ୍ୱହସ୍ତରେ ତୋ ନିକଟକୁ ଏ ପତ୍ରଖଣ୍ଡକ ଲେଖି ପଠାଇଲୁ। ଏହା ଆମ୍ଭର ପରମ କର୍ତ୍ତବ୍ୟ।

ତୋର ଆପଦବିପଦକୁ ଆମେ ସାହା ରହିଲୁ। ଇତି !!

ତୋର ଭାଇ

ଶ୍ରୀଜଗନ୍ନାଥ, ପୁରୀ

ଚିଠିଟି ପଢିସାରିଲା ପରେ ପୁଷ୍ପାଞ୍ଜଳିର ସାମ୍ନାରୁ ସବୁକିଛି ଯେମିତି ଅନ୍ତର୍ହିତ ହୋଇଯାଇଥିଲା... ଗଛବୃଛ, ନଦୀପର୍ବତ, ଭୂପୃଷ୍ଠ, ସୌରମଣ୍ଡଳ, ଇହକାଳ, ପରକାଳ ସବୁକିଛି ସବୁ ଏକାକାର। ତା' ଆଖିରେ କେବଳ ଦିଶୁଥିଲା, ପରମ କାରୁଣିକ ଜଗନ୍ନାଥ ମହାପ୍ରଭୁଙ୍କ କଳାଘୁମର ଚକାଡୋଳା ଦୁଇଟି।

ରାଜୁର ପୁରୀ ଯିବା, ସ୍ୱୟଂ ଜଗନ୍ନାଥଙ୍କ ହାତରେ ସେ ରାକ୍ଷୀ ଦେବା ଏସବୁକୁ ଅବିଶ୍ୱାସ କରିବାର ଆଉ କୌଣସି କାରଣ ହିଁ ନଥିଲା। ପ୍ରକୃତରେ ସେ ଅନ୍ତର୍ଯାମୀ ପୁଣି ଭାବଗ୍ରାହୀ। ନହେଲେ ରାଜୁ କଥା ସେ ବି ଜାଣିଥାନ୍ତେ କେମିତି ? ପ୍ରଭୁଙ୍କ କୃପାରୁ ଦୁନିଆରେ ସବୁକିଛି ସମ୍ଭବ। ତାଙ୍କ କରୁଣାରୁ ପଙ୍ଗୁ ଯଦି ଗିରି ଲଙ୍ଘିପାରେ ମୂକ ହୋଇପାରେ ବାଚାଳ, ତେବେ ତା'ର ସେଇ ଐକାନ୍ତିକ ଇଚ୍ଛାଟି ବା ପୂର୍ଣ୍ଣ ରହିଯାଇଥାନ୍ତା କେମିତି ?

ପୁଷ୍ପାଞ୍ଜଳି ହାତ ଯୋଡ଼ିଲା ତାଙ୍କ ଉଦ୍ଦେଶ୍ୟରେ। ରାଜୁ ଆବାକାବା ହୋଇ ଚାହିଁ ରହିଥାଏ। ଉଭୟଙ୍କ ଆଖିରୁ ନିଗିଡ଼ି ପଡୁଥାଏ ଧାରଧାର ଲୁହ। ସେହିଭଳି ତଲ୍ଲୀନ

ଅବସ୍ଥାରେ ଖଟିଆ ଉପରେ ବସିରହି ପୁଷ୍ପାଞ୍ଜଳି ରାଜୁକୁ ଆଉଜେଇ ଆଣିଥିଲା ତା' ଛାତି ଉପରକୁ। ପରେ ପରେ ପାଗଳୀଟିଏ ଭଳି ଅଜସ୍ର ଚୁମ୍ବନରେ ସେ ଛାଇଦେଇଥିଲା ରାଜୁର ଗାଲ, ଓଠ, ଛାତି, କପାଳକୁ ଲଗାତାର ଭାବରେ। ତାକୁ ଦେଖିଲେ ଲାଗୁଥିଲା, ଯେମିତି ଆଶାବାଡ଼ି ଉପରେ ନିର୍ଭର କରି ବଞ୍ଚୁଥିବା ସେ ଗୋଟେ ପଙ୍ଗୁ ଝିଅ ନୁହେଁ; ସେ ଗୋଟିଏ କୂଳପ୍ଲାବିନୀ ହିଲ୍ଲୋଳମୟୀ ସ୍ରୋତସ୍ୱିନୀ।

ରାଜୁ ଡରି ଡରି କହିଲା, "ହେ ସେମିତି କ'ଣ କରୁଛୁ... କିଏ ଦେଖିବ ଯେ।"

ପୁଷ୍ପାଞ୍ଜଳି ତାକୁ ଏଭଳି ଭାବରେ ଅନାଇଲା, ଯେଉଁ ଚାହାଣିର ଅର୍ଥ ହେଲା - ଏ ପୃଥିବୀରେ ଆଉ କାହାକୁ ତା'ର କିଛି ହିଁ ଭୟ କରିବାର ନାହିଁ। ଏଣିକି ସେ ନିର୍ଭୟା।

■

ବଜ୍ରମହାକାଳୀ ଦହିବରା ଦୋକାନ

ଗିରୀଶ ସାହୁ

ଏକ ଅପ୍ରତ୍ୟାଶିତ ସମ୍ବାଦ ଶୁଣି ବଜ୍ରପଡ଼ିଲା ପରି ଲାଗୁଥିଲା ପୃଷ୍ଟି ପରିବାରର ସଦସ୍ୟମାନଙ୍କୁ । ଶୁଣିବା ପରଠାରୁ ଘରେ କିଛି ଠିକ୍ ଠିକଣା ରହୁନାହିଁ । ଧାରାବାହିକତା ନାହିଁ କୌଣସି କାର୍ଯ୍ୟରେ, ଯେମିତି ଚଳନ୍ତା ପାଣିକୁ କିଏ ବନ୍ଧବାନ୍ଧି ଅଟକାଇ ଦେଇଛି କି ? ଗୋଟାଏ ଅଜଣା ଆତଙ୍କରେ ପରିବାରର କେଇଟା ମଣିଷ ଅଣନିଃଶ୍ୱାସୀ ହୋଇ ଧାଇଁଛନ୍ତି ଆ' ପାଖକୁ, ତା' ପାଖକୁ । କାହା ମନରେ ସୁଖ ନାହିଁ କି ଖାଇବା ପିଇବାରେ କିଛି ଠିକ୍ ଠିକଣା ରହୁନାହିଁ । କାହା ତୁଣ୍ଡରେ ବେଶି କିଛି କିଛି କଥା ନାହିଁ । ଘରଟା ସାରା ଖେଳିଯାଇଛି ଖାଁ ଖାଁ ଭାବ ।

କ'ଣ କରିପାରିବ ଅବା ବିଚରା ବୁଢ଼ା ମଣିଷଟିଏ ? କୁଆଡ଼େ ଯିବ ? କିଏ କହିଦେବ ତା' ପୁଅର ଭଲମନ୍ଦ ଖବର ? ଏବକୁ ସିନା ସବୁ ସୁବିଧା ହେଲାଣି । ଘଡ଼ିକି ଘଡ଼ି ସବୁକଥା ଜାଣି ହେବ ମାତ୍ର ସେ ସମୟରେ କିଛି ହିଁ ସୁବିଧା ନ ଥିଲା । ନ ଥିଲା ଭଲ ଯୋଗାଯୋଗ, ନ ଥିଲା ଟିଭି କି ଫୋନ୍ । ଏପରିକି ଗାଁରେ ବିଜୁଳିବତୀ ନ ଥିଲା । ରେଡ଼ିଓ ଓ ଖବରକାଗଜରୁ ଜାଣି ହେଉଥିଲା ଦେଶ, ବିଦେଶର ଖବର ।

ସେମିତି ଏକ ଖବର ଶୁଣି ଗାଁରେ କୋକୁଆ ଭୟ ସୃଷ୍ଟି ହୋଇଛି । ଛକ ଜାଗାମାନଙ୍କରେ ସରଗରମ ଆଲୋଚନା ଚାଲିଛି ପରସ୍ପର ଭିତରେ । ଏମିତି ଏକ ଦୁଃଖ ଆବୋରି ବସିଛି ପୃଷ୍ଟି ପରିବାରର ଘର ମଥାନ ଉପରେ । ଗୋଟାଏ ଅନ୍ଧାର ଘରେ ମିଞ୍ଜିମିଞ୍ଜି ଡିବିରି ଆଲୁଅରେ ଝାପ୍‌ସା ଦିଶୁଥିବା କେତୋଟି ମୁହଁ ପରସ୍ପର ଅଚିହ୍ନା ମଣିଷମାନଙ୍କର ମୁହଁ ପରି ପରସ୍ପର ଚାହିଁଛନ୍ତି ।

ସବୁଠୁଁ ଅଧିକ ହାଉଳି ଖାଉଛି ପୃଷ୍ଟିଘରର ବୁଢ଼ୀ। ଭେଣ୍ଡିଆ ପୁଅଟା ତାକୁ ଅନ୍ଧୁଣୀ କରିଦେଇ ଯାଇଛି। ଘର ଭିତରେ ସେ ସ୍ଥିର ହୋଇ ରହିପାରୁ ନାହିଁ। ଖାଲି ଏପଟ ସେପଟ, ବେଳେ ବେଳେ କିଛି କାମ ନ ଥାଇ ପଦାକୁ ବାହାରି ଯାଉଛି। ବିକଳ ହେଇ ଠାକୁର ଥିବା ଜାଗାକୁ ଯାଇ ବାୟାଣୀ ପରି ଗପୁଛି; କି କଳିକାଳ ଯୁଗ ଲୋ ମା' ! କାନ ଉଠିଲା ଦିନୁ ଏ ରୋଗର ନାଁ ଶୁଣି ନ ଥିଲା ମଣିଷ। ବିଚିତ୍ର ରୋଗ ସବୁ ଏ ଦେଶକୁ ଆସୁଛି, ଫିରିଙ୍ଗି ଆଇଲା ପରି। ବେକରେ କାନି ଗୁଡ଼େଇ ଠାକୁରଙ୍କ ଫଟୋ ଆଗରେ ଦଣ୍ଡବତ ହୋଇ କହୁଛି, "ତୁ ଦିନରାତି କରୁଛୁ। ତୁ ଏକା ଜାଣୁ। ତୁ ଏକା ସାହାଭରସା, ଅରକ୍ଷିତକୁ ଦଇବ ସାହା। ମନକୁ ମନ ଗପି ଚାଲିଛି ବୁଢ଼ୀ, ମୋର ଟଙ୍କା ନାହିଁରେ ଦୁଃଖୀଧନ। ଏଠି ତ ପେଟ ଅପୋଷା ନ ଥିଲା। ଆମର ବୃତ୍ତିକୁ ବେଉସା କରି ଆମେ ଚଳିଯାଉଥିଲେ। ଅଧିକ ଦି'ଟା ପେଟ ପାଇଁ ତୁ ଅଧିକ ଭାବିତ ହେଲୁ। କାହା ବୁଦ୍ଧିରେ ପଡ଼ି ଅଧିକ ଭଲରେ ରହିବୁ ବୋଲି ଗଲୁ ଯେ ବର୍ଷେ କେଇଟା ଯାଉନି ବିଧାତାର ଏ କି ହଟ ଦେଖ !" ଆମେ ଜାଉ ପେଜ ଖାଇ ବଞ୍ଚିବା ପଛେ, ତୁ ଫେରିଆ। ତୁ ଫେରିଆ ଦୁଃଖୀଧନ, ମୋ ଶୂନ୍ୟକୋଳକୁ। ଆମକୁ ଆଉ ଏତେ କଷ୍ଟ ଦେ'ନା।" ବାୟାଣୀ ପରି ଗପୁଛି ତ, ମନ କ'ଣ ହେଉଛି ଦାଣ୍ଡ ଦୁଆର ମୁହଁକୁ ଚାଲିଯାଉଛି, ପୁଣି ଫେରି ଆସୁଛି ଘର ଭିତରକୁ।

ସମସ୍ତେ କିଂକର୍ତ୍ତବ୍ୟ ବିମୂଢ଼ ଅବସ୍ଥା।

ଶୋଭା ଦଣ୍ଡେ ଭାଉଜଙ୍କୁ ଅନଉଛି, ଆଉ କ୍ଷଣେ ବାପା ବୋଉଙ୍କୁ ଦେଖୁଛି। କାହାକୁ କ'ଣ କହି ପ୍ରବୋଧିବ, ତାକୁ କିଛି ବୁଦ୍ଧିବାଟ ଦେଖାଯାଉନାହିଁ। ସେ ମୂକ ପାଲଟିଯାଇ ଭାବନାରେ ବୁଡ଼ିଯାଇଛି, ଯେମିତି ଗୋଟାଏ ବଢ଼ନ୍ତା ନଈ ସୁଅରେ ଦଦରା ଡଙ୍ଗାଟିରେ ତା' ପରିବାରର ସଦସ୍ୟମାନେ ବସିଛନ୍ତି, ଡଙ୍ଗାଟି ମଝିରେ ଭାସି ଭାସି ଯାଉଛି, କୂଳରେ ଲାଗିପାରୁନି। କାହାର ସାହସ ଅଛି, ଡେଇଁ ପଡ଼ିବ ପୂରନ୍ତା ନଈକୁ। ଆହୁଲା ମାରି କୂଳରେ ଲଗାଇଦେବ ଭବଜଳରେ ଭାସୁଥିବା ଡଙ୍ଗାଟିକୁ ?

ଏ ସବୁକଥା ମନକୁ ଆସିବା ମାତ୍ରେ ଦୁଇଟି ମଣିଷଙ୍କ ମୁହଁ ତା' ଆଖି ସାମ୍ନାରେ ଦିଶିଯାଏ - ଜଣେ ତା' ଭାଇ ଆଉଜଣେ ରଘୁଆଈ। ଜଣେ ରକ୍ତର ସମ୍ପର୍କ, ଆଉ ଜଣେ ଆପଣାର।

ବାସ୍ତବତାକୁ ଫେରିଆସି ଦେଖେ କାହାନ୍ତି ସେ ଦୁହେଁ ? କାହିଁ କେତେଦୂର ? ଆଖି ପାଉ ନଥିବା ସହର। କିଏ ଅବା ଜାଣିଛି କହିବେ ସେମାନଙ୍କ ଖବର ?

ଲକ୍ଷ୍ମୀକଥା ନ କହିଲେ ଚଳେ। ସହଜେ ତ ଭାରି ଚୁପ୍‌ଚାପ୍। ବିଚିତ୍ର ସ୍ୱଭାବରେ ସେ ଗଢ଼ା। ସେ ଏମିତି ଏକ ସମ୍ବାଦ ଶୁଣିଲା ପରଠାରୁ ପଥର ପାଲଟି ଯାଉଛି। ଆଖିରେ

ବହୁଦିନର ସ୍ୱପ୍ନ – କଢ଼ ସବୁ ଲୁହବୁନ୍ଦା ପାଲଟି ଯାଇଛନ୍ତି ଏବଂ ସେ ଲୁହର ଧାର ବହି ବହି ଶୁଖିଯିବାକୁ ବସିଲାଣି।

ଏମିତି ଭାବନାରେ ସମସ୍ତେ ଛନ୍ଦି ହେଉଥିଲା ବେଳେ କାଉଟା ଘରର ମଥାନ ଉପରେ ବସି କା' କା' ରଡ଼ିଯାଉଛି। ବସିବା ଜାଗାରୁ ଉଠିଗଲା ଲକ୍ଷ୍ମୀ। ବଣାରୁ ଚାଉଳ ମୁଠାଏ ଆଣି କୁଲାରେ ଥୋଇ ଦୁଆରେ ରଖିଗଲା। ଅତି ବ୍ୟଗ୍ରତାର ସହିତ ଅପେକ୍ଷା କଲା, କେତେବେଳେ କାଉ ଖାଇଦେଇ ଯିବ। ଆସିଲା କାଉ। ଥଣ୍ଟରେ ନେବ କ'ଣ ବିଞ୍ଚି ଦେଇଗଲା ଚାଉଳ ସବୁ। ପୁଣି ଚାଳ ଉପରକୁ ଉଠିଗଲା ଏବଂ କା' କା' ରାବ ଛାଡ଼ିଲା। ପୁଅକୁ ଖୋଜୁଥିବା ମା'ଟି ପରି ବଡ଼ପାଟିରେ କା' କା' ଡାକି ନୀଳଗଗନରେ ଉଡ଼ିଗଲା।

ଏମିତି ନାନା ଅଶୁଭ ଭାବନା ଯୋଗୁଁ ସମସ୍ତଙ୍କ ଗଛାତିରେ ଛନକା ପଶିଲା। ଆପଣାଛାଏଁ ଶୁଖିଯାଇଥିବା ଆଖିରୁ ପଡ଼ିଆସିଲା ଲୁହଟୋପା। ଅଭି କାନ୍ଦି ଉଠିଲା ବିଛଣାରେ ଲକ୍ଷ୍ମୀ ଦୌଡ଼ିଗଲା ଘରକୁ। ନିଧିକୁ କୋଳକୁ ନେଇ ତୁନି କରିବାକୁ ଚେଷ୍ଟା କଲା; ମାତ୍ର ସେ ବେଶି ବେଶି କାନ୍ଦିବାକୁ ଲାଗିଲା। ଲକ୍ଷ୍ମୀର ମନଟା ଭାରି ଛଟପଟ ହେଲା ସ୍ୱାମୀଙ୍କ ପାଇଁ। କେତେ ବର୍ଷର ଅବା ସଂସାର। ଖାଲି ପାପ କଥା ପଶିଆସୁଛି ମନ ଭିତରକୁ। ଯଦି ତା' ସ୍ୱାମୀର କିଛି ହୋଇଯାଏ...।

ତା' ଲୋମମୂଳ ଭୟରେ ସବୁ ଟାଙ୍କୁରି ଉଠିଲା। ବିପଦ ଆପଦ ବେଳେ ଯେତେସବୁ ଅଶୁଭ ଭାବନା ମନ ଭିତରୁ ପଶିଆସି ତାକୁ ଯମଦୂତ ଭଳିଆ ଡରଉଥାନ୍ତି। ନଣନ୍ଦର ଡାକରେ ତା' ଭାବନାରେ ଅଙ୍କୁଶ ଲାଗିଗଲା।

ସେହିଦିନ ରାତିରେ ଶୋଇଥିଲାବେଳେ ଲକ୍ଷ୍ମୀ ଦେଖିଲା ଅଜବ ସପନ। ଗୋଟାଏ କଳା ମଚୁମଚୁ ଷଣ୍ଢ ସବୁଜ କେଶର ଉଡୁଥିବା କ୍ଷେତରେ ପଶି ନଷ୍ଟ କରି ଚାଲିଛି, ଏମୁଣ୍ଡରୁ ସେମୁଣ୍ଡକୁ।

ହଠାତ୍ ଚାଉଁକିନା ନିଦ ଭାଙ୍ଗିଗଲା ଲକ୍ଷ୍ମୀର। ପାଖରେ ଶୋଇଥିବା ନଣନ୍ଦକୁ ଉଠେଇଲା ନିଦରୁ। ଲଣ୍ଠନକୁ ତେଜି ବାହାରକୁ ଗଲେ ଦୁହେଁ। ଆସି ପାଣି ପିଇଲା ଲକ୍ଷ୍ମୀ, ସପନ କଥା ନଣନ୍ଦକୁ କହିଲା ଲକ୍ଷ୍ମୀ। ମନକୁ ହାଲ୍‌କା କରିବା ପାଇଁ ଯାଡୁସାଡୁ ବାରକଥା ଗପିଲେ ଦୁହେଁ।

ଠିକ୍ ଏହି ସମୟରେ ଆରପଟ ଘରୁ ଶୁଭିଲା ବିଚିତ୍ର ଶବ୍ଦ। ଡକାଡକି ହୋଇ ଚାରୋଟି ଲୋକ ଉଠିପଡ଼ିଲେ। ଦେଖିଲା ବେଳକୁ ବୁଢ଼ା ହାତମୁଠା କରୁଛି। ଗୋଟାପଣେ ଥରୁଛି।

ପାଣି ଗ୍ଲାସେ ପିଇଗଲା ପରେ ବୁଢ଼ାର ନିଶ୍ୱାସ ପ୍ରଶ୍ୱାସ ଠିକ୍ ଚାଲିଲା। ଦେହରୁ

ଗମ୍ ଗମ୍ ଝାଳ ନିଗିଡ଼ି ପଡ଼ିଲା। ବିଞ୍ଚଣାରେ ବିଞ୍ଚାବିଞ୍ଚି କଲାପରେ ବୁଢ଼ା ସମସ୍ତଙ୍କୁ ଭଲ କରି ଚାହିଁଲା।

ବୁଢ଼ୀ ଏ ଦୃଶ୍ୟ ଦେଖି ଆକ୍‌ଲା ହୋଇଗଲା। ବୁଢ଼ା ପାଖରେ ବସି ତା' ପିଠି ଆଉଁସି କହିଲା, "ପିଲା ଦି'ଟାକୁ କାହିଁକି ଭଲା ଏମିତି ଡରଉଛ ବା ?"

କିଛି ସମୟ ସାଷ୍ଟାଙ୍ଗ ହେଲାପରେ ବୁଢ଼ା କାନ୍ଥକୁ ଡେରି ବସିଲା। ଦେଖିଥିବା ସପନକୁ ମନେ ପକେଇବାକୁ ଚେଷ୍ଟାକଲା। ଗୋଟାଏ ହଡ଼ା ବଳଦ ଥାଉ ଥାଉ ତା' ପାଖ ଖୁଣ୍ଟରେ ବନ୍ଧା ହୋଇଥିବା ଦାମୁଡ଼ି ଗୋରୁଟା ଫାଟୁଆ ରୋଗରେ ପଡ଼ିଲା ତ ଆଉ ଉଠିଲା ନାହିଁ। ଶେଷରେ ଚାରିକାତ ମେଲେଇ ଆଖି ଖୋସିଦେଲା। ସପନ କଥା ଭାବି, ବୁଢ଼ାର ମୁଣ୍ଡରୁ ପାଦଯାଏଁ ଖାଲି ଥରିବାକୁ ଲାଗିଲା।

ଏହା ହେଉଛି ପୃଷ୍ଟି ଘରର ଅବସ୍ଥା।

ଅଡଙ୍ଗା ଗାଁରେ ପୃଷ୍ଟିଘର ଏମିତି ଥିଲାବାଲା ଘର ନୁହେଁ କି ନାଁ ଡାକ ବଂଶଧର ବି ନୁହେଁ। ଗୋଟାଏ ନିଅଣ୍ଟିଆ ପରିବାର।

ବୁଢ଼ା ନିଜର କୌଳିକ ବୃତ୍ତିକୁ ନେଇ ଗାଁ ଗଣ୍ଡା କରନ୍ତି। କିନ୍ତୁ ଆଖପାଖ ଗାଁରେ ତାଙ୍କର ସ୍ୱତନ୍ତ୍ର ପରିଚୟ ହେଲା, ସେ ଜଣେ ଭଲ ଖାବାର ତିଆରି କରିବା କାରିଗର। ପାହାନ୍ତାରୁ ଉଠି ବିଭିନ୍ନ ଜିନିଷ ତିଆରି କରି ସକାଳ ନଅଟା / ଦଶଟା ବେଳକୁ ବାହାରିଯାଆନ୍ତି। ଆସୁଆସୁ ରାତି ହୋଇଯାଏ। ମୁଣ୍ଡରେଥାଏ ପଥର ଓଜନ ପରି ଟୋକେଇର ବୋଝ। ଧାନଠାରୁ ରବି ଫସଲ ସମୟରେ ମୁଗ, ବିରି, କୋଳଥ ଓ ବାଦାମ ପର୍ଯ୍ୟନ୍ତ। ଜ୍ୱର ବାଧିକାରେ ପଡ଼ିଲେ ଗାଁ ଗଣ୍ଡା ବନ୍ଦ ହୁଏ। ବିରିବଟା ଠାରୁ ଚୂଲୀ ପାଖରେ ବସି ଛାଣିବା ପର୍ଯ୍ୟନ୍ତ ବୁଢ଼ୀ ସାହାଯ୍ୟ କରେ। ସେହିଥିରେ ପରିବାରର ଗୁଜୁରାଣ ମେଣ୍ଟିଯାଏ। ସେଥିରେ ଅଛି ପୁଣି ବନ୍ଧୁବାନ୍ଧବଙ୍କ ଘରକୁ ଶୁଭ ଓ ଅଶୁଭ କାମରେ ବେଭାରପତ୍ର।

ଟୁଆଁଟୁଇଁ ପରି ଦି'ପ୍ରାଣୀ ବହୁବର୍ଷ ପର୍ଯ୍ୟନ୍ତ ଠାକୁରଙ୍କୁ ନିରନ୍ତର ଡାକୁଥିଲେ ସୁଦ୍ଧା ତାଙ୍କ ଶୂନ୍ୟକୋଳ ପୂର୍ଣ୍ଣ ହୋଇପାରୁ ନ ଥିଲା।

ବାହାଘରର ବାରବର୍ଷ ପରେ ବୁଢ଼ୀର କୋଳ ମଣ୍ଡନ କରିଥିଲା ପୁତ୍ର ସନ୍ତାନଟିଏ। ଗାଁର ଲୋକ ଫୁସୁରୁଫାସୁରୁ ହେଉଥିଲେ ବୁଢ଼ା କାଳେ କରମା ଛୁଆ। ଦିବ୍ୟସୁନ୍ଦର ପୁଅଟି ଯେତେ ବଡ଼ ହେଉଥାଏ, ତା' ବାଁ ଗୋଡ଼ଟା ବଙ୍କା ହୋଇ ପଡୁଥାଏ ଏବଂ ସେ ଛୋଟେଇ ଛୋଟେଇ ଢଳିଢଳି ଚାଲୁଥାଏ। ଯେତେ ଯାହା ଚିକିତ୍ସା କଲେ ସୁଦ୍ଧା କିଛି ଫଳପ୍ରଦ ହେଲାନାହିଁ। ଶାରୀରିକ ଅଭିବୃଦ୍ଧି ସାଙ୍ଗକୁ ଡାହାଣ ଗୋଡ଼ର ଯେତିକି ଅଭିବୃଦ୍ଧି ହେବା କଥା ହେଲା ମାତ୍ର ବାଁ ଗୋଡ଼ଟା ସେତିକି ଅଭିବୃଦ୍ଧି ହେଲା ନାହିଁ। ଗାଁ ସ୍କୁଲରୁ ମାଟ୍ରିକ୍

ପାଶ୍ କରିବା ପରେ ସେ ଘରପାଖଠାରୁ ସାତ କିଲୋମିଟର ଦୂରରେ ଥିବା କଲେଜରେ ଆଇ.ଏ. ପଢ଼ିଲା। ଆଉ ପଢ଼ିପାରିଲା ନାହିଁ। ରାଜମିସ୍ତ୍ରୀ ସାଙ୍ଗରେ ହେଲ୍ପର କାମ କଲା, ସିମେଣ୍ଟ ବାଲି ଗୋଳି ମିସ୍ତ୍ରୀ ପାଖକୁ ଯୋଗାଇଲା। ଗାଁରେ କିଛି ଜମି ଭାଗଚାଷ ମଧ୍ୟ କଲା। ଶାରୀରିକ ଗଢ଼ଣର ବେଢଙ୍ଗକୁ ସେ ଖାତିରି କରେନା। ଯେତେବେଳେ ଯେଉଁ କାମ ପାରିଲା, କରିବାକୁ ଚେଷ୍ଟା କଲା। କେବଳ ଜମିରେ ହଳ କରିବା ବ୍ୟତୀତ। ସବୁ କାମରେ ପାରଙ୍ଗମ ଥିଲା ବେନୁଆ।

ଲକ୍ଷ୍ମୀର ହାତ ଧରିଲା ପରେ ତା' ଅଭାବୀ ସଂସାର ହସଖୁସିରେ କଟୁଥିଲା। ଯାହା ରୋଜଗାର ହେଉଥିଲା, ବଣି ଚଢ଼େଇ ଆଧାର ସଂଗ୍ରହ କଲାପରି, ସେମାନେ ଖାଇପିଇ ଆନନ୍ଦରେ ସମୟ କାଟୁଥିଲେ।

ତା' ଜନ୍ମର ଦୁଇବର୍ଷ ପରେସାନ ଭଉଣୀଟିଏ ଜନ୍ମ ହୋଇଥିଲା। ନିଖୁଣ ଭାବରେ ବିଧାତା ତାକୁ ଗଢ଼ିଥିଲା। ବାହାଘରର ଦୁଇବର୍ଷ ପରେ ଲକ୍ଷ୍ମୀର କୋଳକୁ ଆସିଥିଲା ପୁଅଟି।

ସଂସାର ବଢ଼ିଲା। ପୃଷ୍ଟି ବୁଢ଼ାର ବଳ ବୟସ ହଟିଲା। ମହର୍ଗ ସଂସାରକୁ ଛଅ ଛଅଟା ପେଟ। ଛଅଟା ପେଟକୁ ଖାଦ୍ୟ ଯୋଗାଇବା ପାଇଁ ବେଣୁଧର ଓରଫ୍ ବେନୁଆ ସମୁଦ୍ରକୁ ଶଂଖେ।

ସବୁକଥାକୁ ମୁଣ୍ଡରେ ପୂରାଇ ଦିନେ ଦିନେ ଥକା ହୋଇ ବସିପଡ଼େ ବେନୁଆ। ନିଜକୁ ବୁଝାଇ ପାରେନି। କେତେଦିନ ଏମିତି ପରଘରେ ସେ ମୂଲପାତି ଲାଗି ବଞ୍ଚୁଥିବ ? ବାପା ଓ ବୋଉ ଯେତେ ବୁଝେଇଲେ ନିଜର କୌଳିକ ବୃତ୍ତିକୁ ଆଦରିବା ପାଇଁ ତା' ଦେଇ ହେଲାନାହିଁ। ବାପା ବୁଝେଇଲେ, "ମୁଁ ଘରେ ଖାଇବା ଜିନିଷ ତିଆରି କରିଦେବି। ମୋ ପାଖରେ ତୁ ବସିଲେ ଧୀରେଧୀରେ ସବୁକଥା ଶିଖିଯିବୁ। ସ୍କୁଲ୍ ପାଖରେ କ୍ୟାବିନ୍ ପକେଇ ଦୋକାନଟିଏ କର।"

ହେଲାନାହିଁ। ବେନୁଆ ମଙ୍ଗିଲାନାହିଁ। ଭଉଣୀ ଓ ସ୍ତ୍ରୀ ବୁଝେଇଲେ। ବାପାଙ୍କ ପାଖରୁ ଆମେ ଶିଖିଯିବୁ। ତମକୁ କିଛି କରିବାକୁ ପଡ଼ିବନି। ତମେ ଖାଲି ଦୋକାନରେ ନେଇ ବିକିବ। ମନ ମାନିଲାନି, ସେ ଝିଂଝଟରେ ପଶିବା ପାଇଁ।

ଦିନେ ନଈକୂଳରେ ବସି ଭାବିଲା ଘରକଥା। କାଲି କାଲି ନିଧି ବଡ଼ ହେବ। ପାଠ ପଢ଼ିବ। ଶୋଭାର ବାହାଘର ହେବ। ବାପାବୋଉଙ୍କ ବୟସ ହଟୁଛି। ଦେହ ପା, ଭଲମନ୍ଦ, ବନ୍ଧୁବାନ୍ଧବ ସମସ୍ତଙ୍କ କଥା ତାକୁ ହିଁ ଏକା ବୁଝିବାକୁ ହେବ। ନା, ତାକୁ ଗୋଟେ ସିଦ୍ଧାନ୍ତରେ ପହଞ୍ଚିବାକୁ ହେବ। ଏଥର ରଘୁଆ ଭାଇ ଗାଁକୁ ଆସିଲେ ତା' ସହ ପରାମର୍ଶ କରିବ।

ମାତ୍ର ତିନିବର୍ଷ ତା' ଠାରୁ ବଡ଼ ରଘୁଆଭାଇ। ଥିଲା ଥୋଇଲା ଘର ତାଙ୍କର। ମାଟ୍ରିକ୍‌ଟା କଷ୍ଟେମଷ୍ଟେ ପାଶ୍ କରି ଆଉ ପାଠ ନ ପଢ଼ି ସାଙ୍ଗସାଥୀଙ୍କ ସାଙ୍ଗରେ ମଉଜ ମଜଲିସ୍‌ରେ ମାତିଥିଲା। ଏକମାତ୍ର ପୁଅ ଦୃଷ୍ଟିରୁ ତା' ବାପା ଓ ବୋଉ ତାକୁ କିଛି କହିପାରନ୍ତି ନାହିଁ। ସବୁବେଳେ ମିଛ ଧମକ ଦିଏ ଆତ୍ମହତ୍ୟା କରିଦେବ। ଡରିମରି କେହି ତାକୁ କିଛି କହନ୍ତି ନାହିଁ।

ବାନାଖାଡ଼ିଆ ପରି ବୁଲୁଥିଲା ବେଳେ କ'ଣ ହେଲା କେଜାଣି, କି ବୁଦ୍ଧି ତା' ମୁଣ୍ଡରେ ଦିନେ ପଶିଲା ଦିନେ ଦେଖିଲା ବେଳେକୁ ଗାଁ ଛାଡ଼ି ସହରକୁ ଚାଲିଗଲା। ସ୍ପଞ୍ଜ ଆଇରନ୍ ଫ୍ୟାକ୍ଟ୍ରିରେ କଣ୍ଟ୍ରାକ୍ଟର ମାର୍ଫତ୍‌ରେ ରହି କିଛି କିଛି ଟଙ୍କା ପଠାଉଛି ଘରକୁ ଏବେ।

ରଘୁ ଛୁଟିରେ ଘରକୁ ଆସିଲା ମାତ୍ରେ ବେନୁଆ ଭେଟିଲା ତାକୁ। ରଘୁଆର ଠୋ ଠୋ କଥା। ବାହାରେ ଟଙ୍କା ଉଡୁଛି, ପବନରେ ଗଛର ଶୁଖିଲା ପତ୍ର ଉଡ଼ିଲା ପରି। ତୁ ଭାବୁଛୁ, ଉଡୁଛି ମାନେ ଟଙ୍କାର ଡେଣା ଲାଗିଛି ? ଟଙ୍କାର ଡେଣା ଲାଗି ନ ଥାଏ, ଆମ ଦେହରେ ଡେଣା ଲାଗିଲେ ଆମେ ସହର ବଜାରକୁ ଉଡ଼ିଯାଇ ଟଙ୍କାକୁ ଧରି ପାରିବା, ନିଜ ଦେହ ମେହନତି ବଦଳରେ। ଗାଁଟା ଗୋଟାଏ କୂଳ ପରିକା। କୂଅ ଭିତରେ ବେଙ୍ଗ ରହିଲେ ଯେଉଁ ହୀନସ୍ତା ହେବା କଥା, ଆମକୁ ମରିବା ପର୍ଯ୍ୟନ୍ତ ସେଇ ଦଶା ଭୋଗିବାକୁ ହେବ। ବାହାର ଦୁନିଆ ଖୁବ୍ ବଡ଼। ସେ ଜାଗାରେ କିଛିଦିନ ରହିଲେ ମଣିଷର ବୁଦ୍ଧି, ଚେହେରା ଓ ବିଚାର ବଦଳିଯାଏ। ମୋତେ ଦେଖେ।

ସତକୁ ସତ ରଘୁଆ ଭାଇର କଥାରେ ପଡ଼ି ଦିନେ ଘର ଛାଡ଼ିଦେଲା ବେନୁଆ। ଯିବା ପୂର୍ବଦିନ ରାତିରେ ଲକ୍ଷ୍ମୀକୁ ଛାତି ଉପରକୁ ଭିଡ଼ି ଆଣିଲା ବେଳେ ଗରମ ଲୁହ ବର୍ଷାରେ ତା' ଛାତି ଓଦା ହୋଇଯାଇଥିଲା।

ବେନୁଆ ଘରକୁ ଯିବା ଦିନ ପୃଷ୍ଟି ଘରଟା ଖାଁ ଖାଁ ଲାଗିଥିଲା। ଶୋଭାର ଆଖି ଗେଣ୍ଡାଭଳିଆ ଫୁଲି ଯାଇଥିଲା। ଲକ୍ଷ୍ମୀର ମନର କଥା ନ କହିଲେ ଭଲ। ଏପରିକି ଛୋଟ ଛୁଆଟି ତା' ମାଆକୁ ତାଟଙ୍ଗା ହୋଇ ଚାହିଁଥିଲା, ମା' ଛାତିରୁ କ୍ଷୀର ଖାଇବା ଭୁଲିଯାଇଥିଲା। ଆଉ ବୁଢ଼ାବୁଢ଼ୀଙ୍କ ଛାତି ଭିତରେ ଥିଲା ଅମାପ ଦୁଃଖ।

ଚାତକ ପକ୍ଷୀଟି ବର୍ଷା ଟୋପାକୁ ଅପେକ୍ଷା କଲା ପରି, ପୃଷ୍ଟିଘରର ମଣିଷମାନେ ଅପେକ୍ଷା କରୁଥିଲେ ପୁଅର ଚିଠିକୁ।

ଚିଠି ପହଞ୍ଚିଲା ବୁଢ଼ାଙ୍କ ଠିକଣାରେ। ସପ୍ତମ ଶ୍ରେଣୀରୁ ପାଠକୁ ଡରି ପାଠ ଛାଡ଼ିଥିବା ଶୋଭା ପଢ଼ିଲା ଚିଠି ଥଙ୍ଗଥଙ୍ଗ ହୋଇ, ବାପା ବୋଉଙ୍କ ଆଗରେ। ଦୁଆର ମୁହଁ କବାଟ ପାଖରେ ନିଧିକୁ କାଖେଇ ଲକ୍ଷ୍ମୀ ଠିଆ ହୋଇ ଶୁଣୁଥିଲା ଚିଠିର ଭାଷା।

ଚିଠିର ଭାଷା ଥିଲା, "ବାପା ବୋଉଙ୍କୁ ମୋର ଭୂମିଷ୍ଠ ପ୍ରଣାମ। ଶୋଭାକୁ ସ୍ନେହ ଓ ନିଧିକୁ କଲ୍ୟାଣ। ବାପା, ମୁଁ ଭଲରେ ଭଲରେ ପହଞ୍ଚିଛି। ରଘୁଆ ଭାଇ ମୋପାଇଁ ସବୁ ବନ୍ଦୋବସ୍ତ କରିଦେଇଛି ସେ କାମ କରୁଥିବା ଫ୍ୟାକ୍ଟ୍ରିରେ। କାମଟା ଟିକେ ପ୍ରଥମେ ପ୍ରଥମେ କଷ୍ଟ ଲାଗୁଛି। ଏକକାଳୀନ ଏତେ ଘଣ୍ଟା ମୁଁ ପରିଶ୍ରମ କେବେ କରିନଥିଲି। ହଁ ବା, ଆଉ କିଛିଦିନ ଗଲେ ଦେହସୁହା ହୋଇଯିବ। ତମେ ବ୍ୟସ୍ତ ହେବନାହିଁ।

ବାପା ! ମୁଁ ତ ଛୋଟା ମଣିଷଟାଏ। ମୋ ଭାଗ୍ୟଭଲ ମୁଁ ଠିକ୍ ଜାଗାରେ ଆସି ପହଞ୍ଚିଯାଇଛି। କାଲି କାଲି ସମୟ ବଦଳିଯିବ। କଣ୍ଟ୍ରାକ୍ଟର ମୋତେ ହାଲ୍‌କା କାମରେ ନିୟୋଜିତ କରିଛି, ଦୟା ପରବଶ ହୋଇ। ଠାକୁର ଚାହିଁଲେ ଆମ ଦୁଃଖ ଅପସରି ଯିବ।

ଶୋଭା ! ବାପା ବୋଉଙ୍କ ଦେହ ପା' ପ୍ରତି ଯତ୍ନ ନେଉଥିବୁ। ମୋର ଏକାନ୍ତ ଇଚ୍ଛା ବାପା କେଉଁଦିନ ଗାଁ ଗଣ୍ଡାକୁ ନ ଯାଇ ଘରେ ରହିବେ। ଆମ ପାଇଁ ବହୁତ କଲେଣି ବାପା। ନିଧି କେମିତି ଅଛି ? ଠାକୁର ତମକୁ ଭଲରେ ରଖିଥାଆନ୍ତୁ। ଇତି।"

ଶୋଭା ଆଖିରୁ ଟପ୍‌ଟପ୍ ଲୁହବୁନ୍ଦା ନିଗିଡ଼ି ପଡ଼ିଲା ଯେମିତି ବର୍ଷା ଛାଡ଼ିଗଲା ପରେ ଚାଳରୁ ତଥାପି ବର୍ଷା ଟୋପା ଟପ୍ ଟପ୍ ହୋଇ ତଳେ ପଡୁଥାଏ। ଚିଠିର ଅକ୍ଷର ଅସ୍ପଷ୍ଟ ଦିଶିଲା। ଚିଠିରେ ଦିଶିଲା ଭାଇର ମୁହଁ।

ଲକ୍ଷ୍ମୀ ମୁହଁ ପୋଛିଲା ପିନ୍ଧିଲା ପଣତକାନିରେ। ବୁଢ଼ାବୁଢ଼ୀ ଦୀର୍ଘଶ୍ୱାସ ଛାଡ଼ିଲେ ଏବଂ ଗାମୁଛା କାନିରେ ଓ ପଣତକାନିରେ ମୁହଁ ପୋଛିଲେ।

ବେନୁଆର ଚିଠି ମାଟିକାନ୍ଥ ଥାକରେ ରହି ରହି ମଇଳା କୋତରା ହେବାରୁ ବସିଥିଲା ବେଳେ ଛଅମାସ ପରେ ଦଶହରା ବେଳକୁ ବେନୁଆ ନିଜେ ହାଜର ହୋଇଯାଇଥିଲା ଘରେ। କାହାକୁ କିଛି ନ ଜଣାଇ। ଦୀର୍ଘଦିନ ଧରି ଶୁଖିଲା ପଡ଼ିଥିବା ନଈଟା ବନ୍ୟା ପାଣିରେ ପୂରି ଉଠିଲା ପରି ଉତ୍ସବ ମୁଖର ହୋଇଉଠିଥିଲା ପୃଷ୍ଟି ଘର।

ବେନୁଆ ଆଣିଥିଲା ଘରକୁ ବେଡ୍‌ସିଟ୍, ମୋଟା ଚାଦର ଦି'ଟା, ଶୋଭା ଓ ଲକ୍ଷ୍ମୀ ପାଇଁ ଶାଢ଼ୀ, ନିଧି ପାଇଁ ଜାମାପେଣ୍ଟ ଓ ଖେଳଣା।

ପୃଷ୍ଟି ଘରର ବୁଢ଼ାବୁଢ଼ୀ ଆନନ୍ଦରେ ଆତ୍ମହରା ହୋଇଗଲେ।

ବେନୁଆ ପ୍ରସ୍ତାବ ବାଢ଼ିଲା ବାପା ବୋଉଙ୍କ ପାଖରେ ରଘୁ ସାଙ୍ଗରେ ଶୋଭାର ବାହାଘର ପ୍ରସ୍ତାବ କଥା। ପିଲାବେଳେ ସିନା ଟିକେ ଚଗଲା ଥିଲା। ଏବେ କାମରେ ମନପ୍ରାଣ ଢାଳି ଦେଇଛି। ଥିଲା ଥୋଇଲା ଘର। ତା'ର ଶୋଭା ପସନ୍ଦ ବୋଲି ମୁଁ ତା' ମନୋଭାବରୁ ଜାଣିଛି। ଘର ପାଖ। ଭଲ ପଇସାବି ରୋଜଗାର କରୁଛି। ମୁଁ ଗୋଟିଗୋଟି ସବୁ ଜିନିଷ ସଜାଡ଼ି ଦେବି। ଆରବର୍ଷକୁ ଶୋଭା ବାହାଘର କରିଦେବା।

ଶୋଭା କାନରେ ପଡ଼ିଲା ଏ କଥା। ସତେ କି ତା' ମୁହଁରେ କିଏ ଆଞ୍ଜୁଳାଏ ଅବିର ବୋଳିଦେଲା କି? ଘରସାରା ଗୋଟାଏ ଅପୂର୍ବ ମହକରେ ଚହଟିଗଲା। ଲାଜଲାଜ ହୋଇ ଭାଉଜ ପାଖକୁ ପଳେଇଯାଇ କହିଲା, "ଭାଉଜ! ମୋତେ ଭାରି ଭୋକ।"

ରାତି ବିଛଣାରେ ଲକ୍ଷ୍ମୀର ଅଭିମାନ ଭାଙ୍ଗି ସାରିବା ପରେ, ବେନୁଆ କହିଥିଲା, "ମୁଁ କାହିଁକି ଏତେ ଦୂରରେ ଘର ସଂସାର ଛାଡ଼ି ପଡ଼ିରହିଛି ଜାଣିଛୁ, "ମୁଁ ଦରପାଠୁଆ ହୋଇ ଯେଉଁ କଷ୍ଟ ଭୋଗ କଲି ଟଙ୍କା ପଇସା ଅଭାବରୁ, ସେ କଥା ମୋ' ପୁଅ କ୍ଷେତ୍ରରେ ନ ଘଟୁ। ନିଧିକି ମୁଁ ବହୁତ ପାଠ ପଢ଼େଇବି। ଭଲ ମଣିଷ କରି ଗଢ଼ିବାକୁ ଚେଷ୍ଟା କରିବି। ସବୁବେଳେ ଠାକୁରଙ୍କୁ ଏହିକଥା ହିଁ କହୁଛି।

ସ୍ୱାମୀ ପାଟିରେ ହାତ ଦେଇଥିଲା ଲକ୍ଷ୍ମୀ। ଥାଉ ଥାଉ ଏତେ ଆଗତ ଚଲା ହୋଇ ବଡ଼ତି କରନା। ଠାକୁରଙ୍କ ରାତିଦିନ ମୁଁ ଡାକୁଛି। ସେ ଦିନରାତି କରୁଛନ୍ତି, ସବୁ ଦେଖୁଛନ୍ତି, ଜାଣୁଛନ୍ତି। ମଣିଷ ତ ନିମିତ୍ତ ମାତ୍ର।

ପନ୍ଦରଦିନ ଚାହୁଁ ଚାହୁଁ ହସିଖେଳି, କେତେବେଳେ ରାତିପାହି କେତେବେଳେ ସକାଳ ହେଉଥିଲା, ଜଣାପଡ଼ି ନ ଥିଲା। ସେଥିପାଇଁ କୁହାଯାଏ ସୁଖର ଦିନ ଘୋଡ଼ା ପିଠିରେ ସବାର ହୋଇ ଆସେ ଆଉ ଦୁଃଖର ଦିନ, ହାତୀ ପିଠିରେ ଝୁଲିଝୁଲି ଆସିଥାଏ।

ଏତେ ସୁଖ ସପନ ଦେଖାଉଥିବା ମଣିଷଟା ଏ ଯାଏଁ ଘରକୁ ଫେରୁନାହିଁ। କେଉଁ ପରିବାରର ଧୈର୍ଯ୍ୟ ଅବା ରହିବ? ଯାହା ବି ଧୈର୍ଯ୍ୟ ଧରନ୍ତା, ଏ ରେଡ଼ିଓ ଦୈନିକ ଖବରକାଗଜରେ ଯେଉଁ ଭୟାନକ ସମ୍ବାଦ ସବୁ ବାହାରୁଛି, ଗାଁରେ ଭୟର ବାତାବରଣ ଖେଳିଯାଇଛି। ଶହ ଶହ, ହଜାର ହଜାର ଲୋକ ନିଜ ନିଜ ଗାଁ ଗଣ୍ଡାକୁ ଫେରିଆସୁଛନ୍ତି, ଅଥଚ କାହାନ୍ତି ଓଡ଼ଙ୍ଗା ଗାଁର ଏ ଦୁଇଜଣ?

ବୁଢ଼ୀ ଦୈନିକ ଡାକଘରକୁ ବୁଢ଼ାକୁ ଏକରଦମ୍ ତଡ଼ି ପଠାଏ। ପଠାଏ ରଘୁ ଘରକୁ ବୁଝି ଆସିବା ପାଇଁ। ସବୁଠି ନିରାଶାର ବାର୍ତ୍ତା ନେଇ ଫେରେ ବୁଢ଼ା। ଘରେ ହତାଶାର ଛାଇ ଖେଳିଯାଏ। ସମସ୍ତଙ୍କ ମନରେ ଥାଏ ଦକା, ଶଙ୍କା ଓ ଅବିଶ୍ୱାସ। ସମସ୍ତଙ୍କ ତୁଣ୍ଡରୁ ବାହାରିପଡ଼େ ହେ ଭଗବାନ୍!

ବେଳେବେଳେ ବାୟାଣୀ ପ୍ରାୟ ହାଉଳି ଖାଇ ବୁଢ଼ୀ ପ୍ରଳାପ କରେ, "ବେନୁଆରେ...। ମୋ ଧନରେ... ତୁ କୁଆଡ଼େ ଅଛୁରେ ଧନ...।"

ବେନୁଆର ପିଞ୍ଜରା ହାଡ଼ ଥରେଇ ଗରମ ପବନ ବାହାରିଆସେ। ପାଞ୍ଚଦିନ ହେଲା ଜ୍ୱର ଛାଡ଼ିବାକୁ ନାହିଁ। ସବୁ ପିତାପିତା ଲାଗୁଛି। ବାନ୍ତି ଦେଖାଉଛି। କାମ ବନ୍ଦ। ବସାରେ ଏକୁଟିଆ। ଫ୍ୟାକ୍ଟ୍ରିରୁ କାମ ସାରି ରଘୁଆଭାଇ ଆସିଲେ ଗରମ ପାଣି କରେ।

କ୍ଷୀର ଗରମ କରେ। ପାଉଁରୁଟି କିଣି ଆରେ। ଏ ପର୍ଯ୍ୟନ୍ତ ତାଙ୍କ ଫ୍ୟାକ୍ଟ୍ରି ବନ୍ଦ ହୋଇନାହିଁ। ଦୁହେଁ ଗାଁକୁ ପଳାନ୍ତେ, କିନ୍ତୁ ବେନୁଆକୁ ଛାଡ଼ି ସେ ଯାଇପାରୁନି।

ଡାକ୍ତର ଦେଖାଇ ପ୍ରଥମେ ପ୍ରଥମେ ଔଷଧ ଖାଇଥିଲା। ଔଷଧ ଖାଇଲେ ଜ୍ୱର କମିଯାଏ, ଝାଳ ବହେ। ପୁଣି ଯେଉଁ କଥାକୁ ସେଇକଥା। କିଏ କହେ ମେଲେରିଆ, କିଏ କହେ ଡେଙ୍ଗୁଜ୍ୱର। କିଏ କହେ ଟାଇଫଏଡ୍, ଆଉ କିଏ କହନ୍ତି ସ୍ୱାଇନ୍ ଫ୍ଲୁ। ସ୍ୱାଇନ୍ ଫ୍ଲୁ ରୋଗ ଏବେ ଚାରିଆଡ଼େ ବ୍ୟାପିଛି। ବିଶେଷକରି ବେନୁଆ ରହୁଥିବା ସହରରେ ଏ ରୋଗର ପ୍ରକୋପ ବେଶି। ଦଶ/ବାର ଜଣ ଏ ରୋଗରେ ଆଖି ବୁଜିଲେଣି। ଅନେକ ଡାକ୍ତରଖାନାରେ ଚିକିତ୍ସା ହୋଇ ମରଣ ସାଙ୍ଗରେ ଲଢ଼ୁଛନ୍ତି।

ବେନୁଆ ଡରି ଶୁଖି କଳାକାଠ ପଡ଼ିଗଲାଣି। ରଘୁଆ ଯେତେ ବୁଝେଇଲେ ସେ ବୁଝୁନାହିଁ। ବରଂ କହୁଛି ଏଠି ତୁ ଅଛୁ, ଡାକ୍ତରଖାନା ଅଛି, ଡାକ୍ତରମାନେ ଅଛନ୍ତି। ଗାଁରେ ମୋ' କଥା କିଏ ବୁଝିବ ?

ରଘୁ ଚୁପ୍ ରହିଲା। ବେନୁଆକୁ ସଦର ମହକୁମାରେ ଥିବା ସରକାରୀ ଡାକ୍ତରଖାନାକୁ ନେଇଗଲା। ଡାକ୍ତର ପରାମର୍ଶ ଦେଲେ ତମେ କଟକ ବଡ଼ ଡାକ୍ତରଖାନାକୁ ନେଇଯାଅ। ରୋଗୀର ଅବସ୍ଥା ଭଲ ନାହିଁ। ବଡ଼ ମେଡ଼ିକାଲରେ ସ୍ୱାବ୍ ଟେଷ୍ଟ ଓ ରକ୍ତ ପରୀକ୍ଷା କରାଇଦିଅ। ତା'ପରେ ଚିକିତ୍ସା କରିବାକୁ ସୁବିଧା।

ବେନୁଆ ଡାକ୍ତରଙ୍କ କଥା ଶୁଣି ଭୟରେ ଥରିଲା। ରଘୁକୁ ଚାରିଆଡ଼େ ଅନ୍ଧାର ଦିଶିଲା। ଯଦି ବେନୁଆର କ'ଣ ନାଇ କ'ଣ ହୋଇଯାଏ... । ଆଗକୁ ଆଉ ଭାବିପାରିଲାନି। ଧର୍ମର ଏ କି ପରୀକ୍ଷା ? ତଥାପି ସେ ହାରିଗଲା ନାହିଁ। ରୋଗିଣା ବେନୁଆକୁ ଧରି ବସ୍‌ରେ କାହିଁ କେତେ ଦୂରରୁ ଆସି କଟକରେ ପହଞ୍ଚିଲା। ଡାକ୍ତରଖାନା ୱାର୍ଡ଼ରେ ଭର୍ତ୍ତି କରି ତା' ଚିକିତ୍ସା ବ୍ୟବସ୍ଥା କଲା।

ଈଶ୍ୱରଙ୍କ ଅଶେଷ ଦୟା। ରିପୋର୍ଟ ଆସିଲା ନେଗେଟିଭ୍। ଡାକ୍ତର ଔଷଧ ଲେଖିଦେଲେ। କହିଲେ ଭାଇରାଲ୍ ଫିଭର୍।

ରଘୁ ଓ ବେନୁଆ ଡାକ୍ତରଖାନାରେ ତିନିଦିନ ରହି ଘରମୁହାଁ ହେଲେ।

ଲକ୍ଷ୍ମୀ ଲିପା ଚୁଲି ପାଉଁଶ ଉପରେ କିରାସିନି ଟୋପେ ଢାଳି ନିଆଁ ଧରେଇବାକୁ ଯାଉଥିଲା ବେଳେ, ରଘୁ କାନ୍ଧରେ ଭରାଦେଇ କବାଟ ଠେଲି ଘର ଭିତରକୁ ପଶି ଆସିଲା ବେନୁଆ, ଯେମିତି ଖେଳ ପାଗଳା ପିଲାଟି ଧୂଳି ଧୂସରିତ ଓ କ୍ଳାନ୍ତ ହୋଇ ଘରକୁ ଫେରିଆସିଲା ପରି।

ବେନୁଆ ଘରେ ପାଦଦେବା ମାତ୍ରେ ଗୋଟିଏ ଅହେତୁକ କୋଳାହଳ, ଅବିଶ୍ୱାସ ଆନନ୍ଦରେ ଦୃଷ୍ଟି ଘରଟା ମୁଖରିତ ହୋଇ ଉଠିଲା କିଛି ସମୟ। ବୁଢ଼ୀ

ସମସ୍ତ କୋଳାହାକୁ ଡୁବେଇ ଦେଇ ଭାବବିହ୍ୱଳ କୋହରେ ଲହରେଇ କାନ୍ଦଣା ସ୍ୱର ଡାକିଲା... ମୋ ଧନରେ...! ଆମକୁ ଅନ୍ଧ କରିଦେଇ କୁଆଡ଼େ ଏତେଦିନ ଧରି ଥିଲୁ? ଏ ଆଖି ତୋତେ ଚାହିଁ ଚାହିଁ ଅନ୍ଧୁଣୀ ହେବାକୁ ବସିଲାଣି। ବସିବା ଜାଗାରୁ ଉଠିଯାଇ ବେନୁଆକୁ ନୁଣ୍ଡେଇ ପୁଣ୍ଡେଇ କୁଣ୍ଢେଇ ଧରିଲା, ଦୁଇ ହାତ ବେଢ଼ି। ଆଉ ଦରକାର ନାହିଁ ମୋର ଟଙ୍କା, ମୋତି, ମାଣିକରେ ଧନ। ତୁ ମୋର ଧନ। ଏ ଅନ୍ଧୁଣୀର ନୟନ ପିତୁଳା।

ବୁଢ଼ୀର କାନ୍ଦଣା ଶୁଣି ବେନୁଆ ଆଖିରୁ ଲୁହ ଦି' ବୁନ୍ଦା ଥପଥପ ହୋଇ ତା' ବୋଉ ପାଦରେ ପଡ଼ିଲା।

ଏ ପର୍ଯ୍ୟନ୍ତ ସ୍ଥାଣୁ, ପଥର ମୂର୍ତ୍ତି ପ୍ରାୟ ଥୁଆ ହେଲାପରି ବୁଢ଼ା ବସିବା ଜାଗାରୁ ଉଠିପଡ଼ିଲା। ଖୁବ୍ ଦମ୍ଭରେ କହିଲା, ତୁ ଡରିଯାଉଛୁ କି ବାପ ଏତେ ପ୍ରାଣୀ କୁଟୁମ୍ବକୁ ଦେଖି! ଏବେ ବି ତୋ ବାପା ଦେହରେ ତାକତ ଅଛି। ତୋର ଭୟ କ'ଣ? ବାପା ଥିବା ପୁଅ କୌଣସି କାମରେ ହାରେ ନାହିଁ।

+++

ସମୟ ହିଁ ବଡ଼ ବଳବାନ। ଏହା ଭିତରେ ନଈରେ କେତେ ବନ୍ୟା ଆସିଲା ପରି କେତେ ପରିବର୍ତ୍ତନର ରୂପ ଦେଖି ସାରିଲାଣି ଓଢ଼ଙ୍ଗା ଗାଁ ଓ ଗାଁରେ ବସବାସ କରୁଥିବା ଅଧିବାସୀ।

ଗାଁ ନଦୀବନ୍ଧ ଚଉଡ଼ା ହୋଇ ପିଚୁରାସ୍ତା ତିଆରି ହେଲାପରେ ପାଞ୍ଚ ପାଞ୍ଚଟା ବସ୍ ସ୍କୁଲ୍ ଛକ ଦେଇ ବିଭିନ୍ନ ଗାଁକୁ ଚାଲିଲାଣି। ଦି'ଟା ବସ୍ ସ୍କୁଲ୍ ଛକରେ ରାତିରେ ରହୁଛି।

ଗାଁ ପାଖରେ ଚିତ୍ରୋତ୍ପଳା ପ୍ଲସ୍ ଟୁ କଲେଜ ବିଜ୍ଞାନ ଓ କଳା ଶ୍ରେଣୀରେ ଦୁଇଶହ ଛପନ ଲେଖା ପିଲା ପାଠ ପଢ଼ିଲେଣି। ଗାଁକୁ ବିଜୁଳି ଆସିଲାଣି। ଗାଁର କାଦୁଅ ପଚପଚ ରାସ୍ତା ଏବେ କଂକ୍ରିଟ୍ ରାସ୍ତାରେ ପରିଣତ ହେଲାଣି। ଗାଁରେ ସବୁ ମିଳିଲାଣି। ଚାଳଘର ଆଉ ଦୃଶ୍ୟମାନ ହେଉନାହିଁ। ଏପରିକି ଗାଁ ପୁଅ ଓ ଝିଅମାନଙ୍କର ଡ୍ରେସ୍ ସବୁ ବଦଳିଗଲାଣି।

ସବୁଠୁଁ ଆଶ୍ଚର୍ଯ୍ୟ ଓ ଚମକପ୍ରଦ କଥା ହେଲା ଓଢ଼ଙ୍ଗା ଗାଁର ପୁଅଟି ଚାର୍ଟାର୍ଡ଼ ପାଠପଢ଼ି ଚେନ୍ନାଇ ଯାଇ ଚାକିରି କରିଥିଲା। କେରଳ ରାଜ୍ୟର ଝିଅଟି ଯେ କି ତା' ସାଙ୍ଗରେ ଚାକିରି କରୁଥିଲା ଗୋଟେ ବଡ଼ ଫାର୍ମରେ ତାକୁ ବାହାହେଇ ପଡ଼ିଲା। ଦୁହେଁ କେତେ ଟଙ୍କା ରୋଜଗାର କଲେ କେଜାଣି, ଚାକିରି ଛାଡ଼ିଦେଇ ନିଜର ଗୋଟିଏ ଫାର୍ମ କରି କାମ ଆରମ୍ଭ କଲେ। ତା' ସଙ୍ଗେ ସଙ୍ଗେ ହୀରା ଓ ସୁନା ଅଳଙ୍କାର ବ୍ୟବସାୟ

ପାଇଁ ଚେନ୍ନାଇରେ ପ୍ରଥମେ ସୋ'ରୁମ୍ ଖୋଲିଥିଲେ। ଏବେ ଭାରତବର୍ଷରେ ସାତଟି ସହରରେ ତାଙ୍କ ବଡ଼ ବଡ଼ ଦୋକାନ ଖୋଲିଛି।

ସେ ପ୍ରଥମେ ଯେତେବେଳେ ବାହାହେଇ ଗାଁକୁ ଆସିଥିଲା, ଗାଁ ଲୋକେ ଫୁସରଫାସର ହେଉଥିଲେ, ନାନା କଟୂକଥା କହି। କାହାକଥାକୁ କାନ ନ ଦେଇ ସେ ଗାଁ ପିଲାଙ୍କୁ ଏକଜୁଟ୍ କରାଇ ତା' କାମରେ ଲାଗିପଡ଼ିଲା। ନିଜ ଗାଁ ମାଟିର ଏକ ସ୍ୱତନ୍ତ୍ର ପରିଚୟ ସୃଷ୍ଟି କରିବା ଥିଲା ତା'ର ମୂଳଲକ୍ଷ୍ୟ।

ଗ୍ରାମଦେବତୀ ବଜ୍ରମହାକାଳୀଙ୍କ ମନ୍ଦିର ଥିଲା। ସରକାରୀ ଅନୁଦାନରେ ମନ୍ଦିର ମୁଖଶାଳା ଓ ବେଢ଼ା ତିଆରି ହୋଇଥିଲା। ସେ ସ୍ଥାନରେ ଶିବମନ୍ଦିର, ଶ୍ରୀ ଜଗନ୍ନାଥ ମନ୍ଦିର ଓ ଶ୍ରୀରାମ ମନ୍ଦିର ଆରମ୍ଭ କଲା ଏକାଥରକେ। ପ୍ରାୟ କୋଟିଏ ଟଙ୍କା ଖର୍ଚ୍ଚ କରିଦେଲା ବର୍ଷ କେଇଟାରେ। ଭବ୍ୟ, ଆଖିଦୃଶିଆ ମନ୍ଦିର ମାଳିନୀ ଓଢ଼ଙ୍ଗା ଗାଁ କେନ୍ଦ୍ରାପଡ଼ା ଜିଲ୍ଲାରେ ଖାଲି ପରିଚିତ ହେଲା ନାହିଁ। ଶହ ଶହ ଶ୍ରଦ୍ଧାଳୁ ଭକ୍ତମାନଙ୍କର ଭୀଡ଼ରେ ସେ ସ୍ଥାନ ମୁଖରିତ ହୋଇ ଉଠିଲା। ମନ୍ଦିର, ଷାଠିଏ ବର୍ଷର ସ୍କୁଲ ଓ କଲେଜକୁ ନେଇ ଛୋଟିଆ ବଜାରଟିଏ ସୃଷ୍ଟିହେଲା। ଷ୍ଟେଟ୍ ବ୍ୟାଙ୍କ୍ ତା'ର ଶାଖା ଖୋଲିଲା। କୋ-ଅପରେଟିଭ୍ ସୋସାଇଟି ବ୍ୟାଙ୍କ୍‌ରେ ପରିଣତ ହେଲା। ଆଦର୍ଶ ପଞ୍ଚାୟତ ପାଇଁ ମୁଖ୍ୟମନ୍ତ୍ରୀଙ୍କ ହାତରୁ ଓଢଙ୍ଗା ପଞ୍ଚାୟତ ପୁରସ୍କାର ପାଇଲା।

ସେହି ଜାଗାରେ ବାପାଙ୍କ କଥା ମାନି ବହୁ କଷ୍ଟରେ ବେନୁଆ ରାତି ହୋଇଥିଲା ଦହିବରା, ଘୁଘୁନି ଓ ଆଳୁଦମ୍ ବେପାର କରିବା ପାଇଁ। ପ୍ରଥମେ ପ୍ରଥମେ ଛୋଟ ଛୋଟ ରସ ଡେକିଚିରେ ଆଣି ବିକୁଥିଲା। ବୁଢ଼ା ହାତର ଯାଦୁ ଓ ବେନୁଆର ବ୍ୟବହାର ପାଇଁ ତାହା ଯେ ଗୋଟେ ମାର୍କେଟ୍ ନେବ ଏକଥା ବେନୁଆକୁ ଜଣାନଥିଲା। ଅଦୃଶ୍ୟ ନଟ୍ଟସତ୍ତାର ଏ ଥିଲା ଏକ ଖେଳ।

ସମୟ ଏମିତି ଆସିଲା ସକାଳ ସାଢ଼େ ଆଠରୁ ଦିନ ଗୋଟାଏ ଭିତରେ ଟିକିଏ ବି ଫୁରୁସତ୍ ମିଳିଲା ନାହିଁ। ବେପାର ବଢ଼ିବା ସାଙ୍ଗକୁ ଦାୟିତ୍ୱ ବି ବଢ଼ିଗଲା। ଗୋଟାଏ ସ୍ୱତନ୍ତ୍ର ଜାଗାରେ ଦୁଇପଟ ନିବୁଜ ରହିଲା, ଆଉ ଦୁଇପଟ ଖୋଲା ରହିଲା। ଜଣଙ୍କ ଜାଗାରେ ତିନି / ଚାରିଜଣ ଲୋଡ଼ା ପଡ଼ିଲା। ଜଣଙ୍କ ଦାୟିତ୍ୱରେ ରହିଲା ବରା, ଇଡ୍‌ଲି ଗ୍ରାହକଙ୍କ ବରାଦ ଅନୁଯାୟୀ ଦେବା। ଆଉଜଣଙ୍କ ଦାୟିତ୍ୱରେ କେବଳ ଦହିବରା ପ୍ଲେଟ୍‌ରେ ସଜାଡ଼ି, ମିଠାଦହି ଟିକେ ପକାଇବା। ଆଉ ଜଣଙ୍କ ଦାୟିତ୍ୱରେ ରହିଲା ତରକାରୀ ଯଥା - ଆଳୁଦମ୍, ଘୁଘୁନି, କଟା ପିଆଜ, ଧନିଆପତ୍ର ଓ ଛଣା ସେଉ। ପିଲାଟିଏ ଥିଲା ପ୍ଲେଟ୍ ଧୋଇ, ପିଇବା ପାଣି ଯୋଗାଉଥିଲା। କଲେଜ ପିଲା, ସ୍କୁଲ୍ ପିଲା, ମନ୍ଦିରକୁ ଆସୁଥିବା ଲୋକ, ବସ୍‌ରେ ଯିବା ଆସିବା ଲୋକ, ରାସ୍ତାରେ ଗଲା ଆଇଲା ଲୋକ ଗାଡ଼ି, ମଟର

ସାଇକେଲ ଓ ସାଇକେଲ ଥୋଇ ଦହିବରା ଖାଇବା ଓ ଘରକୁ ନେବା ପର୍ଯ୍ୟନ୍ତ କଥା ଯାଉଥିଲା । ଏଣିକି ଆଖପାଖ ଗାଁରେ କୁଣିଆ ଆସିଲେ ଓ ଅଧିକାଂଶ ଘରେ ସକାଳ ଜଳଖିଆ ଝିଂଝଟରୁ ମୁକ୍ତି ପାଇଁ ଲୋଡ଼ା ପଡୁଥିଲା 'ବେନୁଆ ଦହିବରା ଓ ଆଳୁଦମ୍' । ସାଧାରଣ ଦହିବରା ଏବେ ପ୍ରସିଦ୍ଧି ଆଣିପାରେ, ନିଜେ ଆଖିରେ ନ ଦେଖିଲେ ବିଶ୍ୱାସ କରିହେବ ନାହିଁ । ମାସକୁ ବିକ୍ରି ହେଉଥିଲା ଦୁଇଲକ୍ଷରୁ ଊର୍ଦ୍ଧ୍ୱ ଟଙ୍କା । ଲାଭାଂଶରୁ ଦୁଇଜଣଙ୍କୁ କିଛି କିଛି ଦରମା ଆକାରରେ ଦିଆଯାଉଥିଲା । ଆଉ ସବୁ ବେନୁଆର । ଅବଶ୍ୟ ଏଥିପାଇଁ ରାତି ଓ ଦିନ ଏକ କରିବାକୁ ପଡୁଥିଲା । ବିରି, ମଟରଭିଜା, ରୋଷେଇ ପରେ ଆଳୁ, ମଟର ସିଝା । ରାତି ଦି'ଟାରୁ ଆରମ୍ଭ ହୋଇଯାଏ ବେନୁଆ ହାତ ତିଆରିର ଯାଦୁ । ଶୋଭା, ଲକ୍ଷ୍ମୀ, ବାପା ଓ ବୋଉ ସମସ୍ତଙ୍କର ସହଯୋଗ ଥିଲା ଏ ବ୍ୟବସାୟରେ ।

ଗାଁରେ ସୁନ୍ଦର ଆଖିଦୃଶିଆ କୋଠାଘର, ବାପା ଓ ବୋଉଙ୍କ ବିଦାୟ ଓ ଶୋଭାର ବାହାଘର ଏ ସବୁ ଖୁବ୍ ଧୁମ୍‌ଧାମ୍‌ରେ କରିଥିଲା ବେନୁଆ । ବାପା ଦେଇଥିବା ବେଣୁଧର ନାଁ ଲୋକେ ଭୁଲି ଡାକ ନାଁରେ ସେ ଅଞ୍ଚଳରେ ସେ ପରିଚିତହେଲା । ଏଣିକି ବାହାଘରରେ ଲୋକେ ତାକୁ ଡାକିଲେ ନିଜ ଅଞ୍ଚଳର ସୁସ୍ୱାଦୁ ଜଳଖିଆ ଖୋଇବା ପାଇଁ ।

ଈଶ୍ୱରଙ୍କ ଅଶେଷ ଦୟା, ବାପା ଓ ବୋଉଙ୍କ ଆଶୀର୍ବାଦ ଓ ବେନୁଆ ଓ ଲକ୍ଷ୍ମୀର ବିଚକ୍ଷଣ ବୁଦ୍ଧି ପାଇଁ ଓଡ଼ଙ୍ଗା ଗାଁରେ ବେନୁଆର ସ୍ୱତନ୍ତ୍ର ପରିଚୟ ସୃଷ୍ଟି ହେଲା ।

ପାଠକେ, ବେନୁଆର ପୁଅ ଏବେ ମେଡ଼ିକାଲ କୋଚିଙ୍ଗ୍ ନେଉଛି ଭୁବନେଶ୍ୱରରେ ହଷ୍ଟେଲରେ ରହି ।

■

ସ୍ୱାଧୀନତାଃ ସୁବର୍ଣ୍ଣ ଜୟନ୍ତୀ

ସଦାନନ୍ଦ ତ୍ରିପାଠୀ

ସକାଳ ନଅଟା ବେଳକୁ ତାଙ୍କର ନିତ୍ୟକର୍ମ ସରିଥାଏ। ସେ ଲୁଗାପଟା ପିନ୍ଧି ପ୍ରସ୍ତୁତ ହୋଇଯାଆନ୍ତି। ବାହାରକୁ ଯିବା ପାଇଁ ଛିଣ୍ଡା ଚପଲ ଭିତରେ ପାଦ ଭର୍ତ୍ତି କଲା ବେଳେ ଝିଅ ଆସି ବାଟ ଓଗାଳେ। କହେ : ବାପା, ଚାଉଳ ସରିଯାଇଛି ବୋଲି କହିଥିଲି ପରା !

ସେ ଉତ୍ତର ଦିଅନ୍ତି : ସରିଯାଇଛି ? ହଁ, ହଁ, ଆସିବ, ଆସିବ।

କହିଦେଇ ସେ ତରତର ହେଇ ବାହାରି ଯାଆନ୍ତି। ପଦାକୁ ବାହାରିବା ମାତ୍ରେ ସେ ଦେଖନ୍ତି ତାଙ୍କର ଚବିଶ ବର୍ଷର ଭେଣ୍ଡା ପୁଅ 'ପେ... ପେ... ପେ... ପେ' ଅଥବା 'ବା... ବା... ଓ୍ୱା... ଓ୍ୱା' ଧ୍ୱନି କରି ରାସ୍ତା ଉପରେ, ସାହିର ଏ ମୁଣ୍ଡରୁ ସେମୁଣ୍ଡ ବା ସେମୁଣ୍ଡରୁ ଏମୁଣ୍ଡକୁ ଏକମୁହାଁ ଦୌଡ଼ୁଛି। କିମ୍ବା ସାହିର ନାଲିମାଟିଆ ରାସ୍ତା ଯେଉଁଠି ମୁଖ୍ୟ ସଡ଼କକୁ ଛୁଇଁଛି ସେଇଠି ଥିବା ପାନ ଦୋକାନ ପାଖରେ କେହି ବାଲୁଙ୍ଗା ଟୋକା ତା'ର ଦୁଇବାହୁକୁ ଭିଡ଼ି ଧରି ପଚାରୁଛି; ତୋ ନାଁ କ'ଣ ? ପୁଅ ଚିତ୍କାର କରି, ଉପରକୁ ମୁହଁ ଟେକି, ଆଖି ବନ୍ଦ କରି କହୁଛି : ମ...ହ୍ମା ଗନ୍ଇ ଶ-ନ୍। ବାଲୁଙ୍ଗା ଟୋକା ତାଚ୍ଛଲ୍ୟ କରୁଚି : ମହାତ୍ମା ଗାନ୍ଧି ଶରଣ ନୁହେଁ ବେ, ତୋ ନାନୀର... ମାନେ, ତୋ ନାଁ ନୀର। କହ, କହିଲୁ, ମୋ ନାନୀର...। ପୁଅ ବା...ବା... ଓ୍ୱା... ଓ୍ୱା କରି ହସୁଛି ଓ ତାଳି ମାରି କହୁଛି : ମୋ ନାନୀର...।

ସେ ପୁଅକୁ ଯେଉଁଠି, ଯେଉଁ ଅବସ୍ଥାରେ ବି ଦେଖନ୍ତୁ, ଘଡ଼ଘଡ଼ି ମାରିବା ପରି ଗର୍ଜନ କରନ୍ତି : ହାତ୍, ହତଭାଗା ! ଯା' ଘରକୁ ଯା'।

ମୁଖ୍ୟ ରାସ୍ତାକୁ ଆସିବା ପରେ ସେ ଡାହାଣକୁ ବୁଲି ପୂର୍ବମୁହାଁ ଚାଲନ୍ତି। ଅନ୍ତତଃ ବଜାର ଛକ ପାଖରେ ପହଞ୍ଚିବା ପୂର୍ବରୁ କେଉଁଠି ଅଟକନ୍ତି ନାହିଁ।

ଝିଅ ଜନ୍ମହେବାର ଛଅ ବର୍ଷ ପରେ ପୁଅଟି ଜନ୍ମ ହେଇଥିଲା ।

ତରୁଣ ବୟସରୁ, ସହରରେ, ସେ ନିଜକୁ ଜଣେ ସ୍ୱାଧୀନତା ସଂଗ୍ରାମୀ ରୂପେ ପ୍ରକୀର୍ତ୍ତିତ କରି ଆସିଥିବାରୁ ଓ ଗାନ୍ଧିଜୀଙ୍କ ପ୍ରତି ତାଙ୍କର ଅତିଶୟ ସମ୍ମାନବୋଧ ହେତୁ ସେ ପୁଅର ନାଁ ରଖିଥିଲେ ମହାତ୍ମା ଗାନ୍ଧି । ସାଙ୍ଗିଆ ଯୋଡ଼ିଲେ ପୂରା ନାଁଟି ମାହାତ୍ମା ଗାନ୍ଧି ଶରଣ । ନାଁଟି ଯେତେ ଚମକପ୍ରଦ କି ଯୁଗୋପଯୋଗୀ ହେଲେ କ'ଣ ହେବ ? ଏକେ ତ ଗ୍ରହଣ ଖଣ୍ଡିଆ, ପୁଣି ତା' ମୁଣ୍ଡଟି ଅତି ବିଶାଳ । ନାକ ତଳକୁ ଉପର ଓଠଟି କଟି ଯାଇଥିବା ଭଳି ଦୁଇଭାଗ ହେଇଯାଇଥିବାରୁ ଯେତେ କୁତ୍ସିତ ଦିଶେ, ବିଶାଳ ମୁଣ୍ଡଟି ଦିଶେ ତହୁଁବଳି ବିକଟାଳ । ବାଳୁତ ଅବସ୍ଥାରେ ସିଏ ଯେବେ ଗୋଡ଼ ହାତ ହଲାଇବା କଥା, ହଲାଇଲା ନାହିଁ । ଯେବେ ସେ ଧାରେ, ଖିଏ ହସି ପେଟେଇ ପଡ଼ିବା କଥା, ହାମୁଡ଼ିବା କଥା; ପେଟେଇଲାନି କି ହାମୁଡ଼ିଲାନି । ଯେବେ ମା...ମା, ବା...ବା, ଟା...ଟା, ନା...ନା କହିବା କଥା, କହିଲା ନାହିଁ । ଡାକ୍ତର ପରାମର୍ଶ ପରେ ଜଣାପଡ଼ିଲା ସିଏ ଗୋଟେ ମାନସିକ ବିକଳାଙ୍ଗ ଶିଶୁ । ଡାକ୍ତର ଆଶ୍ୱାସନା ଦେଲେ, ସଂପୂର୍ଣ୍ଣ ମାନସିକ ବିକଳାଙ୍ଗ ନୁହେଁ । ହୁଏତ ଶତକଡ଼ା ଷାଠିଏ । କିଛି କିଛି ବୁଝି ପାରିବ । ଏଭଳି ପିଲା ଭାରି ସ୍ନେହ କାଙ୍ଗାଳ । ହତାଦର କି ଉପେକ୍ଷା କଲେ ଭାରି ହିଂସ୍ର ହେଇଯାଆନ୍ତି । ଯିଏ ତାକୁ ଭଲପାଏ ବୋଲି ସିଏ ଜାଣିପାରିବ, କେବଳ ତା' କଥା ମାନିବ । ତାକୁ ସ୍ନେହ ସହାନୁଭୂତି ଦେଖାଇ ଛୋଟ ଛୋଟ କଥା ଶିଖାଇଲେ ସେ ଶିଖିଯାଇ ପାରିବ । ଛୋଟ ଛୋଟ କାମ, ବୋଲହାକ କରିପାରିବ । ଅନ୍ତତଃ ନିଜ କାମ ତ ନିଶ୍ଚୟ କରିପାରିବ । ଏଇ ଯେମିତି, ଦାନ୍ତ ଘଷିବା, ଶୌଚ ହେବା, ଗାଧୋଇବା, ଲୁଗା ବଦଳାଇବା, ଟିକିଏ ବିଳମ୍ବ ହେଲେ ବି ଶିଖିଯିବ, କରିବ । ଆପଣଙ୍କୁ କିନ୍ତୁ ଧୈର୍ଯ୍ୟ ରଖିବାକୁ ହେବ ।

ତା' ମା' ତାକୁ ଯାହା କୋଳରେ ପୂରାଇ ଶିଖାଉଥିଲା, ଲୁହ ଗଡ଼ାଉଥିଲା । କିନ୍ତୁ ହତଭାଗାଟାକୁ ପାଞ୍ଚ ବର୍ଷ ନ ପୂରୁଣୁ ତା' ମା ଚାଲିଗଲା ଆରପୁରକୁ । ତା'ପରେ ଦାୟିତ୍ୱ ପଡ଼ିଲା ଭଉଣୀ ଉପରେ । ଏଗାର ବର୍ଷର ଝିଅ ସମ୍ଭାଳିଲା ତାକୁ, ତା' ଦାୟିତ୍ୱ ତୁଲାଇଲା । ଯାହା ତା'ଠାରୁ ଆଶା କରାଯାଏନା ତା'ଠୁ ବଳି କାମ ସେ କରିପାରୁଛି । ଝିଅ ଯାହା ବତେଇଦେବ ନ ଅଟକାଇବା ଯାଏ ସିଏ ସେଇ କାମରେ ଲାଗିଥିବ । ଅନେକ କଥା ବି କହିବା ଶିଖିଯାଇ ପାରିଛି । କିନ୍ତୁ ଗ୍ରହଣ ଖଣ୍ଡିଆ ହେଇଥିବାରୁ କୁନ୍ଥେଇଲା ଭଳି, ଖନେଇଲା ଭଳି କହେ । କଥା କହିବା ବେଳେ ଓଠର ଫାଙ୍କ ଦେଇ ପବନ ଫିଟି ପଳାଏ । ପିଲାଟିର ସେଇ ଦୁର୍ଭାଗ୍ୟ ସାହି ମୁହଁରେ ଆଡ଼୍ଡା ମାରୁଥିବା ଛତରା ଟୋକାଙ୍କ ପାଇଁ ଗୋଟେ ଆମୋଦର ବିଷୟ । ବୃଥାଟାରେ ତାକୁ 'ନୀର' ବୋଲି ଗୋଟେ ଉପନାମ ଦେଇ ରୀତିମତ ନବରଙ୍ଗ ଚଳେଇଛନ୍ତି । ତାକୁ ଯୋଉଠି ଦେଖୁଛନ୍ତି, ଧରି ପକାଇ କହୁଛନ୍ତି – କହ, ମୋ

ନାଁ ନୀର...। ନ କହିଲେ ଚକ୍‌ଲେଟ, ମିଠେଇ ଦେଇ କୁହାଉଛନ୍ତି; ହୋ' ହୋ' ହେଇ ହସୁଛନ୍ତି।

ଝିଅର ବୟସ ଚାହୁଁ ଚାହୁଁ ତିରିଶ ଛୁଇଁଲାଣି। ବିଶେଷ ପଢ଼ାପଢ଼ି ବି କରିନି। କେମିତି କରନ୍ତା ? ଷଷ୍ଠ ଶ୍ରେଣୀରେ ପଢୁଥିବା ବେଳେ ମା'କୁ ହରାଇଲା। ଏଗାର ବର୍ଷର ଝିଅ ଉପରେ ପଡ଼ିଲା ଘରର ସମସ୍ତ ଦାୟିତ୍ୱ। ରନ୍ଧାବଢ଼ା, ଘରକରଣା କାମ, ଗବା ଭାଇଟିର ସେବା ଯତ୍ନ ଆଦି କରିବା ପରେ ସେ ହାଲିଆ ହେଇପଡୁଥିଲା । ମୋଟେ ଫୁରୁସତ୍ ପାଉ ନ ଥିଲା ସକାଳୁ ରାତି ଯାଏ। ସେମିତିରେ ବି ସିଏ ଆଉ ଦୁଇବର୍ଷ ସ୍କୁଲକୁ ଗଲା। ଅଷ୍ଟମ ଶ୍ରେଣୀରେ ପଢୁଥିବା ବେଳେ ଘରର ସମସ୍ତ କାମ ସାରି, ଭାଇକୁ ଖୁଆଇ ଦେଢ଼ କିଲୋମିଟର ଦୂରରେ ଥିବା ଗାର୍ଲସ୍ ସ୍କୁଲରେ ପହଞ୍ଚିବା ବେଳକୁ ସବୁଦିନ ତା'ର ଉଛୁର ହେଇଯାଉଥିଲା। ସେ ଆଉ ପାରିଲା ନାହିଁ। ପଢ଼ା ଛାଡ଼ିଦେଲା।

ଝିଅର ନାଁ ସେ ରଖିଥିଲେ କମଳା। କମଳା ହେଉଛି ଲକ୍ଷ୍ମୀଙ୍କର ଅନ୍ୟନାମ। ତାଙ୍କର ମଧ୍ୟ ବିଶ୍ୱାସ ଥିଲା ଯେ ପ୍ରଥମ ସନ୍ତାନଟି ଝିଅ ହେଲେ ଘରକୁ ଲକ୍ଷ୍ମୀ ଆସନ୍ତି। ତା'ଛଡ଼ା ଝିଅଟିର ମୁହଁ ପିଲା ଦିନରୁ ହିଁ ଦିଶୁଥିଲା ଗୋଟିଏ କମଳା ପରି ଗୋଲ। ତଳ ଆଡ଼କୁ ଦବି ଯାଇଥବା ଭଳି ତାଳୁ। ଫୁଲୁକା ଗାଲ। ଥୋଡ଼ି ତଳକୁ ଛୋଟ ଏକ ଗୋଲାକୃତିର ଖାଲ। ତା' ଦେହର ରଙ୍ଗ ନାରଙ୍ଗୀ। ମା' ଚାଲିଯିବା ପରେ ଘର ଖଟିଣିରେ ଏତେ କଷ୍ଟ ଭୋଗି, ବହୁ ପ୍ରକାର ହନ୍ତସନ୍ତ ହୋଇ ସୁଦ୍ଧା ତା'ର ବୟସ ଉପଗତ ହେବାରୁ ଆଖିକୁ ଜଳକା କରିଦେବା ଭଳି ଉଜ୍ଜ୍ୱଳି ଉଠିଲା ତା' ରୂପ। ବୟସ ଯେତେ ଯେତେ ବଢ଼ିଲା, ସେ ସେତେ ସେତେ ବଢ଼ିଆଳ ଦିଶିଲା। ନଈକୁ କି କଳ ପାଖକୁ ପାଣି ପାଇଁ ଗଲେ ଲୋକଙ୍କର ନଜର ପଡ଼ିଲା। ସେ ଛନକାରେ ପଦାକୁ ବାହାରିଲା ନାହିଁ। ଯେତେ ଛକାପଞ୍ଝାରେ ବାହାରିଲେ ବି କେଉଁଠି ଛକିଥା'ନ୍ତି ସେ ଛଉକା ଟୋକା, କେଉଁ ଛଟକରେ ଆସି ବାଟ ଛେକନ୍ତି। ଛିନିକାନିଆ ହୋଇ ଝିଅ ଛୁଟିଆସେ ଘରକୁ। ଏତେ ଛିଟକୁଟିଆକୁ କିଏ ପାରେ ? ସେ ଝିଅଠି ସେତିକି ଜ୍ୟୋତି ଅଛି ବୋଲି ଯାବତୀୟ ଝିଞ୍ଜଟରୁ ମୁକୁଳି ନିଜ ମାନମହତ ବଞ୍ଚାଇ ରଖିପାରିଛି। ତା' ନ ହେଲେ, ସେ ସାହି ଯାହା ସେଠାକୁ ଯଦି ମାତ୍ର କେଇମୁହୂର୍ତ୍ତ ପାଇଁ ପୂର୍ଣ୍ଣିମାର ଜହ୍ନ ଓହ୍ଲାଇଆସେ, ଅମାବାସ୍ୟାର ଚନ୍ଦ୍ର ହୋଇ ତାକୁ ଲେଉଟିବାକୁ ପଡ଼ିବ। ଏପରିକି ସୂର୍ଯ୍ୟ ବି ଅବତରଣ କଲେ ହରାଇ ବସିବ ତା'ର ସମସ୍ତ ଦୀପ୍ତି।

ସ୍ୱାଧୀନତା ସଂଗ୍ରାମୀ ପତିତପାବନ ଶରଣ ଜାଣିଶୁଣି ସେହି ବେଶ୍ୟା ବସ୍ତିରେ ଘରଟିଏ କିଣିଥିଲେ ତାଙ୍କ ଯୌବନ କାଳରେ। ଇଟା ଓ ମାଟିରେ ତିଆରି ସେ ଛଣଛପର ଘର।

ସହରଠାରୁ ଦୁଇ କିଲୋମିଟର ଦୂରରେ ତାଙ୍କର ଗାଁ। ସେ ମଧ୍ୟ, ତାଙ୍କ ପୁଅ ଭଳି, ପାଞ୍ଚ ବର୍ଷ ବୟସରେ ମା'କୁ ହରାଇଥିଲେ। ତେବେ ତାଙ୍କର ଆଉ ଭାଇ କି ଭଉଣୀ କେହି

ନ ଥିଲେ । ବାପା ହିଁ ଥିଲେ ତାଙ୍କ ପାଇଁ ସବୁକିଛି । ଗାଁ ସ୍କୁଲରୁ ତୃତୀୟ ଶ୍ରେଣୀ ପାଶ୍ କରିବା ପରେ ପ୍ରତିଦିନ ଗାଁରୁ ସହରକୁ ଯା'ଆସ କରି ତାଙ୍କୁ ପାଠ ପଢ଼ିବାକୁ ପଡ଼ିଥିଲା । ଚତୁର୍ଥ ଶ୍ରେଣୀରେ ପଢ଼ିବା ବେଳୁ ତାଙ୍କର ସହର ସହ ସଂପର୍କ । ଛୟାଳିଶ ସାଲରେ, ଅଷ୍ଟମ ଶ୍ରେଣୀରେ ପଢୁଥିବା ବେଳେ, ଗାନ୍ଧିଜୀଙ୍କ ଡାକରାରେ ଉଦ୍ଦୀପିତ ପତିତ ପାବନ ବହି ବସ୍ତାନି ସ୍କୁଲରେ ଛାଡ଼ିଦେଇ ସ୍ୱାଧୀନତା ଆନ୍ଦୋଳନରେ ଝାସ ଦେଇଥଲେ । ପୋଲିସ୍ ତାଙ୍କୁ ଗିରଫ କରିଥିଲା ଓ ପରେ ଛାଡ଼ି ଦେଇଥିଲା । ସେ କିନ୍ତୁ ଆଉ ସ୍କୁଲକୁ ଫେରିଲେ ନାହିଁ । ପଢ଼ା ଛାଡ଼ିଦେଇ ସକ୍ରିୟ ଭାବେ ନିଜକୁ ଦେଶସେବାରେ ନିୟୋଜିତ କଲେ ।

ପତିତ ପାବନଙ୍କର ବୟସ ଚବିଶ ପୂରିବା ପରେ ପରେ ତାଙ୍କ ବାପା ଇହଧାମ ତ୍ୟାଗ କଲେ । ଏବେ ତାଙ୍କ ପୁଅର ବୟସ ଚବିଶ । ତାଙ୍କ ଭଳି ତାଙ୍କ ପୁଅ ବି ପାଞ୍ଚ ବର୍ଷ ବୟସରେ ମାତୃହରା ହେଲା । ତାଙ୍କ ଭଳି ସେ ଯଦି ଚବିଶ ପୂରିବା ପରେ ପରେ ପିତୃହରା ମଧ୍ୟ ହୁଏ ! କାଳେ ତାଙ୍କର ମୃତ୍ୟୁବରଣ କରିବା ସମୟ ପାଖେଇ ଗଲାଣି - ସେଇ ଚିନ୍ତାରେ କିଛିଦିନ ହେଲା ପତିତ ପାବନ ବେଶ୍ ଘାରି ହେଉଛନ୍ତି । ଯଦି ସେ ସତରେ ଆକସ୍ମିକ ଭାବେ ଚାଲିଯାଆନ୍ତି; କ'ଣ କରିବେ ତାଙ୍କର ତିରିଶ ବର୍ଷର ଅବିବାହିତା ଦରବୁଢ଼ୀ ଝିଅ ଓ ମାନସିକ ବିକଳାଙ୍ଗ ଭେଣ୍ଡାପୁଅ; ଯାହାଙ୍କର ନାଁ ସେ ରଖିଥିଲେ କମଳା ଓ ମହାତ୍ମା ଗାନ୍ଧି ?

ତାଙ୍କ ନିଜ କଥା ଅଲଗା ଥିଲା । ତାଙ୍କ ବାପା ତାଙ୍କ ପାଇଁ ଛାଡ଼ି ଯାଇଥିଲେ କିଛି ଗଚ୍ଛିତ ଅର୍ଥ, ଆସବାବପତ୍ର, ଗାଁରେ ଆଠ ଡେସିମିଲ ଡିହ ଉପରେ ଚାରିବଖରା ମାଟିଘର, ପୋଏଞ୍ଚାଟି ଗାଈ-ବାଛୁରୀ ଓ ପ୍ରାୟ ପାଞ୍ଚ ଏକର ଉର୍ବର ଜମି । କିନ୍ତୁ ସେ ତାଙ୍କର ପିଲା ଦୁଇଟି ପାଇଁ କ'ଣ ବା ରଖି ପାରିଛନ୍ତି, ସହରର ଘୃଣ୍ୟ ବେଶ୍ୟା ବସ୍ତିରେ ସେହି ମାଟି ତିଆରି ଘରଟି ଛଡ଼ା ?

ବାପାଙ୍କ ମୃତ୍ୟୁ ପରେ ସହରରେ ସ୍ଥାୟୀଭାବେ ବସବାସ କରିବା ପାଇଁ ସେ ଘର ଖଣ୍ଡେ କିଣିବାକୁ ଚାହିଁଲେ । ଭଲ ଭଲ ଜାଗାରେ ଘରଡ଼ିହ ମିଳୁଥିଲା । କିନ୍ତୁ ପୂର୍ବରୁ ତିଆରି ହୋଇସାରିଥିବା ଘର ସହସା ମିଳିଲା ନାହିଁ । ଡିହଖଣ୍ଡେ କିଣି ଘର ତିଆରି କରିବାକୁ ତାଙ୍କର ଧୈର୍ଯ୍ୟ କି ସମୟ ନ ଥିଲା । କୃଷି ଉପରେ ନିର୍ଭର କରି ଗାଁରେ ନିସ୍ତରଙ୍ଗ ଭାବେ ପଡ଼ି ରହିବାକୁ ସେ ମୋଟେ ଚାହୁଁ ନ ଥିଲେ । ତାଙ୍କର ଉଦ୍ଦେଶ୍ୟ ଥିଲା, ଜୀବନରେ ସେ ଜଣେ ବିଶିଷ୍ଟ ଲୋକ ହେବେ । କାଳ ବିଳମ୍ବ ନ କରି ସହରକୁ ଉଠି ଆସିବା ମାତ୍ରେ ବିଧିବଦ୍ଧ ଭାବେ ସମାଜସେବା କାର୍ଯ୍ୟ କରିବା ପାଇଁ ସେ ବ୍ୟଗ୍ର ହୋଇଉଠିଲେ । ତାଙ୍କର ଯୋଜନା ଥିଲା ସହରକୁ କେନ୍ଦ୍ର କରି ସେ ଆରମ୍ଭ କରିବାକୁ ଥିବା ସମାଜସେବା କାଳକ୍ରମେ ଚତୁର୍ଦ୍ଦିଗରେ ଛୋଟ ଛୋଟ ଗାଁଗଣ୍ଡାକୁ ବିସ୍ତାରିତ ହେବ ।

ଖବର ମିଳିଲା, ଦାରୀ ସାହିରେ ଘରଟିଏ ବିକ୍ରି ହେବ। ଘର ମାଲିକ ନାମମାତ୍ର ମୂଲ୍ୟରେ ସପ୍ତାହକ ମଧ୍ୟରେ ଘରଟି ବିକ୍ରି କରିଦେବାକୁ ସ୍ଥିର କରିସାରିଛନ୍ତି। ଅନ୍ୟ କେଉଁଠି ସେ ନିଜ ପାଇଁ ଗୋଟିଏ ଭଡ଼ା ଘର ବୁଝି ସାରିଲେଣି।

: ନିଜ ଘର ଥାଉଥାଉ ଭଡ଼ାଘରେ ରହିବାକୁ ଏତେ ଆଗ୍ରହ କାହିଁକି ? ଅନେକ ବର୍ଷ ଧରି ସେହି ଘରେ ରହିଆସୁଥିବା ଭଦ୍ରଲୋକ ହଠାତ୍ ଘରଟି ପ୍ରତି ଏତେ ବିମୁଖ ହେଇ ପଡ଼ିବାର କାରଣ କ'ଣ? ପତିତ ପାବନ ପ୍ରଶ୍ନ କଲେ ଖବର ଦେଇଥିବା ଲୋକଟିକୁ।

ଲୋକଟି ଉତ୍ତର ଦେଲା: ଘର ପ୍ରତି ବିମୁଖ ହୋଇନାହାନ୍ତି। ତାଙ୍କର ବିରକ୍ତିଟା ସେ ସାହିର ବାତାବରଣ ପ୍ରତି। ଦେହର କୌଣସି ଜାଗାରେ କେନ୍‌ସର ହେଲେ ଘା' ଯେମିତି ଦୂରକୁ ଦୂରକୁ, ଅଭ୍ୟନ୍ତରକୁ ମାଡ଼ି ମାଡ଼ି ଯାଏ, ଦାରୀ ସାହିର ପରିବେଶ ସେମତି ଦିନକୁ ଦିନ ଅଧିକ କଳୁଷିତ ହେଇ ଚାଲିଛି।

ଯୁବକ ପତିତପାବନ ଭାରି ଗମ୍ଭୀର ଠାଣିରେ କହିଲେ : ଆମର ଏଇ ସହରରେ, ଲୋକମାନଙ୍କ ମଧ୍ୟରେ, ସଚେତନତାର ଘୋର ଅଭାବ ରହିଛି। ଏଠି ସେପରି ଉପଯୁକ୍ତ ସମାଜସେବୀ ମଧ୍ୟ କେହି ନାହାନ୍ତି। ଦେଶ ସ୍ୱାଧୀନ ହେବା ପରେ ସ୍ୱାଧୀନତା ସଂଗ୍ରାମୀମାନେ କେବଳ ଦଳୀୟ ରାଜନୀତିରେ ମାତିଲେ ନ ହେଲେ ଟାଉଟରୀ କଲେ। ଗାନ୍ଧିଜୀଙ୍କ ଆଦର୍ଶରେ କେତେଜଣ ବା ଅନୁପ୍ରାଣିତ ହୋଇ ପ୍ରକୃତ ଦେଶସେବା ପାଇଁ ମନପ୍ରାଣ ଢାଳିଛନ୍ତି ? ଏପରି ପରିସ୍ଥିତିରେ, ବ୍ରିଟିଶ୍ ଅମଳରୁ ଲାଇସେନ୍ସ ପାଇ ବେଶ୍ୟାବୃତ୍ତି କରୁଥିବା ଗଣିକାମାନଙ୍କ ସାହିର ପରିବେଶ ଅଧିକ କଳୁଷିତ ନ ହୋଇ ଆଉ କ'ଣ ପବିତ୍ର ହୁଅନ୍ତା ?

କଥାଟା ସେୟା ନୁହେଁ; ଲୋକଟି ବୁଝାଇଲା। ସାହିରେ ଷାଠିଏରୁ ଅଧିକ ଘର ଅଛି। ସବୁ ଘର ତ ବେଶ୍ୟାମାନଙ୍କର ନୁହେଁ। ନଈକୂଳଠୁଁ ଏପଟକୁ ରାସ୍ତାର ଦୁଇ କଡ଼ରେ ବେଶିରୁ ବେଶି ଅଠର କି କୋଡ଼ିଏଟି ଘର ସେଇ ଲାଇସେନ୍ସପ୍ରାପ୍ତ ବେଶ୍ୟାମାନଙ୍କର ଥିଲା। ତା'ପରଠୁଁ ମୁଖ୍ୟ ରାସ୍ତା ପର୍ଯ୍ୟନ୍ତ ଦୁଇ ଧାଡ଼ିରେ ଅନ୍ୟୂନ ଚାଳିଶରୁ ଊର୍ଦ୍ଧ୍ୱ ଘର ଥିଲା ଭଦ୍ରଲୋକମାନଙ୍କର। ଏବେ ପରିସ୍ଥିତି ଏମିତି ହେଲାଣି ଯେ ନଈକୂଳ ଆଡୁ ସେ କଳଙ୍କ ମାଡ଼ି ମାଡ଼ି ଆସି ସାହିର ଅଧାରୁ ଅଧିକ ଘରେ କଳଙ୍କ ଲାଗି ସାରିଲାଣି। ଲାଇସେନ୍ସ ଥାଇ ଯିଏ ଦେହ ବ୍ୟବସାୟ କରୁଛି, କରୁଥାଉ। କିନ୍ତୁ ଏଣେ ଲୁଚାଛପାରେ ଭଲ ଘରର ଝିଅ ବୋହୂମାନେ ମଧ୍ୟ ମାନମହତକୁ ନଈରେ ଭସାଇ ସାରିଲେଣି। 'ପେଟ ପୋଷ, ନାହିଁ ଦୋଷ' ବୋଲି କହିଦେଇ ଆଖି ବୁଜି ତ ରହିହେବନି। ଭଦ୍ରଲୋକ ଯେମିତି ଜାଣିଲେ ତାଙ୍କ ପଡ଼ିଶା ଘର ପର୍ଯ୍ୟନ୍ତ ସେ ସାମାଜିକ ବ୍ୟାଧି ମାଡ଼ି ଆସିଲାଣି, ସାଙ୍ଗେ

ସାଙ୍ଗେ ତାଙ୍କ ମୁଣ୍ଡକୁ ବିଛା କାମୁଡ଼ିଲା । ଘରେ ଦୁଇଟା ବଢ଼ିଲା ଝିଅ । ପୁଅ ମଧ୍ୟ ମେଟ୍ରିକ ପଢ଼ିଲାଣି । ତେଣୁ ସେ ଘରଟି ତୁରନ୍ତ ବିକ୍ରି କରିଦେବାକୁ ଏକ ପ୍ରକାର ଶପଥ ନେଇସାରିଛନ୍ତି ।

ପତିତ ପାବନ ତାଚ୍ଛଲ୍ୟ କଲେ : ଇଏ ହେଲା ଆମ ଲୋକଙ୍କର ସମାଜ ପ୍ରତି ଦାୟିତ୍ୱବୋଧ । ରୋଗକୁ ଦୂର କରିବାକୁ କେହି ଆଗେଇ ଆସିବେନି । ସମସ୍ତେ ରୋଗଠାରୁ ଦୂରକୁ ଦୂରକୁ ଚାଲିଯାଇ ଖାଲି ନିଜକୁ ବଞ୍ଚାଇ ରଖିବାକୁ ବିକଳ । କି'ହେ, ବାଘ ଯଦି ଗାଁରେ ବୁଲୁଚି, ତମେ ଗାଁର ଯେଉଁପାଖରେ ରହିଲେ ବି ତୁମକୁ ଦିନେ ତା'ର ଶିକାର ହେବାକୁ ପଡ଼ିପାରେ, କି ନାଇଁ ? ହେଇପାରେ, ବିଳମ୍ବରେ ତୁମର ପାଳି ପଡ଼ିବ । ତମେ ତ ଆଉ ଗାଁ ଛାଡ଼ି, ସମାଜ ଛାଡ଼ି କୁଆଡ଼େ ପଳେଇ ଯାଇ ପାରିବନି ! ସମସ୍ତେ ଯଦି ନିଜ ନିଜ ଘରେ କବାଟ କିଲି ରହିବେ; ବାଘକୁ ମାରିବ କିଏ ? ମିଳିମିଶି ଗୋଟେ ଚେଷ୍ଟା କରିବା ଅପେକ୍ଷା ବିକଳ ହେଇ ଧାଇଁବାରେ କ'ଣ ଏମିତି ପୌରୁଷ କି ବୁଦ୍ଧିମତ୍ତା ଅଛି ? ଯେପର୍ଯ୍ୟନ୍ତ ବାଘ ମରି ନାହିଁ, ସେ ପର୍ଯ୍ୟନ୍ତ, ତୁମେ ଯେଉଁଠି ରହିଲେ ବି, ଜମା ନିରାପଦ ନୁହଁ ।

କହିସାରି ପତିତ ପାବନ ନିଜର ନିଷ୍ପତ୍ତି ଶୁଣାଇଲେ : ଠିକ୍ ଅଛି, ଆମେ ସେ ଘରେ ରହିବା !

ପତିତ ପାବନ ଖୁବ୍ ଶସ୍ତାରେ ସେ ଘରଟି କିଣିଲେ । ଅବିଳମ୍ବେ ବାହାର ପଟ କାନ୍ଥରେ ଲଗାଇଲେ ନିଜର ନାମ ଫଳକ:

ଶ୍ରୀଯୁକ୍ତ ପତିତ ପାବନ ଶରଣ
ସ୍ୱାଧୀନତା ସଂଗ୍ରାମୀ ଓ ସମାଜସେବୀ

ସମାଜସେବାରେ ବ୍ୟସ୍ତ ରହି, ସହରସାରା ଓ ସହରର ଚତୁର୍ଦ୍ଦିଗରେ ଥିବା ଗାଁଗଣ୍ଡାରେ ଘାଇଁଘାଇଁ ବୁଲି ବିତିଗଲା ସମୟ । ତାଙ୍କର ଅନ୍ୟ କୌଣସି କାମଧନ୍ଦା ନ ଥିଲା । ତଥାପି ସେ ଏତେ ବ୍ୟସ୍ତ ରହୁଥିଲେ ଯେ ହେଲେଇ ହେଲେଇ ଶେଷକୁ ବାହା ହେଲା ବେଳକୁ ତାଙ୍କର ବୟସ ବତିଶ ।

ସହରରେ ସେତେବେଳକୁ ଅଳ୍ପ କେତେଜଣ ସ୍ୱାଧୀନତା-ସଂଗ୍ରାମୀ ଅବଶ୍ୟ ଥିଲେ । କିନ୍ତୁ ସମସ୍ତେ ଥିଲେ ତାଙ୍କଠାରୁ ବୟୋଜ୍ୟେଷ୍ଠ ଓ ନିଜ ନିଜ ସ୍ୱାର୍ଥ ସାଧନରେ ବ୍ୟସ୍ତ । ତଥାପି ସେମାନଙ୍କୁ ସର୍ବଦା ଲୋକ ବେଢ଼ି ରହୁଥିଲେ ଓ ନିରୋଳା ସମାଜସେବା କରିବାକୁ ପତିତ ପାବନଙ୍କ ଆଦର୍ଶରେ ଉଦ୍‌ବୁଦ୍ଧ ହୋଇ ତାଙ୍କ ଆଡ଼କୁ କେହି ଆଗେଇ ଆସୁ ନ ଥିଲେ । ପତିତ ପାବନଙ୍କର ବ୍ୟକ୍ତିତ୍ୱ ଫିକା ପଡ଼ି ଯାଉଥିଲା । ନିଜର କିଛି ଅନୁଗାମୀ ସୃଷ୍ଟି କରିବାକୁ ସେ ତାଙ୍କ ପିତୃ ଅର୍ଜିତ ସଂପତ୍ତିରେ ଲୋକମାନଙ୍କୁ ଚା' ଜଳଖିଆ ଖୁଆଇଲେ ।

ଛକରେ, ହୋଟେଲ, ବସଷ୍ଟାଣ୍ଡ ଓ ସିନେମା ଘର ପାଖରେ ଖଟି କଲେ । ଆସ୍ତେ ଆସ୍ତେ ବିକିଲେ ଗାଈ ବାଛୁରୀ, ଗାଁର ଜମି, ଘରଡ଼ିହ ।

ପତିତ ପାବନ ସେ ସହରରେ ବେଶ୍ ଜଣାଶୁଣା ଲୋକ ହେଇଗଲେ । ଜଣେ ମାନ୍ୟଗଣ୍ୟ ମଣିଷ ଭାବେ ପରିଚିତ ହେଲେ । ସେ ସମୟଟା ହିଁ ବୋଧେ ଥିଲା ସେହିପରି । ସେ ଯୁଗର ହୁଏତ କିଛି ବିଶେଷତ୍ୱ ଥିଲା । ସର୍ବଦା ଲୋକମାନେ ତାଙ୍କୁ ବେଢ଼ି ରହୁଥିଲେ । ତାଙ୍କ କଥା ମନଧ୍ୟାନ ଦେଇ ଶୁଣୁଥିଲେ । ବେଶ୍ କିଛି ବର୍ଷ ସେ ଲୋକମାନଙ୍କୁ ଶୁଣାଇଥିଲେ ନିଜ ସ୍ୱାଧୀନତା ସଂଗ୍ରାମର ଅନୁଭୂତି । ଅସହଯୋଗ ଆନ୍ଦୋଳନ, ଲବଣ ସତ୍ୟାଗ୍ରହ, ଭାରତ ଛାଡ଼ ଆନ୍ଦୋଳନ, ସାଇମନ୍ କମିଶନ୍, ଗୋଲ ଟେବୁଲ ବୈଠକ, ଜାଲିଆନାୱାଲାବାଗ୍ ସଂହାର ସଂପର୍କରେ ସେ ଏପରି ବର୍ଣ୍ଣନା ସବୁ ଦେଉଥିଲେ, ଯେମିତିକି ସେସବୁ ତାଙ୍କର ନିଜ ଆଖିଦେଖା କଥା, ନିଜ ଅନୁଭୂତି । ତାଙ୍କ କଥା ଶୁଣି ଲୋକମାନେ ଆଶାତୀତ ଭାବେ ରୋମାଞ୍ଚିତ ହେଉଥିଲେ ।

ସେ ସମୟର କଥା ଅଲଗା ଥିଲା । ସହରର ଯେକୌଣସି ସ୍ଥାନରେ ତାଙ୍କୁ ଦେଖିବା ମାତ୍ରେ ଲୋକେ ଅଟକାଇ ଦେଉଥିଲେ । ଚା' ପାଣି ଆସୁଥିଲା । ପାନ, ସିଗାରେଟ୍ ଆସୁଥିଲା । ତାଙ୍କ ସାନ୍ନିଧ୍ୟ ପାଇ ଲୋକମାନେ କୃତକୃତ୍ୟ ହେଉଥିଲେ । ସମ୍ମାନର ସହିତ ତାଙ୍କୁ ସମ୍ବୋଧନ କରୁଥିଲେ – 'ପତିତ ପାବନ ବାବୁ' ।

ନେହେରୁ ଗଲେ, ଶାସ୍ତ୍ରୀଜୀ ଚାଲିଗଲେ, ଶ୍ରୀମତୀ ଗାନ୍ଧି ଗଲେ ଓ ରାଜୀବ ମଧ୍ୟ ଚାଲିଗଲେ । ଏପରି ବିଷମ ସମୟ ଆସି ଉପସ୍ଥିତ ହେଲା; ସଂସାରର ରୀତି ଏମିତି ବିପରୀତ ପଥ ଆଦରି ନେଲା ଯେ – ଜନନାୟକ, ବୟୋଜ୍ୟେଷ୍ଠ ଲୋକଙ୍କ ପ୍ରତି କାହା ମନରେ ଆଉ କିଛି ସମ୍ମାନବୋଧ ରହିଲା ନାହିଁ । କାଁ ଭାଁ କିଏ ତାଙ୍କୁ 'ପତିତ ବାବୁ' ବୋଲି ସମ୍ବୋଧନ କଲେ । ଅନ୍ୟଥା ଅଧିକାଂଶ ଲୋକ ତାଙ୍କୁ ତାଙ୍କର ସାଙ୍ଗିଆ ଅନୁଯାୟୀ ଚିହ୍ନିଲେ । ଏପରିକି 'ଶରଣ ବାବୁ' ବୋଲି ସୁଦ୍ଧା ସମ୍ବୋଧନ ନ କରି ଅବଜ୍ଞା କଲାଭଳି କହିଲେ ଶରଣ, ଶରଣେ, ଶରଣ ବୁଢ଼ା ବା ଶରଣ ସ୍ୱାଧୀନତା ସଂଗ୍ରାମୀ ।

ତାଙ୍କ ପାଇଁ ପରିସ୍ଥିତି ସବୁଠୁ ବେଶୀ ବିଷମ ଓ ଉତ୍କଟ ହେଇଗଲା ପାଞ୍ଚବର୍ଷ ତଳେ । ସହରର ସାହିଗୁଡ଼ିକର ପୁରୁଣା ନାଁ ସବୁ ବଦଳାଇବା ନିମନ୍ତେ ପୌର ପରିଷଦ ତରଫରୁ ଏକ ନାଗରିକ କମିଟି ଡକା ଯାଇଥିଲା । ସେଇଠି ପତିତ ପାବନ ଅଡ଼ି ବସିଲେ, ଦାରୀ ସାହି ନାଁରେ ସହରର ଆବାଳବୃଦ୍ଧବନିତାଙ୍କ ଠାରେ ପରିଚିତ ତାଙ୍କ ସାହିର ନାମ ମଧ୍ୟ ପରିବର୍ତ୍ତନ କରାଯାଉ । ପୌର ପରିଷଦର କାଉନ୍ସିଲର ହେଇଥିବା ଜଣେ ଯୁବ ଓକିଲ କହିଲେ–ଦାରୀ ସାହିର ନାଁ ଦାରୀ ସାହି ନ ରଖି ଆଉ ଯାହା ରଖିଲେ ବି କ'ଣ ଫରକ ପଡ଼ିବ ? ବ୍ରାହ୍ମଣ ସାହିର ନାଁ ଗୋପବନ୍ଧୁ ସାହି, କରଣ ସାହିର ନାଁ ମଧୁସୂଦନ

ସାହି, ହାଡ଼ି ସାହିର ନାଁ ଆମ୍ବେଦକର ନଗର ରଖାଯିବା ଭଳି ଦାରୀ ସାହିଟାକୁ ତ କୌଣସି ମହାପୁରୁଷଙ୍କ ନାମରେ ନାମିତ କରାଯାଇ ପାରିବନି ?

ପତିତ ପାବନ ଅତି କଷ୍ଟରେ ଯୋଗାଡ଼ କରି ସାଙ୍ଗରେ ନେଇଥିବା ଦୁଇଜଣ ସମର୍ଥକଙ୍କ ମଧ୍ୟରୁ ଜଣେ ପ୍ରତିବାଦ କଲା - କାହିଁକି ହେଇ ପାରିବନି ? ଓ ପ୍ରସ୍ତାବ ଦେଲା - ଦାରୀ ସାହିର ନାଁ ପତିତ ପାବନ ସରଣୀ ରଖା ଯାଇପାରେ ।

ସଭାଗୃହରେ ପ୍ରବଳ ହାସ୍ୟରୋଳ ସୃଷ୍ଟି ହେଲା ।

ଚେୟାରମେନ ମହୋଦୟ କହିଲେ : ନାଇଁ, ନାଇଁ, ଦାରୀ ସାହିଟାକୁ କାହିଁକି ପତିତ ବାବୁଙ୍କ ଭଳି ପ୍ରାତଃସ୍ମରଣୀୟ ସ୍ୱାଧୀନତା ସଂଗ୍ରାମୀଙ୍କ ନାଁରେ ନାମିତ କରିବା ? ବରଂ ଲକ୍ଷହୀରା ନଗର ରହୁ ।

ପ୍ରସ୍ତାବଟି କାଟ୍ ଖାଇଯିବାରୁ ଭଗ୍ନ ମନୋରଥ ହୋଇ ସୁଦ୍ଧା, ଚେୟାର୍‌ମେନ୍ ତାଙ୍କୁ ଜଣେ ପ୍ରାତଃସ୍ମରଣୀୟ ସ୍ୱାଧୀନତା ସଂଗ୍ରାମୀ ବୋଲି କହିଥିବାରୁ ପତିତ ପାବନ ଟିକିଏ ଉଲୁସି ଉଠିଲେ । ତାଙ୍କ ଆଡ଼କୁ ହେୟଜ୍ଞାନ କଲାଭଳି ଥରେ ଚାହିଁଦେଇ ଯୁବ କାଉନ୍‌ସିଲର କହିଲେ - ଦାରୀ ସାହିର ନାଁ ରତି ବିହାର, କେଳିକୁଞ୍ଜ, ବସନ୍ତ ନଗର କିମ୍ବା ରାଧାସାହି ରଖାଯାଉ ।

ପତିତ ପାବନ ଠିଆ ହେଇପଡ଼ି ଗର୍ଜନ କଲେ : ରାଧାଙ୍କୁ ତୁମେ ତା'ହେଲେ ଏହିଭଳି ଜାଣିଛ ? ପୌରାଣିକ ଚରିତ୍ର ପ୍ରତି, ନିଜର ପୂର୍ବପୁରୁଷଙ୍କ ପ୍ରତି ଏଇ ତୁମର ସମ୍ମାନବୋଧ ?

ପରିସ୍ଥିତି ଜଟିଳତା ଆଡ଼କୁ ଗତି କରୁଥିଲା । ଚେୟାରମେନ ହସ୍ତକ୍ଷେପ କଲେ । ପତିତ ପାବନଙ୍କୁ କହିଲେ : ଆପଣ ନ ହେଲେ ଆଉ ଗୋଟିଏ ଭଲ ନାଁ ପ୍ରସ୍ତାବ ଦିଅନ୍ତୁ ।

ପତିତ ପାବନ କହିଲେ : ସହରର ସମସ୍ତ ଶବକୁ ତ ସେଇ ସାହି ଭିତର ଦେଇ ନଈପଠାକୁ ନିଆଯାଏ ଓ ଦାହ କରାଯାଏ । ତେଣୁ ସାହିର ନାଁ 'ସ୍ୱର୍ଗଦ୍ୱାର' ରହୁ ।

ଯୁବ କାଉନ୍ସିଲର ବିଦ୍ରୂପରେ ସମର୍ଥନ କଲେ : ହଁ ତାହା ହିଁ ହେଉ । ବେଶ୍ୟା ସଂସର୍ଗରେ ମଧ୍ୟ ତ ମଣିଷ ସ୍ୱର୍ଗରେ ବିଚରଣ କଲାଭଳି ଅନୁଭବ କରିପାରେ । ସାହିର ନାଁ ସ୍ୱର୍ଗଦ୍ୱାର । ବଢ଼ିଆ ।

ଦାରୀ ସାହିର ବାଟ ମୁହଁରେ ବି ଗୋଟିଏ ଫଳକ ଲାଗିଲା । ତୀର ଚିହ୍ନ ଦେଖାଇ ଦିଆଗଲା ସାହି ଆଡ଼କୁ । ମୁଖ୍ୟ ରାସ୍ତାର ପାନ ଦୋକାନ କଡ଼ରେ ପୋତାଯାଇଥିବା ଖୁଣ୍ଟର ଶୀର୍ଷରେ, ଫଳକରେ ଥିବା ତୀର ଚିହ୍ନ ଉପରେ କଳା ଅକ୍ଷରରେ ଲେଖା ଯାଇଛି - ସ୍ୱର୍ଗଦ୍ୱାର ।

ଦାରୀ ସାହିର ନାଁ ବଦଳାଯାଇ ସ୍ୱର୍ଗଦ୍ୱାର ରଖା ଯାଇପାରିଲା । ଏତେ ବର୍ଷର ସମାଜସେବା ପରେ ଇଏ ତାଙ୍କର ବିରାଟ କୃତିତ୍ୱ; ସର୍ବଶ୍ରେଷ୍ଠ କୀର୍ତ୍ତି ।

ତା'ପରେ ପରେ କିନ୍ତୁ ସହରରେ ତାଙ୍କର ପ୍ରତିଷ୍ଠା ଆହୁରି କମି କମି ଗଲା। ସେ ଯେଉଁଠିକି ଗଲେ, ଯେଉଁଠି ଯାହା କହିଲେ; କିଛି ନବଯୁବକ ତାଙ୍କ ଉପରେ ଚଢିଥିବା ପରି ତାଙ୍କୁ ରୀତିମତ ତାଚ୍ଛଲ୍ୟ କରିବା ଆରମ୍ଭ କରିଦେଲେ। ଉପହାସ କରି କହିଲେ ବାଘ ଦେଖିନାହିଁ ଯଦି ବିରାଡ଼ି ଦେଖ। ଗାନ୍ଧି ବୁଢ଼ାକୁ ଦେଖିନ ଯଦି ଦେଖ ଶରଣ ବୁଢ଼ାକୁ। ଛୟାଳିଶ ମସିହାରେ, ମାତ୍ର ଚଉଦ ବର୍ଷ ବୟସରେ, ସ୍ୱାଧୀନତା ଆନ୍ଦୋଳନରେ ସାମିଲ ହୋଇଥିବା ଶରଣ ବୁଢ଼ାର ସଂଗ୍ରାମ ଓ ଅନୁଭୂତି ମୋହନଦାସ କରମଚାନ୍ଦ ଗାନ୍ଧିଙ୍କଠାରୁ ବି ଯଥେଷ୍ଟ ବେଶୀ।

ସେହି ଅସଂସ୍କୃତ ନବଯୁବକମାନେ, ଯୁବ କାଉନ୍‌ସିଲରର ବୁଦ୍ଧିରେ ପଡ଼ି ତାଙ୍କ ନାଁ ରଖିଲେ - ଶରଣ ସ୍ୱାଧୀନତା ସଂଗ୍ରାମୀ। ପରସ୍ପରର ସାଧାରଣ ଜ୍ଞାନ ପରୀକ୍ଷା କରିବା ଭଳି କିଏ ପ୍ରଶ୍ନକଲା : ଦେଶର ଦୁଇଜଣ ମୁଖ୍ୟ ସ୍ୱାଧୀନତା ସଂଗ୍ରାମୀଙ୍କ ନାମ କୁହ। ଅନ୍ୟଜଣେ ଉତ୍ତର ଦେଲା : ଗାନ୍ଧି ବୁଢ଼ା ଓ ଶରଣ ବୁଢ଼ା।

ପ୍ରଶ୍ନ ହେଲା : ଓଡ଼ିଶା ମାଟିର ତିନିଜଣ ପ୍ରମୁଖ ସ୍ୱାଧୀନତା ସଂଗ୍ରାମୀଙ୍କ ନାମ କୁହ। ଉତ୍ତର ମିଳିଲା : ବକ୍‌ସି ଜଗବନ୍ଧୁ ବିଦ୍ୟାଧର, ବୀର ସୁରେନ୍ଦ୍ର ସାଏ ଏବଂ ଶ୍ରୀଯୁକ୍ତ ପତିତ ପାବନ ଶରଣ।

: ଶ୍ରୀଯୁକ୍ତ ଶରଣଙ୍କର ନିବାସ ?

: ସ୍ୱର୍ଗଦ୍ୱାର।

ପତିତ ପାବନ ମନରେ ଭୀଷଣ କଷ୍ଟ ଅନୁଭବ କରନ୍ତି। ସମାଜସେବା କରିବାକୁ ସେ ଅନ୍ୟ କୌଣସି କାମଧନ୍ଦା ନ କରି ପିତୃଅର୍ଜିତ ସମସ୍ତ ସଂପତ୍ତି ସାରିଦେଲେ। ଏବେ ଘର ଚଳାଇବାକୁ ଅକ୍ଷମ। ଏଣେ, କେତେ ଅକୃତଜ୍ଞ ନୁହନ୍ତି ସମାଜର ମଣିଷମାନେ !

ଏବେ ତାଙ୍କର ବୟସ ଚଉଷଠି ଏବଂ ସେ କପର୍ଦ୍ଦକଶୂନ୍ୟ।

ଆଜିକାଲି ସେ ସକାଳ ନଅଟାରେ ଘରୁ ବାହାରି ଯାଆନ୍ତି। ଏକମୁହାଁ ଯାଇ ଶେଷରେ ଅଟକନ୍ତି ବଜାର ପାଖରେ। ସେଇ ପାଖରେ କଚେରୀ। ବଜାର ପାଖରେ ଚିହ୍ନାଲୋକ ଦେଖିଲେ କହନ୍ତି : ଆଉ, ପଟ୍ଟନାଇକେ। କେମିତି ଅଛ ? ସର୍ବ କୁଶଳ ତ ? କାଇଁ, ଏ ବୁଢ଼ା ସ୍ୱାଧୀନତା ସଂଗ୍ରାମୀ ପାଇଁ ଟିକିଏ ଚା' ଜଳଖିଆ ମଗାଅ।

କଚେରୀ ପାଖକୁ ଆସି କୌଣସି ଗାଉଁଲି ଲୋକକୁ ଦେଖିଲେ ସେ ଅତି ଆଗ୍ରହରେ ପଚାରନ୍ତି : ତମର କୋଉ ଗାଁ ହେ ?

: ବିଶ୍ୱନାଥପୁର।

: ଆଚ୍ଛା, ଆଚ୍ଛା ! ତମେ ତା'ହେଲେ ବିଶ୍ୱନାଥପୁରିଆ ? ଆଉ ତମ ଗାଁର ସେ ନରସିଂହ ନାୟକ ଅଛନ୍ତି ନା ମରିଗଲେଣି ? ଯାହା ବୋଲୁଛ ବୋଲ ପଛେ, ବୁଢ଼ା

କାଳକୁ ଅତି ଅନୀତି, ପ୍ରବଳ ପାପ କାମ ଗୁଡ଼ିଏ କଲେ। ସେ ଯୋ' ଟୋକାଟା - ସୁଖା ନା ସୁଖରାମ କ'ଣ ତା'ର ନାଁ; କ'ଣ କରୁଚି ଏବେ ? ଫୋନ୍ ଦୋକାନ ନା କ'ଣ ଗୋଟେ ଏଇଠେ କରିବ ବୋଲି ବୋଲୁଥିଲା, କରିବ ? ମହାଧୂର୍ତ୍ତ ସେ ଟୋକା ! ଫୋନ୍ ବିଭାଗର କେତେ ଜିନିଷ-ପତ୍ର ମାରିନେଇଚି, ଟଂକା ପଇସା ଖାଇଯାଇଚି ବୋଲି କ'ଣ ଶୁଣିବାକୁ ମିଳୁଥିଲା ! ହଉ ଛାଡ଼ ସେ କଥା। ଯିଏ ଯାହା କରୁ, ଆମର କ'ଣ ଯାଉଚି ? ଆମେ ତ ଆସି ବୁଢ଼ା ହେଲେ। ତମେ କୁଆଡ଼େ ଆସିଥିଲ ? କଚେରୀ କାମ କିଛି ଅଛି ?

: ହିଁ। ଗାଉଁଲି ଲୋକଟି କହେ।

: ସେ କଥା କହୁନ ? ସେତେବେଲୁ ଠିଆ ହେଇଚ ? ଖୁସିରେ ଉଚ୍ଛୁଳି ଉଠି ପତିତ ପାବନ କହନ୍ତି ଓ ଲୋକଟିକୁ ଏକ ପ୍ରକାର ଟାଣି ଟାଣି ନେଇ ମହାପାତ୍ର ଓକିଲ ପାଖରେ ହାଜର କରାଇ ଦିଅନ୍ତି।

ମହାପାତ୍ର ଓକିଲକୁ ମହକିଲ ଯୋଗାଇଦେଇ ଦିନ ଦୁଇଟା ପରେ ପତିତ ପାବନ ତା' ଆଗରେ ହାତ ପତାଇ ଦିଅନ୍ତି। ସେ କେବେ ପାଞ୍ଚ ସାତ ଟଙ୍କା ଦିଏ; କେବେ ଦିଏନା।

ପତିତ ପାବନ ଖାଲି ହାତରେ ଘରକୁ ଫେରିଲେ ବି ଝିଅ ବାଢ଼ିଦିଏ ଭାତ, ପାଣିଆ ଡାଲି ଓ କେବେ ଆଳୁ ଭରତା, କେବେ ଶାଗ, କେବେ କଟା ପିଆଜ। ସେ ଖାଇଦେଇ ଉଠନ୍ତି। ପଚାରନ୍ତି ନାହିଁ, ଚାଉଳ ନାଇଁ ବୋଲି କହୁଥିଲୁ ଝିଅ, କୋଉଠୁ ଆଣିଲୁ ? କେମିତି କଲୁ ?

ସେଦିନ ଘରକୁ ଫେରିଲା ବେଳକୁ ପତିତପାବନ ଭାରି ବିଷଣ୍ଣ ଓ ଫଣଫଣ ଦିଶୁଥିଲେ। କମଳା ବ୍ୟସ୍ତ ହୋଇ ପଚାରିଲା : କାହିଁକି ବାପା ଏତେ ଶୁଖିଲା ଦିଶୁଛ ?

ପତିତ ପାବନ କହିଲେ : ଏନ୍.ଏ.ସି. ଚେୟାରମେନ୍ ସାଙ୍ଗରେ ଟିକିଏ ପାଟିତୁଣ୍ଡ ହୋଇଗଲା। ଶଳେ, ଏତେ ଟିକସ ନେଉଛନ୍ତି। ରାସ୍ତାର ବତିଖୁଣ୍ଟ ଗୁଡ଼ାକରେ ଏବେ କେତେମାସ ହେଲା କେମିତି ବଲ୍‌ବ ସବୁ ଦେଉଛନ୍ତି ଯେ ଦିନେ ଦୁଇ ଦିନରେ ସେଗୁଡ଼ାକ ଫାଟି ଯାଉଛି। ମୁଁ ସେକଥା କହିବାରୁ କହିଲା - ଆଉ କୋଉଠି ତ ଫାଟୁନି, ଖାଲି ଆପଣଙ୍କ ସାହିରେ ଫାଟି ଯାଉଛି !

ପତିତ ପାବନ କହିଚାଲିଲେ; ଆଉ ପାଞ୍ଚ ଦିନ ପରେ ପୁଣି ଅଗଷ୍ଟ ପନ୍ଦର ପଡ଼ିବ। ପଚାଶତମ ସ୍ୱାଧୀନତା ଦିବସ। ଅଣଚାଶ ବର୍ଷ ପରେ ବି ମଣିଷ ଯେଉଁ ଅନ୍ଧାରକୁ ସେହି ଅନ୍ଧରରେ ? ମୁଁ ଗାଳିଗୁଲଜ କରିବାରୁ ସିଏ ମତେ ଗୋଟେ ଲୋଭ ଦେଖାଇଲା। ଏ ପତିତ ପାବନ ଗୋଟେ ମାନପତ୍ର ପାଇଁ କ'ଣ ଏତେ ତ୍ୟାଗ କରିଥିଲା ? ମତେ କହିଲା କ'ଣ ନା, ପଚାଶତମ ସ୍ୱାଧୀନତା ଦିବସ ଦିନ ଏଠାକୁ ଜଣେ ମନ୍ତ୍ରୀ ଆସୁଛନ୍ତି।

ପୌର ପରିଷଦ ତରଫରୁ ତାଙ୍କ ହାତରେ ମତେ ସହରର ଶେଷ ସ୍ୱାଧୀନତା ସଂଗ୍ରାମୀ ଭାବେ ଗୋଟେ ମାନପତ୍ର ଦିଆଯିବ। ଶଃ, ଡକେଇତ ଶଳେ !

ପତିତ ପାବନ ଅଭିଯୋଗ କରି ଚାଲିଯିବା ପରେ, ଚେୟାରମେନ୍ ତାଙ୍କ କର୍ମଚାରୀମାନଙ୍କୁ ସେହି କଥା ପଚାରିଲେ। ସବୁକଥା ଶୁଣି ବୁଝିଲେ ଯେ, ପ୍ରତି ମାସରେ ତଦାରଖ କରାଯାଇ ବଲ୍‌ବ ନ ଥିବା ଖୁଣ୍ଟରେ ବଲ୍‌ବ ଲଗାଯାଏ। କିନ୍ତୁ ବଲ୍‌ବ ଲାଗିବା ପରଦିନ ହିଁ ଦେଖାଯାଏ, କେବଳ ସ୍ୱର୍ଗଦ୍ୱାରର ପ୍ରଥମ ଦୁଇଟି ବା ତିନୋଟି ଖୁଣ୍ଟର ବଲ୍‌ବ ଭାଙ୍ଗି ଯାଇଥାଏ। ନଈ କୂଳରେ, ଲାଇସେନ୍ସପ୍ରାପ୍ତ ଗଣିକାମାନଙ୍କ ଘର ପାଖରେ ଥିବା ଦୁଇଟି ଖୁଣ୍ଟର ବଲ୍‌ବ ଅକ୍ଷତ ଥାଏ। ଅଥଚ ଆଶ୍ଚର୍ଯ୍ୟ, ମୁଖ୍ୟ ରାସ୍ତା ପରେ ପରେ, ଭଦ୍ର ଘର ଗୁଡ଼ିକ ପାଖରେ ଥିବା ଖୁଣ୍ଟ ଗୁଡ଼ିକର ବତି ଆଉ ନ ଥାଏ। ସବୁକଥା ଶୁଣି ଚେୟାରମେନ କହିଲେ : ହଁ ! ଜଣା ଯାଉଛି, ଲୁଚାଛପାରେ ଦେହ ବ୍ୟବସାୟ କରୁଥିବା ଦାରୀମାନଙ୍କର କାମ ଇଏ। ବଲ୍‌ବ ରହିଲେ ସିନା କେଉଁ ନାଗର କାହା ଘରେ ପଶିଲା ଜଣା ପଡ଼ିଯିବ !

ଅଗଷ୍ଟ ଚଉଦ ତାରିଖ ଦିନ ଖୁଣ୍ଟ ଗୁଡ଼ିକରେ ବଲ୍‌ବ ଲାଗିଗଲା। ପତିତ ପାବନ ପ୍ରସନ୍ନ ହେଲେ। ରାତି ପାହିଲେ ଅଗଷ୍ଟ ପନ୍ଦର। ପଚାଶତମ ସ୍ୱାଧୀନତା ଦିବସ। ପନ୍ଦର ତାରିଖ ଦିନ ବଡ଼ିଭୋରରୁ ପତିତ ପାବନ ଉଠି ଦେଖିଲେ ତାଙ୍କ ଝିଅ କମଳା ସକସକ ହୋଇ କାନ୍ଦୁଛି ଓ ପୁଅ ମହାତ୍ମା ଗାନ୍ଧି ଘରେ ନାହିଁ। ଗାନ୍ଧି ତ ଏତେ ଶୀଘ୍ର ଉଠେନା !

: ଗାନ୍ଧି କୁଆଡ଼େ ଗଲା ? ସେ ପଚାରିଲେ।

: ଥାନାରେ। ଝିଅ କହିଲା।

ପତିତ ପାବନ ଥାନାକୁ ଛୁଟିଗଲେ। ଗାନ୍ଧି ବେଞ୍ଚ ଉପରେ ବସିଥିଲା। ଘୁମେଇ ରହିଥିବା ଜଣେ କନେଷ୍ଟବଲକୁ ପତିତ ପାବନ ଜୋର୍‌ରେ ହଲାଇ ଦେଇ ତୀବ୍ର ସ୍ୱରରେ ପଚାରିଲେ : କାହିଁକି ଆଣିଛ ତାକୁ ?

କନେଷ୍ଟବଲ କହିଲା : ଇଏ ସବୁ ଖୁଣ୍ଟର ବତିଗୁଡ଼ାକୁ ପଥର ମାରି ଭାଙ୍ଗି ଦେଉଛି ଆଜ୍ଞା। କାଲି ରାତିରେ ଆମର ଜଣେ ହୋମଗାର୍ଡ ସ୍ୱର୍ଗଦ୍ୱାର ମୁହଁର ପାନ ଗୁମୁଟି ପାଖରେ ଛକିଥିଲା। ଚେୟାରମେନଙ୍କ ଅର୍ଡ଼ର। ରାତି ବାରଟା ଚାଳିଶି ବେଳକୁ ଇଏ ଘରୁ ବାହାରି ଏକା ଲାଖରେ ଗୋଟେ ବଲ୍‌ବ ଭାଙ୍ଗି ପକାଇଲା। ହୋମଗାର୍ଡ ଧରି ଆଣିଲା ଥାନାକୁ। ଇଏ ସବୁବେଳେ ଏମିତି କରୁଚି। ପଚାରିବାରୁ ହସି ହସି କହୁଚି : ମୋ ନାଁ ନୀର...। ବଲ୍‌ବ ଭାଙ୍ଗିବାକୁ ନାନୀ କହିଥିଲା।

■

ଉଚ୍ଚତା

ସୁପ୍ରିୟା ପଣ୍ଡା

ଅନିକେତଙ୍କୁ ନେଇ ସୁଖର ସଂସାର ଅମୃତାର। ସେ ଚାକିରି କରେ ଦୂରଦର୍ଶନରେ। ତା' ପୋଷ୍ଟରେ ଛୁଟି କମ୍, ଆଉ ଟ୍ୟୁର୍ ବି ଯିବାକୁ ପଡ଼େନା। ହେଲେ ସ୍ୱାମୀ ଯେଉଁ ବିଦେଶୀ ପ୍ରତିଷ୍ଠାନରେ କାମ କରନ୍ତି, ସେଠାରେ ଅନେକ ଦରମା, ଅବିଶ୍ରାନ୍ତ ଟ୍ୟୁର୍ ଆଉ ଛୁଟି ଏକ ନିଷିଦ୍ଧ ଶବ୍ଦ।

ଅର୍ଥନୀତିର ଛାତ୍ର ଥିଲେ ଅନିକେତ। ପ୍ରବଳ ମେଧାବୀ, କ୍ଷୁରଧାର ବୁଦ୍ଧି ତେଣୁ ସ୍ୱର୍ଣ୍ଣପଦକ ପାଇବା ତ ସ୍ୱାଭାବିକ କଥା। ପୋଷ୍ଟ ଡକ୍ଟରେଟ୍ କରୁଥିଲା ବେଳେ ତାଙ୍କ ଲେଖାର ଏକ ସନ୍ଦର୍ଭ ଆନ୍ତର୍ଜାତିକ ମହଲରେ ଚହଳ ପକାଇ ଦେଇଥିଲା। ଅନିକେତ ଉପରେ ଦୂରଦର୍ଶନ ଏକ ସାକ୍ଷାତକାର ନେଉଥିଲା, ସେଦିନ ହିଁ ସେ ପ୍ରଥମଥର ପାଇଁ ଅମୃତାକୁ ଦେଖିଥିଲେ। ଆଉ ତା'ର ଗୋଟିଏ ସପ୍ତାହ ଭିତରେ ତାଙ୍କ ଘରକୁ ଆସିଥିଲା ବିବାହ ପ୍ରସ୍ତାବ। ଅମୃତା ତ ପୂରା ଆଶ୍ଚର୍ଯ୍ୟ।

ଛାନିଆ ହେଉଥିଲା ଅମୃତା ଯେ କ'ଣ ପଚାରିବେ ଅନିକେତ ତାଙ୍କ ଘରକୁ ଆସି। ତା'ର କେବଳ ମନେପଡୁଥିଲା ଷ୍ଟୁଡ଼ିଓରେ ଦେଖିଥିବା ଅନିକେତଙ୍କ ଆଖି ଯୋଡ଼ିକ। କି ଉଜ୍ଜ୍ୱଳ ସତେ ଅବା ଯୋଡ଼ିଏ ହୀରକ ଖଣ୍ଡ। ଅନେକ ଆତ୍ମବିଶ୍ୱାସ ଆଉ ଅଳ୍ପ କିଛି ସ୍ପର୍ଦ୍ଧା। ସେ ପଚାରିଥିଲେ - ପାଠ ତ ପଢ଼ିଛ ଇତିହାସ ନେଇ, ଅର୍ଥନୀତି ବିଷୟରେ ଜାଣିଛ କିଛି ?

ଅମୃତା କିଛି ଉତ୍ତର ଦେବା ପୂର୍ବରୁ ମା' ବ୍ୟସ୍ତ ହୋଇ କହିଥିଲା - ନା ନା ବାପା, ସେ ଜାଣିବ କେମିତି।

କିନ୍ତୁ ଖୁବ୍ ଶାନ୍ତ ଭାବରେ ଅମୃତା କହିଥିଲା – ନା ଜାଣିନି । ହେଲେ କୌଟିଲ୍ୟଙ୍କ ଅର୍ଥଶାସ୍ତ୍ର ପଢ଼ିଛି ଆଉ ଡକ୍ଟର ଅମର୍ତ୍ତ୍ୟ ସେନଙ୍କ ଥିଓରିଟା ପଢ଼ିଛି । ଆଉ କିଛି ଜାଣିନି । ବହୁତ ଆଶ୍ଚର୍ଯ୍ୟ ହୋଇଛି ଦେଖି ଯେ ମେକିୟାଭେଲିଙ୍କ କିଛି କିଛି ଚିନ୍ତାଧାରାରେ କୌଟିଲ୍ୟଙ୍କର କିଛି ଆଇଡ଼ିଆ ଅଛି । ଅଥଚ ଦିହେଁ ଦୁଇଟି ଭିନ୍ନ ସମୟର, ଭିନ୍ନ ଦେଶ ଏବଂ କେହି ବି କାହାକୁ ଜାଣି ନଥିଲେ ।

– ଆଉ ଅମର୍ତ୍ତ୍ୟ ସେନ ? ନୋବେଲ ପାଇଥିଲେ ବୋଲି ପଢ଼ିଥିଲ ? – ଅନିକେତଙ୍କର ଶାଣିତ ପ୍ରଶ୍ନ ।

– ନୋବେଲ ପାଇବା ନେଇ ସମସ୍ତଙ୍କ ପରି ମୁଁ ଗୌରବ ବୋଧ କରିଛି ହେଲେ ତାଙ୍କ ଥିଓରୀ ଯେତେବେଳେ ଦେଖିଲି ବାଂଲାଦେଶ ପରି ଗୋଟିଏ ଦରିଦ୍ର ଦେଶ ତାଙ୍କ ଥିଓରୀ ଫଲୋ କରି ଦେଶର ଅର୍ଥନୀତି ବଦଳାଇ ଦେଇଛି ।

ଏଥର କିନ୍ତୁ ମା' ବାଧା ଦେବାରେ ସଫଳ ହେଲା । ବଦଳାଇ ଦେଇପାରିଲା ପ୍ରସଙ୍ଗ – "ଜାଣିଛ ବାପା, ମୋ ଝିଅ କେବଳ ଇତିହାସରେ ନୁହେଁ ସଙ୍ଗୀତରେ ବି ମାଷ୍ଟରସ୍ କରିଛି ।" ଏକଥା ପରେ ଗୀତ ତ ଗାଇବାକୁ ହିଁ ପଡ଼ିବ । ଅମୃତା ଗାଇଥିଲା ଗୋଟିଏ ଗୀତ, ଭୀମ୍ ପଲାଶୀ ରାଗରେ ।

ଅନିକେତଙ୍କ ପରିବାର, ବାହାଘର ଦିନ ସ୍ଥିର କରିବାକୁ କହି ବିଦାୟ ନେଲେ । ମା' ତାଙ୍କୁ ବିଦାୟ ଦେଇ ଅମୃତାକୁ କୁଣ୍ଢେଇ ପକାଇ କହିଲେ – "ହଇଲୋ, କୋଉ ସାହସରେ ତୁ ତା' ସାମ୍ନାରେ ଏମିତି ଖବର ଦେଉଥିଲୁ ? କନ୍ୟା ଦେଖାରେ ଝିଅମାନେ ଏମିତି ରାଉ ରାଉ ହୋଇ କଥା କୁହନ୍ତି ?"

ଅବଶ୍ୟ ବାହାଘର ପରେ ଅର୍ଥନୀତି, ଇତିହାସ ସବୁ ମିଶିଗଲା । ଆକାଶରୁ ଅପସରି ଗଲା କୃଷ୍ଣପକ୍ଷ, ଅନ୍ତରୀକ୍ଷ ଯାକ ବିଛାଇ ହୋଇପଡ଼ିଲା କେବଳ ଶୁକ୍ଳ ପକ୍ଷର ଜହ୍ନରାତି । ସେ ଜହ୍ନକୁ ଆଞ୍ଜୁଳାରେ ଧରିହୁଏ, ବୋଳି ହୁଏ କବରୀ ଓ ଆଖିର ପତାରେ ।

ଏତେ ମାଧୁର୍ଯ୍ୟ ଭିତରେ ଦିନ ଯାପନ କରୁ କରୁ ବି ଭିନ୍ନ କିଛି କଥା ଅମୃତାର ନଜରରେ ପଡ଼େ । ଯେମିତି ଅନିକେତ ଚାହାନ୍ତି ଅମୃତାର ବେଶ ଭୂଷାରେ ଆହୁରି ବୈଭବ ଝଲସି ଉଠୁ । ବଦଳି ଯାଉ ତା'ର ଦେହର ଭାଷା, ଉକୁଟି ଉଠୁ ଆଉ କିଛି ଅହଙ୍କାର । ବିନା ଅହଙ୍କାରରେ କ'ଣ ଜୀଇଁ ହୁଏ ! ତା'ଛଡ଼ା ସେ ତ ଅମୃତାକୁ ଅଭିନୟ କରିବାକୁ କହୁନାହାନ୍ତି । ସତରେ ତ ଅହଙ୍କାର ପାଇ ଯାହା ଯାହା ଲୋଡ଼ା ସବୁତକ ଦେଇପାରିବାର କ୍ଷମତା ଅନିକେତଙ୍କର ଅଛି । ତେବେ ଅଡୁଆ କ'ଣ ?

ହେଲେ ଅମୃତା ଯେ ବୁଝେନା ଶ୍ରୀରାଧାଙ୍କ ଆଭୂଷଣ ଅବା ଅଳଙ୍କାର, ସେ ବୁଝେ କେବଳ ରାଧାର ପ୍ରେମ ।

ଅମୃତା ମନେ ମନେ ଗୋଟାଏ ତାଲିକା ପ୍ରସ୍ତୁତ କରିଛି - କେଉଁ କେଉଁ କଥାରେ ଅନିକେତଙ୍କ ଅହଙ୍କାର। ସେ ରୂପବାନ ପୁରୁଷ। ଶାଳପ୍ରାଂଶୁ ଦେହ। ଉଚ୍ଚତା ଛଅଫୁଟ୍ ଦି' ଇଞ୍ଚ। ସମ୍ଭ୍ରାନ୍ତ। ବ୍ରିଟିଶ ଇଂଲିଶ୍ କହନ୍ତି ଇଂରେଜଙ୍କ ପରି। ତିନୋଟି ସ୍ୱର୍ଣ୍ଣ ପଦକର ଅଧିକାରୀ। ଦି' ତିନିଟା ଆମେରିକାନ୍ ଗୀତକୁ କାମଚଳା ଗାଇପାରନ୍ତି। ଏତେ ବଡ଼ ଚାକିରି କରନ୍ତି ଆଉ ଦରମା କଥା ତ ଛାଡ଼। ସେ ଗାଉଥିବା ଗୀତ ଶୁଣି ଅବଶ୍ୟ ଅମୃତା ହସେ, କହେ - ଏଇଟା ଗୀତ ନୁହେଁ। ଗୀତ ନାଁରେ ଭିନ୍ନଭିନ୍ନ ଚିତ୍କାରର ମଧୁର ମ୍ୟାନେଜମେଣ୍ଟ।

ନିଜର ଐଶ୍ୱର୍ଯ୍ୟ ଦେଖାଇବା ପାଇଁ ସେ ଅମୃତାକୁ ଏକ ମାଧ୍ୟମ ବୋଲି ମନେକରନ୍ତି। ସେଥିପାଇଁ ସେ ପ୍ରଥମେ ଚେଷ୍ଟା କରିଥିଲେ ଅମୃତାର କେଉଁମାନେ ସାଙ୍ଗ, ସାଥୀ ହେବେ ତା'ର ଏକ ପରିମଣ୍ଡଳ ସେ ତିଆରି କରିଦେବେ। ହେଲେ ଅବୋଲକରା ଅମୃତା ମାନିନି ସେ କଥା। ସାଙ୍ଗ ତ ଏକ ଗଢ଼ି ଉଠିଥିବା ସମ୍ପର୍କ, ସ୍ନେହ ଓ ସୌହାର୍ଦ୍ଦ୍ୟର, କେତେ ପ୍ରୀତି ଓ ବୁଝାମଣାର।

ଅମୃତାର ସାଙ୍ଗ ବା ପରିଚିତ ଲୋକଙ୍କୁ ଦେଖିଲେ ଖୁସି ହୁଅନ୍ତିନି ଅନିକେତ। ତା' ବୋଲି ସେ ଚିଡ଼ିଯିବେ, ଏମିତି କଥା ଏଇ ପ୍ରଥମ ହେଲା।

ସେଦିନ କ'ଣ ପାଇଁ 'ବନ୍ଦ' ଡାକରା ହେଇଥାଏ। ଅଥଚ ଆଗରୁ କହି ରଖିଛନ୍ତି ଅନିକେତ, ଡିନରରେ ତାଙ୍କ ସାଙ୍ଗମାନେ ସପରିବାର ଆସିବେ। ସେଥିପାଇଁ କିଛି ଜିନିଷ ନିହାତି ଦରକାର। ହେଲେ ସବୁ ତ ବନ୍ଦ। ଶେଷରେ ଅମୃତା ଫୋନ୍ କଲା ମନୋଜ ମାନେ ମିଜୁକୁ। ତା'ର ଗୋଟାଏ ତେଜରାତି ଦୋକାନ ଅଛି ତା' ସହିତ ଆହୁରି ଅନେକ କିଛି ରଖେ ମନୋଜ ଜେନେରାଲ ଷ୍ଟୋରସ୍। ଦୂରଦର୍ଶନ ଅଫିସରୁ ଘରକୁ ଫେରିବା ବାଟରେ ଏଇ ଦୋକାନଟା ପଡ଼େ। ସେ ମଝିରେ ମଝିରେ ଏଇ ଦୋକାନଟିକୁ ଯାଏ। ଜିନିଷ କିଣିବା ଯେତେ ଜରୁରୀ ନଥାଏ, ମିଜୁ ସହିତ ଦେଖା ହେବାର ଆଗ୍ରହ ଥାଏ ବେଶି। ସେ ଜଣେ ବାମନ ମଣିଷ। ପ୍ଲସ୍ ଟୁ ପାଶ୍ କଲା ପରେ ଘରୁ ତାକୁ ତଡ଼ି ଦେଇଥିଲେ। ତା' ଉଚ୍ଚତାର କ୍ଷୁଦ୍ରତା ତା' ପରିବାର ପାଇଁ ଥିଲା କୁଆଡ଼େ ଲଜ୍ଜାର କଥା। ତଡ଼ିଲାବେଳେ ଥଟ୍ଟା କରି କହିଥିଲେ - "ଯା ଯା ବଢ଼ିଆ ସାଇଜ୍‌ଟେ ତ ପାଇଛୁ, ଏକାବେଳେ ବାମନାବତାର। କେଉଁ ଦେଉଳରେ ଯାଇ ଆଶ୍ରା ନେ।"

ନା ଦେଉଳରେ ଆଶ୍ରା ନେଇନି ସେ। ସକାଳ କଲେଜରେ ପାଠ ପଢ଼ିଛି ପିଅନ ଚାକିରି କରି। ବିଏ ପାଶ୍ କରି ସେ ବ୍ୟାଙ୍କ୍ ଲୋନ୍ ନେଇ ଦୋକାନ କରିଛି। ଭଲ ଚାଲୁଛି ବେପାର। ଆଉ ବର୍ଷଟିଏ ଭିତରେ ସେ ଋଣ ଶୁଝିଦେବ। ତା'ପରେ ବାହାହେବ। ସେ ଭଲପାଏ ଜଣେ ଝିଅକୁ, ନିର୍ମଳା... ନିମି। ନିମି ଏବେ ଏମ୍.ଏ ପଢୁଛି। ଆ.ର ବର୍ଷ

ତା' ଏମ୍.ଏ ସରିବ। ସେ ବି ଜଣେ ବାମନ ଝିଅ। ଦି' ଅଢ଼େଇ ବର୍ଷ ବୟସରେ ତାକୁ କିଏ ଆଣି ହସ୍‌ପିଟାଲରେ ଛାଡ଼ିଦେଇ ଯାଇଥିଲା। କିନ୍ତୁ ସେଇ ହସ୍‌ପିଟାଲର ନର୍ସ ଓ ଡାକ୍ତରମାନେ ହିଁ ବଡ଼ କରିଛନ୍ତି ତାକୁ। ପାଠ ପଢ଼ାଇ ଶିକ୍ଷିତ କରିଛନ୍ତି।

ଦିନ ଏଗାରଟା ବେଳକୁ ସବୁ ଜିନିଷ ଧରି ଆସିଲା ମିଜୁ। ତା'ର ତ କେବଳ ତେଜରାତି ଆଣିଲେ ହିଁ ଚଳିଥାନ୍ତା। କିନ୍ତୁ ତା' ସହିତ ଆହୁରି ଆଣିଛି ପରିବା, ବଡ଼ ଚିଙ୍ଗୁଡ଼ି ଆଉ ଚିତଳ ମାଛ। ଆଜି ପରା ଦିଦିଙ୍କ ଘରେ କୁଣିଆ ଆସିବେ। ସେ ଜାଣିଛି କେଉଁଠି ମାଛ ଗୋଦାମ, କୋଉ ନଦୀ ପାଳରେ ମିଳିବ ପରିବା। ସେ ନିଜ ଦୋକାନରୁ ହିଁ ପଛ କବାଟ ଖୋଲି ଜିନିଷ ଆଣିଛି। ଛୋଟବଡ଼ ନେତା ସବୁ ବୁଲୁଛନ୍ତି ବାଇକ୍ ଓ ଜିପ୍‌ରେ। ଜଣେ ତ ବାଇକ୍‌ରେ ବସି ଗୋଡ଼ରେ ତାକୁ ଏମିତି ଜୋର୍‌ରେ ମାରିଲା ଯେ, ମିଜୁ କପାଳରେ କୋଣଟା ରକ୍ତାକ୍ତ ହୋଇଗଲା। ଲୋକଟା ମାରିଲା ସିନା କିନ୍ତୁ ମାଡ଼ଟା ଏତେ ଜୋର୍ ହେବ ବୋଲି ସେ ଭାବିନଥିଲା। ଏତେ ଜିନିଷ ବୋହି ଆଣିବାକୁ ତାକୁ କଷ୍ଟ ହେଉଛି ବୋଲି ଦେଖି ସେ ପୁଣି ବାଇକ୍‌ରେ ଆଣି ମିଜୁକୁ ଏଇଠି ଆଣି ଛାଡ଼ି ଦେଇଗଲା।

ତା' ପାଇଁ ଚା' କରିବାକୁ କହି ଅମୃତା ଫାଷ୍ଟ ଏଇଡ୍ ବକ୍ସ କାଢ଼ି ତା' କପାଳର କ୍ଷତ ପୋଛି ମଲମ ଲଗାଇଦେଲା। ମିଜୁ କହିଲା – ପିଲାଟି ଦିନରୁ ଦିଦି ଯିବା ଆସିବା ବେଳେ ମୋତେ ଅକାରଣେ ମାରନ୍ତି। ମାଡ଼ ଖାଇ ଖାଇ ମୋର ଅଭ୍ୟାସ ହୋଇଗଲାଣି।

– ନା ମିଜୁ, ଜମା ଅଭ୍ୟସ୍ତ ହେବୁନି। ଦୃଢ଼ ଓ ଦୃପ୍ତ କଣ୍ଠରେ କହିଲା ଅମୃତା। – ମିଜୁ ତୁ ଜଣେ ସଭ୍ୟ, ଶିକ୍ଷିତ, ନାବାଳକ ମଣିଷ। ତୋ ଉଚ୍ଚତାଟା ତୁ ନିଜ ପସନ୍ଦରେ ଆଣିନାହୁଁ। ଅନ୍ୟମାନେ ବୁଝିବା ଉଚିତ୍ ଯେ କାହାରି ଉଚ୍ଚତା କମ୍ ହେଲେ ହେଁ ସର୍କସର କ୍ଲାଉନ୍ ହୋଇଯାଏନା ଅବା ତା' ସହିତ ମଜା କରିବାର ଅଧିକାର ସମସ୍ତଙ୍କୁ ମିଳେନା।

ଠିକ୍ ଏ ସମୟରେ ଆସି ପହଞ୍ଚିଲେ ଅନିକେତ। ଏତେ ଜିନିଷ ଦେଖି ଯେତିକି ଖୁସି ହେଲେ, ଠିକ୍ ସେମିତି ବିରକ୍ତ ହେଲେ ମିଜୁକୁ ଦେଖି। ତାଙ୍କର ଏଇ ବିରକ୍ତିଟା, ଅମୃତା ପୂର୍ବରୁ ବି ଶୀଘ୍ର ବୁଝି ପାରିଲା ମିଜୁ। ଚା' ପଇକି ଚାଲିଗଲା।

ବିରକ୍ତ ଅନିକେତ କହିଲେ – ତମେ କେଉଁମାନଙ୍କ ସହିତ ମିଶ ଅମୃତା ? ଏଇ ଫୁଟେ, ଦି' ଫୁଟିଆ ଅଢ଼େଇ ଫୁଟିଆ ଲୋକମାନଙ୍କ ସାଙ୍ଗରେ ? ମଣିଷ ତ ନୁହେଁ, ମାଙ୍କଡ଼ଟାଏ ଆସିଥିଲା ପିଠିରେ ପାହାଡ଼ ଟେକି।

– ହଁ, ମୁଁ ସେମାନଙ୍କ ସହିତ ମିଶେ ଯେଉଁମାନେ ମୋ ଘରେ କୁଣିଆ ଆସିବେ ବୋଲି ଏଇ 'ବନ୍ଦ' ଦିନରେ ବି ଜିନିଷ ଆଣି ଘରେ ପହଞ୍ଚାଇ ପାରନ୍ତି। ଯେମିତିକି ତାଙ୍କ ଭଉଣୀ ହଇରାଣ ନ ହୁଏ। ଏପିସିଏନ୍‌ସିର କୌଣସି ଉଚ୍ଚତା ନଥାଏ ଅନିକେତ ଅନ୍ତତଃ

ତମ ପରି ଶିକ୍ଷିତ ଲୋକ ଏତିକି ଜାଣିବା ଉଚିତ୍।” ଅମୃତାର ସ୍ୱରରେ କୋହ, ଆଖି ଛଳଛଳ ଲୁହ।

ଅନିକେତଙ୍କର ନାପସନ୍ଦ ଜାଣିବା ପରେ ବି ଅମୃତା ଯାଏ କେତେବେଳେ ମନୋଜ ଜେନେରାଲ ଷ୍ଟୋର୍‌ସକୁ। କେଉଁ କେଉଁ ସନ୍ଧ୍ୟାରେ ନିମି ବି ଆସିଥାଏ ୟୁନିଭରସିଟିରୁ। ବହି ନେଇ ଆସେ ତାଙ୍କ ଲାଇବ୍ରେରୀରୁ ମିଜୁ ପାଇଁ। କେତେ ଦୁଷ୍ପ୍ରାପ୍ୟ ବହି ଯେ ତାଙ୍କ ଲାଇବ୍ରେରୀରେ ଅଛି। ଅମୃତା ପଢୁଥିଲା ବେଳେ ଏସବୁ ବହି କଥା ଜାଣି ହିଁ ନଥିଲା। ଏତେ ବହି ପଢ଼େ ବୋଲି ଅନେକ କଥା ଜାଣେ ମିଜୁ। ଦିନେ ସେ କହିଥିଲା ପୂର୍ବ କାଳରେ ଗ୍ରୀସ୍, ରୋମ୍, ଇଂଲଣ୍ଡର ରାଜାରାଣୀମାନେ କଉଡ଼ି ଦେଇ ବାମନ ନାରୀ-ପୁରୁଷଙ୍କୁ କିଣୁଥିଲେ। ସେମାନେ ରାଜସଭାରେ ରାଜା, ରାଣୀଙ୍କ ହାତ ଧରି ପ୍ରବେଶ କରୁଥିଲେ, ତଦ୍ୱାରା ଲୋକେ ବିଶ୍ୱାସ କରୁଥିଲେ ଯେ ରାଜା-ରାଣୀଙ୍କ ବାସ୍ତବ ଉଚ୍ଚତା ଅପେକ୍ଷା ସେମାନେ ଆହୁରି ଉଚ୍ଚତର ମଣିଷ।

ଖିଲିଖିଲି ହସି ନିମି କହିଥିଲା - ସଭ୍ୟତା ସେତେବେଳେ ଅଟ୍ଟହାସ୍ୟ କରିବ ରାଜ-ରାଣୀମାନଙ୍କ ମିଥ୍ୟା ଶାରୀରିକ ଉଚ୍ଚତା ପାଇଁ ଏତେ କାଙ୍ଗାଳପଣ ଦେଖି।

ତା’ପରେ ନିମି ସେମାନଙ୍କୁ କହିଲା ଚୀନ୍‌ର ସେହି ପାର୍କ କଥା, ଯେଉଁଠି ବସବାସ କରନ୍ତି ସେ ଦେଶର ଯେତେ ଖର୍ବକାୟ ମଣିଷ। ସେମାନେ ନିଜର ବୃତ୍ତି ହିସାବରେ ଅନେକ ବିନୋଦନର ଆୟୋଜନ କରିଥାନ୍ତି। ଚୀନ୍‌ରେ ଏହି ପାର୍କ ଏକ ଟ୍ୟୁରିଷ୍ଟ ସ୍ପଟ୍, ସେଥିପାଇଁ ଆମେରିକାର କିଛି ହ୍ୟୁମାନ୍ ରାଇଟ୍‌ସ ଦଳ ଏହା ବିରୁଦ୍ଧରେ ପ୍ରତିବାଦ କରନ୍ତି। କିନ୍ତୁ ଗର୍ଜି ଉଠେ ନିମି - ‘ଅଧିକ କର୍ତ୍ତୃତ୍ୱ ଦେଖାଉଛନ୍ତି ସେମାନେ। କେବେ ଭାବିଛନ୍ତି ଯେ ଯେଉଁ ସନ୍ତାନ ଖର୍ବକାୟ ବୋଲି ପରିବାର ତଡ଼ିଦିଏ, ଅବା ହସ୍‌ପିଟାଲରେ ଆଣି ଛାଡ଼ିଦେଇ ପଳାଏ, ସମାଜ ସେମାନଙ୍କର ଦାୟିତ୍ୱ ନିଏନା, ତେବେ କେମିତି ବଞ୍ଚିବେ ସେମାନେ ? ଯେ କୌଣସି ସ୍ୱାଭାବିକ ଉଚ୍ଚତାର ମଣିଷ ସହିତ ସେମାନଙ୍କର ସମାନ ଅଧିକାର ଅଛି।’ ମେଳାରେ ବୁଲିବାକୁ ବହୁତ ଭଲପାନ୍ତି ମିଜୁ ଓ ନିମି। ଅମୃତା ବି ଦିନେ ସେମାନଙ୍କୁ ନେଇ ମେଳା ବୁଲିବାକୁ ଯାଇଥିଲା। ଓଃ କେତେ ଯେ ଖୁସି ସେମାନେ ! ହାତରେ କେତେ ରଙ୍ଗର ବେଲୁନ୍ ପୁଣି ଫୁଙ୍କିଫୁଙ୍କି କେତେ ବବଲ୍ ତିଆରି କଲେ। ସେଇ ରଙ୍ଗୀନ ବବଲ୍ ସବୁ ଆସି ଲାଗିଗଲା ଅମୃତାର ଶାଢ଼ୀରେ। ପାପୁଲିରେ ବି ଧରିବାର ଚେଷ୍ଟା କରୁଥିଲା ସେ, ସତେ ଅବା ସେ ଧରୁଥିଲା ମିଜୁ ଓ ନିମିର ସ୍ୱପ୍ନ ସବୁ। ଗୋଟିଏ କବିତା ଶୁଣାଇଲା ନିମି। ତା’ କବିତା ଗୋଟିଏ ଥରରେ ପଢ଼ି, ବୁଝିବାକୁ ଟିକିଏ କଷ୍ଟ ହୁଏ ଅମୃତାର। ନିମିର କବିତାରେ ଅଛି ଗୋଟିଏ ପ୍ରାଚୀନ ଜୀର୍ଣ୍ଣ ସେତୁର କଥା। ସେଇ ପୋଲଟି ଭାବୁଛି, “ତା’ ଉପର ଦେଇ ଅତିକ୍ରମି ଯାଇଛି କେତେ ଅସୁମାରି

ପାଦ, କେତେ ସୈନିକ, ଯୁଦ୍ଧଯାନ, ସ୍ଥାନରୁ ସ୍ଥାନାନ୍ତରକୁ ଯାଇଛି ମଣିଷ ପାଇଁ କେତେ ରସଦ, ପୁଣି ଯାଇଛି ବି ଶାନ୍ତିର ଶ୍ୱେତ ପତାକା ଯୁଦ୍ଧକ୍ଳାନ୍ତ ମଣିଷ ଲାଗି। ବଦଳି ଯାଇଛି ଏବେ ରାସ୍ତା, ସେତୁଟି ଅଲୋଡ଼ା। ତେଣୁ ଆଉ କାହିଁକି ? ଏବେ ନିଜକୁ ଭାଙ୍ଗୁଦେଲେ ହିଁ ତ କାମ ସରିଲା। ତା'ର ଏଇ ଦୁଃଖର ଦୀର୍ଘଶ୍ୱାସକୁ ଚିହ୍ନି ପାରିଲା ଜଣେ ମେଷପାଳକ - ବାଳକ। ସେ ତା'ର ବଇଁଶୀ ବଜାଇ ବାର୍ତ୍ତା ଦେଲା ଜଳ-ସ୍ଥଳ-ବନ-ଜଙ୍ଗଲକୁ। ପୋଲତଳକୁ ଧାଇଁ ଆସିଲେ ସବୁତକ ମେଣ୍ଢା, ଧାଇଁ ଆସିଲେ ପାହାଡ଼ୀ-ଘୋଡ଼ା ସବୁ, ଲୁହଲୁହ ଆଖିରେ ହରିଣ, ଶିଶୁ ମେଣ୍ଢା ସବୁ ଭଲପାଇବାରେ ଗେଲ କରୁଥିଲେ ସେତୁକୁ। ଲକ୍ଷ ଲକ୍ଷ ପକ୍ଷୀ ଆସି ପ୍ରାର୍ଥନା କଲେ - "ହେ ଈଶ୍ୱର, ମରାମତି କରିଦିଅ ଏ ପୋଲକୁ। ସେ ଆମର ପରିବାର।" ସମସ୍ତଙ୍କର ଏତେ ଭଲପାଇବା ଦେଖି, ସେତୁର ଆଖିରୁ ଝରି ପଡ଼ିଲା ଦି' ଟୋପା ଲୁହ। ସେ ଲୁହରୁ ଜନ୍ମ ନେଲା ଏକ ନଦୀ, ସେ ନଦୀରେ ଗାଧୋଇଲେ ଭଲ ପାଇବାରେ ଦୀକ୍ଷା ନେଇ ହୁଏ।

ଘରକୁ ଫେରି ପ୍ରବଳ ଗାଳି ଶୁଣିଲା ଅମୃତା। ଜଣେ ସାଙ୍ଗ ସେମାନଙ୍କୁ ମେଳାରେ ଦେଖି ଅନିକେତଙ୍କୁ କହିଛି। ସେମାନଙ୍କ ବିଷୟରେ କ'ଣ ନ କହିଲେ ଅନିକେତ! ମାଙ୍କଡ଼, ସିମ୍ପାଞ୍ଜି, କଇଁଛ ପୁଣି ସର୍କସର ଜୋକର। ରାଗିକି ପଚାରିଲେ - ତମ ବଂଶର ବୋଧହୁଏ ଏମିତି ଅଢ଼େଇ ଫୁଟିଆ କେହି ଅଛି। ନ ହେଲେ ସେମିତି ହାସ୍ୟକର ଜୀବ ଦିଇଟା ପାଇଁ ତମର ଏତେ ଦରଦ ହୁଅନ୍ତା କାହିଁକି ? ତମ ବାପା-ମା' ତମକୁ ଶିଖାଇ ନାହାନ୍ତି ମଣିଷ ଚିହ୍ନିବା।

ବହୁ କଷ୍ଟରେ ନିଜକୁ ନିରବ ରଖି ଝରକା ଦେଇ ବାହାରକୁ ଅନେଇଲା ସେ। ସାରା ଆକାଶରେ କଳାହାଣ୍ଡିଆ ମେଘ। ଝରକା ବନ୍ଦ କଲା ସେ। ଭାବିଲା ନା ଜମା ତା' ଆଖିରୁ ଟୋପାଏ ଲୁହ ବି ଝରିବାକୁ ଦେବନି। ମଣିଷର ଲୁହ ଯେ ଅତ୍ୟନ୍ତ ଶୁଦ୍ଧ ଓ ମୂଲ୍ୟବାନ। ସେ ଭାବିଲା, ସତକଥା। ତା' ବାପା-ମା' ତାକୁ ଉଚ୍ଚତା ମାପି ମଣିଷ ଚିହ୍ନାଇବା ଶିଖେଇ ନାହାନ୍ତି। ଉଚ୍ଚତା ଦେଇ କ'ଣ ମଣିଷ ଚିହ୍ନି ହୁଏ! ଅମୃତାର ମନେପଡ଼ିଗଲା ନିମି କବିତାର ସେଇ ମେଣ୍ଢା, ପାହାଡ଼ି-ଘୋଡ଼ା, ଛଳଛଳ ଆଖିର ହରିଣ ଆଉ ଲକ୍ଷ ଲକ୍ଷ ପକ୍ଷୀଙ୍କର ସେଇ ପ୍ରାର୍ଥନା, ସେଇ ସୁନ୍ଦର ନଦୀ, ଯିଏ ଭଲପାଇବାର ଦୀକ୍ଷା ଦିଏ। ଶେଷରେ ସେଇ ନଦୀର ହାତ ଧରି ଅମୃତା ନିଜକୁ ମୁକ୍ତ କଲା ଦୁଃଖ, କଷ୍ଟ ଓ ଲୁହରୁ।

ସେଦିନ ରାତିରେ ମାଡ଼ି ଆସିଲା ପ୍ରବଳ ଝଡ଼, ତୋଫାନ। ତା' ସହିତ ପ୍ରବଳ ବର୍ଷା ଏବଂ ବଜ୍ର ବିଦ୍ୟୁତର ଚାବୁକ। ଅନ୍ଧାର ହୋଇଗଲା ପୂରା ସହର। ବିଭିନ୍ନ ଜାଗାରେ ଗଛ ଭାଙ୍ଗି ପଡୁଛି, ଛିନ୍ନଭିନ୍ନ ବିଦ୍ୟୁତ ତାର। ଯେପରି ଆଜି ପ୍ରଳୟ ଘଟିଯିବ। ତୋଫାନ ତ ସନ୍ଧ୍ୟାବେଳୁ ଆରମ୍ଭ ହୋଇଯାଇଛି। ଏମିତି ପାଗରେ ନିମି କ'ଣ ତା' ହଷ୍ଟେଲକୁ

ଫେରି ପାରିଲା। ମିଜୁ କହିଥିଲା ତାକୁ ନେଇ ଛାଡ଼ି ଆସିବ, ହେଲେ ଏ ଯେଉଁ ପାଗ ! ରକ୍ଷାକର ପ୍ରଭୁ। ଅମୃତା ଚେଷ୍ଟା କଲା ନିଜ ବାପଘରକୁ ଫୋନ୍ କରିବ। ବୁଝିବ ସହର ସେପଟ ଅବସ୍ଥା କ'ଣ ! କିନ୍ତୁ ଲାଗିଲାନି। ମା'-ବାପା-ଭାଇନା କାହାରି ନୁହେଁ। ଅନିକେତ କହିଲା, ସେପଟ ଟାୱାରଟା ବୋଧେ ଭାଙ୍ଗି ପଡ଼ିଛି।

ଅନିକେତ ସେତେବେଳୁ କାହିଁକି କେଜାଣି ନିଜର ଛାତିକୁ ବାରମ୍ବାର ଧରି ଆଉଁଶୁଛନ୍ତି। କ'ଣ ହେଲା ଯେ ! ତାଙ୍କର ତ ଛାତିର କିଛି ସମସ୍ୟା ନାହିଁ। ଖାଦ୍ୟ ପାନୀୟର ପରିମାପ, ରେଗୁଲାର ଜିମ୍ ସବୁ ଠିକ୍ ଅଛି। ହଁ ଅଫିସର ଚାପ ଅଛି ପାହାଡ଼ ପରି। ଅମୃତା ପଚାରିଲାରୁ ଅନିକେତ କହିଲେ – ହଁ କେତେବେଳୁ ଛାତିରେ ଟିକିଏ କଷ୍ଟ ହେଉଛି ଆଉ ଶ୍ୱାସ ନେବାକୁ ବି ଅଡୁଆ ଲାଗୁଛି।

– ତମେ ଟିକେ ପାଣି ପିଇଲ, ହୁଏତ ବେଟର୍ ଲାଗିବ।

ଅମୃତା ଉଠିଲା ପାଣି ଗ୍ଲାସ୍‌ଟା ଆଣିବା ପାଇଁ ଆଉ ଠିକ୍ ଏତିକିବେଳେ ପଡ଼ିଗଲେ ଅନିକେତ। ସମ୍ପୂର୍ଣ୍ଣ ଜ୍ଞାନଲୁପ୍ତ ହେଇନି କିନ୍ତୁ ଅମୃତାର ଏତେ ଡାକ, ଚିତ୍କାର, ଆର୍ତ୍ତନାଦ ସତେ ଯେପରି କିଛି ଶୁଭୁ ନ ଥାଏ ତାଙ୍କୁ। ଆଉ ସେ ଅଦ୍ଭୁତ ଭାବରେ କ'ଣ କହୁଛନ୍ତି, ସ୍ପଷ୍ଟ ଭାବରେ ବୁଝି ହେଉ ନ ଥାଏ। ଅମୃତାର ସେତେବେଳେ ପାଗଳ ପରି ଅବସ୍ଥା। ସେ ଘରର ଡ୍ରାଇଭର, ଅଫିସ୍‌ର ବି, ସେମାନଙ୍କ ଯେତେ ସହକର୍ମୀ, ଆତ୍ମୀୟମାନେ, ଏମିତିକି ମିଜୁ, ଅର୍ଥାତ୍ ସେ ମନେପକାଇ ପାରୁଥିବା ସମସ୍ତଙ୍କୁ ଫୋନ୍ କଲା। ଅନେକ ସହିତ ହିଁ ସଂଯୋଗ ହୋଇପାରିଲାନି ଏବଂ ଯେଉଁ ମାତ୍ର କେଇ ଜଣଙ୍କ ସହିତ ଫୋନ୍ ଲାଗିଲା, ସେମାନେ ସ୍ପଷ୍ଟ ଭାବରେ ମନା କରିଦେଲେ ଯେ ବାହାରେ ପ୍ରକୃତିର ତାଣ୍ଡବ ଚାଲିଛି ତେଣୁ ଏହି ଘଡ଼ିସନ୍ଧି ବେଳରେ ବାହାରିବା ସମ୍ଭବ ନୁହେଁ, ବାହାରିବା ଅର୍ଥ ମୃତ୍ୟୁକୁ ଜାଣିଜାଣି କୋଳାଇ ନେବା। ଅମୃତା ଜାଣେ ସତରେ ଏମିତି ପରିସ୍ଥିତିରେ ଯେତେବେଳେ ନିଜ ପ୍ରାଣ ବଞ୍ଚାଇବା କଷ୍ଟକର, ସେତେବେଳେ କିଏ ବା ଆଉ କାହା ପାଇଁ ଧାଇଁ ଆସିବ ଯେ ! ହେଲେ ଅନିକେତଙ୍କୁ ଯେ ବଞ୍ଚାଇବାକୁ ପଡ଼ିବ।

ମିଜୁର ଫୋନ୍ ତ ଲାଗି ନ ଥିଲା, କିନ୍ତୁ ନିମିର ଲାଗିଲା। ସେ ହଷ୍ଟେଲ ଏ ପାଗରେ ଯାଇ ପାରିନି, ମିଜୁର ଦୋକାନ ଭିତରେ କବାଟକୁ ଜାବୁଡ଼ି ଦି' ଜଣ ଏଇ ଉନ୍ମତ୍ତ ପବନର ବେଗକୁ ସମ୍ଭାଳିବାକୁ ଚେଷ୍ଟା କରୁଛନ୍ତି। ତଥାପି ନିମି କହିଲା – "ଦିଦି, ବ୍ୟସ୍ତ ହୁଅନା, ଆମେ ଯାଇ ପହଞ୍ଚୁଛୁ।" ଆଃ... ଏହାଠାରୁ ମଧୁର ଶବ୍ଦ ଯା' ପୂର୍ବରୁ କେବେ ଶୁଣି ନ ଥିଲା ଅମୃତା।

ସେମାନେ କେବଳ କାଉ ପରି ତିନ୍ତି ନିଜେ ହିଁ ପହଞ୍ଚିଲେନି, ସାଙ୍ଗରେ ଭିଡ଼ିଭିଡ଼ି ଆଣିଛନ୍ତି ଗୋଟିଏ ଟ୍ରଲି। ଟ୍ରଲି ଆଉ ଖାଲି ପଟା କେତେଟା ତଳେ ଲାଗିଛି ଚାରିଟା ରିକ୍ସା

ଚକ। ମାଲ ବୋହିବାରେ ବ୍ୟବହାର ହୁଏ ଗୋଦାମରୁ ଦୋକାନକୁ। ପ୍ରକୃତିର ସେଇ ତାଣ୍ଡବ ଲୀଳାରେ ହିଁ ଟ୍ରଲିରେ ଅନିକେତଙ୍କୁ ଶୁଆଇ ବାହାରି ପଡ଼ିଲେ ଏଇ ତିନିଜଣ।

ତା'ପରେ ଆରମ୍ଭ ହେଲା ନିକଟସ୍ଥ ନିର୍ସିଂହୋମ୍‌କୁ ସେମାନଙ୍କର ଯାତ୍ରା।

କି ଯାତ୍ରା ସେ ! କେତେବେଳେ ଟ୍ରଲିକୁ ସାମ୍‌ନା ହ୍ୟାଣ୍ଡଲ ଧରି ଛିଡ଼ା ହେଉଛି ତ କେତେବେଳେ ପଛରୁ ଠେଲା। ଆଲୋକଶୂନ୍ୟ ସହରରେ ଏତେ ପାଣି ଯେ ଜଣା ପଡୁନି କେଉଁଟା ରାଜପଥ ଅବା କେଉଁଟା ଫୁଟପାଥ, କେଉଁଠି ଖାଲ ଆଉ କେଉଁଠି ଢିପ। ଦି'ଥର ବାଟ ହୁଡ଼ି କଚାଡ଼ି ହୋଇ ପଡ଼ିଲା ଅମୃତା। ମିଜୁ ଆଉ ନିମି ଯେ କେତେଥର ପଡ଼ିଲେ ଆଉ ଉଠିଲେ ଠିକଣା ନାହିଁ ତା'ର। କୋଉଠି କାଚ କେଜାଣି, ପାଦ ଖଣ୍ଡିଆ ହୋଇଗଲା ନିମିର। ବିଜୁଳିର ଆଲୁଅକୁ ଭରସି କେତେ କଷ୍ଟରେ ସେ କାଚକୁ କାଢ଼ିଲା ମିଜୁ, ପୁଣି ତା' ମଥାରେ ହାତରଖି ସାନ୍ତ୍ୱନା ଦେଲା – କାନ୍ଦନା ନିମି। ନର୍ସିଂହୋମ୍‌ରେ ପହଞ୍ଚିଲେ ମୁଁ ମଲମ କିଣି ଗୋଡ଼ରେ ଲଗାଇଦେବି।

ମଝିରେ ମଝିରେ ଅମୃତା କେବଳ ପ୍ରଳାପ କଲା ପରି କହୁଥାଏ –

ମୁଁ ଯେମିତି ହେଉ ତୁମକୁ ନର୍ସିଂହୋମ୍ ନେଇ ପହଞ୍ଚାଇବି, ଖାଲି ସେତିକି ସମୟ ଦିଅ ମୋତେ। ଦୁର୍ଦ୍ଧର୍ଷ ଦସ୍ୟୁ ପରି ଆସିଲା ଆଉ ଦଲକାଏ ପବନ, ମିଜୁକୁ କଚାଡ଼ି ଦେଲା ସେଇ ପଥର ପାଖରେ। ତା'ର ବୋଧହୁଏ ଆଣ୍ଠୁରେ ବାଜିଛି, ତଥାପି ସେ ଆସି ଟ୍ରଲି ଭିଡ଼ିବାରେ ଲାଗିଲା। ନିମି ତ ଜଣେ କବି, ତାକୁ ଲାଗୁଥିଲା ଝଡ଼ଝଞ୍ଜାର ଦାନବଟା ଆଜି ନର୍ସିଂହୋମ୍‌ଟାକୁ ଫୋପାଡ଼ି ଦେଇଛି ଅନେକ ଅନେକ ଦୂରକୁ। ସେଥିପାଇଁ ସେଠାରେ ପହଞ୍ଚିବାକୁ ଲାଗୁଛି ଏତେ ଆଲୋକ ବର୍ଷ।

କିନ୍ତୁ ଆଲୋକବର୍ଷ ବି ଦିନେ ଶେଷ ହୁଏ ଏବଂ ସେମାନେ ପହଞ୍ଚିଯାଆନ୍ତି ନର୍ସିଂହୋମ୍। ଡାକ୍ତର, ନର୍ସ ସମସ୍ତେ ଏମାନଙ୍କୁ ଦେଖି ଆଶ୍ଚର୍ଯ୍ୟ ହୋଇଯାଆନ୍ତି, କାରଣ ପାଣିକାଦୁଅ କ୍ଳାନ୍ତିରେ ଏମାନେ ଦେଖା ଯାଉଥିଲେ କେଉଁ ପ୍ରାଚୀନ କାଳରୁ ଗୁହାମାନବ ପରି। ଆରମ୍ଭ ହୋଇଗଲା ଆପାତକାଳୀନ ବ୍ୟବସ୍ଥା ଓ ଯଥାଯୋଗ୍ୟ ଚିକିତ୍ସା। ବିଲିଂ କାଉଣ୍ଟରରେ କାମ ଛିଣ୍ଡାଇ ଅମୃତା ଆସି ଦେଖିଲେ ମିଜୁ ଯା ଭିତରେ ନର୍ସଙ୍କୁ କହି ନିମିର ପାଦ ବ୍ୟାଣ୍ଡେଜ୍ କରିଦେଇଛି। ସେମାନେ ବସିଛନ୍ତି ୱେଟିଂ ସ୍ପେସ୍‌ରେ। ଗୋଟିଏ ପଲିଥିନ୍ ପ୍ୟାକେଟ୍‌ରୁ କ'ଣ କାଗଜଟେ କାଢ଼ି ନିମି ଦେଖାଉଛି ମିଜୁକୁ। ତାକୁ ଦେଖିଲା ମାତ୍ରେ ମିଜୁ ପଚାରିଲା – ଦିନି, କ'ଣ କହିଲେ ଡକ୍ଟର ?

"ଚିକିତ୍ସା ଆରମ୍ଭ ହୋଇଯାଇଛି। କହିଲେ ଅପେକ୍ଷା କରିବାକୁ। ତମେମାନେ ଆଜି ନ ଥିଲେ...।" ତା' ମୁହଁ ଉପରେ ହାତ ରଖିଲା ନିମି – "ନା ଦିଦି ସେମିତି କୁହନା। ପ୍ରକୃତିର ଯେତେ ତାଣ୍ଡବ, ଯେତେ ଅଡୁଆ ଥିଲେ ବି ସାର୍‌ଙ୍କୁ କ'ଣ ଚିକିତ୍ସାର

ଚେଷ୍ଟା ନ କରି ଏମିତି ଏକା ଛାଡ଼ିଦେଇ ହୁଅନ୍ତା । ଦିଦି ମଣିଷ କ'ଣ ଏତେ ଏକା ? ଜାଣ ବେଳେବେଳେ ମଣିଷଙ୍କୁ ବି ମଣିଷର ପ୍ରମାଣ ଦେବାକୁ ପଡ଼େ । ଆମେ ତ କେବଳ ସେତିକି ହିଁ କରିଛୁ । ସମସ୍ତଙ୍କୁ ଯେ ଏ ସୁଯୋଗ ମିଳେନା ।

ପଲିଥିନ୍ ପ୍ୟାକେଟ୍‌ରୁ କାଢ଼ି ମିଜୁ କିଛି ଟଙ୍କା ଦେଲା ଅମୃତାକୁ - ଦିଦି, ଏଇଠି ସାତ ହଜାର ଟଙ୍କା ଅଛି, ରଖ ଦୋକାନରୁ ବାହାରିଲା ବେଳେ ଛାନିଆ ମାନିଆରେ ଡ୍ର'ରେ ଯାହା ଥିଲା ଧରିକି ଆସିଥିଲି । ନିମିର ତ ସଂସାରୀ ବୁଦ୍ଧି ବେଶି । କାଳେ ତିନ୍ତିଯିବ ବୋଲି ସେ ତା' କବିତା ସହିତ ଏଇ ପଲିବ୍ୟାଗ୍‌ରେ ରଖିଥିଲା । ତା' କବିତାଟା ଶୁଣିବ ?

ଅମୃତା କିଛିଟା ବ୍ୟସ୍ତ ହୋଇ କହିଲେ - ଏଇ ସମୟର ?

- ହଁ କାହିଁକି ନୁହେଁ ? କେବଳ କ'ଣ ଡ୍ରଇଂରୁମ୍‌ର କଫିର ଆସର ଅବା କବିତା ପାଠୋତ୍ସବରେ ପଢ଼ାଯାଏ ? କବିତା ଯେ ଜୀବନର ସବୁ ପର୍ଯ୍ୟାୟରେ ଥାଏ । ମଣିଷର ଦୁଃଖ-କଷ୍ଟ-ଅଶ୍ରୁ, ପୁଣି ଜୟ ପରାଜୟ ଆଉ ଶୋଷଣ-ନିପୀଡ଼ନ ପୁଣି ମଣିଷର ମୁକ୍ତିର କାମନାରେ, ପ୍ରେମ-ବିରହ ଓ ଯୌନତାରେ, ପୁଣି ଶବଯାତ୍ରା ଆଉ ଶୋଭାଯାତ୍ରାରେ ବି । ସତେ ତ । କବିତା କୋଉଠି ନାହିଁ ଯେ !

କବିତାକୁ ଛାଡ଼ି କେବେ ବି ପାଦେ ଚାଲିପାରିଛି କି ଜୀବନ !

ମିଜୁ କହିଲା - ନିମି ସିରିଆ ଦେଶର ସେଇ ଆଲ୍ୟାନ୍ କୁର୍ଦ୍ଦିକୁ ନେଇ କବିତାଟି ଲେଖିଛି । ସେତେବେଳେ ସିରିଆରେ ଚାଲିଥାଏ ଯୁଦ୍ଧ । ଆଲ୍ୟାନ୍‌ର ବୟସ ମାତ୍ର ତିନିବର୍ଷ । ତା' ପରିବାର ଯୋଜନା କଲେ ଜଳପଥରେ ଦେଶ ଛାଡ଼ି ପଳାଇବାକୁ । କାରଣ ଆଲ୍ୟାନ୍‌ର ପରିବାର ସିରିଆରେ ଥିଲା ରିଫିଉଜି । କ୍ରମାଗତ ବୋମା ପଡୁଥାଏ । ଶିଶୁ ଆଲ୍ୟାନ୍ ବି ଆଘାତ ପାଇଥାଏ । ଜଳପଥରେ ବାହାରି ପଡ଼ିବା ପୂର୍ବରୁ ତା' ମା' ରେହାନା ତାକୁ ନେଇ ଯାଇଥିଲେ ଜଣେ ଚିକିତ୍ସକଙ୍କ ପାଖକୁ । ଡାକ୍ତରଙ୍କୁ ସେଇ ତିନି ବର୍ଷର ଶିଶୁ ଗୋଟିଏ ଅଦ୍ଭୁତ କଥା କହିଲା - ଈଶ୍ୱରଙ୍କ ସହିତ ଯେତେବେଳେ ଦେଖା ହେବ ମୋର, ସେତେବେଳେ ସବୁ କଥା ତାଙ୍କୁ ସତ ସତ କହିଦେବି । ରାତିରେ କ୍ରମାଗତ ବୋମାମାଡ଼ର ଶବ୍ଦରେ ମୁଁ ଶୋଇପାରୁନି । କେତେ ଲୋକ ମରୁଛନ୍ତି, ଆଉ ଯିଏ ବଞ୍ଚିଛନ୍ତି ବି ବୋମାମାଡ଼ରେ କାହାର ହାତ ନାହିଁ କି ଗୋଡ଼ ନାହିଁ । ମୁଁ ତାଙ୍କୁ ସବୁ କହିଦେବି ।"
"କିନ୍ତୁ ଜାଣ ଦିଦି ସେମାନେ ଜଳପଥରେ ପଳାଉଥିବା ବେଳେ ତାଙ୍କ ବୋଟ୍ ବୁଡ଼ିଗଲା, ମରିଗଲା ଆଲ୍ୟାନ୍ । ତା'ର ତିନି ବର୍ଷର କୋମଳ ଦେହ ଭାସି ଭାସି ଆସି ଲାଗିଥିଲା ସମୁଦ୍ର ତୀର ବାଲିରେ ।"

ଆଲ୍ୟାନ୍ କୁର୍ଦ୍ଦି ବିଷୟରେ ମିଜୁ କହିଲା ବେଳେ, ନିମିର ଆଖିରେ ଥିଲା ଲୁହ । ନିମି ବୋଧହୁଏ ଫେରି ଯାଇଥିଲା ଦି' ହଜାର ପନ୍ଦର ମସିହାର ସେପ୍ଟେମ୍ବର ମାସକୁ ।

ଯେଉଁଟି ଥିଲା ଆଲ୍ୟାନ୍ କୁର୍ଦ୍ଦିର ସମୟ। ହଷ୍ଟେଲରେ ଥାଇ କେତେ ଥର ସେ ରାତିରେ ଫେରିଯାଇଛି ସେହି ସମୟକୁ, ଜୀବିତ ଆଲ୍ୟାନ୍‌ର ହାତ ଧରି ବୁଲିଛି ସେ ସମୁଦ୍ର ତଟରେ। ଦିହେଁ ମିଶି ପ୍ରସ୍ତୁତ କରିଛନ୍ତି ସେଇ ତାଲିକା–ଯୁଦ୍ଧ–ମାରଣାସ୍ତ୍ର–ଧ୍ୱଂସର ଠିକଣା ଲେଖାଥିବା ନିକ୍ଷିପ୍ତ ଅସୁମାରୀ ବୋମା ନିରୀହ ମଣିଷକୁ ବଧ କରିବାକୁ ସବୁ ପ୍ରକାର ଆୟୋଜନ। ଆଲ୍ୟାନ୍ ସେଇ ତାଲିକାଟି ନେଇ ଦେବ ଈଶ୍ୱରଙ୍କୁ।

କବିତାଟି ପଢ଼ିବା ଆରମ୍ଭ କଲା ନିମି - "ପ୍ରିୟ, ପ୍ରିୟ ଆଲ୍ୟାନ୍, ଈଶ୍ୱରଙ୍କ ସହିତ ଦେଖା ହୋଇଛି କି ତମର ? କହିଛ କି ତାଙ୍କୁ...।"

କେତେବେଳେ କବିତାଟି ସରିଯାଇଛି ଜାଣିପାରିନି ଅମୃତା। ଲୁହ ପୋଛି ଦେଖିଲା ମିଜୁ ଓ ନିମି ଆଣ୍ଠୁମାଡ଼ି ବସି ପ୍ରାର୍ଥନା କରୁଥିଲେ - "ହେ ଈଶ୍ୱର, ରକ୍ଷାକର ଏ ପୃଥିବୀକୁ। ମଣିଷକୁ ଭଲ ପାଇବାକୁ ଶିଖାଅ, ଦୀକ୍ଷିତ କର ଭଲ ପାଇବାର ସେଇ ପବିତ୍ର ମନ୍ତ୍ରରେ...।"

■

ଦାୟ

ରବି ପଣ୍ଡା

ସେ ଜାଣେ ବାହାରେ ଠିଆହୋଇଥିବ ଗୋଟେ ତାତ୍ପର୍ଯ୍ୟହୀନ ସକାଳ । ସବୁଦିନ ପରି ସକାଳ ଗଡ଼ି ସଂଜରେ ପହଞ୍ଚିବ ଓ ତାପରେ ସ୍ମୃତିମାନେ ଯାହାଙ୍କୁ ସେ ଯେତେ ତଡ଼ିବାକୁ ଚାହିଁଲେବି ସେମାନେ ମାଡ଼ି ଆସନ୍ତି ପାହୁଣ୍ଡ ପାହୁଣ୍ଡ କରି ତାକୁ ନିଦରୁ ଓହରେଇ ଆଣିବାକୁ । ଯଦିଓ ଦିନସାରାର ଧାଁଧପଡ଼ର ଦେହ ଚାହୁଁଥାଏ ଘଡ଼ିଏ ଗଡ଼ିପଡ଼ିବାକୁ ନିଶ୍ଚିନ୍ତରେ । ତା'ର ସମସ୍ତ ଦୁଃଖ ଜଂଜାଳକୁ ବେଖାତିର କରି ।

ହେଲେ ତା ହୁଏ ନାହିଁ ।

ବୈରାଗୀ ଆଉଟିକେ ଗାଲେଇ ପଡିଲା ।

ଆଜି ସେ ଷ୍ଟାଣ୍ଡକୁ ଯିବନାହିଁ । ଏବେ ଆଉ ସେ ନଗଲେ କାମ ଅଟକୁ ନାହିଁ । କାମ ଉଠେଇନବାକୁ ବହୁତ ପିଲା ଏବେ ପହଞ୍ଚିଗଲେଣି । ଭୋର୍ ବସ୍ ଉପରୁ ପେପର ପ୍ୟାକେଟ ଓହ୍ଲେଇବା ଠାରୁ କାହାର କ'ଣ ମାଲ୍ ପେଟି ଖଲାସ କରିବା ସବୁ କାମ ଦିନେ ସିଏ କରୁଥିଲା । ସେତେବେଳେ କୋଉଠି ଥିଲେ ଏତେ କୁଲି ମୋଟିଆ ? ହାଉଜାଉ ହେଇ ବଢ଼ିଯାଉଥିବା ପୃଥିବୀର ଲୋକସଂଖ୍ୟା ପରି ଏ ବସ୍‌ଷ୍ଟାଣ୍ଡର ଯାବତୀୟ କାମ କରିବାକୁ ବି ପହଞ୍ଚି ଯାଉଛନ୍ତି କୁଆଡୁ କୁଆଡୁ । ଏବେ ତା'ର ଆଉ ସେ କାଟତି ନାଇଁ । ଏ ବସ୍‌ଷ୍ଟାଣ୍ଡର ସେ ପ୍ରଥମ ମୋଟିଆ । ସେ ତା'ର କୈଶୋର ତାରୁଣ୍ୟ ଯୌବନକୁ ଉଜାଡ଼ି ଦେଇ ଏବେ ବାର୍ଦ୍ଧକ୍ୟରେ ପହଞ୍ଚିଛି । ଜୀବନ ନଈରେ ବହିଗଲାଣି ଅନେକ ପାଣି । ଚାହିଁଥିଲେ ସେ ଗାଡ଼ିର ହେଲପର କାମଟିଏ କରୁ କରୁ ଡ୍ରାଇଭର ହୋଇ ବଡ଼ ବଡ଼ ବସ୍ ଚଳେଇ ପାରୁଥାନ୍ତା, ହେଲେ ତା'ର ବାଁ ଗୋଡଟି ଛୋଟା । କେମିତି କେଜାଣି

ପିଲାଦିନୁ ତା'ର ସେ ଗୋଡ଼ଟି ନଳି ହୋଇ ସରୁ, ଦୁର୍ବଳ, ତେଣୁ ସେ ସବୁ କାମକୁ ଅପାରଗ ହେଇ ଗାଡ଼ି ଧୁଆଠୁ ଆରମ୍ଭ କରି ଡ୍ରାଇଭର କଣ୍ଡକ୍ଟରଙ୍କ ବୋଲହାକ କରି ଚଳିଯାଉଥିଲା । ସକାଳ ପେପର ମଧ୍ୟ ବୁଲି ବୁଲି ବିକୁଥିଲା । ତା'ର ଦୁର୍ବଳତାକୁ ସମସ୍ତେ ଦୟା କରୁଥିଲେ । ଅସହାୟତା ପାଇଁ ସମସ୍ତେ ତାକୁ ଅଯାଚିତ ଅନୁଗ୍ରହ ଦେଖାଉଥିଲେ ବୋଲି ସେ ଚଳି ଆଇଚି ଏତେଦିନ । କୁଆଡ଼େ ଯାଇନି । ଷ୍ଟାଣ୍ଡର ଜଣେ ପରିଚିତ ଲୋକ ସିଏ । କୋଉଗାଡ଼ି କେତେବେଳେ ଛାଡ଼ିବ କେତେବେଳେ ପହଞ୍ଚିବ ସବୁ ଖବର ତା ମୁହଁରେ । ଯାତ୍ରୀମାନେ ସବୁକଥା ଅଫିସରେ ନପଚାରି ତାଙ୍କୁ ପଚାରନ୍ତି । ଅଫିସର ମାଇକ ଭୁଲ ପ୍ରଚାର କରିଦେଇପାରେ କିନ୍ତୁ ବୈରାଗୀ ମୁହଁ କେବେ ଭୁଲ କହେନି । କେହି କେହି ବି ତାକୁ କହି ଦିଅନ୍ତି ଷ୍ଟାଣ୍ଡ ମାଲିକ ।

ବୈରାଗୀ କିଛି କହେନାହିଁ । କାହାରି ଥଟ୍ଟା ଛିଗୁଲିଆ କଥାକୁ ତା'ର ଆଉ ନଜର ନାଇଁ । ଦୁନିଆଁଠାରୁ ଟାହୁଲି ଟାପରା ଶୁଣିବା ତ ତାର ଭାଗ୍ୟର ଲିଖନ । ସେ କାହାକୁ ରାଗିବ କାହିଁକି ? ନିଜ ଲୋକ ଉପରେ ରାଗ ଅଭିମାନ ସିନା କରାଯାଏ, ତା'ର ନିଜର କିଏ ଅଛିକି ? ଏ ସାରା ସଂସାର ତାକୁ ନିଛାଟିଆ ଲାଗେ । କୋଉଠୁ କୋଉଠୁ ଅଣ୍ଡାଳିପକାଏ ଗୋଟେ ଆପଣାର ମୁହଁ, କିଏ ସହିନିଅନ୍ତା ତା ଦୁଃଖର ବୋଝ ଭାର । କେହି ନାହିଁ । ତେଣୁ ସେ ଜାଣେ ସେ ବଞ୍ଚିଛି ବୋଲି ବିଞ୍ଚୁଛି । ବଞ୍ଚିବା ପାଇଁ ଯାହା ଯାହା ଦରକାର ତା କରୁଚି । ନିଉଛୁଣା ପେଟ ତ ବଞ୍ଚେଇ ରଖିବାର ସର୍ବଶ୍ରେଷ୍ଠ ମାଧ୍ୟମ । ତା'ର କ'ଣ କମ୍ ଅଦଉତି କି ? ଟିକେ ଫାଙ୍କା ପଡ଼ିଗଲେ ଚଉଦବ୍ରହ୍ମାଣ୍ଡ ଉଚ୍ଛନ୍ନ କରି ପକେଇବା ସେତକ ପୂରେଇବା ପାଇଁ ସେ ଛୋଟା ଗୋଡ଼କୁ ଘୋଷାରି ଘୋଷାରି ଯାବତୀୟ କାମ କରିଚାଲିଚି ଏଠି । ବସ୍ ଧୋଇବାଠାରୁ ଡ୍ରାଇଭର କଣ୍ଡକ୍ଟରଙ୍କ ପାଇଁ ମଦ କିଣି ଆଣିବା, ଗୋଡ଼ ଘଷିବା ପର୍ଯ୍ୟନ୍ତ । ତା ପିଲାବେଳେ କେତେ କେତେ ଡ୍ରାଇଭର ବି ତାକୁ କୁଣ୍ଢେଇକି ଶୋଉଥିଲେ ବସ୍ ଭିତରେ ରାତିସାରା ।

ଏବେ ସେ ଆସ୍ତେ ଆସ୍ତେ ବୁଢ଼ା ହେଉଚି । ମୁହଁରେ ଅଲରା ବାଲରା ରୁଢ଼ । ବୟସ ଖାଇଗଲାଣି ତା ଦେହର ଅବଶିଷ୍ଟ ବଳ ଆଉ ମାଉଁସ । ନଳିଗୋଡ଼ଟା ବି କ୍ରମଶଃ ହେଇପଡୁଚି ଦୁର୍ବଳରୁ ଦୁର୍ବଳତର । ଏଇ ଅସହାୟ ବେଳରେ କିଏ ଜଣେ ଥା'ନ୍ତା । ନିଜର ପରି ଦୁଃଖକୁ ଭାଗ କରନ୍ତା । ଦେହରେ ନହେଲେ ବି ମନରେ କିଛି ଶାନ୍ତି ଲାଗନ୍ତା । କାହିଁ କିଏ ? ଯାହାକୁ ଦିନେ ସେ ଆଦରି ଆଣିଥାଆନ୍ତା ତା'ର ଏଇ ଗଛମୂଳ ପଲାତଳକୁ । ଭାବିଥିଲା କୋଉଠି ନା କୋଉଠି ଜଣଙ୍କ ପାଇଁ ଜଣେ କିଏ ଥାଏ । ପହଞ୍ଚିଯାଏ, ନହେଲେ ତୁ ପହଞ୍ଚିଲୁ କେମିତି, ପଚାରିଥିଲା ଗଉରୀକୁ ।

ଗଉରୀ ଫିସ୍‌କିନା ହସିଦେଇ କହିଲା, କିଏ ଜାଣିଥିଲା ତମେ ମତେ ଏଠି ଅନେଇ ବସିଚ ବୋଲି ? ନହେଲେ ତ କୋଉଦିନରୁ ପଳେଇ ଆସିଥାନ୍ତି ।

ବୈରାଗୀ ତରଳିଯାଏ । ନାରୀର ହସ ଆଉ ଏଇଭଳି ଆପଣାର କଥାପଦକ ପାଇଁ ବୋଧେ ପୁରୁଷ ତା ପାଖରେ ତଳିହାତିଆ ହୋଇକିଥାଏ ସବୁଦିନ । କହିଲା, ଗଉରୀ ତୁ ଯେଉଁ ଏ ନଳାପାଖରେ ମୋର ପାଲପକା ପଲା ଦେଖୁଚୁ ଏଇଟା ମୋର ଘର । ବହୁତ ଦିନରୁ ରହିଆସୁଚି ଏଠି । ଚାହିଁଥିଲେ ମାଗିଯାଚି ବତା ବାଉଁଶରେ ଗୋଟେ ଘର କରିପାରିଥାନ୍ତି ରାସ୍ତା କଡରେ । ପଇସା ବି କମ୍ ରୋଜଗାର କରେନାହିଁ ଷ୍ଟାଣ୍ଡରୁ । କିନ୍ତୁ ନିଘା ଦେଇନି । କାହିଁକି ଜାଣୁ ? କାହା ପାଇଁ ତୋଳିବି ଘର ? କିଏ ରହିବ ସେଠି ? ଯା' ରୋଜଗାର କରିବି ପେଟକୁ ଖାଇଦେବି । ତଳେ ପଟି ଅଖା ବିଛେଇ ଶୋଇଯିବି । ବଞ୍ଚିଥିଲା ଯାଏ ବଞ୍ଚୁଥିବି, ମରିଗଲେ ମରିଯିବି ଏଇ ପଲାରେ ପଡ଼ି । ଘରଫର କଲେ ଦୁନିଆ ପ୍ରତି ନିଘା ଆସିବ, ଲୋଭ ଆସିବ । ଯେ ସବୁ ଆସକ୍ତିକୁ କା ସହିତ ବାଣ୍ଟିପାରିଲେ ଆନନ୍ଦ, ହେଲେ ବାଣ୍ଟିବି କା' ସାଙ୍ଗରେ ।

ଗଉରୀ କହିଲା, କାଇଁ ବା ହେଲୁନି ?

ବୈରାଗୀ ହସିଲା, କହିଲା ମୋ ନାଁଟି କ'ଣ କହନି ? ବୈରାଗୀ... ବୈରାଗୀ... ବୁଝିଲୁ, ବୈରାଗୀର ସଂସାର କ'ଣ ?

ଆଉ ଏବେ ମତେ ଦେଖି କ'ଣ ଏତେ ଫୁଲୁଚୁ ? ଉଲୁକମତା ହଉଚୁ ? ବୈରାଗ୍ୟ କୁଆଡ଼େ ଗଲାକି ?

ବୈରାଗୀ ନରମି ଗଲା । ସେ ସତରେ କ'ଣ ଉଛନ୍ନ ହେଇପଡୁଚି କି ଗଉରୀକୁ ଦେଖି ? ତା କଥାବାର୍ତ୍ତା ସବୁ ବାହାରି ଯାଉଚନ୍ତି କି ପାଟିରୁ ଭସାମେଘ ପରି ବାତୁଳ ପ୍ରାୟଃ ! ତା ଭିତରର ପୁରୁଷପଣର ସ୍ୱାଭିମାନଟିଏ ସଜାଗ ହୋଇଗଲା । ସେ କହିଲା, ତତେ ଦେଖି ଉଛନ୍ନ ହଉନି, ଜାଣୁଚି ଯେତେବେଳେ ତୁ ମୋ ପରି ଭାଗ୍ୟ ହାତର କଣ୍ଢେଇ, ଭାବିନେଲି ଛାଡ଼ିଦେବି କାହିଁକି ଏକାକୀ ଲଢ଼ିବାକୁ । ଏକା ଦୁଃଖର ମଣିଷ ପାଖାପାଖି ହୋଇଯାଆନ୍ତିନି କି ?

ଗଉରୀ ଟିକେ ଦବିଗଲା । ସତରେ ସେଦିନ ଏଇ ବୈରାଗୀ ତାକୁ ଭିଡ଼ି ଓଟାରି ନେଇ ଆଣିନଥିଲେ ସେ କ'ଣ ବଂଚିଥାନ୍ତା ମଦୁଆଙ୍କ କବଳରୁ ? ସେ ଚାରିଛଅଟା ଯେମିତି ମାଉଁସ ପାଗଳ ଗଧିଆ, ଝାମ୍ପି ପଡୁଥିଲେ ଝୁଣିପକେଇ ଥାନ୍ତେ ତାକୁ ପୂର୍ତ୍ତା ପୂର୍ତ୍ତା କରି । ଜଣେ ଦି'ଜଣ ହେଇଥାନ୍ତେ କି, ଛଅ ସାତ ଜଣ ।

ସେଦିନ ସେ ଲାଷ୍ଟ ବସରୁ ଓହ୍ଲେଇଲା । ପେଟ ଉପରେ କୁଣ୍ଢେଇ ଧରିଥାଏ ଗୋଟେ ବୁଜୁଳା । ବାଟରେ ଚକା ଖରାପ ହେବା ଯୋଗୁଁ ବସ୍‌ଷ୍ଟାଣ୍ଡରେ ପହଞ୍ଚୁ ପହଞ୍ଚୁ ରାତି ଢେର । ଚାରିଆଡ଼ ଖାଁ ଖାଁ । ବସ୍‌ରେ ବି ବେଶୀ ଲୋକ ନଥାନ୍ତି । ଯେତିକି ଓହ୍ଲେଇଲେ କିଏ କୁଆଡ଼େ ଚାଲିଗଲେ । ସେ ଭୀଷଣ ଭୟଭୀତ ହୋଇଯାଇଥିଲା । କୁଆଡ଼େ ଯିବ ?

କାହା ପାଖକୁ ଯିବ ? କିଏ ଅଛି ତା'ର ଏଠି ? ସେ ଷ୍ଟାଣ୍ଡ ବିଶ୍ରାମାଗାରରେ ରାତିଟା କଟେଇ ଦବାକୁ ଉଠିଯାଉଥିଲା ନିଜକୁ ଲୁଚେଇ । ସେ କ'ଣ ଜାଣିଥିଲା ସେଠି ମଦୁଆଗୁଡା ଢୋଲେ ଢୋଲେ ପିଇ ଗଡୁଛନ୍ତି ବୋଲି ? ସେ ଚଢ଼ିଗଲା ଜଣକ ଉପରେ ।

କିଏ ବେ ? ଗୋଟେ ଅଶ୍ଳୀଳ ଗାଳି ସହ ଭଡ଼କି ଉଠିଲା ଲୋକଟା । ସେ ଖସି ଆସୁଥିଲା । କିଏ ଜଣେ ଜଳେଇଦେଲା ଚୋରାବତୀ । ଆରେ ହେଃ... ହଜିଲା ଗାଈ ଖୋଜିଲା ଠେଇଁ... ଉଠବେ... ଦେଖବେ... ଧରବେ... ସମସ୍ତେ ଉଠିପଡ଼ିଲେ ଭୁସ୍‌ଭାସ୍ । ସେଇ ଅନ୍ଧାର ଭିତରେ କେତେଗୁଡିଏ ହାତ ମୁହଁ ଯେମିତି ତାକୁ ଭିଡ଼ି ଓଟାରି ପକଉଥିଲେ, ସେ ଚିଇରାଟେ ଛାଡ଼ି ଉଠିଲା ।

ଲାଷ୍ଟ ବସ୍ ଲାଗିଲା ପରେ ତାକୁ ଓଳାଓଳି କରି ପଲାକୁ ଫେରିଯିବାକୁ ତରତର ହେଉଥିଲା ବୈରାଗୀ । ଗାଉଁ ଗାଉଁ ବି ହଉଥିଲା । ଏତେ ରାତିରେ ମଣିଷ କାମ କରିବ, ଭାରି ତ ପଇସା ଦେଇ ପକଉଚି ଶୁଣ୍ଢିଆ କଣ୍ଡକ୍ଟର । କଣ୍ଡକ୍ଟର ବସି ବିଡ଼ିଟାଣି ହିସାବ କରୁଥିଲା । ଡ୍ରାଇଭର ପଳେଇଥିଲା ବାହାରକୁ । ହେଲପର ଯାଇଥିଲା ତା ସାଙ୍ଗରେ ।

ଗୋଟେ କିଏ ଚିଲେଇଲା ? ଗୋଟେ ଝିଅପିଲାର ଚିତ୍କାର ଶୁଣିଲ କି ? ବୈରାଗୀ ପଚାରିଲା କଣ୍ଡକ୍ଟରକୁ । କଣ୍ଡକ୍ଟର ଖିଙ୍କାରି ହେଲା । କହିଲା, ମୁଁ ହିସାବ କରିବି ନାଁ କିଏ କୋଉଠି ପାଡ଼ିଲା ଛିଙ୍କିଲା ଶୁଣିବି ? ଆଁ ?

ବୈରାଗୀ ମନ କିନ୍ତୁ ଥୟ ହେଉନଥିଲା । ସେ ଶୁଣିଚି ଗୋଟେ ଝିଅପିଲାର ହାଉଳିଆ ସ୍ୱର... କହିଲା, ସାମଲବାବୁ ଟର୍ଚ୍ଚଟା ଦେଲ ।

ବୈରାଗୀ ମାଡ଼ିଯାଉଥିଲା ଟର୍ଚ୍ଚ ଚିପି ସେଇ ଚିତ୍କାର ଶୁଭୁଥିବା ସ୍ୱର ଆଡ଼କୁ ଛୋଟେଇ ଛୋଟେଇ । ଯେମିତି ସମସ୍ତ ଅସୁବିଧାକୁ ସାମ୍ନା କରିବାକୁ ତା ଦେହରେ ସଂଚରି ଆସୁଚି ଅପ୍ରମିତ ଶକ୍ତି । ସେ ସେଠି ପହଞ୍ଚି ଯାଇଥିଲା । ଛଅ ସାତଜଣଙ୍କ ଘେରରେ ଲଙ୍ଗଳାମୁକୁଳା ହେଇ ଗଡୁଥିଲା ସ୍ତ୍ରୀଲୋକଟିଏ । ଦଳେ ଗଧିଆ ଯେମିତି ଘେରି ଘେରି କଅଁଳବିକଳ କରୁଚନ୍ତି ହରିଣ ଛୁଆଟିକୁ ।

ସେ ଗର୍ଜି ଉଠିଲା, କ'ଣ ଚାଲିଚି ଏଠି ?

ତୁ କିଏ ବେ ? ଜଣେ କିଏ ସେମାନଙ୍କ ଭିତରୁ ଧମକେଇଲା ।

ମୁଁ କିଏ ଜାଣିପାରୁନୁ ? ବୈରାଗୀ ଛୋଟା ଗୋଡ଼ରେ ତ୍ରିଭଙ୍ଗୀ ଠାଣିରେ ଠିଆ ହୋଇଥିଲା ଗିରିଗୋବର୍ଦ୍ଧନ ଧାରଣ କଲାପରି ।

କ୍ରୋଧିତ ସ୍ୱରଟି ଧିମା ପଡ଼ିଗଲା । ସମସ୍ତେ ଚୁପ୍ ହୋଇଗଲେ । ଜଣେ କହିଲା, ଭାଇ... ତମେ ଯାଉନ ତମ କାମରେ... ।

ନାଁ... ତାକୁ ନ'ନେଇ ମୁଁ ଏଠୁ ଯିବିନି ।

ସେମାନେ ଚାହିଁଥିଲେ ଏ ଛୋଟା ବୈରାଗୀକୁ ସେଇଠି ଖଟେଇଦେଇ ପାରିଥାନ୍ତେ ଖୁଣ୍ଟରେ। କିନ୍ତୁ ତା ସେ କରିପାରିବେନି। ବୈରାଗୀର ଭାରି ପ୍ରଭାବ ଏ ଷ୍ଟାଣ୍ଡ ଇଲାକାରେ। ରାତି ପାହିଲେ ଯଦି ସେ ମୁହଁ ଫିଟାଏ ଖାଲି ତ ଏଠି ଆସି ମାଲପିଇ ଆଡା ଜମେଇବା ବନ୍ଦ ହବନି, ବରଂ ମାମୁଁ ଘରକୁ ବି ଯିବାକୁ ପଡ଼ିପାରେ ଘଣାପେଲିବାକୁ କିଛିଦିନ...।

ତଥାପି ସେମାନେ ସାକୁଲେଇଲେ, ବୈରାଗୀ ଭାଇ... ତମେ ଯାଉନ.... ଆମେ ଟିକେ... ସେ କ'ଣ ତମ ନିଜ ଲୋକ ?

ବୈରାଗୀକୁ ନିଜ କଥା କିଏ ପଚାରିଲେ ଖୁବ୍ କ୍ରୋଧିତ ହୋଇଯାଏ। ତା'ର ନିଜର କେହି ନାହାନ୍ତି ବୋଲି କା'ଠୁ ଶୁଣିଲେ ତା ଦୁଃଖ ବଦଳିଯାଏ ରାଗରେ। ସେ ଚିତ୍କାର କଲା... ଶଳା ହାରାମଜାଦା... ନିଜ ପର କ'ଣ ବେ... ହଁ ହଁ ୟେ' ମୋ ନିଜର... ହେଲା ? ତା'ପରେ ସେ ଗଉରୀକୁ ଡାକିଲା, ଆ' ଚାଲିଆ ମୋ ସାଙ୍ଗରେ...।

ଗଉରୀ ତା ଲୁଗାପଟାକୁ ଅଣ୍ଡାଳି ଉଠିଲା। କିଏ ଜଣେ ଅନ୍ଧାର ଭିତରୁ କହିଲା, ନେଇଯା... ନେଇଯା... ତୋ ପଲା ତଳକୁ... ଓ ତା'ପରେ ମିଳିତ ହୋ ହୋ ହସ।

ଗଉରୀ ପଲାରେ ପହଁଞ୍ଚିଲା। ଡିବିରି ବତୀ ଧାସରେ ଦେଖିଲା ବୈରାଗୀ, ବୟସ ପଚିଶ ଛବିଶ ହେବ। କୁନ୍ଦିଲା କୁନ୍ଦିଲା ଦେହ। ରଂଗ କଳା ହେଲେ ବି ମୁହଁ ଗଢଣଟି ସୁନ୍ଦର। ନାକରେ ନାଇଚି ଗୋଟେ ରୂପା ଫୁଲ। ବେକରେ କାଚମାଳି। କାନରେ କେମିକଲ ଝରା। ହାତରେ ପାଣିକାଚ। ପିନ୍ଧିଚି ଗୋଟେ ଶସ୍ତା କସ୍ତା ଶାଢ଼ି। ବୈରାଗୀ ପଚାରିଲା, ତମ ନାଁ।

: ଗଉରୀ।

: କୋଉଠୁ ଆସିଲ ? କୋଉଠିକି ଯିବ ?

କୋଉଠୁ ଆସିଲି କହିଦେବି, କୋଉଠିକି ଯିବି କହିପାରିବି ନାହିଁ। ଗୋଟେ ପୋଖତ ଲୋକଭଳି କହିଲା ଗଉରୀ।

: ମାନେ ଏଠି କେହି... ନିଜର...

: ନିଜର ଥିଲେ ଏତେ ରାତିରେ ସ୍ତ୍ରୀଲୋକଟେ ବସ୍‌ଷ୍ଟାଣ୍ଡରେ ମୁଣ୍ଡ ଗୁଞ୍ଜୁଥାନ୍ତା ?

ଗଉରୀର ଏଇସବୁ ବଙ୍କା ଉତ୍ତର ଜଣେଇ ଦଉଥିଲା ଯେ ସେ ନିଜ ଭିତରେ ସଞ୍ଚୟ କରି ରଖିଚି ଯଥେଷ୍ଟ ସାହସ ଓ ଆତ୍ମବିଶ୍ୱାସ। ବୈରାଗୀ ଅନ୍ତତଃ ତାକୁ ଯା ଭାବୁଥିଲା ସେୟା ତା କଥାବାର୍ତ୍ତା ଢଙ୍ଗରୁ ବୁଝିନପାରି ଭାବୁଥିଲା ଧନ୍ଦାବାଲୀଟେ। ନାରୀଜାତିଙ୍କୁ ଏଇ ରୂପରେ ଦେଖିଲେ ବୈରାଗୀ ଦେହରେ ନିଆଁ ଚଢ଼ିଯାଏ। ସେ ଚୁପ୍ ହୋଇଗଲା, ଭାବିଲା ଏଇ ଜନ୍ତୁଟାକୁ ମଦୁଆଙ୍କ କବଳରୁ ଉଦ୍ଧାର କରି ଭୁଲ୍ କରିପକେଇଚି...।

ତା ନିରବତା ଦେଖି ଗଉରୀ କହିଲା, ଆଉ କିଛି ଜାଣିବ ନାହିଁ ମୋ ବାବଦରେ ? ସବୁ ପ୍ରଶ୍ନ ଶେଷ ହେଇଗଲା ?

ନାରୀଙ୍କୁ ନେଇ ପ୍ରଶ୍ନର ଶେଷ ନଥାଏ । ହେଲେ ସେ ଉତ୍ତର ସବୁ ତା'ର କି' ଦରକାର । ମନେ ମନେ ଭାବିଲା ବୈରାଗୀ, ରାତି ପାହିଲେ ଯେଝା ବାଟରେ ଯିଏ । ତଥାପି କହିଲା, ତମକୁ ସବୁକଥା ପଚାରିବାକୁ ମୁଁ ବା କିଏ ? କାହାର କେତେ ସମସ୍ୟା !

ଗଉରୀ କିଛି ସମୟ ଚୁପ୍ ହୋଇଗଲା । କହିଲା, ଯୋଉ ତିର୍ଲାକୁ ତା ମର୍ଦ୍ଦ ଛାଡିଦିଏ ସେ ଘରର ହୁଏ ନା ଘାଟର ? ମୋ ସମସ୍ୟା ସେୟା । ପୁଣି କୋଉ ମର୍ଦ୍ଦ ପୁଣି ତା ତିର୍ଲାକୁ କହେ, ଯା' ତୁ ଦେହ ବିକି ଆଣି ମତେ ପଇସା ଦେ । ମୁଁ ପିଇବି । ତା କଥାରେ ରାଜି ନହେଲେ ଗାଈଗୋରୁ ଭଳି କକରଛନିଆ ମାଡ । ଧର୍ମ ସହିବ ? ମୁଁ ଯଦି ଦେହ ବିକି ଧନ୍ଦା କରିବି, ତୋ ଲାଗି କାହିଁକି କରିବି ? ଆଁ ? ସେଇଟା ଆଉ ମୋର କିଏ ? ଯଦି କରିବି ମୋ ନାଗି କରିବି, ମୋ ଦେହକୁ ମୋ ପେଟ ପାଇଁ ଲଗେଇବି । ବେଶ୍ ଚାଲି ଆସିଲି, ମନ ଯୁଆଡ଼େ ଡାକିଲା, ପାଦ ଯୁଆଡ଼େ ଟାଣିଲା ।

ବୈରାଗୀର ଇତିହାସ ଯେମିତି ଠିଆ ହୋଇଯାଉଥିଲା ତା ଆଗରେ । ସେ ଛୁଆବେଳେ ଦେଖୁଥିଲା, ବାପା ତା'ର ରିକ୍ସା ଟାଣି ରାତିରେ ଘରକୁ ଫେରେ । ତା ମାଆକୁ ନିଶାରେ ଖୁବ୍ ପିଟାପିଟି କରେ । ସେ ଖାଲି ବାପାମାଆଙ୍କ ମଝିରେ କିଭଳି କାଉଳି ବାଉଳି ହେଉଥାଏ । ଦିନେ ଏମିତି ହେଲା ଯେ ମାଆ ଆଉ ସହିପାରିଲା ନାହିଁ । ତାକୁ ବାପ ଆଗରେ କଚାଡ଼ି ଦେଇ କହିଲା ରଖ୍ ତୋ ପୁଅକୁ... ମୁଁ ଚାଲିଲି । ନିଶା ଆଉ କ୍ରୋଧରେ ଅନ୍ଧ ହୋଇଯାଇଥିବା ବାପା ତାକୁ ନିର୍ଘାତ ଗୋଇଠାଟିଏ ପକେଇ କହିଲା, ଉଠା... ଏ ଛୋଟାକୁ.. ମୁଁ ଏଟାକୁ କାହିଁକି ରଖିବି ? ବାପାର ଗୋଇଠା ମାଡ଼ରେ ସେ ଛିଟିକି ଆସିଲା ବାହାରକୁ...ସେଇଦିନୁ ବାହାରକୁ ଆସିଚି ତ ଆସିଚି... ଭୁଲିଚି ମାଆକୁ ଭୁଲିଚି ବାପାକୁ, ସେ କାନ୍ଦି ପକେଇଲା ।

ତମ ଜୀବନର ଘଟଣା ସହ ମୋ ଜୀବନ କଥା ମେଳଖାଇ ଯାଉଚି ତ । ଅନେକ ଦିନ ପରେ ଝରଝର କାନ୍ଦୁଥିଲା ବୈରାଗୀ । କାନ୍ଦ ଯେ ତା ଆଖିରେ ନଥିଲା ତା ନୁହେଁ କାନ୍ଦିବାର ପ୍ରବଣତା ସେ ହଜେଇ ଦେଇଥିଲା ତା ଆଖିରୁ ବହୁତ ଦିନ ତଳୁ । ଏବେ ଗଉରୀକୁ ଦେଖିଲା ପରେ ତା'ର ମାଆ କଥା ମନେପଡୁଥିଲା । ପ୍ରକୃତରେ ଏଇଭଳି ସ୍ଥିତିରେ କି ମାନସିକତା ଯେ ଥାଏ ଅସହାୟା ନାରୀଟିର !

ଗଉରୀ ମଧ୍ୟ କାନ୍ଦି ପକେଇଲା । ନିଜର ଦୁଃଖ ସାମ୍ନାରେ ଏକା ଦୁଃଖଟିଏ ଠିଆ ହେଇଥିଲେ ଲୁହମାନେ ଯେମିତି ସାନ୍ତ୍ୱନା ଦେଇ ଝରି ଆସନ୍ତି ଆଖିରୁ ।

ସେମାନେ ତା'ପରେ ବସିଥିଲେ ନିରବରେ ଖୁବ୍ ସମୟ । ପରବର୍ତ୍ତୀ ଶବ୍ଦମାନେ

କ'ଣ ହେବେ, ପରବର୍ତ୍ତୀ ସମୟ ଗୁଡିକର ହିସାବ କିପରି କରାଯାଇପାରେ ବା ସେମାନଙ୍କର ଆଗାମୀ କାର୍ଯ୍ୟକ୍ରମ କ'ଣ ହେବ ଏଇ ଭାବନାର ହୁଏତ ସେ ଦି'ଜଣ ଥିଲେ। ସମୟ ବିତୁଥିଲା। ରାତି ବଢୁଥିଲା। ପଲା ଭିତରଟା କେବଳ ଏକ ଅମୀମାଂସିତ ଦୀର୍ଘଶ୍ୱାସରେ ଭାରି ଭାରି ହେଇ ଆସୁଥିଲା।

ନୀରବତା ଭାଙ୍ଗି ବୈରାଗୀ ପଚାରିଲା, ଏବେ କରିବ କ'ଣ ?

ଏହା ବ୍ୟତୀତ ଅନ୍ୟ କିଛି ପ୍ରଶ୍ନ ଥିଲା କି ? ଆଉ କ'ଣ ପଚରାଯାଇ ପାରିଥାନ୍ତା ? ହୁଏତ ଏଇ ଘାଇରେ ବୈରାଗୀ ଥତମତ ହେଉଥିଲା। ଗଉରୀ ଏ ପ୍ରଶ୍ନ ପାଇଁ ଉତ୍ତରଟେ ହୁଏତ ସ୍ଥିର କରିସାରିଥିଲା। କହିଲା, ଆମ ଜୀବନର ଜଂଜାଳ ଓ ଘଟଣା ଏପର୍ଯ୍ୟନ୍ତ ଏକାଭଳି। ଆମେ କ'ଣ ବାଣ୍ଟି ପାରନ୍ତେ ନାଇଁ ଦୁଃଖକୁ ସାଙ୍ଗ ହୋଇ...।

ଅନେକ ଦିନରୁ ମୂର୍ଚ୍ଛା ହୋଇ ପଡିଥିବା ଇଚ୍ଛାମାନେ ଉଠିପଡ଼ି ଡିଆଁଡେଇଁ ଆରମ୍ଭ କରିଦେଲେ ବୈରାଗୀ ମନରେ। ପାଲଢଙ୍କା ପଲା ପରିଣତ ହୋଇଗଲା ଗୋଟେ ପ୍ରାସାଦରେ। ଫଟା ଅଖା ବିଛା ଚଟାଣ ହୋଇଗଲା ଗୋଟେ ମଖମଲି ଶେଯର ବିଛଣା। ଡିବିରି ବତିର ଧୂମା ଶିଖା ବଦଳିଯାଉଥିଲା ମଳୟ ଚନ୍ଦନର ବାସ୍ନାରେ, ରାସ୍ତାକଡ ନାଳ ମଧୁର ଝରଣା ପରି ଗାଇ ଉଠୁଥିଲା ପ୍ରୀତିର ସଂଗୀତ। ଗୋଟେ ଅକଳ୍ପନୀୟ ସୁଖର ନଅର ଭିତରକୁ ପଶି ଯାଉ ଯାଉ ବୈରାଗୀର ନଜର ପଡିଗଲା ତା ନଳି ଗୋଡ଼ ଉପରେ। ତା ଜୀବନର ପ୍ରମୁଖ ବିପର୍ଯ୍ୟୟର ହେତୁ ଏଇ ଗୋଡ। ଏଇ ଗୋଡ଼ ହିଁ ତାକୁ ସଦା ସର୍ବଦା କରି ଆସିଚି ଜୀବନ ପ୍ରତି ବିମୁଖ ଓ ବୀତସ୍ପୃହ। ତା ଦେହର ଭାରାକୁ ସହି ନପାରି ନୋସଡି ହେଇଯାଉଥିବା ଏଇ ଦୁର୍ବଳ ଗୋଡ଼ଟି ଧରି ରଖି ପାରିବ ତ ଗଉରୀକୁ! ତା ସହିତ ତାଳ ମିଳେଇ ଚାଲିପାରିବ ତ ଏଇ ଘୋଷରା ପାହୁଲ!

ସେ ବିମର୍ଷ ହୋଇଗଲା। ଠିକ୍ ଏଇ ସମୟରେ ଗଉରୀ ପଚାରିଦେଲା। ତମେ ଆଗରୁ ଘର ସଂସାର ତ କରିପାରିଥା'ନ୍ତ ?

ବୈରାଗୀ ପାଖରେ ଏହାର ଉତ୍ତର ଦେବା ପାଇଁ ସାମର୍ଥ୍ୟ ନିଅଣ୍ଟ ଥିଲା। ପାଟି ଖୋଲିଥିଲେ ଗୋଟେ ବିକଳ କୋହ ହିଁ ଭୋ ଭୋ ହୋଇ ଫିଟି ପଡିଥାନ୍ତା ପାଟିରୁ। ସେ ଖାଲି ନିରବରେ ତା ଲୁଙ୍ଗିଟାକୁ ଟେକିଦେଇ ଦେଖେଇ ଦେଲା ତା ନଳୀଗୋଡ଼।

ଘଟିଯାଇଥିବା ଘଟଣା ଗୁଡ଼ିକର କ୍ଷୀପ୍ରତା ଓ ଅନ୍ୟମନସ୍କତା ଗଉରୀକୁ ବୈରାଗୀର ପାଦ ଘୋଷାରି ଘୋଷାରି ଚାଲିବାର ଦୃଶ୍ୟ ଉହାଡ଼କରି ରଖିଥିଲା ଏଯାବତ୍। ସେ ଦେଖିଲା, ଆଣ୍ଠୁ ଠାରୁ ସରୁ ହୋଇ ଲମ୍ବି ଆସିଥିବା ଗୋଡ଼ଟି ଗୋଟେ ମଲା ସାପପରି ଝୁଲୁଚି ସମସ୍ତ ଅସାମର୍ଥ୍ୟକୁ ସ୍ୱୀକାର କରିନେଇ।

ବୈରାଗୀ ଭାବିଥିଲା ଗଉରୀ ଚମକି ପଡ଼ିବ ବା ଆହା ଆହା ଚୁ ଚୁ କରି କେତୋଟି

ଦୟାପୂର୍ଣ୍ଣ ଶବ୍ଦ ଉଚ୍ଚାରି ଦେବ, କିନ୍ତୁ ତା' କଲାନାହିଁ ସେ। ପାଦଟାକୁ ଆଉଁସି ଦେଉ ଦେଉ କହିଲା, ପାଦ ସଙ୍ଗେ ବାହାଘରର କି ସମ୍ପର୍କ ? ଛୋଟାମାନେ କ'ଣ ବାହା ହଉନାହାନ୍ତି, ନା ଘର ସଂସାର କରୁନାହାନ୍ତି ?

ବୈରାଗୀ ତଲ୍ଲୀନ ହୋଇଯାଉଥିଲା। ପ୍ରଥମ ଥର ପାଇଁ ସେ ଶୁଣୁଥିଲା ଆହ୍ଲାଦ ଆଉ ଆଶ୍ୱାସନାର କଥା। ପୁଣି ଜଣେ ନାରୀଠାରୁ। ପିଲାବେଳୁ ସେ ବହୁ ନାରୀଙ୍କୁ ଦେଖିଚି। ତା ପ୍ରତି ଦୃଷ୍ଟି ପଡ଼ିଲେ ସେମାନଙ୍କ ଆଖିରେ ଯେଉଁ କରୁଣାର ଝଲକଟିଏ ଫିଟିପଡ଼େ ତାକୁ ମୋଟେ ସହ୍ୟ କରିପାରେ ନାହିଁ ବୈରାଗୀ। ସେ ବହୁତ ସମୟରେ ନିଜକୁ ଲୁଚେଇ ଦିଏ। ବସିଯାଏ କିଛି ନଘଟିଲା ପରି। ତା ଭିତରେ କାହିଁକି କ୍ରୋଧଟିଏ ସଂଚରିଯାଏ ସେମାନଙ୍କ ଉପରେ। ତାକୁ ଲାଗେ ଖାସ୍ କରି ଏଇ ନାରୀମାନଙ୍କର କରୁଣାର୍ଦ୍ର ଚାହାଣୀ ତା ଦୁଃଖକୁ ବଳେଇ ପକାଏ। ତା ଅସହାୟତାକୁ ଅଧିକ ଆକ୍ରାନ୍ତ କରିପକାଏ। ଏମାନେ ମୋ ଶତ୍ରୁ...।

କିନ୍ତୁ ଏ କ'ଣ କଲା ଗଉରୀ! କ'ଣ ନକଲା ସତରେ ! ଆଉଁସି ଦେଲା ତା ନଳୀଗୋଡ, ଆଉ କହିଦେଲା ଗୋଟେ ଆତ୍ମବିଶ୍ୱାସର କଥା। ଛୋଟା ହୋଇଯିବା ମୋଟେ ବିଷଣ୍ଣତା ନୁହେଁ, ଅସହାୟତା ନୁହେଁ, ସେଥିପାଇଁ ନିଜକୁ ନିଜ ଭିତରେ ଲୁଚେଇ ରଖିବା ମୋଟେ ପ୍ରୟୋଜନ ନୁହେଁ। ଆଃ... ଆଗରୁ କାଇଁକି ଭେଟ ହେଲୁନି ଗଉରୀ... !

ବୈରାଗୀ ଯେମିତି କୃତଜ୍ଞତାରେ ଲୋଟି ପଡୁଥିଲା ତା ପାଖରେ।

ଗଉରୀ ଭାବୁଥିଲା, ଭାସିଯାଉଥିବା ଲୋକଟି କୁଟାଖିଅକୁ ଆଶ୍ରା କରେ। ବୈରାଗୀ ହେଉ ଛୋଟା କେମ୍ପା, ପୁରୁଷ ତ ! ନାରୀର ଉହାଡ଼ ତ ପୁରୁଷ। ତାକୁ ହିଁ ଆଶ୍ରା କରି ତା'ର ଆସିଥାଏ ଜୀବନର ମୋଡ଼। ସହଜେ ଏ ନୂଆଜାଗା, ଡାହାଣା ଡାହାଳ ଗୁଡ଼ାଙ୍କର ବି ଭାରି ଅଦଉତି ଏଠି। ବୈରାଗୀ ଛୋଟା ହେଲେ ବି ତା'ର ପତିଆରା ଅଛି ଷ୍ଟାଣ୍ଡରେ। ଅସହାୟା ତିର୍ଲାଟାର ବାଛବିଚାର କ'ଣ ? ତା'ର ତ ଏବେ ସର୍ବଶେଷ ଆବଶ୍ୟକତା ଗୋଟେ ଆଶ୍ରୟ। ସେ ପଲା ହେଉ ବା ଝୁମ୍ପୁଡ଼ି ହେଉ, ବୈରାଗୀ ହେଉ ବା ହେଉ ଭୋଗୀ, ଛୋଟା ହେଉ ବା କେମ୍ପା... ଆଗେ ଥାଇକି ହେଲେ ବିଚାର କରାଯିବ ଆଗକୁ କ'ଣ କରାଯାଇପାରେ...।

ସେ ସେଇମିତି ବୈରାଗୀ ଗୋଡ଼କୁ ଆଉଁସୁ ଆଉଁସୁ କହିଲା, ଏବେ ?

ଏବେ ? ପ୍ରଥମଥର ପାଇଁ ଗୋଟେ ଛାତିଖୋଲା ହସ ହସିଲା ବୈରାଗୀ।

ତା' ପରଦିନ ବସଷ୍ଟାଣ୍ଡରେ ବୈରାଗୀ ଉପରେ ପ୍ରଶ୍ନ ପରେ ପ୍ରଶ୍ନ ଓଜାଡ଼ି ହୋଇପଡୁଥିଲା ଗଉରୀ ସମ୍ପର୍କରେ। କ'ଣ ଉତ୍ତର ଦେବ ? କେଉଁ ପରିଚୟରେ ଗଉରୀକୁ ଚିହ୍ନେଇବ ସେକଥା ଭାବିଭାବି ସେ ଛାଡ଼ି ପଳେଇ ଆସିଲା ପଲାକୁ, କହିଲା ବାହାର... ମନ୍ଦିର ଯିବା।

ମନ୍ଦିର ? ଗଉରୀ ଆକଲା ହେଲା ।

ମନ୍ଦିର ଯିବାନି ? ଗୋଟେ ପଲାରେ ଏକାଠି ରହିବା ? ମତେ ସବୁ ଯାଡୁସ୍ୟାଡୁ ଛିଗୁଲଉଛନ୍ତି, "ସେ ମାଇକିନାଟି କିଏ କିରେ ବୈରାଗୀ । ଲୁଚେଇକି ରଖିଛୁ ।" କ'ଣ ସେମାନଙ୍କୁ କହନ୍ତି, ଆଁ ?

କହି ଦଉନ ମୋ ମାଇପ... ହସି ହସି ଗଡ଼ିଗଲା ଗଉରୀ ।

ବୈରାଗୀ ଟିକେ ଚିଡ଼ିଗଲା, କିଛି କୁଆଡୁ ନାଇଁ, ଏକଥା ମିଛରେ କହିବି ?

ଆଉ ବାଜା ରୋଷଣୀ ଯୋଗାଡ଼ କର, ବା ହବା, କଥାଟାକୁ ଖୁବ୍ ହାଲକା ଭାବରେ କହିଦେଲା ଗଉରୀ ।

ବୈରାଗୀକୁ ଲାଗିଲା ଗଉରୀ ଯେମିତି ଖୁବ୍ ଆଗ୍ରହୀ ନୁହେଁ ଏ ବାବଦରେ । ତା ମନ ଭାଙ୍ଗିଗଲା, କହିଲା ତୁ ମତେ ଆଉ ଏତେ ଥଟ୍ଟା କରନା ଗଉରୀ । ଆଉ ସହିବାର ତାକତ ମୋର ନାହିଁ ।

ଗଉରୀ ଟିକେ ତରଳିଗଲା । କହିଲା, ମୁଁ ଖେସାରେ କହୁଥିଲି ନାଁ... ମନ୍ଦିର ଯାଇ ବାହା ହବାର କିଛି ମାନେ ନଥାଏ । ଯଦି ଚାହୁଁଚ, ଯା' ସିନ୍ଦୁର ଟିକେ, ଶଙ୍ଖା ଦି' ପଟ ନେଇ ଆସିବ । ମୁଁ ଏଇଠି ପିନ୍ଧିନେବି । ମନ ମିଳିଲେ ମନ୍ଦିର ଯିବା କି ଦରକାର ?

ବୈରାଗୀ ଦି' ହୁମ୍ପାରେ ଘରୁ ବାହାରିଗଲା, ଯେମିତି ସେ ଏବେ ଖେଦିଯିବ ବିଶ୍ୱବ୍ରହ୍ମାଣ୍ଡ ।

ହସିଦେଲା ଗଉରୀ, ବିଚରା...

ସେ ପଲା ଭିତରକୁ ପଶିଲା । ଭିତରଟା ଗୋଟେ କେମିତି ଅଳିଆଗଦା । କେମିତି ଏଠି ରହେ ବୈରାଗୀ ? ଲୋକଟା ଏତେ ଜୀବନ ବିମୁଖ କାହିଁକି ? ଗଉରୀ ଭିତରେ ବୈରାଗୀ ପାଇଁ ଗୋଟେ ଶ୍ରଦ୍ଧା ସୃଷ୍ଟି ହୋଇଗଲା । ସେ ସବୁ ଓଲାଓଲି ସଜଡ଼ା ସଜଡ଼ିରେ ଲାଗିଗଲା ।

ସଂଜ ଛାଇ ଆସୁଛି । ବୈରାଗୀ ପହଞ୍ଚିଲା । ଆଣିଚି ଶଙ୍ଖା, ସିନ୍ଦୁର, ଆଉ ଖଣ୍ଡେ ଶାଢି । ପୁଟୁଳାଟା ବଢେଇ ଦେଲା ଗଉରୀ ହାତକୁ ।

ଗଉରୀ କହିଲା, ୟେ' କ'ଣ ?

ମିଠା । ବୈରାଗୀ ପାଟିରୁ ଯେମିତି ରସ ଝରିପଡୁଥିଲା । କହିଲା ପିନ୍ଧିପକା ସବୁ । ଏଇଠି ଦଶଦିଗ ସାକ୍ଷୀରଖି ହବ ଆମର ବା'ଘର ।

ଗଉରୀ ପିନ୍ଧିପକେଇଲା ଶାଢି । ପିନ୍ଧିଲା ଶଙ୍ଖା, ବଢ଼େଇଦେଲା କପାଳ ବୈରାଗୀ ଆଡ଼େ । ଦିଅ ପିନ୍ଧେଇ ଦିଅ ସିନ୍ଦୁର ।

ବୈରାଗୀ ଥରିଲା, କହିଲା, ନାଇଁଲୋ... ତୁ ବା' ହେଇଚୁ... ମୁଁ ପୁଣି...

ଗଉରୀ ଗୋଟେ ପୋଖତ ନାରୀପରି କହିଲା, ମୁଁ ତ ଥରେ ସିନ୍ଦୂର ପିନ୍ଧିଚି, ଶଙ୍ଖା ନାଇଚି... ଆଉଥରେ ଯାକୁ ପିନ୍ଧିବାରେ ମୋର ସେମିତି କିଛି ଆଗ୍ରହ ନାଇଁ କି ଚମକ ନାଇଁ। ତା ପାଇଁ ପିନ୍ଧୁଥିଲି ଏବେ ନହେଲେ ତୁମ ପାଇଁ ପିନ୍ଧିବି। ତମେ ମୋର ଦ୍ୱିତୀୟ ହେଲେ ମୁଁ ତମର ପ୍ରଥମ ନାଁ ! ତମ ମନର ସେଇ ଯୋଉ ଅବସୋସଟା ଅଛି, ଦିଅ ପିନ୍ଧେଇ ଦିଅ ସିନ୍ଦୂର... ଅନ୍ତତଃ ତମର ବାଡ୍ରୁଅ ଦୋଷଟା କଟିଯିବ।

ଏକଥା ଖୁବ୍ ସହଜରେ କହିଦେଉଥିଲା ଗଉରୀ। ବୈରାଗୀ ଜାଣିଲା ଗୌରୀ ଦୁଃଖ କଷ୍ଟ ଧୋକ୍କା ଖାଇ ଖାଇ ଏମିତି ଟାଣ ହୋଇଯାଇଚି, ଖୋଲାମେଲା ଠୋ ଠୋ ସବୁ କହିଦେଉଚି। ଦୁଃଖର ଅନୁଭବଟାବି ଟାଣ ଭାଷାରେ ପ୍ରକାଶିତ ହୋଇଯାଏ ବେଳେବେଳେ। ଗୋଟାଏ ଜିଦ୍ ଘୃଣା କି ଅଭିମାନ ଏ ପୁରୁଷ ସମାଜ ପ୍ରତି ହୁଏତ ଗଭୀର ହୋଇଯାଇଚି ଗଉରୀର। ସେ ସେଇଥିପାଇଁ ରୋକ୍‌ଠୋକ୍ କହିଦେଉଚି ତା ମନ କଥା...।

ବୈରାଗୀ ମଧ୍ୟ ତା ପ୍ରତି ଦରଦୀ ହେଇପଡୁଥିଲା।

ନାଲି ଶାଢ଼ୀ ପିନ୍ଧି ଆଖିବୁଜି କପାଳକୁ ବଢ଼େଇ ଦେଇଚି ଗଉରୀ ତା ଆଡ଼େ। ଓଠରେ ଫୁଟି ଉଠୁଚି ଧାରେ ଲାଜୁଆ ହସ। ବୈରାଗୀ ଗୋଟେ ଅକଳ୍ପନୀୟ ସୌଭାଗ୍ୟକୁ ଯେମିତି ହାତମୁଠାରେ ପାଇ ବି ବିଶ୍ୱାସ କରିପାରୁନି। ତାକୁ ସବୁ ଲାଗୁଚି ସ୍ୱପ୍ନମୟ। ରହସ୍ୟମୟ।

ହାତ ପାପୁଲିରେ ଙରୁଆ ଥରୁଚି, ଟିପରେ ଧରିଛି ସିନ୍ଦୂର। ଶୂନ୍ୟ କପାଳ ଚାହିଁଚି ଲାଲିମା ହେବାକୁ ଗୌରୀର। ବୈରାଗୀ ଆଖିରୁ ଦି' ଧାର ଲୁହ ବୋହି ଆସିଲା। ତା ଜୀବନକୁ ସାର୍ଥକ କରିଦେବାକୁ ଯେମିତି କୋଉଠୁ ଦେବୀଟେ ପହଞ୍ଚିଯାଇଛି ଅମରାବତୀରୁ। ସେ ଥରଥର ହାତରେ ସିନ୍ଦୂର ପିନ୍ଧେଇ ଦେଲା।

ଗଉରୀ ଆଖି ଖୋଲିଲା। ତା ପାଦରେ ମୁଣ୍ଡିଆଟେ ମାରି ବଢ଼େଇ ଦେଲା ଓଠ ତା ଆଡ଼େ... ଦିଅ...

କ'ଣ ? କମ୍ପି ଉଠୁଚି ବୈରାଗୀ। ତା ପାଦତଳର ମାଟି ଯେମିତି ଦବି ଦବି ଯାଉଚି ତଳକୁ ତଳକୁ। ଶବ୍ଦମାନେ ତଣ୍ଟି ପାଖରେ ଯେମିତି ଆକଟ ପଡିଯାଇଛନ୍ତି। ପାଟି ଭିତରେ ଜିଭର ଅସ୍ତିତ୍ୱକୁ ଆଉ ଅନୁଭବ କରିପାରୁନାହିଁ। ସେସବୁ ଅଠା ଅଠା।

ଆଗରେ ଓଠ ପାତିଚି ଗଉରୀ ସମର୍ପଣ ମୁଦ୍ରାରେ। ଆଖି ବୁଜିଚି। ଉତ୍ତେଜନାରେ ଥରି ଉଠୁଚି ତା ଆଖିପତା, ମୁହଁରେ ଜମି ଆସୁଛି ଝାଳ। ବୈରାଗୀ ଅତ୍ୟନ୍ତ ସନ୍ତର୍ପଣରେ ତା ଓଠ ଉପରେ ଓଠ ଥାପିଦେଲା। ଗୋଟାଏ ଅନନୁଭୂତ ଶିହରଣ ତା ସମଗ୍ର ଶରୀର ଭିତରେ ବିଜୁଳି ବେଗରେ ସଂଚରିଗଲା। ଗଉରୀ

କୋଳେଇ ନେଲା ତାକୁ। ଆସ୍ତେ ଆସ୍ତେ ଭିଡ଼ିଲା। ବୈରାଗୀ ଅନୁଭବ କରୁଥିଲା ଯେମିତି ଗୋଟେ ଗଭୀର ସମୁଦ୍ର ଭିତରକୁ ସେ ବୁଡ଼ି ବୁଡ଼ିଯାଉଚି, ଯେଉଁଠି ଅଛି ନାଁ ଥଳ ନାଁ କୂଳ, ନାଁ ଆଶ୍ରା ନାଁ ଆଶ୍ରୟ, କେବଳ ଅଣନିଃଶ୍ୱାସ ଓ ଅଣଚାଶ ପବନ।

ତା ପରଠାରୁ ବୈରାଗୀକୁ ଯିଏ ଦେଖିଲା ଆଶ୍ଚର୍ଯ୍ୟ ହେଲା ତାର ତତ୍ପରତା ଦେଖି। ତା'ର ଦାୟିତ୍ୱ ଯେମିତି ବଢ଼ିଯାଇଚି। ଗୋଟେ ସଫଳ ଗୃହସ୍ଥର ସମସ୍ତ ଲକ୍ଷଣ ଫୁଟି ଉଠୁଚି ତା କାର୍ଯ୍ୟରେ। ଦି'ପଇସା ଅଧିକ ରୋଜଗାର ଲୋଭରେ ସେ ଧାଇଁଚି। ସେ ଏବେ ବା' ହେଲାଣି, ଘରେ ସ୍ତ୍ରୀଟେ ଅଛି। ଆଗକୁ ପିଲାପିଲି ହେବେ... ଆଉ କ'ଣ ସେ ଏବେ ଏକା ଅଛି ?

ଏବେ ପଲାଭିତରେ ଗଉରୀ ଆଉ ବୈରାଗୀ ଗୋଟିଏ ଗୋଟିଏ ସ୍ୱପ୍ନକୁ ଥାକଦେଇ ସାଇତିବାରେ ଲାଗିଛନ୍ତି ପ୍ରତି ମୁହୂର୍ତ୍ତରେ। ସ୍ୱପ୍ନ ପରେ ସ୍ୱପ୍ନମାନେ କେବଳ ନଦିହୋଇ ପଡୁଛନ୍ତି ସେ ଥାକରେ।

ଏବେ ଏବେ ଗଉରୀ ବି ଯାଉଥିଲା ବାହାରକୁ ବେଳେବେଳେ। ଟୁକୁରାଟୁକୁରି କାମ ମଧ କରିପକଉଥିଲା। କିଛି ପଇସା ମିଳିବ ତ। ଅଧିକ ପଇସା ନହେଲେ ଥାକରେ ମରାହେଉଥିବା ସ୍ୱପ୍ନମାନଙ୍କୁ ସତ କରିବେ କେମିତି ?

ବୈରାଗୀର ମନ ସହିତ ତାଳ ଦେଇ ତା ଶରୀର କିନ୍ତୁ ଏବେ ଆଉ ଉଡ଼ିପାରୁନାହିଁ। ହାଲିଆ ହେଇପଡୁଚି। ଆସ୍ତେ ଆସ୍ତେ ତା ଭିତରେ ହାଡ଼ମାଂସ ସବୁ ହୁଗୁଳିବାକୁ ଆରମ୍ଭ କରିଦେଲେଣି। ଦିନସାରା ବାର ପାଇଟି କରୁଚି ରାତିକି ଫାଁ ଗାଳି ପଡୁଚି।

ସେଦିନ ରାତିରେ ଗଉରୀ ତାକୁ ଜଡ଼େଇ ନେଲା। ଏବେ ଏବେ ଗଉରୀ କାହିଁକି ଭାରି ଶକ୍ତ ହୋଇଉଠୁଚି। ଜ୍ୱଳନର ଯେଉଁ ପର୍ଯ୍ୟାୟକୁ ସେ ଚାଲିଯାଉଚି ବୈରାଗୀ ସେଠି ଜଳିପୋଡ଼ି ଭସ୍ମ ହୋଇଯିବ। ତା' ଦେହ ଉତ୍ତେଜନାର ସବୁ କେମିତି ଗୋଟିଏ ଜଖମ ଜାଗାରେ ଅଟକିଯାଇ ତାକୁ ଆକତାମାକତା କରିଦେଉଚି। ତା ନଳୀଗୋଡ଼ର ଅସାମର୍ଥ୍ୟ ଯେମିତି ପ୍ରସରି ଆସୁଚି ତା ଉର୍ଦ୍ଧାଙ୍ଗ ଆଡ଼କୁ। ସେ ଅସହାୟ ଆର୍ତ୍ତନାଦ କରିଉଠୁଚି। ଗଉରୀ ଫଁ ଫଁ ହଉଚି, ରାଂପୁଡି ବିଦାରି ପକଉଚି ଅଥଚ ବୈରାଗୀ ଗୋଟେ ଦରମଲା ସାପ ପରି ଏପଟସେପଟ ନୋସଡ଼ି ପଡୁଚି।

ଏବେ ରାତି ହେଲେ ବୈରାଗୀ ଥରୁଚି। ଗଉରୀ ପାଖ ପଶିବାକୁ ତାକୁ ଡରମାଡୁଚି। ତାକୁ ଲାଗୁଚି ଗଉରୀ ଯେମିତି ଗୋଟେ ରକ୍ତମୁଖା ବାଘୁଣୀରେ ପରିଣତ ହୋଇଯାଉଚି। ତା ପାଖ ମାଡ଼ିଲେ ହିଁ ସେ ଝାମ୍ପି ପଡ଼ିବ ତା ଉପରେ। ଏବେ ଢେର ରାତିଯାଏ କାମ ବାହାନାରେ ଅଟକି ଯାଉଚି ଷ୍ଟାଣ୍ଡରେ। ଗଂଜେଇ ଟାଣୁଚି, ମଦ ପିଉଚି, ଆଉ ଖୁବ୍

ଡେରି ରାତିରେ ମନରେ ରଜା ଓ ଦେହରେ ରଙ୍କ ହେଇ ଫେରୁଚି ଓ ଫାଁ ଗାଳି ପଡୁଚି।

ବେଳେବେଳେ ନିଜ ଉପରେ ରାଗୁଛି ବୈରାଗୀ। ଅନୁତାପ କରୁଚି। ଭାବପ୍ରବଣତା ତା ପାଇଁ ନିଷିଦ୍ଧ। ସେ କାଇଁକି ଏଇ ପ୍ରବଣତା ଗ୍ରାସରେ ପଡ଼ି ବା' ହୋଇପଡିଲା ଗଉରୀକି ? ପ୍ରକୃତରେ ସେ କ'ଣ ଗଉରୀ ପାଇଁ ଉପଯୁକ୍ତ ? ଗଉରୀର ଶାରୀରିକ ସାମର୍ଥ୍ୟକୁ ପ୍ରତିହତ କଲାଭଳି କ୍ଷମତା ଅଛି କି ତା ଦେହରେ ? କ'ଣ କରିବ ଏବେ ସେ ? କହିଦବ କି ଗଉରୀ ତୁ ଏବେ ଚାଲିଯା, ତତେ ମୁକ୍ତ କରିଦେଉଚି । ତୋ ଭଳି ଗୋଟେ ପକ୍ଷୀକୁ ବାନ୍ଧି ରଖିବାରେ ମୋ ଶୃଙ୍ଖଳ ଦୁର୍ବଳ। ତୋ ପାଖରେ ମୁଁ ତଥାପି କୃତଜ୍ଞ ଲୋ ଗଉରୀ, ତୁ ମତେ ଗୋଟେ ନୂଆ ଅନୁଭବ ଦେଲୁ। ଯାହା ମୋ ପାଇଁ ଗୋଟେ ଅକଳ୍ପନୀୟ ଅଭିଳାଷ ଥିଲା। ମତେ ସ୍ୱାମୀ ହେବାର ଗୌରବଟିଏ ଦେଲୁ। ଯୋଉଥିପାଇଁ ହେଉଥିଲି ଉହଳବିକଳ। ଏବେ ମୁଁ ଆଉ ପାରୁନାଇଁଲୋ ଗଉରୀ.. ମୋର ଯା ଅଛି ନେଇଯା, ମୋ ଜୀବନ ନେଲେବି ନେଇଯା, ତତେ ସତ ଦୁଃଖ ଦେଇ ମିଛ ସୁଖଟେ ସାଉଁଟିବାକୁ ମୁଁ ଚାହେଁନା ଲୋ ଗଉରୀ, ତୋ ଯୋଗ୍ୟ ଲୋକ ଦେଖି ତୁ ତା' ସାଙ୍ଗରେ ଚାଲିଯା। ସୁଖ ପା' ଶାନ୍ତି ପା'.... ମୋ ପଲାଟା ଭିତରେ ପଡ଼ି ଆଉ ଛଟପଟ ହଅନା...।

ନିଶା ବଢୁଥିଲା ଆଉ ଏମିତି ଅନେକ ଅନେକ ଭାବୁଥିଲା ବୈରାଗୀ। ତା'ର ମନେପଡ଼ିଗଲା ବୀରା କଥା। ଏବେ ବୀରା ବେଳେବେଳେ ଯାଉଚି ତା ପଲାକୁ। ଗଉରୀ ସହିତ ଖୁସିଗପ ହେଉଚି। ପ୍ରଥମେ ପ୍ରଥମେ ବୈରାଗୀ ରାଗୁଥିଲା, ଚିଡୁଥିଲା । ଏବେ ଆଉ ଚିଡୁନାଇଁ ବରଂ ଭାବୁଚି ବୀରା ସାଙ୍ଗରେ ଚାଲିଯାଆନ୍ତା କି ଗଉରୀ ଭଲ ହୁଅନ୍ତା...। ଗଉରୀ ସାଙ୍ଗରେ ବୀରା ଯୋଡ଼ିଟା ଭଲ ମାନନ୍ତା। ସେ କହିଦବ କି ? କେମିତି କହିବ ? ଏକଥା କହିଦେଲେ ତ ସେ ଗଉରୀର ଆଗ ସ୍ୱାମୀ ଭଳି ହୋଇଯିବ । ପୁଣି ଭାବିଲା ନାଁ ନାଁ ସେଠି ତା ସ୍ୱାମୀର ସ୍ୱାର୍ଥ ଥିଲା। ଏଠି ଗଉରୀର ସ୍ୱାର୍ଥ। ଗଉରୀର ଭଲ ପାଇଁ ସେ ଏତିକି କରିପାରିବ ନାଇଁ !

ସେ ନିଶାରେ ଟଳିଟଳି ପଲାକୁ ଫେରିଲା। ଘର ଥିଲା ଅନ୍ଧାର। ଅନ୍ଧାର ଭିତରେ ଥିଲା ଗଉରୀ। ଗଉରୀ ସହିତ ଆଉ କିଏ? ବୈରାଗୀ ଟର୍ଚ୍ଚ ଚିପି ଦେଲା। ଦଉଡି ପଳଉଥିଲା ବୀରା। ଡାକିଲା, ଠିଆ ହ'।

ବୈରାଗୀ ଯେ ଏମିତି ବଜ୍ର ନିର୍ଦ୍ଦେଶ ଦେଇପାରେ ଏକଥା ସେମାନଙ୍କୁ ସ୍ତବ୍ଧ କରିଦେଲା। ବୈରାଗୀ ଭାବୁଥିଲା, ଯଠାରୁ ଆଉ ଚରମ ମୁହୂର୍ତ୍ତ କ'ଣ ଥାଇପାରେ ନିଷ୍ପତ୍ତି ନେବାରେ ? ସେଇମିତି ଦୃଢ ସ୍ୱରରେ କହିଲା, ତୁ ଏଇ ମୁହୂର୍ତ୍ତରେ ମୋ ପଲାଛାଡି ଚାଲିଯା। ତୋ ଉପରେ ମୋର କୌଣସି ଅଧିକାର ନାଇଁ। ଥରୁଥିଲା ଗଉରୀ,

ଗୋଟାଏ ଅପରାଧବୋଧ ତାକୁ ତଳିତଳାନ୍ତ କରି ପକାଉଥିଲା। ସେ କାନ୍ଦିଉଠି କହିଲା, ମୋର ଭୁଲ୍ ହେଇଚି।

କୁଆଡ଼େ ଯିବି ମୁଁ? ଅସହାୟ କଣ୍ଠରେ କହି ଉଠିଲା ଗଉରୀ।

ହେଇ ଯେ ସେଠି ଠିଆ ହେଇଚି... ବୀରା, ତାରି ସାଙ୍ଗରେ ଚାଲିଯା. କ'ଣ ନବାକଥା ନେଇଯା ଏ ପଲାରୁ। ମୁଁ ଆସୁଚି। ରାତି ପାହିଲାବେଳକୁ ଯେମିତି ତମ ଦି'ଟାଙ୍କୁ ଏଠି ନଦେଖେ। ନହେଲେ ଖତମ କରିଦେବି ତୁମକୁ।

ବୈରାଗୀ ବୁଲିକି ଫେରିଲା। ତା ଆଖିସାରା ଖାଲି ଲୁହଭର୍ତ୍ତି ହୋଇଯାଇଥିଲା। ଭାବିଲା ଏହା ବ୍ୟତୀତ ଆଉ କ'ଣ କରାଯାଇପାରିଥାନ୍ତା ?

ରାତି ପାହି ସକାଳ ହେଲାବେଳକୁ ପଲାରେ ଏକୁଟିଆ ବସିଥିଲା ବୈରାଗୀ ଆଉ ତା ଚାରିପଟରେ ଭାଙ୍ଗିରୁଜି ବିଛାଡ଼ି ହୋଇପଡ଼ିଥିଲେ ତା'ର ସମସ୍ତ ସଂଚିତ ସ୍ୱପ୍ନମାନେ। ଗୋଟେ ଅଦ୍ଭୁତ ନୀରବତା ଗ୍ରାସ କରିପକେଇଥିଲା ଭିତରଟାକୁ।

ଏବେ ବୈରାଗୀ ଜୀବନର ସେଇ ଛକରେ। ସମସ୍ତେ କହିଲେ ଗଉରୀ କାଇଁ ? କ'ଣ ପୁଣି ଉଡ଼ିଗଲା କି କାହା ସାଙ୍ଗରେ? ଗୋଟେ ପରିପୂର୍ଣ୍ଣ ଜୀବନର ଯେଉଁ ବିଜ୍ଞାପନ ସେ ଝୁଲେଇଥିଲା ମୁହଁରେ ଏଇ କେତେଦିନ ଭିତରେ ତାକୁ ସେ କାଢ଼ିଲା ନାହିଁ ବରଂ ତା ଗାଁକୁ ଯାଇଛି, ପିଲାପିଲି ହବ କହି ବାଆଁରେଇ ଦେଲା ସମସ୍ତଙ୍କୁ। ବୈରାଗୀ ପ୍ରତି ଶ୍ରଦ୍ଧାକୁ ଆଧାର କରି ସମସ୍ତେ ବୁଝିଲେ, ବୈରାଗୀ ଠିକ୍ କହୁଚି, ସେ କେବେ ମିଛ କହେନି। ହେଲେ ବୈରାଗୀ ଛାତି ବିଦାରି ହୋଇଯାଉଥିଲା ମିଛଟାକୁ ଅଣ୍ଟିରେ ପୁରେଇ। ସୁତରାଂ ସେ ସତରେ କାନ୍ଦୁଥିଲା ଭିତରେ, ମିଛରେ ହସୁଥିଲା ବାହାରେ।

ଏମିତି ଏମିତି ଦିନଦିନ, ମାସମାସ ହେଇ ଗଡ଼ିଗଲା କେତୋଟି ବର୍ଷ। ଗଉରୀ ଖାଲିଗୋଟେ ସ୍ମୃତିର କ୍ଷତଟେ ହେଇ ରହିଯାଇଥିଲା ବୈରାଗୀ ଛାତିରେ।

ରାତି କେତେ ହେବ କେଜାଣି। ପଲାଦୁଆରେ କ'ଣ ଗୋଟେ ଭୁଶୁଡ଼ି ପଡ଼ିବା ଶବ୍ଦ ସହ କରୁଣ କ୍ରନ୍ଦନଟିଏ ନିଦ ଭଙ୍ଗେଇ ଦେଲା ବୈରାଗୀର। କିଏ କାନ୍ଦୁଚି ତା ଦୁଆରେ ! ସେ ବତି ଲଗେଇଲା। ଟଳଟଳ ପାଦ ଆଶଙ୍କାର ଛାତିଟି ଧରି ପଲା ଦୁଆରେ ପହଞ୍ଚି ସ୍ତବ୍ଧ ହୋଇଗଲା, ଏ ଯେ ଗଉରୀ... ! ତା'ର ଯା' ଅବସ୍ଥା ତାକୁ ଚିହ୍ନି ହୁଅନ୍ତା ନାହିଁ, କିନ୍ତୁ ବୈରାଗୀ କେମିତି ଚିହ୍ନି ପାରିବନାହିଁ ତାକୁ? ସେ' ଯେ ତା ଜୀବନର ପ୍ରଥମ ବସନ୍ତ, ପ୍ରଥମ ଅନୁଭବ ଆଉ ସ୍ମୃତିର ଗଭୀର କ୍ଷତ।

ସେ କୋହାଛନ୍ନ ହେଇ କହି ଉଠିଲା, ଗଉରୀ !

ଗଉରୀ କାନ୍ଦୁଥିଲା ସୁଁ ସୁଁ ଆଉ କାଶୁଥିଲା ଖୁଁ ଖୁଁ। କାଶ ସହିତ ପାଟି ବାଟେ

ବାହାରି ଆସୁଥାଏ ଝଲକାଏ ରକ୍ତ। ବୈରାଗୀ ତାକୁ ଘର ଭିତରକୁ ନେଇଗଲା। ଗାମୁଛାରେ ପୋଛିଦେଲା ତା ମୁହଁ ପାଟି। ପିଆଇ ଦେଲା ପାଣି।

ପଚାରିଲା, ଯେ କ'ଣ ଗଉରୀ? ତା ଛାତି ତଳର କେଉଁ ଅତଳ ଗହ୍ୱରରୁ କାରୁଣ୍ୟଟିଏ ତରଙ୍ଗାୟିତ ହେଇ ଉଠୁଥିଲା।

କ୍ଷୀଣ କଣ୍ଠରେ ଗଉରୀ କହିଲା, ଜାଣେନା କି ଯେ ଜୀବନଖିଆ ରୋଗ। ଖାଲି କାଶିଲେ ଉବୁକି ପଡୁଚି ରକ୍ତ...

ବୈରାଗୀ ବିଦୀର୍ଣ୍ଣ ହୋଇଯାଉଥିଲା ଏକଥା ଶୁଣି ଭିତରେ ଭିତରେ। ତା ଭିତରୁ ଅପର୍ଯ୍ୟାପ୍ତ ପ୍ରଶ୍ନ ସବୁ ଉଠି ଆସୁଥିଲେ କିନ୍ତୁ ସେ କିଛି ଆଉ ପଚାରିଲା ନାହିଁ। ଗଉରୀକୁ କଷ୍ଟ ହବ। କହିଲା ତୁ ଡରନାଲୋ.. ମୁଁ ଅଛି... ମୁଁ ତତେ ଭଲ କରିବି।

ମଲା ଆଖିର ନିସ୍ତେଜତା ନେଇ ଗଉରୀ ଘଡ଼ିଏ ଚାହିଁଲା ବୈରାଗୀ ମୁହଁକୁ। କହୁଥିଲା ଯେମିତି ମୁଁ ଆଉ ଭଲ ହେବାକୁ ଚାହେଁନି, ଖାଲି ଟିକେ ମତେ ଜଡ଼େଇଧର, ମୁଁ ମୁକ୍ତି ପାଇଯିବି।

ବୈରାଗୀ ତା ଆଖିରୁ ଲୁହ ପୋଛିଦେଲା। ତାକୁ କୋଳରେ ଧରି ତା ମୁଣ୍ଡ ଆଉଁସି ଦେଉ ଦେଉ କହୁଥିଲା, ସେଦିନ ତୋରି ସୁଖପାଇଁ ଗୋଟେ ମିଛ ରାଗର ଅଭିନୟ କରି ତତେ ତଡ଼ିଦେଇଥିଲି ଲୋ ଗଉରୀ ଏ ପଲାରୁ। ଦେଖ୍ ସେଇ ଭୁଲ୍‌ର ପ୍ରାୟଶ୍ଚିତ କରିବାରୁ ସୁଯୋଗ ଦବାକୁ ତୁ ପୁଣି କେମିତି ଫେରିଆସିଛୁ ମୋ ପାଖକୁ। ଏଥର ଆଉ ତୁ ଡରନା... ମୁଁ ତତେ ବଡ ଡାକ୍ତରଖାନା ନେବି.... ତତେ ଭଲ କରିବି।

ମୋର ସଂଚିତ ଯା ଅଛି ଏପରିକି ଅବଶିଷ୍ଟ ଆୟୁଷ ବି ଖର୍ଚ୍ଚ କରିଦେବି ତୋ ପାଇଁ... ତୁ ପରା ମୋର ସବୁକିଛି। ପ୍ରଥମ ଅନୁଭୂତି, ତତେ କେମିତି ଟେକିଦେବି ରୋଗ ମୁହଁକୁ ... ?

ଗଉରୀର ଶିରାଳ ହାତଟି ବୈରାଗୀର ମୁହଁ ପାଖକୁ ଲମ୍ବି ଆସୁଥିଲା। ସେ ହାତଟିକୁ ମୁଠେଇ ଧରି ବୈରାଗୀ ଓଠରେ ଲଗଉ ଲଗଉ ଉଚ୍ଚାରଣ କରୁଥିଲା... ରାତି ପାହୁ.... ରାତିପାହୁ...।

ରାତି ତଥାପି ପାହୁନଥିଲା।

ଶାରୀ ଓ ମୂକପୁତ୍ରର କାହାଣୀ

ରାଜ୍ୟବର୍ଦ୍ଧନ ଧଳ ମହାପାତ୍ର

ରାତି ଅଧରେ ଭୀମରାଜ ପକ୍ଷୀର ଡାକ ଶୁଣିଲା ଗାଆଁ ମୁଖିଆ । ବିଶ୍ୱାସ କରିପାରିଲା ନାହିଁ କାନକୁ । ଭଲ କରି ଶୁଣିବା ପାଇଁ ପୁଣିଥରେ କାନ ପାରିଲା । ନା, ଇଏ ଭୀମରାଜ ପକ୍ଷୀର ଡାକ । ଅଶୁଭ, ଅଶୁଭ । ଡାକ ପକାଇଲା ସାହିସାରା । ବାଡ଼େଇଲା ତାଟିକବାଟ, ଉଠ ଉଠ । ନିଦ ମଳମଳ ଆଖିରେ ଖୋଲିଗଲା ସବୁ ତାଟିକବାଟ । ଘେରିଗଲା ବହୁ ପ୍ରଶ୍ନିଳ ଆଖି । କ'ଣ ହୋଇଛି ? ବାଘ ପଶି ଆସିଛି କି ଗାଆଁ ଭିତରକୁ ? ଉଠାଇ ନେଇଛି କି କାହାର ଛେଳି, ମେଣ୍ଢା ଅବା ଗାଈକୁ ? ମୁଖିଆ ସମସ୍ତଙ୍କୁ ଚୁପ୍ ରହିବାକୁ ନିର୍ଦ୍ଦେଶ ଦେଇ କହିଲା – "ଶୁଣ, ଶୁଣ ଏ ଡାକକୁ ।"

ସମସ୍ତେ କାନପାରିଲେ ରାତିର ଅନ୍ଧାର ଓ ନିରବତାକୁ ଚିରି ଭାସି ଆସୁଥିବା ସ୍ୱରପ୍ରତି ।

"ଶୁଣିପାରୁଛ ?"

ଆପାତତଃ ଯୁବକ ଅବସ୍ଥାରେ ଥିବା ଦୁଇ ଜଣ କହିଲେ – "ଶୁଣୁଛୁ ଯେ, ହେଲେ ଇଏ ବାଘ କିମ୍ବା ହାତୀର ଗର୍ଜନ ନୁହଁ ଇଏ ଏକ ପକ୍ଷୀର ସ୍ୱର ।"

"ହଁ, ଇଏ ପକ୍ଷୀର ସ୍ୱର ।"

ଏ ଶବ୍ଦକୁ କାନ ପାରିଥିବା ବୟସ୍କ ଲୋକମାନେ ଭିତରେ ଭିତରେ ଭୀତତ୍ରସ୍ତ ହୋଇସାରିଥିଲେ । ସେମାନେ କହିଲେ – "ଇଏ କେବଳ ପକ୍ଷୀର ଡାକ ନୁହଁ, ଗାଆଁ ଉଜାଡ଼ିବାର ଡାକ । ଆମେ ଏଇନେ କ'ଣ କରିବା ମୁଖିଆ ? କ୍ଷେତରେ ପାଚିଛି ଧାନ, ଡଙ୍ଗରରେ ମକା, କାନ୍ଦୁଲ, ଏସବୁକୁ ଛାଡ଼ି କେମିତି... ?"

"ଇଏ ତ ପହରିଆର ଭାଗ୍ୟଲିଖନ। କ୍ଷେତର ଧାନ, ଡଙ୍ଗରର ମକା, କାନ୍ଦୁଲକୁ ଲୋଭ କରି କ'ଣ ଜୀବନ ଦେବା କି? ବଞ୍ଚିଥିଲେ ସିନା ଲୋଭ, ଯେବେ ଜୀବନ ନ ରହିବ, ତେବେ?"

"କୁଆଡ଼େ ଯିବା ତା' ହେଲେ?"

ଏଠି ଆସି ଗାଆଁଟା ବସାଇବାଟା କେତେ ବରଷ ହୋଇଛି? ଏଠିକି ଆସି ରହିବା ବେଳେ ଆମେ କ'ଣ ଚିନ୍ତା କରିଥିଲେ ସେକଥା? ଗୋଡ଼ ଯୁଆଡ଼େ କଢ଼ାଇନେଲା ଏବଂ ଯେଉଁ ଜାଗା ଆପଣାର ଲାଗିଲା ସେଇଠି ବସିଯିବା। ଆଉ ଡେରି କରନା, ଯାଅ। ବାନ୍ଧିପକାଅ ଯେଝା ଯେଝା ଆସବାବପତ୍ର। ରାତି ନ ପାହୁଣୁ ଏଠି ଲଗାଇବାକୁ ପଡ଼ିବ ନିଆଁ।

ସୁନାବେଢ଼ା ଅଭୟାରଣ୍ୟ ମଝିରେ ଲାଗିଛି ନିଆଁ। ପହରିଆମାନେ ଉଜାଡ଼ି ଦେଇଛନ୍ତି ଗାଆଁ। ଏ ଖବର ଆମ ଅଫିସ୍‌ରେ ପହଞ୍ଚିବାରୁ ଡି.ଏଫ୍.ଓ. ବଡ଼ ବିଚଳିତ ହୋଇ ଡକାଇ ପଠାଇଲେ ଆମ ସମସ୍ତଙ୍କୁ। ନିର୍ଦ୍ଦେଶ ଦେଲେ ତୁରନ୍ତ ଯାଇ ଦେଖ, ଗାଆଁକୁ ଜାଳି ଦେଇଛନ୍ତି ମାନେ ସେ ନିଆଁ ବ୍ୟାପିଯିବ ସାରା ଅଭୟାରଣ୍ୟକୁ। ପୁଣି ଗୋଟିଏ ଜାଗାରେ ଯାଇ ସେମାନେ ବସାଇବେ ଗାଆଁ। କାଟିବେ ଜଙ୍ଗଲ। ଛାରଖାର ହୋଇଯିବ ଏ ଅଭୟାରଣ୍ୟ।

ମୋ ଉପରେ ଦାୟିତ୍ୱ ପଡ଼ିଲା କିଛି ଫରେଷ୍ଟର ଓ ଫରେଷ୍ଟଗାର୍ଡ଼ଙ୍କୁ ସାଥୀରେ ନେଇ ସେଠାରେ ପହଞ୍ଚିବାକୁ। ସେଠାରେ ପହଞ୍ଚିବା ସହଜ କାର୍ଯ୍ୟ ନ ଥିଲା। ଫରେଷ୍ଟ ରେଷ୍ଟ ସେଡ୍ ଯାଏଁ ମାତ୍ର ଯାଇପାରିବ ଜିପ୍। ସେଠାରୁ ଦଶ ବାର କିଲୋମିଟର ଜଙ୍ଗଲ, ଝରଣା ଓ ପାହାଡ଼ ଅତିକ୍ରମ କଲେ ଯାଇ ପଡ଼ିବ ପହରିଆପଡ଼ା। ତେଣୁ ରୀତିମତ କ୍ୟାମ୍ପ୍ ଆରେଞ୍ଜମେଣ୍ଟ କରି ଆମେ ବାହାରି ପଡ଼ିଲୁ ସେ ଗାଆଁ ଅଭିମୁଖେ।

ପହରିଆପଡ଼ାରେ ପହଞ୍ଚିବା ବେଳକୁ ବେଳ ରତରତ। ଜଳି ଯାଇଥିଲା ପୂରା ଗାଆଁଟି। ଗାଆଁ ପାଲଟି ଯାଇଥିଲା ଠାଏ ଠାଏ ଗଦା ହୋଇଥିବା ପାଉଁଶ ସ୍ତୂପରେ। ଆମେ ପାଉଁଶଗଦା ଉଖାରି ଦେଖିଲୁ ନିଆଁ କିଛି କି ନାହିଁ। ଆମର ସୌଭାଗ୍ୟ ଯେ ପାଉଁଶଗଦାର ନିଆଁ ନ ଥିଲା କି ନିଆଁ ବ୍ୟାପି ନଥିଲ ପାଖ ଜଙ୍ଗଲକୁ। ପ୍ରଥମ ଦାୟିତ୍ୱରୁ ଅବ୍ୟାହତି ମିଳିବାରୁ ଆମେ ସ୍ୱସ୍ତିରେ ନିଃଶ୍ୱାସ ନେଲୁ। ସେମାନେ କୁଆଡ଼େ ଗଲେ ପରେ ଖୋଜିବା। ଏବେ ରାତ୍ର ରହଣି ପାଇଁ ଟେଣ୍ଟ୍‌ର ବ୍ୟବସ୍ଥା କଲୁ।

ସକାଳେ ଝରଣାକୁ ଯାଇ ନିତ୍ୟକର୍ମ ସାରି ଫେରିବା ବେଳେ ଦେଖିଲି ଗଛରେ ବନ୍ଧା ଯାଇଥିବା ଫାଶରେ ଛନ୍ଦି ହୋଇ ରହିଛି ଚଢ଼େଇଟିଏ। ଗଛରେ ଚଢ଼ି ଫାଶ ଫିଟାଇ ଚଢ଼େଇଟିକୁ ଧରି ଦେଖିଲି ସେଇଟି ଗୋଟିଏ ଶାରୀ ଛୁଆ।

ମୁଁ ଆମ ଟେଣ୍ଟ୍ ପାଖରେ ପହଞ୍ଚୁ ପହଞ୍ଚୁ ଆମର ଜଣେ ଫରେଷ୍ଟ ଗାର୍ଡ଼ ମୋ ହାତରେ ଶାରୀ ଛୁଆଟିକୁ ଦେଖି କହିଲା - "ଆପଣ ଏ ଶାରୀଟାକୁ କେଉଁଠୁ ଧରିଲେ ସାର୍ ? ଇଏ ତ ଏକ ବିରଳ ଜାତୀୟ ଶାରୀ।"

"ବିରଳ ଜାତୀୟ।" ମୁଁ ବିସ୍ମୟରେ ପଚାରିଲି।

"ହଁ ସାର୍, ଏହି ଜାତୀୟ ଶାରୀ କଥା କହିବାରେ ମଣିଷଙ୍କୁ ଟପିଯାଏ। ଯାକୁ ବେଶି ଶିଖାଇବାକୁ ପଡ଼େନା। ଇଏ ଶୁଣି ଶୁଣି ସବୁ ଶିଖିଯାଏ।"

"ତା'ହେଲେ ତ ବହୁତ ଭଲ କଥା। ମୋ ପୁଅକୁ ତ ଏବେ ଦୁଇମାସ ହୋଇଛି। ଇଏ ଆଉ ଗୋଟେ ସଦସ୍ୟ ଯୋଡ଼ା ହୋଇଯିବ ପରିବାରରେ। ଉଭୟ ଏକା ସାଙ୍ଗରେ କଥା କହିବା ଆରମ୍ଭ କରିବେ।"

ଘରେ ପହଞ୍ଚିବା ପରେ ଏ ଶାରୀ ଛୁଆର ବିଶେଷତ୍ୱ ବିଷୟରେ ମୋ ସ୍ତ୍ରୀଙ୍କୁ କହିଲି। ସେ ଖୁସି ହୋଇ ତା' ପାଇଁ ଗୋଟେ ଭଲ ପଞ୍ଜୁରୀର ବ୍ୟବସ୍ଥା କଲେ।

ଦୋଳିରେ ଝୁଲୁଥିଲା ପୁଅ। ପଞ୍ଜୁରୀ ଭିତରେ ଶାରୀ। ପୁଅ ହାତଗୋଡ଼ ଛାଟି ଖେଳନାକୁ ଚାହିଁ ହାଉଁ ହାଉଁ ହେଉଥିଲା। ଶାରୀଟି ପଞ୍ଜୁରିରେ ତଳ ଉପର ହୋଇ ଖଣ୍ଡି ରାବ ଦେଉଥିଲା। ପୁଅ ପେଟେଇବା ଆରମ୍ଭ କଲା। ଶାରୀଟି ପରି ହଲାଉଥିଲା ପଞ୍ଜୁରୀ ଭିତରେ।

ପୁଅ ହାମୁଡ଼େଇବା ଆରମ୍ଭ କଲା, ଶାରୀଟି ଖଣ୍ଡି ଖଣ୍ଡି କଥା କହିଲା, ଶାରୀଟି ଯେଉଁଦିନ ଖଣ୍ଡି ଖଣ୍ଡି କଥା କହିଲା, ସେଦିନ ଆମେ ଖୁସି ହୋଇଗଲୁ। ମାତ୍ର ପର ମୁହୂର୍ତ୍ତରେ ସେ ଖୁସି ମିଳାଇଗଲା ଯେତେବେଳେ ଆମେ ଭାବିଲୁ ଆଠ ନଅ ମାସର ଶାରୀ ଛୁଆଟା ଯଦି କଥା କହିବା ଶିଖିପାରିଲା, ତେବେ ଆମ ପୁଅ ତ କିଛି ଶବ୍ଦ କହିପାରୁଥାଆନ୍ତା। ମାତ୍ର ଏହା ଭିତରେ କେବଳ ହାଉଁ ହାଉଁ ଶବ୍ଦ ବ୍ୟତୀତ ଆଉ ତ କିଛି ଶିଖିନି।

ମନକୁ ବୁଝାଇଲୁ। ବହୁତ ପିଲା ବିଳମ୍ବରେ କଥା କହି ଶିଖିବାର ନଜିର ଅଛି, ହୁଏତ ପୁଅ ବିଳମ୍ବରେ କଥା କହିବ। ବର୍ଷେ ଗଲା, ପୁଅର ସେହି ଦଶା। ଦେଢ଼ ବର୍ଷ ଗଲା ତଥାପି ଖୋଲିଲାନି ପାଟି। ଅଥଚ ଶାରୀର ପାଟିରେ ଏବେ ବାଜୁ ନ ଥିଲା ବାଟୁଳି। ବାପା, ମାଆଠାରୁ ଆରମ୍ଭ କରି ପିଅନ, ଚାକରଯାଏଁ ସମସ୍ତଙ୍କ ନାଆଁ ଥିଲା ତା' ତୁଣ୍ଡରେ। ଟି.ଭି. ବିଜ୍ଞାପନକୁ ବି ଶୁଣି ଶୁଣି ତାକୁ ଧୀରେ ଧୀରେ କହିବା ଆରମ୍ଭ କରିଦେଇଥିଲା। ଘରର କଲିଂ ବେଲ୍ ବାଜିବାକ୍ଷଣି ଡାକ ଛାଡୁଥିଲା ମାଆ ! କିଏ ଆସିଲେ ଦେଖ, ପୁଅ କାନ୍ଦୁଥିଲେ ଡାକୁଥିଲା, ମାଆ ! ବାବୁ କାନ୍ଦୁଛନ୍ତି କିମ୍ବା ପୁଅ ମାଟି, ଗୋଡ଼ି ପାଟିରେ ପୂରାଇଲେ, ବାବୁ ଅସନା ହେଉଛନ୍ତି ବୋଲି ଡାକ ଛାଡୁଥିଲା ଶାରୀ। ଶାରୀର କଥା ଶୁଣି

ଶୁଣି ଆମେ ଚିନ୍ତିତ ହୋଇପଡୁଥିଲୁ ପୁଅପାଇଁ। ତା'ର ଯଦି କିଛି ତ୍ରୁଟି ନ ଥାନ୍ତା, ତାହେଲେ ଏତେଦିନ ଯାଏଁ ପାଟି ଖୋଲୁ ନଥାନ୍ତା କିପରି ? ଦେଢ଼ ବର୍ଷର ହେଲାଣି, କେବଳ ବିକଟାଳ ହାଉଁ ହାଉଁ ଶବ୍ଦ ବ୍ୟତୀତ ଆଉ କିଛି ଶବ୍ଦ ତା' ପାଟିରୁ ବାହାରୁନି କିପରି ?

ପୁଅକୁ ଧରି ପହଞ୍ଚିଲୁ ଡାକ୍ତରଙ୍କ ପାଖରେ। ସେ ସବୁ ପରୀକ୍ଷା ନିରୀକ୍ଷା କଲାପରେ କହିଲେ, କୌଣସି ଗଠନଗତ ତ୍ରୁଟି ନାହିଁ। କିଛି ପିଲାଙ୍କର ବହୁ ବିଳମ୍ବରେ ପାଟି ଖୋଲେ। ଏହାର ମଧ୍ୟ ସେମିତି ହୋଇପାରେ। ତେଣୁ ଧୈର୍ଯ୍ୟ ଧରି ଅପେକ୍ଷା କରନ୍ତୁ। ତେବେ ଚେଷ୍ଟା କରିବେ ତା' ସହ ବେଶି କଥାବାର୍ତ୍ତା କରିବା ପାଇଁ।

ଦୁଇବର୍ଷ ପୂରିଲା, ଫିଟିଲାନି ପୁଅର ପାଟି। ବରଂ ତା'ର ହାଉଁ ହାଉଁ ଶବ୍ଦଟା ଧୀରେ ଧୀରେ କର୍କଶ ରୂପ ଧାରଣ କରୁଥିଲା। ଆମେ ଆଶଙ୍କା କଲୁ ପୁଅ ମୂକ ହେବ। ଏଥର ଦେଖାଇଲୁ ବଡ଼ଡାକ୍ତର। ସେ ସମସ୍ତ ପରୀକ୍ଷା ପରେ କହିଲେ, ଆପଣଙ୍କ ପୁଅର ସ୍ୱରପେଟିକାରେ କୌଣସି ଗଠନଗତ ତ୍ରୁଟି ନାହିଁ। ସମସ୍ୟାଟା ରହିଛି ସ୍ନାୟୁଗତ। ଭଲ ହେବ ଯଦି ଆପଣ ଏଥିପାଇଁ କୌଣସି ସ୍ନାୟୁ ବିଶେଷଜ୍ଞଙ୍କ ପରାମର୍ଶ ନିଅନ୍ତୁ। ଏ ଦିଗରେ ଆମକୁ ସାହାଯ୍ୟ କରିବା ପାଇଁ ସେ ଜଣେ ସ୍ନାୟୁ ବିଶେଷଜ୍ଞଙ୍କର ଠିକଣା ଦେଲେ।

ତାଙ୍କ ପାଖରେ ପହଞ୍ଚିବା ପରେ 'ଦାସେ ଆଇଲେ ମୂଳରୁ ଗାଆ' ପରି ପୁଣି ଥରେ ଆରମ୍ଭ ହେଲା ସମସ୍ତ ପରୀକ୍ଷା ନିରୀକ୍ଷା। କିଛି ନୂଆ ପରୀକ୍ଷା ସହ ଯୋଡ଼ାହେଲା ହେଡ଼ ସ୍କାନିଂ। ସବୁ ପରୀକ୍ଷା ନିରୀକ୍ଷା ସରିବା ପରେ ଡାକ୍ତର କହିଲେ - "ସ୍ପିଚ୍ ମୋଡୁଲେସନ୍ ପାଇଁ ବ୍ରେନ୍‌କୁ ଯେଉଁ ନର୍ଭ କମାଣ୍ଡ କରୁଛି, ତାହା ଇନାକ୍ଟିଭ୍ ହୋଇଯାଇଛି। ତାକୁ ଅପରେସନ୍ କରାଯାଇ ଆକ୍ଟିଭେଟ୍ କରାଯାଇପାରେ। କିନ୍ତୁ ସେଥିରେ ଗୋଟିଏ ସମସ୍ୟା ରହିଛି।"

"କି ସମସ୍ୟା ?"

"ଯଦି ଅପରେସନ୍ ସଫଳ ନ ହୁଏ, ତେବେ ଲାଭ ଅପେକ୍ଷା କ୍ଷତି ଅଧିକ ହେବ। ଆପଣମାନେ ଯଦି ସେ ରିକ୍‌ସ ନେବାକୁ ପ୍ରସ୍ତୁତ ହେବେ, ତେବେ ମୁଁ ଅପରେସନ୍ କରିଦେଇପାରେ। କିନ୍ତୁ ଏବେ ନୁହେଁ, ଏହାର ବୟସ ବଢ଼ିବା ପରେ।"

"କେତେ ବର୍ଷ ପରେ ?"

"ପିଲାକୁ ପାଞ୍ଚବର୍ଷ ହେଉ। ତେବେ ଏହା ଭିତରେ ଆପଣମାନେ ଚେଷ୍ଟା ଜାରି ରଖିଥାଆନ୍ତୁ। କୌଣସି ଚମତ୍କାରିତା ଘଟି ସେ ଯଦି କଥା କହିବା ଆରମ୍ଭ କଲା ତ ଭଲକଥା।"

ଆମ ମନ ବୁଝିବା ପାଇଁ ଡାକ୍ତର ଏକଥା କହୁଥିଲେ, ଆମେ ଜାଣିଥିଲୁ। କିଛି ଯେ ଚମତ୍କାରିତା ଘଟିବା - ଏ ବିଶ୍ୱାସ ଯଦିଓ ଆସୁ ନ ଥିଲା, ତଥାପି ମନକୁ ବୁଝାଇ ଫେରିଲୁ।

ଫେରିବା ପରେ ମୋ ସ୍ତ୍ରୀ ସମ୍ପୂର୍ଣ୍ଣ ଈଶ୍ୱରଙ୍କ ଭରସାରେ ରହି ନାନା ଧର୍ମ କର୍ମରେ ମନ ଦେଲେ। ଘରେ ଅହରହ ଗୀତା, ଭାଗବତ, ଚଣ୍ଡୀପାଠ, ହୋମ, ଯଜ୍ଞ ଆମକୁ ବାରମ୍ବାର ସ୍ମରଣ କରିବାକୁ ବାଧ୍ୟ କରୁଥିଲା ଯେ, ଏ ପୂଜା କୌଣସି ମହତ୍ତର ଲକ୍ଷ୍ୟ କିମ୍ବା ମୋକ୍ଷପ୍ରାପ୍ତି ପାଇଁ ଉଦ୍ଦିଷ୍ଟ ନୁହେଁ, ଏହା କେବଳ ପୁଅର ପାଟି ଖୋଲିବା ପାଇଁ।

ଆମର ମନ୍ତ୍ରଜପ ଓ ପୂଜାର ପ୍ରାଦୁର୍ଭାବ ଯେତେବେଳେ ଅଧିକ ବୃଦ୍ଧି ପାଏ, ବାଳୁତ ପୁତ୍ର ତାହାର ସ୍ୱଭାବ ସୁଲଭ ହାଉଁ ହାଉଁ ସ୍ୱରକୁ ଅଧିକ କରେ। ସେ ପୂଜା ପାଠରେ ନିଜକୁ ସାମିଲ କରି ବସିରହେ ପାଖରେ। ଏହା ଫଳରେ ମୋ ସ୍ତ୍ରୀଙ୍କ ମନରେ ଧୀରେ ଧୀରେ ବିଶ୍ୱାସ ଜନ୍ମୁଥିଲା ଯେ ଦିନେନା ଦିନେ ଅକସ୍ମାତ୍ ଖୋଲିଯିବ ତା' ପାଟି, ସେ ଡାକ ଛାଡ଼ିବ ମାଆ - ମାଆ।

ଆମର ଦୀର୍ଘଦିନର ପୂଜା ଫଳରେ ମଧ୍ୟ ଘଟୁ ନ ଥିଲା ସେମିତି କିଛି ଚମତ୍କାରିତା। କିନ୍ତୁ ଆମ ଅଲକ୍ଷ୍ୟରେ ଘଟୁଥିଲା ଆଉ ଏକ ଚମତ୍କାରିତା ଯାହାକୁ ଆମେ କେହି ନଜର ଦେଇ ନ ଥିଲୁ। ବିଷ୍ଣୁ ସହସ୍ରନାମ ଠାରୁ ଗୀତା, ଭାଗବତ ଓ ବିଭିନ୍ନ ମନ୍ତ୍ର, ଯାହା ଏଇ କିଛିବର୍ଷ ହେଲା ପଢ଼ା ଚାଲିଥିଲା ଘରେ, ତାକୁ ଶାରୀଟି ପ୍ରାୟ ମୁଖସ୍ତ କରିସାରିଥିଲା। ଆମର ନିତିଦିନିଆ କାମପାଇଁ ଯେତେବେଳେ ବନ୍ଦ ହୋଇଯାଏ ମନ୍ତ୍ରପାଠ, ସେ ଆରମ୍ଭ କରିଦେଉଥିଲା ତା'ର ମନ୍ତ୍ରପାଠ। ସଂସ୍କୃତ ଶବ୍ଦର ଏତେ ଶୁଦ୍ଧ ଉଚ୍ଚାରଣ ପୁଣି ସାମାନ୍ୟ ଏକ ପକ୍ଷୀ ମୁହଁରେ ଶୁଣି ଆମେ ଆଶ୍ଚର୍ଯ୍ୟ ହେଉଥିଲୁ। ମୁଁ ତ ମନେ ମନେ ଭାବୁଥିଲି ସେ ଫରେଷ୍ଟର କହିଥିବା କଥା ସତ, ଇଏ ଏକ ବିଚିତ୍ର ଓ ବିରଳ ପକ୍ଷୀ।

ସିନ୍ଦୂରା ଫାଟିବା ପୂର୍ବରୁ ଶାରୀ ଡାକ ଛାଡ଼ିବ - ମୁନ୍ନା ଉଠ, ସକାଳ ହେଲା। ତା'ର ଡାକ ଶୁଣି ପୁଅ ଧୀରେ କରି ଉଠିଯାଏ ତା' ପଞ୍ଜୁରି ପାଖକୁ। ଶାରୀ କହିବ, କହ ଓଁ। ପୁଅ ଚେଷ୍ଟା କରୁଥିବ ବାରମ୍ବାର। ମାତ୍ର ସବୁବେଳ ପରି ସେଇ ଗୋଟିଏ ଶବ୍ଦ ହିଁ ବାହାରୁଥିବ ତା' ପାଟିରୁ, ହାଉଁ ହାଉଁ। ପୁଅ ତା'ର ପଞ୍ଜୁରିର ଦ୍ୱାର ଖୋଲିଦେବ। ସେ ଉଠିଆସି ତା' କାନ୍ଧରେ ବସିଯାଇ କହିବ, କୁହ ଓଁ। ସେ ଓଁ ଓଁ କହି ଚାଲିଥିବ ଅଥଚ ପୁଅ ଓଲଟାଇ ପାରୁ ନ ଥିବ ତା' ଜିଭକୁ। ସେ କେବଳ ଗେହ୍ଲା କରୁଥିବ ଶାରୀଟିକୁ ପରମ ଆତ୍ମୀୟତାରେ। ଚାହୁଁଥିବ ତା'ର କଥାକୁହା ଥଣ୍ଟକୁ ଗୋଟେ ବିସ୍ମୟ ଭାବ ନେଇ।

ପୁଅ ଯଦିଓ କଥା କହିପାରୁ ନ ଥିଲା, ତଥାପି ଅନ୍ୟ ସବୁ ସ୍ୱାଭାବିକ ପିଲାଙ୍କ ପରି ତା'ର ଅଝଟ ପଣ ଥିଲା। ସବୁଠୁ ବେଶି ଅଝଟ ଥିଲା ଖାଇବା ସମୟ। କିନ୍ତୁ ଶାରୀ ପାଖରେ ବସାଇ ଖୁଆଇବା ବେଳେ ତା'ର ଅଝଟ କମି ଯାଉଥିଲା। ଶାରୀ ପାଖରେ କିଛି ବୁଟ ଭଜା, ମଟରଛୁଇଁ କିମ୍ବା ଫଳଯିଏ ରଖିଦେଲେ, ସେ ତା'ର ଖାଇବାକୁ ଦେଖି ଦେଖି ବିନା ଅଝଟରେ ଖାଇନେଉଥିଲା।

ପୁଅ କଥା କହିପାରୁ ନଥିଲା । ଏଥିପାଇଁ ବନ୍ଧୁବାନ୍ଧବ, ଆତ୍ମୀୟମାନଙ୍କ ମନରେ ଥିଲା ଦୁଃଖ । ତେଣୁ ଲାଗିରହିଥିଲା ଏମାନଙ୍କ ଭିଡ଼ ଆମ ଘରେ । ପୁଅ ପାଇଁ ସେମାନେ ଆମକୁ ସମବେଦନା ଜଣାଇବାର ଠିକ୍ ପରେ ପରେ ଆଗ୍ରହ ପ୍ରକାଶ କରୁଥିଲେ ଶାରୀର କଥା ଶୁଣିବା ପାଇଁ । ତା' କଥା ଶୁଣି ସେମାନେ ଏମିତି ତନ୍ମୟ ଓ ଆଶ୍ଚର୍ଯ୍ୟ ହୋଇଯାଉଥିଲେ ଯେ ଫେରିବା ବେଳଯାଏଁ କେବଳ ପ୍ରଶଂସା କରୁଥିଲେ ଶାରୀର କଥା କହିବାର ଶକ୍ତିକୁ । ଶାରୀର କଥା ଶୁଣିବା ପରେ ସେମାନେ ଯେଉଁ ଉଲ୍ଲାସ ଭାବ ଦେଖାନ୍ତି, ସେଥିରେ କୁଆଡ଼େ ହଜିଯାଏ ସେମାନଙ୍କର ଆସିବାର ଅସଲ ଉଦ୍ଦେଶ୍ୟ । ସେମାନେ ଫେରିଯିବା ପରେ ଅଧିକ ବିମର୍ଷ ହୋଇପଡ଼ନ୍ତି ମୋ ସ୍ତ୍ରୀ । ରାଗ ତମତମ ହୋଇ ପ୍ରଶ୍ନ କରନ୍ତି - "କାହିଁକି ଆସିଥିଲେ ଏମାନେ, ପୁଅର ମୂକପଣ ପାଇଁ ସମବେଦନା ଜଣାଇବା ପାଇଁ ନା ଶାରୀର କଥା ଶୁଣିବା ପାଇଁ ?"

ଧୀରେ ଧୀରେ ଏଇ ଛୋଟିଆ ସହରଟିରେ ଗୋଟିଏ ଚର୍ଚ୍ଚାର ବିଷୟ ହୋଇଯାଇଥିଲା ଶାରୀ । ମୋର ପରିଚୟରେ ମଧ୍ୟ ଯୋଡ଼ା ହୋଇଯାଇଥିଲା, ଶାରୀ ବାଲା ରେଞ୍ଜର । ମୁଁ ଯେଉଁଠିକୁ ଯାଉଥିଲି ଯେମିତି ହେଲେ କେଉଁ ବାଗରେ ପଡ଼ିଯାଏ ଶାରୀ କଥା । ମୁଁ ତାକୁ କେଉଁଠୁ ଆଣିଥିଲି, କେତେ ଟଙ୍କାରେ କିଣିଥିଲି ଏବଂ ଏହି ଭେରାଇଟିର ଶାରୀ କେଉଁଠି ମିଳିବ ଇତ୍ୟାଦି ଇତ୍ୟାଦି । କେତେକ ତ କହୁଥିଲେ ଶାରୀ କଥା କହେ ଶୁଣିଥିଲୁ, ଦେଖିଥିଲୁ ମଧ୍ୟ । ସେସବୁ ସାଧାରଣ ପଦେ ଦୁଇପଦ କଥା - ରାମ ନାମ, ଚକ୍ରଧର, ପକ୍ଷୀ ଜନ୍ମରୁ ପାରି କର । ଅତି ବେଶିରେ ପାଳିଥିବା ଲୋକର ପିଲାମାନଙ୍କର ନାଆଁ ଧରି ଡାକିବା ଇତ୍ୟାଦି । ମାତ୍ର ଇଏ ତ ଅଦ୍ଭୁତ ଶାରୀ । ବିଷ୍ଣୁ ସହସ୍ର ନାମଠାରୁ ଗୀତା, ଭାଗବତ ଯାଏ ସବୁ ତୁଣ୍ଡରେ । ଆପଣ ତାକୁ ଏସବୁ ଶିଖାଇଲେ ନା ସିଏ ଆପେ ଆପେ ଶିଖିଗଲା ?

- ଆପେ ଆପେ ।

- ଆପେ ଆପେ ! ଇଏ ତ ନିଶ୍ଚୟ ଶୁକମୁନିଙ୍କୁ ଦିବ୍ୟଜ୍ଞାନ ଦେଇଥିବା ଶାରୀର ବଂଶଧର ହୋଇଥିବ । ଯାହାହେଉ ଏଇଟାକୁ ଆପଣଙ୍କ ଭାଗ୍ୟ କହିବ, ଏମିତିକା ଶାରୀଟିଏ ପାଇଗଲେ ।

ଏପଟେ ପୁଅର ବାକ୍‌ହୀନତା ଓ ସେପଟେ ଶାରୀର ବାକ୍‌ପଟୁତା । ତା'ର ପ୍ରଶଂସା ଶୁଣି ଶୁଣି ତା' ପ୍ରତି ମୋର ଜନ୍ମୁଥିଲା ବିଦ୍ୱେଷ ଓ ମୋ ସ୍ତ୍ରୀଙ୍କର ଈର୍ଷା । ବେଳେବେଳେ ସେ ତା'ର ମାଆ, ମାଆ ଡାକରେ ଅତିଷ୍ଠ ହୋଇ କହିପକାନ୍ତି, "ବନ୍ଦ କର, ବନ୍ଦ କର ସେ ଡାକ । ଯା' ମୁହଁରୁ ମାଆ ଡାକ ଶୁଣିବା କଥା ତ ଶୁଣିପାରୁନି, ଆଉ ଇଏ ଡାକିଲା, ମାଆ-ମାଆ ! ମୁଁ କ'ଣ ଅଣ୍ଡା ଫୁଟେଇ ତୋତେ ଜନ୍ମ କରିଥିଲି ?"

ମୁଁ ଜାଣିପାରେ ତାଙ୍କର କ୍ରୋଧର କାରଣ। ତାଙ୍କୁ ବୁଝାଏ ତା' ଉପରେ ଅଯଥାରେ ରାଗି ଲାଭ କ'ଣ ? ଏଇଟା ଆମର ବିମର୍ଷ ଭାଗ୍ୟ ବୋଲି ଧରିନିଅ।

ମୋ ସ୍ତ୍ରୀ ତାଙ୍କ କ୍ରୋଧ ପ୍ରଶମିତ କରିବା ପରିବର୍ତ୍ତେ କହନ୍ତି, ମୋ ତ ଧାରଣା ହେଉଛି ମୋ ପୁଅ ମୂକହେବା ପାଇଁ ଏ ଶାରୀ ଦାୟୀ। ଇଏ ନିଶ୍ଚୟ ଏକ ମାୟାବୀ ଶାରୀ। ଚୋରାଇ ନେଇଛି ମୋ ପୁଅର କଥା କହିବା ଶକ୍ତିକୁ। ନଚେତ୍ ଶାରୀଟିଏ ହୋଇ ପାଟିରେ ବାଟୁଳି ବାଜୁନି, ଏତେ ମନ୍ତ୍ର, ଶ୍ଳୋକ କେମିତି ଗାଇଯାଉଛି ?

ମୁଁ ଗମ୍ଭୀର ହୋଇ ଚିନ୍ତା କଲି, ସତ ବି ହୋଇପାରିଥାଏ ଏକଥା। ଭଗବାନ ଗୋଟିଏ ପଟରେ ଅଯାଚିତ ଭାବେ କିଛି ଦେଲେ ଅନ୍ୟ ପଟରେ କିଛି ନେଇ ଯାଆନ୍ତି। ହେଲେ ମନର ଭାବ ମନରେ ରଖି ଚୁପ୍ ରହିଲି।

ପୁଅ ଯେତିକି ଯେତିକି ବଡ଼ ହେଉଥିଲା, ତା'ର ଶବ୍ଦ ସ୍ଫୁରଣର ବୈକଲ୍ୟ ଭାବ ଓ ବୀଭତ୍ସ ସ୍ୱର ସେତିକି ଅଧିକ ଅଧିକ ବଢୁଥିଲା। ତା' ମନୋଭାବର ସମସ୍ତ ପ୍ରକାଶ ହିଁ ଗୋଟିଏ ଶବ୍ଦରେ ସୀମିତ ରହୁଥିଲା, ହାଉଁ ହାଉଁ। ତା' ମନୋଭାବକୁ ପ୍ରକାଶ କରି ନ ପାରି ସେ ଯେତିକି ଦୁଃଖିତ ହେଉ ନ ଥିଲା, ତା' ଠାରୁ ଅଧିକ ହେଉଥିଲୁ ଆମେ। ସବୁବେଳେ ଗୋଟିଏ ଚିନ୍ତା ଆମକୁ ଘାରି ରଖୁଥିଲା, ଆଉ ଅଳ୍ପଦିନ ପରେ ପୂରିଯିବ ପାଞ୍ଚବର୍ଷ। ଏବେ ଅପରେସନ୍ କରାଇବାର ସମୟ ଆସିଗଲାଣି। ଅପରେସନ୍ କଥା ଭାବିବା କ୍ଷଣି ଆମେ ବେଶି ଚିନ୍ତିତ ହୋଇପଡୁଥିଲୁ ଯେ ଯଦି ଅପରେସନ୍ ସକ୍‌ସେସ୍ ନ ହୁଏ, ତେବେ ? କ'ଣ କହିଥିଲେ ଡାକ୍ତର, ଲାଭ ଅପେକ୍ଷା କ୍ଷତିଟା ଅଧିକ ହେବ। କ'ଣ ହୋଇପାରେ ସେ କ୍ଷତିଟା ? ପୁଅର ଜୀବନ ଉପରେ ବିପଦ କି ? ଯଦି ଜୀବନ ଉପରେ ବିପଦ, ତେବେ କ'ଣ ଲାଭ ସେ ଅପରେସନ୍ କରାଇ ? କଥା କହିପାରୁ କି ନ ପାରୁ, ବଞ୍ଚିକି ରହୁ। ପାଠ ଶାଠ ପଢ଼ି ପାରିବନି ତ ନ ପଢୁ। ଏତେ ସମ୍ପତ୍ତି ଅଛି କ'ଣ ଚଳିଯିବନି ?

ଆମେ ସ୍ୱାମୀ ସ୍ତ୍ରୀ ଉଭୟେ ଅପରେସନ୍ କରାଇବାର ରିସ୍କଟା ଜାଣି ଯଦି ଅପରେସନ୍ କରାଉଛୁ, ଆଉ ଅପରେସନ୍ ପରେ ଯଦି କିଛି ହୋଇଗଲା, ତେବେ ଆମେ ନିଜକୁ କ୍ଷମା କରିପାରିବୁ ତ ? ନା, ବରଂ ଏମିତି ଥାଉ, କଥା କହି ନ ପାରିଲା ନାହିଁ।

ମନ୍ତ୍ର ତନ୍ତ୍ର ସହ ମୋ ସ୍ତ୍ରୀ ଏବେ ବେଶି ବେଶି ସାହାରା ନେଉଥିଲେ ସାଧୁ, ସନ୍ଥ ଓ ସନ୍ନ୍ୟାସୀମାନଙ୍କର। ସେ କେଉଁଠୁ ଗୋଟେ ଖବର ସଂଗ୍ରହ କଲେ ଯେ ଜଣେ ସିଦ୍ଧ ସନ୍ନ୍ୟାସୀ ରହୁଛନ୍ତି ଋଷିକେଶର ଏକ ଗୁମ୍ଫାରେ। ତାଙ୍କର କର ସ୍ପର୍ଶରେ ସବୁ ରୋଗ, ଶୋକ ଓ ଦୁଃଖ ଦୂର ହୋଇଯାଉଛି। ସେ ମୋତେ ବାଧ୍ୟ କଲେ ତାଙ୍କ ପାଖକୁ ଯିବା

ପାଇଁ। ପୁଅକୁ ସାଙ୍ଗରେ ଧରି ବହୁ କଷ୍ଟରେ ଯାଇ ଆମେ ତାଙ୍କ ପାଖରେ ପହଞ୍ଚିଲୁ। ପହଞ୍ଚିଲା ବେଳକୁ ସେ ଥିଲେ ଧ୍ୟାନସ୍ଥ। ଆମକୁ ଅପେକ୍ଷା କରିବାକୁ ପଡ଼ିଲା ସାରାଦିନ ସାରା ରାତି। ତାଙ୍କର ଜଣେ ଶିଷ୍ୟ ଆମକୁ କହିଲେ - "କାଲି ସକାଳୁ ବାବାଙ୍କର ଧ୍ୟାନଭଙ୍ଗ ପରେ ସେ ପ୍ରଥମେ ଯିବେ ଗଙ୍ଗାନଦୀକୁ। ସେଠାରୁ ସ୍ନାନସାରି ଫେରିବା ସମୟ ହିଁ ହେଉଛି ପ୍ରକୃଷ୍ଟ ସମୟ, ନିଜର ସମସ୍ୟା ଉପସ୍ଥାପନ କରିବାର। ଆପଣମାନେ କାଲି ସକାଳୁ ତାଙ୍କୁ ଅନୁସରଣ କରିବେ। ମାତ୍ର ଗୋଟିଏ କଥା ମନେ ରଖିବେ, ସେ କିଛି ନ ପଚାରିବା ଯାଏଁ ତାଙ୍କ ସହ କୌଣସି କଥାବାର୍ତ୍ତା କରିବାକୁ ଚେଷ୍ଟା କରିବେ ନାହିଁ।"

ପରଦିନ ପ୍ରଭାତରେ ବାବାଙ୍କର ଧ୍ୟାନଭଙ୍ଗ ହେଲା। ସେ ଧ୍ୟାନସ୍ଥ ମୁଦ୍ରାରୁ ଉଠି ସିଧା ଚାଲିଲେ ଗଙ୍ଗାତୀରକୁ। ଏକ ନିରାପଦ ଦୂରତାରେ ଆମେ ତାଙ୍କୁ ଅନୁସରଣ କଲୁ। ବାବା ସ୍ନାନତର୍ପଣ ସାରିବା ପରେ ଚାଲିଲେ ଆଶ୍ରମ ଅଭିମୁଖେ। ଆମେ ପୁଣି ତାଙ୍କ ପଛେ ପଛେ ଚାଲିଲୁ। ଆମର ଉପସ୍ଥିତି ବାବା ଉପଲବ୍ଧି କରିସାରିଥିଲେ। ହଠାତ୍ ଏକ ବୃକ୍ଷ ମୂଳରେ ସେ ଠିଆ ହୋଇଗଲେ। ନିଜ କମଣ୍ଡଳୁରୁ ସାମାନ୍ୟ ଜଳ ବୃକ୍ଷ ମୂଳରେ ଦେଇ ତା' ଉଦ୍ଦେଶ୍ୟରେ କହିଲେ, "ଶବ୍ଦମୟ ବିଶ୍ୱରେ ନିଜକୁ ପ୍ରକାଶ କରିବା ପାଇଁ ତମେ ଶବ୍ଦର ସାହାଯ୍ୟ ନେଉଛ କି ?"

ଆମେ କେବଳ ଆଶ୍ଚର୍ଯ୍ୟ ହୋଇ ତାଙ୍କ କଥା ଶୁଣିଥିଲୁ। ଗୋଟିଏ ମୁହୂର୍ତ୍ତ ପରେ ସେ ତାଙ୍କ ଯାତ୍ରା ଆରମ୍ଭ କଲେ। ଏ ରହସ୍ୟର ଉତ୍ତର ପଚାରିବାର ସାହସ କରି ନ ପାରି ଆମେ କେବଳ ତାଙ୍କ ପଛେ ପଛେ ଚାଲିଥିଲୁ। ସେ ତାଙ୍କର ଯାତ୍ରା ନ ରୋକି ଆମ ଉଦ୍ଦେଶ୍ୟରେ କହିଲେ, "ଅନୁସରଣ ମୂଲ୍ୟ କିଛି ନାହିଁ, ଅନୁଧ୍ୟାନ କର। ବ୍ରହ୍ମ ହିଁ ଶବ୍ଦ। ବ୍ରହ୍ମକୁ ନ ଚିହ୍ନି ଶବ୍ଦ ପାଇଁ ଏ ବ୍ୟାକୁଳତା କାହିଁକି ?"

ତାଙ୍କ ସ୍ୱରରେ କି ଶକ୍ତି ଥିଲା କେଜାଣି, ଆମେ ଆଉ ତାଙ୍କୁ ଅନୁସରଣ କରିବାର ସାହସ କରିପାରିଲୁ ନାହିଁ।

ଘରକୁ ଫେରିବା ପରେ ମୁଁ ଚିନ୍ତା କଲି, ଏ ପୃଥିବୀରେ କୋଟି କୋଟି ପ୍ରକାର ଜୀବ ଅଛନ୍ତି। ମଣିଷକୁ ଛାଡ଼ିଦେଲେ ଆଉ ତ କେହି କଥା କହିପାରୁ ନାହାନ୍ତି। ଆଉ କେହି କଥା କହି ନ ପାରିବା ଫଳରେ ତ ଅଟକିଯାଇନି ପୃଥିବୀ, କ୍ଷୁଣ୍ଣ ହେଉନି ଏହାର ମାଧୁର୍ଯ୍ୟ, ବ୍ୟାହତ ହେଉନି ତ ପୃଥିବୀର ଭାବମୟତା। ପ୍ରକୃତି ଭିତରେ ଥିବା ନିଃଶବ୍ଦର ଆବେଦନ ଯେତିକି ଗଭୀର, ଯଦି ଗଛ - ଲତା, ବଣ ପାହାଡ଼, ନଦ-ନଦୀ, ଜୀବଜନ୍ତୁ ସମସ୍ତେ କଥା କହିପାରୁଥାନ୍ତେ, ତେବେ କ'ଣ ରହିପାରିଥାଆନ୍ତା ପୃଥିବୀର ଶାନ୍ତ, ସ୍ନିଗ୍ଧ ଓ ପବିତ୍ର ନୀରବତା ? ମଣିଷ ବ୍ୟତୀତ ଈଶ୍ୱର ସବୁଠି ଶବ୍ଦ ଦେଇଛନ୍ତି ଅଥଚ ମୁଖର

କରିନାହାନ୍ତି କାହାକୁ। ସେଥିପାଇଁ ତ ମାନସିକ ଶାନ୍ତି ପାଇବା ପାଇଁ ମଣିଷ ଖୋଜେ ନୀରବତା, ଖୋଜେ ପ୍ରକୃତିର କୋଳ। ମନେ ପକାଇଲି, ସେହି ବୃକ୍ଷକୁ ନିମିତ୍ତ କରି ଆମ ଉଦ୍ଦେଶ୍ୟରେ ସନ୍ନ୍ୟାସୀ କହିଥିବା କଥାକୁ - ଶବ୍ଦମୟ ବିଶ୍ୱରେ ନିଜକୁ ପ୍ରକାଶ କରିବା ପାଇଁ ତମେ ଶବ୍ଦର ସାହାରା ନେଉଛ କି ? ଧୀରେ ଧୀରେ ଉନ୍ମୋଚିତ ହେଉଥିଲା ସନ୍ନ୍ୟାସୀଙ୍କ କଥାର ରହସ୍ୟ। ମୋତେ ଲାଗିଲା ମୁଁ ଏତେଦିନ ଯାଏ ପୁଅର ମୂକପଣ ନେଇ ମିଥ୍ୟାରେ ଭ୍ରମୁଥିଲି। ମୋର ତା' ଓଠର ଶବ୍ଦକୁ ନୁହେଁ, ତା' ମୁହଁର ଭାବକୁ ଚିହ୍ନିବାର ଥିଲା।

ଆଶ୍ରମରୁ ଫେରିବା ପରେ ମୋ ସ୍ତ୍ରୀଙ୍କର ମନୋଭାବରେ ମଧ୍ୟ ଯଥେଷ୍ଟ ପରିବର୍ତ୍ତନ ଘଟିଥିଲା। ଲାଗୁଥିଲା ସେ ଯେମିତି ତାଙ୍କର ସମସ୍ୟାର ସମାଧାନ ଖୋଜି ପାଇଯାଇଛନ୍ତି। ଆଗଭଳି ସେ ଶାରୀଟି ପ୍ରତି ଅସୂୟାଭାବ ଦେଖାଉ ନ ଥିଲେ। ବରଂ ଶାରୀର ଯତ୍ନ ନେବାରେ ସେ ଅଧିକ ତତ୍ପର ହୋଇ ଉଠିଥିଲେ। ନିଜେ ଘରର କାମ କଲାବେଳେ ଶାରୀକୁ କହୁଥିଲେ, ଗାଆ ଭାଗବତ କିମ୍ବା ବିଷ୍ଣୁ ସହସ୍ରନାମ। ସନ୍ଧ୍ୟା ଆରତି ସମୟରେ ପୁଅକୁ ପାଖରେ ବସାଇ ଶାରୀକୁ କହିବେ ଗାଆ - ଜୟ ଜଗଦୀଶ ହରେ।

ଦିନେ ସକାଳୁ ଘର ଅଗଣାରେ ଥିବା ପାଣି ଟ୍ୟାପ୍ ପାଖରେ ଶାରୀର ପଞ୍ଜୁରିକୁ ସଫା କରି ତାକୁ ଗାଧୋଇଦେଲେ। ପୁଅ ବି ଏ କାମରେ ସାହାଯ୍ୟ କରୁଥିଲା ତାଙ୍କୁ। ଗାଧୋଇ ଦେଇସାରିବା ପରେ ପାଣି ଲାଗି ଶାରୀଟି ପୂରା ସାଙ୍କୁଡ଼ି ଯାଇଥାଏ। ସେ ଉଠି ଆସିଲେ ଘରକୁ ଗୋଟେ ଶୁଖିଲା କପଡ଼ା ନେଇ ତା'ର ପରକୁ ପୋଛି ଦେବା ପାଇଁ। ଏହି ସମୟରେ ଗୋଟେ କଳା କଟାଶ କେଜାଣି କୁଆଡ଼େ ଥିଲା, ଛପି ଛପି ଆସି ଝାମ୍ପ ଦେବାକୁ ବସିଥିଲା ଶାରୀଟି ଉପରେ। ପୁଅ ହାଉଁ ହାଉଁ ହୋଇ ଚିତ୍କାର କଲା। ତା' ସ୍ୱରରେ ପଛକୁ ହଟୁ ନ ଥିଲା କଟାଶଟି। ଗୋଟିଏ ବାଡ଼ି ଉଠାଇ ତା' ଆଗରେ ଠିଆ ହୋଇ ଜୋର୍‌ରେ ହାଉଁ ହାଉଁ ହେଉଥିଲା ପୁଅ, ମାତ୍ର ସେ ନଛୋଡ଼ବନ୍ଦା ହୋଇ ସୁଯୋଗକୁ ଅପେକ୍ଷା କରୁଥିଲା। ସୁଯୋଗ ଉଣ୍ଡି ସେ ଯେମିତି ଶାରୀ ଉପରକୁ ଝାମ୍ପି ପଡ଼ିଛି, ପୁଅ ଶାରୀଟିକୁ ତା' କୋଳ ଭିତରେ ଲୁଚାଇ ଧରି ଚିତ୍କାର କଲା - 'ମାଆ, ମାଆ, ମାଆ ଆ...।'

■

କାରିଗର

ଗୌରହରି ଦାସ

ନାଁ, ଏ କାହାଣୀ ଲେଖିବା ପାଇଁ ମୋତେ କେହି କୌଣସି ଦିନ ଅନୁରୋଧ କରିନଥିଲେ। କାହାଣୀର ମୁଖ୍ୟ ଚରିତ୍ର ସହରତଳି କୋଉଁ ଗାଁରେ ରହୁଥିବା ସେଇ ପଙ୍ଗୁ ରିକ୍ସାବାଲା, ତା'ର ଲଜ୍ଜାବତୀ ସ୍ତ୍ରୀ କିମ୍ବା ତାର ଆଠ ନଅ ବର୍ଷର ପୁଅ ଏମାନେ କେହି କହି ନ ଥିଲେ। ମୋର ବନ୍ଧୁ ରଣଜିତ୍ ନିଜେ ମଧ୍ୟ ମୋତେ ଏକଥା ଲେଖିବାପାଇଁ କହି ନଥିଲା।

ସେଦିନ ସନ୍ଧ୍ୟାରେ ରଣଜିତ୍ ଟିକିଏ ଶୀଘ୍ର ତା' ଅଫିସ୍‌ରୁ ଫେରି ଆସିଥିଲା। ଏ ସହରରେ ରଣଜିତ୍‌ର ଠିକାଦାରୀ ଫାର୍ମର ଖୁବ୍ ନାଁ ଅଛି। ବଡ଼ ବଡ଼ ସେତୁ, କୋଠାବାଡ଼ି ଓ ସଡ଼କ ନିର୍ମାଣରେ ଆର.କେ ପଟ୍ଟନାୟକ ଆଣ୍ଡ କଂପାନୀର ପତିଆରା ଅଛି। ଏବେ ରଣଜିତ୍‌ର ବୟସ ହୋଇଗଲାଣି। ସେ ପୂର୍ବପରି ତା' ଫାର୍ମର ସବୁକାମ ନିଜେ ବୁଝାବୁଝି କରୁନାହିଁ। ଏସବୁ ଏବେ ତା'ର ଦୁଇ ପୁଅ ଭଲଭାବେ ନିର୍ବାହ କରୁଛନ୍ତି। ରଣଜିତ୍ କେବଳ ଚେକ୍ ଓ କାଗଜପତ୍ରରେ ଦସ୍ତଖତ କରେ, ବଡ଼ ବଡ଼ ଠିକା କାମ ନେଇ ସରକାରୀ ହାକିମଙ୍କ ସାଙ୍ଗରେ ମୂଲଚାଲ କରେ।

ରଣଜିତ୍‌ର ଜୀବନ ଅଦ୍ଭୁତ ପ୍ରକାରର। କହିବାକୁ ଗଲେ ସେଇଟି ବି ଗୋଟେ ନାଟକ କି ସିନେମାର କାହାଣୀ ପରି। ମୋତେ ରଣଜିତ୍ ଖୁବ୍ ଶ୍ରଦ୍ଧା କରେ। ଆମର ବନ୍ଧୁତା କଲେଜ ସମୟରୁ। ସେଥିପାଇଁ ସେ ମୋତେ ଗାଡ଼ି ପଠେଇ ସମୟେ ସମୟେ ଡକେଇ ନିଏ ଓ ମୋ ସାଙ୍ଗରେ ତା'ର ଦେଶ-ବିଦେଶ ଭ୍ରମଣ ଅନୁଭୂତି ଗପେ। ମିଜାଜ୍ ଭଲ ଥିଲେ ଅନେକ ରାତି ପର୍ଯ୍ୟନ୍ତ ଗୀତ ଗାଏ, ଜୋକ୍ ଶୁଣାଏ, ଭଲ ଭଲ ଜଳଖିଆ ତିଆରି କରାଏ ଓ ଖୁଆଏ। ନିଜେ ପେଗ୍ ପରେ ପେଗ୍ ହ୍ୱିସ୍କି ପିଏ ଓ ଗୋଟାଏ ପରେ

ଗୋଟାଏ ସିଗ୍ରେଟ ଟାଣେ। ମୋତେ ତା'ର ଅତ୍ୟଧିକ ମଦ ପିଇବା ଓ ସିଗ୍ରେଟ ଟାଣିବା ଅଭ୍ୟାସ ଭଲ ଲାଗେ ନାହିଁ, ମାତ୍ର ତା'ର ହୃଦୟଟି ଭଲ ବୋଲି ତା'ର ସାନ୍ନିଧକୁ ଏଡ଼େଇ ଯାଇପାରେ ନାହିଁ। ଜୀବନ ସେ ଏକ ପ୍ରକାର ନିଃସଙ୍ଗ ଜୀବନ ଜିଉଁଥିବାରୁ ତା'ର ମନ ଭାଙ୍ଗିଗଲା ପରି ମୁଁ କିଛି କହେ ନାହିଁ।

ମୁଁ ରଣଜିତ୍ ସଂପର୍କରେ ଅନେକ କଥା ଜାଣେ। ତା'ର ପ୍ରେମ, ବିବାହ, ତା' ପତ୍ନୀର ଅକାଳ ମୃତ୍ୟୁ ଓ ଏଇ ବିପର୍ଯ୍ୟୟ ପରେ ଜୀବନ ପ୍ରତି ବୀତସ୍ପୃହ ହୋଇଯିବା ଏବଂ ଶେଷକୁ ଅନାସକ୍ତ ଭାବେ ଦରିଦ୍ର ଲୋକଙ୍କ ସେବା-ସାହାଯ୍ୟ ପାଇଁ ଆଗେଇ ଆସିବା କଥା ସବୁ ପ୍ରାୟତଃ ଜାଣେ। ରଣଜିତ୍ ଏବେ ଗୋଟେ ଡାକ୍ତରଖାନା ବସେଇବା ପାଇଁ ଅଣ୍ଟା ଭିଡ଼ିଛି। ସେଥିପାଇଁ ସେ ଲକ୍ଷ ଲକ୍ଷ ଟଙ୍କା ଅକାତରେ ଖର୍ଚ୍ଚ କରୁଛି। ଡାକ୍ତରଖାନାଟି ତା' ବାପା ମାଆଙ୍କ ସ୍ମୃତି ରକ୍ଷା ପାଇଁ ସେ ତିଆରୁଛି।

ରଣକିତ୍ ଯୋଉଦିନ ଏ କଥାଟି କରିଥିଲା। ସେ ଦିନ ତା'ର ଜଣେ ଷ୍ଟାଫ୍ ବ୍ୟାଙ୍କରୁ ଜାଲିଆତି କରି ପାଞ୍ଚଜାର ଟଙ୍କା ଉଠେଇ ନେଇ ଯାଇଥିବାରୁ ତା'ର ମିଜାଜ ଗରମ ଥିଲା। ମୁଁ ତାକୁ ବୁଝେଇଥିଲି, ପାଞ୍ଚହଜାର ଟଙ୍କା କଥା ତ ! ତା' ପାଇଁ ତୁମ ଭଳି ପାଞ୍ଚକୋଟି ଟଙ୍କାର ମୁଣ୍ଡ ଏତେ ଚିନ୍ତା କରିବା ଠିକ୍ ନୁହେଁ। ମାତ୍ର ସେ ମୋ କଥାରେ ରାଜି ହୋଇ ନଥିଲା। କହିଥିଲା, "ଟଙ୍କାଟା ବଡ଼ କଥା ନୁହେଁ, ବଡ଼ ହେଉଛି ତାର ମଣିଷ ପଣିଆ।" ଯାହା ପାଖେ ସେତକ ନାହିଁ ସେ କି ମଣିଷ !'

ରଣଜିତ୍ ତା' ଗିଲାସରେ ହ୍ୱିସ୍କି ଓ ସୋଡା ଢାଳି ତହିଁରେ ବରଫ ପକେଇଥିଲା ଓ ଗିଲାସରୁ ଗୋଟେ ଢୋକ ପିଇସାରି ମୋତେ ସିଧା ଚାହିଁଥିଲା। ମୁଁ ତା'ର ସେ ଦୃଷ୍ଟି ଆଡ଼େଇଯିବା ପାଇଁ ଟି-ପୟ ଉପରୁ ସେଇ ଦିନର ଖବର କାଗଜ ଉଠେଇ ପଢ଼ି ବସିଥିଲି। ରଣଜିତ୍ କିନ୍ତୁ ମୋତେ କିଛି ଗୋଟେ ଶୁଣେଇବାକୁ ପ୍ରସ୍ତୁତ ହେଉଥିଲା। ତା' ପରେ ଏଇ କାହାଣୀ।

ପ୍ରାୟ ପଚିଶ ବର୍ଷ ତଳର କଥା।

ରଣଜିତ୍ ସେତେବେଳେ ଠିକାଦାରୀ ଜୀବନକୁ ନୂଆ ନୂଆ ଆସିଥାଏ। ଦିନରାତି ତାକୁ କାମରେ ଲାଗି ରହିବାକୁ ପଡୁଥାଏ। କିଛି ଗୋଟାଏ ବଡ଼ କାମ ପାଇବା ପାଇଁ ବାର ଲୋକଙ୍କ ଦ୍ୱାରସ୍ଥ ହେଉଥାଏ ସେ। ସୌଭାଗ୍ୟକୁ ସେଥର ସେହିଭଳି କାମଟେ ସେ ପାଇଗଲା। ସେ କାମ ପାଇଁ ଆହୁରି ଅନେକ ନାମୀ ଦାମୀ ଫାର୍ମ ମଧ୍ୟ ଟେଣ୍ଡର ଭରିଥିଲେ। କିନ୍ତୁ ଶେଷକୁ ରଣଜିତ୍ ସେ କାମଟି ପାଇଲା। ୱାର୍କ-ଅର୍ଡ଼ର ମିଳିଗଲା ପରେ ରଣଜିତ୍ ଯେତିକି ଖୁସି ହୋଇଥିଲା କାମଟା ଠିକଣା ସମୟରେ ସାରିପାରିବ କି ନାହିଁ ଏ ଆଶଙ୍କାରେ ସେତିକି ଚିନ୍ତିତ ହୋଇ ପଡ଼ିଥିଲା।

: କିନ୍ତୁ କାହିଁକି ? – ମୁଁ ପଚାରିଥିଲି ।

: ପୁଞ୍ଜି । ସେ ହାତର ଇସାରାରେ ମୋତେ ଉତ୍ତର ଦେଇଥିଲା ।

: ପୁଞ୍ଜି କ'ଣ ? ଅର୍ଡ଼ର ପାଇଲ, କାମ କଲ, ପେମେଣ୍ଟ ମିଳିଯିବ । ବାସ୍ !

ଠିକାକାରୀ କାମ ବାବଦରେ ଅନାଡି ମୋ ପରି ଲୋକ ମୁଣ୍ଡରେ ରଣଜିତ୍‌ର କଥାଟା ଢୁକି ନଥିଲା ।

: କାମଟା ଆରମ୍ଭ କରିବା ପାଇଁ ଅନ୍ୟୂନ ଦରକାର ଥିଲା ପାଞ୍ଚଲକ୍ଷ ଟଙ୍କା, ବୁଝିଲୁ ! ସତୁରୀ ମସିହାରେ ପାଞ୍ଚ ଲକ୍ଷ ଅର୍ଥ ଏବେକାର ପଚାଶ ଲକ୍ଷ ! ସେତେବେଳେ ପାଞ୍ଚଲକ୍ଷ ଟଙ୍କା ଯୋଗାଡ଼ କରିବା କିଛି କମ୍ କଷ୍ଟ କାମ ନଥିଲା । ପୁଣି କାମଟା ସେପ୍ଟେମ୍ବର କିମ୍ବା ଅକ୍ଟୋବର ଭିତରେ ଆରମ୍ଭ କରିବା ଥିଲା ଜରୁରୀ । ମୁଁ ଅର୍ଥ ଚିନ୍ତାରେ ବିବ୍ରତ ହୋଇପଡ଼ିଥିଲି ।

ମୁଁ ରଣଜିତ୍‌ର କଥା ମନଯୋଗ ସହକାରେ ଶୁଣିବା ପାଇଁ ସୋଫାରୁ ଉଠିଯାଇ ଟେପରେକର୍ଡ଼ରର ଧୀର ମ୍ୟୁଜିକ୍ ବନ୍ଦ କରିଦେଇ ଆସିଲି । ସେ ତା' ଗିଲାସରୁ ଆଉ ଟୋକେ ହ୍ୱିସ୍କି ନେଉ ନେଉ କହିଲା, "ସେଇ ପ୍ରଥମ ଥର ପାଇଁ ମୁଁ ମୋର ମାନ ଅଭିମାନକୁ ଜଳାଞ୍ଜଳି ଦେଇ କଞ୍ଚନାର ବାପାଙ୍କ ଦ୍ୱାରସ୍ଥ ହୋଇଥିଲି ।"

ରଣଜିତ୍‌ର କଥା ଶୁଣି ମୁଁ ଆଶ୍ଚର୍ଯ୍ୟ ହେଲି । କାରଣ ସେ କଞ୍ଚନାର ବାପାଙ୍କୁ ନିଜର ଶ୍ୱଶୁର ବୋଲି କହିବାକୁ ସବୁବେଳେ ସଙ୍କୋଚ କରୁଥିଲା । ତା' ପଛରେ ଅବଶ୍ୟ କାରଣଟେ ଥଲା । ସେ ଦୁହିଁଙ୍କ ବିବାହରେ ତା' ଶ୍ୱଶୁରଙ୍କର ଆଦୌ ସମ୍ମତି ନଥିଲା । କଞ୍ଚନାର ବାପା ରାଜ୍ୟର ଜଣେ ନାମୀ ଡାକ୍ତର । ସେ ଚାହୁଁଥିଲେ ତାଙ୍କ ଝିଅକୁ ତାଙ୍କ ପରି ଜଣେ ଡାକ୍ତର ସାଙ୍ଗରେ ବାହାଦେବେ । ଠିକାକାରୀ ବୃତ୍ତି ପ୍ରତି ତାଙ୍କର କୌଣସି ପ୍ରକାର ସମ୍ମାନ ନଥିଲା । ସେ ଭାବୁଥିଲେ, ଏଇ ବେପାରରେ କିଛି ସ୍ଥାୟୀ ଉପାର୍ଜନ ନାହିଁ । ଠିକାଦାରୀ କରି ସମାଜରେ ପ୍ରତିଷ୍ଠିତ ହେବା କାଠିକର ପାଠ ଓ ରଣଜିତ୍ ପରି ଗୋଟେ ଅପରିଣାମଦର୍ଶୀ ଯୁବକ ଠାରୁ ସେ ସେହି ଧରଣର ପ୍ରତିଷ୍ଠା ଆଦୌ ଆଶା କରୁନଥିଲେ । ଫଳ ଏମିତି ହେଲା, କଞ୍ଚନା ଓ ରଣଜିତ୍ ଉଭୟେ ନିଜ ନିଜ ଘରୁ ଲୁଚି ପଳେଇଯାଇ ରେଜିଷ୍ଟ୍ରି ମ୍ୟାରେଜ କରିବସିଥିଲେ । ମାତ୍ର ଏହି ବିବାହକୁ କଞ୍ଚନାର ବାପା ସ୍ୱୀକାର କରିନଥିଲେ । ସେଥିପାଇଁ ସେ ବାହା ଘର ସରିବାର ବର୍ଷେ ପର୍ଯ୍ୟନ୍ତ ଝିଅକୁ ଫେରାଇ ନେବାପାଇଁ ଓ ଅନ୍ୟତ୍ର ତା'ର ବାହଘର କରିଦେବା ପାଇଁ ବହୁ ଚେଷ୍ଟା କରିଥିଲେ । ସେସବୁ ଯେତେବେଳେ ସଫଳ ହେଲା ନାହିଁ ସେ ଝିଅକୁ ଓ ତା' ସାଙ୍ଗରେ ରଣଜିତ୍‌କୁ ଭୁଲିଯିବାପାଇଁ ଚେଷ୍ଟା କରିଥିଲେ । ଅନେକ ବର୍ଷ ପର୍ଯ୍ୟନ୍ତ ଉଭୟ ପରିବାର ଭିତରେ କଥାବାର୍ତ୍ତା ନଥିଲା ।

ରଣଜିତ୍ କହିଲା, "ଗୋଟେ ପାଖରେ ମୋର କ୍ୟାରିୟର୍ ଓ ଆଉ ଗୋଟିଏ ପାଖରେ ମୋର ଅଭିମାନ। ଶେଷରେ ମୁଁ ଅଭିମାନକୁ ଭୁଲି କଳ୍ପନାର କଥା ମାନିନେଲି। ପ୍ରଥମେ ଲକ୍ଷେ ଟଙ୍କା ଦେବେ ବୋଲି ରାଜି ହେଲେ। ତାଙ୍କ ଘରକୁ ଯିବା ପାଇଁ ମୋର ଆଦୌ ଇଚ୍ଛା ନ ଥିଲେ ବି ଟଙ୍କା ଆଣିବାପାଇଁ ଗଲି।

: ସେ ଟଙ୍କା ଦେଲେ ?

: ହଁ ଦେଲେ। ଲକ୍ଷେ ଟଙ୍କା ଦେଇ ମୋତେ ଅପମାନିତ କରିବାକୁ ସେ ଗୋଟେ ସୁଯୋଗ ଚାହୁଁଥିଲେ ହୁଏତ। ଛାଡ୍, ସେସବୁ ଅଲଗା କଥା। ଲକ୍ଷେ ଟଙ୍କା ନେଇ ଗୋଟେ ଟ୍ୟାକ୍ସିରେ ମୁଁ ଫେରୁଥାଏ। ଦେଉଳି ଛକ ତିନିଚାରି କିଲୋମିଟର ଦୂର ଅଛି, ସେ ଗାଡ଼ିଟାର ଷ୍ଟାର୍ଟ ବନ୍ଦ ହୋଇଗଲା। ଡ୍ରାଇଭର ଓହ୍ଲେଇଯାଇ ହୁଡ୍ ଟେକି କ'ଣ ସବୁ ଖୋଜା ଖୋଜି କଲା। ମାତ୍ର ତା'ର ଚେଷ୍ଟା ସତ୍ତ୍ୱେ ନଈବନ୍ଧ ଉପରେ ଗାଡ଼ିଟା ପଡ଼ି ରହିଲା, ଯେତେ ଯାହା କଲେ ବି ଚଳିଲା ନାହିଁ। ସେତେବେଳକୁ ସଂଜ ଗଡ଼ି ଗଲାଣି। ନିଛାଟିଆ ରାସ୍ତା। ହାତରେ ପୁଣି ଟଙ୍କା ବ୍ୟାଗ୍। ମୁଁ ବାଧ୍ୟ ହୋଇ ଗାଡିରୁ ଓହ୍ଲେଇ ଚାଲିବାରେ ଲାଗିଛି। ବାଟରେ କାହାଠୁ ଗୋଟେ ଲିଫ୍ଟ ପାଇଯିବି, ଏଇ ଆଶାରେ ଡ୍ରାଇଭରକୁ ଗାଡି ଜିମା ଦେଇ ନଈବନ୍ଧ ରାସ୍ତା ଧରିଲି।

ସେତେବେଳକୁ ନଈକୂଳ ରାସ୍ତା ଏତେ ଜନାକୀର୍ଣ୍ଣ ହୋଇ ନଥାଏ। ରାସ୍ତାରେ କୋଉଠି ବି ଲାଇଟ୍ ନଥାଏ। ମେଘଢଙ୍କା ଆକାଶ। ଘଣ୍ଟାକୁ ଚାହିଁ ଦେଖିଲି, ରାତି ଆଠଟା ବାଜିବ। କିଛି ବାଟ ଆସିବାପରେ ମୁଁ ଅନୁମାନ କଲି ଦି ତିନିଜଣ ଲୋକ ଟର୍ଚ୍ଚ ପକେଇ ପକେଇ ମୋତେ ଅନୁସରଣ କରୁଛନ୍ତି। ମଝିରେ ମଝିରେ ଟର୍ଚ୍ଚ ଜଳି ଉଠୁଛି, ପୁଣି ନିଭି ଯାଉଛି। ମୋର ଆଶଂକା ହେଲା ଏମାନେ ନିଶ୍ଚୟ ଡକେଇତ। ମୋର ଟଙ୍କା ନେଇ ଆସିବା ଖବର ଏମାନେ ବୋଧେ ପାଇ ଯାଇଛନ୍ତି। ହୁଏତ ଟାକ୍ସି ଡ୍ରାଇଭରଟା ଗୋଟେ ଡକାୟତ ଦଳର ଲୋକ ଓ ସେଇ ଏମାନଙ୍କୁ ଖବରଟା ଦେଇଛି। ତାହା ନହେଲେ ଏଇଠି ଗାଡିଟାକୁ ସେ ଛିଡ଼ା କରେଇଥାନ୍ତା କାହିଁକି ? ମୁଁ ଆହୁରି ଡରିଗଲି।

ମୋତେ ରଣଜିତ୍‌ର କଥା ଗୋଟେ ଗୋଇନ୍ଦା ଉପନ୍ୟାସର କଥା ପରି ଶୁଭୁଥାଏ। ମୁଁ ତା'ର ଆଉ ଟିକିଏ ପାଖକୁ ଘୁଞ୍ଚିଆସି ପଚାରିଲି, "ବଡ଼ ଭୟଙ୍କର କଥା ତ ! ତୁ କ'ଣ କଲୁ ?"

: ମନେ ମନେ କଟକ ଚଣ୍ଡୀଙ୍କୁ ଡାକି ପାଦର ଗତି ବଢ଼ାଇଲି। ମାତ୍ର ଯେତେ ଚେଷ୍ଟା କଲେ ବି ବେଶିବାଟ ଆଗେଇ ପାରୁ ନଥାଏ। ଭୟ ଓ ଅସହାୟତା ମୋତେ ଦୁର୍ବଳ କରିଦେଉଥାଏ। ହଠାତ୍ ମୋ ମୁଣ୍ଡକୁ ଗୋଟେ ବୁଦ୍ଧି କୁଟିଳା। ଭାବିଲି, ଟଙ୍କା ବ୍ୟାଗ୍‌ଟାକୁ କୋଉଠି ଗୋଟେ ଲୁଚେଇ ଦେଇ ଚାଲିଯିବି। ସକାଳକୁ ଆସି ସେଠୁ ପୁଣି

ନେଇଯିବି । କାରଣ, ଟଙ୍କାତକ ହାତରେ ଧରି ମୁଁ ସେମାନଙ୍କ କବଳରୁ କଦାପି ଖସିଯାଇ ପାରିବି ନାହିଁ ।

ସେତିକି ବେଳେ ସାମ୍ନାରେ ଗୋଟେ ପଲାଘର ଦେଖିଲି । ରିକ୍ସାଟାଏ ପଲା ଆଗରେ ଥୁଆ ହୋଇଛି । ମୁଁ ଆଗପଛ କିଛି ଚିନ୍ତା ନକରି ରିକ୍ସାର ସିଟ୍‌ତଳେ ଟଙ୍କା ବ୍ୟାଗ୍‌ଟାକୁ ରଖିଦେଇ ସେଇ ପଲା ପଛପଟେ ଲୁଚିଗଲି । ମୋର ଛାତି ଉଠୁଥାଏ ପଡୁଥାଏ । କପାଳ, ବେକ ଓ କାଖରୁ ଝାଳ ବୋହି ମୋର ସାର୍ଟ ବ୍ୟାନିୟନ ସବୁ ଓଦା ହୋଇ ସାରିଥାଏ । ମନେ ମନେ ଖାଲି ଠାକୁର ଠାକୁରାଣୀଙ୍କୁ ଡାକୁଥାଏ ।

ମାସଟା ସେପ୍ଟେମ୍ବର ହେବ ବୋଧହୁଏ । ଉପରଓଳି ଖୁବ୍ ବର୍ଷା ହୋଇଥିଲା । ନଈ ବନ୍ଧର ମୋରମ ଗୁଡ଼ିକ ବତୁରି ଫୁଲି ଉଠିଥାଏ । ମୁଁ ଆକାଶକୁ ଅନେଇଲି । ମେଘ ଘୋଟି ଆସୁଛି । ଯେ କୌଣସି ମୁହୂର୍ତ୍ତରେ ବର୍ଷି ଯାଇପାରେ ।

: ସେ ଚୋରମାନେ ଗଲେ କୁଆଡ଼େ ?

: କହୁଛି । ସେମାନେ ମୋ ପଛେ ପଛେ ସେଇ ପଲା ପାଖକୁ ଆସିଲେ । ତାଙ୍କ ଭିତରୁ ଜଣେ ଆସି ସାମ୍ନାପଟେ ଥୁଆ ହୋଇଥିବା ରିକ୍ସାର ଘଣ୍ଟି ଟିନ୍ ଟିନ୍ କଲା । ମୁଁ ଆହୁରି ଡରିଗଲି । ଗୋଟେ ମୁହୂର୍ତ୍ତ ପାଇଁ ଭାବିଲି, ଧରା ପଡ଼ିଗଲି ବୋଧହୁଏ । ମାତ୍ର କଟକ ଚଣ୍ଡୀ ସାହା, ସେଇ ଘରୁ ସ୍ତ୍ରୀ ଲୋକଟେ ବାହାରି ସେ ଲୋକଟାକୁ କ'ଣ ଜବାବ ଦେଲା । ଦୁଇ ତିନି ମିନିଟ୍ ଅପେକ୍ଷା କରି ସେମାନେ ଆଗକୁ ଚାଲିଲେ । ମୁଁ ଜାଣିଲି, ସେମାନେ ମୋତେ ଖୋଜି ଖୋଜି ପିଚୁରାସ୍ତା ଯାଏ ଯିବେ । ସୁତରାଂ ମୋର ଏଇ ଅବସ୍ଥାରେ ସହରକୁ ଫେରିବା ବିପଦ ମୁକ୍ତ ନୁହେଁ ।

: ଫେର୍ ?

: ମୁଁ ସେଇ ପଲାର କାନ୍ଥକୁ ଭରାଦେଇ ଛିଡ଼ା ହୋଇଥାଏ । ଏମିତି କେତେ ସମୟ ବିତିଗଲା ଜାଣେ ନାହିଁ । ହଠାତ୍ ଥଣ୍ଡା ପବନ ବୋହିଲା ଓ ପରେ ପରେ ବର୍ଷା । ଓଃ, ସେ ଯେଉଁ ବର୍ଷା ! ବାଡ଼ିପଟ ବାଉଁଶ ଗଛଟା ମାଟି ଉପରକୁ ନଇଁ ଆସୁଥାଏ ତ ପୁଣି ଉପରକୁ ଉଠି ଯାଉଥାଏ । ଘନ ଘନ ଘଡ଼ଘଡ଼ି ଓ ବିଜୁଳି ମାରୁଥାଏ । ମୁଁ କାନ୍ଥ ପାଖକୁ ଆହୁରି ପାଖେଇ ଗଲି । ବର୍ଷା ଛିଟାରେ ପ୍ୟାଣ୍ଟ ଓ ସାର୍ଟ ଗୋଟାପଣେ ଭିଜୁଥାଏ ।

ପବନ ଧକ୍କାରେ ପଲା ଘରଟିର ବାଡିପଟ ତାଟି ମୁକୁଳା ହୋଇଗଲା । ଘରର ସ୍ତ୍ରୀଲୋକଟି ତାଟି ବନ୍ଦ କରିନେବାକୁ ଆସିଲାବେଳେ ବିଜୁଳି ଆଲୁଅରେ ମୋତେ ଦେଖି ଭୂତ ଦେଖିଲା ପରି ଛାନିଆରେ ଚିତ୍କାର କରିଉଠିଲା । ମୁଁ ଚାପା ଗଳାରେ ସଙ୍ଗେ ସଙ୍ଗେ ଜବାବ୍ ଦେଲି, "ମୁଁ ଚୋର ନୁହେଁ । ମୋତେ ସେ ଚୋରମାନେ ଗୋଡ଼େଇଥିବାରୁ ମୁଁ ଏଇଠି ଲୁଚି ଛିଡ଼ା ହୋଇଛି । ବର୍ଷା ଛାଡ଼ିଲେ ପଳେଇଯିବି । କିଛି ଭାବନ୍ତୁ ନାହିଁ ।"

ସ୍ତ୍ରୀଲୋକଟି ଘର ଭିତରକୁ ଯାଇ ତା' ସ୍ୱାମୀକୁ ଡାକି ଆଣିଲା। ସେ ଦୁହିଁଙ୍କ ପଛେ ପଛେ ଗୋଟେ ଆଠ ନଅ ବର୍ଷର ପିଲା। ସେମାନେ ଆସି ମୋତେ ଭିତରକୁ ଡାକିନେଲେ। ମୋର ଦେହ ବରଡାପତ୍ର ପରି ଥରୁଥାଏ। ମୁଁ ତାଙ୍କ କଥା ମାନି ଭିତରକୁ ଗଲି। ମୋ ଦେହରୁ ଓଦାପାଣି ନିଗିଡ଼ି ତାଙ୍କ ଘରର ମାଟି ଚଟାଣ ଓଦା ହେଉଥାଏ। ସେମାନେ ତିନି ହଳ ଆଖିରେ ମୋତେ ବାରମ୍ବାର ଚାହିଁ ପରଖି ନେଉଥାଆନ୍ତି। ପୁରୁଷ ଲୋକଟି କହିଲା, "ଠିକ୍ ଅଛି। ତମେ ବସିପଡ଼। ସେମାନେ ଚାଲିଯିବା ପରେ ତମେ ଯିବ। ଡରିବାର କିଛି ନାହିଁ।"

ସେମାନଙ୍କୁ କୃତଜ୍ଞତା ଜଣାଇ ମୁଁ ଗୋଟେ ଦଉଡ଼ିଖଟ ଉପରେ ବସିଲି। ମନ ଭିତରୁ ଭୟ ଯାଉନଥାଏ। କିଛି ସମୟ ବସିବା ପରେ ମୋର ଟଙ୍କା ବ୍ୟାଗ୍ କଥା ମନେ ପଡ଼ିଲା। ମୁଁ କହିଲି, "ତମ ରିକ୍ସାରେ ମୋ ବ୍ୟାଗ୍‌ଟା ଅଛି, ନେଇ ଆସିବି।"

ପଖିଆ ମୁଣ୍ଡେଇ ସେଇ ଲୋକଟି ଯାଇ ତା' ରିକ୍ସାର ସିଟ୍ ତଳୁ ମୋ ବ୍ୟାଗ୍‌ଟା ନେଇ ଆସିଲା। ପ୍ଲାଷ୍ଟିକ୍ ବ୍ୟାଗ୍‌ଟା ଖୋଲି ମୁଁ ଦେଖିଲି ଟଙ୍କା ତକ ସେଥିରେ ସୁରକ୍ଷିତ ଅଛି। ମୁଁ ବ୍ୟାଗ୍‌ଟାକୁ ଭିଡ଼ି ଧରି ବସି ରହିଲି।

ସେ ଲୋକମାନେ ଏତେଗୁଡ଼ିଏ ଟଙ୍କା ଏକାଥରକେ ଆଗରୁ କେବେ ଦେଖିନଥିଲେ। ସାନ ପିଲାଟା ଅତମତ ନ ବିଚାରି ସାଙ୍ଗେ ସାଙ୍ଗେ ପାଟିକରି ଉଠିଲା, "ଏତେ ଟଙ୍କା।"

ତା' ମାଆ ପୁଅ ପାଟିରେ ହାତ ବେଇ ତା' କଥାକୁ ରୋକିନେଲା। ମୁଁ ଗୋଟାଏ ନିଶ୍ୱାସରେ ମୋ ଦୁଃଖ କାହାଣୀ ସେମାନଙ୍କ ଆଗରେ ଗପି ଦେଇଗଲି। କୋଉ ଦୁର୍ଦ୍ଦଶାରେ ପଡ଼ି ମୁଁ ସେମାନଙ୍କ ଶରଣାପନ୍ନ ହୋଇଛି ସେକଥା ବି କହିଲି।

ମାତ୍ର ନିଜର ଦୁର୍ବଳତାତକ ଗପି ସାରିବା ପରେ ମୁଁ ନୂଆ ଗୋଟେ ଭୟରେ ଭୟଭୀତ ହୋଇ ପଡିଥିଲି। ଚାହିଁ ଦେଖିଲି, ପୁରୁଷ ଲୋକଟାର ଗୋଟିଏ ହାତ କହୁଣି ପାଖରୁ ନାହିଁ। ଲୋକଟା ରିକ୍ସା ଟାଣୁଥିବ କେମିତି ! ନିଶ୍ଚୟ କିଛି ଚୋରି ଡକେଇତି କାମରେ ସାମିଲ୍ ଥିବ। ହୁଏତ ଏଇ ଲୋକଟା ଏ ରାସ୍ତାଦେଇ ବାହାର ଲୋକଙ୍କ ଯା-ଆସ ବାବଦରେ ଚୋରଖଣ୍ଟଙ୍କୁ ଖବର ଦେଉଥିବ ଓ ତା' ବଦଳରେ କମିଶନ ଖାଉଥିବ।

ମୁଁ ଭିତରେ ଭିତରେ ଥରୁଥିଲି। କ'ଣ କରିବି କ'ଣ ନ କରିବି ସେ ନେଇ ଶେଷ ସିଦ୍ଧାନ୍ତରେ ପହଞ୍ଚି ପାରୁ ନ ଥିଲି। ସେଇଠି ରହିଯିବି ଭାବିଲାବେଳକୁ ଡର କାଲେ ଲୋକଟା, ତା' ସ୍ତ୍ରୀଛୁଆ ସାଙ୍ଗରେ ମିଶି ରାତିରେ ମୋ ବେକ କାଟିଦେବେ ଓ ମୋ ଟଙ୍କାତକ ନେଇଯିବ। ସେଠୁ ଚାଲିଯିବାକୁ ବସିଲେ ବର୍ଷା ଓ ଚୋରମାନଙ୍କ ଭୟ।

ରଣଜିତ୍‌ର ଆଶଙ୍କା ଅମୂଳକ ନ ଥିଲା। ଏମିତି ଖବର ତ ବରାବର ଶୁଣିବାକୁ ମିଳେ। ରଣଜିତ କହିଲା, ଶେଷକୁ ସ୍ଥିର କଲି ମୁଁ ରାତିସାରା ଅନିଦ୍ରା ରହିବି। ଶୋଇପଡ଼ିଲେ ସିନା ସେମାନେ ଯାହା କିଛି କରିବେ। ଶୋଇବି ନାହିଁ କି ତାଙ୍କ ହାତରୁ କିଛି ଖିଆପିଆ କରିବି ନାହିଁ। ରାତିଟା ପାହିଗଲେ ମୁଁ ମୋର ଚାଲିଯିବି।

ମୁଁ ଲୋକଟା ସାଙ୍ଗେ ଗପଯୋଡିବା ପାଇଁ ତାକୁ ପଚାରିଲି, "ତମେ ଗୋଟାଏ ହାତରେ ରିକ୍ସା ଟାଣ ? ଅସୁବିଧା ହୁଏ ନାହିଁ ?"

ସେ ଲୋକଟି ହସିଲା। ମୋ ପାଖକୁ ଆସି ଖଟିଆ ତଳେ ବସି ତା' ଅଣ୍ଟାରୁ ବିଡ଼ି ବାହାର କଲା। ତା' ସ୍ତ୍ରୀ ବିଡ଼ିରେ ନିଆଁ ଧରେଇ ଦେଇଗଲା। ଲୋକଟି କଳେ ବିଡ଼ି ଧୂଆଁ ଉପରକୁ ଛାଡ଼ି କହିଲା, "ଆଗେ ଅସୁବିଧା ହେଉଥିଲା। ଏବେ ଅଭ୍ୟାସ ହୋଇଗଲାଣି।"

ମୁଁ ଆଶ୍ଚର୍ଯ୍ୟ ହେଲି। ଆଗରୁ ଏମିତି ଏକହାତିଆ ରିକ୍ସାବାଲା ମୁଁ କୋଉଠି ଦେଖିନଥିଲି। ଲୋକଟା ସତ କହୁଛି ତ !

ତା' ସ୍ତ୍ରୀ ଗୋଟେ ଥାଳିରେ ଦି'ଖଣ୍ଡ ରୁଟି ଓ ଟିକେ ସନ୍ତୁଳା ଆଣି ମୋ ସାମ୍ନାରେ ରଖିଦେଲା। ମୋ ପେଟ ସେତେବେଳକୁ ଭୋକରେ ଜଳୁଥିଲେ ବି ମୁଁ କହିଲି, ମୋ ଦେହ ଖରାପ। ମୁଁ କିଛି ଖାଇବି ନାହିଁ।

ସ୍ତ୍ରୀଟି କହିଲା, "ଏଇଠି ତାଙ୍କି ରଖି ଦେଉଛି। ଭଲ ଲାଗିଲେ ଖାଇଦେବେ।" ମୁଁ ପଚାରିଲି, "ତୁମେମାନେ ଖାଇଲଣି ?"

ସେମାନେ ହଁ କଲେ। ଗୋଡ ହାତ ଟେକି ମୁଁ ଖଟିଆ ଉପରେ ବସିଲି। ସେତେବେଳକୁ ଭୟ ଟିକିଏ କଟିଗଲାଣି। ମାତ୍ର ସମ୍ପୂର୍ଣ୍ଣ କଟି ନାହିଁ। ଟଙ୍କା ବ୍ୟାଗ୍‌ଟାକୁ ମୁଣ୍ଡତଳେ ରଖି ଶୋଇବାର ଛଳନା କଲି।

: ତୁ ଶୋଇ ପଡିଲୁ କି ?

: କହୁଛି ଶୁଣ। ମୁଁ ଶୋଇବାକୁ ଯାଉଛି, ଦେଖିଲି ସେ ଘରର ଗୋଟେ କୋଣରେ କେତେଗୁଡାଏ ଗଣେଶ ଓ ଖୁଦୁରୁକୁଣୀ ମୂର୍ତ୍ତି ତିଆରି ହୋଇ ରହିଛି। କେତେକରେ ରଙ୍ଗ ଦିଆ ହୋଇଛି, ଆଉ କେତେକରେ ଦିଆ ହୋଇନାହିଁ। ମୁଁ ସାନ ପିଲାଟିକୁ ପଚାରିଲି, "ଏସବୁ ଏ ଗଢ଼ିଛି ?"

ପିଲାଟି ଉତ୍ସାହିତ ହେଲାପରି କହିଲା, "ମୋ ବାପା।"

: ତମେ ମୂର୍ତ୍ତି ବି ଗଢ଼ ? କେତେବେଳେ ଗଢ ? ରିକ୍ସା ଟଣାରୁ ଫେରି ? ମୁଁ ତା' ବାପାକୁ ପଚାରିଲି।

ତା' ପରେ ସେ ଲୋକଟି ମୋତେ ତା' କଥା କହିଲା। କି ଅଦ୍ଭୁତ ଲୋକ ସେମାନେ ! : ମାନେ ? ମୁଁ ରଣଜିତ୍ କଥାରେ ଆଶ୍ଚର୍ଯ୍ୟ ହୋଇ ଯାଇଥିଲି।

ରଣଜିତ୍ ଏକା ଢୋକରେ ତା'ର ଗିଲାସ ଖାଲି କରିଦେଇ ଆଉ ଖଣ୍ଡେ ସିଗ୍ରେଟ୍ ଲଗେଇଥିଲା।

: ସେ ଲୋକଟା ଥିଲା ଗୋଟେ କାରିଗର। ମୂର୍ତ୍ତି ତିଆରି କରେ। ପିଲାଦିନୁ ମୂର୍ତ୍ତି ଗଢ଼ିବା କାମ ଶିଖିଥିଲା। ବୟସ ବଢ଼ିଲା ପରେ କଲିକତା ଯାଇ ସେଠି ମୂର୍ତ୍ତିଗଢ଼ା କାମରେ ତାଲିମ ନେଲା ଓ ବଡ଼ ବଡ଼ ମୂର୍ତ୍ତି ତିଆରି କଲା। ତା'ର ଇଚ୍ଛା ଥିଲା, ବେଶ୍ କିଛି ପଇସା କମେଇ ଗାଁକୁ ଫେରିବ ଓ ବାହାହେବ।

: ହୁଁ।

: ଏଇ ଯୋଉ ତା'ର ସ୍ତ୍ରୀ, ତାକୁ ସେ ଅନେକଦିନୁ ଭଲ ପାଉଥିଲା। ଝିଅଟିର ବାପା ନଥିଲା। କେବଳ ମା' ଥିଲା। ଲୋକଟାର ନାଁ ରମେଶ। ରମେଶ ଦାସ। ଦୁର୍ଯୋଗକୁ ରମେଶ କଲିକତାରେ ଟ୍ରାମ୍‌ରୁ ଖସିପଡି ଡାହାଣ ହାତଟିକୁ ହରେଇ ବସିଲା।

: ଆହା !

: ରମେଶ ବାଧ୍ୟହୋଇ ତା' ଗାଁକୁ ଫେରି ଆସିଲା। ଝିଅଟାକୁ ଭେଟି ସବୁ କହିଲା, ତାକୁ ବୁଝେଇଲା – ସେ ବରଂ ଆଉ କୋଉଠି ବାହା ହୋଇଯାଉ। ଡାହାଣ ହାତ କଟିଗଲା ପରେ ସେ ପୂରାପୂରି ଅର୍କମଣ୍ୟ ହୋଇଯାଇଛି। ଆଉ କିଛି କାମ କରିପାରିବ ନାହିଁ କି ତାକୁ ପୋଷିପାରିବ ନାହିଁ।

ମାତ୍ର ସେ ଝିଅଟା ଥିଲା ଗୋଟେ ଅଦ୍ଭୁତ ଝିଅ। ସେ କହିଥିଲା ତମର ହାତ ନାହିଁ ବୋଲି କିଏ କହୁଛି ? ମୋ ହାତ ତମର ହାତ, ଆଗରୁ ତମେ ଯେମିତି ସୁସ୍ଥ ସବଳ ମଣିଷ ଥିଲ ଏବେ ବି ସେମିତି ଅଛ। ବାହା ହେବି ତ ତମକୁ ବାହାହେବି, ନହେଲେ ଅଭିଆଡ଼ୀ ରହିଯିବି।

: ଆଶ୍ଚର୍ଯ୍ୟ।

: ହଁ, ଆଶ୍ଚର୍ଯ୍ୟ। ସେମାନେ ବାହାହେଲେ। ତା'ପରେ ଗାଁ ଭିତରୁ ଚାଲିଆସି ନଈବନ୍ଧ ଉପରେ ଘରଟେ ତୋଳି ରହିଲେ। ସକାଳେ ରମେଶ ରିକ୍ସା ଟାଣେ। ସଂଜବେଳେ ବସାକୁ ଫେରି ମୂର୍ତ୍ତି ଗଢ଼େ। ତା' ସ୍ତ୍ରୀ ଓ ପିଲା ସେଇ ମୂର୍ତ୍ତିରେ ରଂଗ ଦିଅନ୍ତି। ସେମାନେ ପୂଜାପାଲିରେ ସେଗୁଡ଼ିକୁ ରିକ୍ସାରେ ନେଇ ବିକନ୍ତି।

ମୁଁ ଏସବୁ ଶୁଣି ଭିତରେ ଭିତରେ ଭାବପ୍ରବଣ ହୋଇ ପଡୁଥିଲି। ରଣଜିତ୍ କିନ୍ତୁ କହିଚାଲିଥାଏ।

"ମୁଁ ଯୋଉଦିନ ସେମାନଙ୍କ ପଲାରେ ଯାଇ ପହଞ୍ଚିଲି, ସେଦିନ ବର୍ଷାଯୋଗୁ ରମେଶ ରିକ୍ସା ଟାଣି ଯାଇପାରି ନଥିଲା କି ତା' ସ୍ତ୍ରୀ ବିଲ କାମକୁ ଯାଇନଥିଲା। ସେମାନଙ୍କ ପାଖରେ କେଇପୁଞ୍ଜା ଚାଉଳ ଓ ପୋଷେ ଦିପୋଷ ଅଟା ଛଡ଼ା କିଛି ବୋଲି କିଛି ନଥିଲା।

ମୁଁ ଚଣ୍ଡାଳ ସେମାନଙ୍କ ସେଇ ରୁଟି ସନ୍ତୁଳାରେ ବିଷ ମିଶିଥିବା ଆଶଙ୍କା କରି ନଷ୍ଟକରି ଦେଇଥିଲି। ମୋ ପାଇଁ ପିଲାଟା ଉପାସ ରହିଥିଲା।

: ତୋତେ ଏକଥା କିଏ କହିଲା ?

: ସେ ସାନ ପିଲାଟା। ବର୍ଷାଯୋଗୁଁ ତା' ସ୍କୁଲରେ ଛତୁ ଜାଉ ରନ୍ଧା ହୋଇପାରିନଥିବା ନେଇ ପିଲାଟା ଖୁବ୍ ରୁଷ୍ଟ ଥିଲା। ମୋ ଚଷମା ସାଙ୍ଗରେ ଲାଗୁ ଲାଗୁ କହିଥିଲା, "ଏଇ ବର୍ଷାଟା ବଦମାସ୍ ବର୍ଷା। ଯାରି ଯୋଗୁ ସ୍କୁଲରେ ଆଜି ଜାଉ ରନ୍ଧା ହୋଇପାରିଲା ନାହିଁ...।"

ମୁଁ ତା' କଥା ଶୁଣି ସ୍ତବ୍ଧ ହୋଇଥିଲି। ବର୍ଷାକୁ ନେଇ ଖବରକାଗଜରେ କେତେ ଖବର, କେତେ ଗପ ଓ କବିତା ପିଲାଦିନେ ଆମେ ପଢିନାହେଁ ! କିନ୍ତୁ ସେଦିନ ସେଇ ପିଲାଟାର ଅଭିଯୋଗ ମୋତେ ହଠାତ୍ ଭୀଷଣ ବର୍ଷା-ବିଦ୍ୱେଷୀ କରିଦେଲା। ବିଚରା, ଘରୁ ଥାଳି ଗିନା ନେଇ ସେ ସ୍କୁଲକୁ ଯାଇଥିଲେ ବି ଉପାସରେ ଫେରି ଆସିଥିଲା।

ପିଲାଟା ଆଉ କ'ଣ କହିବାକୁ ଯାଉଥିଲା ବୋଧହୁଏ। ତା' ମା' ତାକୁ ଭିଡ଼ି ନେଇଥିଲା। କହିଥିଲା, "ବର୍ଷା ନହେଲେ କେତେ ଅସୁବିଧା ହେବ ତୁ ଜାଣିଛୁ ? ଆମେ କାମ ପାଇବା ନାହିଁ। ଚାଷ ବାସ ସବୁ ବନ୍ଦ ହୋଇଯିବ...।"

ମୋର ଆଉ କିଛି ଶୁଣିବାକୁ ଧୈର୍ଯ୍ୟ ନଥିଲା। ମୁଁ କେବଳ ଚୁପ୍‌ଚାପ ସେମାନଙ୍କୁ ଦେଖୁଥିଲି। ଗୋଟେ ଗୋଟେ କଣ୍ଢେଇ ପରି ସେମାନେ ତାଙ୍କ ତାଙ୍କ ଭିତରେ କ'ଣ ସବୁ କଥାବାର୍ତ୍ତା ହେଉଥାନ୍ତି। ମୁଁ ବୁଝିପାରୁ ନଥିଲି। ଅନେକ ରାତିଯାଏ ସେମାନେ ଚେଇଁଥିଲେ। ତା'ପରେ ଶୋଇ ପଡ଼ିଥିଲେ।

ବାହାରେ ସେମିତି ପ୍ରବଳ ବର୍ଷା। ମୁଁ ଗୋଡ଼ହାତ ଲମ୍ବାଇ ଖଟିଆ ଉପରେ ପଡ଼ିଗଲି। ଶତ ଚେଷ୍ଟା ସତ୍ତ୍ୱେ କେତେବେଳେ ମୋତେ ନିଦ ଲାଗିଯାଇଛି ଜାଣିପାରି ନାହିଁ। ନିଦ ଭାଙ୍ଗିବା ବେଳକୁ ସେମାନେ ସମସ୍ତେ ଉଠି ସାରିଲେଣି। ମୁଁ ଆଗେ ପାଗଳ ପରି ମୋ ଟଙ୍କା ବ୍ୟାଗଟାକୁ ଖୋଜିହଲଲି। ଟଙ୍କା ବ୍ୟାଗ୍‌ଟି ମୋ ମୁଣ୍ଡତଳେ ମୁଁ ଯେମିତି ଥୋଇଥିଲି ଠିକ୍ ସେମିତି ଥିଲା। ଜୀବନରେ ପ୍ରଥମଥର ପାଇଁ ଆଶ୍ୱସ୍ତ ଖୁସିରେ ପାଗଳ ହୋଇଗଲି। ରିକ୍ସାବାଲା ରମେଶ ମୋତେ କହିଲା, ଚାଲ ବାବୁ ତମକୁ ନେଇ ଛକରେ ଛାଡ଼ିଦେଇ ମୁଁ ମୋ କାମରେ ଯିବି। ଏତେ ସକାଳୁ ଏଠୁ କିଛି ଗାଡ଼ି ଘୋଡା ମିଳିବ ନାହିଁ। ତମ ଘର ଲୋକମାନେ ତେଣେ ବ୍ୟସ୍ତ ହୋଇ କୁଆଡ଼େ ବୋଲି କୁଆଡ଼େ ଖୋଜିବେଣି।"

ମୁଁ ରମେଶଙ୍କୁ ଚାହିଁଲି। ତା' ପଛରେ ଠିଆହୋଇଥିବା ତା'ର ମଫସଲୀ ସ୍ତ୍ରୀ ଓ ଗପୁଡ଼ି ପୁଅକୁ ଭଲକରି ଥରେ ଦେଖିଲି। ହଠାତ୍ ମୋର ମନହେଲା, ଏମାନଙ୍କୁ କାଲି

ଚୋର ଡକେଇତ ବୋଲି ଭାବି ଘୋର ଅନ୍ୟାୟ କରିଛି । ସେମାନଙ୍କ ଖାଇବା ଜିନିଷକୁ ନଷ୍ଟକରି ଅପରାଧ କରିଛି । ଅପରାଧର ପ୍ରାୟଶ୍ଚିତ ପାଇଁ କିଛି ଟଙ୍କା ଦେଇଯିବି । ଡକାୟତମାନେ ଧରିଥିଲେ ସବୁତକ ଅଯଥାରେ ଯାଇଥାଆନ୍ତା । ସାଙ୍ଗରେ ନିଜର ଜୀବନଟା ବି ଯାଇଥାନ୍ତା କି ରହିଥାଆନ୍ତା ସନ୍ଦେହ । ଏମାନଙ୍କ ଋଣ ତ ମୁଁ କେବେ ସୁଝିପାରିବି ନାହିଁ ।

: ସେଇଠୁ ?

: ମୁଁ ଗୋଟେ ହଜାର ଟଙ୍କିଆ ବିଡା ବାହାରକରି ରମେଶକୁ ବଢ଼େଇଥିଲି । କହିଲି, ନିଅ, ତମର କାମରେ ଆସିବ । ତମେ ମୋର ଯୋଉ ଉପକାର କରିଛ, ତା'ର ପ୍ରତିଦାନ ମୁଁ ଦେଇପାରିବିନାହିଁ, ଏତକ ରଖ । ନହେଲେ ମୋ ମନ କଷ୍ଟ ହେବ ।"

: ସେ ଖୁସି ହୋଇଥବ ।

: ଆରେ ନାଁ । ସେ ଖୁସି ହୋଇଥିଲେ । ମୁଁ ଆଜିଯାଏ ତା' କଥା ଏତେ ସ୍ପଷ୍ଟ ଭାବେ ମନେ ରଖିନଥାନ୍ତି । ସେ ମୋ ହାତରୁ ଟଙ୍କା ନେଲାନାହିଁ କି ମୋ କଥା ଶୁଣିଲା ନାହିଁ ।

: କ'ଣ କହିଲା ?

: କାହାକୁ ରାତିକ ପାଇଁ ଆଶ୍ରାଦେଲେ ସେପାଇଁ କ'ଣ ଏତେ ମୂଲ୍ୟ ନିଆଯାଏ !

ମୁଁ ତା'ର ଏ କଥାରେ ଆଶ୍ଚର୍ଯ୍ୟ ହୋଇଥିଲି । କହିଥିଲି, ମୋର ଇଚ୍ଛା ଓ ଆଗ୍ରହକୁ ମନା କରି ଦିଅ ନାହିଁ । କାହାକୁ ଏତେ ଅଯୋଗ୍ୟ ଓ ଅସହାୟ କରିଦେବା କ'ଣ ତମ ପରି କାରିଗରକୁ ଶୋଭା ପାଉଛି ?

କାରିଗର ରମେଶ ଦାସ ଟିକିଏ ହସିଥିଲା । ତା'ପରେ ମୋତେ ତା'ର ବାଁ ହାତ ଆଙ୍ଗୁଳିରେ ଆକାଶକୁ ଦେଖେଇଦେଇ କହିଥିଲା, "ମୁଁ କି କାରିଗର ବାବୁ ? ସେଇ ଉପରବାଲା ହଉଛି ବଡ଼ କାରିଗର । ସେ ଯାହାକୁ ଯେମିତି ବନେଇଛି ସିଏ ସବୁ ସେମିତି ଅଛନ୍ତି । ସେ କାରିଗରର କାମକୁ ଓଲଟ ପାଲଟ କଲାବାଲା ଆମେ କିଏ... ?"

ରଣଜିତ୍ ତା'ର କଥା ସାରିପାରିଲା ନାହିଁ । ତା'ର କଣ୍ଠ ବାଷ୍ପରୁଦ୍ଧ ହୋଇଯାଇଥିଲା । ମୁଁ ମଧ୍ୟ ତା' କଥା ଶୁଣି କେମିତି କାଠ କଣ୍ଢେଇ ପରି ନିଜକୁ ସ୍ଥିର ଓ ନିଶ୍ଚଳ ଅନୁଭବ କରୁଥିଲି । ଅନେକ ସମୟ ପରେ ରଣଜିତ୍ ତୁଣ୍ଡ ଖୋଲିଥିଲା । "ଏକଥା କହିଲାବେଳେ ରମେଶ ଦାସର ମୁହଁରେ ଟିକିଏ ବି ଅଭିମାନ କି ଗର୍ବ ଦିଶୁନଥିଲା । ବରଂ ତା' ମୁହଁଟି ଗୋଟେ ମାଟି ପ୍ରତିମାର ମୁହଁପରି ଦିଶୁଥିଲା ସ୍ଥିର ଓ ଉଜ୍ଜ୍ୱଳ । ମୁଁ ମୋହାବିଷ୍ଟ ପରି ତା' ରିକ୍ସାରେ ବସିଥିଲି । ସେ ତା'ର ସେଇ ଗୋଟିଏ ହାତରେ ରିକ୍ସାଚଳେଇ ମୋତେ ଆଣି

ବଜାର ଛକରେ ପହେଞ୍ଚଇ ଦେଇ ମୋ'ଠୁ ଦୁଇଟଙ୍କିଆଟେ ନେଇ ଫେରିଥିଲା । ଚଣ୍ଡାଳ ! ମୋତେ ଦଶଟା ଟଙ୍କା ଦେବାର ସୁଯୋଗ ବି ସେ ଦେଲା ନାହିଁ !

ମୋତେ ରଣଜିତ୍‌ର ଡ୍ରଇଂ ରୁମ୍‌ର ପରିବେଶଟା ଖୁବ୍ ଭାରି ଭାରି ଲାଗିଥିଲା । ମୁଁ ଉଠିପଡ଼ି ରଣଜିତ୍‌ର ପିଠି ଆପୁଡେଇ କହିଥିଲି, ଲୋକଟା ଠିକ୍ କହିଛି । ଉପର କାରିଗରର କାରସାଦି ବୁଝିବାକୁ ଆମେ କିଏ ?

ସେଇଦିନ ମୁଁ ସ୍ଥିର କରିଥିଲି, ଦିନେ ନା ଦିନେ ରମେଶ ଦାସକୁ ନେଇ କାହାଣୀଟେ ଲେଖିବି ।

■

ନିକମା

କ୍ଷୀରୋଦ ଦାସ

ଏତେ ବ୍ୟାକୁଳ ତଥା ଛେଉଣ୍ଡ ତା' ଜୀବଦ୍ଦଶାରେ କେବେ ଅନୁଭବ କରିନଥିଲା ମାଧିଆ। ଗୋଟେ ସର୍ବହରାର ଯନ୍ତ୍ରଣାରେ ସେ ଦଗ୍‌ଧ ହୋଇ ଛଟପଟ ହେଉଥିଲା ଅହରହ। ତା' ଚାରିଫୁଟ ଆଠଇଞ୍ଚର ବେଢ଼ଙ୍ଗ ଶରୀରରେ ହାହାକାରଟିଏ ତାଣ୍ଡବଲୀଳା ସୃଷ୍ଟି କରୁଥିଲା ସବୁବେଳେ। ସମୁଦାୟ ଅତୀତଟା ଲାଗୁଥିଲା ବେଦନାଦାୟକ ଗୋଟେ କଟା ଘା' ପରି। ଏକ ତୀବ୍ର ଯନ୍ତ୍ରଣାଦାୟକ ନିଃସଂଗତା ଭିତରେ ସଢ଼ିସଢ଼ି ସେ ଭାବୁଥିଲା - "ଏଠାରେ ସମ୍ବେଦନଶୀଳତା ବୋଲି ଜିନିଷଟେ ଅଛି ନା ନାହିଁ? ଏକଥା ଭାବି ମାଧିଆ ଉଦାସ ହୋଇଯାଏ। ପୃଥିବୀଟା ଜଣାପଡ଼େ ଭାରି ପରିହାସମୟ। ବିଦ୍ରୂପମୟ ଜଣାପଡନ୍ତି ମଣିଷମାନେ।

ହେଲା ଏବେ ସେ ସବୁକଥା ଭଲକରି ଶୁଣିପାରେ ନାହିଁ। ତା' ଗୋଟାଏ ଗୋଡ଼ ବଙ୍କା। ମନ ଖୋଲି ସେ ହସିପାରେନା। ହସିଲେ ବଡ଼ବଡ଼ ଦାନ୍ତଗୁଡ଼ା ବିକୃତ ଭଙ୍ଗୀରେ ପଦାକୁ ବାହାରି ଆସି ତା' ହସକୁ କାଳେ ଭୟଙ୍କର କାନ୍ଦରେ ପରିଣତ କରିପକାନ୍ତି। ସାମାନ୍ୟ କଥାରେ ସେ ଅପ୍ରତିଭ ହୋଇଯାଏ। ବିକଳ ତଥା ଦୟନୀୟ ଜଣାପଡ଼େ। ସେଥିପାଇଁ ତାକୁ ଏମିତି ବ୍ୟଙ୍ଗ କରିବା କ'ଣ ଦରକାର ? ପିଲାଠୁ ବୁଢ଼ାଯାଏ ତାକୁ ଏବଂ ତା'ର ଯାବତୀୟ କଥା ଓ କାର୍ଯ୍ୟକୁ ହେୟଜ୍ଞାନ କରି ଅପମାନିତ କରିବା କ'ଣ ଦରକାର ? ମଣିଷର ଭାଗ୍ୟକୁ ନିୟନ୍ତ୍ରଣ କରୁଥିବା ବିଧାତା ଯାହାକୁ ଯେମିତି ଗଢ଼ିଛି ନା ! ସେଥିରେ ତା'ର କି ଦୋଷ ? ତା' ଅସଂପୂର୍ଣ୍ଣତା ପାଇଁ ସେ କାହିଁକି ହଇରାଣ ହବ ? ଲାଞ୍ଛିତ ହେବ ? ଏ କଥା ଭାବିଭାବି ତା' ମାନସିକତା ଗଣ୍ଡଗୋଳିଆ ହୋଇଯାଏ। ଶୃଙ୍ଖଳିତ

ତଥା ସ୍ୱଚ୍ଛନ୍ଦତାର ନିର୍ଭୁଲ୍ ଜୀବନଟେ ବଂଚିବାକୁ ଅହରହ ଚେଷ୍ଟା କରି ମଧ୍ୟ ବିଫଳ ହୁଏ।

କାଳିଆ ହୋଇ ବାଙ୍ଗରା ପିଲାଟେ। ଚଉଦ ପନ୍ଦର ବର୍ଷ ବୟସ ହେବ ବୋଧେ। ଗୋଟାଏ ଗୋଡ଼ ଅନ୍ୟଟି ଠାରୁ ଛୋଟ ଏବଂ ବଙ୍କା। ଏହା ପ୍ରମାଣିତ କରେ ତା' ଚାଲିବାର ଭଙ୍ଗୀ। ମାଟିଆ ହାଫ୍ ପ୍ୟାଣ୍ଟ୍ ଏବଂ ହାତବାଲା ମଇଳା ଗଞ୍ଜିଟେ ପିନ୍ଧିଥାଏ ସବୁବେଳେ। କାନ୍ଧରେ ପଡିଥାଏ ମଳିଚିଆ ଗନ୍ଧ ଉଠୁଥିବା ଗାମୁଛାଟେ ଏବଂ ବେଳେବେଳେ ତାହା ଶକ୍ତ ଭାବରେ ବନ୍ଧାଯାଏ ଅଣ୍ଟାରେ। ବିନା କାରଣରେ କସରା ଦାନ୍ତ ଓ କଳାମାଢ଼ି ଦେଖାଇ ବିକଳ ହସ ହସେ। ତାକୁ ପଚାରାଯାଉ ନ ଥିବା କଥାର ଉତ୍ତର ଦିଏ, ହାତ ପାଉ ନ ଥିବା କାମ କରିବାକୁ ହମହମ ହୋଇ ବାହାରିପଡ଼େ। ସେ ହେଉଛି ମାଧିଆ ଓରଫ ମାଧବ ଜେନା, ସଦେଇ ଜେନାର ଏକମାତ୍ର ପୁତ୍ର।

ସେ ଯେତେବେଳେ ସ୍କୁଲରେ ପାଠପଢ଼ୁଥିଲା, ତା' ଗୁଣ ଜାଣି ସାଙ୍ଗପିଲାମାନେ ତାକୁ ଅଭିନବ ଜୋକରଟିଏ ଭାବି ସବୁବେଳେ ଲାଗୁଥିଲେ ତା' ସାଙ୍ଗରେ। ଝିଅପିଲାମାନେ ତ ମଜା ଦେଖିବାକୁ ଜୋକପରି ଅହରହ ଲାଗୁଥିଲେ ତା' ପଛରେ। ତା' ତେରଛି ଆଉ ଛୋଟ ଗୋଡ଼ ସାଙ୍ଗକୁ କିଟ୍‌କିଟ୍ କାଳିଆ ରଂଗ, କସରା ଦାନ୍ତ ଆଉ କଳା ମାଢ଼ି ସାଙ୍ଗକୁ କାନକୁ ଭଲ କରି ନ ଶୁଭିବା, ପିଲାମାନଙ୍କୁ ବେଶ୍ ଖୋରାକ୍ ଯୋଗାଉଥିଲା ତାକୁ ହର୍କତ କରିବାକୁ। ଏଥିରୁ ମୁକ୍ତି ପାଇବା ପାଇଁ ତାକୁ ଯିଏ ଯାହା କହିଲା ତାହା ସେ କରିବାକୁ ହରଘଡ଼ି ତୟାର। "ମାଧିଆ - ମୋ ପାଇଁ କାଲି ତମ ବାଡ଼ିରୁ ଦି'ଟା ଗେଣ୍ଡୁଫୁଲ ଆଣି ଦେବୁ ?" କୌଣସି ସାଙ୍ଗ ଝିଅପିଲା ପାଟିରୁ ଏ କଥା ବାହାରିବା ମାତ୍ରେ ମାଧିଆ ଭାବେ ବୋଧେ ସ୍କୁଲ ବଗିଚାରୁ ତାକୁ ଗେଣ୍ଡୁଫୁଲ ତୋଳିବା ପାଇଁ କୁହାଯାଉଛି। ସେ ଶ୍ରେଣୀଗୃହରୁ ଏକା ଡ଼ିଆଁକେ ଛୋଟେଇ ଛୋଟେଇ ଦୌଡ଼େ ଏବଂ "ଏଠାରୁ ଫୁଲ ଛିଣ୍ଡାଇବା ମନା" ବୋଲି ଚେତାବନୀଟିକୁ ବେଖାତିର କରି ବଗିଚାରୁ ତୋଳିଆଣେ ଗଣ୍ଡାଏ କି ଛ'ଟା ଗେଣ୍ଡୁଫୁଲ। ଖେଳ ଶିକ୍ଷକ, ଯିଏ କି ଖେଳରେ କମ୍ ପାଠରେ କମ୍ ହେଲେ ଷ୍ଟାଇଲ୍ ମାରିବାରେ ଓସ୍ତାଦ, ଆସି ପଚାରିବେ କିଏ ଫୁଲ ଛିଣ୍ଡାଇଲା ବୋଲି, ତହୁଁ ସେ ଝିଅଟି ଯିଏ ମାଧିଆକୁ ଫୁଲ ପାଇଁ କହୁଥିଲା ସେ ଆଗତୁରା ଠିଆ ହୋଇପଡ଼ିବ ଏବଂ ଅପେକ୍ଷାକୃତ ବଡ଼ପାଟିରେ କହିବ... "ସାର୍... ମାଧିଆ"। ବାସ୍ ଆରମ୍ଭ ହେବ ଟଗର କି କନିଆର ଛାଟର ପାହାର। ମାଧିଆ ପିଠି ଆଉଁଷୁ ଆଉଁଷୁ ମୋଡ଼ା ହୋଇ ପିନ୍ଧିଯାଇଥିବା ତା' ପ୍ୟାଣ୍ଟ ଖୋଲିଯିବ, ତାକୁ ସମ୍ଭାଳୁ ସମ୍ଭାଳୁ ତା' ଗୋଡ଼ ପେଣ୍ଡାରେ ବସିଯିବ ଆଉ ଦି' ପହାର, ତାକୁ ଆଉଁଷୁ ଆଉଁଷୁ ପୁଣି ପିଚାରେ ବସିବ ପାହାରଟେ, ସେ କାନ୍ଦିବ ତା' ବଡ଼ବଡ଼ କସରା ଦାନ୍ତ ଦେଖାଇ। ତା' କାନ୍ଦଟା ଦେଖାଯିବ ହସପରି। ସାର୍‌ଙ୍କ ରାଗ ବଢ଼ିଯିବ।

ପୁଣି ପାହାର ଆରମ୍ଭ ହୋଇଯିବ। ଉପର ବେଳା ସ୍କୁଲରୁ ଫେରିବା ବାଟରେ ସେ ସାଙ୍ଗମାନଙ୍କୁ ଦେଖାଇବ ବିଭିନ୍ନ ପ୍ରକାର କସରତ୍। ବହି ବସ୍ତାନୀକୁ ପେଣ୍ଡୁପରି ଫୋପାଡ଼ି ଦେଇ କେନାଲ ବନ୍ଧ ସାରା ମାଙ୍କଡ଼ଚିତ୍ ମାରିବ, କଣ୍ଟାକୁ ବେଖାତିର କରି କିଆବଣ ଭିତରକୁ ପଶିଯାଇ ବିଲୁଆପରି ରଡ଼ିବ, ପାଣି କାଦୁଅ ଭରା ବିରାଟ ଘାଇକୁ ଡେଉଁ ଡେଉଁ ଲଥ୍ କରି ପଡ଼ିବ ଏବଂ କାଦୁଅ ସରସର ହୋଇ ହେଁ ହେଁ ହସି ହସି ଘରକୁ ଫେରିବ। ବାପାଠାରୁ ମାଡ଼ ଖାଇ, ବୋଉଠାରୁ ଗାଳି ଶୁଣିବ, ପେଟେ ଖାଇଦେଇ ଶୋଇପଡ଼ିବ। ଘୁଙ୍ଗୁଡ଼ି ମାରିବ।

"ଜାଣିଲୁଣିରେ ମାଧିଆ" - ଶ୍ରେଣୀରେ ପାଠ ପଢୁଥିବା ବେଳେ ମଜା ଦେଖିବା ପାଇଁ ସାଙ୍ଗ ସୁଦାମ କୁହେ - "ସାର୍ କାଲି କହୁଥିଲେ ନଡ଼ିଆ ଗଛରେ ଚଢ଼ି ଯିଏ ନଡ଼ିଆ ତୋଳି ପାରିବ, ତାକୁ ଆଉ ଜମ୍ମା ମାଡ଼ ହେବନି ଶ୍ରେଣୀରେ। ଅଙ୍କରେ ବଢ଼ିଆ ନମ୍ବର ଦିଆହବ। ବାସ୍, ମାଧିଆକୁ ଆଉ କିଏ ସମ୍ଭାଳେ ? ମାଙ୍କଡ଼ଙ୍କ ପରି ନଡ଼ିଆଗଛକୁ ଚଢ଼ିଯାଇ ଭୁଷଭାଷ କରି କଷି ପାକଳ ନଡ଼ିଆସବୁ ତଳକୁ ଅଜାଡ଼ି ପକାଇବ ଏବଂ ବୀରତ୍ୱ ଠାଣିରେ ଗଛରୁ ଓହ୍ଲାଇ ଫେରି ଆସିବ ଶ୍ରେଣୀକୁ। ଆସିଲାବେଳେ ତା' ଚାଲି ଜଣାଇ ଦେଉଥିବ ଯେ ଶାରିରୀକ କି ମାନସିକ ଦୃଷ୍ଟିକୋଣରୁ ସେ ଅସମ୍ପୂର୍ଣ୍ଣ ହେଲେ ବି ଯେ କୌଣସି ଦୁଃସାହସିକ କାମ କରିବାକୁ ତା'ର ସାହସ ଅଛି, ତାକତ୍ ଅଛି। ଯୋଉଟା ତା' ବୟସର ଅନ୍ୟାନ୍ୟ ପିଲା କରିପାରିବେନି, ତାକୁ ସେ ଆଖିପିଛୁଳାକେ କରିଦେଇପାରେ। ଏ ସବୁ କାମ ପାଇଁ ତାକୁ ପୁରସ୍କାର ଦିଆଯିବା ଦରକାର। ସାବାସି ଦିଆଯିବା ଦରକାର। ହେଲେ ସାର୍ ଆସିବେ ଏବଂ ପୁରସ୍କାର ସ୍ୱରୂପ ତା' ଆଣ୍ଠୁତଳେ ଗୋଡ଼ିରଖି ନିର୍ଦ୍ଧୁମ ଖରାରେ ଆଣ୍ଠେଇଦେବେ ଘଣ୍ଟେ କି ଦି' ଘଣ୍ଟେ। ପିଠିରେ ସାଇଁ ସାଇଁ କରି ବସାଇ ଦେଉଥିବେ ଟଗର ଛାଟର ପାହାର। ସାଙ୍ଗ ପିଲାମାନେ ହସି ହସି ଗଡ଼ିଯାଉଥିବେ। ତା' ସୀମିତ ବୁଦ୍ଧିବଳରେ ମାଧିଆ କଳନା କରେ ଏ ପ୍ରକାର ଶାସ୍ତିର ହେତୁ କ'ଣ ? ସେ କିଛି ବୁଝିପାରେନା। ତା' ମୁଣ୍ଡ ଗୋଳମାଳ ହୋଇଯାଏ।

"ମାଧିଆ - ମୋ ପେନ୍‌ସିଲ୍ ହଜିଯାଇଛି, ତୋ ପେନ୍‌ସିଲ୍ ଦବୁ ?"

"ନେ'।

"ମାଧିଆ - ମୋ ବିଜ୍ଞାନ ବହି ଚିରିଯାଇଛି, ତୋ ବହିଟା ଦବୁ।

"ନେ'।

"ମାଧିଆ - ତୋ ବସ୍ତାନୀଟା ଦବୁ ?'

"ନେ'।

"ତୋ ଜୀବନଟା ଦବୁ ?'

"ନେ'।

ଚାରି ଚାରିଥର ଅଷ୍ଟମ ଶ୍ରେଣୀ ପରୀକ୍ଷା ଦେଇ ନବମ ଶ୍ରେଣୀକୁ ଉଠି ନ ପାରିବାରୁ ପର ଘରେ ମୂଲଲାଗି ପୁଅକୁ ପାଠ ଶାଠ ପଢ଼ାଇ ହାକିମଟିଏ କରିବା ପାଇଁ ମନରେ ବିରାଟ ଆଶାଟେ ପୋଷଣ କରିଥିବା ବାପା ତା'ର ଏ ଢଙ୍ଗ ଢାଙ୍ଗ ଦେଖି ଦିନେ କହିଲେ - "ନିକମାଟାଏ ତୁ। ତୋ ଦେହି ହବ ନାହିଁ ଆଉ ପାଠ। ଯା' ବହିବସ୍ତାନୀ ଥୋଇଦେଇ ମୂଲ ନାଗିବୁ ଯା।"

ବୋଉ କପାଳକୁ ନିନ୍ଦେ। ଲୁଚେଇ ଲୁଚେଇ କାନ୍ଦେ। ବିକଟେ ବୋଲି ପୁଅ। ସେଥିରେ ପୁଣି ପିଲାଟାର ଏ ହାବଭାବ। କେମିତି ସେ ମଣିଷ ହବ ? ସଂସାର କରିବ ? ? ତା' ଆଖିରୁ ବୋହି ଆସେ ରାଶି ରାଶି ଲୁହ। ଛିଣ୍ଡା ପଣତ ଶୋଷିନିଏ ସେ ଲୁହକୁ। ଅଷ୍ଟମ ଶ୍ରେଣୀରୁ ପାଠପଢ଼ା ବନ୍ଦ ହେଲା। ପ୍ରଥମେ ପ୍ରଥମେ ତାକୁ ଭାରି ଉଶ୍ୱାସ ଲାଗିଲା ସ୍କୁଲବିହୀନ ଜୀବନ। ଅଙ୍କ ସାର୍‌ଙ୍କ ମାଡ଼ ନାଇଁ କି ଇଂରାଜୀ ମାଷ୍ଟ୍ରଙ୍କ ଚଟ୍‌କଣୀ ନାଇଁ। ଯାହେଉ ଏତେ ଦିନପରେ ସେ ଏକଦମ୍ ମୁକ୍ତ। ସକାଳୁ ଉଠିଲା, ହାଉଡ଼ାଙ୍କ ପରି ଖାଲି ଡେଇଁଲା ଏଣେ ତେଣେ। ମାଙ୍କଡ଼ ଡ଼ିଆଁ, କୁକୁର ଡିଆଁ, ବାଘ ଡ଼ିଆଁ ମାରି ମାରି ଲୋକଙ୍କୁ ମୁଗ୍ଧ କରିବାର ଗୋଟେ ବ୍ୟର୍ଥ ପ୍ରୟାସ କରି କରି ସେ ହାଲିଆ ହୋଇପଡ଼ିଲା। ତା' ସମସ୍ତ ଆଗ୍ରହ ଅଳ୍ପଦିନ ଭିତରେ ହଜିଗଲା ନାହିଁ ନଥିବା କ୍ଳାନ୍ତି ଓ ବିରକ୍ତି ମଧ୍ୟରେ। କୌଣସି କାର୍ଯ୍ୟକ୍ରମ ନଥିବା ଲକ୍ଷ୍ୟହୀନ ଜୀବନଟିଏ କେମିତି ବିତାଇ ଦିଆଯାଇପାରେ ? ଏତକ ଭାବିବା ମାତ୍ରେ ମସ୍ତବଡ଼ ଗୋଟେ ଆଳସ୍ୟ ତାକୁ ଅକ୍ତିଆର କରିପକାଏ। ସେ ଆକ୍ରାମକ୍ତା ହୋଇଯାଏ।

ପରଘରେ ମୂଲ ଲାଗିବ ? କିଏ ଦେବ ତାକୁ କାମ ? ସମସ୍ତେ ତ କଥା କଥାକେ ତାକୁ ନିକମା ଅପାରଗ ବୋଲି ଟାହି କରନ୍ତି। ସେଦିନ ଗାଁର ମଧୁ କକେଇଙ୍କ ବିଲକୁ ମାଧିଆ ଯାଇଥିଲା କାମ କରିବାକୁ। ଠାକୁରଙ୍କ ମୃଣ୍ମୟ ମୂର୍ତ୍ତିର ଚକ୍ଷୁଦାନ ସମୟର ଏକାଗ୍ରତା ପରି ସେ ଧରିଥିଲା ଲଙ୍ଗଳ କଣ୍ଟି। ହେଲେ କୋଉ ଅସତର୍କ ମୁହୂର୍ତ୍ତରେ ଲଙ୍ଗଳ ଲୁହା ବାଜିଗଲା ବଳଦ ଗୋଡ଼ରେ ଯେ ଧାର ଧାର ଲହୁ ବୋହିଗଲା ତା' ଗୋଡ଼ରୁ। "ଆରେ... ଆରେ ଶଳା ଛୋଟା ନିକମା ମାରିଦେଲା ମୋ ବଳଦକୁ" ବୋଲି ରଡ଼ିଛାଡ଼ି ମଧୁ କକେଇ ଠାଏ ଠାଏ କରି ଚଟକଣୀ କଷି ଦେଇଗଲେ ତା' ଗାଲରେ। କାନ୍ଦ କାନ୍ଦ ହୋଇ ସେ ପଳାଇ ଆସିଥିଲା ଘରକୁ।

"ତୋ ଦେହି ପାଠ ହବନି କି ଶାଠ ହବନି। ସକାଳେ ସଂଜେ ପେଟେ ଲେଖା ଖାଇଦେଇ ମାଦଳଙ୍କ ପରି ଘରେ ବ'। ନିକମା କଉଠିକାର" - ସଙ୍ଖାହୀନ ଅସନ୍ତୋଷ ସହକାରେ ବାପା କୁହନ୍ତି ଏବଂ କାମକୁ ପଳାନ୍ତି।

ସେଦିନ ନରି ମଉସାଙ୍କ ନାତିର ଏକୋଇଶା ପାଲା ହେଉଥାଏ ଗାଁରେ। ନରି ମଉସାଙ୍କ ପୁଅ ପ୍ରଫୁଲ୍ଲ ଭାଇନା ଭୁବନେଶ୍ୱରର କୋଉ ଗୋଟେ ବଡ଼ ଅଫିସ୍‌ରେ ଛୋଟ ଅଫିସର୍ ଥାନ୍ତି। ବାହାଘରର ପାଞ୍ଚବର୍ଷ ପରେ ଭୂମିଷ୍ଠ ହୋଇଥିବା ପୁଅର ପୂଜା ଗାଁରେ କରିବାକୁ ମନସ୍ଥ କରି ସହରରୁ ଠିଆପାଲା ବରାଦ କରିଥାନ୍ତି। ପୂଜା ଓ ପାଲା ସରୁ ସରୁ ରାତି ବା'ର ସାଢ଼େ ବା'ର। ପାଲା ଦେଖିବା ପାଇଁ ସନ୍ଧ୍ୟାବେଳଠାରୁ ବସିଥିବା ଏବଂ ବେଳେବେଳେ ଢୁଳେଇ ପଡୁଥିବା ମାଧିଆ ଧଡପଡ଼ ହୋଇ ଉଠିଲା ଏବଂ ଆଗଭର ହେଲା ଭୋଗ ବାଣ୍ଟିବାକୁ। ଅନ୍ୟମାନଙ୍କର ବାରଣକୁ ଉପେକ୍ଷା କରି ସେ ସିରିଣି ହାଣ୍ଡିଟାକୁ ଧରି ଛୋଟେଇ ଛୋଟେଇ ଆଗେଇ ଯାଉ ଯାଉ କ'ଣ ଗୋଟାକୁ ଝୁଣ୍ଟିଲା ଯେ ଗଛକାଟିଲା ପରି ଅଜାଡ଼ି ହୋଇ ପଡ଼ିଲା। ଭୋଗହାଣ୍ଡି ଭାଙ୍ଗି ଛତରଛାଳ। ଭୋଗତକ ତଳେ ପଡ଼ିଗଲା ଏବଂ କୁକୁରମାନଙ୍କ ଆହାର ବନିଗଲା। ସମସ୍ତେ ତଟସ୍ଥ। ନରି ମଉସା ରଡ଼ି ଛାଡ଼ିଲେ - "ଶଳା ଅପାରଗଟାକୁ କିଏ କହୁଥିଲା ଭୋଗହାଣ୍ଡିରେ ହାତ ଦେବାକୁ ? ନିକମାଟା ନିଜେ ତ ଚାଲିବାକୁ ଅକ୍ଷମ। ସେଥିରେ ସବୁ କାମ କରିବାକୁ ହମ ହମ ! ! ଗଲା... ଏତେ ଜିନିଷ ସବୁ ନଷ୍ଟ ହୋଇଗଲା...

ଦୁଃଖ, ଲଜ୍ଜା ତଥା ଭୟରେ ଜଡ଼ସଡ଼ ହୋଇ ମାଧିଆ ଛାଟିପିଟି ହୋଇ ପଳାଇ ଆସିଲା ଘରକୁ। ନରି ମଉସାଙ୍କ ପାଟି ତଥାପି ବନ୍ଦ ହୋଇ ନଥାଏ।

ସବୁ କାମକୁ ଆଗଭର ହୁଏ। ଅଣ୍ଟାଭିଡ଼ି ବାହାରେ। ଅଥଚ କୋଉ ଗୋଟାଏ କାମ ଠିକ୍ ଭାବରେ କରିପାରେନି। ତା'ର କାଇଁକି ଏମିତି ହୁଏ କେଜାଣି। ତାକୁ ଛାଡ଼ି ଅନ୍ୟସବୁ ମଣିଷ ପରିମାର୍ଜିତ, ରୁଚିପୂର୍ଣ୍ଣ ବୋଧହୁଏ। ତା' ବୟସର କୈଳାସ, ରବି, ହେମନ୍ତ, ସୁଧାକର, ଟିମା, ସୁରିଆ, ଅଭୟ, ହିମାଂଶୁ ଆଦି ସାଙ୍ଗମାନଙ୍କୁ ତ କେହି ଅପାରଗ, ନିକମା ବୋଲି କହନ୍ତି ନାଇଁ। କଲେଜ୍‌ରେ ପଢ଼ିଲେଣି ସେମାନେ। ପନ୍ଦରଦିନ କି ମାସକେ ଥରେ ଗାଁକୁ ଆସନ୍ତି ଫୁଲବାବୁ ପରି। ଗାଧୋଇ ଗଲାବେଳେ ବି ପ୍ୟାଣ୍ଟ୍ ସାର୍ଟ, ଚପଲ ପିନ୍ଧନ୍ତି। ହିପ୍‌ପି ବାଳ ରଖନ୍ତି। କେତେ ଷ୍ଟାଇଲରେ କଥାବାର୍ତ୍ତା କରନ୍ତି। ଗାଁର ବୁଢ଼ାବୁଢ଼ୀମାନେ ସେମାନଙ୍କୁ କେତେ ଆଦର ନ କରନ୍ତି ସତେ ! ଆଉ ସେ ତାଙ୍କରି ବୟସର ହୋଇ ଗାଁ ଲୋକଙ୍କ ଠାରୁ...।

ଘରେ କିମ୍ବା ବାହାରେ ତାକୁ ବରାଦ କରାଯାଉଥିବା କାମକୁ ଏଣିକି ସେ ଖୁବ୍ ଆଗ୍ରହ ତଥା ମନଯୋଗ ସହକାରେ କରେ। କରିସାରିବା ପରେ କାମଟିକୁ ପୁଣିଥରେ ଦେଖିନେଇ ସ୍ୱସ୍ତିର ନିଃଶ୍ୱାସଟେ ମାରେ। ଗୋଟେ ଉତ୍ତେଜନା ଓ ଉତ୍ସାହରେ ବିହ୍ୱଳିତ ହୋଇ ନିଜକୁ ଅଭିନନ୍ଦନ ଜଣାଏ - "ଯାହେଉ ଏତେ ଦିନକେ ନିର୍ଭୁଲ୍ ତଥା ପରିଷ୍କାର କାମଟେ ହୋଇପାରିଲା ତା' ଦ୍ୱାରା ! ତାକୁ ବେଜିତ୍ କରୁଥିବା ମଣିଷମାନେ ଏଥର

କୃତଜ୍ଞ ହୋଇପଡ଼ିବେ ତା' ପ୍ରତି। ଜଣେ ମର୍ଯ୍ୟାଦାବନ୍ତ ଆତ୍ମବିଶ୍ୱାସୀ ଲୋକଟେ ବୋଲି ତାକୁ ସମ୍ମାନ ନ ଦେଲେ ନାଇଁ ନିକମା ବୋଲି କହିବେ ନାଇଁ ଆଉ। ଆଗରୁ ତାକୁ ନ ଚିହ୍ନି କେତେ କଥା କହି ଯାଇଥିଲେ ବୋଲି ଅନୁତପ୍ତ ହେବେ ଏବଂ ସବୁ ନିର୍ଭୁଲ ମଣିଷଙ୍କ ସହିତ ତାକୁ ସାମିଲ୍ କରିନେବେ।

ହେଲେ ତଥାପି କୋଉଠି ଗୋଟଏ ଭୁଲ୍ ରହିଯାଇଥାଏ। ଯାହା କେବଳ ସେମାନଙ୍କ ଆଖିକୁ ଦେଖାଯାଏ। "ଶଳା ନିକମାଟିକୁ କିଏ କହୁଥିଲା ଏ କାମ କରିବାକୁ, ଗଲା... ସବୁ ସାରିଦେଲା... ନଷ୍ଟ କରିଦେଲା" ଆଦି ବିଶେଷଣ ଦ୍ୱାରା ତାକୁ ପୁରସ୍କୃତ କରାଯାଏ। ମାଧିଆ ବିଚରା କାନ୍ଦ କାନ୍ଦ ହୋଇ ଚିନ୍ତା କରେ - ଏପରି ଭ୍ରମାତ୍ମକ ଭାବରେ ତାକୁ ଗଢ଼ାଗଲା କାଇଁକି ? ବିଧାତା କୋଉ ବିରକ୍ତିକର ମୁହୂର୍ତ୍ତରେ ତାକୁ ସର୍ଜନା କଲେ ଯେ ତା'ର ଯାବତୀୟ କଥା, କାମ ଅନ୍ୟ ଆଖିରେ ନିନ୍ଦନୀୟ ! ! ନିଜ ଶାରୀରିକ ଅସମ୍ପୂର୍ଣ୍ଣତା ଓ ମାନସିକ ତ୍ରୁଟିପୂର୍ଣ୍ଣତାକୁ ସେ ସହି ପାରେନା ଜମା। ସହିପାରେନା ମଣିଷମାନଙ୍କର ଥଟ୍ଟା ପରିହାସ। ଅଠର ଉଣେଇଶ ବର୍ଷର ଯୁବକଟିଏ ସେ। ଏ ବୟସରେ ମନରେ ପର ଲାଗିବା କଥା ! କେତେ ରଙ୍ଗୀନ୍ ନିଶାରେ ମନ ମସ୍‌ଗୁଲ୍ ରହିବା କଥା। ଦେହରେ ଶତସିଂହର ବଳ ଜାଗିବା କଥା ! ପାହାଡ଼ ଡେଇଁବା ପରି ଜୋସ୍ ରହିବା କଥା ! ହେଲେ ସେ ସବୁ ତା'ଠାରେ କାଇଁ ? ଅଛିକି ? ?

ବେଳେବେଳେ ବୋଉ କାନ୍ଦେ ସର୍ବହରାଙ୍କ ପରି। ଏତେ ସରଳ ମନ ଆଉ ହୃଦୟ ନେଇ କେମିତି ସେ ଘର ସଂସାର କରିବ ? ଏପରି ଅଖଣ୍ଡ ଦେହ ଓ ଖଣ୍ଡିତ ମସ୍ତିଷ୍କ ନେଇ କେମିତି ଠିଆ ହେବ ସେ ନିଷ୍କରୁଣତାର ଏ ପୃଥିବୀ ଉପରେ ? ତା' ଅନ୍ତେ କିଏ ବୁଝିବ ଯା' କଥା।

ଅସନ୍ତୁଷ୍ଟ ତଥା କ୍ଷୁବ୍‌ଧ ମନନେଇ ସବୁବେଳେ ଅସ୍ଥିର ହୁଏ ମାଧିଆ। ଲୋକମାନଙ୍କର ଏ ଟିପ୍‌ପଣୀ ସହି ହୁଏନାହିଁ ଜମା। ତା' ଚାରିଫୁଟ ଆଠ ଇଞ୍ଚର ଶରୀର କଣ୍ଟକିତ ହୋଇଯାଏ ଗୋଟେ ଚାପା ପ୍ରତିବାଦରେ। ଭାବେ, ତାକୁ ବିଦ୍ରୂପ କରୁଥିବା ମଣିଷମାନଙ୍କ ଆଚରଣକୁ ତ ସେ ସଂଶୋଧନ କରିପାରିବ ନାଇଁ, ହେଲେ ଅନ୍ୟ ସାଙ୍ଗମାନଙ୍କ ପରି ନିଜକୁ ତ ରୂପାନ୍ତରିତ କରିପାରିବ ଚକ୍‌ଚକ୍ ପୋଷାକ ପରିହିତ ଜଣେ ବାବୁରେ ! ସେ ଭାବେ ଏବଂ ତା' ଭାବନା ରୂପାନ୍ତରିତ ହୁଏ ଏହିପରି - ବାପା ବୋଉଙ୍କ ପାଖରେ ଅଳିକରି ସେ ଫୁଲ୍ ପ୍ୟାଣ୍ଟ୍ ଓ ସାର୍ଟ ତିଆରିକରି ପିନ୍ଧିଲା, ମୁଣ୍ଡରେ ହିପ୍‌ପୀ ବାଳରଖି ଟହଲ ମାରିଲା ଗାଁ ପାଖ ବଜାର ଛକରେ। ଏବଂ ତାକୁ ସେ ରୂପରେ ଯିଏ ଦେଖିଲା ହସିଲା ଏବଂ "ଆରେ ଓଲୁ ମାଧିଆ, ତୋର ଏ କି ରୂପଭେକ" ବୋଲି କହି ହସି ହସି ବେଦମ ହେଲେ।

ସବୁଆଡୁ ନିରାଶ ହୋଇ ମାଧିଆ ଭାବିଲା ଜୀବନର ସବୁ ପରିପୂର୍ଣ୍ଣତା ସତ୍ତ୍ୱେ ଅନ୍ୟର ଥଟ୍ଟା ପରିହାସ ସହିବାକୁ ହେବ। ସବୁ ବିଚକ୍ଷଣତା ସତ୍ତ୍ୱେ ନିର୍ଯ୍ୟାତିତ ତଥା ନିର୍ବାସିତ ଜୀବନଟେ ବଞ୍ଚିବାକୁ ପଡ଼ିବ। ତା' ଛୋଟା ଗୋଡ଼, ବଧିରା କାନ ଓ ଅପ୍ରତିଭ ସ୍ୱଭାବ ହେତୁ ସମସ୍ତଙ୍କ ଛି - ଛାକରକୁ ନେଇ, ଦୁଃଖୀ ହତଭାଗା, ଅପାରଗ, ନିକମାର ବିଶେଷଣଙ୍କୁ ବୋହି ବୋହି ଚାଲିବାକୁ ପଡ଼ିବ। ଏମିତି ଜୀବନଟେ ବଞ୍ଚିବାରେ କି ସାର୍ଥକତା ?

ଏ ସବୁ ସତ୍ତ୍ୱେ ତା' ମନ ଭିତରର କୋଉ ଅଦେଖା ସନ୍ଧି ଭିତରେ ସାନ୍ତ୍ୱନାଟେ ଉଙ୍କିମାରେ। ଆସିବ। ନିଶ୍ଚୟ ଆସିବ ଦିନେ ଏମିତି ସୁଯୋଗଟେ ଯେ ସମସ୍ତଙ୍କୁ ଚକିତ କରି ସେ କରିଦେବ ଗୋଟେ ଆଶ୍ଚର୍ଯ୍ୟଜନକ କାମ। ବନ୍ଦ କରିଦେବ ସବୁ କରିତ୍କର୍ମା ମଣିଷଙ୍କ ମୁହଁ। ସମସ୍ତେ ଆଖିତରାଟି ଦେଖୁଥିବେ ଏବଂ ବାହାବା ଦେଉଥିବେ ତାକୁ, ତା' କାମକୁ। ବାପା ବୋଉଙ୍କ ଛାତି ଆନନ୍ଦରେ କୁଣ୍ଢେମୋଟ ହୋଇଯାଉଥିବ। ସେଇ ଯୋଉ ବନ୍ଧୁ ଦଳେଇ ଝିଅ, କ'ଣ ତା' ନାଁ... ହଁ... ହଁ... ବବିତା, ଯିଏ ସେଦିନ ତାକୁ ଖତେଇ ହଉଥିଲା, କାଳିଆଭୂଆଁ, ଛୋଟା, ମାଇଚିଆ ମାଧିଆ ସାହୁ... ମାଇପ ହାତରୁ କହୁଣୀ ଖାଉ' ବୋଲି ଅହରହ ଚିଡ଼ାଉଥିଲା, ତା' ପେଣ୍ଟ ପଛପାଖରୁ ଚିରିଯାଇଛି ବୋଲି କହି ହସିହସି ଗଡ଼ିଯାଉଥିଲା, ସେ ଆସି ତାକୁ କୁଣ୍ଢାଇ ପକାଇବ। ସମସ୍ତଙ୍କ ଆଗରେ ଘୋଷଣା କରିବ ଯେ ସେ ମାଧିଆକୁ ଭଲପାଏ, ସ୍ନେହ କରେ, ତାକୁ ବାହା ହେବାପାଇଁ ଚାହେଁ। ତା' ସାଙ୍ଗସାଥୀମାନଙ୍କ ସବୁ ଷ୍ଟାଇଲ୍, ସବୁ ନଖରାମି ତା' ଆଗରେ ମ୍ଳାନ ପଡ଼ିଯିବ। ନରି ମଉସା, ହରି କକେଇଙ୍କ ସବୁ ହେଙ୍କଡ଼ାମି ବନ୍ଦ ହୋଇଯିବ ଆପଣାଛାଏଁ। ସେ ଅଧିଷ୍ଠିତ ହୋଇଯିବ ଜଣେ ସମ୍ମାନାସ୍ପଦ, ସମର୍ଥ ମଣିଷ ସିଂହାସନରେ।

ସମସ୍ତ ସତର୍କତାର ସହିତ କାର୍ଯ୍ୟ କରୁଥିଲେ ବି ମାଆ କାଇଁକି କେଜାଣି ଲୋକହସା ହେଉଥିଲା ସବୁବେଳେ। ସେଦିନର ସେ କୁକୁର ଛୁଆ ଘଟଣାଟା ତାକୁ ଆହୁରି ହାସ୍ୟାସ୍ପଦ କରି ତୋଳିଲା ସମସ୍ତ ପାଖରେ। ରାତି ଆଠଟା କି ନା'ଟା ବେଳକୁ ବୋଉ ଆବିଷ୍କାର କଲା ଯେ ମାଧିଆ ଘରେ ନାଇଁ। କୁଆଡ଼େ ଗଲା ? କେବଳ ସାଙ୍ଗ ସାଥି ନୁହନ୍ତି, ଗାଁର ପିଲାଠୁ ବଡ଼ଯାଏ ତା' ସାଙ୍ଗରେ ଲାଗନ୍ତି ବୋଲି ସନ୍ଧ୍ୟାବେଳେ ସେ କୁଆଡ଼େ ଯାଏ ନାହିଁ। ଏକୁଟିଆ ସେମିତି ଅନ୍ଧାରଟାରେ ପିଣ୍ଡାରେ ବସିଥିବ ଏବଂ ମନକୁ ମନ କ'ଣ ଗୁଡ଼ାଏ କହିଯାଉଥିବ ଚରମ ଅସନ୍ତୋଷର ସହିତ। ବୋଉ ଡାକିବ ଖାଇବାକୁ। ବିନା ପ୍ରତିବାଦରେ ସେ ଖାଇବ ଏବଂ ଲମ୍ବ ହୋଇ ଶୋଇଯିବ ତଳେ କି ଖଟ ଉପରେ। ହେଲେ ଆଜି ଏତେ ରାତିଯାଏ କୁଆଡ଼େ ଗଲା ?

ମିଞ୍ଜିମିଞ୍ଜି ହୋଇ ଜଳୁଥିବା ଏବଂ କାଚର ଗୋଟିଏ ପଟ କଳା ପଡ଼ି ଆସିଥିବା ଲଣ୍ଠନଟାଏ ଧରି ବାପା ଓ ବୋଉ ଦୁହେଁ ବାହାରିଲେ ମାଧିଆକୁ ଖୋଜିବା ପାଇଁ। ହାଡ଼ଥରା

ଶୀତରାତିରେ ଗାଁର ପ୍ରାୟ ସବୁ କବାଟ ବନ୍ଦ। ପାଖ ଛୋଟବଜାରଟା ବି ବନ୍ଦ ହୋଇଆସିଲାଣି। କୁଆଡ଼େ ଗଲା ମାଧିଆ ? ?

ବାହାରର ଘନୀଭୂତ ନିସ୍ତବ୍ଧତା ଓ ଅନ୍ଧାର ଭିତରେ ଲଣ୍ଠନର ସଂକ୍ଷିପ୍ତ ଆଲୁଅ ଆବିଷ୍କାର କଲା ମନ ଚାହୁଁଥିବା ମଣିଷଟିକୁ। ବଟ ତ୍ରିପାଠୀଙ୍କ ବାଡ଼ିର ଛଣଗଦା କଡ଼ରେହିଁ ନିପଟ ଅନ୍ଧାରରେ ମାଧିଆ ଠିଆହୋଇଛି ଏବଂ ପାଖରେ ତାଙ୍କ ମାଈ କୁକୁରଟା ଦି' ତିନିଟା ଛୁଆ ଜନ୍ମ କରି ଶୋଇଛି। ଛୁଆଗୁଡ଼ିକ ପ୍ରଚଣ୍ଡ ଶୀତ ସମ୍ଭାଳି ନପାରି କୁଁ କୁଁ ହୋଇ ବୋଧେ କାନ୍ଦୁଛନ୍ତି। "କିରେ ମାଧିଆ" - ବାପା ରାଗିଯାଇ ପଚାରିଲେ - "ଏଠି କ'ଣ କରୁଛୁ ଏତେ ରାତିରେ ? ଆମେ ତୋତେ ଖୋଜି ଖୋଜି ନୟାନ୍ତ। "

"ତ୍ରିପାଠୀ ମଉସାଙ୍କ କୁକୁରଟା ଛୁଆ ଜନ୍ମ କରିଚି ଏ ଖୋଲା ଜାଗାରେ। ରାତିରେ ବିଲୁଆ ଫିଲୁଆ ଖାଇଯିବେ କି କ'ଣ !" - ମାଧିଆ କହିଲା।

"କୁକୁର ଛୁଆକୁ ବିଲୁଆ ଖାଇଲା ତୋର କ'ଣ ଗଲା ?" ବାପା ରାଗିଗଲେ ଏବଂ ପୁଣି କହିଲେ - "ଚାଲୁଛୁ ଘରକୁ ନା ଦେଖିବୁ !"

ବାପାଙ୍କ ନାଲିଆଖି ମାଧିଆକୁ ନେଇ ପାରିଲା ନାହିଁ ଘରକୁ। କହିବା ବାହୁଲ୍ୟ ସାରାରାତି ସେ ପହରା ଦେଲା ସେଠି। ସକାଳୁ ସବୁଆଡ଼େ ରାଷ୍ଟ୍ର ହୋଇଗଲା ଏ କଥା। ଯିଏ ଶୁଣିଲା, ହସିଲା। କେହି କେହି କହିବାର ଶୁଣାଗଲା - "ଶଳା ଆମେ ଭାବୁଥିଲୁ ମାଧିଆଟା ନିକମାଟା ବୋଲି, ହେଲେ ସେ ତ ବଦ୍ଧ ପାଗଳଟା !!"

"ଚୂଲିପଶା ଅଳପେଇଶାମାନେ, କାଇଁକି ସବୁବେଳେ ଲାଗିଛି ମୋ ପୁଅ ସାଙ୍ଗରେ। ତମକୁ ମରଣ ହେଉନିରେ ବାଡ଼ିଖିଆମାନେ, ତମକୁ ଯମ ନଉନି !!-" ବୋଉ ବେଳେବେଳେ କାନ୍ଦି କାନ୍ଦି ଘୋଷଣା କରେ ଏକଥା। ଅଜସ୍ର କୋହ ଅକ୍ତିଆର କରେ ତା' ହୃଦୟକୁ। ଆବେଗରେ ମାଧିଆକୁ କୋଳରେ ଧରେ, ତା' ମୁଣ୍ଡ ଆଉଁସୁ ଆଉଁସୁ କହେ - "କାଇଁକି ଏପରି କାମ ତୁ କରୁଛୁରେ ବାୟା... ଲୋକହସା ହଉଚୁ। ଧନଟା ପରା, ଆଉ ଏମିତି ହ'ନା ! ଏଡୁଟେ ହେଲୁଣି ଆସି, କୋଉଦିନ ଆଉ ତୋର ବୁଦ୍ଧିଶୁଦ୍ଧି ହେବ ?" ବୋଉର କାନ୍ଦୁରା ମୁହଁଟା ଆହୁରି ଦୟନୀୟ ଦେଖାଯାଏ।

ମାଧିଆ ବୁଝିପାରେନା କି ଖରାପ୍ କାମ ସେ କରୁଚି। ସତରେ କ'ଣ ତା'ର ସବୁ କାମ ତ୍ରୁଟିପୂର୍ଣ୍ଣ ? କାହାର ବହି ନାଇଁ, ତାକୁ ବହି ଦେବା କ'ଣ ଖରାପ୍ ? କାହାପାଇଁ ନଡ଼ିଆ କି ଆମ୍ବ ତୋଳିଦେବା କ'ଣ ଖରାପ ? କାହା ପୂଜାପାର୍ବଣରେ କିଛି କାମ କରିଦେବା କ'ଣ ଖରାପ ନା କୁକୁର ଛୁଆକୁ ବଞ୍ଚାଇବା ଖରାପ ? ? ଯଦି ଏସବୁ ଖରାପ, ତା'ହେଲେ ଭଲ କ'ଣ ଏ ସଂସାରରେ ? ଭଲର ସଂଜ୍ଞା କ'ଣ ?

ତା' ମୁଣ୍ଡ ଗୋଳମାଳ ହୋଇଯାଏ। ଆଖି ପାଉ ନଥିବା ପୃଥିବୀରେ ନିଜକୁ ସେ

ଭାରି ଏକୁଟିଆ ବୋଧକରେ। ନିଜଘରର ସାମ୍‌ନାରେ ଯାଇଥିବା ଧୂଳିଧୂସରିତ କଚ୍ଚାରାସ୍ତାରେ ଖାଲି ଇତସ୍ତତଃ ହୁଏ ନିରୂପାୟ ହୋଇ। ଗୋଟେ ରିକ୍ତତାବୋଧରେ ଜଡ଼ସଡ଼ ହୋଇ ଫେରିଆସେ ଘରକୁ। କବାଟ ବନ୍ଦକରି କାନ୍ଦେ ଗୋପନରେ। ସେ କାନ୍ଦରେ ଗୋଟାଏ ସର୍ବସ୍ୱାନ୍ତ କରୁଣତା ସ୍ପଷ୍ଟ ବାରି ହୋଇପାଡ଼େ। ଆସ୍ତେ ଆସ୍ତେ ତା'ର ସମସ୍ତ ସତ୍ତା ଭିଜିଯାଏ ଲୁହରେ। କାନ୍ଦି କାନ୍ଦି ନୟାନ୍ତ ହେବାପରେ ସେ ଆବିଷ୍କାର କରେ ଯେ ତା' ମନରେ ପୂର୍ବପରି ଜମିରହିଚି ଅପରିସୀମ ଦୁଃଖ, ଅନନ୍ତ ହାହାକାର। ଗଳାଫଟା କାନ୍ଦଣା କୋଉ ସମସ୍ୟାକୁ ସମାଧାନ କରି ପାରିଲାଣି ଯେ ମାଧିଆ ମନରୁ ସବୁ ରିକ୍ତତା, ସବୁ ଦୁଃଖକୁ ପୋଛିନେବ ଆଉ ତାକୁ ସମାଜ ଆଗରେ ଜଣେ କରତ୍‌କର୍ମା ମଣିଷରୂପେ ଅଭିଷିକ୍ତ କରିଦେବ !

ବେଳେବେଳେ ରାଗରେ ସେ ଦାନ୍ତ କଡ଼ମଡ଼ କରେ। ତା' ହାତ ମୁଠା ମୁଠା ହୋଇ ମାଂସପେଶୀ ଟାଣ ହୋଇଯାଏ। ବିନା ଦୋଷରେ ତାକୁ ତାଚ୍ଛଲ୍ୟ କରୁଥିବା ମଣିଷମାନଙ୍କ ମୁହଁ ବନ୍ଦ କରିଦେବାକୁ ପ୍ରତିଶୋଧର ଚିନ୍ତାଟା ଘାରି ପକାଏ ତା' ମଗଜକୁ। ପରକ୍ଷଣରେ ନିରୂପାୟ ମଣିଷଟିଏ ପରି ଫାଁ ଗାଲି ବସିପଡ଼େ ସେ। ପକ୍ଷାଘାତ ରୋଗୀର ସ୍ଥାଣୁତ୍ୱ ସଂଚରିଯାଏ ତା' ଦେହରେ, ମନରେ। ସେ ଏତେ କୃତଜ୍ଞତା ଆଉ ଶ୍ରଦ୍ଧାର ସହ ଗ୍ରହଣ କରିଥିବା ପୃଥିବୀର ମଣିଷମାନେ ଯେ ଏତେ ନିର୍ମମ, ଏତେ ଧପ୍ପାବାଜ ବୋଲି ଜାଣିସାରିବା ପରେ ଗୋଟେ ଅବସନ୍ନ ବୋଧରେ ଜଡ଼ସଡ଼ ହୋଇଯାଇ ସେ ଅଭିଶାପ ଦିଏ ନିଜକୁ, ତାକୁ ଜନ୍ମ କରିଥିବା ବାପା ବୋଉଙ୍କୁ ଓ ଶେଷରେ ଭଗବାନଙ୍କୁ। ଜୀବନରେ ସବୁ ସ୍ୱପ୍ନ ସାକାର ହୁଏ କି ନା, ମନ ଚାହୁଁଥିବା ସୁଯୋଗଟେ ଆସେ କି ନା, ସେ କଥା କେହି ଜାଣେନା। ହେଲେ ସବୁ ମଣିଷ, ସ୍ୱପ୍ନ ଦେଖି ଦେଖି ବଞ୍ଚନ୍ତି। ମନ ମୁତାବକ ସୁଯୋଗ ଆସିବ ବୋଲି ଆଶାରଖି ହିଁ ପଡ଼ିରହନ୍ତି ମାଧିଆ ପରି।

ସେଦିନ ରାତିରେ ଘୋ ଘୋ ଶବ୍ଦରେ ମାଧିଆର ନିଦ ଭାଙ୍ଗିଗଲା। ସେ ଧଡ଼ପଡ଼ ହୋଇ ଉଠି ବିଛଣା ଉପରେ ବସିଲା ଏବଂ ଏ ପ୍ରକାର ଶବ୍ଦର ହେତୁ କ'ଣ ହୋଇପାରେ ବୋଲି କଳ୍ପନା କରିବାକୁ ଚେଷ୍ଟା କଲା। ଝରକା ଖୋଲିଦେବା ମାତ୍ରେ ହିଁ ସବୁକିଛି ପରିଷ୍କାର ହୋଇ ଉଠିଲା ତା' ସାମ୍‌ନାରେ। ମଦନ କକେଇଙ୍କ ଘରେ ନିଆଁ ଲାଗିଯାଇଛି ଏବଂ ମଣିଷମାନଙ୍କ ଆକୁଳ ଚିତ୍କାର ଓ ତ୍ରସ୍ତତାକୁ ବେଖାତିର କରି ସର୍ବଗ୍ରାସୀ ନିଆଁ ତା'ର ଭୁଭୁକ୍ଷିତ ଜିଭ ସାହାଯ୍ୟରେ ସମଗ୍ର ବ୍ରହ୍ମାଣ୍ଡକୁ ଚାଟିପକାଇବାକୁ ଅଗ୍ରସର ହେଉଛି। ମାଧିଆ ଘୋଡ଼ି ହୋଇଥିବା ଚଦରକୁ ଫୋପାଡ଼ି ଦେଇ ଛୋଟେଇ ଛୋଟେଇ ଧାଇଁଲା ସେ ସ୍ଥାନକୁ। ସେଠି କିଂକର୍ତ୍ତବ୍ୟବିମୂଢ଼ ମଣିଷମାନେ ନିରାପଦ ଦୂରତ୍ୱରେ ଠିଆହୋଇ ଖାଲି ବ୍ୟସ୍ତ ହେଉଥିଲେ ଏବଂ କିଛି ଲୋକ ବାଲଟି ବାଲଟି ପାଣି ବୋହିନେଇ ନିଆଁ

ଲିଭାଇବାର ଗୋଟେ ବ୍ୟର୍ଥ ଉଦ୍ୟମ ଜାରି ରଖିଥିଲେ । ମଦନ କକେଇଙ୍କ ଘରୁ ମଣିଷ ପଶୁ ସମେତ ସବୁ ଦରକାରୀ ଜିନିଷ ଅବଶ୍ୟ ବାହାର କରାଯାଇ ପାରିଥିଲା କେଇଜଣ ସାହାସୀ ଯୁବକଙ୍କ ସହାୟତାରେ ।

ମାଧିଆ ସେଠି ଠିଆହେଲା ଏବଂ କ'ଣ ଗୋଟାଏ ଶୁଣିବାକୁ ଚେଷ୍ଟାକଲା । ପୋଡ଼ିଯାଉଥିବା ଚାଳଛପର ଘର ଭିତରୁ କ୍ଷୀଣ ଚିତ୍କାରଟିଏ ଶୁଭିଲା ସବୁ ମଣିଷଙ୍କ ଘୋ ଘୋ ଶବ୍ଦକୁ ଭେଦକରି । ଭଲକରି ଶୁଣିପାରୁ ନଥିବା ମାଧିଆର କାନ ଦି'ଟା ସକ୍ରିୟ ହୋଇଉଠିଲା ତତ୍‌କ୍ଷଣାତ୍ । ଏବଂ ତା'ପରେ ସବୁଲୋକଙ୍କ "ହେ... ହେ... ରହ... ରହ... ଧର... ଧର... ଆଦି ଧ୍ୱନିକୁ ତୁଚ୍ଛ କରିଦେଇ ତଡ଼ିତ୍ ବେଗରେ ସେ ଡେଇଁ ପଡିଲା ନିଆଁର କୋଳ ଭିତରକୁ । ଗୁହାଳ ଘରେ ତଥାପି ବନ୍ଧା ହୋଇ ରହିଥିବା କଅଁଳା ବାଛୁରୀଟିର ଲାଞ୍ଜ ଓ ବେକରେ ନିଆଁ ଲାଗି ଅଧାଅଧି ପୋଡ଼ିଗଲାଣି ସେତେବେଳକୁ । ନିଆଁ ଓ ଧୂଆଁ ପରିପୂର୍ଣ୍ଣ ପୃଥିବୀ ଭିତରୁ ବାଛୁରୀଟିକୁ କଷ୍ଟରେ ସନ୍ଧାନ କରି ତାକୁ ନିଜ ବାହୁ ଉପରକୁ ଉଠାଇ ଆଣି ପଳାଇ ଆସିବାକୁ ଉଦ୍ୟତ ହେବା ବେଳକୁ ହିଁ ମାଧିଆ ଝୁଣ୍ଟିଲା ଖୁଣ୍ଟକୁ । ତଳେ କଚାଡ଼ି ହୋଇ ପଡ଼ିବାବେଳେ ବାଛୁରୀଟି ଛିଟିକି ପଡ଼ିଲା ବାହାରକୁ । ଏକଦମ୍ ନିଆଁ ବଳୟର ବାହାରକୁ । ମାଟିଆପେଣ୍ଟ ଓ ମଇଳା ଗଞ୍ଜିରେ ନିଆଁ ଲାଗି ତା' ଶରୀରକୁ ଅକ୍ତିଆର କରିବାକୁ ଉଦ୍ୟତ ହେବାବେଳେ ମାଧିଆ ଉଠିବାକୁ ଚେଷ୍ଟା କରୁଥିଲା ପ୍ରାଣପଣେ । ହେଲେ ତା'ର ସବୁ ଦମ୍ଭକୁ ଧୂଳିସାତ କରି ଜଳୁଥିବା ଗୋଟେ ଖୁମ୍ବ ଅଜାଡ଼ି ହୋଇ ପଡ଼ିଲା ତା' ଉପରେ । ତଥାପି ସେ ଉଠିବାକୁ ଚେଷ୍ଟାକଲା, କ୍ଷୁଧିତ ଅଜଗର ଛେଳିକୁ ଗିଳିବାପରି ନିଆଁ ତାକୁ ସଂପୂର୍ଣ୍ଣ ରୂପେ କରାୟତ କରିସାରିଥିଲା ସେତେବେଳକୁ । ନିଆଁର କୋଳ ଭିତରେ ସେ ଅନୁଭବ କଲା, ଖାଲି ସେ ଘର କିମ୍ବା ଗାଁ ନୁହେଁ, ସମଗ୍ର ବିଶ୍ୱ ନିଆଁମୟ ହୋଇଯାଉଛି । ତାକୁ ସାମଗ୍ରିକ ଭାବେ ଗିଳିସାରିବା ପରେ ହିଁ ଏ ନିଆଁର କ୍ଷୁଧାର ଅବସାନ ହେବ । ପ୍ରଚଣ୍ଡ ଯନ୍ତ୍ରଣାରେ ତା' ଆଖି ଉପରକୁ ଓହ୍ଲାଇ ଆସୁଥିଲା ଗୋଟେ ଯୁଗର ନିଦ । ପୋଡ଼ି ଯାଇଥିବା କ୍ଳାନ୍ତ ଓ ଅବସନ୍ନ ହାତଗୋଡ଼ ଆଉ ଛାଟିପିଟି ହୋଇ ନିଜକୁ ରକ୍ଷା କରିବାକୁ ଅକ୍ଷମ ହୋଇପଡୁଥିଲେ । ଅଧିକ ସମୟ ଆଉ ଚାଲିପାରିବନି ବୋଲି ହୃତପିଣ୍ଡ ଦେଉଥିଲା ନାଇଁ ନାଇଁର ଇସାରା ।

ଗାଁ ଠାରୁ ପନ୍ଦର କିଲୋମିଟର ଦୂର ସହରରୁ ଦମକଳ ବାହିନୀ ଆସି ନିଆଁକୁ ଆୟତ୍ତ କରିବା ବେଳକୁ ମଦନ କକେଇଙ୍କ ଘର ସମ୍ପୂର୍ଣ୍ଣ ପୋଛି ଛାରଖାର ହୋଇ ସାରଥିଲା । ଲୋକମାନେ କିଂକର୍ତ୍ତବ୍ୟବିମୂଢ଼ ଅବସ୍ଥାରେ ବିକଳ ହୋଇ ଖୋଜୁଥିଲେ ମାଧିଆକୁ । ମାଧିଆର ବାପା ଓ ବୋଉର ଛାତିଫଟା କାନ୍ଦଣାରେ ସ୍ତବ୍ଧ ହୋଇଯାଇଥିଲା ସାରା ଗାଁ ।

ଗାଁର ବଡ଼ବଡ଼ିଆମାନେ ମୁହଁରେ ଦୁଃଖ ଫୁଟାଇ ନିଜ ନିଜ ଭିତରେ ଆଲୋଚନା କରୁଥିଲେ - "ନିର୍ବୁଦ୍ଧିଆଟାକୁ କିଏ କହୁଥିଲା ନିଆଁ ଭିତରକୁ ଝାସ ଦେବା ପାଇଁ ! ଆପଣା ନିକମାପଣ ଯୋଗୁଁ ସିନା ଜୀବନଟା ଗଲା !

: ହେଇଟି ପରା ମାଧିଆ ! ଭିଡ଼ ଭିତରୁ କେହିଜଣେ ଚିତ୍କାର କରି କହି ଉଠିଲା ।

ଦମକଳ ବାହିନୀ ସାଙ୍ଗରେ ଆଣି ଆସିଥିବା ହାଲୋଜିନ୍ ଆଲୁଅରେ ଦେଖାଗଲା ମାଧିଆ ମଦନ କକେଇଙ୍କ ଘର ପଛପାଖ ବିଲ ଭିତରୁ ଛୋଟେଇ ଛୋଟେଇ ଆସୁଛି ।

ତାକୁ ମେଡ଼ିକାଲ ନେଇଯିବାକୁ ଗାଁର ଯୁବକମାନେ ତତ୍ପର ହେଉଥିଲା ବେଳେ ଗାଁର ସବୁଠୁ ପୁରୁଖା ନରିଅଜା ଛଳଛଳ କଣ୍ଠରେ କହୁଥିଲେ - "ତୁ ନିକିମା ନୁହଁରେ ମାଧିଆ, ତୁ ସତରେ ଏ ଗାଁର ଅସଲ କର୍ମାଟିଏ"

■

ତୀରନ୍ଦାଜ

ଚିରଶ୍ରୀ ଇନ୍ଦ୍ରସିଂ

ଖପ୍‌ଖପ୍ ହେଇ ତେନ୍ତୁଳି ଗଛ ଉପରକୁ ଚଢ଼ିଗଲା ବଣି । ତା' ପଛେ ପଛେ ଡାଳ ଧରି ଧରି ଗଛ ଚଢ଼ିବାକୁ ଚେଷ୍ଟା କରୁଥାଏ ମାଳତୀ । ହେଲାନାହିଁ । ମାତ୍ର ଦୁଇ ତିନି ଥର ଡାଳକୁ ଜାକି କୁଣ୍ଢେଇ ସାତ ଆଠ ଫୁଟ୍ ଖଣ୍ଡେ ଉପରକୁ ଯାଇଥିବ କି ନାହିଁ ମାଳତୀର ଆଉ ସାହସ କୁଳେଇଲା ନାହିଁ । ସେତିକି ଉଚ୍ଚରୁ ବି ତଳକୁ ଅନେଇଲା ବେଳକୁ ସତେ କି ତା' କାନମୁଣ୍ଡ ତାତିଗଲା, ଆଖିକୁ ଦିଶିଲା ଧୂଆଁଳିଆ ।

"ଆଉ ପାରିବିନି, ମୁଁ ଏଇଠି ରହିଲି । ଏବେ ମୁଁ କ'ଣ କରିବି ଯେ, ଡାଳ ଭାଙ୍ଗିଯିବ ଯଦି, ମୁଣ୍ଡ ଫାଟି ନିଶ୍ଚେ ଦି' ଫାଳ ହେଇଯିବ ।

ପ୍ରାୟ ପନ୍ଦର ଫୁଟ୍ ଉପରେ ଆରାମରେ ଗଛର ଡାଳ କନ୍ଦିରେ ଗଛ ଗଣ୍ଡିକୁ ଆଉଜି ବସି ଦିବ୍ୟ ଆନନ୍ଦରେ କଞ୍ଚା ତେନ୍ତୁଳି ରେକୁଟୁ ଥିଲା ବଣି । ଖଟା ବାସ୍ନାରେ ମହକୁ ଥିଲା ସେ ଖଣ୍ଡମଣ୍ଡଳ ।

"ତେନ୍ତୁଳି ଡାହି ଭାରି ସେମେଟା । ଯେତେ ପତଳା କି ନହକା ହେଲେ ବି ଜମା ଭାଙ୍ଗିବନି । ତେନ୍ତୁଳି ଭାଙ୍ଗି କିଏ ପଡ଼ିଯାଇଛି ବୋଲି ଶୁଣିଛୁ କି କାହାଠାରୁ କୋଉଦିନ ? କିଛି ହବନି । ଜମା ଡରନା । ଆ... ଧୀରେ ଧୀରେ ଉଠିଆ । ମୁଁ ସିନା ଏଇ ମୋଟା ଡାଳ କେତେଟା ଯୋଗୁଁ ଚାଲିଆସିଲି, ଡାଳକୁ ଲାଗି ଗଣ୍ଠିଗଣ୍ଠିଆ ହୋଇଥିଲା ବୋଲି, ତୁ ତ ଆହୁରି କେତେ ବେଶି ଉପରକୁ ଯାଇପାରିବୁ, ତୋର ତ କିଛି ଅସୁବିଧା ନାହିଁ ।

"ଜମା, ଜମା ତୋ ବୁଦ୍ଧିରେ ପଡ଼ିବାର ନାହିଁ ମୋର । ଆଉ ଉପରକୁ ଯିବି ପୁଣି ! ଏବେ ତ ତଳକୁ ଅନେଇ ଦେଲା ବେଳକୁ ମୋ ମୁଣ୍ଡ ବୁଲେଇ ଦେଉଛି । ଗୋଡ଼

ଖସିଗଲା ଯଦି ତ ତେନ୍ତୁଳି ଗଛ ଉପରକୁ କ'ଣ, ସିଧା ଆହୁରି ଉପରକୁ ଯମ ରାଜାଙ୍କ ପାଖରେ ଯାଇ ପହଞ୍ଚିଯିବି।"

"ତୁ ସତରେ ବଡ଼ ଡରକୁଳିଟା। ତେନ୍ତୁଳି କେତେ ବଢ଼ିଆ ଲାଗୁଛି, ଜାଣିବୁ ଖାଇଲେ। ସଜଗଛ ତୋଳାର ଅଲଗା ସୁଆଦ।"

"ଏବେ ମୁଁ ତଳକୁ କେମିତି ଓହ୍ଲେଇବି ଯେ... ହେ ମା' ବୁଢ଼ୀଠାକୁରାଣୀ। ମତେ ରକ୍ଷାକର ମ। ମାଆଲୋ, ଆଉ ଦିନେ ତୋ ଆସ୍ଥାନ ପଟ ଗଛରେ ଚଢ଼ିବନି। ପାପ ପଲି ତୋ ଗଛରେ ଚଢ଼ି, ମୋ ଉପରେ କୋପ କରନା ମୋ ମାଆ...।"

"ବୁଢ଼ୀ ଠାକୁରାଣୀଙ୍କ ଆସ୍ଥାନ ତ ଯାଇଁ ସେପଟେ, ବରଗଛ ତଳେ। ତୁ ତ ସେ ଗଛରେ ଚଢ଼ିନୁ, ଠାକୁରାଣୀ କୋପ କରିବେ କାହିଁକି। ଆ... କିଛି ହବନି।"

"ତୁ ଡାକିଦେଲେ ମୁଁ ପଳେଇବି ବୋଲି ଭାବୁଛ ଯଦି ଭାବୁଥା। ମୁଁ ଯିବିନି।"

"ଠିକ୍ ଅଛି ତା' ହେଲେ, ଯୋଉଠି ତୁ ଅଛୁ ସେଇଠି ଥାଆ। ଆରାମରେ ଗଛକୁ ଆଉଜି ଚାରିପଟକୁ ଚାହାଁ କିଛି ସମୟ ପରେ ମୁଣ୍ଡବୁଲା ଠିକ୍ ହେଇଯିବ। ଡର ଡର ତ ମତେ ବି ଲାଗୁଥିଲା ପହିଲେ ପହିଲେ। ହେଲେ ମୁଁ ସାହସ କରି ଆସିଲି। ଦି' ଚାରି କଚଡ଼ା ଖାଇଲା ପରେ ଡର ଛାଡ଼ିଗଲା, ଗଛଚଢ଼ା ବି ଶିଖା ହୋଇଗଲା।"

"ତୋ କଥା ଅଲଗା। ତୋତେ ଠାକୁରାଣୀ ସ୍ପେଶାଲ ପାୱାର ଦେଇଛନ୍ତି ବୋଲି ଗାଁ ସାରା ସମସ୍ତେ ଜାଣିଛନ୍ତି। ତୋ କଥା ତୋ ପାଖେ ଥାଉ। ଏବେ ମତେ ବତା ମୁଁ ତଳକୁ ଓହ୍ଲେଇବି କେମିତି ?"

"ତୁ ଆଗ ସେଠି ଗଛକୁ ଭାରାଦେଇ ବସିଲୁ କି ?"

"ହଁ, ବସିଲି।"

"ବସିଥାଆ। ମୁଁ ଆଉ ପୁଳେ ତେନ୍ତୁଳି ଖାଇସାରେ; ତା' ପରେ ଭାବିଚିନ୍ତି କ'ଣ ଗୋଟେ ଉପାୟ ବାହାର କରିବା। ଏବେ ତୁ ଆଖିବୁଜି ଦେଇ ବସ। ମୁଁ କହିଲେ ଆଖି ଖୋଲିବୁ।"

ମାଳତୀ ଆଖିବୁଜି ବସିଲା। ସେମିତି ବସିବା ବ୍ୟତୀତ ତା'ର ଆଉ କିଛି ଉପାୟ ବି ନ ଥିଲା। ଏବେ ସେ ଦୁଇ ପ୍ରକାରର ଦୁଃଖରେ - ଯଦି ତଳେ ପଡ଼ିଯିବ ତେବେ କ'ଣ ହେବ ପରି ସର୍ବନାଶୀ ଆଶଙ୍କା ଭିତରେ ବି ଆଉ ଗୋଟାଏ ଅସୁବିଧା ହେଲା ଯେ, ଜଣେ ସେଇଠି କଞ୍ଚା ତେନ୍ତୁଳି ଚୋବାଉଛି ଅଥଚ ତା' ନିଜ ପାଟି ଭିତରେ ଖାଲି ପାଣି ଓ ପବନ ଛଡ଼ା ଆଉ କିଛି ନାହିଁ। ତେନ୍ତୁଳି ମାଗିଲେ ଶୁଣିବାକୁ ପଡ଼ିବ ଯେ, "ନିଜେ ତୋଳି ଖାଉନୁ, ସବୁବେଳେ ଯାକୁ ତାକୁ ମାଗି ଖାଇବା ପାଇଁ କି ମନ କରୁଛୁ କାହିଁକି ?" ଏମିତିକା ହାଡ଼ଜଳା କଥା କହି କହି ବଣି ଗାଁର କେତେ ପୁଅଝିଅଙ୍କୁ ଗଛଚଢ଼ା ଶିଖେଇ ଦେଲାଣି।

ମାଳତୀ ଡରି ଡରି ଆଖି ଖୋଲିଲା । ଆଖି ଆଗରେ ଏବେ ଆଉ ଅନ୍ଧାର ନାହିଁ। ଏବେ ସଫା ଆଲୁଅ ଗଛତଳେ ଦଉଡୁଛି ଗୋଟେ ଗୁଣ୍ଡୁଚିମୂଷା, ତା'ର ପିଲାକବିଲା ସବୁ ତା' ପଛେ ପଛେ ଧାଡ଼ି ଲଗେଇ ଚାଲିଛନ୍ତି । ଯୋଡ଼େ କଜଳପାତି ଖୁମ୍ପାଖୁମ୍ପି ହେଉଛନ୍ତି ଆଉ ଟିକିଏ ଦୂରରେ । ଠାକୁରାଣୀଙ୍କ ଆସ୍ଥାନ ପଟେ ଥିବା କାଠଚମ୍ପା ଫୁଲପେନ୍ଥାଟା ଦୋହଲୁଛି ଖରାରେ । ହେଇରେ, ଗୋଟେ କୋକିଶିଆଳି ଉହୁଙ୍କି ପଡ଼ି ଚାହିଁଛି ଦି' ଗୋଡ଼ ଉଠେଇ, ଗୁରୁଣ୍ଡୁଥିବା ସାନ ପିଲାଟେ ପରି ।

ମାଳତୀର ଡର କମିଗଲା ଟିକେ ।

ବଣି ଏମିତି କେତେ କାହାର ଡର ଛଡ଼େଇ ସାରିଲାଣି । ଗଛରେ ଚଢ଼ିବା ହେଉ, ଆବୁଡ଼ାଖାବୁଡ଼ା ପଥର ଡେଇଁ ଡେଇଁ ସଅଳ ସଅଳ କୁଦ ଉପରେ ଯାଇ ପହଞ୍ଚିଯିବା ହେଉ, ରୁମାଲ ଚୋରୀ ଖେଳ ହେଉ, ବାଟୁଳି ଖଡ଼ା ମାରିବା ହେଉ, ସବୁ କାମକୁ ସେ ସବୁବେଳେ ଆଗୁଆ ।

ଆଗେ ଆଗେ ଲୋକମାନେ ଆଶ୍ଚର୍ଯ୍ୟ ହେଉଥିଲେ, ଏବେ ଆଉ ହେଉନାହାନ୍ତି । କେବଳ ଢୋଲକିଆଗଡ଼ ଗାଁ ନୁହେଁ, ପାଖାପାଖି କୋଡ଼ିଏ ଗାଁର ଲୋକମାନେ ବିଶ୍ୱାସ କରୁଛନ୍ତି ଯେ, ବଣୀ ପାଖରେ କିଛି ଗୋଟାଏ ଦୈବୀବଳ ଅଛି । କିନ୍ତୁ ନିଜେ ବଣି ଭଲକରି ଜାଣେ ଯେ, ସାହସ ନ କଲେ, ଖଣ୍ଡିଆଦଣ୍ଡିଆ ନ ହେଲେ, ରକ୍ତ ନ ବୁହାଇଲେ, ଆକ୍ତାମାକ୍ତା ହେଇ ଚେଷ୍ଟା ନ କଲେ - ଏସବୁ ହୋଇପାରି ନ ଥାନ୍ତା ।

ବଣିର ମାଆ ହଂସୁଲି ବେଳେ ବେଳେ ଥକ୍କାମରା ହୋଇ ଅନେଇ ରହେ ଝିଅକୁ ।

ଝିଅ ଜନ୍ମ ହୋଇଥିଲା ସହରରେ । ବଣି ଯେଉଁଦିନ ଜନ୍ମ ହେଲା ସେଦିନ ବି ହଂସୁଲି ମଦ ପିଇଥିଲା ଆକଣ୍ଠ, ପଡ଼ିଥିଲା ଗୋଟେ ନର୍ଦ୍ଦମା ଦାଢ଼ରେ । ପୋଖତୀ ଶୂଳ ଆସିଲା ବେଳେ ତେଣୁ ପ୍ରଥମେ ତାକୁ କିଛି ଜଣାପଡ଼ି ନ ଥିଲା । ରାସ୍ତାର ଲୋକମାନେ ଆମ୍ବୁଲାନ୍ସକୁ ଫୋନ୍ କରିଥିଲେ । ଦୟାଳୁ ତରୁଣ ଡାକ୍ତରଟିଏ ଆଉ ତା'ର କୋମଳ ହୃଦୟ ନର୍ସ ଦୁଇଜଣ ଦଉଡ଼ା ଦଉଡ଼ି କରି ଖୁବ୍ ହେପାଜତ୍ କରିଥିଲେ ତା'ର । ହଂସୁଲିର ଭାଗ୍ୟ ଭାରି ଟାଣ ଥିଲା ନିଶ୍ଚୟ, ବିନା ଚେଷ୍ଟା ଓ ବିନା ଖର୍ଚ୍ଚରେ ହଂସୁଲିର ସବୁ ସୁବିଧା ହୋଇଯାଇଥିଲା ।

ହଂସୁଲିର ଚେତା ଆସିବା ବେଳକୁ ଡାକ୍ତର ବୁଝଉଥିଲେ ନର୍ସ ଦୁଇଜଣଙ୍କୁ ଯେ ମା' ଅତ୍ୟଧିକ ମଦ ଖାଇଲେ, କୋକେନ୍ ସେବନ କଲେ ବା ମାଆ ବାପା କାହାର ଏ ରୋଗ ଥିଲେ ଏମିତିକା ପିଲା ଜନ୍ମ ହୁଅନ୍ତି । ଫୋକୋମେଲିଆ ଡିଜିଜ୍ ହେଲେ ଏମିତି ହୁଏ । ଗୋଟେ ଔଷଧ ଅଛି - ଥାଲିଡୋମାଇଡ୍, ଗର୍ଭବତୀ ସ୍ତ୍ରୀ ଲୋକ ସେ ଔଷଧ ଖାଇଲେ ଏପରି ଅସୁବିଧା ହୋଇଥାଏ ।

"ତା' ହେଲେ ସେ ଔଷଧ କିଏ କାହିଁକି ପ୍ରେସ୍‌କ୍ରାଇବ୍ କରୁଛନ୍ତି ?"

"ଆରେ କିଏ କ'ଣ ଜାଣିଶୁଣି ଏମିତି ଔଷଧ ଲେଖେ । ସେ ଔଷଧ କୁଷ୍ଠରୋଗ, ଚର୍ମରୋଗ, କ୍ୟାନ୍‌ସର ଇତ୍ୟାଦି ପାଇଁ ଦିଆଯାଏ କିନ୍ତୁ ଅସୁବିଧା ହେଇଥାଏ ରୋଗୀ କନ୍‌ସିଭ କରିଥିଲେ । ଏ ଔଷଧର ଗୁଣ ଜାଣୁ ଜାଣୁ ନେଡ଼ିଗୁଡ଼ କହୁଣିକୁ ବୋହିଗଲାଣି । ମୁଁ ତ ଶୁଣିଟିଲି ଯେ, ଦଶ ହଜାରରୁ ଅଧିକା ପିଲାଙ୍କର ଏ ସମସ୍ୟା ଜଣାପଡ଼ିବା ପରେ ଯାଇ ଔଷଧ ବ୍ୟାନ୍ ହେଲା ।"

"ରେକର୍ଡ଼ରେ ସିନା ଦଶହଜାର ସାର୍, ରେକର୍ଡ଼ ବାହାରେ ତ ଆହୁରି କେତେ କିଏ ଥିବେ ।"

"ହଁ, ମୁଁ ଫ୍ୟାକ୍ଟ ଚେକ୍ କରିନି । ତେବେ ଆକ୍‌ଚୁଆଲ ନମ୍ବର ଜାଣିବା ତ କେବେ ବି ସମ୍ଭବ ହୋଇପାରିବନି । ଗ୍ରାମାଞ୍ଚଳରେ ଏବେ ବି ଇନ୍‌ଷ୍ଟିଚ୍ୟୁସନାଲ ଡେଲିଭରି ହଣ୍ଡ୍ରେଡ୍ ପରସେଣ୍ଟ ହୋଇ ପାରିନାହିଁ । ତେଣୁ ଏକ୍‌ଜାକ୍ଟ ଫିଗର ମିଳିବନି ।"

ହଂସୁଲି ତା'ର ଛୁଆଟିକୁ କଡ଼ ଲେଉଟାଇ ଚାହିଁଲା । ଆହା କି ସୁନ୍ଦର ମୁହଁ । ମୁଣ୍ଡରେ ଗୋଛାଏ ଚୁଟି, ଆଖିରେ ତାରା ସରଗର ତାରା ପରି ଉଜ୍ଜ୍ୱଳ, ଦେହର ରଙ୍ଗ ମିଠା । ହେଲେ ପିଲାଟା ବଡ଼ ଦୁର୍ବଳ । ପିଲାଟିକୁ କିଏ ଗୋଟିଏ ସୁନ୍ଦର ରଙ୍ଗୀନ କପଡ଼ା କି ପତଳା କନ୍ଥାଟିଏ ଘୋଡ଼େଇ ଦେଇଥିଲା । ମାଆ ତା' ଆଡ଼କୁ ଚାହିଁଲାରୁ, ସେଇ ନିସ୍ତେଜ ହୋଇ ପଡ଼ିଥିଲା ପିଲାଟି ଧୀର କରି ଟିକିଏ ହସିଦେଲା । ସେ ହସିଲା କି କାନ୍ଦିଲା କେହି ଅବଶ୍ୟ ଜାଣିପାରିଲେନି, କେବଳ ହଂସୁଲି ଜାଣିଲା ଯେ ତା' ଛୁଆ ଚିହ୍ନିପାରିଲା ତାକୁ ।

ଏ ଲୋକଗୁଡ଼ାକ ଏଠି ଠିଆହୋଇ ଏତେ ଭଡ଼ରଭଡ଼ର ହେଉଛନ୍ତି କାହିଁକି ? ହଂସୁଲି ବିରକ୍ତ ହେଉଥିଲା ମନେ ମନେ ।

"ତମର ଝିଅଟିଏ ହେଇଛି । ଶୁଣିଲ ତ, ଝିଅଟିଏ ।"

ନବଜାତକଟି କନ୍ୟାଟିଏ ବୋଲି ଘୋଷଣା କରିଦେଇ କନା କପଡ଼ା ସହ ଛୁଆଟିକୁ ଉଠେଇ ନେଇ ତରତର ହୋଇ ଚାଲିଗଲା ନର୍ସ ଜଣେ ।

"ଛୁଆଟା ଏତେ ଦୁର୍ବଳ ଯେ, ମାଆ ଠାରୁ କ୍ଷୀର ଖାଇବାକୁ ବି ବଳ ହେବନି ତା'ର । ତାକୁ ଏବେ ଆଲୁଅ ପକେଇ ଅଲଗା ଜାଗାରେ ରଖାହେବ । ସ୍ପେଶାଲ ପିଲାର ସ୍ପେଶାଲ କେଆର ଲୋଡ଼ା ।"

ହଂସୁଲି ଦେହରେ ସାଲାଇନ୍ ଲାଗିଥିଲା ।

ବଣିକୁ ବାରବର୍ଷ ହେଲାଣି ଆସି, ହଂସୁଲି ଏବେ ବି ବିଶ୍ୱାସ କରେ ଯେ, ଡାକ୍ତରଖାନାରେ ତା' ପିଲାଟିକୁ କିଏ ବଦଳ କରିଦେଇଛି । ପେଟରେ ଟୋପେ ମଦ ପଡ଼ିଗଲେ, ହଂସୁଲି ବଣିକୁ ଗାଳିଦେବା ଆରମ୍ଭ କରିଦିଏ ।

"ଏଇ ପିଲାଟା କୋଉ ବଜାରୁଣୀ, ବଜାରବାଲିର ଛୁଆ। ସେ ବାଡ଼ିପଶା ଯୋଗିନୀଖିଆ ଡାକ୍ତର ମୋ ପିଲାକୁ କାହାକୁ ବିକିଦେଲା ଆଉ ଏ ରୋଗୀଣା ପିଲାଟାକୁ କୋଉଠୁ ଆଣି ମୋ ପାଖରେ ଶୁଆଇଦେଇ ପଳେଇଲା।

ବଡ଼ ଭାଇକୁ ଯେଉଁ ସୁଆଦିଆ ପଦାର୍ଥମାନ ଖାଇବାକୁ ମିଳେ, ସେଥିରେ ବଣିର ଭାଗ ନ ଥାଏ। ବଣି ଯଦି ପାଣି ପଙ୍କ କାଦୁଅ ହୋଇ ଦିନସାରା ଟୋ ଟୋ ବୁଲିଲା, ସେଥିପାଇଁ ତାକୁ କେହି ତାଗିଦ୍ କରନ୍ତି ନାହିଁ। ସଞ୍ଜ ଗଡ଼ି ଯାଉଥିଲେ ବି ସେ ଘରକୁ ଫେରିନଥିଲେ, ହଂସୁଲି ଦାଣ୍ଡବାଡ଼ି ହୋଇ ଝିଅର ବାଟକୁ ଅନେଇ ରହିଥିବାର ଚିତ୍ର କେବେ କାହା ଆଖିରେ ପଡ଼ିନାହିଁ।

ବଣି ପାଇଁ ହଂସୁଲିର ଭାରି ଅପମାନ ହୁଏ। କାହା କୋଳରେ ସମ୍ଭବିଲା; କାହାର ବୀଜ କାହା କ୍ଷେତରେ ବଢ଼ିଲା, ଅଥଚ ମାଆର ଝିଅ ହେଇ ବସିଗଲା ଆସି ତା' ମୁଣ୍ଡ ଉପରେ ଏ ପିଲା।

ଚିଲିକା କୂଳର ଏଇ ପାଖାପାଖି କୋଡ଼ିଏ ଖଣ୍ଡ ଗାଁରେ ବଣିକୁ ଆଉ ଗୋଟେ ନାଁରେ ଜାଣନ୍ତି ଲୋକମାନେ, 'ଭୁଆଷୁଣି ମାଛ'। ବଣିର ମାଆ ହଂସୁଲି ନିଜେ ପ୍ରଥମେ ଏଇ ନାଁ ଧରି ଗାଳି ଦେଇଥିଲା ତାକୁ। ଯେଉଁଦିନ ପେଟେ ପିଇଦେଇଥାଏ, ଥରେ ଗାଳି ଆରମ୍ଭ କଲେ ଝିଅକୁ ନେଇ ନାନା ସୁଆଙ୍ଗ ରଚନା କରେ ହଂସୁଲି। କେତେ ପଦ ବାନ୍ଧେ, କେତେ କାନ୍ଦଣା କାନ୍ଦେ, ଗାଳି ବି ଦିଏ ଗୀତର ଭାଷାରେ।

"ଆଲୋ ଭୁଆଷୁଣି, ଠିଆ ହେଇଥିବୁ ମୁଁ ଫେରିଲା ଯାଏଁ ବନ୍ଦ କରିଦେଇ ଯାଉଛି ଦୁଆର କିଳିଣି।"

ନ ହେଲେ, "ବଣି ଲୋ ବଣି, ପିଶାଚୁଣି ତୁ ହେଲୁ ଗୋବର ଅଙ୍ଗାର ଖଣି।"

ଆଉ ବାରବର୍ଷ ତଳର, ବଣି ଜନ୍ମ ସମୟର କଥା ମନେପଡ଼ିଗଲା ତ, ହଂସୁଲି ବାହୁନା ପକାଏ, ଗାଳିଦିଏ।

"କୁଆଡ଼େ ଗଲୁ ଲୋ ମୋ ଧନ ସଂଖାଳି
ମୁଁ ରହିଲି ବୋକୀ ଜାଡ଼ି ହେଇ
ତଅପୋଇ ନେଲା ଚରେଇ ଛେଳି।"

ସବୁଠୁ ବଢ଼ିଆ, ଉଚ୍ଛଦରର ଗୀତ ହେଲା କିନ୍ତୁ ତା'ର କଟାସମ୍ପାର ସଙ୍ଗୀତ।

"ଡାକ୍ତରର ହାତ ଛିଡିପଡୁ
ନର୍ସିଆଣିଠି ପୋକପଡୁ
ମୋ ପିଲା କିଏ ଚୋରେଇ ନେଲା ଲୋ
ଅଲପେଇସାଙ୍କ ବଅଁଶ ବୁଡୁ

ତାଙ୍କ ଘର ନିଆଁରେ ପୋଡୁ
ତା' ଧାନଜମିରେ ବାଲି ମାଡୁ।"

ଶୁଣିବା ଲୋକ ହସୁଥାଆନ୍ତି। ବଣି ସେଇ ପାଖରେ ଠିଆହୋଇ ମାଆର କଥା ଓ ଗୀତ ଶୁଣୁଥାଏ ଆଉ ଭାବୁଥାଏ ଯେ, ତା' ମା' ପାଠଶାଠ ପଢ଼ିଥିଲେ, ଖାଇବା ପିନ୍ଧିବା ଘରେ ଜନ୍ମ ହୋଇଥିଲେ ପଦ ପକେଇ ଜଣାଣ ଭଜନ ବୋଲୁଥାଆନ୍ତା। ବାପା ଘରେ ବସି ରହି ନ ଥିଲେ, ମାଆ ଏତେ ଚିଡ଼ିଚିଡ଼ା ହୁଅନ୍ତା ନାହିଁ। କେତେ ଖଟିବ ସେ, ଘରେ ଖଟିବ, ବିଲରେ ଖଟିବ, ମଝିରେ ମଝିରେ ବେଶି ପଇସା ଲୋଭରେ ଦୂର ସହରକୁ ଦାଦନ ଖଟିବାକୁ ବି ଯିବ। ବାପାର ଶ୍ୱାସ ବେମାରୀ। ସେ ବେଶି ଖଟିପାରେନି। ଖରା, ବର୍ଷା, ଧୂଳିଧୂଆଁ, ନିଆଁପାଉଁଶ ସମସ୍ତଙ୍କୁ ତା'ର ଡର।

ହଂସୁଲି ଅଧିକାଂଶ ଦିନ ବଣିକୁ ଗାଳିଦିଏ। କେବେ କେବେ ବାଡ଼ାଏ ଏବଂ ଅତି ମହାଜାଗତିକ ବିରଳ ଘଟଣା ଘଟି କେବେ କେମିତି ଆକାଶରେ ନେଳୀ ରଙ୍ଗର ଜହ୍ନ ଦିଶିବା ପରି, ହାତଗଣତି କେତେଥର ଅତି ନିଶାରେ ଥିଲା ବେଳେ ସେ ବଣିକୁ କୋଳରେ ଜାକି ଧରି ବୋବ ଦିଏ ଆଉ ତା' ସାରା ଦେହରେ ହାତ ବୁଲେଇ ବୁଲେଇ ବାୟାଣୀ ପରି କାନ୍ଦୁଥାଏ। ମାଡ଼ଗାଳି ତ ଦେହସୁହା କଥା। ବଣି ପାଇଁ ସେସବୁର କିଛି ଅର୍ଥ ନାହିଁ।

ଲୋକେ କହନ୍ତି, ମା' ଗାଳି ଦାଣ୍ଡ ଧୂଳି। ସେକଥା ଖାଲି କହିବା କଥା। ବଣି କିନ୍ତୁ ସତସତିକା ମାଆର ଗାଳିକୁ ଧୂଳି ମଇଳା ଭଳି ସେମିତି ହିଁ ଝାଡ଼ିଦିଏ ଦେହରୁ। ଗୋବରା ଚଢ଼େଇ ଯେମିତି ତା' ଦେହରୁ ଧୂଳି ଝାଡ଼ିଦିଏ, ସେମିତି। ମୋଟାମୋଟି କଥା ହେଲା ସେ ସବୁକୁ ମନେ ରଖେନା। ହେଇ ଗାଳିମାଡ଼ ପଡ଼ିଲା, ହେଇ ସେ ଭୁଲିଗଲା। ହଂସୁଲି ଗାଳିମାଡ଼ ଦେଇ ହାଲିଆ, ଏଣେ ବଣିର ହସରେ 'ଥୁ' ନାହିଁ ନା 'ଥକାନ୍' ନାହିଁ।

ବଣିର କେବଳ ଅସୁବିଧା ହୁଏ, ସେଇ ମହାଜାଗତିକ ବିଶେଷ ତିଥିରେ। ମା' ଯେ ତାକୁ ଆଉଁଷିଦିଏ, ଚୁମା ଦିଏ, ଛାତିରେ ଜାକି ଧରେ... ସେତିକି କଥା ସେ ଭୁଲିପାରେନା। ସେତକ ସ୍ମୃତି ତା'ର ଚମ ଭେଦିଯାଇ, ହାଡ଼ ଫଟେଇ ଦେଇ, ରକ୍ତରେ ଖେଳିଯାଇ ଆତ୍ମାରେ ଲେଖିହୋଇଯାଏ। ସେଇ ସ୍ପର୍ଶ ଓ ଶବ୍ଦମାନ ଜମା ଲିଭିଯାଏନା, ରହିଯାଏ ଅଲିଭା କାଳିରେ ଲେଖାହୋଇ। ସେଇ କଥାକୁ ମନେରଖି ସେ କୁଦ ଉପରକୁ କୁଦା ମାରୁ ମାରୁ ବିନା ସାହାରାରେ କୁଦ ଉପରକୁ ଚଢ଼ିବା ଶିଖିଗଲା। ଏମିତିକି ଗଛ ଚଢ଼ିବା ବି ଶିଖିଗଲା। ଏମିତିକି ବନ୍‌ଶୀ ଖଡ଼ାରେ ମାଛ ବି ଧରିପାରିଲା।

ସ୍କୁଲକୁ ଭାଇ ପଛରେ ଗୋଡ଼େଇ ଗୋଡ଼େଇ ଯାଇ ବସୁ ବସୁ ସେ ଅକ୍ଷରମାନଙ୍କୁ

ଚିହ୍ନିପାରିଲା ଓ ଦଶବର୍ଷ ହେବା ବେଳକୁ ପ୍ରଥମ ଶ୍ରେଣୀର ବହି ପଢ଼ିବାଟା ବି ଶିଖିଗଲା ।

ଯେଉଁଦିନ ହଂସୁଲି ଅଚାନକ ଆବିଷ୍କାର କଲା ଯେ, ବଣି କେବଳ ପଢିପାରୁନି ଲେଖି ବି ପାରୁଛି, ଚିତ୍ର ବି ଆଙ୍କିପାରୁଛି ବଙ୍କାଟଙ୍କା କରି, ଆଉ ବାଟୁଳି ଖଡ଼ା ବି ଛାଡ଼ିପାରୁଛି ଅବ୍ୟର୍ଥ; ସେଦିନ ସେ କାଠ ପାଲଟିଯାଇଥିଲା ଆଶ୍ଚର୍ଯ୍ୟରେ । ଚାରିଦିନ ଯାଏଁ ସେ ଗୁମ୍ ମାରି ରହିଗଲା । ସେଇ ଚାରିଦିନ ସେ ମଦ ପିଇନି, ଗୁଡ଼ାଖୁ ଘଷିନି, ପାନବିଡ଼ି ବି ବନ୍ଦ । ପଞ୍ଚମ ଦିନ ସକାଳୁ କାଳିଶି ଲାଗିଲା ପରି ସଦ୍ୟସ୍ନାତା, ମୁକ୍ତକେଶା ହଂସୁଲି ଗାଁ ମନ୍ଦିର ସାମ୍ନାରେ ଚିତ୍କାର କରି ଘୋଷଣା କଲା ଯେ, ବଣିକୁ ଠାକୁର କୃପା କରିଛନ୍ତି, ତା'ଠି ଦୈବୀଗୁଣ ଅଛି ।

ହଂସୁଲି ଦେଖି ନ ଥିଲା, କିନ୍ତୁ ଗାଁର ଅନେକ ଲୋକ ବଣିର ଡିଆଁକୁଦା ଦେଖିଥିଲେ । ଦେଖିଥିଲେ ବାଲି ଉପରେ ତା'ର ଅକ୍ଷର ଅଭ୍ୟାସ କରିବା । ଦେଖିଥିଲେ ତା'ର ଏକାଗ୍ରତା, କଷ୍ଟ, ଲହୁଲୁହାଣ ହେବାର ଜିଦ୍ । ବଣି ଧନୁତୀର ମାରିବାର ଅଭ୍ୟାସ ବି କରୁଥିଲା ଗାଁର ପୁଅମାନଙ୍କ ସାଙ୍ଗରେ ମିଶି । ତେଣୁ ବେଶି ଭାଗ ଲୋକ ହଂସୁଲିର କଥା ବିଶ୍ୱାସ କଲେନାହିଁ । ତଥାପି କିଛି ଲୋକ ଭାବିଲେ, ହଁ, ସତ ହୋଇଥାଏ ପାରେ ତା' କଥା ।

ଅଣ୍ଟା ଉପରକୁ ବଣିର ଦେହ ଧାତୁ ପରି ଟାଣ ଓ ଲହଲହକା ବି ।

ଦିନେ ଦିନେ ହଂସୁଲି ନିଶୂତି ରାତିରେ ଭୁସ୍ କରି ଉଠିବସେ ଓ ଆଲୁଅ ଜଳେଇ ବଣିର ଶୋଇଲା ମୁହଁକୁ ଦେଖେ । ଶିଉଳି ଫୁଲ ପରି ତା' ଆଖିକୁ ଦିଶେ ବଣି । ପତଳା, ଶେଥା, କାକରଧୁଆ ମୁହଁଟିରୁ କେମିତି ଗୋଟେ ମଧୁରିଆ ବାସ୍ନା ଆସୁଥିବା ପରି ଲାଗେ ତାକୁ । ସୁନ୍ଦର ମୁହଁଟିଏ ଆଉ ତା'ର ସରୁ ନହନହକିଆ ଦେହଟି ଲାଗେ ପାଣିଚିଆ ନାଳି । ସତେ କି ଦେହ ଭିତରେ ପାଣି ଫାଟିଯାଇଛି ରକ୍ତ ।

ହଂସୁଲି ଗୁଣୁଗୁଣୁ ହୁଏ, "କୋଉ ମାଆ ପେଟରେ ରହି ଏତେ ବିଦ୍ୟା ସାଧି ଆସିଥିଲୁ ଲୋ ଧନ । ହଁ, ମ; ଖାଲି କ'ଣ ଜନ୍ମ ଦେଇଦେଲେ ମାଆ; ଯିଏ ପାଳିଲା, ପୋଷିଲା, ଗୁହମୂତ କଲା ସିଏ ବି ତ ମାଆ ।

ମୁହଁରେ ଆଲୁଅ ପଡ଼ିଲାରୁ ବଣିର ବାପ ଗରଗର ହୁଏ । ଆଲୁଅ କାହିଁକି ଜାଳିଲୁ ।

'ଶୁଣ ବା', ହଂସୁଲି ଗେହ୍ଲେଇ ହୋଇ କହେ, "ବଣି ଆମର କେଡ଼େ ସୁନ୍ଦର ଦିଶୁଛି ଦେଖୁନ ।"

ତୁ ପରା ମାଆ ହେଇବି ତାକୁ 'ଭୁଆଷୁଣି ମାଛ' ବୋଲି କହିଲୁ । ତୁ ଆଗ କହିଲାରୁ ସମସ୍ତେ ବି ତାକୁ ସେଇକଥା କହିଲେ । କ'ଣ ନା ମଣିଷ ପିଲାଟା ସେଇ ମାଛ ପରି ଦିଶୁଛି । ହାତ ବୋଇଲେ ସରୁଆ ଓ ସାନ ଡାଙ୍ଗ ଖଣ୍ଡେ ଖଣ୍ଡେ, ପତଳା ଜରି ପରି

ପାପୁଲିରେ ବଙ୍କା ତେଢ଼ା ଆଙ୍ଗୁଳି ଗୁଡ଼ାକ। ଏବେ ମନ ଶାନ୍ତ ହେଲା ତ, ଝିଅ ତ ଏଇନେ ଗୋଡ଼ ଆଙ୍ଗୁଳିରେ, ପାଟିରେ ଓ ଅଣ୍ଟାରେ ବଳ ଲଗେଇ କେତେ କାମ କରିଦେଉଛି।

ହଂସୁଲି ଆଖି ପୋଛିଦିଏ କଡ଼ ଲେଉଟେଇ।

ମତେ ଶ୍ୱାସ ବେମାରୀ ଖାଇଲା, ତୁ ମତେ ଖାଇବାକୁ ପିନ୍ଧିବାକୁ ଦେଲୁ ଦିହ ମିହନ୍ତ କରି। ନ ହେଲେ ତୁ ଯେମିତିକା କଥାମାନ କହିଛୁ ମୋ ଝିଅକୁ, ମୁଁ ତୋ କଥା ସହି ଚୁପ୍ ରହିଯାଇ ନ ଥାନ୍ତି।

ନର୍ସ ଆଶ୍ୱାସନା ଦେଇଥିଲେ ବଣିର ବାପାକୁ।

ଦେଖ ଝିଅ ତ ଚଲାବୁଲା କରିପାରିବ, ତମେ ବ୍ୟସ୍ତ ହୁଅନି। ଗୋଡ଼ରେ ଆଜିକାଲି ଅନେକ ପ୍ରକାରର କାମ କରିବାର ଟ୍ରେନିଂ ଦିଆଯାଉଛି, ସେ ବି କରିପାରିବ। ଏ ରୋଗରେ ବେଳେବେଳେ ଗୋଡ଼ ବି ଏମିତି ହୋଇଯାଏ, ସେମିତି ଯାହାର ହେଉଛି କେତେ ହଇରାଣ କହିଲ ? ଆମେ ତ ଖୁସି ଯେ ଝିଅର ଗୋଡ଼ର ହାଡ଼ ଓ ପାଦର ଆଙ୍ଗୁଳି ସବୁ ପୂରା ଠିକ୍ ଅଛି। ଧୀରେ ଧୀରେ ଅଭ୍ୟାସ କଲେ ସେ ପାଦର ଆଙ୍ଗୁଳିମାନ ବ୍ୟବହାର କରି ଅନେକ କାମ କରିପାରିବ, ତୁମକୁ ହଇରାଣ କରିବ ନାହିଁ। ଏବେ କୃତ୍ରିମ ଅଙ୍ଗ ବି ଲାଗିପାରୁଚି। ତମେ ପରେ ଝିଅକୁ ଧରି ଆସ। ଦେଖିବା କ'ଣ କରିହେଉଛି।

ନର୍ସ ଜଣକ ବୋଧେ ଜାତକ କୁଣ୍ଡଳି ପାଠ ଜାଣିଥିଲେ। ତାଙ୍କ କଥା ସତ ହୋଇଛି। ବଣି କାହାକୁ କିଛି ହଇରାଣ କରିନି, ନିଜେ ନିଜେ ଅଭ୍ୟାସ କରି କରି ସେ ବହୁତ କଥା ଶିଖିଛି। ସ୍କୁଲ ଗଲେ ଖାଇବାକୁ ମିଳିବ ଓ ଭତ୍ତା ମିଳିବ - ଏଥିପାଇଁ ତାକୁ ସ୍କୁଲ୍‌କୁ ପଠାଯାଇଥିଲା, କିନ୍ତୁ ସିଏ ସତରେ ପଢ଼ାଲେଖା ଶିଖିଯାଇଛି।

ଏମିତି ଶଗଡ଼ଗୁଳାରେ ହଂସୁଲି ଓ ତା' ସ୍ୱାମୀର ଜୀବନ ଗଡ଼ି ଚାଲିଥିବା ବେଳେ, ହଠାତ୍ ଦିନେ ଗୋଟେ ସୁନ୍ଦର ସୁପ୍ରଭାତରେ ବଣିର ନାମ ସବୁ ଖବରକାଗଜରେ, ଫଟୋ ସହିତ ଛପା ହୋଇଥିବାର ଦେଖିବାକୁ ମିଳିଲା।

ବିଳମ୍ବିତ ଶୀତ ଅପରାହ୍ଣରେ ମାଳତୀକୁ ଟଣାଘୋଷଣା କରୁଥିଲେ ତିନିଜଣ ଯୁବକ। ଜାତୀୟ ରାଜପଥ ଉପରେ ମୋଟର ସାଇକେଲ ରଖିଦେଇ ସେମାନେ ନଈକୂଳରେ ବସି ମଦ ପିଇବାକୁ ତଳକୁ ଓହ୍ଲେଇଥିଲେ। ସେତିକିବେଳେ ସେଇ ନିକାଞ୍ଚନ ଜାଗାଟାରେ ମାଳତୀ ଏକୁଟିଆ ଚାଲି ଚାଲି ଯାଉଥିବାର ଦେଖି, ସେମାନେ ତା' ଉପରକୁ ଝାମ୍ପି ପଡ଼ିଥିଲେ। ସେମାନଙ୍କୁ ଜଣା ନ ଥିଲା ଯେ ବଣି ବସିରହିଛି କୁଦ ଉପରେ, ପଥର ଛାଡ଼ିବାର ଦକ୍ଷତା ବଣିର ବହୁ ପରୀକ୍ଷିତ। ଉପରୁ ଥାଇ ସେ ବଡ଼ ବଡ଼ ଦନ୍ଥରା ଗୋଡ଼ି

ଟାଇଁ ଟାଇଁ କରି ଛାଡ଼ିଲା, ମାଳତୀର ଚିତ୍କାର ଶୁଣିଲାରୁ। ଦି' ଜଣ ତ ଦଉଡ଼ି ପଳେଇଲେ କିନ୍ତୁ ଜଣକର କାନମୁଣ୍ଡାରେ ଗୋଡ଼ି ବାଜି ସେ ସେଇଠି ତଳେ ଅଚେତ ହୋଇ ପଡ଼ିଗଲା। ତା' କାନରୁ ରକ୍ତ ବୋହିଗଲା ଧାର ଧାର ହୋଇ। ଗାଁ ଲୋକମାନେ ତାକୁ ଡାକ୍ତରଖାନା ନେଲେ ବୋଲି ସେ ବଞ୍ଚିଗଲା। କିନ୍ତୁ ବାଟୁଳି ପଥର ବି ତା' ଦାଗ ଛାଡ଼ିଦେବାକୁ ପ୍ରସ୍ତୁତ ନ ଥିଲା। ସାରା ଜୀବନ ଯୁବକଟି ଆଉ ଗୋଟାଏ କାନରେ ଶୁଣିପାରିବନି କି ଗୋଟିଏ ଆଖିରେ ଦେଖିପାରିବନି।

ବଣି ଏବେ ଭାରତୀୟ ସେନାବାହିନୀର ସହାୟତାରେ ପାଠ ପଢୁଛି ଏବଂ ପାରା ଅଲମ୍ପିକ୍‌ସରେ ଅଂଶଗ୍ରହଣ କରିବ ବୋଲି ଧନୁରେ ତୀର ଯୋଖି ଲକ୍ଷ୍ୟ ସାଧିବାର କଳାକୌଶଳ ଶିଖୁଛି।

■

ଜୀବନ ବର୍ଣ୍ଣାଳୀ

ହିରଣ୍ମୟୀ ମିଶ୍ର

କବାଟଟି ଭଲରେ ବନ୍ଦ ହେଇଛି କି ନା, ଆଉଥରେ ପରଖିନେଲା ଦୀପଙ୍କର।

ଏବେ ସେ ଆସି ସୋଫାରେ ବସିଲା।

କବାଟ ବାହାରେ ଖୁବ୍ ଅନ୍ଧାର। ଆଜି ସନ୍ଧ୍ୟାଠୁ ବର୍ଷା ଲାଗି ରହିଛି। ଛୋଟିଆ ସହରଟିର ଗୋଟିଏ କଣରେ ଗଢି ଉଠିଥିବା ଏ କଲୋନୀଟିରେ ଆଲୁଅ ନାହିଁ ସେଇ ସଞ୍ଜବେଳୁ ଘର ଭିତରେ ଇନ୍‌ଭର୍ଟର୍‌ରେ ଜଳୁଛି ଆଲୁଅ।

"ଆଲୁଅ କଟିଲେ ହିଁ ସନ୍ଧ୍ୟାବେଳଟା ବେଶୀ ସୁନ୍ଦର ଦିଶେ" - କେବେଦିନେ କହୁଥିଲା ମୌସୁମୀ। ଆଜିକାଲି ଅବଶ୍ୟ ସେ ଏମିତି ଆଉ କୁହେନି।

ଆଲୁଅ ବେଶୀ କଟେ, ମୌସୁମୀ କମ୍‌ଥର ଆସେ ଏ ଘରକୁ। ସେ ଆସିବା ବେଳତକ ଅବଶ୍ୟ ଆଲୁଅ ନ ଥିବାର କଷ୍ଟ ଜଣାପଡେନି।

ଏ ଘରେ ସେ ରହିବା ଏ ଭିତରେ ବେଶ୍ କିଛି ମାସ ହେଲାଣି। ଘରଟା ସେମିତି କିଛି ସୁବିଧାଜନକ ନୁହେଁ। ରୋଷେଇ ଘର ଝର୍କାପଟୁ ଦିଶେ ଯେମିତି ସ୍ତ୍ରୀ ଲୋକଟିଏ ତା'ର ବେଶ ମୁକୁଳା କରି ଶୋଇଛି, ମୁହଁ ମାଡି। ଥରେଥରେ ତ ଦୀପଙ୍କରର ମନେହୁଏ ଯେମିତି ସେଇଆଡୁ ପ୍ରଥମେ ମାଡିଆସେ ଅନ୍ଧାର। ସେ ଝର୍କା ବନ୍ଦ କରେ। ସେଇ ଝର୍କାଟି ମୋଟା ପର୍ଦ୍ଦାର ଆଢୁଆଳରେ ଲୁଚି ରହେ ଅନେକ ସମୟରେ।

ଘରଟା ଯଦିଓ ବହୁତ ବେଶୀ ସୁବିଧାଜନକ ନୁହେଁ, ମୌସୁମୀର କଲେଜଠୁ ଏଇଟା ପ୍ରାୟ ପାଁଚ କିଲୋମିଟର ଦୂରରେ। ସେଇ ଗୋଟିଏ ହିଁ ସୁବିଧା।

ପୂର୍ବରୁ ଯୋଉ ଘରେ ସେ ରହୁଥିଲା, ସେଠି ଗୋଟେ ଷ୍ଟଡି ରୁମ୍ ବି ଥିଲା।

ବେଡ୍ ରୁମ୍ ଭିତରେ ଗୋଟିଏ ଆଲମିରା ଦେଇଥିଲା ଘର ମାଲିକ। ସେଇ ବେଡ୍‌ରୁମ୍‌ଟି ଏତେ ବଡ ଥିଲା ଯେ ଗୋଟେ ପଟେ ଖଟ କଡରେ ଯଥେଷ୍ଟ ଜାଗା ଥିଲା ରଘୁ ମଉସା ଶୋଇଯିବା ପାଇଁ।

ଚାକିରୀର ସ୍ଥାୟୀ ବ୍ୟବସ୍ଥା କିଛି ନାହିଁ ଜାଣିପାରି ସେ ଘରମାଲିକ ବି ଦୟାରେ ଟିକିଏ କମ୍ ଭଡା ନେଉଥିଲା। କିନ୍ତୁ ଘରଟା ଯେହେତୁ ମୌସୁମୀର କଲେଜକୁ ଖୁବ୍ ପାଖ ଥିଲା, ତେଣୁ ସେ ଯିବା ଆସିବା କରିବା ଭାରି ଅସୁବିଧା ହେଉଥିଲା। ଲୁଚିଲୁଚି ଆସିଲେ ବି କେମିତି ହେଲେ ତା'ର ସେ ଖଡୁସ୍ ଅଧ୍ୟକ୍ଷା ପାଖରେ ଖବର ପହଁଚିଯାଉଥିଲା।

"କଲେଜର ପିଲାମାନଙ୍କ ଉପରେ ଖରାପ ପ୍ରଭାବ ପଡିବ। କଲେଜରେ ଚାକିରି କଲେ ଶୃଙ୍ଖଳା ମାନିବାକୁ ହୁଏ।" ଏମିତି ସବୁ ତାକୁ ଶୁଣିବାକୁ ପଡୁଥିଲା। ଅତଏବ ଦୀପଙ୍କର ପାଇଁ ସେ ଏଇ ଘର ଠିକ୍ କଲା, ବେଶ୍ ଦୂରରେ। ଯେଉଁ ଦୂରତାରୁ ଅନ୍ତତଃ ଚଟ୍ କରି ପବନରେ ଖବରଟା ପହଁଚିଯିବନି କମନ୍ ରୁମ୍‌ରେ।

ଦିନସାରା ଦୀପଙ୍କରର କିଛି ଅସୁବିଧା ହୁଏନି। ତାକୁ ଜଗି, ତା' ପାଖରେ ରହିବାକୁ ଆସିଥିବା ରଘୁ ମଉସା ବି ତା'ର କାମକୁ ଯାଏ। କିନ୍ତୁ ସନ୍ଧ୍ୟା ପୂର୍ବରୁ ସେ ଫେରେ। କେଉଁଦିନ ତା' କାମରୁ ସେ ଫେରିବାକୁ ଡେରି ହେଲେ ମୌସୁମୀ ପହଁଚିଯାଏ। ଦିନବେଳାର ବାସନ ଥାଏ ସିଙ୍କରେ। କଥା ହେଉ ହେଉ ମୌସୁମୀ ରୋଷେଇ ଘର ସଜାଡି ଦିଏ। ଚା' ବା କଫି ପାଇଁ ଗ୍ୟାସ୍‌ରେ ସସ୍‌ପ୍ୟାନ୍ ବସାଏ।

ସେ ସାଙ୍ଗରେ ଆଣିଥିବା ଟାଇମପାସ୍‌ର ଲୁଣି ବିସ୍କୁଟ୍ ବାହାର କରେ ପ୍ଲେଟ୍‌ରେ। ଆଉ ଅଧା ରଖିଦିଏ ଖାଲି ଡବାରେ। ବ୍ରିଟାନିଆର ଏଇ ଟାଇମ୍ ପାସ୍ ବିସ୍କୁଟ୍ ଭାରି ପ୍ରିୟ ଦୀପଙ୍କରର।

ଏମିତିରେ ତ ଆହୁରି ଅନେକ କଥା ତା'ର ପ୍ରିୟ। ପାର୍କ ଭିତରେ ଥିବା ସେ ପୁରୁଣା ମାର୍ବଲ ବେଞ୍ଚରେ ମୌସୁମୀ ସହ ବସିବା, ବର୍ଷାରେ ଭିଜିବା, ଗୁଲଜାରଙ୍କର କବିତା ପଢିବା ବା ଗୁଲାମ୍ ଅଲ୍ଲୀଙ୍କର ଗଜଲ ଶୁଣିବା। କିନ୍ତୁ ଏବେ ଏସବୁର କଥା ଆଉ ଉଠେନା।

ଆଜି ମୌସୁମୀ ଆସିନି। ସବୁଦିନେ ସେ ଆସିପାରେନା। ରଘୁ ମଉସା ଆଖି ବୁଜିଲେ କାଠଗଡ ଭଳି ଶୋଇପଡେ। ଅଥଚ ଦୀପଙ୍କର ପାଖରେ କେହିଜଣେ ରହିବା ଜରୁରୀ, ସେଥିପାଇଁ ସେ ରହିଛି। ବହୁତ ଅସୁବିଧା ସମୟରେ ସେ ଖୋଜାହେଇ ଆସିଥିଲା, କେବଳ ତା' ଦେହର ଗୋରା ରଙ୍ଗ ପାଇଁ।

ଆସନ୍ତା ମାସ ଦୁଇ ତାରିଖରେ ବତିଶ ଚାଲିବ ମୌସୁମୀକୁ। ଦୀପଙ୍କରଙ୍କୁ ପଇଁତିରିଶ ହେଲାଣି। ସବୁ ଠିକ୍‌ଠାକ୍ ଥିଲେ ହୁଏତ ମୌସୁମୀ ଏବେ ଦୀପଙ୍କରର ପତ୍ନୀ

ହେଇ ତା ସହ ଏକାଠି ରହୁଥାନ୍ତା। ଉଭୟଙ୍କ ଘରେ ଆପତ୍ତି କରିବା ଭଳି କେହି ସେମିତି ନାହାନ୍ତି। ଦୀପଙ୍କରଙ୍କର ବୟସ୍କା ମା ଅନେକ ଦିନରୁ ତା ବଡ ଭଉଣୀଙ୍କ ଦାୟିତ୍ୱରେ; ବାପା ଯିବା ପରଠୁ ଦୀପଙ୍କର ଓ ତା ମା ରହୁଥିଲେ ବଡ ଭଉଣୀ ପାଖରେ। ସେଇଠି ହିଁ ଘଟିଗଲା ସେ ଦୁର୍ଘଟଣା।

ଦୁର୍ଘଟଣା ନୁହେଁ ତ ଆଉ କଣ। ବି.ଟେକ୍ ପଢୁଥିଲା ଦୀପଙ୍କର। ତା ମାଆଙ୍କର ଦୁଇଥର ହାର୍ଟ ଷ୍ଟ୍ରୋକ୍ ହେବା ପରେ ମାଆଙ୍କୁ ବି ପାଖକୁ ନେଇ ଯାଇଥିଲେ ବଡ ଭଉଣୀ ଓ ଭିଣେଇ। ସେଇଠି ସେମାନଙ୍କର ସେଇ ଫ୍ଲାଟ୍‌ରେ ହିଁ ସେ ଦୁର୍ଘଟଣା ଘଟିଗଲା।

ମା' ଦେଇଥିବା ସଉଦା ତାଲିକା ଥିଲା ତା' ହାତରେ। ସେଦିନ ରାତିରେ ପରେ ମା' ସୋୟା ତରକାରି ରାନ୍ଧିବାର ଥିଲା। ଦୀପଙ୍କର ବାଇକ୍ ଧରି ଯାଇଥାନ୍ତା ଘର ପାଖ ଦୋକାନଟିକୁ। ଆପାର୍ଟମେଣ୍ଟ ଗେଟ୍ ବାହାରକୁ ଗଲେ ଜମାରୁ ଗୋଟିଏ କିଲୋମିଟର ଦୂରରେ ସେଇ ଦୋକାନଟି। ଆପାର୍ଟମେଣ୍ଟ ବେସମେଣ୍ଟ ପାର୍କିଂକୁ ଅନ୍ୟମନସ୍କ ଭାବେ କିଛି ଗୋଟାଏ ଗୀତ ଗୁଣୁଗୁଣେଇ ପଶିଯାଉଥିଲା ଦୀପଙ୍କର। ଲିଫ୍‌ଟରୁ ମାଇନସ୍ ୱାନ୍ ପାଖରେ ବାହାରକୁ ଆସିବା ବେଳେ ସେ ଦେଖିଲା ଭୀଷଣ ଅନ୍ଧାର। ବାଇକ୍‌ଟା ସେଇ ପାଖରେ ହିଁ ଥିଲା। ଅଥଚ ସେ ଚମକି ପଡିଲା କିଛି ଗୋଟାଏ ଶବ୍ଦରେ।

ଗୋଟେ ଝିଅ ସ୍ୱରର ଚାପା କାନ୍ଦଣା! ସେ ଟିକିଏ ଏପଟ ସେପଟ। କିଛି ଜାଣିପାରିଲାନି ହଠାତ୍ ଚବିଶ ବର୍ଷର ଯୁବକଟିଏର ସ୍ୱଭାବସୁଲଭ ବେପରୁଆ ଢଙ୍ଗରେ ସେ ବାଇକ୍ ଷ୍ଟାର୍ଟ କଲା ଓ ଯିବାକୁ ବାହାରିଲା। ସେତିକିବେଳେ ସେ ଶବ୍ଦ ତା'ର ଖୁବ୍ ପାଖରେ ଶୁଭିଲା। ସେ ଗାଡିର ସାମ୍ନା ଲାଇଟ୍‌ରେ ସ୍ପଷ୍ଟ ଦେଖିପାରିଲା, ଅନ୍ଧାର ଭିତରେ ବେସମେଣ୍ଟ ପାର୍କିଂର ଚଟାଣ ଉପରେ ଗୋଟେ ଝିଅକୁ ମାଡି ବସିଛନ୍ତି ଚାରିଜଣ ଭୟଙ୍କର ଦିଶୁଥିବା ପୁରୁଷ। ସେ ଝିଅର ମୁହଁରେ ଗୋଟେ କପଡା ଦିଆ ହେଇଛି, ଲୁଗାପଟା ଇତସ୍ତତଃ। କଳା, ତ୍ରିପଣ୍ଡ କଳା ଥିଲା ସେ ଲୋକମାନଙ୍କର ଚେହେରା, ଯେମିତି କେହି ଜଣେ ଜାଣିଶୁଣି ବୋଳି ଦେଇଛି କଳାରଙ୍ଗ, ଅନ୍ଧାର ଭିତରେ ମିଶିଗଲା ଭଳି। ସେମାନଙ୍କ ଭିତରୁ କେହିଜଣେ ରଡି ଛାଡିଲା, "ଆବେ ଲାଇଟ୍ ବନ୍ଦ କରୁଛୁ ନା ଦେଖିବୁ ଏବେ।"

ଦୀପଙ୍କର କିଛି ବୁଝିବା ଆଗରୁ ପୁଣିଥରେ ଝିଅଟିର ଚାପା କାନ୍ଦଣା ଶୁଭିଲା। ସେ ଠକ୍‌ଠକ୍ ଥରୁଥିଲା, ଅଥଚ ଗାଡିକୁ ବନ୍ଦ କରି ସେ ଠିଆ ହୋଇପଡିଲା ଗୋଟିଏ ମିନିଟ୍ ଭିତରେ। ସାମନାରେ ତା'ର ଏବେ ଠିଆ ହେଇଥିଲେ ଦୁଇଜଣ, ଜଣକ ହାତରେ ଭୁଜାଲି। ନିଜକୁ ବଞ୍ଚେଇବାକୁ ସେଇଠୁ ସେ ଉଠିଗଲା ଲିଫ୍ଟରେ। ଲିଫ୍ଟରୁ ବାହାରି ସେ ଦଉଡିଲା ରାସ୍ତା ଉପରକୁ, କାହାକୁ ଡାକି ଆଣିବାକୁ। ଅଥଚ ଅନ୍ଧାରରେ ବେଶୀ ବାଟ ଆଉ ଯାଇପାରିଲାନି ସେ। ପାୱାର କଟ୍ ହୋଇଗଲା ସେତେବେଳେ। ତା' ଆଖି ଆଗରେ

କେବଳ ଅନ୍ଧାର ଆଉ ସେ ଭୟଙ୍କର କଳା ଚେହେରା ସବୁ। ତା'ପରେ ସେ କିଛି ଜାଣିନି। ବୋଧହୁଏ ସେଇ ଅନ୍ଧାରରେ ସେ ଚେତାଶୂନ୍ୟ ହେଇ ପଡିଥିଲା ଆପାର୍ଟମେଣ୍ଟ୍ ସାମ୍ନାର ସେ ପରିଚିତ ରାସ୍ତାଟିରେ। କେମିତି ସେ ଘରଯାଏ ଆସିଲା, କିଏ ତାକୁ ସେଠି ଦେଖି ଉଦ୍ଧାର କଲେ, ସେ କିଛି ମନେ ପକେଇପାରେନି। କିନ୍ତୁ ଭୁଲିପାରିନି ସେ ସେଇ କଳାରଙ୍ଗର ମଣିଷମାନଙ୍କୁ, କୋଉଠି କେମିତି ତା' ମୁଣ୍ଡ ଭିତରେ କ'ଣ ଘଟିଲା, ସେ ଜାଣେନି। କିନ୍ତୁ କଳା ରଙ୍ଗକୁ, ଅନ୍ଧାରକୁ, କଳା ରଙ୍ଗର ମଣିଷଙ୍କୁ ଦେଖିଲେ ହିଁ ଡର ମାଡିଲା ତାକୁ। ସବୁଠୁ ବେଶି ଡରୁଥିଲା ସେ ରାତି ଓ କଳା ରଙ୍ଗକୁ ଏବେ।

ଭାଗ୍ୟ ଭଲ, ତା' ଆଖପାଖର ପୃଥିବୀରେ ଥିବା ମା', ବଡ଼ ଭଉଣୀ, ଭିଣେଇ କେହି ବି କଳା ନଥିଲେ, ଏମିତିକି ମୌସୁମୀ ବି।

ମା'ର ବୟସ ବଢୁଥିଲା। ବାପା ଯିବା ପରଠୁ ଏମିତିରେ ସେ ଅସମୟରେ ରୋଗିଣା ଓ ବୟସ୍କା ହୋଇଯାଇଥିଲା। ଏବେ ଦୀପଙ୍କରର ଏ ସମସ୍ୟା। ଜଡିବୁଟି, ହୋମିଓପାଥି, ଡାକ୍ତରୀ - ଏସବୁ ଚିକିତ୍ସା ଏକା ସାଙ୍ଗରେ ଚାଲିଥିଲା। ଚାଲିଥିଲା ବି ଝଡାଫୁଙ୍କା, ଇଚ୍ଛା ପୂରଣ କରୁଥିବା କଳ୍ପବଟ ସବୁରେ ନାଲି ଫିତା ବନ୍ଧା, ଶିରୁଳି ମହାବୀରଙ୍କ ପୂଜା ଆଉ ଶ୍ରୀମନ୍ଦିରର ବାଇଶି ପାହାଚରେ ବଡ ଭଉଣୀର ଗଡିଗଡି ଆସିବା, ସବୁ ବିଫଳ। ଔଷଧ ସହିତ ନିୟମିତ ମନସ୍ତତ୍ତ୍ୱବିଦ୍ ସହ ପରାମର୍ଶ - ସେଇଟା ହିଁ ଚାଲୁ ରହିଲା ଅନେକ ଦିନ ଯାଏଁ।

ଡାକ୍ତର ମିଶ୍ର ନିୟମିତ ପରାମର୍ଶ ପାଇଁ ଗୁଡାଏ ଟଙ୍କା ନେଇସାରିବା ପରେ କହିଲେ ଯେ ଏଇଟା ନିପ୍ଟୋଫୋବିଆ; ରାତିକୁ ଡର ମାଡିବାର ଏ ରୋଗ ନିଜ ଭିତରୁ ସେ ନିଜେ ହିଁ ହଟେଇ ପାରିବେ, ନହେଲେ କୌଣସି ଔଷଧ ନାହିଁ ଏ ରୋଗର।

ଶେଷରେ କୌଣସି ପୂର୍ବପର କଥାବାର୍ତ୍ତା ନଥାଇ ହଠାତ୍ ଦିନେ ଦୀପଙ୍କରର ଭଉଣୀ ମୌସୁମୀର ହାତରେ ତା' ହାତକୁ ରଖିଦେଇ କହିଲେ, "ତୁ ଦୀପୁକୁ ଏଠୁ ନେଇଯା; ଯା, ଯେମିତି କରିବୁ, ଯାହା କରିବୁ ତାକୁ ଏଠୁ ତୋ ପାଖକୁ ନେଇଯା। ମୁଁ ଆଉ ପାରୁନି। ସେ ତୋ ଆସିବାକୁ ଅପେକ୍ଷା କରି ରହୁଛି। ଆଉ କାହା ସାଙ୍ଗେ କଥାବାର୍ତ୍ତା, ହସଖୁସି କିଛି ନାହିଁ। ଏବେ ଭଲ ହେଲେ, ଖରାପ ହେଲେ, ସେ ତୋର ହିଁ।"

ମୌସୁମୀର ପରିବାର ଲୋକେ ଅବଶ୍ୟ ଏ ଦୃଶ୍ୟ ଭାବିପାରିବେନି। ସେମାନେ ଜାଣନ୍ତିନି ଯେ ଦୀପଙ୍କର ଜୀବନର ସବୁ ଦାୟିତ୍ୱ ଏବେ ତାଙ୍କ ଝିଅଟିର। ସେମାନେ ବରଂ ଆଶା ରଖିଛନ୍ତି ଯେ ମୌସୁମୀ ସହ ପିଲାବେଲୁ ସାଙ୍ଗ ହେଉଥିବା ଦୀପୁ ଦିନେ ଭଲ ଚାକିରି କରିବ ଓ ବାଜା ବଜେଇ ଆସିବ ତାଙ୍କ ଘରକୁ। ଏବେ ହୁଏତ କିଛି ଗୋଟାଏ ଅସୁସ୍ଥତା ଭିତରେ ଅଛି ସେ। କିନ୍ତୁ ଏତେ ଭଲ ପାଠ ପଢୁଥିବା, ଏତେ

ବିଚାରବନ୍ତ ପିଲାଟି କେତେଦିନ ଏମିତି ଅନ୍ଧାର ଭିତରେ ରହିପାରିବ ?

ଦୀପଙ୍କର ଦିନର ଆଲୁଅ ଦେଖିଲେ ସ୍ୱାଭାବିକ ହୋଇଯାଏ । ଖାଇପାରେ, ଭଲ ନିଦରେ ଶୋଇପାରେ, ବହିପତ୍ର ପଢିପାରେ, ଗୀତ ଶୁଣିପାରେ ଓ ଆଉ ଯାହା ଯାହା ସବୁ ସାଧାରଣ ଜୀବନର ନିତିଦିନିଆ କାମ କରିପାରେ । ଏଣିକି ବୟସ ବଢିବା ସହ ସେ ବୁଝି ପାରିଛି ଯେ ତା' ଭିତରେ ବସା ବାନ୍ଧିଥିବା ଏ ଡର ଆଉ ବାହାରି ପାରୁନି । ମୌସୁମୀର ରୋଜ୍‌ରୋଜ୍ ବୁଝାସୁଝା, ଡାକ୍ତରମାନଙ୍କ ସହ ପରାମର୍ଶ, ବହିପତ୍ର ଓ ଇଣ୍ଟରନେଟ୍‌ର ସୂଚନା ସବୁରୁ ସେ ବୁଝିସାରିଛି ଯେ ଅନ୍ଧାର, କଳାରଙ୍ଗ ଓ ରାତି ଆସିଲେ ତା' ଭିତରେ ପଶି ଆସୁଥିବା ଏ ଡର, ଯାହାକୁ ଡାକ୍ତରୀ ଭାଷାରେ ନିକ୍‌ଟୋଫୋବିଆ କହନ୍ତି, ସେଇଟା ଦୂର ହେବା ଏତେ ସହଜ ନୁହେଁ ।

ରାତି ଆସିଲେ ହିଁ ଠକ୍‌ଠକ୍ ଥରେ ସେ । ତରବରରେ ଘର ଭିତରେ ପଶିଯାଏ । ତା'ର ଏ ଡରକୁ କେବଳ ମୌସୁମୀ ବୁଝିପାରେ । ସେଇଥିପାଇଁ ରଘୁ ମଉସାଙ୍କୁ ଦରମା ଦେଇ ରଖିଛି ସେ; ଅନ୍ତତଃ ରାତିରେ ସେ ଏକୁଟିଆ ନରହୁ ।

ଦୀପଙ୍କର ଜାଣିପାରେ, ତା' ମସ୍ତିଷ୍କ ଭିତରେ କୋଉଠି ଗୋଟିଏ କାନ୍ଥଟିଏ ତିଆରି ହେଇସାରିଛି । ସେ କାନ୍ଥ ତା' ମସ୍ତିଷ୍କରୁ ବାହାରି ଦିନ ସରିବା ସହ ତା' ଆଖି ସାମ୍ନାକୁ ଆସିଯାଏ । ଆଉ ସନ୍ଧ୍ୟା ପରେ ସେ କାନ୍ଥକୁ ସେ ମୁଣ୍ଡଟେକି ଚାହିଁ ବି ପାରେନା । ଡାକ୍ତର କହନ୍ତି ସେ ନିଜେ ହିଁ ଚାହିଁଲେ ଭାଙ୍ଗି ପାରିବ ସେ କାନ୍ଥକୁ ଏଣିକି । ଯୋଗ, ପ୍ରାଣାୟାମ, ଧ୍ୟାନ - ସବୁକଥା ସେ କରିଚାଲେ । ଅଥଚ ସେ ଅତିକ୍ରମ କରିପାରେନି ସେ ଭୟକୁ ।

ଜୀବନ ଏଣିକି ଏମିତି ବିତେ । ବଡ କଷ୍ଟରେ, ବଡ ଅସ୍ତବ୍ୟସ୍ତ ଭାବରେ, ବଡ ଅନ୍ୟମନସ୍କ ଭାବରେ । ବାହାର ପୃଥିବୀର ଅଜାଣତରେ ତାକୁ ବନ୍ଦୀ କରି ରଖିଛି ଏ ଭୟ ସେ ଏବେ ପୁଣିଥରେ କବାଟକୁ ଦେଖିଲା । ସବୁ ଠିକ୍‌ରେ ବନ୍ଦ ଅଛି । ତଥାପି ସେ ଶୋଇପାରୁନି । ସେ ଶୋଇପାରେନା ରାତିରେ ବି ନ ଶୋଇପାରିବାର ସମୟରେ ଠିକ୍‌ରେ ଚେଇଁ ବି ରହିପାରେନା ।

ବାରମ୍ବାର କବାଟ ପାଖକୁ ଯାଏ ସେ । ରହି ରହି କାନ୍ଦଣା ଶବ୍ଦଟିଏ ଶୁଭେ ତାକୁ, ଅନେକ ସନ୍ଧ୍ୟାରେ । ଏବେ ବି ଶୁଭୁଛି । ମୌସୁମୀ କହେ, ଏଇଟା ତା' ମନତଳର କୋଉ ପରସ୍ତରେ ଜମିଯାଇଥିବା ଶବ୍ଦ, ଯାହାଠୁ ସେ ନିଜକୁ ମୁକ୍ତ କରିବାକୁ ସାହସ କରିବା ଦରକାର ।

କେମିତି ସାହସ କରିବ ସେ ? ପଇଁତିରିଶ ବର୍ଷର ପୁରୁଷଟିଏ ଯେ ଏତେ ହନ୍ତସନ୍ତ ହୋଇଯାଏ ଭୟରେ, ଏକଥା କେହି ବିଶ୍ୱାସ କରନ୍ତିନି । ଏତେ ବୁଝେଇ ସୁଝେଇ

କହେ ରଘୁ ମଉସାଙ୍କୁ ମୌସୁମୀ। ତଥାପି ସନ୍ଧ୍ୟା ଆଠଟା ହୋଇଗଲେ ମଉସାର ଘୁଙ୍ଗୁଡି ଶୁଭେ।

ଦୀପଙ୍କରକୁ ଖାଇବା ଦେଇସାରି ସେ ଶୋଇଯାଏ। ଦୀପଙ୍କର ଔଷଧ ଖାଏ, ପାଣି ପିଏ। ଗରମ ଦିନରେ ବି ସାଲ୍ ଘୋଡେଇ ହେଇ ବସେ। ରାତିସାରା ତା'ର ଯୁଦ୍ଧ ଚାଲେ, ନିଜ ସହ ନିଜର। ସକାଳର ଆଲୁଅ ଆସିଲେ ଯାଇ ସେ ଡର ଦୂରେଇଯାଏ ତା'ର; ନିଜ ଉପରେ ବିରକ୍ତିରେ, କ୍ଳାନ୍ତିରେ, ଅସହାୟତାରେ ସେ ଶୋଇପଡେ ସକାଳ ହେଲେ।

ଦୀପଙ୍କର ଏବେ କବାଟର ଉପରେ ଥିବା କ୍ୟାଚ୍‌ସ ଆଇ ଦେଇ ବାହାରକୁ ଦେଖିବାକୁ ଭାବିଲା। ସେ ଠିଆହେଲା; ନା, ତା'ର ଏତେ ସାହସ ନାହିଁ। ପୁଣିଥରେ ସେଇ କାନ୍ଦ ଆଜି ତାକୁ ଅଥୟ କରିଦେଉଛି।

ପୁଣିଥରେ ସେଇ କଇଁକଇଁ କାନ୍ଦ। ନା, ଏଇଟା ତା'ର କଳ୍ପନା ନୁହେଁ। ଦୀପଙ୍କର ନିଜକୁ ଟିକିଏ ଚିମୁଟିଲା। ଶତ ପ୍ରତିଶତ ସେ ଚେତାରେ ଅଛି।

ନିଦ ନୁହେଁ, ସ୍ୱପ୍ନ ନୁହେଁ, କଳ୍ପନା ନୁହେଁ, ଭ୍ରମ ନୁହେଁ – ଏଇଟା ସତ କାନ୍ଦଣାର ଶବ୍ଦ। କାହିଁକି କାନ୍ଦନ୍ତି ଏ ସ୍ତ୍ରୀ ଲୋକମାନେ ? ଘରେ, ବାହାରେ, ସବୁଠି ?

କାହିଁକି ଘର ଭିତରେ ବି ଅସ୍ତ୍ର ଧରିପାରନ୍ତିନି ନିଜ ସୁରକ୍ଷା ପାଇଁ ? ଦୀପଙ୍କରର ମୁଣ୍ଡ ଭିତରେ ବଢୁଥିଲା ଉତ୍ତେଜନା, ବଢୁଥିଲା ଭୟ। ସେ ଆଖି ବନ୍ଦ କରିଦେଲା, ଦୁଇ ହାତରେ କାନ ବି ବନ୍ଦ କରିଦେଲା।

ଟିକିଏ ସମୟର ନିସ୍ତବ୍ଧତା ପରେ ଦୁଇକାନରୁ ଧୀରେଧୀରେ ଆଙ୍ଗୁଠି ବାହାର କଲା। ସ୍ତ୍ରୀ ଲୋକଟିଏ କାନ୍ଦୁଛି। ତା' ବନ୍ଦ କବାଟର ଆରପଟରେ।

ନା, ନା, ତା' ଉପର ଘରେ, ନା ସାମ୍ନା ଘରେ। ପୁଣିଥରେ ଗୁଡାଏ ଭୁସ୍‌ଭାସ୍ ଶବ୍ଦ। ଘଣ୍ଟା ଦେଖିଲା ସେ, ସାଢେ ଆଠ ବାଜିଛି ଘଣ୍ଟାରେ। ଏତେ ଦୀର୍ଘ ସମୟ ଭଳି ବିତୁଥିବା ସମୟ ସତରେ ଦୀର୍ଘ ନୁହେଁ। ସେ ମୌସୁମୀକୁ ଫୋନ୍ କଲା। ମୌସୁମୀ ଫୋନ୍ ଧରୁନି। ସେ ଆହୁରି ଡରିଲା। ତା'ପରେ ନିଜକୁ ବୁଝେଇବା ପରି କହିଲା, ହୁଏତ ସାଇଲେଣ୍ଟ ମୋଡରେ ଥିବ ଫୋନ୍ ବା ହୁଏତ ବାଥରୁମରେ ଥିବ ସେ।

ମୌସୁମୀର ଫୋନ୍ ଆସିଲା ଏତିକିବେଳେ। ଭାରି ବିକଳ ହୋଇ କହିପକେଇଲା ଦୀପଙ୍କର, "ଆଜି ପୁଣିଥରେ କେହି ଜଣେ କାନ୍ଦୁଛି, ସ୍ତ୍ରୀ ଲୋକଟିଏ।"

ମୌସୁମୀ ବଡ ସ୍ଥିର ଗଳାରେ ପଚାରିଲା, "ଖାଇଛ ? ଔଷଧ ଖାଇ ସାରିଲଣି ?" ଦୀପଙ୍କରର ଉତ୍ତରକୁ ସେ ଅପେକ୍ଷା କରିନଥିଲା। ଦୀପଙ୍କର କିନ୍ତୁ ଛୋଟ ପିଲା ଭଳି କହିଲା, "ମତେ ଡର ଲାଗୁଛି, ଭାରି ଡର। ତମେ କେତେବେଳେ ଆସିବ ?"

"ମୁଁ ସକାଳ ଛ'ଟାରେ ପହଞ୍ଚିବି। ତମେ କବାଟ ଫିଟେଇବନି ଜମାରୁ।" ମୌସୁମୀ ସେପଟୁ କହିଦେଇ ଫୋନ୍ କାଟିଦେଲା।

ଆହୁରି ନ ଘଣ୍ଟା! ସେ ଏମିତି ବସି ରହିବ! ଦୀପଙ୍କରକୁ ଏବେ କାନ୍ଦ ମାଡୁଥିଲା। ଏତେ ସମୟ କ'ଣ ସେ ସ୍ତ୍ରୀ ଲୋକଟି ଏମିତି କାନ୍ଦି ଚାଲିଥିବ!

କିନ୍ତୁ କିଏ କାନ୍ଦେ ଏମିତି, କାହିଁକି ? ହୁଏତ ତା'ର ସ୍ୱାମୀ ଥିବେ, ଛୋଟ ପୁଅ ବା ଝିଅଟିଏ ଥିବ।

ସେ ବେଶି ଚିହ୍ନିନି ଏଠିକାର ସାଇପଡିଶାଙ୍କୁ। ଏବେ ଟିକିଏ ରହିରହି, ଅଭିଯୋଗ ଭରା, କଇଁକଇଁ କାନ୍ଦ ଶୁଭିଲା। ରାତିରେ ହିଁ ଶୁଭେ ଏତେ ପ୍ରକାରର ଶବ୍ଦ। ପଙ୍ଖାର, ସ୍କ୍ରିନ୍ ଉଡିବାର, ଫ୍ରିଜ୍‌ର, ଇନ୍‌ଭରଟର୍ - ସବୁ ପ୍ରକାର ପାର୍ଥିବ ଶବ୍ଦ ଭିତରେ ବି ଏ କାନ୍ଦ ଶୁଭେ ତା' କାନ ପାଖରେ। କେବେକେବେ ଏସବୁ ସହ ମିଶିଯାଏ ଝିଙ୍କାରୀର ସ୍ୱର, ବର୍ଷାର ଶବ୍ଦ, କୋଉ ଦୂର ପାହାଡ ଫାଟିବା ଭଳି ଡିନାମାଇଟ୍‌ର ଶବ୍ଦ, ଦୂର ରାସ୍ତାର ଗାଡି ମଟରର ଶବ୍ଦ। ଏ ଶବ୍ଦ ସବୁ ବି ଏ ଅନ୍ଧାରକୁ, ଏ ରାତିର ଭୟକୁ କମେଇ ପାରେନା; ବରଂ ବଢିଚାଲିଥାଏ ରାତି ବଢିବା ସହ ତା'ର ଭୟ। ଦିନ ସାରା ଏତେ ସୁରକ୍ଷିତ ଲାଗୁଥିବା ଏ ଘର, ଗେଟ୍ ସାମ୍ନାର ସେ ପାର୍କ, ପଛ ଝର୍କାରୁ ଦିଶୁଥିବା ସେ ପାହାଡ, ଏମିତିକି ବାଥ୍‌ରୁମ୍ - ଏ ସବୁ କେମିତି ରାତି ହେଲେ ବଦଳି ଯାଆନ୍ତି, କେବଳ ମୋ ଏ କଳା ରଙ୍ଗରେ। ଫୋନ୍‌ରେ ଏବେ ପୁଣିଥରେ ରିଙ୍ଗ୍ ହେଉଛି। ଏତେ ରାତିରେ କିଏ ? ସେ ପୁଣିଥରେ ବାଥ୍‌ରୁମକୁ ଉଠିଗଲା। ରାତିସାରା ବାଥ୍‌ରୁମ୍‌ର ଆଲୁଅ ଜଳେ; ତାକୁ ରାତିରେ ହିଁ ବେଶୀଥର ପରିସ୍ରା ମାଡେ, ଯଦିଓ ସେ ଯିବାକୁ ଚାହେଁନା।

ପୁଣିଥରେ ଫୋନ୍‌ର ରିଙ୍ଗ୍ ଚାଲିଛି। ରଘୁ ମଉସାର ନିଦ ଭାଙ୍ଗିଗଲା ଏବେ। "ଫୋନ୍ ଧରୁନ ? ଦିଦିଙ୍କ ଫଟୋ ଦିଶୁଛି ପରା।" କହୁକହୁ ତା' ହାତରେ ଫୋନ୍ ଧରେଇ ଦେଇ ସେ ପୁଣିଥରେ ଶୋଇବାକୁ ଚାଲିଗଲା। ଦୀପଙ୍କରର ଦେହରେ ଜୀବନ ଫେରିଲା ଜାଣ। ମୌସୁମୀର ଫୋନ୍। ଫୋନ୍‌ରେ ତା' ସ୍ୱର - "ଆରେ, କବାଟ ଖୋଲ, ଏ କଲିଂ ବେଲ୍ ସୁଇଚ୍‌କୁ ଭିତରପଟୁ ବନ୍ଦ କଲା କିଏ ?"

କବାଟ ଖୋଲିଲା ଦୀପଙ୍କର।

କବାଟ ଆରପଟେ ଠିଆ ହୋଇଛି ମୌସୁମୀ, ଦୀପଙ୍କରର ସାମ୍ନାରେ ଏବେ।

ରାତିର ସାରା ଅନ୍ଧାରକୁ ଏକାବେଳେ ପୋଛି ପକେଇବା ଭଳି ଗୋଟେ ରୂପା ରଙ୍ଗର ସିଲ୍କ ଶାଢୀ ପିନ୍ଧିଛି ସେ।

କେତେ ବର୍ଷ ପରେ ? କେତେ ଲମ୍ବା ବ୍ୟବଧାନ ପରେ ମୌସୁମୀ ତା' ପାଖକୁ ଶାଢୀ ପିନ୍ଧି ଆସିଛି ? ତା'ର ତୋଫା ଗୋରା ମୁହଁରେ ସବୁଦିନିଆ ସେ ବିବ୍ରତ ଭାବ

ବଦଳରେ ଆଜି ଅଛି ଏକ ରହସ୍ୟମୟ ହସ। କପାଳରେ ଗାଢ ଲାଲ୍ ରଙ୍ଗର ବଡ ବିନ୍ଦି, ଆଖି ଆଉ ଗାଲରେ ଅଳ୍ପ ମେକପ୍, ଯାହା ସାଧାରଣ ନୁହେଁ ତା' ପାଇଁ। ହାତରେ ଧଳା ଓ ଲାଲ୍ ରଙ୍ଗର ମିଶାମିଶି ଚୂଡି।

ଯେମିତି ଏ ମୌସୁମୀକୁ ସେ କେବଳ ଦିନବେଳାର ସ୍ୱପ୍ନରେ ଦେଖିପାରେ। କେବେ ଥରେ କହିଛି ବି ସେ ତାକୁ ଏମିତି ଦେଖେ ବୋଲି।

ଗୋଟିଏ, ଦୁଇଟି ମିନିଟ୍ ସେମିତି କେବଳ ପରସ୍ପରକୁ ଚାହିଁବାରେ ହିଁ ବିତିଗଲା। ତା'ପରେ ଶବ୍ଦଟିଏ ବି ନକହି ମୌସୁମୀ ତା' ହାତଧରି ତାକୁ ପାହାଚ ପରେ ପାହାଚ କରି ଉଠେଇ ନେଲା ଚାରି ମହଲା ଉପରର ଛାତ ଉପରକୁ। ଖୋଲା ଟେରାସ୍‌ରେ ଜଳୁଛି ଦୁଇ ତିନୋଟି ବଲ୍‌ବ। ଆକାଶରେ ପୂର୍ଣ୍ଣମୀର ଜହ୍ନ। ସହରରେ କରେଣ୍ଟ୍ ଆସିଯାଇଛି କେତେବେଳୁ। ଛାତ ଉପରେ କୁଣ୍ଡରେ ଧାଡିଧାଡି ହେଇ ମଲ୍ଲୀ ଫୁଲ। କେହି ଜଣେ ଛାଡିଦେଇ ଯାଇଛି ହୁଏତ ଅଲକ୍ଷ୍ୟରେ ଗୋଟିଏ ଚଉକି। ଦୂର ପାହାଡର ତଳେ ଥିବା ବସ୍ତିରେ ଦିଶୁଛି ଆଲୁଅ। ପାହାଡ ଛାତିରେ କେହି ଜଣେ ଆଙ୍କିଦେଇ ଯାଇଛି ତାରା ଫୁଲର ମୁରୁଜ।

ମୌସୁମୀ ଦୀପଙ୍କରର ହାତକୁ ସେମିତି ଜାବୁଡି ଧରି ତାକୁ ନେଇ ସେ ଚଉକି ଉପରେ ବସେଇ ଦେଲା। ତା'ର ଖୁବ୍ ପାଖରେ ଠିଆ ହୋଇ ପଚାରିଲା, "କେତେ ସୁନ୍ଦର ଦିଶୁଛି ଏ ରାତି, ଦେଖିପାରୁଛ ? କୋଉଠି ରହିଛି ସେ ଭୟ ?"

ଦୀପଙ୍କର ତା' ନଜର ହଟେଇ ପାରୁନଥିଲା ମୌସୁମୀ ଉପରୁ। କିନ୍ତୁ ମଲ୍ଲୀଫୁଲର ଭିଜା ଭିଜା ଅପୂର୍ବ ବାସ୍ନା, ଜହ୍ନ ଆଲୁଅର ତରଳ ପାରଦ ଭଳି ଜ୍ୟୋସ୍ନା, ସହରର ରାସ୍ତା ମାନଙ୍କର ଆଖି ଝଲସା ଉଜ୍ଜ୍ୱଳ ଆଲୁଅ, ଏସବୁ ଭିତରେ ଯେମିତି ରାତି ନଥିଲା। ତା' ଭିତରେ କେମିତି ଗୋଟେ ନୂଆ ପ୍ରକାରର ଅନୁଭବ ହେଉଥିଲା। ସମ୍ମୋହନର ସେ ମୁହୂର୍ତ୍ତ ଭିତରେ ସେ ଠିଆହେଲା। ନିଜର ଦୁଇହାତ ଭିତରେ ବନ୍ଦୀ କରିନେଲା ମୌସୁମୀକୁ, ସେ କିଛି ଭାବିବା ପୂର୍ବରୁ। ଧୀରେ ଧୀରେ କାହିଁ କେତେ ଦୂରରୁ ଆସୁଥିବା ଶବ୍ଦ ସବୁଭଳି ଫିସ୍‌ଫିସ୍ ସ୍ୱରରେ ସେ ମୌସୁମୀର କାନରେ କହିଲା, "ଏ ରାତି ମତେ ଡର ଲାଗୁନି ଏବେ ଆଉ ମୌସୁମୀ, କିନ୍ତୁ କଥା ଦିଅ ମତେ ଛାଡିଯିବନି କେବେ।" ଏବେ ମୌସୁମୀର ସାରା ଦେହ ଠକ୍‌ଠକ୍ ଥରୁଥିଲା, ଗୋଟିଏ ଅଦ୍ଭୁତ ଆବେଶରେ।

ଦୀପଙ୍କରର ପ୍ରଶ୍ନର ଉତ୍ତର ଦେବା କେତେ ଅନାବଶ୍ୟକ !

ସେ ଯେ ଏଇ ପ୍ରଶ୍ନ ପାଇଁ ଅପେକ୍ଷା କରିଥିଲା, କାହିଁ କେତେ ଯୁଗରୁ !

■

ପ୍ରାର୍ଥନାର ଭାଷା

ପ୍ରଦୀପ ନାୟକ

ତୁମେ ବିଶ୍ୱଭୁବନର ସ୍ୱାମୀ। ତୁମ ପାଇଁ ସୁଖ, ସମୃଦ୍ଧି ଆସିବା ଯାଏ ସମୟ ଅଛି ପ୍ରଭୁ, ଆମ ପାଇଁ ସେସବୁ ଆସିବାରେ ବିଳମ୍ବ ହେଲେ ଆମର ଧୈର୍ଯ୍ୟ ନାହିଁ। ଆମେ ମାମୁଲି ମଣିଷ। ଟିକିଏ ସୁଖ ପାଇଁ ଆମେ କାତର। ଆମ ପରୀକ୍ଷା ନିଅ ନାହିଁ ତୁମେ। ଆମେ କୃତକାର୍ଯ୍ୟ ହୋଇପାରିବୁ ନାହିଁ।

ହାତଯୋଡି ବିନୟ ଭାବରେ ପ୍ରାର୍ଥନା କରୁଥିଲା ବସୁମତୀ। ହେଲେ କେଉଁ ଭାଷାରେ, ଭାବରେ ଈଶ୍ୱରଙ୍କୁ କୁହାଯାଏ ତାହା ତାକୁ ଜଣା ନାହିଁ। ସତରେ ସେ ଜାଣି ନାହିଁ। ଏମିତିକି ଈଶ୍ୱର କିଏ, ତାଙ୍କୁ କାହିଁକି ସବୁ କଥା ମଗାଯାଏ, ତାହା ବି ସେ ଜାଣି ନାହିଁ।

ଏଇ ସବୁ ମନର କଥା କହିଲା ବେଳେ ତା'ର ମନେପଡିଯାଉଛି ମାଆ କଥା। ଅବଶ୍ୟ ଢେର ଦିନରୁ ଜଳାତଙ୍କ ରୋଗରେ ପଡି ମରିଗଲାଣି। ବସୁମତୀ ଖୁବ୍ ଛୋଟଥିଲା ବେଳେ କେବେ ଥରେ ଠାକୁରଙ୍କ ପୂଜା କଲାବେଳେ ମାଆ ତାକୁ କୋଳରେ ବସେଇ ଠାକୁରଙ୍କ ପାଖରେ ହାତଯୋଡି ପ୍ରାର୍ଥନା କରୁଥିବାର ସେ ଦେଖିଛି। ମାଆ ଆଖିବୁଜି ତାଙ୍କ ଝୁମ୍ପୁଡିଘର ଠଣାରେ ଥୁଆହେଇଥିବା ଗୋଟେ ଫଟୋ ସାମନାରେ ଏମିତି କିଛି କରିଥାଏ। କ'ଣ କ'ଣ ସବୁ ମାଗେ ତାକୁ ଜଣା ନଥାଏ। ମାଆକୁ କିଛି ଗୋଟାଏ ପାଇଁ ଅଳି କଲେ ସେ ବାପାଙ୍କ ପାଖକୁ ଯାଏ ନାହିଁ ବରଂ ଠାକୁରଘରକୁ ଯାଇ ଠଣା ଆଗରେ ହାତଯୋଡି ବସି ମାଗେ।

ଖୁବ୍ ପିଲାଦିନୁ ଦେଖିଆସିଛି ବସୁମତୀ, ବାପା ନିଶାଗ୍ରସ୍ତ ମଣିଷ। ମାଆ ଯେତିକି ପରଘରେ କାମକରି ରୋଜଗାର କରିଆଣେ ପରିବାରକୁ ଅଣ୍ଟେ ନାହିଁ। ବାପାଙ୍କ ରୋଜଗାର

ତାଙ୍କ ନିଶାପାଣିକୁ ନିଅଣ୍ଟ। ବୋଉ ତାଙ୍କୁ ଲୁଚେଇ, ସଟକଟରେ ଘର ଚଳାଏ। ବାପାଙ୍କୁ ନିଶା ଛାଡିବାକୁ ବୋଉ କହିକହି କିଛି ନହେବାରୁ କୁଆଡେ ସେଇ ଈଶ୍ୱରଙ୍କ ଇଜିଲାସରେ ଛାଡିଦେଇଥିଲା। ହେଲେ ନିଜେ ରୋଜଗାର କରୁଥିବା ପଇସାରୁ ଛଦାନେ ବାପାଙ୍କ ହାତକୁ ଦିଏ ନାହିଁ। ଓଲଟି ବାପା ଅଦଉତି କଲେ ବାଘୁଣୀ ପରି ଗର୍ଜିଉଠେ। କହେ ନିଶା ପାଇଁ ଯଦି ଘରେ ଉତ୍‌ପାତ କରିବ ମୁଁ ଗୋସେଇଁ ହେଲେ ବି କାହାକୁ ଛାଡିବି ନାହିଁ ଜାଣିଥା। ଗୋଡହାତ ବାଡେଇ ଭାଙ୍ଗିଦେବି। ଏମିତିରେ ରାଣ୍ଡ ହେବି ପଛେ ଏ ଅଲଣା ମରଦପଣିଆ ମୋ ପାଖରେ ଚଳିବ ନାହିଁ। ଆରେ ତୋରି ଗୁଣକୁ ତ ଗୋଟିଏ ବୋଲି ଝିଅରୁ ଏ ପ୍ରେମ, ସୁହାଗକୁ ଛି କରିଦେଲି। ଝୁଅଟା ପେଟରେ ରହିବା ଦିନୁ ତୋରି ହରକତ ପାଇଁ ତ ଛୁଆଟା ଆଜି ଅପଙ୍ଗ ହେଇ ଜନ୍ମ ହେଲା। ନଇଲେ ଚନ୍ଦ୍ର ଉଦିଆ ପରି ସବୁ ଥାଉଥାଉ ଗୋଡଟା ମାରିନେଇ ନକନକ ହେଇନଥାନ୍ତା। ଆଉ କ'ଣ ମନରେ ଅଛି ତୋର। ତୋ ରୋଜଗାର ପଇସା ଗୋଟିଏ ବି ଚାହିଁ ନାହିଁ, ମୋ ସଂସାର ପାଇଁ ତୋ ପାଖରେ ହାତ ପତେଇ ନାହିଁ। ଯଦି ଠାକୁର ଥିବ ସେଇ ମୋ ଅଭାବୀ ସଂସାରକୁ ଚଳେଇବ। ତୁ ମେରଦାଣ୍ଡି ହେଇ ସେମିତି ବସିଥା, ନିଶା ଖାଉଥା। ଭଗାରୀଙ୍କ ଗଣତିରେ ଘଇତା ହେଇ ରହିଥା।

ସେଇ ଦିନମାନଙ୍କରେ ମାଆ ଠାକୁରଙ୍କ ପାଖରେ ହାତଯୋଡି ବିଡବିଡ୍ ହେଇ ମାଗେ। କେତେ କ'ଣ ବା ମାଗିବ ସିଏ ? କେତେ କ'ଣ ଠାକୁର ଦିଅନ୍ତି କେଜାଣି ? ଘରେ ତ ଚାଳକୁ ଛପର ନାହିଁ, ହାଣ୍ଡି କି ଚାଉଳ ନାହିଁ ଠାରୁ ବେମାରୀକୁ ଓଷଧ କି ପଥି ଟିକିଏ ପାଇଁ ବି ସୁଉକିଏ ନଥାଏ। ବସୁମତୀ ଭାବେ ଘରେ ବାପାଙ୍କୁ ଛାଡିଦେଲେ ଆଉ କିଏ ମରଦ ଅଛି ଯେ ଅଭାବ, ନିଅଣ୍ଟ ପାଇଁ ମାଆ କାହା ପାଖରେ ହାତପତେଇବ। ତେଣୁ ବୋଧେ ମାଆ ଏଇ ଠାକୁର ପାଖରେ ଫି କଥାରେ ନିଉଛାଳି ହୁଏ, ମାଗି ହେଉଥାଏ।

ବେଶିବେଶି ସେ ପୁରୁଣାକଥାକୁ ମନେ ପକାଇବାକୁ ଇଚ୍ଛା ହୁଏନା। ଏଇବାବୁଙ୍କ ଘରେ କାମ କରିବାଦିନୁ ମନ ଟିକେ ହାଲକା ଲାଗୁଛି। ଭୟ ଆଶଙ୍କା ବି ଟିକେ ଦୂରକୁ ହଟିଯାଇଛନ୍ତି। ନିଜ ଘରେ ବାପାମାଆ ପାଖରେ ଗୋଟାଏ ନଙ୍ଗୁରା ବସ୍ତିରେ ବଢିଲା ସମୟର ଦୁଃଖ, ଅନଟନ ସାଙ୍ଗକୁ ଅଶିକ୍ଷା, ଅସଭ୍ୟତାର ଜୀବନକୁ ଭୋଗିଛି ସିଏ ପୁଣି ବାହାହେଇ ଶାଶୁଶଶୁରଙ୍କର ଏକମାତ୍ର ବୋହୂହେଇ ସଂସାରକୁ ବି ଦେଖିଛି। ଏସବୁ ଅନୁଭବଠୁ କେତେ ଅଲଗା ସତରେ ଏ ପରିବେଶ ! କେତେ ନିଶଙ୍କ କେତେ ସ୍ୱଚ୍ଛଳ ! !

ବାପା ଚାଲିଗଲା ପରେ ମାଆ ରୋଗଗ୍ରସ୍ତ ହେଇ ପଡିଥାଏ। ଘରର ଚାରିକୋଣ ଦରାଣ୍ଡି ଆସିଲେ କିଛି ଗୋଟେ ମିଳିବ ନାହିଁ। ବିଛଣାରେ ପଡି ଟିକେ ଡାକ୍ତରଖାନା ଯିବାକୁ ଫୁଣ୍ଟାଏ ଓଷଦ ଖାଇବାକୁ ବିକଳ ହେଉଥିବ। ପାଖରେ ବଢିଲା ଝିଅ ନିରୁପାୟ ପ୍ରାୟ ଖାଲି ଲୁହଗଡଉ ଥିବ। ନିଜନିଜ ଧନ୍ଦାରେ ସକାଳୁ ସଞ୍ଜ ଯାଏ ଯୁଝୁଥିବା

ପଡିଶାମାନଙ୍କର ଦରଦ କେଉଁଠୁ ଆସିବ ? ଭଙ୍ଗା ଲୁହାଟିଣା ଗୋଟେଇ ଆସିଥିବା ଅସଲାମ୍ ତାକୁ ଦେଖୁଦେଖୁ ଖୁସି ହେଇଯାଇଥିଲା । ଖାସ୍ ତାକୁ ବାହାହେବା ଇଚ୍ଛାନେଇ ମାଆର ସେବା ଯତ୍ନ କଲା । ଔଷଧ ବି ଆଣିଦେଲା । କେଜାଣି କାହିଁକି ଅସଲାମର ମନକୁ ପଢିପାରି ରୋଗଶଯ୍ୟାରେ ପଡିଥିବା ମାଆ ନିଜ ଆଡୁ କହିଦେଲା - କିରେ ପଠାଣ, ମୋ ଝିଅ ପାଇଁ ତୁ ମୋର ଏ ସେବା କରୁଛୁ ନାଇଁରେ । ତୋ ମୁହଁରୁ ସବୁ ମୁଁ ବୁଝିପାରୁଛି । ହେଲେ କ'ଣ କରିବି ଝାଡାଖିଆ କୁକୁର ସେଦିନ କାମୁଡି ଦେଇଥିଲା ଯେ ସେଇଦିନୁ ଏ ରୋଗ ମୋ ଧିଅରେ ଘର କରି ଯାଇଛି । ଆଉ ମୋର ବେଶିଦିନ ନୁହଁ । ତୁ ମୋ ଝିଅକୁ ଭଲରେ ରଖିବୁ ତ ! ହଁ ଅ, ମାଆ ହିସାବରେ ଥରେ ତତେ ପଚାରୁଚି ସିନା, ଯା ଛଡା ମୋ ହାତରେ କିଛି ନାହିଁ । ରୋଷେଇବାସ, ଘରକାମ ସବୁ କରିପାରିବ ଖାଲି ମୋଟ ଜିନିଷ ଉଠେଇ ପାରିବ ନାହଁ । ଭାରି କାଇଲିଆ ପିଲା । ହେଲେ ଠାକୁର ତାକୁ ଏମିତି ଗର୍ଭଣାଖଣ୍ଡିଆ କରି ଗଢିଲା । ମୋର କି ହାତ ଅଛି ।

ଅସଲାମ୍ ସାଙ୍ଗରେ ଜୀବନ, ଗୋଟିଏ ବସ୍ତିରୁ ଆଉ ଗୋଟିଏ ବସ୍ତି ଜୀବନର ଫରକ କେବଳ । ଚାଲି ଚଳଣିରେ ବି ଅଲଗା । ତଥାପି ଅସଲାମର ବୁଢା ବାପା, ମାଆ । ଅଶିବର୍ଷ ବୟସରେ ନିଜ ପିଣ୍ଡାରେ ବସି ଶଶୁର ଛତାମରାମତି କରେ । ମାଆ ଘୋଷାରି ହେଇ ଘରକାମ କରେ । ପୁଅ ଶାଦୀ କରି ସାଙ୍ଗରେ ଆଣିଥିବା ବସୁମତୀକୁ ଦେଖି, ତା'ର ସୁନ୍ଦର ମୁହଁ, ମଧ୍ୟମ ଚେହେରାକୁ ଦେଖି ଖୁସିଥିଲେ କିନ୍ତୁ ଗୋଟାଏ ପୋଲିଓ ଗୋଡକୁ ଦେଖି ଟିକେ ମନ ମରିଯାଉଥିଲା । ଇଏ କ'ଣ ଘର କାମ କରିପାରିବ ? ହେଲେ ପୁଅର ଇଚ୍ଛା ଆଗରେ ବୁଢାବୁଢୀ ଦି'ଜଣ ଚୁପ୍ ।

ଅସଲାମ୍ ବସ୍ତି, ଜାତିର ନିୟମ ଅନୁସାରେ ବାହାଘର କରିବା, ଭାଇବିରାଦରୀରେ ଭୋଜିଭାତ ଦେବାରେ ଗୁଡାଏ କରଜ କରିଦେଲା । ବାହାଘର ପ୍ରଥମ ମାସେ ଦି ମାସେ ନବାବୀ ଢଙ୍ଗରେ ବୁଲିଲା । ସାଙ୍ଗମାନଙ୍କ ସାଙ୍ଗରେ ମିଶି ମସ୍ତି କଲା । ଭଙ୍ଗା ଲୁହାଟିଣା ଗୋଦାମ ମାଲିକ ତାଗିଦ୍ କରିବାରୁ ତାକୁ ବି ମୁହଁ ତୋଡ ଦେଖେଇଲା । ଚାରିମାସ ଯାଇଛି କି ନାହିଁ କରଜଦାର ଘରଦୁଆରେ ବସିଲେ । କେତେ ମିଛ କେତେ ଛକାପଞ୍ଝାରେ ଚାଲିବ ! ବସୁମତୀ ହାତରେ ବାପାମାଆକୁ ଛାଡି ରାତିରେ ଛକି ଆରବ ପାର ହେଇଗଲା । କହିଲା କାମରେ ଲାଗିଗଲେ ସବୁ କରଜ ଶୁଝିଦେବି ।

ପ୍ରଥମେ ପ୍ରଥମେ ଅସଲାମ୍ ସାଙ୍ଗମାନଙ୍କ ଫୋନରେ ଖବର ଦେଉଥିଲା ଭଲ ଅଛି । କମ୍ପାନୀ କାମ ଆରମ୍ଭ ହେଇଛି । ପଇସାପତ୍ର ହାତକୁ ଆସିନାହିଁ । ଏମିତିରେ ଦୁଇ ତିନିମାସ ଗଲାପରେ ଦିନେ ଖବର ଆସିଲା ଇରାନର ମେସୁଲ ସହରରେ ଲାଗିଛି ଧ୍ୱଂସଲୀଳା । ଅସଲାମ୍ ଯେଉଁଠି କାମକରୁଛି ସେଇଠି ଘଟିଛି ଆଇଏସ୍ଆଇ ଆତଙ୍କବାଦୀଙ୍କ ଲଢେଇ ।

ମେସୁଲ ସହରକୁ କବଜା କରିବାକୁ ଚାହୁଁଛି ଆଇଏସ୍ଆଇ ସଙ୍ଗଠନ। ବାସ୍। ତା'ପରେ ଆଉ କିଛି ଖବର ଆସିଲା ନାହିଁ। ପଇସାଟିଏ ବି ନାହିଁ। ଘରେ ବୁଢାବୁଢୀ ଦି'ଜଣ।

ବସୁମତୀ ଦେଖେ ସାରା ପରିବାର କେମିତି ଗୋଟେ ନିରନ୍ନ ସମୟରେ ଗତି କରିବାର ଚିତ୍ର। ପାଖରେ ଅସଲାମ୍ ନାହିଁ। ବୁଢାବୁଢୀ ଦି'ଜଣ ଗୋଟିଏ ଭିନ୍ନକ୍ଷମ ବୋହୂର ହାତକୁ ଅନେଇ ବସିଛନ୍ତି। ରାତିପାହିଲେ କରଜ ଦେଇଥିବା ଲୋକମାନେ ଆସି ଜୁଲମ୍ କରୁଛନ୍ତି। ଘର ଦୁଆର ଟପି ବସୁମତୀ ପର୍ଯ୍ୟନ୍ତ ବି ଆସିବାକୁ ପଛାଉ ନାହାନ୍ତି। କଥାକଥାକେ ଅସଲାମ୍‌କୁ ନେଇ ନାନା କଥା କହୁଛନ୍ତି। ସେ କୁଆଡେ ଆଇଏସ୍ଆଇ ସଙ୍ଗଠନରେ ମିଶିଥିଲା। ଯୁଦ୍ଧରେ ଇରାନ ସେନାଙ୍କ ହାତରେ ମରିଛି। ଆଉ କେହି ବସୁମତୀକୁ ନିର୍ଲଜ୍ଜ ଆଖିରେ ଚାହିଁ ଅଲଗା ଅଲଗା କଥା କହୁଛନ୍ତି। ଶଶୁର ପାଖରେ ଘୃଣ୍ୟ ପ୍ରସ୍ତାବମାନ ରଖୁଛନ୍ତି। ଏସବୁ ଶୁଣି ଶାଶୁ ବୁଢୀ ଅଶ୍ରାବ୍ୟ ଭାଷାରେ ସଅଁପୁଛି। ନୀଚ ବସ୍ତିବାଲୀ ଝିଅ। କି କିମିଆ କରି ମୋ ପୁଅକୁ ପାଗଳା କଲା। ଅନ୍ୟଜାତିର ହେଇ ମୋ ଘରେ ପଶିଲା। ଆଲ୍ଲାତାଲା ସହିପାରିଲେ ନାହିଁ।

ଘରର ସମସ୍ୟା ବସୁମତୀର ନିରୀହ ମନ ଉପରେ ଲଦିହୋଇପଡୁଛି। ବୋଝ ବୋହିବାର ଶକ୍ତି ସରିଯାଉଛି। ତଥାପି ନିଜ ଶାଶୁଶଶୁର ଭାବି ସିଏ ଟିକିଏ ବି ମନ ଊଣା କରିନି। ରୋଷେଇବାସ, ତା'ର ପଥି ସବୁ କରିଛି। ନିଜ ସାଧ୍ୟମତେ ସେବା କରିଛି। ଅଭାବ ପଡିଲେ ଘରୁ ପାଦ କାଢି ଗୋଟିଏ ମର୍ଦ୍ଦ ପରି ଧପାଳିଛି ୟା ପାଖରୁ ତା' ପାଖକୁ। ଗୋଟିଏ ଅଭାବୀ ସଂସାରରେ ଥାଇ ଆଉ ଗୋଟିଏ ଅଭାବ ପରିବେଶକୁ ସାମନା କଲାବେଳେ ନିଜର ସବୁ ସାଧ ଲଗାଇ ଦେଇଛି। ଏସବୁ ସତ୍ତ୍ୱେ ମଧ୍ୟ ନିସ୍ତାର ମିଳିନାହିଁ ତାକୁ।

ଅନେକ ଲୋଲୁପ ଆଖିକୁ ଆଡେଇ ନିଜ ପରିବାର ପାଇଁ ଦାନା ମୁଠାଏ ପାଇଁ ବାରଦୁଆର ହୋଇ ବସୁମତୀ ଗୋଟେ କପଡାଦୋକାନୀର ଦୟାରେ ସେଲସ୍ ଝିଅ ଭାବରେ ରହିଛନ୍ତି। ସେଇଠି ଯାହାଙ୍କ ଆଖିର ଲେନ୍ସରେ ସେ ଧରାପଡିଛି ସେ ଭଦ୍ରବ୍ୟକ୍ତି ଲାଗୁଛନ୍ତି ସମ୍ଭ୍ରାନ୍ତ ଶ୍ରେଣୀର। ତାଙ୍କ ଆଖିରେ ତା'ର ଗରିବୀ, ନିରୀହପଣ ଓ ଅସହାୟତାର ଅନାବରଣ ହେଇଛି। ଢେର୍ ଦୟାବାନ ଏଇ ମଣିଷ ଜଣକ ତାକୁ ପରିସ୍ଥିତିର ପଙ୍କରୁ ଉଦ୍ଧାର କରିବାକୁ ପ୍ରତିଶ୍ରୁତି ଦେଇ ତାଙ୍କ ଘରକୁ ଆସିବାକୁ କହିଛନ୍ତି। ସପିଙ୍ଗ୍ ମଲରୁ ବାହାରିବା ବେଳେ ତା' ହାତରେ ଭିଜିଟିଙ୍ଗ୍ କାର୍ଡ ଖଣ୍ଡେ ବି ଧରେଇଛନ୍ତି।

ଅଚାନକ ଏମିତି ଜୀବନର ଗତି ବଦଳିଯିବ କଳ୍ପନା କରିନଥିବା ବସୁମତୀ ପ୍ରଥମ ଅନୁଭବରେ ନିଜକୁ ବିଶ୍ୱାସ କରିପାରି ନାହିଁ। ଆସ୍ଥା ଓ ବିଶ୍ୱାସର ଦେବଦୂତ ସାଜିଥିବା ସେଇ ସଂଭ୍ରାନ୍ତ ମଣିଷ ତା' ଭାବିବାଠୁ ଅଧିକ ଧନୀ। ରାଜକୀୟ ପ୍ରାସାଦୋପମ

ଘର । ବିଶାଳ ବ୍ୟବସାୟ ସାମ୍ରାଜ୍ୟ । କିନ୍ତୁ ଘରେ ଜଣେ ମାତ୍ର ମଣିଷ ସେଇ ଭଦ୍ରବ୍ୟକ୍ତି ଦିଶୁଛନ୍ତି । ତା'ହେଲେ ଏସବୁ ସମ୍ପତ୍ତି, ଏତେବଡ଼ ଘର ଆଉ କିଏ ସବୁ ଅଛନ୍ତି ?

କାମ ଆରମ୍ଭ କରିବାର ପ୍ରଥମ ଦିନ ହିଁ ଭଦ୍ରବ୍ୟକ୍ତି ଜଣକ ଅତି ସଂକ୍ଷିପ୍ତରେ ଶୁଣେଇଦେଲେ । ଦେଖ, ତୁମେ ଶାରୀରିକ ଭାବରେ ସେତେ କ୍ଷମ ନୁହଁ । ଏଠି ମଧ୍ୟ ତୁମକୁ ସେମିତି କିଛି କରିବାକୁ ପଡିବନି । କେବଳ ତୁମ ମୁହଁ, ତୁମ ଆଖିରୁ ମୁଁ ପ୍ରଥମ ଦେଖାରେ ସେଇ ନିରୀହତା, ପବିତ୍ରତା ପଢିପାରିଛି ଯେଉଁ ପରି ମୁଁ ଖୋଜୁଥିଲି । ତେଣୁ ତୁମକୁ ଜଣେ ସେଲସ୍‌ମ୍ୟାନ୍ ଠାରୁ ଅଧିକ ପଇସା ଦେବି ବୋଲି ସ୍ଥିର କରିସାରିଛି । ଏଠି କୌଣସି ଘରୋଇ କାମରେ ତୁମକୁ ଲଗାଇବି ନାହିଁ । ମୋର ତୁମ ପାଇଁ ଗୋଟିଏ କାମ ରହିବ ।

ଭଦ୍ରବ୍ୟକ୍ତି ପ୍ରଥମରୁ ଏତେ କଥା କହି ଚାଲିଥିବାବେଳେ ବସୁମତୀ ନୀରବରେ ଶୁଣି ଚାଲିଥିଲା । ଆଉ ତୁମ ପାଇଁ ଗୋଟିଏ କାମ କହି ଯେଉଁଠି ଭଦ୍ରବ୍ୟକ୍ତି ଅଟକିଗଲେ ସେଇଠି ସିଏ ତାଙ୍କ ମୁହଁକୁ ପ୍ରଶ୍ନିଳ ଆଖିରେ ଚାହିଁ ରହିଲା କେବଳ ।

ଭଦ୍ରବ୍ୟକ୍ତି କହିଲେ - କାମ ଅତି ସହଜ ବୁଝା ପଡିପାରେ । କିନ୍ତୁ ସେଥିପାଇଁ ଆବଶ୍ୟକ ହେଉଥିବା ନିଷ୍ଠା, ପବିତ୍ରତା ଏତେ ସହଜ ନୁହେଁ ।

ବସୁମତୀ - କୁହନ୍ତୁ ବାବୁ ମୋତେ କ'ଣ କରିବାକୁ ପଡିବ ?

: ପ୍ରାର୍ଥନା ।

ଚମକିପଡିବା ପରି ଅବସ୍ଥା ବସୁମତୀର - ପ୍ରାର୍ଥନା !!

ହଁ, ତୁମେ ଦେଖୁଥିବା ମୋର ଏ ଘର, ଗାଡି ଆଉ ଦେଖିନଥିବା ବ୍ୟବସାୟ, ଏସବୁ କେବଳ ଗୋଟିଏ ଶକ୍ତିରେ ଚାଲେ । ତାହା ହେଉଛି ପ୍ରାର୍ଥନାର ଶକ୍ତି । ଆଉ ଏଘରେ ତୁମେ ହୁଏତ ଯାହାକୁ ଦେଖିବାକୁ ଚାହୁଁଥିବ, ମୋର ସ୍ତ୍ରୀ ଯିଏ ଆଉ ସକ୍ଷମ ନୁହନ୍ତି । ସେ ପକ୍ଷାଘାତ ପୀଡିତା । ବିଦେଶରେ ଚିକିତ୍ସିତ ହେଉଛନ୍ତି । ସେ ହିଁ ଥିଲେ ଏଇ ପ୍ରାର୍ଥନାର ନିଷ୍ଠାପର କର୍ମୀ । ତାଙ୍କ ସେବାକରିବାକୁ ଲୋକ ଅଛନ୍ତି । କିନ୍ତୁ ତାଙ୍କ କାମ କରିବାର ଲୋକଟିଏ ମୋତେ ମିଳୁନଥିଲେ । ତୁମେ ଏ ଘରେ ଜଣେ ଉପାସିକା ଭାବରେ ସେଇ କାମ କରିବ । ଅନ୍ୟ କୌଣସି କଥା ତମର ଜାଣିବା ଦରକାର ନାହିଁ । ବାସ୍ ।

ବସୁମତୀକୁ ଲାଗିଲା ଭଦ୍ରବ୍ୟକ୍ତିଙ୍କ କଥାରେ ସାମାନ୍ୟ ଅତିଶୟୋକ୍ତି ନାହିଁ । ସୁତରାଂ ତାକୁ କ'ଣ କରିବାକୁ ପଡିବ ସେ ସବୁ ଶୁଣି ସାରିଛି ।

ଭଦ୍ରବ୍ୟକ୍ତିଙ୍କ ଠାକୁରଘରେ ପ୍ରଥମ କରି ତାକୁ ପ୍ରବେଶ କରାଇ ଶୁଣାଇଦିଆଗଲା ପୂଜାବିଧି ବିଷୟରେ । ପ୍ରାର୍ଥନାର ନିୟମକାନୁନ୍ ସମ୍ପର୍କରେ । ବସୁମତୀ ଠାକୁରଘରେ ପୂଜ୍ୟ ଭାବରେ ଯାହାଙ୍କୁ ଦେଖୁଛି ସିଏ ଗୋଟେ ମିଶାଣଚିହ୍ନପରି ଦିଶୁଥିବା କାଠଖଣ୍ଡକରେ

ଝୁଲି ରହିଛନ୍ତି କେତୋଟି କଣ୍ଟା ସାହାଯ୍ୟରେ। ଅର୍ଦ୍ଧାଧିକ ଶରୀର ଅନାବୃତ। ଅଳ୍ପ ଦାଢ଼ି ରହିଛି ମୁହଁରେ। ହାତ ପାଦରେ ଶିକୁଳି। ଗ୍ରୀବାଠୁ ଢଳିରହିଛି ତାଙ୍କ ମୁହଁ। ସମୁଦାୟ ମଣିଷ ଜଣକ ଏକ ଦୟନୀୟ ଚିତ୍ରପରି ପ୍ରତିଭାତ ହେଉଛି। କିଏ ଏହି ଠାକୁର!! ଯାହାଙ୍କୁ ପୂଜା କରିବାକୁ ପଡିବ।

ପ୍ରାର୍ଥନା କ'ଣ ? କେମିତି କରାଯାଏ ? କ'ଣ ସବୁ କୁହାଯାଏ। ଏସବୁ କଥାରେ ଆଦୌ ଜ୍ଞାନ ନ ଥିବା ବସୁମତୀର କେବଳ ମନେପଡୁଥିଲା ପିଲାବେଳେ ମଧ୍ୟାହ୍ନଭୋଜନ, ପୋଷାକ ପାଇବାକୁ ମାଆ ତାକୁ ଯେଉଁ କେତେ ବର୍ଷ ସ୍କୁଲକୁ ପଠେଇଥିବା ଦିନ କଥା। ଆଉ ନିଜଘରେ ମାଆ ପାଖରେ ଠାକୁରଙ୍କ ଫଟୋ ପାଖରେ ବସିବା ବେଳ କଥା। ସେତିକିରେ କ'ଣ ଚଳିଯିବ ଏ କାମ! ସତରେ କ'ଣ ତା' ପ୍ରାର୍ଥନା, ଉପାସନାରେ ଉନ୍ନତି ହେବ ଭଦ୍ରବ୍ୟକ୍ତିଙ୍କ ବ୍ୟବସାୟ !

ବସୁମତୀ ପାଖରେ ଏସବୁର ଉତ୍ତର ଦେବାକୁ କେହି ନଥାନ୍ତି। ବାବୁଙ୍କ କହିବା ପରି ଭାଷାରେ ସେ ପ୍ରାର୍ଥନା କରିପାରେନା। ନିଜ ଭାଷାରେ, ମନର ନିଷ୍ଠାରେ କେବଳ ହୃଦୟର କଥା କହିପକାଏ। ତାକୁ ଲାଗେନା ସତରେ କ'ଣ ଏଇ ଠାକୁର, ଆଉ ଇଏ ତା' କଥା ଶୁଣୁଛନ୍ତି। ଶୁଣନ୍ତୁ କି ନ ଶୁଣନ୍ତୁ ବସୁମତୀ କହୁଥାଏ। କହିଚାଲିଥାଏ। ବେଳେବେଳେ ତା' ହୃଦୟର କଥା ଶେଷ ହୋଇଗଲା ପରି ଲାଗିଲେ ପାଖ ଥାକରେ ଥୁଆହେଇଥିବା ବହି ଆଣି ସେଥିରୁ କେତେ ଧାଡି ପଢିଦିଏ।

ଆଶ୍ଚର୍ଯ୍ୟଜନକ ଭାବରେ ଦିନେ ଭଦ୍ରବ୍ୟକ୍ତି କହିଲେ ତୁମ ପ୍ରାର୍ଥନା ବୋଧହୁଏ ଯେଶସ୍ ଶୁଣୁଛନ୍ତି। ମୋର ଅନେକ ଗୁଡାଏ ଦେବାଳିଆ ହୋଇପଡିଥିବା ବ୍ୟବସାୟ ଇଉନିଟ୍ ଏବେ ପୁଣି ଚାଲିବାକୁ ଆରମ୍ଭ କରୁଛି। ଧନ୍ୟବାଦ ଝିଅ।

ଆଉ ଦିନେ ଭଦ୍ରବ୍ୟକ୍ତି କହିଲେ - ଆଜି ମୋ ଅଫିସ୍ ଠିକଣା ନେଇ ତୁମକୁ ଖୋଜି ମୋ ପାଖକୁ କିଛି ଲୋକ ଆସିଥିଲେ। ତୁମ ସ୍ୱାମୀ କୁଆଡେ ସେମାନଙ୍କଠୁ କରଜ ନେଇ ଗାୟବ ହୋଇଯାଇଛନ୍ତି। ମୁଁ ସେମାନଙ୍କୁ ପ୍ରତିଶ୍ରୁତି ଦେଇଛି ଯେ ଅଳ୍ପଦିନ ମଧ୍ୟରେ ସେମାନେ ତାଙ୍କ ଟଙ୍କା ପାଇଯିବେ।

ବସୁମତୀକୁ ବୁଝିବାକୁ ଡେରିହେଲା ନାହିଁ ଯେ ନିତିଦିନ କରଜ ଟଙ୍କା ପାଇଁ ଦୁଆରେ ବସୁଥିବା ଲୋକଗୁଡା ତା'ହେଲେ ତା' ଶୋଇବାଘର ଯାଏ ପହଞ୍ଚି ଯାଇଛନ୍ତି। ନ ହେଲେ ବାବୁଙ୍କ ଭିଜିଟିଙ୍ଗ୍ କାର୍ଡ ସେମାନଙ୍କୁ ଆଉ କେଉଁଠୁ ମିଳନ୍ତା।

ଗୋଟିଏ ଦିନ ବାବୁ ଅଫିସ୍ ବାହାରିବା ବେଳେ ବସୁମତୀ ଆନତ ମୁହଁରେ ତାଙ୍କ ପାଖରେ ଠିଆହେଲା। ଭଦ୍ରବ୍ୟକ୍ତି ଜୋତାର ଲେସ୍ ଭିଡୁଭିଡୁ ପଚାରିଲେ - କିଛି କହିବୁ ଝିଅ ? ଆଉ କ'ଣ କେହି ତୁମ ପରିବାରକୁ କରଜ କଥା କହି ହଇରାଣ କରୁଛନ୍ତି କି ?

ବସୁମତୀ ଅତି ବିନୟ ଭାବରେ କହିଲା - ସେପରି କିଛି କଥା ପାଇଁ ମୁଁ ଆସିନାହିଁ। ଆପଣ ମୋ ଯୋଗ୍ୟତା, ପରିଶ୍ରମଠୁ କେତେ ଅଧିକ ଦେଇ ମୋତେ ଋଣୀ କରିଦେଉଛନ୍ତି ମୁଁ କଳନା କରିପାରିବି ନାହିଁ ବାବୁ।

: ଆଉ କ'ଣ କହିବୁ ?

: କ୍ଷମା କରିବେ, ମୁଁ ସେତେ ପାଠଶାଠ ପଢ଼ି ନାହିଁ। ଈଶ୍ୱରଙ୍କ ବିଷୟରେ ମୋର ସେମିତି କିଛି ଜ୍ଞାନ ନାହିଁ। ଏଇ କେତେଦିନ ଆପଣଙ୍କ ଘରେ ମୋତେ ଯେଉଁ ଦାୟିତ୍ୱ ଦେଇଛନ୍ତି ସେ କାମରେ ମୁଁ କେତେ ଠିକ୍ କେତେ ଭୁଲ କରୁଛି ବୁଝିପାରୁନି। କେବଳ ଏଇ କେତେଦିନ ଭିତରେ ପ୍ରାର୍ଥନା ବିଷୟରେ ମୋର ଯାହା ଧାରଣା....

: କୁହ ପ୍ରଭୁ ଯୀଶୁଙ୍କ ପ୍ରତି ତୁମର କ'ଣ ଧାରଣା ?

: ଥାକରେ ଥୁଆ ହୋଇଥିବା ଅନେକ ପୁସ୍ତକ ସବୁ ବୁଝି ନପାରିଲେ ବି ପଢ଼ିଲିଣି ବାବୁ। ମୋତେ ଲାଗୁଛି ବହିର ପୃଷ୍ଠା ସବୁ ଜ୍ଞାନ, ଉପଦେଶ, ଆଚାର ସଂହିତାର ଗୋଟେ ସମାବେଶ ମାତ୍ର। ମଣିଷକୁ ତା' ନିଜସ୍ୱ ଚିନ୍ତନରୁ କ୍ଷାନ୍ତ କରି ବହି ଶବ୍ଦଜ୍ଞାନର ମୋହରେ ବଶୀଭୂତ କରିବାକୁ ନିମନ୍ତ୍ରଣ କରିଥାଏ।

: କ'ଣ ତୁମେ କହିବାକୁ ଚାହୁଁଛ ଝିଅ ?

: ଆଉ ଥରେ ମୋ ଧୃଷ୍ଟତା ପାଇଁ କ୍ଷମା ମାଗୁଛି ବାବୁ। ମୁଁ ଯେତିକି ବୁଝିଛି ଈଶ୍ୱରଙ୍କୁ ଆରାଧନା ହେଉ କି ଉପାସନା ସେଥିପାଇଁ ଲୋଡ଼ା ପଡୁଥିବା ପ୍ରାର୍ଥନା କିଛି ଭାଷାର ଆଶ୍ରୟ ନିଏ ନାହିଁ। ମୋ ମନ କହୁଛି ଶବ୍ଦଠୁ ଅଲଗା ହୋଇ ଆମ ହୃଦୟର ଭାବ କେବଳ ସେହି ଅଦୃଶ୍ୟ ଶକ୍ତି ଆଡ଼କୁ ଧାବିତ ହେଉଥାଏ।

: ବାଃ କେତେ ସୁନ୍ଦର ତୁମ ଭାବନା ଝିଅ। ପ୍ରଭୁ ତୁମ ଉପରେ ପ୍ରକୃତରେ କରୁଣା କରିଛନ୍ତି। ତୁମେ ଏତେ କଥା ଅନୁଭବ କରିପାରିଛ। ତୁମେ ଧନ୍ୟ।

ଭଦ୍ରବ୍ୟକ୍ତି ମୁଗ୍ଧ ହୋଇଗଲେ ବସୁମତୀର ଏପରି ନିଷ୍ପାପ, ନିଛଳ ଅନୁଭବରେ। ଅଫିସ ଯିବା ସମୟ ବିଳମ୍ବକୁ ଭୁଲି ତାକୁ ସାଙ୍ଗରେ ନେଇ ସିଧା ଠାକୁରଘରେ ପ୍ରଭୁଙ୍କ ସାମନାରେ ଠିଆକରିଦେଲେ। ନିଜେ ହାତଯୋଡ଼ି ପ୍ରାର୍ଥନା କଲେ - ପ୍ରଭୁ ସବୁ ମଣିଷମାନଙ୍କୁ ରୁଟି ଖଣ୍ଡେ ଦିଅକି ନଦିଅ, ପ୍ରତିମଣିଷକୁ ଏହିପରି ଭାବ ଦେଇଥାଅ। କ୍ରୋଧଠୁ, ଅଭିମାନଠୁ, ଆମକୁ ଆମ ଶତ୍ରୁଠୁ ଉଦ୍ଧାର କର। ଝିଅଟାକୁ ଗୋଡ଼ଟିଏ ଦେଇ ନାହଁ ବୋଲି ଯେମିତି ମୋତେ ଆଉ ଅଭିମାନ କରିପାରିବାର ସୁଯୋଗ ଦିଅନାହିଁ।

ଓଃ କି ଯେ ସ୍ୱୀକାରୋକ୍ତି ! କେତେ ମହାନ ଏ ବାବୁ ! !

ପାଖରେ ନିରବରେ ଠିଆ ହୋଇଥିବା ବସୁମତୀର ଆଖିରୁ କେଇବୁନ୍ଦା ଲୁହ ଝରିପଡ଼ିଲା। ■

ପାଣିକାଚ

ବିରଜା ରାଉତରାୟ

ଆଗତ ସନ୍ଧ୍ୟାର ଇଷତ୍ ନୀଳ ମିଶା ମ୍ଳାନ ଆକାଶରେ ଟିକିଟିକି ତାରାଗୁଡ଼ିକ ଚହଟିବା ଆଗରୁ ବାସନ୍ତୀ ବୋଉ ଲୁଗା ତୋଳିବାକୁ ଛାତ ଉପରକୁ ଆସେ। ଏ ଅଭ୍ୟାସ ତା'ର କାହିଁ କେତେ ଦିନର। ଛାତକୁ ଉଠି ଘେରାଏ ପବନରେ ଦୋହଲୁଥିବା ଶୁଖିଲା ଲୁଗାଗୁଡ଼ିକ ଉପରେ ପରସ୍ତେ ହାତ ସାଉଁଳାଇ ଆଣେ। ତା' ପରେ କ'ଣ ଭାବି ଲଥ୍ କରି ବସିପଡେ ମୁକୁଳା ଛାତର ଗୋଟାଏ କଣରେ। କିଛି ସମୟ ଯାଏଁ ସେହି ମୁକୁଳା ଛାତ ତା' ପାଇଁ ପାଲଟି ଯାଏ ଏକ ଉନ୍ମୁକ୍ତ ପୃଥିବୀ। ଦୁଇ ଆଣ୍ଠୁକୁ ଭାଙ୍ଗିଦେଇ ତଳେ ଭରାଦେଇ ଚାହିଁ ରହେ ଦୂର ଦିଗ୍‌ବଳୟ ଆଡେ। ତା' ଚାହାଣିରେ ଭରି ରହିଥାଏ ଏକ ଅସମାହିତ ଆତୁରପଣ, ଯାହାକୁ ସେ ଚାହିଁ ମଧ୍ୟ କାହା ଆଗରେ ପ୍ରକାଶ କରି ପାରି ନଥାଏ।

ଛାତ ଉପରକୁ ଆସିଲେ ହିଁ ଏହି ଆତୁରତା ତାକୁ ବେଶୀ ବେଶୀ ମାଡିପଡେ। ସେ ପ୍ରଗଲ୍ଭ ହୁଏ। ସମସ୍ତଙ୍କ ଅଲକ୍ଷ୍ୟରେ ଲୁଚାଇ ଲୁଚାଇ କାନ୍ଦେ। ସେହି କାନ୍ଦର ମୃଦୁ ଲହର ଦେଇ ଚେଇଁ ଉଠେ ବିତି ଯାଇଥିବା ଦିନର ଅପାଶୋରା ଚିତ୍ର। ଯାହା ତାକୁ କାଲି ପରି ଲାଗେ। ଯେପରି ସେହି ଅଙ୍ଗେ ନିଭା ସ୍ମୃତିଗୁଡାକ ପୁଣି ଥରେ ଜୀବନ୍ତ ହୋଇଉଠି ତା' ଚାରିପାଖରେ ନାଚି ଯାଉଛି। ଏଇ ଯେପରି କାନ ପାଖରେ ଗୁଞ୍ଜରି ଯାଉଛି ତା' ପ୍ରିୟ ପୁରୁଷର ବାସନ୍ତୀ ବୋଉ ଡାକ।

ଏମିତି ତଳ ଦି' ଯାଆଙ୍କୁ ଛାଡିଦେଲେ ପ୍ରାୟ ସାହିପଡିଶା ସଭିଏଁ ତାକୁ ବାସନ୍ତୀ ବୋଉ ବୋଲି ହିଁ ସମ୍ବୋଧନ କରିଥାନ୍ତି। ମାତ୍ର ସେହି ଡାକଟି ଯେତେବେଳେ ନିଜ ପ୍ରିୟ ମଣିଷ ମୁହଁରୁ ଶୁଣେ, ଛାତିରେ ଅଲଗା ଶିହରଣ ଖେଳିଯାଏ। ମନ ଯେପରି ସମୟ

ବାରି କାନେଇଥାଏ ସେହି ଡାକର ସ୍ପର୍ଶ ଟିକେ ପାଇଁ। ଯେପରି ଏକ ପ୍ରତ୍ୟାଶିତ ଉଦ୍‌ଗ୍ରୀବତା ତାକୁ ଅଥୟ କରି ପକାଏ ସେହି ଡାକର ସାନ୍ନିଧ୍ୟ ପାଇଁ।

ତାକୁ ଯେତେବେଳେ ଷୋହଳ ବର୍ଷ ହୋଇଥିଲା, ବାପା ବୋଉ ବ୍ୟସ୍ତ ହୋଇ ପଡିଥିଲେ ବାହାଘର ପାଇଁ। ବଢିଲା ଝିଅ ଯେତେ ଅଧିକ ଦିନ ଘରେ ରହିବ ସେତେ ମୁଣ୍ଡ ଉପରେ ବୋଝ ବୋଲି ବୁଝାଇ ଦେଇଥିଲା ମଧ୍ୟସ୍ଥି। ଟିପଣା ମିଳାଇ ପ୍ରସ୍ତାବ ରଖିଥିଲା, ସହର କଚେରୀ ଛକରେ ପୁଅର ଖିଲିପାନ ଦୋକାନ। ଭାରି ଭଲ ବେଉଷା। ତିନି ଭାଇରେ ଇଏ ବଡ। ତଳ ଦୁଇ ଭାଇ ରାମତୁଲ୍ୟ ମାନନ୍ତି ବଡ଼କୁ। କହିବ ଯଦି ମୁଁ କଥା ଆଗକୁ ବଢେଇବି।

ନିପଟ ମଫସଲ ଅଭାବୀ ପରିବାରର ଝିଅ ସିଏ। ଝିଅ ବାଡୁଅ ରହିଲେ ଚିନ୍ତା ଘାରିଥାଏ ଜନମକଲା ପିତା ମାତାଙ୍କୁ। ତତ୍‌କ୍ଷଣାତ ରାଜି ହୋଇ ଯାଇଥିଲେ ସେହି ପ୍ରସ୍ତାବରେ। ଦିନ କେଇଟା ପରେ ତୋଳା କନିଆ ହୋଇ ଆସିଥିଲା ଏଇ ଘରକୁ।

ପ୍ରଥମେ ପ୍ରଥମେ ଏକ ଯୌଥ ପରିବାରରେ ଆସି ଚଳିବା ଟିକେ ଅସହଜ ବୋଧ ହୋଇଥିଲା। ଆଗରୁ ରୋଷେଇଘର ଦାୟିତ୍ୱ ଶାଶୁ ସମ୍ଭାଳୁ ଥିଲେ। ସିଏ ଘରର ବଡ଼ବୋହୂ ହୋଇ ଆସିବା ପରଠୁଁ ସେହି ଜାଗାଟା ତାକୁ ତୁଲାଇବାକୁ ପଡିଲା।

ବହୁ ବର୍ଷ ତଳୁ ଶ୍ୱଶୁରଙ୍କର ପରଲୋକ ହୋଇ ସାରିଥିଲା। ବାହା ହୋଇ ଆସିବା ପରଠାରୁ ସେ ଭୁଲି ଯାଇଥିଲା ଯେ ତା'ର ଗୋଟିଏ ନାଁ ଅଛି ବୋଲି ! ଘରର ବଡବୋହୂ ହୋଇଥିବାରୁ ଶାଶୁ ଡାକନ୍ତି, "ବୋହୂ... ବୋହୂ..." ବୋଲି। ତଳ ଦିଅର ଦୁଇ ଜଣ ଡାକନ୍ତି ନୂଆବୋଉ ତ ସ୍ୱାମୀଙ୍କ ମୁହଁରେ କୌଣସି ଡାକ ପଶେନି, ସେ କେବଳ, "ହେଇ... ଶୁଣୁଛ... ବା ସେହିପରି କିଛି ସମ୍ବୋଧନ କରିଥାନ୍ତି। ତାଙ୍କର ଏପରି ଡାକିବାର ଅଭ୍ୟାସଟା ପାଖାପାଖି ବର୍ଷେ ଯାଏଁ ରହିଥିଲା। ଯେତେବେଳ ବାସନ୍ତୀ ଜନ୍ମ ହୁଏ, ତା'ପରେ ଯାଇ ତାଙ୍କ ଡାକ ବଦଳେ। ହେଇ ଶୁଣୁଛ... ସମ୍ବୋଧନରୁ ସହସା ପରିବର୍ତ୍ତିତ ହୁଏ "ବାସନ୍ତୀ ବୋଉ" ଡାକରେ। ତା' ଦେଖାଦେଖି ବାକି ଚିହ୍ନାଜଣା ଲୋକ ବି ସେହି ନାମରେ ଡାକିବା ଆରମ୍ଭ କରି ଦିଅନ୍ତି।

ଏମିତି କୋଉ ଦିନ ନାହିଁ, ପାହାନ୍ତି ପହରୁ କୂଅ ମୂଳେ ଗାଧୁଆ ସାରି ସେଇ ଓଦା ଲୁଗାରେ ଉଇଁଲା ସୂର୍ଯ୍ୟଙ୍କୁ ଓଳଗି ନ ହୋଇଛି। ଦୁଇ ଯୋଡହାତକୁ ଥରକୁ ଥର ମୁଣ୍ଡରେ ବାଡେଇ କେତେ କ'ଣ ମନାସିଛି ? ସ୍ୱାମୀର ସୁମଙ୍ଗଳ। ଶାଶୁଙ୍କ ନୀରୋଗ ଦୀର୍ଘ ଆୟୁ। ଦୁଇ ଦିଅରଙ୍କ ପାଇଁ ସୁନାର ମନଲାଖି ଦୁଇ ସାନ ଯା'। ପୁରୁଣା ଖଞ୍ଜା ଚାଳିଆ ଘର ବଦଳରେ ସ୍ଥାୟୀ ମଜବୁତ୍ ଛାତର ଛାଇ। ଏମିତି କେତେ କ'ଣ ସମୟ ଆଉ ପରିସ୍ଥିତି ସହ ତା' ଗାଧୁଆ ପରର ଗୁଣୁଗୁଣୁ ନିରବ ମନାସ ଭିତରେ ଜାଗା ନିଏ। କେତେ ଅବା

ପୂରଣ ହୁଏ ଆଉ କ'ଣ ଅଛିଣ୍ଡା ରହିଥାଏ, ତାହା ସେଇ ବାସନ୍ତୀ ବୋଉକୁ ଜଣା ! ଆଉ ଯାହାକୁ ଜଣା, ତାହା ହେଉଛି ସେଇ ବାଡି କୂଅ ଚଉତରା ଠାରୁ କିଛି ଦୂରରେ ଛିଡା ହୋଇଥିବା କୁଣ୍ଡେ ମୋଟର ଆମ୍ବ ଗଛ। ଯିଏ ଭରା ବଉଳ ଋତୁର ବାସରେ ସୁଦ୍ଧା ବାସନ୍ତୀ ବୋଉକୁ ତା' ଏକାଗ୍ର ହୋଇ ମନାସିବା ପ୍ରୟାସରୁ କେବେ ଆନମନା ସୁଦ୍ଧା କରି ପାରିନାହିଁ। ଭରା ବଉଳର ରୂପରେ ପୁରି ଉଠୁଥିବା ସେହି ଆମ୍ବଗଛ ବି ପତ୍ର ଝଡାର ଅସହାୟତାକୁ ଭୋଗେ। ଋତୁଚକ୍ର ଓ ସମୟ ଚକ୍ରର ଗଡ୍‌ଡ଼ଳିକାରେ ବାସନ୍ତୀ ବୋଉ ଜୀବନ ଅଗଣାର ଆମ୍ବଗଛଟିକୁ ଯେ ଦିନେ ପତ୍ର ଝଡାର ଏକ ଅନିଶ୍ଚିତ ଭାଗ୍ୟ ଭୋଗ କରିବାକୁ ପଡିବ, ଏ କଥା କିଏ ବା ଜାଣିଥିଲା ? ତା' ସଂସାରର ରଥ ହଠାତ୍ ଯେପରି ମାଟି କାମୁଡି ଅଟକି ଯାଇଥିଲା ସେହି ଖବରରେ।

ସେତେବେଳେ ପଞ୍ଚମ ଶ୍ରେଣୀରେ ପଢୁଥିବା ଝିଅ ବାସନ୍ତୀ ଅଗାଧୁଆ କେନାଲ୍ ତୁଠରୁ ଫେରି ଆସି କାନ୍ଦିକାନ୍ଦି କୁଣ୍ଢାଇ ପକାଇ ଅଭିଯୋଗ କରିଥିଲା, "ବୋଉ, ସାହିଲୋକ ମୋତେ ଆଜି ଗାଧୁଆ ତୁଠରେ ନାନା କଥା ଶୁଣାଇଲେ। ତୋ ବାପା ପଦନକୁ କୋଢ଼ କୁଷ୍ଠ ହୋଇ ଯାଇଛି ! ଦଇବ ଅଭିଶାପ ପଡିଛି ! ଏବେ ସେ ବଡ ରୋଗରେ ଘାଣ୍ଟି ହେବ ! ଆହାଃ... ବିଚରା ରୁଖ ବେଓ୍ୱା ! ତା' ପୂରିଲା ଘରଟାରେ ଘୁଣ ଲାଗିଗଲା ଯେ ! କହି ରାହା ଧରି ଆହୁରି ଜୋରେ କାନ୍ଦି ଚାଲିଲା।

ଛାତିରୁ ପୋଷେ ରକ୍ତ ଶୁଖିଗଲା ପରି ତା' କଥା ଶୁଣି କାଠପ୍ରାୟ ହୋଇ ଯାଇଥିଲା ବାସନ୍ତୀ ବୋଉ। କିଛି ଦିନ ହେବଣି ସ୍ୱାମୀ ପାଦ ଆଙ୍ଗୁଠିକୁ ଥରକୁ ଥର ଡାକ୍ତରଖାନା ଯାଇ ବ୍ୟାଣ୍ଡେଜ୍ କରାଇ ଆସୁଥିବାର ସେ ଦେଖୁଥିଲା। କ'ଣ ବାଜି ଖଣ୍ଡିଆ ହୋଇ ଯାଇଥିବ ଭାବି ସେତେଟା ଗୁରୁତ୍ୱ ଦେଇ ନ ଥିଲା କଥାଟାକୁ। ସବୁବେଳେ ମୁହଁ ଶୁଖାଉ ବସି ରହୁଥିଲେ ଘରଟା ଭିତରେ। କିଛି ନା କିଛି ବାହାନା ଦେଖାଇ ଦୋକାନ ଯିବା ପ୍ରାୟ ବନ୍ଦ କରି ଦେଇଥିଲେ। କେତେବେଳେ ମଝିଆ ନ ହେଲେ ସାନକୁ ଦୋକାନ ଦାୟିତ୍ୱ ଦେଇ ଦେଉଥିଲେ। ତାଙ୍କଠି ଏପରି ହତୋତ୍ସାହଭରା ଆଚରଣ ଦେଖି ଦେଖି କେମିତି ମାଡି ହୋଇ ପଡୁଥିଲା ସିଏ ଭିତରେ ଭିତରେ।

ଥରେ ସାହାସ ବଳାଇ ପଚାରି ଦେଇଥିଲା, କ'ଣ କିଛି ହୋଇଛି କି ? ନା ଦୋକାନ ଯାଉଛ ନା ଘରେ ଠିକ୍‌ରେ ରହୁଛ। ମୋତେ ଟିକେ ଭଲା କହୁନ ?

କିଛି ନ କହି ଛୁଆଙ୍କ ପରି ଭୋ' ଭୋ' କାନ୍ଦଟେ ଛାଡି ଘରୁ ଉଠି ସେହିପରି ଗାମୁଛାରେ ଲୁହ ପୋଛି ପୋଛିକା ସିଧା ପଳେଇ ଯାଇଥିଲେ ପାଖ ପଡ଼ିଆକୁ। ସେଇଠି ପୋଖରୀ ହୁଡାରେ ଢେର୍ ରାତି ଯାଏ ବସି ରହିଥିଲେ ଜିଅନ୍ତା ହୁଙ୍କାଟାଏ ପରି। କେତେ ନେହୁରା ନିମନ୍ତ ହେଲା ପରେ ଘରକୁ ଫେରିଥିଲେ।

ଟିକେ କ'ଣ ଗୋଟେ ବଡ ହୋଇ ଯାଇଛି ଭାବି ସେଇଦିନ ହିଁ ପାପ ଟିକେ ଟିକେ ଛୁଇଁଥିଲା ତା'ର ମନକୁ। ବାସନ୍ତୀ ଯୋଉଦିନ କେନାଲ୍ ତୁଠରୁ ଆସି ବୟାନ କରିଥିଲା ଲୋକଙ୍କ ମୁହଁର ଅଭିଯୋଗକୁ, ତା'ପରଠୁ ଅଧାମରି ଯାଇଥିଲା ବାସନ୍ତୀ ବୋଉ।

ତାକୁ ଲାଗୁଥିଲା, କୂଅ ମୂଳେ ନିତି ଗାଧୋଇ ସାରି ଯୋଡ ହସ୍ତରେ ଏ ଯାଏଁ ଯାହା ଯାହା ମନାସୀ ଆସିଥିଲା ଆଉ ଯାହା ଯାହା ପାଇଥିଲା, ସେ ସବୁ ଯେମିତି ଓଲଟ ପାଲଟ ହୋଇ ସାରିଛି ନିକିତି ପାଲିରେ। ତା' ପାଇଁ ଆଉ ସୁଖ ଦୁଃଖ ବୋଲି ସମାନ କିଛି ନାହିଁ। ଦୁଃଖର ପଲା ଏପରି ଓଜନିଆ ହୋଇ ପଡିଛି ଯେ ତା' ଆଗରେ ସୁଖର ପଲା ଅସ୍ତିତ୍ୱହୀନ ଶୂନ୍ୟତା ପରି କେଉଁ ଊର୍ଦ୍ଧ୍ୱରେ ମିଳାଇ ଯାଇଛି।

ସେହିଦିନଠୁ ନୂଆ କରି ତୋଳା ତା' ଛାତ ଘରର ଖଞ୍ଜା ଭିତରେ କେଉଁ ଅଶୁଭ ଦୃଷ୍ଟି ତା'ର କାୟା ବିସ୍ତାର ଆରମ୍ଭ କରି ଦେଇଥିଲା ଯେମିତି ! ସତଟା ପ୍ରଘଟ ହେଲା ପରେ ନା ଶାଶୁ ନା ଦିଅର କି ଯାଆ କାହା ମୁହଁକୁ ସୁଦ୍ଧା ଖାଦ୍ୟରୁ ଦାନାଏ ରୁଚୁ ନ ଥାଏ। କ୍ରମଶଃ ସନ୍ଧ୍ୟା ଗାଢ ଧରିବା ସହ ସେହି ଅଶୁଭ ଦୃଷ୍ଟିର ଛାଇ ଆହୁରି ବହଳ ପାଲଟିବା ପରି ଲାଗିଲା, ଯେତେବେଳେ ବାହାରୁ ଖବର ଆସି ପହଞ୍ଚିଲା, "କୁଷ୍ଠ ରୋଗୀ ବୋଲି ଧରା ପଡିଲାରୁ ଲାଜରେ ପଦନ ବେହେରା ଟାଉନ୍ ଛାଡ଼ି କୁଆଡେ ଚାଲି ଯାଇଛି ! ଲୋକେ ତାକୁ ଆଜି ଆଳି ଆଡୁ କଲିକତାକୁ ଯାଉଥିବା ବସ୍‌ରେ ଉଠି ଯିବାର ଦେଖିଛନ୍ତି। " ସେତକ ଯେପରି ତା' ପାଇଁ ଦାରୁଣ ବିଚ୍ଛେଦର ଏକ ଅମଙ୍ଗଳିଆ ଦୁଇ ଧାଡି ଥିଲା। ତାଙ୍କ ବିଷୟରେ ଶୁଣିଥିବା ସେହି ଶେଷ ଦୁଇ ପଦ।

ତରିଶି ବର୍ଷ ପହଁରି ଗଲାଣି ଏହା ଭିତରେ। କାହିଁ କେବେଠୁ ଶାଶୁଙ୍କ ସ୍ୱର୍ଗବାସ ହୋଇ ସାରିଛି। ବାସନ୍ତୀ ବଡ ହୋଇ ପାଠ ପଢି ବିଏ ପାସ୍ କରିଛି। ପୁଣି ବାହା ହୋଇ ତା' ସ୍ୱାମୀ ସଂସାର ଧରି ସୁରଟରେ ରହିଗଲାଣି କେବେଠୁଁ। ବର୍ଷକୁ ଥରେ ଅଧେ ଘରକୁ ଆସେ। କେବେ କେବେ ତା' ପିଲାଙ୍କ କାମ ଚାପରେ ଆସି ପାରେନା। ସବୁଥର ଫେରିଗଲା ବେଳେ ତାକୁ କେତେଥର କାକୁତି ମିନତି ହୋଇ ଅନୁରୋଧ କରି କହିଛି, "ବୋଉ, ତୁ ଚାଲ... ମୋ ପାଖରେ ସେଠି ରହିବୁ। ବୟସ ହେଲାଣି। କେତେ ଦିନ ଏକୁଟିଆ ଏଠି ଦିନ ଗଣି ବେଳ କାଟୁଥିବୁ। ଦି' ଖୁଡି ପିଲାଝିଲା ଓ ନାତି ନାତୁଣୀଙ୍କୁ ଧରି ଯେଝା ଯେଝା ସଂସାରରେ ରହିଲେ। ଯେଝା ଜଞ୍ଜାଳ ତାଙ୍କୁ ବଳି ପଡୁଥିବ। ତୁ ତୁଚ୍ଛାଟାରେ କାହାପାଇଁ ଏଠି ଏକୁଟିଆ ପଡି ରହିଛୁ କହିଲୁ ? ଏତେଗୁଡାଏ ବର୍ଷ ବିତିଗଲା ପରେ ବି ଭାବିଚୁ କି ବାପା ଆଉ ଫେରିବେ... ?"

ବାସନ୍ତୀ ବୋଉ ଏଇ କେତେ ବର୍ଷ ଭିତରେ ଝିଅ ମୁହଁରୁ ଏପରି ଅନୁନୟଭରା ଶବ୍ଦ ସବୁ ଶୁଣି ଶୁଣି ଦେହ ଘଷିଆ କରି ଦେଇଛି। ଝିଅ ତା'ର କହେ। ଯେତେଥର

ଆସେ, ଥରକରୁ ଦୁଇ ଚାରିଥର କହେ। ବୋଉ ପାଖରୁ କିଛି ପ୍ରତିକ୍ରିୟା ନ ଦେଖି ମୁହଁ ଶୁଖାଇ ଫେରିଯାଏ ପୁଣି ସ୍କୁଟକୁ।

ସେତେବେଳେ ବାସନ୍ତୀ ବୋଉର ଆଚରଣ ଏକ ଅଦ୍ଭୁତ ପ୍ରକାର ପାଲଟି ଯାଏ। ଝିଅକୁ ଲେଉଟାଇ ନା ମୁହଁ ଖୋଲି ସାଙ୍ଗରେ ଯିବାକୁ ମନାକରେ, ନା ତା' ମୁହଁରୁ ଯିବାର କିଛି ସମ୍ମତି ସୂଚକ ଲକ୍ଷଣ ବୁଝାପଡେ। ସେହିପରି ଖଟ ଉପରେ ବସି ହାତର ପିନ୍ଧା କାଚ କେଇ ପଟକୁ ଆର ହାତରେ ଉପର ତଳ ଉପର କରି ଚାଲିଥାଏ। ସକେଇ ହେବା ପରି ତା' ମୁହଁର ପ୍ରକଟ କୋହକୁ ବାରି ପାରି ବାସନ୍ତୀ ସବୁଥର ରିକ୍ତହସ୍ତରେ ବିଦାୟ ନେଇ ଫେରିଯାଏ।

ଏତେ ବର୍ଷ ଧରି ତା' ତଳର ଦୁଇ ସାନ ଯାଆ କେବେ ତାକୁ ସାହସ କରି ପଚାରି ନାହାନ୍ତି। ତଥାପି ହାତରେ ପିନ୍ଧିଥିବା ଏଇ ପାଣିକାଚ ଓ ଶଙ୍ଖାକୁ ନେଇ ଆଜି ବି ସେଇ ପୁରୁଣା କୂଅ ଚଉତରା ମୂଳେ ଗାଧୋଇ ସାରି କମ୍ପିଲା ଯୋଡ ହସ୍ତରେ ମୁଣ୍ଡରେ ଠୁକ୍ ଠୁକ୍ କରି ମନାସ କରେ। ତା' ଦୁଇ ଯୋଡ ହସ୍ତର ମଝି ଫାଙ୍କରେ କଅଁଳା ସୂର୍ଯ୍ୟକିରଣରୁ ଧାପେ ପଶି ଆସି ତା' ନିସ୍ତେଜ ଆଖିରେ ଆଶାର ଚମକ ବୁଣିଥାଏ। ଜୁଡୁବୁଡୁ ଓଦା ଲୁଗାରେ ବୃନ୍ଦାବତୀଙ୍କ ପାଖରେ ମୁଣ୍ଡିଆ ମାରି ଲୁହା କଣ୍ଟାରେ କପାଳରେ ସିନ୍ଦୁର ନାଏ, ସିନ୍ଥି ସଜାଏ। ପଦନର ଏହି ଲମ୍ବା ଅବଧିର ଶୂନ୍ୟସ୍ଥାନ ଘରର ବାକି ଭାଇ, ଭାଉଜ, ଝିଆରୀ ପୁତୁରା ଏମିତିକି ପାଖ ପଡୋଶୀଙ୍କ ଭିତରେ ଭରଣା ହୋଇ ଯାଇଛି ଛାଏଁ ଛାଏଁ। ପ୍ରଦାନ ଭଳି ଗୋଟେ ରକ୍ତ ମାଂସଧାରୀ ମଣିଷଟେ ଥିଲା, ତାହା ସମସ୍ତଙ୍କ ପାଇଁ ଗୋଟିଏ ବିସ୍ମୃତ ଚରିତ୍ର ପାଲଟି ଯାଇଥିଲା କେବେଠୁଁ। ହେଲେ ବାସନ୍ତୀ ବୋଉର ଆସ୍ଥା ଓ ଭରସା ତା'ର ବଜ୍ରପ୍ରାୟ ଦୁଇପଟ ପାଣିକାଚ ଉପରେ। ଯାହାକୁ ସବୁଦିନ ସିନ୍ଦୂର ନାଇଲା ପରେ ମଥାରେ ଛୁଇଁ ତା'ର ବଜ୍ରପଣର ଆୟୁଷକୁ ଆହୁରି ବଢାଇ ଦିଏ। ଘରର ଛୋଟରୁ ବଡ ତା'ର ଏଇ ଆଚରଣକୁ ଏକ ପ୍ରକାର ମାନସିକ ବିକୃତି ଭାବି ଅଣଦେଖା କରନ୍ତି। ଶାଶୁ ଥିବାବେଳେ ତଳ ଦୁଇ ଭାଇ ଓ ଯାଆଙ୍କୁ ତାଗିଦ୍ କରି କହି ଯାଇଛନ୍ତି, ଶଙ୍ଖା ସିନ୍ଦୂର ଓହ୍ଲାଇବା ବିଷୟରେ ତାକୁ କେବେ କିଛି କହିବ ନାହିଁ। ଜୀବନ୍ତ ଅବସ୍ଥାରେ ଛାଡି ଯାଇଥିବା ତାଙ୍କର ଏହି ଦୁଇପଦ ଉପଦେଶକୁ ଘରେ ସଭିଏଁ ମାନି କେହି କେବେ ଏ ବିଷୟରେ ପ୍ରଶ୍ନ ଉଠାଇ ନାହାଁନ୍ତି।

ବାସନ୍ତୀ ବୋଉର ସବୁଠାରୁ ନିରାପଦ ଥାନ ଏହି ଚାରି ଚଉତା ଛାତ ଖଣ୍ଡିକ। ଯାହାରି ଉପରେ ଆଜି ବି ଅସଂଖ୍ୟ ନିବିଡ଼ ସ୍ମୃତିର ଛାଇ ସବୁ ପହଁରି ବୁଲୁଥିବାର ସେ ଦେଖିପାରେ। ମନେପଡେ ଛୋଟ ଖଞ୍ଜାଘର ବୋଲି ଖରାଦିନେ ଗରମ ଗୁଲୁଗୁଳିର ଅଦଉତି ଅସହ୍ୟ ହୋଇଯାଏ। ସେତେବେଳେ ବାସନ୍ତୀ ବାପା ରାତିରେ ଦୋକାନରୁ

ଫେରି ପିଣ୍ଡା ପାଖରୁ ଡାକ ଛାଡନ୍ତି। ଆଗରୁ କୂଅରୁ ବାଲ୍‌ଟିଏ ପାଣି କାଢି ସଜିଲ୍ କରି ରଖିଥାଏ। ଧୁଆଧୋଇ ପରେ ସେ ସିଧା ଉଠି ଯାଆନ୍ତି ଛାତ ଉପରକୁ। ସେଇଠି ବଢା ଭାତଥାଳି ଆଣି ରଖିଦିଏ। ହାତ ବିଞ୍ଚଣା ଘୁରାଇ ମନ ତଳର ସବୁ ସାଇତା ସରାଗକୁ ପରଶି ପକାଏ। ଛୋଟ ଘର, ହାଉ ହାଉ ଲୋକ ଭିତରେ ଯୋଉ କଥା ମଉଳା ଫୁଲ ପରି ଅକୁହା ରହି ଯାଇଥାଏ, ସେସବୁ ପାଣି ଛଟା ପାଇ ଭାବନାର ବାସକୁ ଚହଟାଇ ଥାଆନ୍ତି। ପଦନାର ଖିଆ ସରିଥାଏ କେତେବେଳୁ। ଅଇଁଠା ଥାଳି ଛାତ ଉପରେ ପଡିଥାଏ। ଚାରିପାଖରେ ରାତି ବଢୁଥାଏ। ଦୁହେଁ ପ୍ରାଣ ଖୋଲା ଗପର ଆସର ଭିତରେ ହଜିଯାଇ ଥାଆନ୍ତି ଢେର୍ ବେଳ ଯାଏଁ। ତାହାର ସାକ୍ଷୀ କେବେ ସେଇ ନିଛାଟିଆ ରାତି ଆକାଶର ଲାଜକୁଳୀ ଦ୍ୱିତୀୟା ଜହ୍ନ ପୁଣି କେବେ ଶାଢୀର କାନି ପରି ପୁନେଇ ଜୋଛନାରେ ଭାସୁଥିବା ପତଳା ମେଘର ଚାଦର।

ତୋଳା କନିଆ ସାଜି ସବାରୀରେ ବସିବା ଦିନ ତା' ମନକୁ ପାହାଡ଼ ପ୍ରାୟ ଏକ ଅଜଣା ଶଙ୍କା ଚାପି ରଖିଥିଲା। "ଭାଗ୍ୟରେ କେମିତି ଗେରସ୍ତ ପଡିବ? ସୁଖ ଦବ କି ଦୁଃଖ ଦବ?" ଏସବୁ କଥାକୁ ଭାଳି ଭାଳି ଛନକା ପଶି ଯାଇଥିଲା। ସବାରୀକୁ ଉଠିବା ପରେ ବୋଉ ତା' ଲହରା କାନ୍ଦଣାକୁ କ୍ଷଣିକ ପାଇଁ ଥମ୍ କରି ମୁଣ୍ଡରେ ହାତ ବୁଲାଇ ଭରସା ଦେଇ କହିଥିଲା, "ଯା'ଲୋ... ମା' ଯା... ଗାଁ ଠାକୁରାଣୀ ମା' ମନ୍ଦାରେଶ୍ୱରୀ ତୋର ସାହା। ସେଇଠି ପିଲାବେଳେ ତା' ଆଗରେ ଧୂପଦୀପ ଦେଇ ବଢିଚୁ। ସିଏ ତୋ କପାଳରେ ନିଶ୍ଚୟ କୋଟିନିଧି ବର ଯୋଖିଥିବ।"

ସତକୁ ସତ ଧନରେ ନ ହେଲା ନାହିଁ, କୋଟିନିଧିର ହୃଦୟ ଖଣ୍ଡେ ଥିଲା ତା' ଗେରସ୍ତର। ଖିଲିପାନ ଦୋକାନ ଖଣ୍ଡେରୁ ବଡ କୁଟୁମ୍ବ ଚଳେଇ ବାକି ତଳ ଦି' ଭାଇଙ୍କ ପାଇଁ ବି ଟାଉନ୍ ମୋଟର ଷ୍ଟାଣ୍ଡ ଓ ପୋଲ ଛକରେ ଅଲଗା ଅଲଗା କେବିନ୍ ପକାଇ ଦୋକାନ ଖୋଲି ଦେଇଥିଲେ। ଦାନାପାଣି ଯୋଗାଡ ସହ ଦୁଇ ଜଣଙ୍କୁ ଦି'ହାତ କରାଇ ନିଜ କର୍ତ୍ତବ୍ୟରେ ସାମାନ୍ୟ ସୁଦ୍ଧା ହେଳା କରି ନ ଥିଲେ।

"ହେଲେ, ସମସ୍ତଙ୍କ କଥା ବୁଝୁଥିବା ଲୋକଟା ନିଜ ଦେହ ପା' କଥା କେମିତି ଠିକ୍‌ରେ ନିଘା କରି ପାରିଲା ନାହିଁ? ରୋଗର ଉପସର୍ଗଟାକୁ ପ୍ରଥମରୁ ଡାକ୍ତର ଦେଖାଇ ଉପଚାର କରିଥିଲେ କଥା ଏତେବାଟ ଯାଏଁ ବିଗିଡି ଯାଇ ନଥାନ୍ତା? ଲୋକଲଜ୍ଜ୍ୟା ଓ ଅନ୍ଧବିଶ୍ୱାସକୁ ଧରି ଲୋକଟା ଜିଇ ମଧ୍ୟ ଶହେ ମରଣକୁ ନେଇ ବଞ୍ଚି ରହିଲା ତ ରହିଲା, ପୁଣି ଶେଷକୁ ନିରୁଦ୍ଦିଷ୍ଟ ବି ହୋଇଗଲା?" ଏବେ ଯେତେବେଳେ ସେହି ବର୍ଷ ବର୍ଷ ଧରି ଜୁଟି ହେଉଥିବା ତାଙ୍କ ଅବର୍ତ୍ତମାନର ଶୂନ୍ୟତାକୁ ନେଇ ନିଜକୁ ପ୍ରଶ୍ନ କରେ, ପ୍ରତି ବଦଳରେ ଏକ ତୀବ୍ର ଦୀର୍ଘଶ୍ୱାସକୁ ସାଉଁଟେ ଯାହା।

ପୁଣି ଛାଆଁକୁ ଛାଁ ନିଜକୁ ବୁଝାଇ କହେ, "ତାଙ୍କର ଅବା କି ଦୋଷ? ସେତେବେଳେ ଏହି ରୋଗଟାକୁ ଏତେ ବଡ କରି ଗଣୁଥିଲେ ଯେ, ଯା'ର ଗୋଟେ ଡାକ୍ତରୀ ଉପଚାର ଅଛି ବୋଲି ସହଜେ ଭରସି ପାରୁ ନ ଥିଲେ। କାହା ଠେଇଁ ଯଦି ଲକ୍ଷଣ ବାହାରିଲା, ମାଛି ପଡିଲେ ନବଖଣ୍ଡ ପରି ପ୍ରଘଟ ହୋଇ ଯାଉଥିଲା ଦୁନିଆକୁ। ରୋଗୀଟା ବିଚରା କରିଥାନ୍ତା ବା କ'ଣ?" ତା' ଅଝଟ ମନକୁ କେବେ କେବେ ବୈଶାଖି ଝାଞ୍ଜି ପରି ଏହି ସବୁ ପ୍ରଶ୍ନ ଦୋହଲେଇ ଦିଏ। ପୁଣି ବଢେଇଦିଏ ଅନ୍ତରର କ୍ଷୋଭକୁ। ଅଭିମାନର ଗଣ୍ଠିଲି ଫିଟାଇ ତା' ଭିତରୁ ସରଳ ଦୃପ୍ତ ସ୍ୱରଟିଏ ବାହାରି ଆସି କହେ, "ଏହି ସମାଜ କରି କରି ବାସନ୍ଦ କରିଥାନ୍ତା! ନିଆଁ ପାଣି ଅଟକ କରିଥାନ୍ତା! ଯାଇ ଯାଇ ସେତିକି ତ! ମଲା ଏତିକି ଡରରେ ସାତଜନ୍ମର ବନ୍ଧନ କାଟି କୁଆଡେ ଚାଲିଗଲ ଯେ! ତମ ଅପେକ୍ଷାର ରାସ୍ତାରେ ନୈରାଶ୍ୟଭରା ସମୟର ବହଳ ଧୂଳି ଜମି ସାରିଲାଣି ଏହା ଭିତରେ। କିନ୍ତୁ ମୋ ଆତୁର ପ୍ରାଣ କହୁଛି, ଏଇ ଇହକାଳରେ ଦେହରୁ ଘଟ ଛାଡିବା ଆଗରୁ ତମ ଦୁଇ ଆଖି ସହ ଜୀବିତ ଅବସ୍ଥାରେ ଆଖି ଥରୁଟେ ମିଳେଇବି। ଏହା ପରେ କେମିତି ଏକ ଅସହନୀୟ ଭାବରୁଦ୍ଧ ଅବସ୍ଥା ଗ୍ରାସ କରି ପକାଏ ତାକୁ। କୋହ ସହ କଇଁ କଇଁ କାନ୍ଦର ଜୁଆର ଉଠିଆସେ ଏତେ ତୀବ୍ର ଭାବରେ ଯେ ସେ ମୁହଁକୁ ଲୁଚାଇ ଧାଇଁଯାଏ ବାଡିପଟର ନିକାଞ୍ଚନକୁ।

ସେଦିନ ଥାଏ ଅକ୍ଷୟ ତୃତୀୟା। ଘରର ଆଉ କାହା ପାଇଁ ସେହି ଦିନର ମହତ୍ତ୍ୱ କ'ଣ ଥାଉ ବା ନ ଥାଉ, ବାସନ୍ତୀ ବୋଉ ପାଇଁ ଯେପରି ଦିନଟି ଥାଏ ସ୍ମୃତିର ସ୍ମାରକୀ ପରି। ଏହିଦିନ ତାଙ୍କ ସହ ହାତ ଗଣ୍ଠି ପଡିଥିଲା ଜନ୍ମ ଜନ୍ମାନ୍ତର ପାଇଁ। କେମିତି ଅବା ଭୁଲି ପାରନ୍ତା ଏଇ ଦିନଟିକୁ! ସବୁଦିନ ପରି ସକାଳୁ ପୁରୁଣା କୂଅ ମୂଳରୁ ଗାଧୋଇ ଆସି ଭଲ ସଫା ଶାଢୀଟିଏ ପିନ୍ଧିଲା। ତା'ପରେ ଥାକ ପାଖରେ ଠିଆହେଲା। ସେଠି ରଖିଥାଏ ସିନ୍ଦୂର ଫରୁଆ। ଏତିକି ଯାଏ ଥିଲା ତା'ର ନିତିଦିନିଆ ଅଭ୍ୟାସ। ହେଲେ ସେଦିନ ମନରେ ଟିକେ ଅଲଗା ଭାବି ବସିଲା। ସ୍ୱାମୀ ନିରୁଦ୍ଦିଷ୍ଟ ହେବା ପରଠାରୁ କେବେ ଅଇନାରେ ମୁହଁ ଦେଖି ନ ଥିଲା। ସେଦିନ କାହିଁକି ମନକଲା ଅଇନା ଦେଖି ସିନ୍ଦୂର ନାଇବ। ଦୋ' ଦୋ' ପାଞ୍ଚ ହୋଇ ସତକୁ ସତ ଟ୍ରଙ୍କ୍ ଖୋଲି ତା' ଭିତରୁ କପଡା ଘେର ଭିତରେ ସମାଧି ନେଇ ସାରିଥିବା ପୁରୁଣା ଅଇନାକୁ କାଢି ଝରକାର ବନ୍ଧରେ ଥୋଇଲା। ଫରୁଆ ଭିତରୁ କଣ୍ଟାକୁ କାଢିଲା। ବହୁ ବର୍ଷର ଅନ୍ତର ପରେ ଦେଖୁଥିଲା ନିଜ ଚେହେରାକୁ। ବୟସର ଫାଙ୍କ ଚରି ଆସିଥିବା ସେହି ମୁହଁରେ କୋଶ କୋଶ ଦୂରର ଖାଁ ଖାଁ ପଣକୁ ସାମ୍ନା କରୁଥିଲା। ଦୁଇ ଆଖି ଡୋଳା ଭିତରେ କାହାର ଯେପରି ହଜିଲା ଚେହେରା ଉଦ୍‌ଗ୍ରୀବ ହୋଇ ଚାହିଁ ରହିଥାଏ ତା' ଆଡକୁ। ଆଖି ଟେକି ଚାହିଁଲା କପାଳକୁ। ଯୋଉଠି

ଗାଧୁଆ ପରେ ପୋଛି ହୋଇ ଯାଇଥିଲା ସଧବାର ଚିହ୍ନ । ଓଃ... ଅସହ୍ୟ ହୋଇ ପଡିଲା ଦେଖି । ସିନ୍ଦୂର ଫରୁଆରୁ ସିନ୍ଦୂରକୁ ଲୁହା କଣ୍ଟାରେ ମାଡି ଭରିଦେଲା ତା'ର ଅପୂର୍ବ ଛୁଆଁ । ସେଇ ନାଲି ରଙ୍ଗକୁ ଭରା ଭରା ଆଖିରେ ବସି ନିରୀକ୍ଷଣ କରି ଚାଲିଥାଏ ।

ହଠାତ୍ ରାସ୍ତା ପଟୁ ପଡ଼ୋଶୀ ଘର ନଛି ବୋଉ ଧପାଲି ପଶି ଆସୁ ଆସୁ ଚିତ୍କାର କରି ଉଠିଲା, "ଆଲୋ, ଜାଣିଲୁଣି ବାସନ୍ତୀ ବୋଉ... ପଦନ ବଞ୍ଚିଛି ! ତାକୁ ପୁରୀ ବଡ଼ଦାଣ୍ଡରେ ନଛି ବାପା ଖୋଦ୍ ଦେଖିଛନ୍ତି ! କଥା ବି ହେଇଛନ୍ତି ବୋଲି ଏଇ ସକାଳୁ ଫୋନ୍ କରି କହୁଥିଲେ !" ଶୁଣୁ ଶୁଣୁ ଅକଳ୍ପନୀୟ ଖୁସିରେ ବାସନ୍ତୀ ବୋଉ ଧାଇଁ ଆସୁଥିଲା ବାଟଘର ଆଡକୁ । ତା' ହାତର ବକ୍ର ପାଣିକାଚସବୁ ଦୂରରୁ ଝଣଝଣ ଶୁଭୁଥାଏ କାନକୁ ।

■

ଛାୟା

ସୁନନ୍ଦା ପ୍ରଧାନ

ଯାହା ସହିତ ତେଲଲୁଣର ସଂପର୍କ, ତା' ସହିତ କ'ଣ ଜହ୍ନ ଦେଖାଯାଏ ? - ଭାବେ ଶ୍ରୀକାନ୍ତ। ଯେବେ ବି ସେ ଯାଇଛି ଶ୍ୟାମଳୀ ସହ ସମୁଦ୍ରକୂଳକୁ ବା ନିଛାଟିଆ କେଉଁ ଜଙ୍ଗଲି ଡାକବଙ୍ଗଳାକୁ, ସେଠି ଶ୍ୟାମଳୀ ତେଲଲୁଣ, ସିମେଣ୍ଟ, ରଙ୍, ତା ବାପାମା', ଭାଇ ଭଉଣୀ, ନଣନ୍ଦ ଦିଅରଙ୍କ କଥା ପକାଇଛି ହିଁ ପକାଇଛି।

ଶ୍ରୀକାନ୍ତ କହେ- ଘରଟାକୁ ଯଦି ସାଙ୍ଗରେ ଧରି ବୁଲିବ, ତା'ହେଲେ ଘରେ ରହିବା ଭଲ। ଏତେ କଷ୍ଟ କରି କାଇଁକି କେଉଁଠିକୁ ଆସିବ ?

ଶ୍ୟାମଳୀ ନାକ ସଁ ସଁ, ଆଖି ଛଳଛଳ କରି କହିବ- ମୋ କଥା ତମକୁ ସବୁବେଳେ ଖରାପ ଲାଗେ।

- ସେ କଥା କେତେବେଳେ କହିଲି ?

- ଆଉ କଣ କହିଲ ? ମୋ କଥା ଶୁଣିବାକୁ ତମର ବେଳ କାହିଁ ଯେ !

- ତମପାଇଁ ସମୟ ଦେଇ ପାରୁନି ବୋଲି ତ ଏଠିକୁ ଆଣିଛି।

- ଲାଭ କ'ଣ। ଏଠି ବି ତ ତମେ ମୋତେ ପଛକରି ତୁଚ୍ଛାଟାରେ ଆକାଶକୁ ଅନେଇଚ ?

- ଆକାଶକୁ ଅନେଇଲେ ବି ତମ ସାଙ୍ଗରେ ତ ଅଛି !

- ସେ ଥିବାରେ କି ମାନେ ?

- କିଛି ସମୟ ନିରବରେ ବସିବା ମାନେ ନୁହେଁ ତୁମକୁ ଅବହେଳା କରିବା। ନୀରବରେ ବହୁକଥା କୁହାଯାଇପାରେ। ନୀରବରେ ବି ବହୁ କଥା ଶୁଣାଯାଇ ପାରେ।

- ସଫାକଥା କହୁନ, ତମକୁ ମୋ କଥା, ଏମିତିକି ମୋ ଉପସ୍ଥିତି ଭଲ ଲାଗୁନି ବା ଅସହ୍ୟ ହେଉଛି !

- ତମେ ସବୁବେଳେ ଅଯଥା ଯୁକ୍ତି କର ।

ଏମିତି କଥା କଟାକଟିରେ ଶ୍ୟାମଳୀ ରାଗିଯାଏ । ରୁମ୍ ଭିତରେ କମ୍ବଳ ଘୋଡ଼େଇ ହେଇ ଶୁଏ । ଖାଇବାକୁ ଡାକିଲେ ଖାଏନି । ଖାଏନି ତ, ଶ୍ରୀକାନ୍ତର ମନ ପାଣିଚିଆ ହୋଇଯାଏ । କେତେ କଷ୍ଟରେ ଛୁଟି ନେଇ ଆସିଥିଲା; ଶ୍ୟାମଳୀ ସବୁ ନଷ୍ଟ କରିଦେଲା । ଘରର ସମସ୍ୟାକୁ ଦୁଇଦିନ ପାଇଁ ଭୁଲିଗଲେ କ'ଣ କ୍ଷତି ହୋଇଯିବ, ସେକଥା ବୁଝିପାରେନା ଶ୍ରୀକାନ୍ତ ।

ବାହାଘରର ଦଶ ବର୍ଷ ଭିତରେ ସବୁଥର ସେଇ ଏକାକଥା ଘଟେ ବାରମ୍ବାର । ଭାବେ, ଯେବେ ଆସିବ ବରଂ ଏକା ଆସିବ, ଶ୍ୟାମଳୀକୁ କେବେ ବି ଆଣିବନି ।

ମନ ଖରାପ ହୋଇଗଲେ ସବୁ ଭଲ ଜିନିଷ ପାଣିଚିଆ ହୋଇଯାଏ ।

ଶ୍ରୀକାନ୍ତର ଯେବେ ମନହୁଏ ସେ ନଈକୂଳ ବା ରାସ୍ତାକଡ଼ରେ ଗାଡ଼ି ରଖେ । ଜହ୍ନରାତି, ସୂର୍ଯ୍ୟୋଦୟକୁ ଅନୁଭବ କରେ । ପୁଣି ଗାଡ଼ି ଚଳେଇ ଘରକୁ ଫେରେ । ଭାବେ, କେତେ ସୁନ୍ଦର ଏ ଚନ୍ଦ୍ର, ସୂର୍ଯ୍ୟ, ଆକାଶ, ଜଙ୍ଗଲ, ପାହାଡ଼ ପର୍ବତ । କିନ୍ତୁ ମଣିଷକୁ ଚାରିକାନ୍ଥ ଏତେ ଭଲ ଲାଗୁଚି ଯେ ସେ ତା' ଭିତରୁ ମୁକୁଳି ପାରେନି ।

ଦିନେ ସେ ମହାନଦୀ କୂଳ ରାସ୍ତାରେ ଗାଡ଼ି ରଖି ନଈପଠାରେ ସୂର୍ଯ୍ୟାସ୍ତ ଉପଭୋଗ କରିବାକୁ ଚାଲିଲା ।   ଦେଖୁ ଦେଖୁ ହାଲ୍‌କା କମଳା ରଙ୍ଗର ସୂର୍ଯ୍ୟ ଗାଢ଼ ନାରଙ୍ଗୀ ରଙ୍ଗ ହେବେ ଆଉ ଧୀରେଧୀରେ ଅସ୍ତ ହେବାକୁ ଆରମ୍ଭ କରିବେ । ଆଉ ହଠାତ୍ ଟୁପ୍ କିନା ପାଣିରେ ଗୋଡ଼ି ପଡ଼ିବା ପରି ବୁଡ଼ିଯିବେ । ରାସ୍ତା କଡ଼ର ସୂର୍ଯ୍ୟାସ୍ତ ନଈ ବା ସମୁଦ୍ର ପାଖରେ କେତେ ନିଆରା । ଆକାଶ ଓ ସମୁଦ୍ରକୁ ଯେମିତି କିଏ ଉଜ୍ଜ୍ୱଳ କମଳାରଙ୍ଗରେ ଗାଧୋଇ ଦେଇଥିବ । ଧଳା ପଥର, ଆମେ ଯାହାକୁ ମାର୍ବଲ କହୁ, ସେଇ ପାହାଡ଼ ଧାରରେ ବହି ଯାଉଥିବା ନଈ ଦେଖିଲେ ଶ୍ରୀକାନ୍ତକୁ ନିଜ ଦେହରୁ ମୁକୁଳିଗଲା ପରି ଲାଗେ । ସେଠି ଯେତେବେଳେ ସୂର୍ଯ୍ୟାସ୍ତ ହେଉଥାଏ, ଶ୍ରୀକାନ୍ତ ନିଜକୁ ଭୁଲିଯାଏ । ହେଲେ ଯେଉଁ ପରିମାଣରେ ପଥରକଟା ଚାଲିଛି, ଆଉ କିଛି ବର୍ଷ ପରେ ପାହାଡ଼ ଗୋଟେ କିମ୍ବଦନ୍ତି ହୋଇଯାଇଥିବ ।

କେତେ ଯୁଗ ଲାଗେ ପାହାଡ଼ଟିଏ ତିଆରି ହେବା ପାଇଁ, ହେଲେ ମଣିଷ ନିଜ ସ୍ୱାର୍ଥ ପାଇଁ ସେହି ପାହାଡ଼କୁ ନଷ୍ଟ କରିଦିଏ ।

ଶ୍ରୀକାନ୍ତ ଦେଖିଲା, ଝିଅଟିଏ ମହାନଦୀ କୂଳରେ ହାଲ୍‌କା ବାଇଗଣୀ ରଙ୍ଗର ଶାଲ ଘୋଡେଇ ହୋଇ ଦେଖୁଛି ସୂର୍ଯ୍ୟାସ୍ତ । ସେ ଏପଟ ସେପଟ ଅନେଇଲା କେହି କାଳେ

ଝିଅଟି ସହ ଆସିଥିବେ ବୋଲି; ହେଲେ କେହି ବି ନଥିଲେ । ଝିଅଟି ଏକା ଏକା ଦେଖୁଥିଲା ସୂର୍ଯ୍ୟାସ୍ତ । ଶ୍ରୀକାନ୍ତ ଦେଖୁଥିଲା ଝିଅଟିକୁ । କିନ୍ତୁ ଝିଅଟି ଟିକେ ବି ଅନାଉ ନଥିଲା ତାକୁ । ସେ ମେଘମାଳା ପରି ସୁନ୍ଦର ଝିଅଟି ପାଖକୁ ଗଲା । ଝିଅଟି ତାକୁ ଦେଖି ଚଟ୍‌କିନା ଚିହ୍ନିଦେଲା । ସେ କିନ୍ତୁ ଝିଅଟିକୁ ଚିହ୍ନି ପାରିଲାନି । ହୁଏତ ଝିଅଟିକୁ ମନେ ରଖିବା ପରି କିଛି ନ ଥିଲା; ଅର୍ଥାତ୍ ସେ ଭିଡ଼ରେ ବାରିହୋଇ ପଡ଼ିବା ପରି ଝିଅ ନ ଥିଲା ।

- ଶ୍ରୀକାନ୍ତ, ଚିହ୍ନି ପାରୁନ ମୋତେ ?

- ନା । ଏମିତି କହି ଠିକ୍ କରିନି ବୋଲି ଭାବିଲା ସେ ।

- ଆରେ, ମୁଁ ଛାୟା ।

- ତଥାପି ମୁଁ ମନେ ପକେଇ ପାରୁନି । କ'ଣ କରିବି, ବୟସ ହେବାରୁ ବୋଧେ ଏମିତି ହେଉଛି ।

- ଆରେ, କି ବୟସ ହୋଇଛି ତୁମକୁ ! ବୟସରେ ତ ମୋଟେ ହାତ ମରା ହେଇନି । ହଁ, ତମର ମନେଅଛି, ଆମେ ଏକାଠି ପୁରୀ କୁଣ୍ଡେଇବେଣ୍ଟ ସାହିରେ ପଢୁଥିଲେ ?

ତଥାପି ମନେ ପକାଇ ପାରୁ ନଥିଲା ଶ୍ରୀକାନ୍ତ । ଝିଅଟି ତା ନାଁ ଧରି ଏତେ କଥା କହୁଛି, ଅଥଚ ସେ କେମିତି କିଛି ବୋଲି କିଛି ମନେ ପକେଇ ପାରୁନି !

- ମୁଁ ତମ ଆଗ ଧାଡ଼ିରେ ବସୁଥିଲି । ଆଉ ତମେ ମୋ ଫ୍ରକରେ କାଳି ପକେଇ ଦେଇଥିଲ । ମୁଁ କେତେ କାନ୍ଦିଥିଲି, ତମର କ'ଣ ମନେନାହିଁ ? ସାର୍ ତମକୁ ଏତେ ବାଡ଼େଇଥିଲେ ଯେ ତାଙ୍କ ବେତଟା ଭାଙ୍ଗି ଯାଇଥିଲା । କିନ୍ତୁ ତମେ ତମ ଜାଗାରୁ ଟିକେ ବି ଘୁଞ୍ଚି ନ ଥିଲ ।

ଶ୍ରୀକାନ୍ତର ଏବେ ମନେପଡ଼ିଲା ମୁଣ୍ଡର ଦୁଇପଟେ ଦୁଇଟି ଚୁଟି ବାନ୍ଧି ଆସୁଥିବା ଝିଅଟିର କଥା । ମନେପଡ଼ିଲା ଝିଅଟିର ଅଥୟ କଳାପରି କାନ୍ଦ । ମନେପଡ଼ିଲା ରକ୍ତାକ୍ତ ହେଲାପରି ମାଡ଼ ।

- ହେଲେ ମୁଁ ତ ତମ ଫ୍ରକ୍‌ରେ କାଳି ପକେଇ ନ ଥିଲି । ମୋ ପାଖରେ ବସିଥିବା ପିଲାଟି କାଳି ପକେଇଥିଲା ।

- ତମେ ମନା କଲନି ?

ସେଇ ଲୁହଭର୍ତ୍ତି କଥାକୁ ଏଡାଇ ଯାଇ ସେ କହିଲା, 'କେଉଁଠି ରହୁଛ ଏବେ ?'

- ଭୁବନେଶ୍ୱରରେ । ତମେ ?

- ସେଇଠି ।

- କେମିତି ଯିବ ?

- ଦେଖିବି ।

- ଆସ, ମୁଁ ତମକୁ ତମ ଘରେ ଛାଡ଼ିଦେବି।

- ଚାଲ।

ଶ୍ରୀକାନ୍ତ ଚୁପ୍‌ଚାପ୍ ଚାଲିଚାଲି ଆସି ଗାଡ଼ିରେ ବସିଲା। ତା' ପଛେପଛେ ଛାୟା।

- ବାରବାଟି ସାମ୍ନାରେ ଭଲ ଦହିବରା ମିଳେ, ଖାଇବ ?

ଛାୟା ଉଦାସ ସ୍ୱରରେ କହିଲା- ନା।

ଶ୍ରୀକାନ୍ତ ବାଟସାରା ଚୁପ୍। ଛାୟା ବି ଚୁପ୍।

ଶ୍ରୀକାନ୍ତ ଖାଲି ଭାବି ହେଉଥିଲା, କାହିଁକି ଖରାଦିନେ ଛାୟା ଘୋଡ଼େଇ ହୋଇଛି ଶାଲ। ପଚାରିବ ଭାବିଲା, ପୁଣି ଭାବିଲା, ନା ଥାଉ। ଏମିତି ଭାବୁ ଭାବୁ ସେ ପଚାରିଦେଲା- ଏମିତି ଖରାରେ ଶାଲ୍ କେମିତି ଘୋଡ଼େଇ ହୋଇଛ ? ଛାୟା ଟିକେ ବି ଡରି ନ ଯାଇ କହିଲା- କିଛି ବର୍ଷ ତଳେ ଖବର କାଗଜରେ ବାହାରିଥିବା ଖବର ପଢ଼ିଥିବ- 'ସୁଖ ସଂସାରର ସ୍ୱପ୍ନଭଙ୍ଗ : ଦୁଃଖରେ ପହଁରୁଛି ଯୁବତୀ।'

- ନା। ବହୁବର୍ଷ ଧରି ଦେଶ ବାହାରେ ରହୁଥିଲି । ଏବେ ଏବେ ଫେରିଛି। ହେଲେ ସେ ଖବର ତମେ କାହିଁକି ଆଜି ମନେ ପକାଉଛ ?

- ସେଇଟି ମୋତେ ନେଇ ଥିଲା।

- ମାନେ ?

- ମୋ ବାହାଘର ଠିକ୍ ହେଲା ପରେ, ମୁଁ ମଙ୍ଗୁଳା ହେବାକୁ ବାବା ଓ ମମିଙ୍କ ସହ ଗାଁରେ ପହଁଞ୍ଚିଲି। ଠିକ୍ ସେହି ଦିନ ୪.୧୫ ମିନିଟ୍‌ରେ ରାଜନଗରରେ ଘୂର୍ଣ୍ଣିଝଡ଼ ହେଲା। ବାବା ମମିଙ୍କ ଉପରେ କାନ୍ଥ ପଡ଼ିଗଲା, ସେମାନେ ମରିଗଲେ। ମୋ ହାତ ଉପରେ ଖୁଣ୍ଟ ପଡ଼ିଲା। ତା'ପରେ ମୋର କିଛି ମନେ ନଥିଲା। କିଛି ଦିନ ପରେ ମୋର ଚେତା ଆସିଲା। ସେତେବେଳକୁ କଟକ ଡାକ୍ତରଖାନାରେ ଥାଏ। ମୋର ଦୁଇହାତ କଟା ହୋଇଥାଏ। ଦୁଇହାତ କଟା ହୋଇନଥିଲେ କାଳେ ମରିଯାଇଥାନ୍ତି। ଭଲ ହୋଇଥାନ୍ତା ସେତେବେଳେ ଭାବୁଥିଲି। ଏବେ କିନ୍ତୁ ଅଭ୍ୟାସ ହୋଇଗଲାଣି।

ଯେଉଁ ଜିନିଷ ଖରାପ ହୋଇଯାଏ ତାକୁ ଫିଙ୍ଗି ଦେବା ଆମ ପରମ୍ପରା। ବିଶ୍ୱାସ ଅଛି- ବାସି ଫୁଲ ଘରେ ରଖିଲେ ଖରାପ, ଅଚଳ ଘଣ୍ଟା ରଖିବା ମନା, ଭଙ୍ଗା ଆଇନା, ଫଟା ଗ୍ଲାସ୍ ସବୁକିଛି ଘରେ ରଖିବା ଖରାପ। ସେମିତି ମୋ ହାତ...। ସେମିତି ମୋତେ ଭଲ ପାଉଥିବା ପିଲାଟି ମୋତେ ଏଡ଼େଇଯାଇ ଆଉ ଗୋଟେ ଝିଅକୁ ବାହା ହେଲା। ନ ହେଲେ କ'ଣ କରିଥାନ୍ତା ବିଚରା !

କିଛି ସମୟ ଚୁପ୍ ରହି ଛାୟା କହିଲା- ଏବେ ସାରା ଘରେ ମୁଁ ପୂରା ଏକଲା। ଝିଅଟିଏ ରଖିଛି, ସେ ଟିକେ ସାହାଯ୍ୟ କରୁଛି।

ଏଥର ନୀରବତା ଛାଇଗଲା ।

ଶ୍ରୀକାନ୍ତ କ'ଣ କହିବ ଭାବି ପାରିଲା ନାହିଁ । ସେ ଗାଡ଼ି ଚଳଉଛି କି ଗାଡ଼ି ଆପେ ଆପେ ଗଡୁଛି ଭାବି ପାରୁନଥିଲା । ବାଇଗଣି ରଙ୍ଗର ଶାଲ୍‌ଟି ଉଡ଼ିଗଲେ କେମିତି ଦିଶିବ ଛାୟା ତାହା ବି ସେ ଭାବି ପାରୁନଥିଲା । ତାକୁ ଲାଗୁଥିଲା, ଗାଡ଼ିଟି ଯେମିତି ମହାକାଶରେ ପହଁରି ପହଁରି ଚାଲିଛି ।

ଛାୟା ଘରର କିଛି ବାଟ ପୂର୍ବରୁ ଛାୟା କହିଲା- ଏଇଠି ରଖିଦିଅ । ଲୋକମାନେ ଏକଲା ଝିଅର ଦୁଃଖକୁ ସହି ପାରନ୍ତି; କିନ୍ତୁ ଝିଅଟି ପାଖରେ କେହି ଠିଆ ହେବାଟାକୁ ସହିପାରନ୍ତି ନାହିଁ ।

ଶ୍ରୀକାନ୍ତ କିଛି ବି ଯୁକ୍ତି ନ କରି ଛାୟାକୁ ଛାଡ଼ି ଫେରିଲା ଘରକୁ ।

ଘରେ ପହଞ୍ଚି ଲୁଗା ବଦଳେଇ ସେ ଚାଲିଲା ଛାତ ଉପରକୁ । ଶ୍ୟାମଳୀ ପଚାରୁଥିଲା - କ'ଣ ଖାଇବ ରାତିରେ ?

- କିଛି ନାହିଁ । ଖାଇକି ଆସିଛି । ସେ କହିଲା ।

ଛାତ ସାରା ବହୁ ଆଲୁଅ, ଫୁଲର ମହକ ଆଉ ରହସ୍ୟଭରା ନୀରବତା । ଶ୍ରୀକାନ୍ତକୁ ଆଜି ଜହ୍ନ ଭଲ ଲାଗିଲାନି, ଭଲ ଲାଗିଲାନି ତା'ର ନିଳଠା ହସ । କେମିତି ହସି ପାରୁଛି ଜହ୍ନ ଗୋଟିଏ ଝିଅର ସବୁ ହସ ହଜିଗଲା ପରେ ? ସେ ଜହ୍ନକୁ ପଛ କରି ଠିଆ ହେଲା ।

- କାହାକୁ ଦେଖୁଛ ? ତମକୁ ତ ସାମ୍ନା କରି ଠିଆ ହୋଇଛି । କାହାର ଉଦାସ ଅଥଚ କୋମଳ ସ୍ୱର ତାକୁ ଶୁଭିଗଲା ।

ଶ୍ରୀକାନ୍ତ ଏଥର ନିଜ ଭିତରେ ଶିହରି ଉଠିଲା । ଛାୟା ନଥିଲା । ତା'ରି ଛାଇ ତା' ସାମ୍ନାରେ ଥିଲା ।

କ'ଣ ଖାଉଥିଲା ସେ ଜାଣି ପାରୁନଥିଲା । ଅଫିସ୍ କାମ କରିବାକୁ ତା'ର ମନ ଲାଗୁ ନ ଥିଲା । କାହାର ଉପସ୍ଥିତି ସେ ସହିପାରୁ ନଥିଲା । ସେ ଛୁଟି ନେଇ ଘରକୁ ଯାଉଥିଲା । ପତଳା ବେଡ଼ସିଟ୍ ଘୋଡ଼େଇ ହେଇ ଶୋଉଥିଲା ଆଉ ଭାବୁଥିଲା ଛାୟା କଥା । ଜନ୍ମରୁ ହାତ ନଥିବା ଲୋକର ଚଳିବା, ଜୀବନର ଅଧାରୁ ହାତ ଚାଲିଗଲେ ବଞ୍ଚିବା, କ'ଣ ଏକା କଷ୍ଟ ? ଭାବି ହେଉ ଥିଲା ଶ୍ରୀକାନ୍ତ ।

ଘରେ ଶୋଇଲେ ଶ୍ୟାମଳୀ ଜୋକ ପରି ଲାଗି ରହୁଥିଲା । 'ଦେହ ଭଲ ନାହିଁ କି ?' 'ଘରେ ଶୋଇଲେ କ'ଣ ହେବ, ଚାଲ ଡାକ୍ତରଖାନାକୁ ଯିବା... ।' ଶ୍ରୀକାନ୍ତ ଭାବିଲା, ଏକାନ୍ତରେ କାହା କଥା ଭାବିବା ବି ଘରେ ସମ୍ଭବ ନୁହେଁ । ସେ ଦୁଇଦିନ ଛୁଟି ନେଇ, ଶ୍ୟାମଳୀକୁ ଟୁର୍ ଯାଉଛି କହି, ଘରୁ ବାହାରିଗଲା । ଗୋଟେ ହୋଟେଲରେ ଦୁଇଦିନ ରହି ଭାବିଚାଲିଲା ଛାୟାକୁ ।

ସେ ଏମିତି କେବେ କାହାକୁ ଭାବିଛି କି ? ବିଲକୁଲ୍ ନୁହେଁ। ସେ କ'ଣ ଛାୟାକୁ ଭଲ ପାଉଛି ? କେଜାଣି, ସେ ବିଲକୁଲ୍ ଭାବି ପାରୁ ନଥିଲା। ସେ ଛାୟାକୁ ଭଲ ପାଉଛି ନା ଛାୟାର ନଥିବାପଣକୁ ଭଲ ପାଉଛି, କେଜାଣି ? ବିବାହ ପୂର୍ବରୁ ସେ କେବେ ପ୍ରେମ କରି ନଥିବା ବେଳେ ବିବାହ ପରେ ସେ କେମିତି ପ୍ରେମରେ ପଡ଼ିଛି ଭାବି ପାରୁ ନଥିଲା।

ଦୁଇ ଦିନ ଛୁଟି କଟାଇ ଶ୍ରୀକାନ୍ତ ଫେରୁଥିଲା ଘରକୁ। ଛାୟାକୁ ଦେଖିବାକୁ ତା' ମନ ଅଥୟ ହେଉଥିଲା। କ'ଣ କରୁଥିବ ଛାୟା, କେମିତି ଜୀବନ ଜିଉଁଥିବ। ଭୁଲି ଯାଇଥିବା ଛାୟା ଆଉ ତା'ର ପିଲାଦିନ କ୍ରମଶଃ ଫର୍ଚ୍ଚା ଦିଶୁଥିଲା ତାକୁ। ଛୋଟ ବଡ଼ କେତେ କଥା ତା'ର ମନେ ପଡୁଥିଲା, ଆଉ ସେ ଶିହରି ଉଠୁଥିଲା । ବେଳେବେଳେ ମନକୁ ମନ ହସୁଥିଲା।

ଛାୟାର ବାରଣ ସତ୍ତ୍ୱେ ତା' ଘରକୁ ଯିବାର ଜିଦ୍ ତା'ର ପ୍ରବଳ ହେଉଥିଲା। ଯୋଜନା କରି ଭଲ ପାଇବା ଏବଂ ଭଲ ପାଇ ଭୁଲିବାର ପକ୍ଷପାତୀ ସେ ନଥିଲା। ସେ ଛାୟାକୁ ପ୍ରଚୁର ଭଲ ପାଉଥିଲା।

ଦିନେ ଅନ୍ୟମନସ୍କ ଭାବରେ ଗାଡ଼ି ଚଳଉ ଚଳଉ ସେ ଛାୟା ଘରେ ପହଞ୍ଚିଗଲା। ଝିଅଟିଏ ବାଟ କଢ଼େଇ ନେଇଗଲା ଛାୟା ପାଖକୁ। ଛାୟା ଚଟାଣରେ ବସିଥିଲା । ତା' ଚାରିପାଖେ ବିଛେଇ ହୋଇଥିଲା ରଙ୍ଗ, ତୁଳୀ, କ୍ୟାନଭାସ୍। ଛାୟା ପାଦରେ ଚିତ୍ର ଆଙ୍କୁଥିଲା। ଶ୍ରୀକାନ୍ତ ଆଉଥରେ ବିସ୍ମିତ ହେଲା ଚମତ୍କାର ଚିତ୍ର ସବୁ ଦେଖି । ସେ ପିଲାଦିନେ ସୁନ୍ଦର ଚିତ୍ର ଆଙ୍କୁଥିଲା ବୋଲି ସେତେବେଳେ ସମସ୍ତେ କହୁଥିଲେ। ଏବେ ଘରସଂସାର, ଚାକିରି ଭିତରେ ସେ ସବୁକିଛି ଭୁଲିଗଲାଣି।

- ଏଇ ରଙ୍ଗ ମୋ ଜୀବନରେ ରଙ୍ଗ ଆଣି ଦେଇଛି।

- ହଁ। ଅନ୍ୟମନସ୍କ ଭାବେ କହିଲା ଶ୍ରୀକାନ୍ତ। ଚିତ୍ର ଆଙ୍କିବା ଆଉ ଗଛରେ ଫୁଲ ଫୁଟିବା ଏକା କଥା।

ଶ୍ରୀକାନ୍ତ ଛାୟା ସହ କଥା ହେଲା ଏବଂ ଫେରିଲା ଘରକୁ।

ତା' ପରଠୁ ଶ୍ରୀକାନ୍ତ ସମୟ କରି ଛାୟା ପାଖକୁ ଯାଏ। ଛାୟା କେବେ ଉଦାସ ନ ଥାଏ। ହସଖୁସିରେ କଥା ହୁଏ। ତା'ର ଚିତ୍ର ଦେଖାଏ। ଶ୍ରୀକାନ୍ତ କେଉଁଠି ବିନ୍ଦୁଟିଏ, କେଉଁଠି ଗାରଟିଏ ଦେଇ ସଜାଡ଼େ ତା' ଚିତ୍ରକୁ।

ଶ୍ରୀକାନ୍ତ ଛାୟାକୁ ନେଇ ଦେଖାଏ ସୂର୍ଯ୍ୟାସ୍ତ। ଦେଖାଏ ଜହ୍ନରାତି। ବେଳାଭୂମିରେ ବସି ଦେଖାଏ ସମୁଦ୍ର। ସେମାନେ ନୀରବରେ ଶୁଣନ୍ତି ପ୍ରକୃତିର ମଧୁର ସଂଗୀତ। ଶ୍ରୀକାନ୍ତକୁ ଲାଗେ, ସେ ଯେମିତି ନୂଆ ନୂଆ ଆଖି ଖୋଲିଛି। ସେଇ ଆକାଶ ଥିଲା, ସେଇ ବାଦଲ ଥିଲା; କିନ୍ତୁ ଆଗରୁ ଏତେ ସୁନ୍ଦର କେମିତି ଲାଗୁ ନ ଥିଲା।

ମଣିଷ ନିଜର ପ୍ରତିବିମ୍ବ ସବୁଠି ଦେଖେ। ନିଜେ ଖୁସି ଥିଲେ ସାରା ପୃଥିବୀ ସୁନ୍ଦର ଲାଗେ।

ସେ ଛାୟାକୁ ନିଜ ହାତରେ ଖୋଇ ଦେଉଥିଲା। ସେ ଆଗରୁ ଆଉ କାହାକୁ ଖୋଇ ଦେଇଥିଲା କି ? ବିଲ୍‌କୁଲ୍ ନୁହେଁ। ଛାୟାକୁ ଖୋଇ ଦେଉଥିଲା ବେଳେ ତାକୁ ଲାଗୁଥିଲା ତା' ଭିତରେ ଯେମିତି ନାରୀଟିଏ ଲୁଚିକି ରହିଥିଲା।

ଶ୍ରୀକାନ୍ତ ଭାବେ ଶ୍ୟାମଳୀକୁ କହିବ ଛାୟା କଥା। ତାକୁ ନେଇଯିବ ଛାୟା ପାଖକୁ। ଥିବା ଲୋକ ବୁଝିପାରନ୍ତିନି ନ ଥିବାର କଷ୍ଟ। ଶ୍ୟାମଳୀ ସବୁବେଳେ ରୋକ୍‌ଠୋକ୍ କଥା କହେ। ସେ ହୁଏତ କହିଦେଇ ପାରେ, ଦୁଇହାତ ଚାଲିଗଲା ପରେ ମଣିଷ ବଞ୍ଚେ କ'ଣ ପାଇଁ ? ଇଚ୍ଛାମୃତ୍ୟୁ ବରିନେବା ଉଚିତ।

ଶ୍ରୀକାନ୍ତ ଥରେ ଛାୟାକୁ ଗୋଟେ ସୁନ୍ଦର ସୂର୍ଯ୍ୟାସ୍ତ ଦେଖେଇବାକୁ ନେଲା। ଜଙ୍ଗଲ ଘେରା ପାହାଡ଼, ପାହାଡ଼ ଉପରୁ ଲମ୍ଫ ଦେଉଥିବା ଜଳପ୍ରପାତ। ଜଙ୍ଗଲକୁ ମେଖଳା ପରି ଘେରି ରହିଥିବା ଜଙ୍ଗଲୀ ନଈ। ନଈରେ ସୂର୍ଯ୍ୟାସ୍ତର ପ୍ରତିବିମ୍ବ, ଜଳପ୍ରପାତରେ ଅସ୍ତଗାମୀ ସୂର୍ଯ୍ୟ ସବୁ ଅଦ୍ଭୁତ ଦିଶୁଥିଲେ। କିଚିରିମିଚିରି କରି ଚଢ଼େଇ ଉଡ଼ି ଯାଉଥାନ୍ତି। ସୂର୍ଯ୍ୟାସ୍ତ ଦେଖୁଦେଖୁ ଛାୟା କହିଲା- ଏମିତି ଏକ ସୂର୍ଯ୍ୟସ୍ତ ଦେଖୁ ଦେଖୁ ମୁଁ ମରିଯିବାକୁ ଚାହେଁ !

ଶ୍ରୀକାନ୍ତ ତାକୁ ଥଟ୍ଟାରେ ମରିବ କି କହି ଠେଲି ଦେଉ ଦେଉ ସମ୍ଭାଳି ନେଲା। ଛାୟା ଚମକିପଡ଼ି ନିଜ ଛାତିରେ ଛେପ ପକାଇଲା। ତା'ପରେ ଦୁହେଁ ପାହାଡ଼ ଟୀଖରୁ ଦେଖିଲେ ସୂର୍ଯ୍ୟାସ୍ତ। ଠିକ୍ ଏହି ସମୟରେ ଗୋଟିଏ ଛୋଟ ପଥର ଉପରେ ଛାୟା ପାଦ ରଖୁ ରଖୁ ତା'ର ପାଦ ଖସିଗଲା। ଶ୍ରୀକାନ୍ତ କିଛି ବୁଝିବା ଆଗରୁ ଛାୟା ଜଳପ୍ରପାତର ଜଳରେ ଜଳ ହୋଇ କେଉଁଠିକୁ ବହିଗଲା।

ଶ୍ରୀକାନ୍ତ ଭାବିଲା ଡେଇଁ ପଡ଼ିବ ଆଉ ଖୋଜିବ ଛାୟାକୁ।

କିନ୍ତୁ ଡେଉଁ ଡେଉଁ କାହାର ହାତ ତାକୁ ପଛପଟୁ ଅଟକେଇଦେଲା।

କାହାର ହାତ ?

ଶ୍ୟାମଳୀର ?

ତା' କୁନି ଝିଅର ?

ନା ଆଉ କାହାର ଦୁଇ କଟାହାତ !

BLACK EAGLE BOOKS

www.blackeaglebooks.org
info@blackeaglebooks.org

Black Eagle Books, an independent publisher, was founded as a nonprofit organization in April, 2019. It is our mission to connect and engage the Indian diaspora and the world at large with the best of works of world literature published on a collaborative platform, with special emphasis on foregrounding Contemporary Classics and New Writing.

www.ingramcontent.com/pod-product-compliance
Lightning Source LLC
Chambersburg PA
CBHW050339110726
47899CB00007B/2560
* 9 7 8 1 6 4 5 6 0 6 2 7 7 *